一带一路双向投资丛书

"一带一路"与国际产能合作
地方发展破局

徐绍史　主编

何立峰　宁吉喆　王晓涛　副主编

杨海龙　等　编著

机械工业出版社
CHINA MACHINE PRESS

图书在版编目（CIP）数据

"一带一路"与国际产能合作 . 地方发展破局 / 徐绍史主编 . —北京：机械工业出版社，2017.4

（一带一路双向投资丛书）

ISBN 978-7-111-56658-8

Ⅰ . ①一… Ⅱ . ①徐… Ⅲ . ①企业—对外投资—研究—中国 ②外资利用—研究—中国 Ⅳ . ① F279.247 ② F832.6

中国版本图书馆 CIP 数据核字（2017）第 069270 号

机械工业出版社（北京市百万庄大街 22 号 邮政编码 100037）

责任编辑：朱 林 闫洪庆 责任校对：林 茜

封面设计：饶 薇 责任印制：李 飞

北京新华印刷有限公司印刷

2017 年 4 月第 1 版第 1 次印刷

170mm×242mm · 26.75 印张 · 402 千字

标准书号：ISBN 978-7-111-56658-8

定价：150.00 元

编委会

序言

对外开放是我国的基本国策。开放是国家繁荣的必由之路。开放带来进步，封闭导致落后，这已为世界和我国发展实践所证明。党的十八届五中全会公报把开放作为五大发展理念的重要内容之一，指出"坚持开放发展，必须顺应我国经济深度融入世界经济的趋势，奉行互利共赢的开放战略，发展更高层次的开放型经济"。《中华人民共和国国民经济和社会发展第十三个五年规划纲要》提出，"十三五"时期要"全面推进双向开放，促进国内国际要素有序流动、资源高效配置、市场深度融合，加快培育国际竞争新优势"。推进双向开放，特别是加快促进双向投资，不断提升利用外资和对外投资，是新时期构建全方位开放新格局的重要内容。

2015 年，在世界经济普遍不景气的大环境下，中国经济仍保持了 6.9% 的中高速增长，对世界经济增长做出了应有的贡献。其中，中国的双向投资不仅交上了一份令人满意的答卷，而且呈现出六大新的发展格局。

新格局之一：中国双向投资总规模都位居全球第二，对外直接投资规模首次超过实际使用外资规模，并保持了快速增长势头。

2015 年，中国实际使用外资金额为 1355.77 亿美元，同比 2014 年增长 5.51%，比 2014 年增速快 1.8

个百分点；与此同时，中国对外直接投资为 1456.7 亿美元，同比 2014 年增长 18.3%，比 2014 年增速快 4.1 个百分点，投资额是 2002 年的 54 倍，不仅实现连续 13 年的增长，而且年均增速高达 35.9%。2015 年，中国对外直接投资规模仅次于美国，实际使用外资规模位列全球第三，且"走出去"比"引进来"多 100.7 亿美元，首次成为资本的净输出国。

"十二五"时期，中国利用外资与对外直接投资总规模分别是"十一五"时期的 1.5 倍和 2.4 倍，这表明中国的开放程度与国际化发展能力水平都进入了一个新阶段。

新格局之二：在服务业已成为中国双向投资的重点领域的同时，出现了利用外资产业结构中第三产业持续增加，对外直接投资产业结构中第二产业比重增加的新特点。

2015 年，中国利用外资的三个产业构成比为 1.13 : 32.16 : 66.71。与 2014 年相比，第一、第二产业分别下降 0.05、2.04 个百分点，第三产业相应增加 2.09 个百分点。投资金额最多的主要产业领域依次排名是制造业、房地产业、金融业及批发零售业，共计占利用外资金额总量的 77.34%。国内产业结构变动与利用外资产业结构变动的吻合，充分表明利用外资对推动中国产业结构升级起了重要的积极作用。

2015 年中国对外直接投资已涵盖了国民经济的 18 个大类，对外直接投资金额的三个产业构成比为 1.74 : 27.5 : 70.76。与 2014 年相比，第一、第二产业分别提升了 0.44 和 2.2 个百分点，相应第三产业下降了 2.64 个百分点。投资金额最多的主要产业领域依次排名是制造业 199.9 亿美元，同比增长 108.5%，其中流向装备制造业 100.5 亿美元，占制造业的 50.3%；金融业 242.5 亿美元，同比增长 52.3%；信息传输软件和信息服务业 68.2 亿美元，同比增长 115.2%。

新格局之三：香港仍是内地双向投资最大和最稳定的来源地与投资目的地，发达经济体在中国双向投资中出现了分化的新特点。

2015 年，中国境内利用外资的来源地与对外直接投资地仍主要是亚洲，实际使用外资金额与对外直接投资流量都占七成以上（分别为 82.32% 和 74.4%），其中来自香港的投资与内地对香港的投资都高达六成以上（分别为

63.7% 和 61.7%），基本与 2014 年持平，保持了稳定的态势。

2015 年，在外商投资来源地中，来自美国与欧盟 15 国的企业数量分别增长 5.53% 和 11.9%，但来自美国的实际投资金额同比下降了 11.8%，欧盟则增长了 3.55%。2015 年，在中国对外直接投资中，对美国的投资仅增长 5.7%，对欧盟、澳大利亚的投资则分别下降了 44% 和 16%，都大大低于去年同期增长两位数以上的水平。这表明，尽管随着中国经济综合实力的不断增强，以及中国企业发展经营实力的不断壮大，中国参与高端产业国际分工合作与竞争的能力正在大大提高，但对外投资的政治风险、市场风险、环境风险等也在逐步加大，成为影响着中国对外投资稳定发展的重要因素。

新格局之四：在中国双向投资的国内区域分布中，"东重中西轻"的格局没有根本变化，但中西部地区的作用正在逐步增强。

2015 年，东部地区仍是中国双向投资的主要地区，外商投资企业数量与投资金额占总量之比分别约为 88.41% 和 78.09%。相比之下，中部分别约为 7.04% 和 7.7%，西部分别约为 4.52% 和 7.34%，比重都仍较低，但一些中西部省份已经出现了较快发展的好势头。如中部的安徽省和湖南省，实际使用外资分别为 136.2 亿美元和 115.6 亿美元，分别增长 10.4% 和 12.7%；对外直接投资分别为 9.7 亿美元和 14.8 亿美元，分别增长 1.1 倍和 55.9%，均大大高于全国平均增速。又如西部的云南省和新疆维吾尔自治区，实际使用外资分别为 29.9 亿美元和 4.5 亿美元，分别增长 10.6% 和 8.5%；对外直接投资分别为 13.44 亿美元和 11.02 亿美元，分别增长 30.4% 和 37%，也均大大高于全国平均增速。这表明"一带一路"倡议带动的中西部大开发正在逐步形成中国新的经济增长极。

新格局之五：投资主体与投资方式的多元化已经成为中国双向投资的主要发展格局。

2015 年，外商独资、中外合资、中外合作及股份制等已成为中国利用外资的主要企业类型，但其中外商独资和中外合资占有九成，已成为主导。2015 年，在对外投资中，已形成了以有限责任公司为主导的，包括民营、股份制、个体、集体等多元化的投资主体。中国国有企业在对外直接投资中占比为 50.4%，较 2014 年同期下降了 3.2 个百分点，与此同时，非国有企业的比重持续上升为 49.6%，表明非国有企业在"走出去"方面已成为重要的生力军。同时，中国对外投资已形成了并购投资、股权投资、收益再投资、债务工具投资等多种投资方式并存的多元化格局。

新格局之六：中国与"一带一路"沿线国家的双向投资跨入新阶段，国际产能与装备制造合作已成为中国对外投资的新亮点。

2015 年，我国企业共对"一带一路"相关的 49 个国家进行了直接投资，投资额合计 189.3 亿美元，同比增长 38.6%，投资主要流向新加坡、俄罗斯、印度尼西亚、阿联酋、印度、土耳其、越南、老挝、马来西亚、柬埔寨等国家。我国企业在"一带一路"相关的 60 个国家新签对外承包工程项目合同 3987 份，新签合同额 926.4 亿美元，占同期我国对外承包工程新签合同额的 44.1%，同比增长 7.4%；完成营业额 692.6 亿美元，占同期总额的 45%，同比增长 7.6%。2015 年，"一带一路"沿线国家在华设立外商企业 2164 家，比 2014 年同期增长 18.32%；实际使用外资金额 77.89 亿美元，比 2014 年同期增长 25.34%，均大大高于同期全国的水平。这充分表明在全面推进建设"一带一路"的带动下，中国对"一带一路"沿线国家的投资正显示出强劲的发展势头与广阔的发展空间。

2015 年中国企业在交通运输、电力、通信等优势产业的对外直接投资累计约 116.6 亿美元，同比增长 80.2%。截至 2015 年年底，我国企业正在推进的境外经济合作区共计 75 个，其中一半以上是与产能合作密切相关的加工制造类园区，建区企业累计投资 70.5 亿美元；入区企业 1209 家；合作区累计总产值 420.9 亿美元，上缴东道国税费 14.2 亿美元，带动了纺织、服装、轻工、家电等优势传统行业优势富余产能向境外转移。境外投资、工程承包带动装备出口快速增长，大型成套设备出口额同比增长超过 10%。中资企业通过国际产能合作优化全球布局，带动国内装备、技术、服务、标准和品牌走出去，促进了我国经济结构调整优化。这充分表明，中国积极推进国际产能和装备制造业合作的成效正在持续显现，国际产能与装备制造业合作正成为我国对外投资的新亮点。

在取得成绩的同时也应清醒看到，中国的双向投资仍存在诸多问题。就"引进来"方面，要进一步改善国内投资环境，提升外资的质量与水平，吸引与指导外资更好地为促进中国经济增长方式转变、产业结构转型升级服务。就"走出去"方面，由于中国企业"走出去"的时间相对较短，发展经验还有待进一步积累。特别是由于对外投资面临的国家多、领域宽，情况复杂多变，政治、经济、市场、文化、外交及人才等风险因素交错，更增加了中国企业对外投资的不确定性与难度。同时，在今后的对外投资发展中中国企业也还将要面临许多新形势、新问题，因此，特别需要加强对投资国国情、法律、市场等方面的深入了解与认识，不断积累经验，增强国际化运营能力，才能更好适应对外投资发展的新形势。

由国家发展和改革委员会国际合作中心组织编写的"一带一路双向投资丛书"，是一套为推动中国"引进来"与"走出去"双向投资良好发展，以信息服务指导为主要内容的工具书。丛书的主要特点：一是收集了2015年中国国家与各地方双向投资的发展情况，为全面了解中国双向投资发展情况提供了大量信息；二是汇集了最新推进国际产能和装备制造合作的相关政策，向境内外投资者展示中国开放的新政策及投资导向；三是提供了国际产能和装备制造合作重点国别研究报告，对境内外投资者深入了解投资国国情，把握市场动向，进行投资决策提供一定的帮助；四是收集了推进国际产能和装备制造合作的典型案例，包括地方案例和企业案例，以及重点行业研究报告，对境内外投资者进一步系统了解相关情况提供了多层面的大量信息。

我相信，丛书的出版将对各方面更加全面完整了解中国的双向投资提供有益的信息与情况，有助于更好推进"一带一路"建设，有助于推进国际产能和装备制造合作健康有序发展，促进中国企业的国际化进程和与世界各国的经贸合作交流。

徐绍史

（时任国家发展和改革委员会主任）

前言

当今世界正发生复杂深刻的变化，国际金融危机深层次影响继续显现，世界经济复苏缓慢、发展分化，国际投资贸易格局和多边投资贸易规则酝酿深刻调整，各国面临的发展问题依然严峻。国内经济发展进入新常态，对转变发展方式、调整经济结构提出了新要求。2008 年金融危机后，全球进入产业链和价值链的重构期，发达国家加强了对实体经济发展的重视，通过"再工业化"战略和国际经贸规则制定，吸引高端制造业回流，促进服务价值链和制造价值链的融合，不断强化竞争优势，我国产业向高端攀升难度增大。当前我国的低成本优势正逐步丧失，发展中国家积极参与全球产业再分工，利用其低廉的劳动力成本和资源成本，迅速发展中低端制造业，对"中国制造"形成冲击。世情、国情的深刻变化，要求我们必须实行更加积极主动的开放战略，促进企业"走出去"，提升在全球产业价值链中的地位，推动产业升级，形成产业新优势，构建开放新格局。

面对国际、国内新形势，党中央、国务院适时提出"一带一路"和国际产能合作。2015 年 5 月，国务院发布了《国务院关于推进国际产能和装备制造合作的指导意见》，明确了钢铁、有色、铁路、电力等 12 大重点行业，提出了推进国际产能和装备制造合作的政策措施；为开展国际产能合作描绘了"路线图"。推动国际产能合作既是扩大和深化改革、拓展开放新领域和新空间的需要，更是促进国内产业升级、构建全球产业价值链的重要举措。

一年多以来，各级政府积极行动，国际产能合作取得了丰硕成果。钢铁等产能规模化"走出去"；优势装备加快出海；布局初步形成；多层次协同机制稳步建立。为调动各个省份开展国际产能合作的积极性，国家发展和改革委员会与河北、广西、甘肃、广西、云南、山东、江苏、河南等多个省、自治区签署了合作协议，建立推进国际产能和装备制造合作委省协同机制。为有效推进地方参与国际产能合作，有必要认真研究地方的产业基础，梳理地方开展国际产能合作的成果，总结地方国际产能合作存在的问题及经验，为下一步工作开展提供借鉴。

本书得到了天津财经大学师生和各地方发展和改革委员会的大力支持，在此，表示诚挚的感谢！尽管编纂人员付出了艰辛的努力，书中仍可能存在很多不足之处，敬请各位读者批评指正！

目录

编委会

序言

前言

上篇　理论篇

下篇　实践篇

上篇　理论篇

第一章
国际产能合作的内涵与意义

第一节 国际产能合作的内涵与工作机制

一、国际产能合作的内涵

国际产能合作是以促进我国经济提质增效升级为核心，以企业为主体，以互利共赢为导向，以建设生产线、建设基础设施、开发资源能源为主要内容，通过直接投资、工程承包、技术合作、装备出口等多种形式，优化我国企业生产能力布局，提高合作国产业发展水平的对外经济活动[一]。

二、国际产能合作的提出

2013年10月李克强总理访问泰国，与时任泰国总理英拉商谈"高铁换大米计划"时，首次提及"产能合作"。2014年12月14日李克强总理访问哈萨克斯坦期间，首次正式对外提出"产能合作"倡议，并与哈领导人就加强中哈产能与投资合作达成重要共识，并见证签署了《中哈产能合作框架协议》。

2015年5月，国务院发布了《国务院关于推进国际产能和装备制造合作的指导意见》，明确了钢铁、有色、铁路、电力等12大重点行业，提出了推进国际产能和装备制造合作的政策措施，是当前及今后一个时期推进国际产

[一] 国际产能和装备制造合作重点国别规划（发改外资〔2015〕2588号）

能和装备制造合作的重要指导性文件。通过 12 项重大政策举措，以境外产业集聚区为载体，聚焦产业、国家、项目、企业、省份五个重点，发挥重点企业带动作用、调动重点省积极性、在重点国家实现率先突破，按照"企业主导、市场运作、政府推动、金融支持"四位一体的原则稳步推进国际产能合作。

三、国际产能合作的机制

党中央、国务院高度重视推进国际产能合作，习近平总书记、李克强总理在多双边场合亲自推动国际产能合作，并做出一系列重要指示批示，已经建立了多项对外、对内合作机制。

1）双边合作。率先与哈萨克斯坦开展产能合作试点，推动设立中哈产能合作专项基金，形成了早期收获项目清单，涉及钢铁、水泥、有色、化工等行业，成功树立了可复制、可推广的双边产能合作样板。目前，由国家发展改革委牵头与 23 个国家签署了产能合作协议，设立双边合作指导委员会和工作组，开展双边机制化产能合作，推动重点项目落地。

2）多边合作。中国－非盟：开展"三网一化"和产能合作，结合非洲工业化进程，支持各类产业集聚区建设；中国－欧盟：对接欧洲投资计划，设立中欧共同投资基金，将我国优势产能、欧洲发达国家关键技术、第三国发展需求相结合，开展第三方市场合作，实现三方共赢。统筹推进与罗马尼亚、匈牙利等中东欧国家的合作，推动企业进入欧洲市场；中国－拉美：按照中拉产能合作"3×3"新模式，以物流、电力、信息等领域重大项目为抓手，充分发挥企业、社会、政府等各方积极性，畅通基金、信贷、保险等融资渠道，聚焦巴西、秘鲁等重点国家。其他多边合作：以中蒙俄、越南、柬埔寨、泰国、老挝、缅甸澜湄五国合作，加强与东盟国家合作。

3）第三方市场合作。2015 年 6 月李克强总理访欧期间，中法两国联合声明设立中法第三方市场合作共同基金，树立第三方合作新样板。目前已与韩国、英国、西班牙、德国、澳大利亚等国就共同开拓第三方市场达成重要共识。

4）建立内外联动工作机制。加强与外交部门、驻外使馆的协调联动，注重统筹谋划，把握关键时点，精心谋划高访成果，国家发展改革委内部建立了由外资司牵头，委属单位协同推进的工作机制。推动建立部门、地方、使馆、协会、企业、金融"六位一体"的联动协同机制，建好用活各方联动、纵横协同的工作机制，更好地调动方方面面"一起干"。

5）建立产融对接工作机制。与"三行一保"建立常态化合作机制，发挥政策性银行、开发性银行、商业性银行、信用保险机构、多双边股权投资基金等各类金融机构的金融支持作用，引导金融机构集中力量支持重点项目。

6）建立重点行业协会联系机制。由国家发展改革委牵头，与钢铁协会、有色工业协会等12个重点行业协会，建立了协作机制，协同推进落实重点企业的投资项目。

四、国际产能合作的进展

2015 年是国际产能合作的开局之年，2016 年国际产能合作务实推进，取得了不俗的战绩，重大项目稳步推进。

1）铁路"走出去"取得重大进展。设计时速达 300 公里的雅万高铁，是中国第一条全系统、全要素、全产业链落地海外的高铁；2015 年 12 月 2 日已经正式奠基开工的中老铁路，共 470 多公里，中国和老挝合作建设；中泰铁路，2015 年 12 月下旬也正式启动，从泰国的廊开到曼谷，这条铁路将近 800 公里。这是泛亚铁路中南半岛的很重要的铁路，从昆明到万象，万象到曼谷；第四条是匈塞铁路，匈牙利到塞尔维亚，这条铁路 300 多公里。

2）核电"走出去"实现历史性突破。中广核与法电合作，建设英国欣克利角核电项目，开辟英国核电市场，3 个项目其中 1 个核电站将使用"华龙一号"技术，并以我国为主建设；巴基斯坦卡拉奇 2 号机组项目顺利开工，首次实现"华龙一号"核电技术出口。上海电气获得南非科贝赫核电站 6 台蒸汽发生器更换项目分包合同，首次实现国内核电主设备批量进入国际市场。

3）优质产能开始规模化"走出去"。从能源、交通，到产业集聚区，到产业链，统筹推进一批钢铁、有色、建材等富余产能项目，包括 20 个钢铁项目、17 个有色项目和 43 个建材项目。

4）大型成套设备出口逆势增长。企业通过开展产能合作，积极承揽境外重大项目，有力地带动了装备、技术、标准、品牌、服务走出去。2015 年，非金融类对外投资 1180 亿美元，增长 14.7%，其中流向装备制造业的投资增长 1.5 倍。

第二节　国际产能合作的重要意义

国际产能合作是以促进我国经济提质增效升级为核心，以企业为主体，以互利共赢为导向，以建立生产线、建设基础设施、开发资源能源为主要内容，通过直接投资、承包工程、技术合作、装备出口等多种形式，优化我国企业生产能力布局，提高合作国产业发展水平的对外经济活动。实施国际产能合作是顺应经济全球化潮流，秉持开放的合作精神，致力于维护全球自由贸易体系和开放型世界经济，深入参与世界分工与合作、促进经济要素有序自由流动、资源高效配置和市场深度融合，保持经济社会持续健康稳定发展的现实选择。统筹国际、国内两个大局，推进国际产能合作是顺应世界经济新变局的主动选择，更是引领我国经济新常态的内在要求，是推动"一带一路"建设、完善我国全方位对外开放格局战略的举措，对全面建成小康社会、推动世界经济复苏具有重要意义。

一、推进国际产能合作是保持经济中高速增长和迈向中高端水平的重大举措

国际产能合作是我国加快转变经济发展方式、促进经济持续健康发展的需要。我国与亚欧国家资源禀赋不同，经济互补性强，合作潜力大。实施国际产能合作，发挥我国与亚欧国家的比较优势，广泛开展经济、技术、贸易、能源资源等全方位合作，既有利于缓解我国资源环境瓶颈约束，促进经济发展方式加快转变，又有利于稳定和扩大外需规模，优化开放市场和出口商品结构，提高开放的质量和效益，实现可持续发展。当前，我国经济发展进入新常态，对转变发展方式、调整经济结构提出了新要求。积极推进国际产能

和装备制造合作，有利于促进优势产能对外合作，形成我国新的经济增长点，有利于促进企业不断提升技术、质量和服务水平，增强整体素质和核心竞争力，推动经济结构调整和产业转型升级，实现从产品输出向产业输出的提升。我国经济已进入速度变化、结构优化、动能转换的新常态，适应发展带来的趋势性变化，必须推动我们的产业迈向中高端水平。经过多年建设，我国已进入工业化中后期，发展形成了产业门类全、技术水平高的工业体系，220多种主要工业品产量位居世界第一，装备制造业产值超过全球三分之一，其中，我国机床产量占世界的40%左右、发电设备产量占全球的60%左右；钢铁、水泥等原材料产量占比也很高。推进转方式、调结构，数量型增长要向质量效益型发展转变，过剩产能要化解，优势产能要耐用，富余产能要转移。走到国际市场上去投资，可以倒逼企业增强整体素质和核心竞争力，提高供给体系质量和效率，有利于推动产业和整个经济转型升级。

二、推进国际产能合作是新阶段下拓展我国外部发展空间的必然要求

国际产能合作是营造和平稳定发展环境、提高我国全球治理话语权的需要。和平稳定的国际环境是我国经济健康稳定发展的重要基础和保障，对提高我国在国际事务中的影响力具有重要影响。实施国际产能合作，在互利共赢的基础上加强与全球国家的友好往来和务实合作，努力使自身发展惠及周边国家，有利于带动相关国家的振兴与发展，促进睦邻友好，营造和平稳定环境，维护和延长我国重要战略机遇期，引领国际区域经济合作，提高我国在全球治理结构中的话语权。"十三五"时期是全面建成小康社会的决胜阶段。我国经济规模稳居世界第二，已同世界经济深度融合，未来五年保持经济中高速增长，必须不断开拓国内外市场。这既需要深入实施区域发展总体战略和新的经济支撑带战略，拓展内部发展空间，也需要加快"走出去"步伐，拓展外部发展空间。而在我国出口额已居世界第一、贸易顺差每年数千亿美元的情况下，进一步开拓国际市场，更多地要靠扩大对外投资，从出口产品向输出产业、输出资本拓展，使对外投资和利用外资并驾齐驱，用资本项下逆差平衡贸易项下顺差，促

进国际收支平衡。这就要求我们推进国际产能合作，加快优势产能和装备输出，充分利用好国际国内两个市场、两种资源、两大空间。

三、推进国际产能合作是新形势下发展高水平开放型经济的必经之路

国际产能合作是促进国内外优势互补、完善我国全方位对外开放格局的需要。实施国际产能合作，在互利互惠、合作共赢的基础上加强与我国陆路接壤的中亚、东南亚、南亚、东北亚，乃至向西延伸到西亚、中东和欧洲，甚至非洲、拉美等国家和地区的交流与合作，不仅有利于提升开放水平，而且有利于拓展新的市场空间，对冲过于依赖沿海开放发达国家市场带来的经济风险，形成沿海、内陆、沿边开放协同推进的良好局面。随着人均收入的增长，一个国家的贸易结构、投资结构和国际收支结构不断升级，这是开放型经济发展的一般规律。目前，我国劳动力等传统优势逐渐弱化，产能、资金等新的优势日益增强，对外经济结构正在发生深刻变化，主要表现在：出口从以消费品为主向投资品比重上升转变，投资从引进来为主向"引进来"和"走出去"并重转变，经贸从单一产品输出为主向包括装备、技术、标准、品牌等在内的全产业输出转变，对外投资从能源资源领域向制造业、服务业领域扩展。我们必须顺应这一趋势，加快转变外贸发展方式、创新对外投资方式，大力推进国际产能合作，逐步形成优进优出的开放型经济新格局，促进我国从"世界工厂"成长为"全球公司"，从开放型经济大国发展为开放型经济强国。

四、推进国际产能合作是新格局中实施互利共赢开放战略的重要任务

当前，全球经济仍处于深度调整期，国际经济格局加速调整。发展中国家和新兴经济体亟需继续推进工业化、城镇化，发达国家也在推进再工业化、改造原有的基础设施。推进国际产能合作，可以衔接世界不同发展阶段国家的供给和需求，推动全球产业链高中低端有机融合，凝聚全球经济增长新动力，

促进世界经济复苏和繁荣。这有利于深化我国与产能输入国的双边关系，也有利于拓展我国与发达国家和其他发展中国家的三方关系和多边关系，有利于扩大我国在国际贸易投资规则重塑过程中的影响力和话语权，构筑你中有我、我中有你、交汇融合的利益共同体和命运共同体，推动全球治理体系朝着更加公正合理、更加于我有利的方向发展。当前，全球基础设施建设掀起新热潮，发展中国家工业化、城镇化进程加快，积极开展境外基础设施建设和产能投资合作，有利于深化我国与有关国家的互利合作，促进当地经济和社会发展。

第三节　国际产能合作的历史机遇

当前和今后一个时期，世界政治经济格局将继续发生深刻变化，我国经济社会发展也将呈现新的阶段性特征。综合判断国内外形势，我国综合国力与产业能力的提升为产能合作提供强大支撑，全球基础设施建设和产业重组孕育外部增长空间，加快我国"走出去"发展仍处于大有可为的重要战略机遇期。

一、我国综合国力增强为国际产能合作提供强大支撑

经过 30 多年的改革开放，我国现代化建设取得了举世瞩目的伟大成就，经济发展不断跨上新台阶，科技教育水平整体提高，产业竞争力明显增强，国内市场和区域开发空间广阔，我国已成为世界第二大经济体、第一大货物贸易国、第三大对外投资国和第一大外汇储备国，正在加速向现代化强国迈进，形成了对外开放的综合优势，从开放型经济大国向开放型经济强国迈进，为今后五年推进国际产能合作奠定坚实基础。对外投资连年高速增长，流量与利用外资基本平衡，存量超过万亿美元，覆盖主要行业门类，遍布 180 多个国家和地区，一批境外大宗商品生产加工基地基本建成，高新技术和先进制造业对外投资量质齐升，金融业对外投资持续增加。对外承包工程规模持续

扩大，年新签合同额突破 2000 亿美元，对外承建的一批世界级重大工程顺利落成，业务模式从土建施工稳步向工程总承包、项目融资、设计咨询、运营维护管理等高附加值领域拓展，对货物出口的带动作用不断显现。成套设备出口成效显著，具有自主知识产权的高铁、核电等大型装备"走出去"实现重大突破，信息通信、工业机床、工程机械、海洋工程等国产装备批量进入国际市场，有效促进出口货物结构升级和技术、标准、服务、品牌输出。中资跨国公司群体快速壮大，跻身价值链中高端的企业逐步增多，国际竞争力和行业影响力整体提升。境内投资者设立的境外企业超过 3 万家，企业社会责任意识和本土化经营能力不断增强，为我国与合作国互利共赢、共同发展做出积极贡献。按照国际一般规律，中等收入国家将进入对外投资的窗口期，2015 年我国对外直接投资达到 1231 亿美元，并呈现加速扩大的势头，为国际产能合作提供了强大的物质、资本保障。我国与周边及有关国家有着良好的传统友谊和悠久的合作历史，特别是近年来政治互信不断增强，利益汇合点不断扩大，实施国际产能合作条件具备、时机成熟。

二、政府服务能力的不断提升释放国际产能合作活力

党的十八大以来，"走出去"政策促进和服务保障体系不断完善，政策协调性显著提高，多双边投资促进机制逐步健全。主要表现在以下方面：加强政府规划引导；完善企业境外投资管理体制，简化境外投资审批手续，强化境外投资便利化程度。目前确立了以"备案为主、核准为辅"的新型对外投资管理模式，大部分境外投资均实行了备案制管理。完善境外投资各个管理部门的协调机制，建立了境外投资管理部门联席会议制度。加强外交工作为企业境外投资的服务，积极利用多双边高层交往和对话磋商机制，创造企业境外投资有利的政治环境。驻外机构加强与国内主管部门的沟通与配合，加强对当地中资企业的信息服务、风险预警和领事保护，积极帮助企业解决境外投资中遇到的困难和问题。推进与有关国家的领事磋商和领事条约谈判，进一步商签便利企业人员往来的签证协定，促进企业境外投资相关人员出入境便利化。充分发挥目前我国与有关国家和地区已签署的国际产能合作协议、

双边投资保护协定、避免双重征税协定以及其他投资促进和保障协定作用，进一步扩大商签双边投资保护协定和避免双重征税协定的国家范围，为企业境外投资合作营造了稳定、透明的外部环境。加强与有关重点国家的投资合作和对话机制建设，积极为企业境外投资创造有利条件和解决实际问题。指导企业应对海外反垄断审查和诉讼。提高境外投资通关服务水平。研究引入专业担保公司、机构参与提供海关税费担保，减轻企业融资困难。积极推广和优化全国海关税费电子支付系统，为企业提供准确、快捷、方便的税费网上缴纳和纳税期限内银行担保服务。继续加大出口绿色通道和直通放行制度推广力度，使更多的企业享受绿色通道和直通放行制度带来的便利。全面推进检验检疫信息化建设和检验检疫窗口标准化建设，进一步提高办事效率和服务水平。全面提升信息和中介等服务。建立对外直接投资的数据信息系统与国际产能合作项目信息数据库，为企业境外投资提供项目信息。有关部门定期发布对外投资合作国别（地区）投资环境和产业指引，帮助企业了解投资目标国的政治、经济、法律、社会和人文环境及相关政策。以现有各类工业园区、产业集聚区、国际产能合作示范区等为依托，充分发挥现有各类公共服务平台的作用，强化为企业境外投资合作的综合服务。支持行业商（协）会积极发挥境外投资服务和促进作用。积极发挥境外中介机构作用，大力培育和支持国内中介机构。鼓励国内各类勘测、设计、施工、装备企业和认证认可机构为企业境外投资提供技术服务和支持。着手完善境外投资法律体系研究，从国家立法高度保障企业海外投资的合法权益。境外投资的政府服务能力的不断提升释放出巨大的国际产能合作活力。

三、全球基础设施建设和产业重组孕育外部增长空间

随着区域经济一体化的发展，跨区域互联互通基础设施的需求日益增长，全球基础设施建设正迎来一轮发展热潮。发展中国家在加速工业化和城市化发展中，需要加大基础设施投资建设；发达国家出于改造升级老化基础设施和刺激经济复苏的双重目的，也在陆续推出规模庞大的基础设施建设计划。随着周边基础设施互联互通以及中非的"三网一化"等深入推进，将带动我

国基础设施相关行业如建材、水泥、平板玻璃、施工机械、汽车等生产企业进军国外。此外，全球金融危机以后，国际产业重组加快，全球产业重新布局和新一轮国际产业转移趋势愈发明显，将为我国企业更大规模"走出去"提供重要机遇。通过国际产能合作，将我国发展较为成熟的产业和受要素成本上升影响的产业转移到其他发展中国家，特别是东南亚、南亚、非洲、拉美等国家，实现我国产业的转型升级。"一带一路"倡议与各国对外开放领域中长期发展战略和经济产业发展需求相契合，为国际产能合作带来新机遇。"一带一路"沿线国家（地区）汇聚东西方文明，人口总量约为44亿、占全球的63%，经济总量约为22万亿美元、占全球的30%，自然资源和人力资源丰富，产业结构互补性强，是全球最有发展潜力的区域。"一带一路"倡议与各国对外开放领域中长期发展战略和经济产业发展需求相契合，目前已有哈萨克斯坦、印尼、俄罗斯、伊朗、土耳其、蒙古国和欧盟等国家和地区对中国政府提出的"一带一路"倡议积极明确提出对接意愿，如哈萨克斯坦的"光明大道"计划、俄罗斯主导的欧亚经济联盟建设、伊朗的"铁路丝绸之路"计划、土耳其的"中间走廊"战略、蒙古国的"草原之路"倡议等有意对接"丝绸之路经济带"，印尼的"全球海洋支点"计划有意对接"21世纪海上丝绸之路"，欧盟主导的欧洲投资计划有意对接"一带一路"。我国将同"一带一路"沿线国家和地区的发展战略进一步对接和耦合，使多双边投资合作继续深化，进一步促进国际产能合作。

四、全球治理结构调整为国际产能合作提供重要机遇

当前，世界多极化、经济全球化深入发展，周边国家和新兴市场国家整体实力增强。2001~2015年间，我国对14个主要新兴市场国家的出口额占我国出口总额的比重从1%提高到16%；进口额的比重从2%提高至13%。我国与新兴市场国家的经济合作关系日益加强，成为全球经济增长的重要引擎和推动全球治理体系朝着公正合理方向发展的重要力量。我国提出的"一带一路"建设构想，在国际上得到了广泛响应。许多"一带一路"沿线国家正在积极推动经济发展和民生改善，产业结构加速调整，基础设施建设方兴未艾，

希望与我国共乘发展快车，对与我国扩大合作充满期盼。多双边自由贸易协定等全球贸易投资新规则加速重构，将增加国际产能合作市场准入机会。近年来全球贸易投资新规则加速重构，涉及的国别产业领域、投资模式愈发广泛，全球贸易投资规则的发展反映了全球经济的需求，有利于创造稳定和有吸引力的投资环境。目前我国已与东盟、新西兰、智利、秘鲁、瑞士、韩国和澳大利亚等签署了 14 项自由贸易协定，涉及 22 个国家和地区，将增加我国企业开展国际产能合作的市场准入机会、可预见性和透明度。"一带一路"建设扎实推进，自贸区战略深入实施，对外投资协定商签步伐加快，多双边经济合作关系日趋紧密，我国在更深层次和更广领域参与全球经济治理，推动更多国家成为我国利益共同体，为优质产能和优势装备"走出去"创造良好条件。全球治理结构调整的新趋势，为国际产能合作提供了重要的国际环境。

第四节　国际产能合作面临的挑战

我国开展国际产能合作虽然面临巨大的历史机遇，但同样不能忽视可能的各种风险与挑战。国际金融危机冲击和深层次影响在相当长时期依然存在，局部地区地缘博弈更加激烈，传统安全威胁和非传统安全威胁交织，国际关系复杂程度前所未有，我国海外利益拓展和保护面临多重挑战。

一、开展国际产能合作面临的国际环境日趋复杂

当前，国际形势复杂多变，各种地区冲突和局部战争此起彼伏，部分国家和地区安全局势恶化，国际产能合作的不确定因素增多。从地缘政治上讲，中美博弈、恐怖主义、欧洲政治经济形势严峻均是开展国际产能合作面临的安全风险。中东乱局持续发展，恐怖主义有向外扩散的迹象，伊朗核问题虽已达全面共识，但执行和落实难以一帆风顺。中亚等地区地缘政治复杂，是大国和各种势力角逐的热点地区，北向有俄罗斯的影响，西向有欧盟的影响，南向有美国的影响，地区形势复杂多变。乌克兰等地缘政治安全问题仍在复杂演变。传

统与非传统安全问题相互交织，对打造稳定、安全的经贸合作环境也造成较大障碍。此外，不少国家内部政治局势动荡以及领导人更替频繁，常常导致政策稳定性较差，社会治安不稳，对我国驻外机构、投资利益和人员安全带来较大风险。从国际经济上讲，全球经济疲软导致全球贸易投资保护主义盛行，对外投资不确定性风险较高。有些国家以中国威胁论、维护国家安全和保护本国企业核心技术等理由筑起投资壁垒。不实的负面舆论造成的干扰也不可忽视。有些国家或集团担心中国影响力随着合作项目的实施而增长，会对合作项目设置一些障碍或从舆论上进行"引导"，夸大、渲染甚至扭曲合作过程中出现的正常问题。例如，泰国媒体对中泰铁路合作进行了密集追踪报道，夹杂着一些诸如中国提供的贷款利率太高等抱怨，称日本对泰利率（2%以下）低于中方。而真实情况是日元贷款利率表面上低一些，但背后的代价是必须从日本进口设备，昂贵的设备费用加上项目建设和后期维护费，整个项目开支将更加巨大。中国进出口银行提供的是美元贷款，基础利率本身就高于日元贷款利率。少数西方媒体刻意渲染中国投资拉美基础设施，可能带来环境和社会风险。英国《观察家》称，横跨南美大陆的两洋铁路，将大面积穿越亚马孙原始热带雨林，势必威胁到雨林和雨林中生存的原著部落。这些不实报道加深了当地民众对合作项目的误解，使项目承接国政府在决策时不得不有所顾忌。

二、开展国际产能合作面临的国际竞争日益加剧

金融危机以来，国际市场产能普遍过剩，全球产业链、价值链深度重组导致国际竞争加剧。发达国家大力推动制造业回归，与我国产业结构的关系正由互补为主向互补与竞争替代转变，国际资本开始更多地向发达国家回流。新兴经济体加快工业化步伐，对我国劳动密集型产业发展形成挤压，由此造成全球产能尤其是原材料市场竞争加剧，我国境外投资成本优势有所减弱。国际市场产能普遍过剩，价格波动、市场需求等因素影响我国投资项目收益。如全球钢铁行业陷入了前所未有的困境，欧洲、亚洲及北美等地区的钢厂均举步维艰、生存艰难，这决定了我国通过海外投资规模性地实现国际产能合作的压力较大。另外，国际市场能源资源价格波动以及部分新兴经济体经济增速回落，为我国

境外投资项目收益带来不确定性。高铁、核电等技术、资金密集型产业，既是我国对外产能合作的重点发展领域，也是发达国家的传统"阵地"。以高铁市场为例，目前，全球俨然形成"中日欧"三雄逐鹿局面。在印度高铁公司的全球招标中，我国公司牵头与印度本地企业组成的联合体，经过与德、法等国企业的激烈竞争获得授标函，承担新德里至孟买高速铁路的可行性研究工作。为将新干线技术推向海外市场，日本专门成立了国际高铁协会，以减少日企间各自为政的弊端。从印尼的雅万高铁到新马高铁，日本在东南亚展开了强大的高铁推销攻势。核电是敏感技术，更是出口国和接受国长期合作的项目，各国在抉择时都非常慎重。法国、俄罗斯等核电强国海外经验丰富，都在不遗余力地开拓国际市场，我国核电"走出去"仍需一个渐进的过程。

三、开展国际产能合作的融资体系建设亟待完善

国际产能合作项目投资规模大、主体多、周期长、回报低，金融需求跨地区、跨文化的差异性明显。然而，我国金融业在海外布局、融资成本、融资结构和服务方式上还难以适应这一需求。金融机构海外布局不合理。企业在境外开展国际化经营要求国内商业银行和保险公司采取"跟随性"服务战略，但是我国银行业海外网点明显不足，当前我国企业海外投资涉及150多个国家和地区，而银行的海外机构分布仅相当于前者的1/3。同时，保险业目前主要分布于发达国家，与国际产能合作重点国别的错配现象严重。金融机构放贷意愿不强。国际产能合作项目投资周期较长、资金规模需求较大，融资成本要求还不能太高，然而，以"两优"贷款、执行三档优惠利率的人民币出口卖方信贷等支持国家战略性主要贷款品种为例，其利率水平普遍低于融资成本，造成的利差亏损需要依靠金融机构自营业务消化，导致银行放贷意愿降低。国内融资成本高、渠道窄、手段和方式滞后。我国现有国际产能合作下的金融支撑体系建设尚不足以应对我国企业在"走出去"过程中面临的融资难、融资贵问题。一是一般商业项目的美元贷款门槛高、融资成本无比较优势；二是高保险费率促升了融资的综合成本。此外，政府间合作项目主要依赖于"两优贷款"和有主权担保的出口信贷。一方面，我国企业取得"两优"贷款的

成本较高；另一方面，银行对于项目资金审核和监管过于严格。开展国际产能合作亟需完善融资体系。

四、开展国际产能合作的企业境外投资经营行为不够规范

近年来，随着我国企业走出国门，境外投资企业的不规范经营行为日益凸显。诸如企业间的恶性竞争问题、对东道国的法律环境适应问题、企业海外文化建设问题、环境保护和社会责任履行问题等。随着我国企业境外投资的快速增长，企业之间恶性竞争行为也蔓延到海外。譬如在非洲、拉美、东南亚基础设施建设项目上，不同国内企业甚至采取低价策略，造成恶性竞争，最终导致交易对方和外资竞争对手渔翁得利，损害我国的整体利益。投资东道国的法律制度与国内差异较大，国内部分企业在境外投资过程中法律意识淡薄，为此付出了惨重代价。诸如许多国家对外资项目有严格的准入审查制度，如"安全审查"，而我国不少企业并不认为其会遇到国家安全审查，对具体法律制度缺乏深入了解，遇到国际争端习惯性依靠政府出面解决问题，未能充分依靠国内法和国际法等法律途径来维权。我国部分企业知识产权法律意识淡薄，不懂如何利用知识产权法律提供的便利制订自身长期的知识产权和研发发展战略，并为此付出高额的代价。企业海外文化建设也面临着很大问题。某些走出国门的企业在沟通方式上存在差异，容易引发双方的文化冲突。由于风俗习惯的差异，如果我国企业未能充分了解当地风俗习惯，容易做出不符合当地实际情况的投资经营决策。我国很多企业海外经营行为不可持续，如环保标准不达标，造成东道主国环境恶化。不仅给东道主国的生态环境造成严重破坏，而且使得我国企业在海外的正常活动受到更多质疑和阻碍，严重影响了我国企业的海外形象。

第二章
国际产能合作与"走出去"战略

第一节 "走出去"战略的初步形成

我国"走出去"战略的形成经历了"九五"计划前的探索、"九五"计划期的雏形形成、"十五"计划期的正式提出到"十一五"计划期的全面落实这样一个过程。1979年8月，国务院提出"出国办企业"，第一次把发展对外投资作为国家政策，从而拉开了我国企业对外直接投资的序幕。在我国改革开放初期，"走出去"的表现非常有限，主要集中于有限的对外直接投资。

1999年9月，以"中国:未来50年"为主题的《财富》全球论坛在上海举办。在论坛上，江泽民同志提出，中国的企业要向外国企业学习先进经验，走出去在经济全球化的浪潮中经风雨见世面，增强自身竞争力。这次盛会，为"走出去"战略的提出和最终明确奠定了坚实基础。

在整个"九五"期间，从1995~1999年，我国批准海外投资企业的年平均增长率为20.66%，批准海外投资额的年平均增长率为70.71%。这两个数据与"八五"期间相比较，已经取得了非常大的进步。

"走出去"战略的正式提出，是在2000年3月的全国人大九届三次会议期间。江泽民同志指出，随着我国经济的不断发展，我们要积极参与国际经济竞争，并努力掌握主动权。必须不失时机地实施"走出去"战略，把"引进来"和"走出去"紧密结合起来，更好地利用国内外两种资源、两个市场。"走出去"战略的最终明确，是在2000年10月召开的党的十五届五中全会上。党的十五届五中全会是在世纪之交，我国即将胜利完成"九五"计划，改革开放和现代化建设进入新的发展阶段的历史时刻召开的。全会审议并通过了《中共中央关于制定国民经济和社会发展第十个五年计划的建议》（以下简称《建议》）。该《建议》指出，"十五"时期我国对外开放将进入新的阶段。实行对外开放的基本国策，在"十五"期间乃至更长的一段时期，一个很重要的内容，就是要实施"走出去"的开放战略。该《建议》首次明确提出"走出去"战略，并把它作为四大新战略（西部大开发战略、城镇化战略、人才战略和"走出去"战略）之一。

在整个"十五"期间，从 2000~2004 年，我国批准海外投资企业的年平均增长率为 33.01%，比"九五"期间提高了 12.35 个百分点。从 2000~2005 年，批准海外投资额的年平均增长率为 56.36%，比"九五"期间增速稍微放缓。

2005 年 10 月召开的党的十六届五中全会上，《中共中央关于制定国民经济和社会发展第十一个五年规划的建议》指出，必须不断深化改革开放，实施互利共赢的开放战略。支持有条件的企业"走出去"，按照国际通行规则到境外投资，鼓励境外工程承包和劳务输出，扩大互利合作和共同发展。

为实施"走出去"战略，推动对外经济合作业务的发展，国家各相关部门针对在境外开设企业和境外企业的财税、信贷、保险、外汇，以及投资国别的导向等方面制定了一系列的政策措施。这些政策措施分别是"走出去"战略的管理保障、服务保障和监督保障。

对外直接投资的个案审批到核准备案制的转变是对"走出去"战略的最大管理保障。原外经贸部在 1984 年 5 月颁布了《关于在国外和港澳地区举办非贸易性合资经营企业审批权限和原则的通知》。该《通知》规定，凡到国外和港澳地区举办非贸易性合资经营企业，无论投资额大小，都必须由省、市外经贸主管部门向外经贸部（1983 年前报外国投资管理委员会）申报审批。

1985 年 7 月，原外经贸部颁布了《关于在境外开办非贸易性企业的审批程序和管理办法的试行规定》。该《规定》对到国外办合营企业有了新的要求，对我方投资 100 万美元以上的项目，仍由经贸部审批；我方投资 100 万美元以下的项目，由地方外经贸部门征求我驻外使（领）馆同意后审批。

2003 年，商务部在部分省市进行了简化境外投资审批手续的试点，在全国范围内简化了境外加工贸易项目审批程序和申报材料的内容。中方投资额在 300 万美元以下（含 300 万美元）的境外加工贸易项目，由投资主体所在地省级商务主管部门核准。中方投资额在 300 万美元以上的，由省级商务主管部门报商务部核准。

对外投资从审批制向核准（备案制）的根本性转变源于 2004 年，这种转变从管理制度上保障了对外投资的大力发展。2004 年 7 月，国务院做出了《国务院关于投资体制改革的决定》，明确提出改革项目审批制度，落实企业投资自主权。对于企业不使用政府投资建设的项目，一律不再实行审批制，区别不同情况实行核准制和备案制。中方投资 3000 万美元及以上资源开发类境外投资项目由国家发展和改革委员会核准。中方投资用汇额 1000 万美元及以上的境外非资源类投资项目由国家发展和改革委员会核准。上述项目之外的境外投资项目，中央管理企业投资的项目报国家发展和改革委员会、商务部备案；其他企业投资的项目由地方政府按照有关法规办理核准。国内企业对外投资开办企业（金融企业除外）由商务部核准。

国家鼓励和支持内地各种所有制企业在港澳地区投资开办企业，2004 年 8 月，商务部和国务院港澳办制定了《关于内地企业赴香港、澳门特别行政区投资开办企业核准事项的规定》。该《规定》提出国家鼓励和支持内地各种所有制企业在港澳地区投资开办企业。商务部是核准内地企业赴港澳地区投资开办企业（非金融类）的实施机关。省级人民政府商务行政主管部门根据商务部委托，对本地区企业赴港澳地区投资开办企业进行初步审查或核准。

2004 年 10 月，商务部发布了《关于境外投资开办企业核准事项的规定》。该《规定》为促进境外投资发展，为国家支持和鼓励有比较优势的各种所有制企业赴境外投资开办企业提供了政策依据，进一步明确、简化了境外投资程序。2004 年 10 月，国家发展和改革委员会发布了《境外投资项目核准暂行管理办法》（2014 年已废止）。本办法适用于中华人民共和国境内各类法人及其通过在境外控股的企业或机构，在境外进行的投资（含新建、购并、参股、增资、再投资）项目的核准。

2005 年 10 月，为了促进境外投资核准工作的规范、科学、透明、高效，商务部又制定了《境外投资开办企业核准工作细则》，以便进一步贯彻执行《关于境外投资开办企业核准事项的规定》。

以上一系列政策，反映出我国对外直接投资从审批制到核准（备案）制的变化。这种变化从制度上为我国企业"走出去"提供了强大的管理保障，使得企业"走出去"的步伐更加高效、有序。

第二节 "走出去"战略的深入实施

"十一五"期间，我国深入实施"走出去"战略，对外投资合作取得跨越式发展，已与对外贸易、利用外资相互融合、相互促进，共同构成当前我国开放型经济的重要组成部分，对国民经济和社会发展的贡献日益增大。"十一五"期间，"走出去"规模和效益进一步提升，领域不断拓展，方式逐步多样，水平日益提高。即使在金融危机影响下，对外投资合作仍实现"逆势上扬"，继续呈现平稳增长的趋势。

1）增长速度日益加快，总体规模不断扩大。2006~2009年，对外直接投资从211.6亿美元增至565.3亿美元，年均增速38.8%，4年累计对外直接投资额1601.1亿美元，截至2009年底存量达2457.5亿美元，位于全球第15位、发展中国家（地区）第3位，广泛分布在全球177个国家和地区，1.3万家境外企业海外资产总额累计1.1万亿美元，已逐渐成为全球重要的资本输出国。对外承包工程完成营业额从300亿美元增至777亿美元，年均增速37.3%，4年累计完成营业额2049亿美元，是"十五"时期的2.8倍，截至2009年年底完成营业额累计3407亿美元。对外劳务合作实现平稳较快增长，截至2009年年底累计派出各类劳务人员502万人，2009年末在外劳务人员达77.8万人，比"十五"末期（2005年）增加21.3万人。

2）方式日趋多样，领域日益拓展。对外投资合作由单个项目建设逐步向区域化、集群式模式发展，一批境外经济贸易合作区初具雏形。跨国并购成为新亮点，获取资源能源、营销网络和技术品牌成为主要目的。2006~2009年间，非金融类跨国并购投资额年均增长35.7%，2009年并购投资占当年对外投资总额的40.4%。对外承包工程从数量规模型向质量效益型转变，以投融资为先导的特许经营方式逐渐增多。

3）水平不断提升，主体实力继续增强。对外承包工程中石化、轨道交通、电力和电子通信等领域项目比例已升至新签合同额的六成左右，带动出口和利润水平进一步提升，上亿美元项目数从 2006 年的 94 个增加到 2009 年的 240 个，最大项目合同额增至 75 亿美元。外派劳务不断向海员、空乘、医护、教师、工程师等高级技术劳务扩展。对外投资主体呈多元化趋势，国有企业继续发挥主导作用，民营企业异军突起，地方企业投资大幅增长。企业国际竞争力大幅提高，2009 年 34 家中国企业入选世界 500 强，54 家中国对外承包工程企业进入世界 225 家国际承包商行列，完成海外工程营业总额占 225 强海外营业总额的 13.2%，首次跃居首位。

"十一五"期间，政府有关部门加快完善"走出去"法律框架和管理制度，进一步增强服务促进职能，全面构筑"走出去"政策促进、服务保障和风险控制体系。

1）完善管理制度，推进立法进程。起草制定新形势下加快实施"走出去"战略的政策措施。提高对外投资合作便利化，出台《境外投资管理办法》等政策法规。出台《对外承包工程管理条例》，制定《对外承包工程资格管理办法》等配套政策，深入进行《对外承包工程管理条例》专项检查工作。深入对外劳务合作管理体制改革，推动出台《对外劳务合作管理条例》，加强境外就业管理，将对外劳务合作经营资格核准下放至地方商务主管部门。建设对外劳务合作服务平台，建立境外劳务群体性事件预警机制和对外劳务合作不良信用记录。规范市场经营秩序，开展清理整顿外派劳务市场秩序专项行动，妥善处理境外劳务纠纷事件。

2）加强宏观规划指导，落实各项支持政策。编制《对外投资合作"十二五"发展规划》，制定重点国别和行业中长期发展规划。与有关国家商签经贸合作中长期发展规划。定期发布《对外投资国别产业导向目录》《对外承包工程国别产业导向目录》等指导性文件。落实安排对外经济技术合作专项资金、对外承包工程保函风险专项资金、境外经济贸易合作区发展资金，扩大对东盟、上合组织、非洲等地区优惠信贷支持规模。完善境外直接投资外汇管理，鼓励金融机构为合作项目提供信贷支持和金融服务。

3）开展服务促进工作，提供境外权益保障。增强公共服务职能和政策信息透明度，发布《对外投资合作国别（地区）指南》《国别贸易投资环境报告》和《国别投资经营障碍报告》，完善对外投资合作信息服务系统。搭建中国国际投资贸易洽谈会、中国—东盟博览会、中非合作论坛、中国工程技术展览会等促进平台，开展企业跨国经营人才培训。加强政府间沟通合作，商签双边投资保护协定、自贸区协定和政府间基础设施及劳务合作协议。引导企业在中资企业相对集中的国别和地区组建境外中资企业商会，提高行业自律水平。建设境外安全保障体系，制定下发《境外中资企业机构和人员安全管理规定》，建立对外投资合作境外安全风险预警和信息通报制度。

第三节 "走出去"战略的逐渐成熟

据商务部、国家统计局、国家外汇管理局联合发布的《2015 年度中国对外直接投资统计公报》（以下简称"公报"）显示，2015 年，我国对外直接投资迈上新台阶，实现连续 13 年快速增长，创下了 1456.7 亿美元的历史新高，占到全球流量份额的 9.9%，同比增长 18.3%，金额仅次于美国，并超过同期我国实际使用外资，实现资本项下净输出。

2011~2015 年，我国每年对外投资的复合增长已达 16.9%，远高于同期 GDP 增幅。2016 年上半年对外投资，比 2015 年上半年增加了 52%。2016 年 1~8 月非金融类的对外投资也已经达到了 1180.6 美元，同比增长超过了五成。2016 年 1~8 月，我国对外投资合作业务保持良好发展态势，我国境内投资者共对全球约 160 个国家和地区的近 6000 家境外企业进行了非金融类直接投资，累计对外直接投资 7751.2 亿元人民币（折合 1180.6 亿美元），同比增长 53.3%；对外承包工程新签合同额 8716.8 亿元人民币（折合 1327.7 亿美元），同比增长 6.2%；8 月末我在外各类劳务人员 97.8 万人。

随着我国对外投资合作政策不断推进，近年来我国对外投资的情况也在发生变化。根据安永报告统计，2006 年、2010 年我国海外并购目的国家位于第一位的分别是新加坡和巴西，而 2014 年则是美国。从海外并购目的国家的分布来看，发达国家越来越多地成为并购目的国家，2014 年前五个并购目的国家中，发达国家占据四席，而 2006 年的前五中并没有发达国家。

海外投资的方向也在变化，根据报告，早期我国海外投资以获取能源、矿业等生产要素为主，而随着海外投资发展和我国企业逐渐向产业链上端移动，行业分布日趋多元化，科技、媒体、电信和金融服务、工业品、汽车、运输、消费品、农业等行业备受我国投资者青睐。以 2010 年和 2014 年我国海外投资行业对比，2010 年，海外并购以能源为主，行业金额占比高达 66%，而到 2014 年能源占比下降到 11%，金融服务占比则从 2010 年的 7% 上升到 10%。

从我国对外直接投资流量图可以看出，中国对外直接投资流量稳定增长，近些年来增长率稳定在 120%，从中国对外投资存量图上看，中国对外投资总量稳步上升，增长率在近年呈上升趋势。

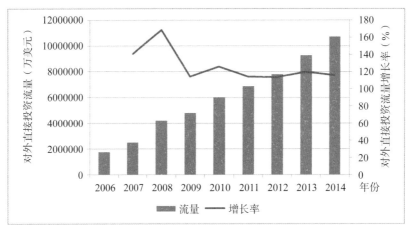

我国对外直接投资流量图

数据来源：2014 年度中国对外直接投资统计公报

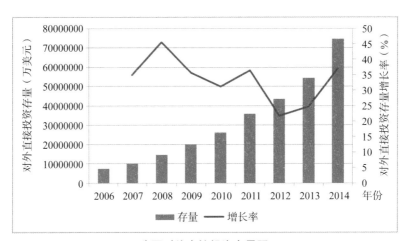

我国对外直接投资存量图

数据来源：2014 年度中国对外直接投资统计公报

第四节 国际产能合作——升级版的"走出去"战略

2008 年金融危机后，全球进入产业链和价值链的重构期。发达国家加强了对实体经济发展的重视，通过"再工业化"战略和国际经贸规则的制定，吸引高端制造业回流，促进服务价值链和制造价值链的融合，不断强化竞争优势，造成我国产业向高端攀升难度增大。当前我国的低成本优势已逐步丧失，发展中国家积极参与全球产业再分工，利用其低廉的劳动成本和资源成本，迅速发展中低端制造业，对"中国制造"形成冲击。面对发达国家"高端封锁"与发展中国家"低端锁定"的双重夹击，我们应充分利用外需市场扩大、制造业门类齐全、产业体系独立完整、综合配套能力强劲等新优势，把握当前国际制造业转移、结构升级的机遇，推动制造业国际产能合作，布局全球产业链条。在融入全球价值链（GVC）的基础上重新构建与其并行的国家价值链（NVC）战略，既要稳住国际市场需求和份额，同时也要摆脱"两头在外"的生产模式造成的地区间"产业同构""重复建设"和"恶性竞争"等困境，着力由外围的依赖关系改造为以我为主的"中心"控制模式，根据国际市场需求，进行产业全球布局，形成对外投资与引进外资协调发展、对外投资与对外贸易相互促进的格局。

面对如此纷繁复杂的国际、国内环境，实时提出国际产能合作，可以看作"升级版"的"走出去"战略。国际产能合作既要兼顾国内产业链重塑，又要重视嵌入全球价值链，推动制造业链条升级。

（一）以东中西部梯度发展构建国内产业链

我国产业升级，一方面要解决从被"俘获"与"压榨"的全球价值链（GVC）中突围的问题，另一方面要强化我国地域间产业联系，加快构建以本土市场需求为基础的国家价值链（NVC）的网络体系和治理结构。一是打破区域间的要素流动障碍，推动区域一体化。在国家主体功能区框架下，构建区域协调机制，推动区域间交通、能源、通信等重大基础设施的衔接，深化物流、市场、要素和商品流动机制改革，形成区域间合理布局与协调合作的良性闭环，增强对国内产业发展的延伸性和拉动性。二是东部沿海发达地区以科技创新、技术革新带动产业升级。东部沿海发达地区依托齐全的产业基础，加大科技创新、技术革新，通过做大做强战略性新兴产业，增创制造业发展新优势，布局一批战略性新兴产业、未来产业和现代服务业重大项目，逐渐成长为东部经济增长的新支点，加快东部地区产业转型升级。三是实行差别化产业政策，培育中西部自我发展能力。在产业配置和重大项目安排上，优先向中西部重要城市和地区倾斜，支持中西部结合本地优势，构建专业市场，集市场交易、物流配送、综合服务为一体，形成较强的市场凝聚力，增强中西部自我发展能力。四是积极搭建和完善产业转移平台，推动中西部地区承接东部地区产业转移，构建国家价值链。通过线上信息服务平台和线下对接活动，推动东中西部之间产业的合作和转移，推动基于产业集群的国家价值链建设。

（二）以制造业转移主导搭建国际产业链

一是推动创建以我国企业为主导的全球采购网络和经贸平台，推动部分产业"走出去"。支持国内企业构建大型全球经贸平台，实现采购、生产、销售的全球化。鼓励我国部分加工贸易厂商与欧美等发达国家零售商建立起紧密的关系，成为欧美购买商与亚洲及其他发展中地区企业的中介，逐渐将不具有比较优势的价值环节重新配置给低工资国家的第三方生产商，产成品从第三方国家或地区直接运至全球购买商，从而形成"制造三角"。二是支持企业对外直接投资和海外并购。构建交互式公共信息服务平台，及时发布海外相关行业的发展和需求信息，支持企业通过对外投资，直接利用和整合国外优秀的人才、科技和资源，并绕开贸易壁垒进入国际消费市场。支持企业海外并购获取境外先进技术、研发能力、品牌和国际销售渠道，提高我国在全球分工中的地位。三是加大对资本技术密集型产品出口的扶持力度。综合利用外交、援外、贸易信贷、工程承包等多种手段，加大资本技术密集产品的出口促进力度，大力开拓新兴经济体市场，并逐渐向发达市场渗透。

（三）以融入全球化推动产业链升级

加大开放力度，融入全球化进程，依然是未来我国制造业发展的主体方向。在新时期，应努力通过生产率提升的工艺流程升级、档次和品种改善的产品升级、从制造环节向研发设计和营销延伸的产业功能升级完成全球价值链的链条升级。目前，我国已基本实现工艺流程和产品的升级，应着重推动制造业的功能和链条升级。一是突破上游关键材料和核心部件技术。组织"重点突破计划"，攻克制约重点产业发展的关键基础材料、核心基础零部件和关键设备的技术，掌握产业链的上游环节。二是推动提升我国的工业设计支撑能力。大力发展功能设计、结构设计、形态及包装设计等工业设计产业，支持创建一批国家级工业设计中心。三是引导制造企业实现产品功能拓展。充分利用互联网、物联网、云计算、大数据等新一代信息技术，发展制造业的新型服务形态，延伸产业价值链。四是实施品牌发展战略，以产业集聚区、工业园区、新型工业化基地等为重点，开展制造业知名品牌创建境外示范区建设，推动技术突破下的 OEM 向 ODM、OBM（代工厂经营自有品牌）的升级。五是组织开展智能制造和绿色制造试点示范，提升制造业的智能化和绿色化，推动产业的链条升级。

关于国际产能合作的新模式，一是多打组合拳，将装备、技术、管理、标准和资本尽可能多地"打包"，与合作对象深度融合；二是改变过去"短单"太多的局面，将产能合作、产业链形成"长单"；三是中小企业尤其是劳动密集型企业要加速转向技术甚至高科技服务型产业；四是对一些产能不强、同时国内需求有限的国家，可以为其产品提供一定市场。

为支持企业"走出去"，国家出台了很多境外投资项目管理办法。1996 年12 月 1 日接受了国际货币基金组织第八条款，实现了人民币经常项目可兑换，即所有正当的、有实际交易需求的经常项目用汇都可以对外支付。但这并不意味着境内企业和个人可以随意购买外汇，外汇管理部门仍然对经常项目外汇收支进行真实性审核。境外投资项目的外汇仍采用审批制。

2004 年，国家发展和改革委员会发布了《境外投资项目核准暂行管理办法》（简称"21 号令"），将境外投资项目由审批制改为核准制，并明确了核准的具体范围、内容和申报程序。为适应我国企业对外直接投资规模的迅速增长，国家外汇管理局制定了《境内机构境外直接投资外汇管理规定》，自2009年8月1日起施行。

2013年11月，国务院发布的《关于发布政府核准的投资项目目录（2013年本）的通知》明确提出，中方投资10亿美元及以上项目，涉及敏感国家和地区、敏感行业的项目，由国务院投资主管部门核准。前款规定之外的中央管理企业投资项目和地方企业投资3亿美元及以上项目，报国务院投资主管部门备案。

2014年4月，国家发展和改革委员会印发了《境外投资项目核准和备案管理办法》。该《办法》明确提出，将根据不同情况对境外投资项目分别实行核准和备案管理，对一般境外投资项目一律实行备案制，为投资主体实施境外投资项目积极创造有利外部条件。境外投资项目不再区分资源类和非资源类，除涉及敏感国家或地区、敏感行业的项目外，将国家发展改革委核准权限由资源开发类中方投资3亿美元、非资源开发类中方投资1亿美元及以上统一提到中方投资10亿美元及以上，中方投资10亿美元以下项目一律实行备案。已在境外设立的中资企业在境外实施的再投资项目，如不需要境内投资主体提供融资或担保，不再需要办理核准或备案。此次简政放权后，绝大多数企业的境外投资项目都将属于备案管理范畴。

随着国际产能合作的深入推进，国家正在积极探索相关促进措施。

1）提升境外投资项目管理水平。逐渐放宽境外投资限制条件。强化企业投资的主体地位，探索逐步取消境外投资项目信息报告制度。结合国际产能合作的重点领域，逐步将电信、电网领域的国家核准管理改为备案管理。进一步下放备案权限，研究推进将事前备案改为事后备案，取消一批面向重点国别的项目备案管理。逐渐取消境外中资企业或机构实施境外再投资项目的核准或备案。优化境外投资项目审核程序。明确核准管理和备案管理的原则和标准，清晰划分不同部门在境外投资管理中的职能分工，削减重复程序和手续，完善协调机制。加强不同管理部门之间的信息共享，积极推动建立境外投资项目联审联办机制，优化审核流程。简化申报材料，提高审核效率。进一步简化企业项目申请报告申报材料，加快建设网上备案系统，推行电子政务，明确申请材料文本格式标准，缩短审核时限，提高境外投资项目核准、备案的全流程行政审核效率。

2）简化境外投资外汇管理程序，优化外汇使用登记与监管方式。推进境外直接投资外汇登记全国联网办理，提高登记便捷化。推进国家外汇管理部门与银行的工作协调，进一步落实国家外汇管理机构通过银行对境外投资外汇使用的间接监管机制。放宽融资租赁业务限制。探索逐渐放宽融资租赁类公司设立限制条件，扩大融资租赁业务主体。减少企业申报材料，简化融资租赁对外债权登记审核程序。放宽境内企业境外放款限制与境外直接投资前期外汇额度限制。放宽跨国公司资金境外运作限制，逐步提高境外放款比例，逐渐取消境外放款额度期限限制。探索进一步提高境外投资前期外汇汇出额度，探索简化前期费用累计汇出超过限制额度的报告材料。逐步建立外汇管理负面清单制度。放宽境外投资汇兑限制，改进企业和个人外汇管理。

3）提高境外投资国内外海关通关效率。深入推进通关一体化建设，加大直通放行制度推广力度，对符合条件的企业办理快速验放手续，使更多企业享受直通放行制度带来的便利。调整海关相关作业制度和作业流程，推动监管证件联网核查，逐步建立起口岸部门间信息共享、联合监管的合作机制。加强与国际产能合作国家（地区）口岸执法机构的机制化合作，以监管结果互认、"绿色通道"、信息交换等为重点，推动跨境监管程序协调。打造海关"经认证的经营者"（AEO）国际互认合作升级版，使高信用装备制造企业充分享受互认国家和地区的通关便利措施。推进与有关国家的领事磋商和领事条约谈判，进一步商签便利企业人员往来的签证协定，促进企业人员出入境便利化。

4）积极搭建政府间合作平台。继续与有关国家商签国际产能合作协议，加强与产能合作国投资、对话机制建设，积极利用多双边高层交往和对话磋商机制，为企业境外投资创造有利政治环境。发挥驻外机构的沟通、协调作用，加强对当地中资企业的信息服务、风险预警和领事保护，积极帮助企业解决境外投资中遇到的困难和问题。加快建设各类境外工业园区、产业集聚区、经济特区等平台建设，解决企业境外投资面临的产业配套和基础设施不完善问题，提高境外投资产业配套服务能力，为企业集群式"走出去"创造便利条件。借助已签国际产能合作协议的项目清单，结合各类境外合作园区项目落地情况，发挥行业商（协）会作用，建立国际产能合作项目信息数据库。建立境外投资信息系统与企业联盟信息网，提高境外投资的信息化水平。发挥中介组织与境外华人团体的作用。利用国际合作平台吸引国际知名中介服务机构入驻，为我国境外投资提供专业服务。实施境外投资中介服务培育工程，重点扶持一批定位于国际化服务的本土会计师事务所和律师事务所。积极发挥境外华人组织团体的帮扶作用。

第三章
国际产能合作中我国优势产能的地区分布

第一节 纺织业产能的地区分布

纺织业在我国对外出口中占有重要地位，多分布在沿海地区，内陆地区发展较为缓慢。山东、江苏、浙江是我国传统的纺织大省，也是中国纺织服装重点生产基地。内陆地区纺织业发展较为缓慢，其中山东纺织业不仅在全国同行业中居领先地位，而且在全省经济发展中也起着重要作用。

长期以来，我国纺织业出口额的增长较大程度靠价格拉动。2013 年 1~4 月，我国纺织品服装出口额 825.35 亿美元，同比增长 16.24%，增速较上年同期加快 15.17 个百分点；2015 年 1~11 月，整个纺织行业主营业务增长了 5%，利润总额增长 6.8%。从数据来看，虽然纺织行业在 2015 年仍然实现了增长，但从自 2013 年以来收入与利润增速持续回落，2015 年出口总额较 2014 年下降 4.88%，我国占世界主要市场的份额下降。由于占成本比例 10%~20% 的人工成本未来还将继续上升，纺织行业的盈利水平难以维持，纺织行业向人工成本更低的东南亚国家转移的趋势已不可逆。

从下游看，对外出口下降，服装消费增速持续回落，从 2014 年开始，每年的消费总额都由过去的超过社会消费品零售总额两个百分点，变成低于社会消费品零售总额两个百分点。因此，纺织行业供给侧改革势在必行。

近年来，中欧、中美纺织品协议相继到期，以及国际原材料价格上涨、人民币汇率变动、出口退税政策调整等一系列国内外因素的影响，纺织品也面临着巨大的挑战。在内外交困的背景下，在国家加强宏观调控、国际贸易摩擦上升等重重压力下，纺织业取得了一定的成绩。

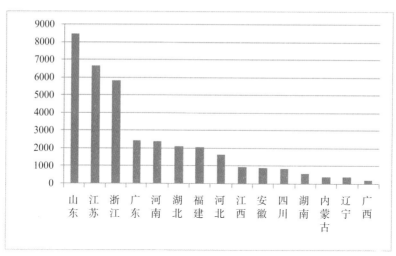

2014 年各省纺织业工业销售产值（亿元，前 15 位）

数据来源：中国工业统计年鉴

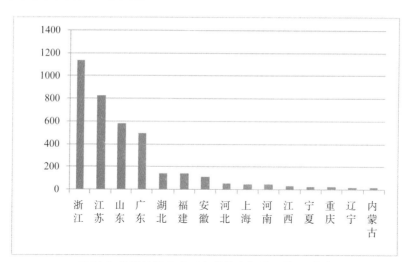

2014 年各省纺织业出口交货值（亿元，前 15 位）

数据来源：中国工业统计年鉴

第二节　化工原料和化学制品制造业产能的地区分布

化工原料及化学制品制造业在我国制造业中占有重要地位，主要集中在我国沿海发达地区和内陆交通枢纽。其中广东、山东两省占据近50%的化工产值，而化工产品出口主要集中在江苏、广州、上海等发达沿海地区。2011年，山东化工行业在经济总量大幅增长的同时，产业结构更加优化。其中，高浓度化肥的比例由上年的95%提高到95.63%，离子膜烧碱从78%提高到85%，子午线轮胎比例达到50.5%，低盐重质纯碱占65%以上，合成橡胶、合纤单体、精细化工中的高档次产品比例进一步提高。煤化、石化、盐化等行业加快向延长产业链、发展高端产品转变，取得明显成效。科技创新成效显著。2011年山东化工行业新认定国家级技术中心4个、省级技术中心31家；新批准成立两家省级行业技术中心，使省级行业技术中心达到4个；突破了一批关键、共性技术，开发应用了一批新工艺新技术，加快了科技成果向生产力的转化，对全省化工产业发展产生了重大影响。与此同时，江苏仍然拥有全国数目最多的园区外化工生产企业。这些总量超过全省产业过半数的生产企业在推进我省国民经济全面发展，推进行业调整结构转型升级促发展，并为相关产业提供有力的技术、材料及产品重要支撑。

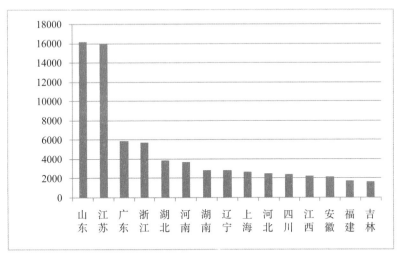

2014年各省化学原料和化学制品制造业工业销售产值（亿元，前15位）

数据来源：中国工业统计年鉴

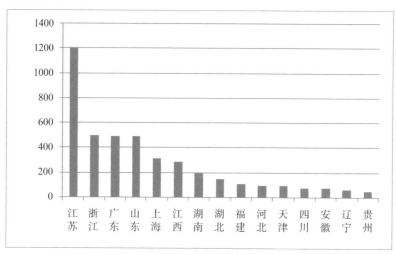

2014年各省化学原料和化学制品制造业出口交货值（亿元，前15位）

数据来源：中国工业统计年鉴

第三节　化学纤维制造业产能的地区分布

在化纤产业，江苏、福建占据大部分产值，而在出口交货值方面，江苏和福建两省也占据了绝大部分。2012~2015年，在国内市场强劲需求的推动下，化学纤维制造业全年利润总额一直保持上涨的态势，我国化学纤维产业整体保持平稳较快增长。随着产业投入加大、技术突破与规模积累，全年利润增长率一直保持在10%以上。2015年，在国家一系列政策密集出台的环境下，全国化学纤维制造业全年利润总额为313.4亿元，同比增长15.2%。

2016年1~6月，我国化纤实现产量2451.78万吨，同比增长8.39%，实现了产量中速增长，实现利润总额126.80亿元，同比降低了6.48%，盈利能力同比有所减弱。2016年1~6月子行业运营情况分化较大：粘胶长丝和短纤产销两旺，盈利能力较强；氨纶行业则价格一直走低，利润空间减少，库存增加，但投资热度未减，行业短期未有回暖迹象；涤纶行业上半年呈现触底回升行情，但下游需求量没有明显增长，涤纶价格上涨动力不足，市场反应平淡；再生化纤行业及生物基纤维行业失去了原料价格优势，运行困难；锦纶由于终端市场需求量不及预期,行业效益不断减弱,行情较为低迷;腈纶行业自反倾销实施以来,运行基本面转好。

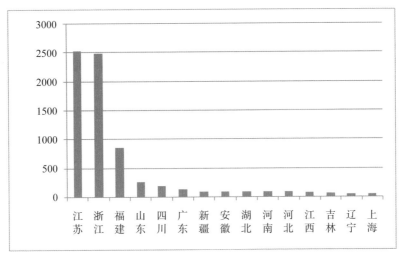

2014 年各省化学纤维制造业工业销售产值(亿元,前 15 位)

数据来源:中国工业统计年鉴

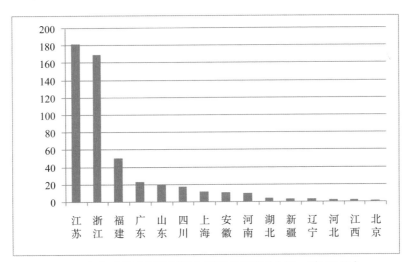

2014 年各省化学纤维制造业出口交货值(亿元,前 15 位)

数据来源:中国工业统计年鉴

第四节 黑色金属冶炼和压延加工业产能的地区分布

随着经济发展进入新常态，钢铁行业发展阶段也出现了新的变化，由原来的增量发展阶段向减量发展阶段过渡，由原来的规模扩张阶段向集约高效发展阶段过渡。在严峻的市场形势下，国内钢材市场需求显著下降，钢铁行业产能过剩、市场供大于求矛盾突出，钢铁行业总体运行态势严峻。

2015 年，我国宏观经济下行，经济发展遇到了很多困难和挑战。2015年 1~12 月，河北钢铁行业粗钢、钢材、生铁产量分别完成 18832.98 万吨、25245.31 万吨、17383.32 万吨，同比分别增长 1.29%、5.51%、2.62%，增幅分别比全国平均高 3.59、4.91、6.12 个百分点。2015 年河北铁矿石原矿产量完成51399.4 万吨，同比下降 8.2%，比全国降幅高 0.5 个百分点。2015 年 1~12 月累计，河北钢铁行业（黑色矿山采选业和黑色金属冶炼及压延）主营业务收入完成 11506.64 亿元，同比下降 15.18%；工业增加值完成 2924.73 亿元，同比增长 4.93%；利税总额和利润总额分别完成 554.71 亿元、299.70 亿元，同比分别下降 39.06%、46.93%。河北钢铁工业主营业务收入、工业增加值、利税总额、利润总额占全省工业的比重分别为 25.66%、26.01%、15.12%、13.74%。

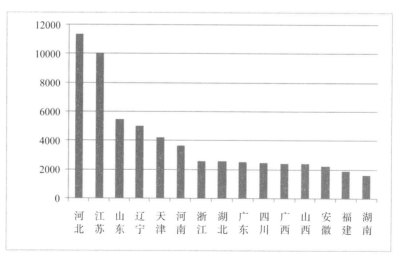

2014 年各省黑色金属冶炼和压延加工业工业销售产值（亿元，前 15 位）

数据来源：中国工业统计年鉴

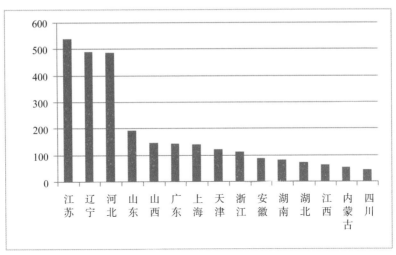

2014 年各省黑色金属冶炼和压延加工业出口交货值（亿元，前 15 位）

数据来源：中国工业统计年鉴

第五节　铁路、船舶、航空航天和其他运输设备制造业产能的地区分布

　　2015 年，铁路、船舶、航空航天和其他运输设备制造业工业总产值排名前三位的省份是：江苏、山东和重庆。2015 年 12 月中国铁路、船舶、航空航天和其他运输设备制造业出口交货值 321.7 亿元，同比下降 9.4%；2015 年 1~12 月中国铁路、船舶、航空航天和其他运输设备制造业出口交货值 3098.9 亿元，同比增长 1.4%。2016 年 7 月中国铁路、船舶、航空航天和其他运输设备制造业出口交货值 233.6 亿元，同比下降 10.3%；2016 年 1~7 月中国铁路、船舶、航空航天和其他运输设备制造业出口交货值 1652.7 亿元，同比下降 4.8%。

　　2015 年，在山东规模以上工业中，铁路、船舶、航空航天和其他运输设备制造业工业增加值增长速度为 11.6%，较 2014 年有所下降。2016 年 1~3 月，重庆规模以上工业企业实现主营业务收入 4773.92 亿元，同比增长 9.0%。在 39 个工业大类行业中，35 个行业盈利，4 个行业亏损。其中，铁路、船舶、航空航天和其他运输设备制造业同比增长 26.4%。最新的数据表明，2016 年 8 月，全国铁路、船舶、航空航天和其他运输设备制造业工业增加值增长 4%。

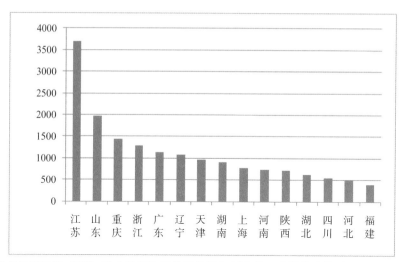

2014 年各省铁路、船舶、航空航天和其他运输设备制造业工业销售产值（亿元，前 15 位）

数据来源：中国工业统计年鉴

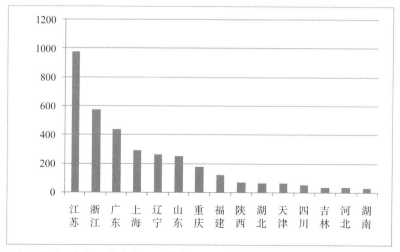

2014 年各省铁路、船舶、航空航天和其他运输设备制造业出口交货值（亿元，前 15 位）

数据来源：中国工业统计年鉴

第六节　电气机械和器材制造业产能的地区分布

2015 年全国规模以上工业中，电气机械和器材制造业工业增加值比 2014

年增长 7.3%，2016 年 7 月同比增长 8.2%，8 月增长 8.6%。与此同时，7 月的出口交货值为 872.7 亿元，同比增长 5.8%。从全国来看，电气机械和器材制造业的产能地区分布不均衡，主要集中在东部沿海地区，东北和西部地区的工业销售产值和出口交货值相对较低。

2015 年电气机械和器材制造业工业总产值居于前三位的省份是：江苏、广东和山东。江苏 2015 年电气机械和器材制造业产值 16910.3 亿元，增长 8.7%。广东 2015 年 1~11 月在全省 41 个工业大类行业中，累计增加值同比实现增长的有 33 个，占 80.5%，负增长的有 8 个，其中电气机械和器材制造业增长 5.9%，拉动全省规模以上工业增长 0.5 个百分点，比上年同期下降 0.1 个百分点。山东 2015 年电气机械和器材制造业规模以上工业增加值增长速度为 7.9%。电气机械和器材制造业工业销售产值排在第二位的广东，其出口交货值位于全国首位，这也说明了在对外开放方面，广东表现突出。

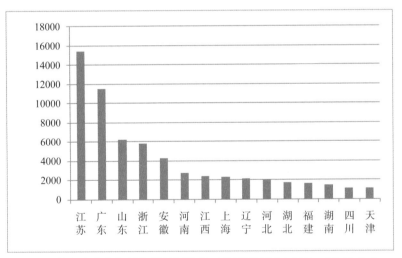

2014 年各省电气机械和器材制造业工业销售产值（亿元，前 15 位）

数据来源：中国工业统计年鉴

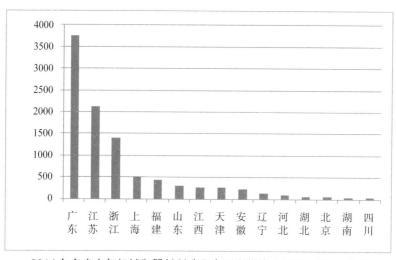

2014 年各省电气机械和器材制造业出口交货值（亿元，前 15 位）

数据来源：中国工业统计年鉴

第七节　计算机、通信和其他电子设备制造业产能的地区分布

由各省 2015 年计算机、通信和其他电子设备制造业工业销售产值和出口交货值的分布图可以看出，广东不论在销售产值还是出口交货值方面都具有很强的实力。

2015 年广东电子及通信设备制造业增长 10.8%，电子计算机及办公设备制造业增长 7.8%。2016 年广东制造业 500 强企业主要集中在 50 亿以下，达到 440 家，占比 88%。值得一提的是，计算机、通信和其他电子设备制造业，电器机械和器材制造业等两大行业仍是广东制造业 500 强主要聚集的行业，总数达到 179 家。2015 年江苏计算机、通信和其他电子设备制造业产值 19334.4 亿元，增长 9.4%。山东 2015 年计算机、通信和其他电子设备制造业规模以上工业增加值增长速度为 9.5%。2016 年 8 月，全国计算机、通信和其他电子设备制造业工业增加值增长 10.6%。2016 年 7 月全国计算机、通信和电子设备制造业出口交货值 3731 亿元，同比增长 3.9%；2016 年 1~7 月中国通信设备、计算机及其他电子设备制造业出口交货值 24987.1 亿元，同比下降 2.1%。

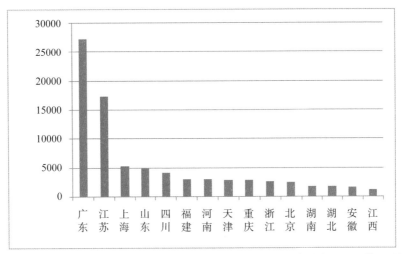

2014 年各省计算机、通信和其他电子设备制造业工业销售产值（亿元，前 15 位）

数据来源：中国工业统计年鉴

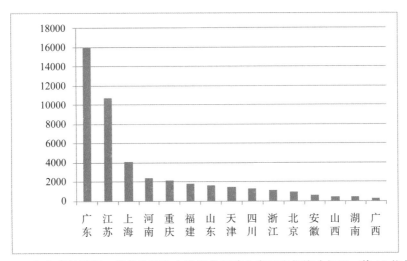

2014 年各省计算机、通信和其他电子设备制造业出口交货值（亿元，前 15 位）

数据来源：中国工业统计年鉴

第八节　仪器仪表制造业产能的地区分布

2015 年 12 月全国仪器仪表制造业出口交货值 121.6 亿元,同比下降 1.6%;2015 年 1~12 月全国仪器仪表制造业出口交货值 1301.2 亿元,同比增长 3.1%。2016 年 8 月我国仪器仪表制造业完成出口交货值 119.5 亿元,同比增长 4.2%。2016 年 1~8 月我国仪器仪表制造业完成出口交货值 871 亿元,同比增长 3.2%。2016 年以来,除 1~2 月累计出口交货值出现负增长以外,其他时间我国仪器仪表制造业出口交货值均呈现稳定增长态势。

2015 年江苏和广东的仪器仪表制造业工业总产值居于一、二位。其中江苏仪器仪表制造业实现工业总产值 1393.42 亿,占全省高新技术产业总产值的 2.27%。江苏一直以来都是仪器仪表生产大省,曾在 2011 年全国仪器仪表行业地区经济主要指标中位列全国第一。至今,江苏各类科学仪器研发生产企业已近百家,年产值近 100 亿元。光学仪器、专用仪器仪表元器件、医疗仪器及器械、计量器具等仪器加工产业在全国市场位居第一;电工仪器仪表、电子测量仪器、工业自动化仪表、分析仪器等也在全国市场占有率排名第二。同时,江苏也逐渐形成了多个竞争力强的仪器产业集群。苏州地区质谱、光电类仪器;无锡地区激光、气象类仪器;南京地区核磁类仪器、X 射线类仪器;淮安地区色谱类仪器;镇江地区电子测量类仪器;泰州地区电化学、医疗类仪器;徐州地区临床医疗类仪器等等,均具有较好的研发实力和产业基础。这使得江苏仪器仪表收入及利润增长率在近几年一直领先全国增长率。

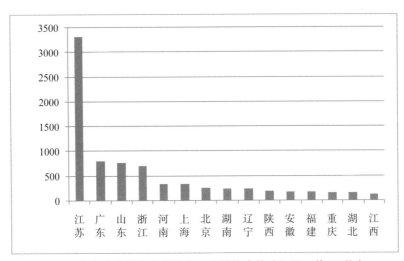

2014 年各省仪器仪表制造业工业销售产值（亿元，前 15 位）

数据来源：中国工业统计年鉴

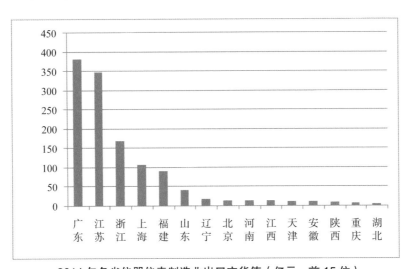

2014 年各省仪器仪表制造业出口交货值（亿元，前 15 位）

数据来源：中国工业统计年鉴

第四章
国际产能合作的特色模式

第一节　境外产业集聚区

境外产业集聚区是企业抱团"走出去"的重要形式。2011年,江苏商务厅、江苏财政厅联合制定了《江苏省境外产业合作集聚区确认办法》,对于经认定的省级境外产业合作集聚区,按不超过当年中方基础设施实际投资额的20%予以补助,单个园区当年补助总额不超过1000万元。此外,对于进入江苏境外产业合作集聚区的湖南企业,按不超过当年中方实际投资额的5%予以补助,当年单个项目补助额不超过300万元。当省级境外产业合作集聚区发展到一定水平,达到国家境外经贸合作区标准,经认定后,还可享受财政部、商务部外经贸发展专项资金的更大力度的支持。

江苏地理位置特殊,经济开放程度很高,而且是"一带一路"的重要交汇点,与沿线国家也有深厚的历史渊源和广阔的经贸合作往来。根据江苏发展改革委提供的数据,自国家"一带一路"战略公布以来至2015年中,江苏有近1100家企业到沿线国家和地区投资,中方协议投资额48.4亿美元,其中千万美元以上的项目占比约70%。大多集中在机械、电子、石化、医药、建材、轻工、纺织、冶金等产业,而这些产业正是江苏的优势所在,产能规模位居全国前列。截至2014年底,"一带一路"沿线64国在江苏累计投资额约占全国的三分之一,2014年江苏与64国贸易额占全国比重约十分之一。

江苏近年来加大了基础设施建设。2015年江苏境内在建铁路项目共有8个,两年内将新开工5个,将推进连云港—淮安—扬州—镇江铁路客运专线,动工徐州—宿迁—淮安—盐城高铁、连云港至南通的沿海高铁,徐兰客运专线江苏段也已开工。南京到启东的铁路电气化复线改造于 2015 年底完成，由单线改成复线，开通动车组。

在对接"一带一路"倡议方面，江苏提出了八大重点合作领域，包括：（1）依托新亚欧大陆桥经济走廊节点城市打造国际产业和物流合作基地；（2）强化互联互通基础设施建设；（3）提升经贸产业合作层次和水平；（4）深化能源资源领域合作；（5）加强海上合作，发展海洋经济；（6）拓展金融业务合作；（7）密切重点领域人文交流合作；（8）深化生态环境保护合作，在推进机制和保障措施上创新。并且力争 3~5 年内在"一带一路"沿线重点国家建设 2~4 个境外产业集聚区，而且拟运作"江苏企业国际化基金"，以支持企业"走出去"。

2014 年 2 月，印尼加里曼丹岛农工贸经济合作区获得江苏商务厅、财政厅确认，成为江苏首家境外产业合作集聚区。集聚区国内投资方为民企如皋市双马化工有限公司，该公司已在新加坡、中国香港、印尼等地投资油脂化工、机械设备、煤矿等产业。2006 年起，在印尼买地兴建产业合作集聚区，定位农林种植与产品加工，规划大面积种植棕榈树，带动国内种养殖业、木材加工业、榨油业等企业"走出去"。江苏企业抱团"走出去"集聚效应显著，柬埔寨西哈努克港特区已有 79 家企业入园生产，埃塞俄比亚东方工业园及周边也汇集了 23 家中国企业。

2016 年 4 月 13 日，江苏召开推进国际产能合作"走出去"企业政策对接会，该省高度重视推动企业抱团"走出去"，将境外产业集聚园区建设作为推进国际产能合作的重中之重，提高企业对外投资成功率，帮助防范投资风险。2015 年 10 月省政府印发了《江苏省推进国际产能和装备制造合作行动方案》，明确提出围绕工程机械、轨道交通、新型电力、船舶和海洋工程 4 个重大装备制造领域，轻纺、石化、冶金、建材 4 个传统优势行业，推动江苏国际产能合作深入扎实开展。2016 年 1 月，江苏省企业在印尼、柬埔寨、埃塞俄比亚等国的 29 个项目作为首批国际产能合作重点项目由国家发展改革委予以协调推动。

2016 年 4 月江苏已有 18 家海外园区正在建设或运营，一些可以复制的产能合作模式正在形成。根据国家部署和省政府要求，江苏省发展改革委牵头制定的《江苏省推进国际产能和装备制造合作三年行动计划（2016—2018

年）》已报请省政府审定。《行动计划》初步提出，到2018年江苏对外投资从2015年的103亿美元增加到140亿美元，年均增长12%。同时建立滚动项目库，排出了266个重点合作项目，中方协议投资额256亿美元，其中5000万美元以上的境外投资项目111个；10个重点境外产业园区，中方协议投资额23.3亿美元。力争经过三年左右的努力，全省实施一批国际产能合作重点项目并取得明显成效，形成一批境外产能和装备制造合作集聚区，培育一批具有较强国际竞争力的本土装备制造跨国公司，全省优势产能和装备制造走出去的规模化发展水平走在全国前列。

案例资料

江苏布局境外经贸园区和重点项目（2016年3月）

"国内杨木每吨800~1000元，我们那里只要300~500元，用工成本也低得多。"苏州市本尚新材料股份公司董事长俞雪元所说的"我们那里"，是指印尼西加里曼丹省。

两年前，本尚新材在那里"圈"定400平方公里森林，计划建设农业生态园，上马林木种植及木材加工项目，建设占地5平方公里的工业园。加上自建铁路、码头、电厂等配套设施，一期投资3亿美元，二期投资7亿美元。2016年3月，一期工程正在建设中，已有30多家省内外木材加工厂准备落户，其中6家正式签约。徐州、连云港等地不少企业也要跟着去。

一、走出国门开辟发展新空间

本尚新材走出国门建园区，正是江苏企业国际产能合作的生动缩影。李克强总理在政府工作报告中指出，坚持企业为主、政府推动、市场化运作，实施一批国际产能合作的重大示范项目。2016年3月，国家和江苏都在围绕国际产能合作加强规划、加快布局，建立项目储备库，争取在"十三五"开局之年高起点开局。

近几年，江苏企业"走出去"积极性空前高涨，2015年对外投资中方协议额突破100亿美元，比上年增长42.8%。特别在"一带一路"沿线国家，中方协议投资27.3亿美元，增长98.8%。到国外设厂建生产基地，对行业优势明显但受制于国内产能饱和的企业来说，无疑是打开了全新发展空间。

扬州恒远集团董事长徐会龙说，集团已在坦桑尼亚征地1000亩，买下5.4平方公里矿山，利用当地石灰石、黏土等生产水泥，将开建两条年产700万吨水泥的工厂，一期投资4亿美元，成品水泥在坦桑尼亚本国或周边国家销售。由生产水泥衍生出年发电100亿千瓦时的余热发电自备电厂、年吞吐量2000万吨的码头，以及加气块厂、石灰厂、石料厂、商品混凝土厂、纸袋厂等一批境外项目。

常州天合光能去年投资1.6亿美元在泰国投资太阳能组件生产工厂，全部建成后年产700兆瓦电池片，项目有望2016年3月投产。2016年2月，天合光能又在荷兰收购一家200兆瓦的电池片工厂。而在印度总产能1吉瓦的光伏生产基地项目也在推进中。公司人士说，"中国光伏产业快速崛起，频遭欧美等同行的围堵。把基地建到他们地盘上，共享发展成果，对方就容易接受，起到国内去产能和规避贸易摩擦的双重作用。"

二、20个重大工程重点项目入库

开展国际产能合作，企业是主体，而江苏相关政府部门也积极发挥"有形之手"的作用。

《江苏省推进国际产能和装备制造合作三年行动计划》出台，其中提到力争到2020年全省优势产能和装备制造"走出去"规模化发展水平走在全国前列，装备制造业境外投资中方协议投资额年均增长10%以上。江苏省发展改革委副主任赵建军介绍，江苏国际产能和装备制造合作将立足产业比较优势，重点围绕4个重大装备制造领域、4个传统优势行业，以点带面分类实施。前者包括工程机械、轨道交通、新型电力、船舶和海洋工程；后者有轻纺、石化、冶金和建材。每一项重大工程和重点项目，都有政府部门来推进落实。

2016年3月江苏已有柬埔寨西港特区、埃塞俄比亚东方工业园两个国家级境外经贸合作区和印尼东加里曼丹岛农工贸经济合作区一个省级境外经贸合作区。省商务厅副厅长朱益民说，尚有2个"一带一路"沿线在建园区化项目，分别是江苏联发集团在柬埔寨的农林生态园和无锡丁蜀公司在马来西亚的商贸城，还有东方恒信资本控股集团有限公司、江苏德龙镍业有限公司等8个有意向建设为境外产业集聚区的园区化项目。力争在"一带一路"沿线建设

1~2 家省级境外产业集聚区。

江苏是国际产能和装备制造合作重大工程和重点项目库，也已筛选出在建和条件相对成熟的重大产业投资、园区建设和工程承包项目 20 个，中方总投资 240 亿美元左右。省有关方面正积极争取将这些项目纳入国家层面重点国别规划、合作框架协议和双边合作机制。

三、培育华为那样走出去的"龙头"

完成从"引进来"到"走出去"的观念转变和实践转型，江苏广大企业以及管理部门，还需要应对多种挑战、经受各种历练。对企业"走出去"，少数地方的认识还未完全到位，氛围不够浓厚；少数企业"走出去"发展的意识不够强烈，能力有待提升；政府支持的各项服务功能需进一步整合；风险防控和综合配套服务有待加强。

因为国内竞争越来越激烈，盐城路桥建设工程有限公司开拓境外市场意愿也日益强烈，与蒙古国、印尼、尼日利亚等进行接触，但尚未迈出实质性步伐。董事长宋伟宏说，人才、资金以及对国外情况不熟等，都是无法摆脱的顾虑。

江苏处于"丝绸之路经济带"及"21 世纪海上丝绸之路"交汇点，这是一大优势，但与兄弟省市区相比，地理距离更远。同时，与国内其他地区还存在产业重叠，国际产能合作存在自相竞争的可能。尤其是作为"走出去"的主体，江苏缺乏像华为、中兴这样的龙头企业。政府应为企业提供有价值的合作信息，推进投资便利化，加强金融支持，营造企业长大长强的环境，使得江苏企业能在国际市场中靠实力形成影响力，用影响力提升竞争力，最终形成江苏的国际化企业群落。

第二节　边境经济合作区

当前我国边境技术合作区已有东兴、绥芬河、二连浩特、河口、畹町、瑞丽、凭祥、博乐、丹东、伊宁（新疆）、塔城（新疆）、满洲里、珲春、黑河等十余个。国家级边境经济合作区的基础设施项目将优先安排财政贴息，享受财政贴息期限不得超过 5 年。财政部在 2013 年下发的《国家级经济技术开发区国家级边境经济合作区基础设施项目贷款中央财政贴息资金管理办法》的通知中明确，国家级边境经济合作区是指经国务院批准设立的国家级边境经济合作区，具体包括：内蒙古、广西、云南、新疆、黑龙江、吉林、辽宁省（自治区）。《办法》所称基础设施项目是指：区内道路、桥涵、隧道等项目；区内污水、生活垃圾处理及生态环境建设项目；区内供电、供热、供气、供水及通信网络等基础设施项目；区内政府所有，为中小企业创业、自主创新提供场所服务和技术服务的孵化器，以及公共技术支撑服务平台；区内为集约利用土地，节约资源，服务中小企业，政府所有的边民互市市场、保税仓库、标准厂房、公共物流中心及其附属设施等项目；区内口岸、边检、联检及其附属设施等基础设施项目；区内其他符合公共财政支持范围的基础设施项目。《办法》明确，原则上所有项目享受财政贴息期限不得超过 5 年。财政贴息的贴补率由财政部根据年度贴息资金预算控制指标、项目当期的银行贷款利率和项目对贴息资金需求，按不高于 3% 的比例一年一定。

1. 塔城市边境经济合作区

塔城位于新疆维吾尔自治区西北部，距自治区首府乌鲁木齐 580 公里，总人口 13 万人，有汉、哈萨克、回、维吾尔、俄罗斯等 25 个民族。西部、北部与哈萨克斯坦接壤边境线长 150 多公里，市区距国家一类开放口岸——巴克图口岸仅 12 公里，是新疆三个沿边城市中距口岸最近的城市。

塔城市边境经济合作区于 1992 年 12 月经国务院特区办批准成立。合作区东依塔城市，西邻口岸，规划面积 6.5 平方公里。合作区自成立以来在各级党政领导的直接关怀下，加强软硬环境建设，吸引国内外投资，以促进城市经济进一步繁荣为宗旨，在 0.95 平方公里的起步区内，围绕"六通一平"进行了大量扎实的基础设施建设，目前已配套完善，为合作区的长远发展打下了一个坚实的基础，为各类投资者提供了一个良好的投资环境。

合作区发展到 2014 年，已拥有人口已近 2 万，各类企业近 50 家。1992~1996 年，合作区累计实现工业总产值 57397 万元，1997 年实现工业总产值 6893 万元，同比下降 10.9%，1998 年实现工业总产值 6785 万元，比

1996 年下降 12.6%，自 1992 年塔城市和巴克图口岸经国务院批准正式开放以来，尤其是巴克图口岸 1995 年经国务院批准正式向第三国开放以后，塔城市的经济迅速繁荣起来，国民经济持续快速增长，边境地贸易发展很快，至 1998 年年底，由巴克图口岸易货贸易出入境货物总量达 66.42 万吨，总值 31.92 亿元人民币，以独联体国家为主的外国客商来塔城购物出口货物 19.96 万吨，总值 19.49 亿元人民币。1998 年，由巴克图易货贸易出入境货物总量达 8.6 万吨，总值近 7 亿元人民币，旅游购货出口货物总量 3.3 万吨，总值 3.66 亿元人民币。

2. 凭祥市边境经济合作区

凭祥市边境经济合作区是 1992 年 9 月国务院批准的国家级边境经济合作区，本区地处亚太经济圈中越两国结合部，为我国特别是大西南通往越南和东南亚各国的主要通道之一，国际铁路，322 国道贯穿合作区南北，国家一级口岸——凭祥火车站，国家联检机构和一些涉外部门均设在合作区内；核定面积为 7.2 平方公里，已开发 4.2 平方公里，总投资 4.05 亿元，已建成"五通一平"比较完善的基础设施。

凭祥边境经济合作区坐落在美丽的凭祥市南面，面积 7.2 平方公里，距越南首都河内 168 公里，距友谊关口岸 8 公里，湘桂铁路干线、322 国道和南友高速公路贯穿合作区南北，在友谊关口岸与越南国家铁路公路干线对接，交通十分便利。

凭祥边境经济合作区具有优越的区位优势和良好的投资环境。凭祥面向东盟 10 国，是中国走向东盟的桥头堡，是连接东盟的大陆桥。在凭祥边境经济合作区投资开发，可以享受国家西部大开发优惠政策；享受国家给边境经济合作区的优惠政策；享受广西壮族自治区制定的优惠政策以及凭祥市制定的优惠政策。对进入合作区投资的企业，合作区管理委员会免费代办投资相关手续，竭诚为入园企业提供全方位的"保姆式"服务。随着中国—东盟自由贸易区的启动，凭祥边境经济合作区的区位优势更加突出，发展前景更加广阔。一个现代化、新兴的充满生机的经济合作区将展现在世人面前。凭祥边境经济合作区是中国西部的淘金地，是创业者的乐园。

凭祥边境经济合作区以"经贸带动物流，以物流带动产业"为理念，实施"一区多园"战略，规划建立 3 个工业园，即以进出口加工业为主的南山工业园和以制造业为主的岜口工业园，以建材生产为主的大弯弓工业园，即"一区多园"。其中南山工业园已全面启动。

南山工业园位于边境经济合作区南面，占地 1.2 平方公里，现已完成通路、通水、通电、通信、通排污和平整场地等"五通一平"基础设施建设。园区内建有一座 11 万伏的变电站，一座日供水 2 万吨的水厂，一所含中、小学在内的实验学校，两幢高六层建筑面积为 1 万平方米的标准厂房，基础设施建设比较完善。

南山工业园以越南、东盟作为主要市场目标，优先引进高新科技型、进出口加工型及民营型企业。现进驻园区的企业有果品冷藏库、电子厂、环保型建材厂等。为了使合作区更具活力和吸引力，给进园企业提供强有力的政策支持，凭祥市委、市政府制定出台了凭祥边境经济合作区投资优惠政策。

3. 黑河市边境经济合作区

1992 年，国家为进一步实施沿边开放战略，决定把黑河等地开发建设成为南联北开和东北亚国际性区域合作的窗口。根据国务院《国务院关于进一步对外开放黑河等四个边境城市的通知》（国函〔1992〕第 21 号），原国务院特区办公室下发《关于设立黑河市边境经济合作区的批复》文件（特办字〔1992〕第 50 号），批准成立黑河边境经济合作区，核定规划面积 7.63 平方公里。核准黑河边境经济合作区的范围为西以环城路为界，南以站前大街为界，东以二环东路为界，北以王肃街为界。

随着黑河实施与俄罗斯布市"两国一城"战略，城市重心逐步东移，加上多年来城市基础设施建设和经贸、商服等项目建设，原规划面积 7.63 平方公里基本开发成熟，新项目发展空间日益缩小。2005 年，根据新的形势和发展需要，黑河市政府决定把合作区管辖范围调整为五秀山俄电加工区、二公河俄电加工区、石化工业区、国际物流区，并代管跨境经济合作区，总面积达到 45.9 平方公里。

案例资料

黑河市俄电加工区 2010~2015 年发展规划

黑河市俄电加工区是在原国家经贸委批准黑河市独立开展对俄购电的基础上，经黑龙江省经委批准的对俄购电专署供电区。为进一步加速开发建设步伐，充分发挥黑河市俄电加工区在黑龙江省沿边开放带和市域经济发展中的载体和平台作用，特制定黑河市俄电加工区 2010~2015 年发展规划。

一、黑河市俄电加工区建设及产业发展优势

加工区基础设施配套建设日趋完备。黑河市俄电加工区由五秀山俄电加工区、二公河俄电加工区、光伏产业园、锦河俄电加工区、石化工业区 5 个园区构成，规划面积 22.9 平方公里。园区基础设施计划总投资 34.66 亿元，主要建设道路、供电、给水、排水等基础设施工程。现已累计完成投资 19000多万元，使启动区一期 2.5 平方公里区域内基础设施达到了"五通一平"。综合服务楼和园区高位调蓄水池等配套设施均已建成投入使用，基本能够满足企业生产和建设需要。园区现已建成一座 220 千伏变电所和 2 座 110 千伏变电所，另一条 500 千伏超高压直流背靠背对俄购电输变电工程已经基本建成，总供电能力 80 多亿千瓦时，基本能够满足企业生产用电需要。为满足园区日益增长的产品和原材料运输需求，规划建设的 2 条园区铁路专用线正在抓紧进行工程设计等前期工作，建成投入使用后，将为企业提供更加便利的运输条件。

加工区主导产业初具规模。经过几年的发展，加工区主导产业——硅材料产业发展迅速，已经形成了国内知名的工业硅产业集群，现有 7 家工业硅生产企业，累计投资 10 亿多元建设了 21 台工业硅冶炼炉，形成工业硅产能 14 万吨，可安排就业 2500 多人，用电总负荷 27 万千瓦，年耗电能力 20 亿千瓦时，产品和原材料年运输总量达 80 万吨以上。截至 2009 年末，园区规模以上企业累计完成工业总产值 20.8 亿元，工业增加值 3.2 亿元，实现销售收入 19.65 亿元，上缴税金 9292 万元，工业硅完成产量 20.2 万吨，工业用电量为 28.5 亿千瓦时。加工区主导产业年销售收入达园区总销售收入的 97.5%。

加工区产业链条和产业支撑体系不断增强。项目是延伸产业链和提升产业支撑力、壮大产业整体实力的主导力量。目前该区硅基材料产业项目招商成果显著，投资 15 亿元的合盛光伏 5000 吨太阳能级多晶硅项目及配套 14 万吨工业硅项目，是与浙江大学国家硅材料重点研究实验室共同合作开发的技术攻关项目，采用物理冶金法技术提纯液态金属硅，生产太阳能级多晶硅。该项目填补了黑龙江没有多晶硅产品的空白，属于国家和黑龙江鼓励发展的项目，产品市场前景好，技术先进，对环境没有污染。截至 2010 年 6 月，项目已累计完成投资 4.1 亿元，一期 1000 吨多晶硅生产线即将建设完成，2011年项目可全部建设完成。届时，五秀山俄电加工区工业硅产能将达到 25 万吨，多晶硅产能达到 5000 吨，将为黑河市进一步发展硅基新材料产业奠定坚实的基础。电石化工产业顺利起步，投资 20 亿元的龙江化工公司年产 14 万吨聚乙烯醇及配套 30 万吨电石项目，是以电石为基础，醋酸乙烯为支撑，聚乙烯醇和醋酸酐为最终产品的链条比较完整的大型化工集群。截至 2010 年 6 月，已累计投入资金 3.8 亿元，一期 20 万吨电石、4 万吨醋酸乙烯和 2 万吨聚乙烯醇项目具备投产条件，到 2012 年项目全部建成投产。投资 10.68 亿元的黑河高科生化公司年产 2.5 万吨维生素 C 项目一期 1 万吨维生素 C 项目环评和立项批复已经完成。一批重大项目的实施，推进了我区产业集群化、项目链条化，进一步增强了我区在黑河市域经济发展中的先导、示范作用和重要增长极功能。

加工区能源资源比较优势更加突出。黑河现已建成投运了 220 千伏和 110千伏两条对俄购电跨江输电线路，国家电网公司投资建设的 500 千伏跨江输电线路中方境内部分也已经建成，三条线路全部建成年输电能力可达 80 亿千瓦时，具有利用俄罗斯丰富且低价电力资源的地缘优势。黑河拥有丰富的煤炭资源，国电集团正在实施 4×60 万千瓦火力发电项目，可为发展光伏产业提供稳定的补充电源。黑龙江省物价局根据黑龙江省电力公司对黑河俄电加工区企业用电的承诺，批复了从俄罗斯购入的电量在黑河俄电加工区销售价格为 2008 年 1 月 1 日至 2008 年 12 月 31 日执行 0.26 元 / 千瓦时（含基本电费），2009 年 1 月 1 日到 2017 年 12 月 31 日销售电价每年上调 0.01 元 / 千瓦时，使黑河在全省可唯一享有电价政策优势。黑河所处大小兴安岭林区，生产工业硅的还原剂木炭、木材削片供应充足有保障，毗邻大庆等石油焦主产区，供应充足运输便利。黑河公路铁路运输发达，从吉林、辽宁和省内运送硅石十分方便，园区最大的工业硅生产企业黑河合盛硅业公司目前正在争取协议受让方正县境内广富山硅石矿的开采权，该硅石矿总储量约300万吨左右，且根据矿石检测报告发现，该硅石矿有二氧化硅含量高、其他杂质元素少等特点，完全可以满足企业30年以上太阳能级多晶硅所用硅石的稳定供应。

加工区产业研发基地建设初见成效。为充分发挥加工区的产业集聚效应，延伸硅产业链条，大力发展硅材料产业，提出依托俄电加工区，建设硅基新材料特色产业基地的设想，得到了省委、省政府的高度重视和大力支持，吉炳轩、栗战书和孙尧等时任省领导多次到园区检查指导工作，规划建设的多晶硅开发项目被列入《中共黑龙江省委关于深入贯彻落实科学发展观，加快新型工业化进程的决定》重点工作任务，依托黑河市俄电工加工区建立硅基新材料研发基地，被列入《2008年黑龙江政府工作报告》重点工作。2008年7月31日，省科技厅正式批准同意依托五秀山俄电加工区建立省级硅基新材料火炬计划特色产业基地（黑科函〔2008〕44号）。在黑龙江省科技厅的大力帮助下，黑河与哈尔滨工业大学联合组建了黑龙江省硅材料工程技术研究中心，构筑了产学研合作创新服务平台，为黑河发展硅材料产业提供了科技支撑。加工区龙头企业合盛光伏与浙江大学国家硅材料重点研究实验室达成了共同合作研发光电产品技术攻关项目协议，筹划建立产学研一体化基地。

在看到有利条件的同时，我们也清醒地认识到，黑河市俄电加工区在发展中还存在着一定的困难和问题。主要有：产业发育条件和环境薄弱，为项目尤其是大型项目提供配套生产制造的能力不足，急需建设相关配套产业；电力供应不够稳定，难以保障企业满负荷生产，急需完善配电设施建设；全国工业硅产业发展迅速，加工区内产品大多处于产业链的最低端，急需提升产业层次；基础设施建设存在资金缺口，为着力搭建产业发育平台，发挥产业集聚效应，急需进一步完善园区给排水、道路等基础设施及配套铁路专用线工程建设。

二、黑河市俄电加工区发展构想

（一）总体思路和发展目标

总体思路：以"三个代表"重要思想、党的十七大和十七届三中及四中全会精神为指导，以又好又快发展为主题，以产业升级为主线，继续坚持"贸易营造优势、产业构筑强区、环境塑造形象、服务推动发展"的工作思路，全面落实科学发展观，着力推进园区载体和重点项目建设，推动产业发育和提档升级，加快新型工业化进程，全力打造市域经济增长极，力争把黑河市俄电加工区建设成为黑龙江沿边开放带规模最大、集中度最高、结构合理、特色明显、生态良好的特色产业基地。

发展目标：根据要将黑河市打造成为市直经济增长极的总体要求，到2015年黑河市俄电加工区要实现以下目标：工业总产值达到300亿元，年均递增110.8%；规模以上工业利润达到18亿元，年均递增109.8%；企业上缴税金达到12亿元，年均递增109.1%；提供就业岗位50000个。

（二）建设任务和发展重点

建设任务：抓好加工区基础设施建设，营造良好的发展环境。坚持调动一切积极因素，增强基础设施建设的活力，形成推动基础设施建设的合力，不断加快基础设施建设步伐。坚持基础设施建设的长远规划与阶段性目标相结合，努力实现基础设施建设适度超前，满足入区项目发展的需要。2010年至2015年计划投入资金17.5亿元，基本完成黑河市俄电加工区基础设施建设任务。五秀山俄电加工区在已完成启动区1平方公里基础设施建设的基础上，继续投资1016万元，完成剩余0.8平方公里区域内的道路、给水、排水工程及通往园区的铁路专用线建设，主要建设完成新兴东路、人行道路缘石、二期绿化工程，新建固体废物处理厂和污水处理厂各一座。二公河俄电加工区在已完成启动区1.5平方公里基础设施建设的基础上，要继续投资2.4亿元，做好剩余1.6平方公里的道路、给水、排水工程及通往园区的铁路专用线建设，主要建设完成主干道8公里，给水管线10公里，污水管线9公里，雨水管线8公里。光伏产业园投资4.5亿元完成3平方公里建基础设施建设，主要建设完成主干道16.9公里，给水管线19.5公里，污水管线17.1公里，雨水管线16.4公里。锦河俄电加工区在完成规划选址的基础上，将投资6亿元，完成启动区4平方公里区域内的道路、给水、排水工程建设，主要建设道路22公里，给水管线25公里，污水管线22公里，雨水管线21公里。石化工业区投资4.5亿元完成启动区3平方公里区域内的道路、给水、排水工程建设，主要建设道路 18 公里，给水管线 20 公里，污水管线 19 公里，雨水管线 18 公里。

发展重点：五秀山俄电加工区发展以工业硅、多晶硅为主的硅基材料产业；以碳化硼、碳化硼超细微粉、工程陶瓷为主的硼基化合物；以水泥为代表的建材加工业；以铁合金为主的冶炼产业。重点引进建设合盛光伏年产 5000 吨多晶硅及配套 14 万吨工业硅、正兴磨料公司年产 100 吨核级碳化硼工程陶瓷微粉项目。投资总额 10 亿元，年实现销售收入 20 亿元，利润 1.2 亿元，税金 8000 万元。二公河俄电加工区发展以电石及电石大化工为主的精细化工产业；以电子和通信产品为主的高新技术产业；以木耳和野果等山珍产品精深加工、大豆和肉类等农副产品精深加工为主的绿色食品加工业；以葡萄糖、维生素 C、维生素 C 钠、维生素 C 钙为主的生物医药产业；以中高档家具、地板、装饰材料为主的木材精深加工业；以汽车、矿山机械、电力设施、成套设备等产品组装为主的出口制造业。重点引进建设电石及电石化工、维生素 C、维生素 C 钠、维生素 C 钙、蓝莓产品精深加工、离子膜烧碱、专用挂车车厢制造厂等项目。投资总额 25 亿元，年实现销售收入 60 亿元，利润 3.6 亿元，税金 2.4 亿元。光伏产业园以黑河市工业硅产业为基础，发展以单晶硅、硅切片、太阳能电池及组件为主的光伏产业。重点引进建设单晶硅、硅切片、太阳能电池及组件等项目。投资总额 10 亿元，年实现销售收入 20 亿元，利润 1.2 亿元，税金 8000 万元。锦河俄电加工区依托引进的俄电资源和当地丰富的矿产资源优势，发展以铜管、管件、铜合金系列产品为主的铜制品加工业；以铝板带材和铝箔为主的铝制品加工业。重点引进建设铝综合加工、电解铜及铜深加工、硅铝等项目，投资总额 28 亿元，年实现销售收入 50 亿元，利润 3 亿元，税金 2 亿元。石化工业区依托"阿穆尔—黑河石油炼化输运综合体"项目从俄罗斯进口的石油及石油产品（凝析油、石脑油和重油），发展以乙烯、丙烯、丁二烯为主的初级石化产品加工业；以聚酯、苯酚、二甲苯（PX）、精对二甲苯（PTA）、乙二醇（EG）为主的中游产品加工业；以聚酯切片、涤纶纤维、塑料制品为主的下游产品加工业。重点引进建设油品储运、乙烯、乙二醇、丙烯等项目。投资总额 140 亿元，年实现销售收入 150 亿元，利润 9 亿元，税金 6 亿元。

三、主要措施

（一）高起点建设，可持续发展。完善园区基础设施及配套设施建设。按照"优化结构、提高效益、降低消耗、保护环境"以及循环经济的要求提升园区发展水平，严格执行环保"三同时"制度，落实节能减排责任制，推动生态园区建设，基本形成节约能源资源和保护生态环境的产业结构、增长方式，增强园区可持续发展能力。

（二）从严控制，规范管理。依据产业发展方向、征地规模、投资密度、经济密度、外向度等一系列指标，制定企业入园门槛，择优选择入园企业，不符合标准的企业坚决拒之门外，特别要防止一些低水平、高污染的企业和项目进入园区。同时，建立高效有序的园区管理机制。监督园区企业依法经营，照章纳税，逐步规范园区用工管理、治安管理和环境卫生管理。

（三）扩大对俄经济技术合作。放大黑河市俄电加工区平台作用，加快对俄经贸科技合作战略升级，努力发展开放型经济，不断加强与俄罗斯在石油、电力、矿产、农业、林业等优势资源方面的合作，拓宽合作领域，提高合作层次。继续扩大对俄购电规模，保证俄电加工区对俄电力的需求。

（四）加大招商引资力度。创新招商机制，制定出招商引资方案，制定具体招商计划，建立专业招商队伍，提高招商质量。完善招商引资奖励政策，建立招商引资激励机制。创新招商途径，实施有针对性地定向登门招商。扩大招商领域，探索在贸易、加工和技术合作方面的对俄招商，打造境外宣传合作区的平台。完善招商服务方式，对投资企业提供个性化服务，扎实做好招商服务基础工作。精心策划整体包装，强力推进招商宣传推介工作。

（五）拓宽融资渠道。扩大金融合作，争取国家开发银行的授信额度和中国进出口银行"兴边富民专项贷款"扶持，加强项目推介、政策引导和服务提升，积极吸引外来投资者参与重点项目建设，争取更多的资金投入。积极尝试建立园区基础设施建设代理制和总承包制，探索 BOT 和 BOST（建设—运营—补贴—移交）项目融资方法，拓宽园区基础设施建设筹资渠道。

（六）提升园区服务质量，完善园区服务功能。营造亲商、安商、富商的投资环境。全方位、全过程地为园区企业提供优质服务，不仅要做好入园企业建设过程中的各项服务工作，更要为已经建成投产的企业提供市场信息收集、产业政策导向以及企业用工、融资等多方面的优质服务，使园区企业既进得来，更稳得住，有发展，不断做大规模。不断提高园区品味，建设园区各种社会配套设施，为园区企业提供良好的商务运行环境。

四、需要省里帮助解决的主要问题

（一）加大资金扶持力度。经初步测算，到2015年黑河市俄电加工区基础设施建设需累计投入资金6亿元，才能满足入区企业和项目的需要。仅靠地方自身财力根本无法解决。因此，需要省政府给予大量资金支持和协调金融机构提供贷款以解决园区建设资金缺口问题。

（二）帮助解决输配电设施建设问题。截至2016年，合盛光伏多晶硅项目一期工程都已进入设备安装调试阶段。但园区供电设施至今还没有开工建设，从目前看，将势必影响多晶硅项目的生产。因此，需要省工信委帮助协调省电力公司加快园区电力设施建设，确保企业投产对用电的需求。

（三）制定税收返还政策。将园区企业上缴增值税省内留存部分的一半在2015年前返还合作区用于园区基础设施建设。

（四）境外投资扶持。扶持地方民营企业积极开发俄罗斯能源资源，并在资金上给予支持，以进一步扩大黑河在资源能源领域的优势，增强园区经济持续发展的能力。

地址：黑龙江省黑河市通江路82号黑河边境经济合作区管理委员会　邮编：164300

4. 伊宁市边境经济合作区

伊宁边境经济合作区坐落于塞外名城伊宁市西郊，北跨218国道，南沿美丽的伊犁河畔，1992年被国务院批准为国家级边境经济合作区。该地区地势平坦，空气清新，风景优美，具有良好的区位优势、环境优势和政策优势。

合作区依托伊宁市不可替代的战略区位优势和伊犁河谷得天独厚的绿色资源优势，确立了"环境立区、工业强区、商贸兴区"三大发展战略，围绕"工业、商贸流通业、房地产业"三大产业板块，全力发展建材业、纺织工业、农副产品深加工业（生物制药业）、机械装备制造业、家具及小家电等轻工类产业。

按照"一区多基地、区中有园"的布局模式，合作区在原有规划面积的基础上积极构筑10平方公里的建陶产业基地、40平方公里的伊宁出口加工工业园、30平方公里的国际商贸物流园区等，大力发展外向型经济，推动区域经济快速发展，奠定了引领河谷经济发展领跑者的地位。

伊宁边境经济合作区根据国务院关于西部大开发的有关优惠政策、新疆维吾尔自治区招商引资若干政策规定、自治州人大颁布实施的《伊宁市边境经济合作区管理条例》以及国家的有关法律、法规和政策，结合合作区的实际，特制了伊宁边境经济合作区优惠政策，其中包括财政、税收优惠政策、土地优惠政策、引进项目和资金奖励政策等，为区外投资企业及企业工作人员提供良好的生产经营和生活环境。

截至2010年3月，合作区招商引资累计到位金额49.4亿元，共注册各类企业435家，其中：工业企业103家，产值超亿元企业7家，超千万元企业26家；中国名牌产品3个，自治区名牌产品8个，自治州名牌产品12个；国家级高新技术企业1家，自治区级高新技术企业1家，自治区级农业产业化重点龙头企业1家，州农业产业化重点龙头企业6家。安琪酵母公司年产30000吨活性干酵母已成为亚洲最大的酵母生产企业；浙江金鹰亚麻年2.5万锭生产规模是国内最大的麻纺生产企业；盛康粮油公司500吨小麦日生产规模是全疆单线生产能力最大的面粉加工企业；伊源乳业作为伊犁州的重点龙头企业，其干酪素项目企业标准引领了国内的行业标准；江苏高新技术企业荣能集团在伊投资的伊犁荣能建材产业园属河谷最大的新型建材项目。合作区已呈现出投资升温促进产业聚集，产业聚集又加快投资升温的良好趋势。

5. 丹东市边境经济合作区

丹东边境经济合作区1992年7月经国务院批准设立。凭借国家级开发区的政策优势、体制优势和环境优势，充分利用沿海、沿江、沿边的地理位置，初步形成了机械制造、电子信息、生物制药、现代服装纺织、现代食品加工和现代服务业等新型产业，开发建设了鸭绿江桥商贸旅游区、江湾现代产业园区、金泉高新技术园区、文安国际商务区、临港工业东区，形成了东起中朝友谊大桥，西至大东港沿江沿海50公里开发开放带，各项经济指标居全国

14 个边境合作区之首。

2010 年 12 月，经国家批准在丹东合作区新建一座鸭绿江公路桥，2011 年 6 月经批准朝鲜在"黄金坪、威化岛"建立自由贸易区，"一桥两岛"的建设为丹东边境经济合作区进一步发展带来了巨大商机，并以其得天独厚的地理优势，突破性的规划概念，前所未有的资源整合机缘，占尽天时、地利、人和的先决条件，成为丹东经济发展的核心区。

6.珲春市边境经济合作区

珲春边境经济合作区是 1992 年 9 月 14 日由国务院批准设立的国家级开发区，行政区划面积 73 平方公里，规划面积 24 平方公里，起步区 2.28 平方公里。2000 年 4 月和 2001 年 2 月，国务院先后批准在合作区内设立了珲春出口加工区和珲春中俄互市贸易区，出口加工区规划面积 2.44 平方公里，互市贸易区占地面积 9.6 公顷。

珲春边境经济合作区作为吉林省实施开边通海的前沿阵地，吉林省专门制定颁发了《珲春边境经济合作区管理条例》，以立法的形式对合作区的开发建设、功能定位、管理权限、优惠政策等一系列事宜做出明确规定，享有吉林省赋予的省级经济管理权限。

珲春边境经济合作区具有独特的区位优势。该经济合作区所在的珲春市，东南与俄罗斯接壤，西南与朝鲜毗邻，南面日本海，是东北亚各国经济互补的最佳结合点，在这里形成国际性的人流。珲春边境经济合作区的开发建设必将起到龙头和带动作用。合作区坚持以"与投资者共发展,和开发商共存亡,全力维护投资商的利益"为宗旨，为投资客商无偿代办从项目立项到投入生产过程中的一切手续，并全程跟踪服务，为外来客商创造良好的发展环境。

珲春边境经济合作区具有强劲的发展势头：到 2002 年 4 月为止，合作区已累计审批项目 180 个，协议投资总额近 32 亿元人民币，利用外资项目总投资 2 亿美元，合同利用外资 1.3 亿美元，各项经济指标增长速度连续上升。其中引进工业项目 160 家，形成了纺织业、林产品加工业、水产品加工业等三大主导产业。1998 年以来，国内生产总值年平均增长 31.9%，2001 年达到 25540 万元，是 1997 年的 2.7 倍；工业生产总值年平均增长 47.8%，是 1992

年的 4.6 倍；进出口总额年平均增长 18.5%，是 1997 年的 2 倍；财政收入年均增长 13.4%，是 1997 年的 3.4 倍。

合作区成立伊始，便始终以建设出口加工业和高新技术产业为主，确立了工业生产、金融、贸易、旅游、商业、服务、娱乐、建设的主线，推动了合作区各项事业的全面发展。加工区建设以发展劳动密集型和资源密集型的出口加工业为主，重点发展轻工、食品、纺织、服装、林产品深加工、建材等行业。积极寻求引进电子、通信等技术含量高、附加值高的技术密集型项目和产业，将中俄互市贸易区建设成中俄商品交易和现货中心、中俄经贸合作洽谈中心、信息服务中心，汇集国内外的人流、物流，成为辐射俄罗斯和朝鲜、韩国的国际商品集散地。

2001 年，合作区批准项目总投资 201354.88 万元，合同利用外资 12685.6 万美元，完成工业产值 60093 万元，是珲春市工业总产值的 66.7%。出口加工区在 2001 年 5 月通过了国家八部委组织的检查验收，并正式封关运行，吸引了韩国、日本等国家和地区 15 家加工企业的总投资 3 亿元。启动后的中俄互市贸易区涌现了深圳铭川公司、长春新恒集团、俄罗斯金雕公司签约入区。

珲春边境经济合作区、珲春出口加工区、珲春中俄互市贸易区"三区一体"，将以吉林裳邦尔纺织、东一针织等骨干企业为龙头，落实配套项目，形成纺织服装产业群体；充分利用劳动力资源和俄罗斯、朝鲜丰富的海产品资源，依托出口加工区建立水产品加工基地，吸引国外资金和先进技术从事深加工、精加工，把农林资源转化为高附加值产品向外输出，满足适应跨国公司在我国布点生产和企业零库存生产需要，吸引跨国公司选择在出口加工区内进行加工生产，大力培育劳动密集型的合作区产业群体。

合作区将以商贸和仓储设施建设来带动我国南方的企业和日本、韩国的中小型加工企业入区，使互贸区在发展成为中俄日用品进出口集散地的同时，形成东北亚地区的水产品集散地；以多种类、多渠道的特色贸易形成互市贸易的分支门类；以中俄商贸城项目建设为先导，带动利用辐射功能。从而推进万吨冷库建设项目以及配套的水产品加工项目，拉动俄罗斯海产品进口，吸引韩国海产品加工企业进区，形成水产品加工产业链条，把互贸区建成相当规模的海产品集散地。

为了改善通关条件吉林省正与俄、朝协商修建长岭子—克拉斯基诺口岸联检楼，改造克拉斯基诺标准轨铁路，将其延伸至海参崴，协助朝鲜修筑元汀—罗津口岸公路等，进一步开拓对俄、对朝的边境贸易。

珲春边境经济合作区，正在以基础设施完备、产业特色鲜明、出口加工为主、资源利用开发、商品交易活跃的崭新面貌向前迈进，积极投入到东北亚金三角的开放开发大潮中。

7. 东兴市边境经济合作区

广西东兴边境经济合作区具有得天独厚的地缘优势和政策优势，海岸线长 50 公里，陆地线长 27.5 公里。作为国家一类口岸的广西东兴边境口岸城市，东兴还拥有 1992 年国务院批准设立的边境经济合作区，可以享受国家给予的边境经济合作区政策和边境贸易政策。

东兴边境贸易的主要形式是边境小额贸易和边民互市贸易，目前 4 个专业市场（海鲜市场、轻纺市场、建材市场、农产品市场），有一般贸易经营权企业 10 家，小额贸易经营权的企业 120 多家，从事互市贸易的边境群众约有一万多人。东兴城区注册的经商户 6500 户，形成了四轮驱动东兴贸易的强大态势。已建成的边境互市贸易区占地面积 120 亩，集贸易、监管、物流、仓储等四大功能，总投资 5000 万元人民币，目前，已经运行，形势良好。

东兴口岸出口的商品主要有布匹、成衣等轻纺产品，电风扇、洗衣机、电冰箱、电饭煲等家电产品，瓷砖等建材产品，罐头、饼干、啤酒等食品，以及摩托车、自行车、柴油机和其他机械设备等。进口的商品主要有农副产品、工业原材料和海产品等，如香蕉、芒果、绿豆、芝麻、花生、茶叶、椰子油、木材、家具、煤、矿石、橡胶等。

在交通方面，东兴市北距南宁市 170 公里，东距北海市 185 公里，南距越南下龙市 180 公里。有防东二级公路和南防高速公路、南防铁路连接，与越南公路干线相连。市内的竹山港、潭吉港、京岛港可与中国华南和越南各大港口通航。

第三节 "两国双园"模式

1. 中马两国双园

中国—马来西亚钦州产业园区是我国政府与外国政府合作共建的第三个国际园区。在中马两国政府的大力支持下，中国—马来西亚钦州产业园区和马来西亚—中国关丹产业园区，共同开辟"两国双园"国际合作新模式，成为服务国家"一带一路"战略、构建以园区为载体推进国际产能合作的先行探索和积极实践，进一步丰富了中国—东盟自由贸易区升级版的内容。园区紧紧围绕习近平总书记提出的将钦州、关丹产业园区打造成中马合作旗舰项目和中国—东盟合作示范区战略定位，以及自治区提出的建设"自治区改革创新先行园区"部署要求，与马来西亚合作方同心协力，集中精力抓好招商引资和项目建设，协同推进改革创新、党的建设和社会管理，"两国双园"合作深入推进，各项工作有序开展。

启动区基础设施框架基本形成。经过三年多的开发建设，园区基础设施总计投入超过 30 亿元，基本建成启动区"七通一平一绿"，行政办公大楼、青年公寓一期、加工贸易园一期、燕窝检测重点实验室等一批项目相继建成并交付使用，基本形成产业和城市配套服务功能，已经具备成片开发和产业项目"即到即入园"的便利条件。伴随着园区启动区"三年打基础"目标的基本实现，园区从以基础设施建设为主向产业、城市项目建设为主的转变，进入"三年见成效"的关键时期。

产业项目加速入驻。2016 年已经有 50 多个项目确定入园，签约项目总投资超 450 亿元，2016 年年内将有 30 多个项目实现开工建设，2016 年、2017年两年园区总投资有望超过 150 亿元。港青油脂项目已于 2015 年 4 月建成投产，当年实现产值 14.8 亿元；慧宝源生物制药项目一期已投产；欣意稀土高铁铝合金电缆产业基地（一期投资 50 亿元）、维龙高压输变电设备产业基地（一期投资 15 亿元）等重大装备产业项目，保利协鑫分布式能源、中马国际科技园、弘信创业工场、智慧产业园、亚太教育互联网人才"创教空间"、燕窝加工基地等项目实现开工建设。

城市配套加速完善。11万伏变电站即将建成,城市服务综合体("四个一"项目)、农民安置小区实现开工建设,星级酒店、生态居住小区、医疗服务业集聚区、国际学校、完全小学以及派出所、消防站、垃圾转运站等一批配套项目也启动建设。伴随着产业和城市项目的加速入驻,园区土地供地率已达到80%以上。园区首期15平方公里的整体开发进度有望提前,目前已经开始推进启动园区以北约7平方公里的征地搬迁工作,确保一批新的签约项目可以实现顺利入园。

为了加快园区开发建设,根据园区的发展定位和自治区改革创新先行园区的要求,园区积极推进开发模式创新,构建以资本为导向的园区开发模式。一是积极实施财政资金资本化战略。放大中央和自治区财政资金的杠杆效应,探索在园区设立直投资金、产业投资基金和城市开发建设基金等,进一步发挥资本对园区开发建设的拉动作用,推动园区产业和城市项目入驻。二是搭建科技金融产业发展平台。加快整合技术、资本和土地等生产要素,重点布局包括中马国际科技园、北斗科技产业园、互联网安全产业基地、海洋科技产业园等项目,依托一批龙头商、集成商和先导商,迅速形成"一个龙头、一个基地、一支基金和一批企业"的发展模式,真正实现产业集群化、平台化、资本化布局与发展。三是坚持与一流伙伴合作。园区与中新苏州工业园区规划设计院(中衡设计集团)、上海博尔捷人力资源产业集团、新华社亚太日报,以及国家开发银行、上海东方汇富、广西投资集团等国内外一流伙伴合作,充分利用他们在资本、资源、人才和管理等方面的优势,全面提升园区开发品质,推动园区跨越式发展。

下一步,园区将努力在深化"两国双园"合作、战略性新兴产业和城市配套项目布局、体制机制与政策创新、开发运营模式等方面实现新突破,加快把园区建设成为"中马两国投资合作旗舰项目"和"中国—东盟合作示范区"。

关丹是马来西亚彭亨州首府,人口约34万人,距离马来西亚首都吉隆坡陆路距离200公里,乘车4小时,有定期航班,飞行时间30分钟。关丹港作为其重要港口,距离广西钦州港仅为3天的航行时间。关丹拥有完善的海陆空交通网络,其中包括陆路的东西通道,空运的关丹机场、科低机场,以及海运的关丹港。目前，约有 100 家跨国公司和中小型企业在马中关丹产业园区临近区域投入运营。

2012 年 4 月 1 日，马来西亚总理纳吉布与时任中国国务院总理温家宝在出席中马钦州产业园区开园仪式时，提议中国在马来西亚创建"马中合作产业园"。对此，温家宝总理予以积极回应。同年 6 月，中马双方共同在吉隆坡签署了《中华人民共和国政府和马来西亚政府关于马中关丹产业园合作的协定》。自此，由中马两国总理亲自推动、两国政府合作共建的马中关丹产业园区，与中马钦州产业园一起，成为世界上首个互相在对方建设产业园区的姊妹园区。

"两国双园"是中马友好务实合作的创新。马中关丹产业园区的建设将有利于促进中马政治互信，巩固提升两国关系；有利于扩大两国贸易规模，推动相互投资和产业合作；有助于深化和拓展中国—东盟自贸区建设，推进双方全面合作。

马中关丹产业园区规划总面积 8.18 平方公里，园区功能区划初步分为生产加工区、科技研发区、商贸物流区、休闲旅游区和生活服务区。园区将依托独特的港口优势，服务马来西亚东海岸经济特区，面向中国沿海、辐射东南亚，努力建设成为马来西亚对外开放的东部门户、高水平的现代制造业集群和物流基地，面向中国、东盟及世界的区域性商贸、物流及加工配送中心，进而构筑马中经贸合作战略发展新平台，打造亚太地区投资创业新高地，建设中国—东盟经济合作示范区。

马中关丹产业园区由中马双方组建的合资公司负责开发建设和运营，园区合资公司总股比按照马方 51%、中方 49% 构成。中方参股企业为广西北部湾国际港务集团和钦州市开发投资有限公司。马方则由马来西亚实达集团、常青集团和彭亨州发展机构（以土地作价入股）共同参股。

马中关丹产业园区紧紧依托当地资源和发展较为成熟的产业，立足中国—东盟，面向亚太地区，围绕产业链，形成产业集群，打造特色产业。①传统优势加工业。重点发展以钢铁、铝材深加工、棕榈油加工、石化、汽车装配、橡胶、清真食品加工等双方具有传统优势的工业；②战略性新兴产业。加快发展信息通信、电器电子和环保产业等为主的新兴产业；③现代服务业。积极发展以金融保险业、物流业、研发展示等为主的现代服务业。

马中关丹产业园区诞生伊始，即以两国政府共建、区位优势突出、支持政策最优、自然资源丰富、产业配套完善而备受瞩目。①作为两国政府共建项目，马中关丹产业园区受到中马两国领导人的高度关注。中国四位政治局常委曾出席园区重要活动或通过其他方式支持园区建设，马来西亚总理纳吉布更是直接参与园区建设的决策。②马来西亚地处太平洋和印度洋之间，位于东南亚中心。藉与中、日、新、印、澳和巴基斯坦等多国家签署的自由贸易协议和相关经济合作协议，覆盖了总人口数量达35亿以上的广阔市场。关丹市交通便利，高速公路与全国直接相连，关丹港面向中国南海，是直接通航钦州深水港和中国南部其他港口的最佳位置，海陆相连，通达世界各国主要港口。③马中关丹产业园区是马来西亚国家级园区，是东海岸特区中的特区，除完全享受东海岸经济特区所有优惠政策外，马中两国将从财政、税收、金融、进出口管理等方面出台更为优惠的政策。④马来西亚拥有丰富的自然资源，是世界第二大棕榈油及相关制品的生产国和最大的出口国、世界第三大天然橡胶生产国和出口国以及世界第三大液化天然气出口国。以马来西亚丰富资源和港口为依托，可大力发展临港工业。⑤在马中关丹产业园区临近区域，约有100多家跨国公司和中小型企业投入运营，初步形成了以汽车、石化、棕榈油、电子、清真食品等为主的产业群，与关丹产业园区将形成潜在的协同发展效应。

在中马双方的共同努力下，2013年2月5日，马中关丹产业园区在马来西亚关丹隆重开园。时任全国政协主席贾庆林和马来西亚总理纳吉布，以及马中政要及企业家约1000人出席园区开园仪式。双方签约项目总投资额约105亿林吉特（约合33.6亿美元）。

2013年3月，中国国务院总理李克强同马来西亚总理纳吉布通话时表示，当前中马关系发展顺畅，传统友谊和政治互信不断深化，各领域合作走在了中国与东盟国家的前列，中国新一届政府将一如既往地重视发展中马关系，愿与马方携手共同推进中马双边合作取得新的重要成果。纳吉布总理也表示，马方愿与中方共同努力，保持两国友好关系，推进两国各领域合作，使两国关系更加紧密。

"两国双园"作为中马友好务实合作的象征，未来在中马两国政府的大力支持下，凭借马中关丹产业园区良好的投资环境优势，必将成为中国与东盟合作的新平台、新动力和新亮点。

2. 中韩两国双园

2015 年 6 月 1 日签署的中韩自由贸易协定在第十章"经济合作"中设置了中韩产业园相关内容，中韩双方将在中韩（韩中）产业园的设立、运营、发展方面加强合作，包括知识分享、信息交换和投资促进，并致力于推动指定产业园区内企业的相互投资。烟台中韩产业园是中国指定重点推进的中韩产业园，韩国园区为韩国新万金经济区。

随着中韩自贸协定在韩国首尔正式签署，中国方面重点对韩合作园区——烟台中韩产业园也正式纳入中韩自贸协定框架。这意味着，作为我国距离韩国最近的城市之一的山东烟台市，将成为韩国企业投资中国的最佳目的地。作为落实中韩自贸协定的一个重要平台，烟台中韩产业园将按照"两国双园"合作模式，与韩国中央政府指定的新万金开发区开展互动合作，重点在高端装备制造业、新能源及节能环保产业、电子信息、海洋产业等 11 大产业领域与韩国企业深度合作。中韩产业园区将成为集贸易、投资、服务于一体的综合性示范园区，通过先行先试，将为中韩经贸深度合作起到示范、带领的作用。为使产业园更好地吸引、服务于入园企业，烟台成立了烟台中韩产业园发展基金，基金规模为 10 亿元人民币。

烟台中韩产业园位于烟台市区两翼。园区总规划面积 398 平方公里，包括先进制造产业区、现代物流区和现代服务业聚集区。依托烟台经济技术开发区、烟台高新技术产业开发区，重点发展高端装备制造、新能源与节能环保、电子信息、海洋工程及技术等高新技术产业，集中打造中韩新能源汽车产业园、中韩节能环保产业园、中韩智慧产业园、中韩海洋装备产业园等特色园区，建设先进制造产业区。依托烟台保税港区、烟台蓬莱国际机场和烟台港西港区，重点发展商贸物流、跨境电子商务等新兴业态，集中打造烟台国际综合物流园区、跨境电子商务产业园等特色园区，建设现代物流区；依托烟台东部海洋经济新区，重点发展生命科学等新兴产业和金融保险、文化创意、旅游休闲等现代服务业，集中打造中韩生命科学产业园、中韩文化产业园等特色园区，建设现代服务业聚集区。

烟台中韩产业园还将引进韩国知名地产开发公司和建筑企业参与园区建设，开发工业地产、商业地产、养老地产等项目，使园区体现更多韩国特色。烟台中韩产业园将积极复制推广上海等自贸试验区政策，吸收借鉴最先进的管理经验、管理模式、管理理念，努力实现投资便利化、贸易自由化、金融国际化、管理法制化，打造成韩国企业投资中国的最佳目的地，韩国商品进军中国市场的最大集散地，韩国医疗、美容等优势产业国际转移的最优承接地。

烟台中韩产业园的建设得益于烟台和韩国良好的合作基础。烟台市与韩国交流密切，累计已有3551个韩资项目投资烟台，投资额53亿美元，占韩国对华投资的1/12。投资领域涉及服装、轻工、电子、机械、食品、建材、海运、商贸、金融等行业。LG、斗山、浦项、现代汽车、大宇造船等世界500强在烟台投资企业达18家，是山东省内韩国大企业最集中的城市。

目前烟台已形成与韩国产业高度契合的机械制造、电子信息、食品加工、现代化工等四大过千亿级支柱产业，培育了高端装备制造、节能环保、生物技术、现代服务业等新兴业态。2014年，烟台对韩贸易额109.7亿美元，占山东省对韩贸易额的1/3，中韩贸易总额的1/27；双边旅游观光人数达到32万人次；已与韩国仁川、群山等5个城市缔结了友好城市关系。烟台市商务局提供的数据显示，烟台每周有124架次航班往返韩国仁川、釜山。烟台港是中国十大港口之一，每周有13班次船舶往返韩国仁川、平泽、釜山等主要港口城市。

3. 中波两国双园

2016年6月20日，由大龙网携手网贸会主办的中国·波兰网上丝绸之路经济合作高峰论坛在华沙成功举办。会上，网贸会启动了欧洲最大的波兰跨境电商产业园，并表示以波兰跨境电商产业园与中国跨境电商产业园为基地的"两国双园"模式，将是中波网上丝绸之路的重要实现形式，更将开启两国经贸交流的新篇章。

网贸会何来底气称"两国双园"为两国网上丝绸之路的重要实现形式？

纵观中波经贸发展，其底气主要在于中波经贸关系的"两个机遇和一个需求"。即两国战略互信并在多个领域达成广泛共识的机遇；中波两国经贸合作基础牢固、互补性强、潜力巨大的机遇；以及两国日益深化贸易往来，对于双方市场理解、本土化服务提供和大数据信息化的需求。

波兰地处欧洲十字路口，是进入中东欧地区的必经之地，在我国"一带一路"战略提出之后积极响应，并成为中欧地区首个加入亚投行的成员国，波兰总统杜达在习近平总书记访问期间表示，愿积极参与"一带一路"建设，愿同中方一道推动中国—中东欧国家合作取得更大发展。

我国已经连续多年与波兰互为亚洲和中东欧地区最大的贸易伙伴，基于两国在"一带一路"上的共识，2015 年中波双边贸易额已达约 171 亿美元，比 2004 年增长了 6 倍。据统计，我国的纺织品、家具、玩具、光学、钟表设备等产品已经与波兰市场形成了强互补关系。网上丝绸之路的建立，将无疑在传统经贸的基础上，进一步打通信息经济合作大通道，搭建双方市场和企业的交流平台，促进两国跨境电商发展。

对于网贸会来说，这无疑为以"互联网＋线下产业园"双线融合为主要纽带的"两国双园"注入极大动力。借助"两国双园"以及网贸会全球产销大数据的协同，不仅将实现双边外贸中资金流、物流、信息流的"三流合一"，还将实现中国优势产业带与波兰市场相对接，互通共赢。可以说，"两国双园"正是网上丝绸之路的职能的线下补充甚至是实现形式。

不仅如此，"两国双园"在波兰的落地，还解决了随着经贸合作日益深入，中波两国对于双方市场理解、本土化服务提供和大数据信息化的需求。一方面，作为双方国家外贸的桥头堡，"两国双园"为双方企业出口提供了一系列的渠道、品牌、法务、营销等海外本土化服务。另一方面，网贸会大数据协同还将收集反馈双方市场的大数据情况，让双边经贸交流能够更好地把握对方市场需求。

除波兰外，网贸会还计划将这一模式推广至"一带一路"沿线 50 余个国家实现"百城百联"的战略目标，实现与"一带一路"战略和网上丝绸之路的深度挂钩，让"两国双园"成为网上丝绸之路的"驿站"。

第五章
产能合作国际经验借鉴

第一节　美国对外直接投资历程经验及政策借鉴[⊖]

美国是经济全球化的极力倡导者和推动者，是当今世界对外直接投资存量最多的国家，也是对外直接投资历史较长的国家。虽然美国与我国国情有着比较明显的差别，但总结美国对外投资的历程及特点，借鉴美国政府对外直接投资中形成的对企业海外投资的支持政策，对我国下一步推动企业"走出去"，推进"一带一路"与国际产能合作，具有重要的意义。

一、美国政府对外投资的发展历程

通过对外直接投资占领国际市场一直是美国跨国公司对外直接投资的战略目标。美国对外直接投资从20世纪50年代初开始向发达国家倾斜，此后，美国对发展中国家的直接投资占其对外直接投资总额的比重不断下降，60年代后半期、70年代和80年代，这一比重都保持在25%左右的较低水平。虽然美国对发达国家投资占主导地位的对外直接投资区位格局在20世纪90年代没有发生根本变化，但90年代美国对发展中国家直接投资的力度明显加大。1990~1999年，美国对发展中国家的直接投资总额约2625.7亿美元，相当于80年代的5.7倍，约占90年代其对外直接投资总额的33.1%，比80年代高近7个百分点。

⊖ 中国贸促会，《美国对外投资的特点与政策》

20 世纪 80 年代是美国对外直接投资相对萎缩的 10 年，在这 10 年中，美国对外直接投资的年均增长率仅为 5%，投资总额也仅比 70 年代增加了 491.6 亿美元。加上欧盟和日本对美国直接投资的迅速增加，使美国在 80 年代末曾一度失去其第二次世界大战后一直保持的直接投资净输出国的地位而成为直接投资净输入国。进入 90 年代后，美国对外直接投资以年均 26.8% 的速度高速增长，投资规模也迅速扩大。1989 年，美国对外直接投资总额约 376 亿美元，1999 年增至 1358.1 亿美元，是 1989 年的 3.6 倍，1980 年的 7.2 倍。整个 90 年代，美国对外直接投资总额高达 7930 亿美元，是 80 年代对外直接投资总额的 4.6 倍，再度成为世界头号对外直接投资大国。

美国对外直接投资政策主要反映在三个方面：第一，清除或减轻由于对外国投资者的限制以及非国民待遇下的鼓励或补贴所造成的市场扭曲；第二，调整对外国投资者的某些积极待遇政策；第三，强化市场的监管，以确保市场机制的顺利运行。

传统上美国对外直接投资的政策首要目标是利用对外经济援助为国内企业的海外投资争取种种便利条件，从而获得对外投资的自由和安全；其次是通过双边乃至多边贸易谈判达到对外投资和利益的最大化的目的（如避免双重征税等）；第三是国内企业为规避"反托拉斯法"而在海外进行并购和投资。

20 世纪 60 年代后，由于国际收支逆差加剧，美国政府一度限制资本的外流：1963 年征收利息平衡税，1965 年对资本外流采取自动限制办法。但随着经济全球化的发展和美国经济实力的不断增强，美国的对外直接投资政策仍然日趋自由化。

同时，自 20 世纪 80 年代开始，美国政府也日益重视中小企业在对外直接投资中的作用。如为了改善国际收支，美国政府开始鼓励中小制造商和服务商对外直接投资以进入海外市场，措施有：建立小企业发展中心，对高科技小企业提供资金援助及实行小企业技术转让计划等。

近年来，美国政府对"反托拉斯法"实施重心有所转变，从单纯关注兼并规模的大小转变为兼顾兼并对技术创新所带来的影响。在不威胁市场竞争的前提下，政府并不反对通过兼并等方式来加强美国企业的国际竞争力。美国鼓励本国企业向全世界投资，政府常常与外国政府磋商谈判，签订双边或多边投资协定来为对外直接投资开路。1992 年以前，美国只与 11 个国家签订了双边投资协议，而 1993~1997 年的 4 年中就与 19 个国家签订了双边投资协议，同时还正与 10 个国家进行协议谈判。到 2010 年，与美国政府签订双边投资协议的国家共有 38 个，从而为美国企业投资海外市场提供了优良的环境保障。

其后，面对全球化的浪潮和新经济的兴起，如何保持和占领国际市场乃至对外投资市场的优势和核心竞争力，克林顿在 1999 年总统经济报告中又提出："创新对美国经济的长期业绩十分重要，任何干扰创新的政府政策，无论其多么合理，也要付出代价。所以，政府在竞争政策、环境管理和电力改造等领域要保证不仅不干扰创新，而且做到培育有益的技术变革，并使自己与该变革相适应，促使美国政府对本国企业的对外投资活动在全球化和新经济的平台上更加迅猛发展。"1999 年 11 月 14 日美国政府实行《金融服务现代化法》后，短时间内就使美国跨国银行在全球范围内通过兼并、对外直接投资等手段成为世界排名前列的公司。这一方面使美国跨国公司的筹资成本降低，另一方面也使企业在金融市场上进行直接融资的成本降低，极大地促进了美国的对外直接投资活动。另外，美国政府通过的新《电信法》等行业法规，也在一定程度上促进了美国的对外直接投资活动。以美国电话电报公司为例，虽然 1997 年对西南贝尔公司的合并被美国司法部否决，但其对外直接投资的活动却十分迅猛。该公司在已对美洲的加拿大、墨西哥、委内瑞拉，欧洲的英国、荷兰、瑞典、西班牙、乌克兰，亚洲的印度、中国台湾、日本等国家或地区通过直接投资设立合资企业外，其与英国电信集团公司（BT）的合资企业又将进入韩国市场，同时还与 BT 及日本电信公司进行资本合作，对海外市场直接投资生产。2002 年美国国会恢复了中断达 8 年之久的总统贸易授权，这表明了美国加强国内市场保护和积极拓展国外市场的决心。所以，从美国政府对外投资政策的演变来看，美国政府投资政策的相关变化客观上起到降低美国企业海外投资的成本，促升美国对外直接投资的规模和速度的作用，对巩固美国经济地位及推动全球经济一体化影响深远。

二、美国对外直接投资的资金来源

按照美国商务部的统计，美国对外直接投资的资金来源主要由三部分组成：母公司的股权投资；跨国公司体系内部资金流动净额（流出—流入）；国外子公司的利润再投资。

20 世纪 80 年代以来，美国跨国公司对外直接投资的资金来源中，汇款投资的数额增长缓慢，在资金来源中的比重大为下降，而海外子公司的利润再投资增长迅速，所占比重节节上升，并超过汇款投资而成为美国海外直接投资的主要资金来源。80 年代以来美国对外直接投资的资金来源结构具有以下特点：

1）美国跨国公司向国外的汇款投资占美国对外直接投资年增加额的比重不断下降，并日益退居次要地位，且呈现很不稳定的趋势。进入 80 年代以来，美国对外汇款投资连续几年出现负数，1982~1985 年间，总计为 237.13 亿美元，这意味着在此期间，美国跨国公司不仅没有增加对国外的汇款投资，而且从国外抽调了数量可观的资金汇回国内，但在 1986~1989 年，美国逐年增加对外汇款投资，四年总计增加汇款投资 296.06 亿美元，占该期间美国对外直接投资增加额的 21.4%。1994~1995 年期间，美国对外汇款投资增加了 526.62 亿美元，占同期美国对外直接投资增加额的 36%。

2）美国跨国公司对外股权投资在直接投资额中所占比重大大下降，有些年份则出现负数。1982~1989 年，美国对外股权仅为 7.24 亿美元，仅占同期美国对外直接投资增加额的 0.4%。其中，1988 和 1989 年，美国不仅没有向外国进行股权投资，而且分别从国外子公司抽回股权投资 54.69 亿美元。到了 90 年代，才出现反弹，1995 年股权投资达 416.17 亿美元，占对外直接投资增加额的 42.9%，仍低于利润再投资的比重。

3）海外子公司的利润再投资日益成为美国对外直接投资的主要资金来源，在资金来源中的比重越来越大。1982~1989 年，美国海外子公司的利润再投资额高达 1392.43 亿美元，占同期美国对外直接投资增加额（1621.2 亿美元）的 85.9%。1994 年及 1995 年利润再投资额分别为 116.98 亿美元和 416.17 亿美元，分别占当年对外直接投资增加额的 70.3% 和 60.8%。这表明，美国跨国公司海外子公司的利润再投资已成为美国海外直接投资的主体。

三、美国对海外能源开发的政策支持

由于工业先进国都是能源消费大国（对原材料的依赖程度会随着产业技术水平的提高而有所降低），它们更容易将这个问题上升到国家层次上进行总体设计。美国法律在对一般性企业和国内产业进行限制垄断的同时，对资源性行业和外向型行业网开一面，《谢尔曼反托拉斯法》允许美国资源性行业实行行业垄断，培育资源性企业主体的规模，争取根本的竞争优势。《经济合作法》《对外援助法》和《共同安全法》等则扩大了本国跨国企业在海外矿产资源开发中的保护范围，通过签订各种双边、多边协议保护企业多种权利，免受歧视性待遇。

对资源性企业，除提供常见的融资支持、贷款保证和投资保险之外，还针对资源开发的不确定性，由政府出面，建立和维护全球矿产资源信息系统，利用地质勘查技术优势，向跨国企业提供信息服务；针对资源的日渐耗竭性，早在 1913 年在税则中就正式将资源耗竭补贴制度化，允许企业在税后净利润中扣除一定比例，用于寻找新资源；而在企业自身能力不能涉及的领域，政府还会采取非经济手段予以协助，有时甚至不惜为此动用军事力量，尤其在油气资源方面表现最为突出。

四、美国促进本国企业"走出去"的法律保障

（一）有关境外投资的法律法规

美国十分重视海外投资的法律支持，二战后，专门制定了《经济合作法》《对外援助法》和《共同安全法》等有关法律，扩大对海外投资的保护和支持。

1. 海外投资保证制度

美国最早于 1948 年开始实施"马歇尔计划"时，率先创立了这一制度。

海外投资保证制度在发展过程中，奖励、促进和保护私人海外投资的安全与利益是美国政府始终如一的基本政策。1961 年，美国国会通过新的《对外援助法》修订案，同年设立国际开发署接管投资保证业务。从这一年起，美国政府规定海外投资保证制度仅适用于发展中国家和地区，到 1964 年已认可的海外投资保证总额增至 15 亿美元，1967 年 5 月，同美国签订投资保证协定的国家达 79 个。1969 年，美国再次修订《对外援助法》，设立海外私人投资公司（OPIC），它是联邦行政部门中的一个独立机构，不隶属于任何行政部门，承担大部分国际开发署的对外投资活动业务，现已成为主管美国私人海外投资保证和保险的专门机构。

2. 海外投资的税收优惠

美国政府早在 20 世纪初就开始对私人对外直接投资实行纳税优惠。后虽经多次修改，但仍是政府支持和鼓励美国私人海外直接投资的重要工具。税收优惠措施主要包括所得税方面的优惠，主要是税收减免、税收抵免、税收延付、税款亏损结算和亏损退回等，以及关税方面的优惠，主要是通过实施"附加价值征税制"来实现。

（二）对外签订的多边或双边投资保护协定

通过与其他国家签订双边或多边条约以及利用国际经济组织，美国政府对本国私人海外直接投资进行外交方面的支持与保护。第二次世界大战后，美国制定了许多旨在保护美国私人对外直接投资利益的法律，其中重要的有《美英贸易和金融协定》《经济合作法》《对外援助法》《肯希卢伯修正案》及 1974 年贸易法中的限制条款。此外，美国还广泛利用它所发起和参与的国际组织为本国海外私人投资服务。截至 1999 年，美国共签署双边投资保护协定达 1856 个，避免双重征税协定达 1982 个（美国商务部经济分析局）。

五、美国对境外投资的管理体制

（一）美国政府的"国家出口战略"

20世纪80年代以来美国外贸收支逆差不断扩大，美国政府把促进美国经济安全利益、赢得更大国际市场放在其对外经济战略的首位。为实现这一战略，美国政府从里根连任美国总统的1985年即通过颁布"贸易政策行动计划"，开始了外贸政策的全面调整。再经过布什政府1989年制定《国家贸易政策纲要》和1992年通过《扩大出口法》到克林顿1993年执政后提出和实施"国家出口战略"，完成了从自由贸易政策到自由与公平贸易政策的转变。这一政策的目标在于：扩大自由和开放贸易的范围，在继续开放美国市场的同时，保证外国市场对美国市场的开放，保障美国获得更多出口机会。

1993年9月，克林顿总统宣布将实施一项"国家出口战略"，旨在从战略角度考虑贸易的发展，这在历届政府中是相当突出的重要举措。首先，成立了由19个部门参加的"贸易促进协调委员会"（包括商务部、农业部、内务部、劳动部、国务院、财政部、国防部、能源部、运输部、国际开发署、环境保护署、进出口银行、经济顾问委员会、美国新闻署、贸易发股署、贸易代表办公室、管理和预算署、海外私人投资公司和小企业管理局）。克林顿曾指示作为"贸易促进协调委员会"主席的商务部长布朗，要对联邦政府的出口促进和出口融资计划做一次详细的审议。在19个部门官员先后会见并征求了1500多名来自私营部门、公司、州和地方政府及学术界代表意见的基础上，对计划的成效进行了严格的审查。经过了为期6个月的审议后，审议小组提出了65项行动建议。这些建议构成了"国家出口战略"的基础，从而广泛地强化和更新了美国政府在促进对外贸易发展方面的作用。

（二）商务优先次序

实施"国家出口战略"要求制定明确的商务优先次序，并据此进行资源配置。由于实施出口促进的计划预算资金有限，加之种类繁多的竞争需求又难以界定，因此从联邦政府政策上必须使现有资源流向政府优先考虑的最佳出口部门。从美国经济和就业增长着眼，美国联邦政府优先考虑对发展环境、信息、能源、交通运输、卫生保健和金融等领域提供人力支持。

（三）对主攻市场的不同战略

美国的传统出口市场是西欧、加拿大、日本和拉美一些国家。《国家出口战略》不仅加强了传统市场的战略措施，而且制定了"新兴市场"战略。重点开发墨西哥、阿根廷、巴西、中国（含中国大陆、香港和台湾）、印度、印度尼西亚、韩国、波兰、土耳其、南非等10大新兴市场。美国认为，今后20年内该新兴市场的进口额将占世界进口总额的40%以上，其幅员大、人口多、需求广、经济增长快，可为美国出口提供重大机会。然而，由于"新兴市场"的市场进入问题比传统市场更复杂，美国公司更需要政府的帮助进入新兴市场。为助美国公司开发新兴市场，美国政府有选择地在一些新兴市场建立了商务中心，如圣保罗、雅加达和上海等地。美国在开发"新兴市场"方面的重点是高技术产品领域，如电信、汽车、医药、环境保护等领域的技术和产品以及基础设施工程，关注的主要问题是市场准入、知识产权保护和建立工业标准等，如美国企业认为进入韩国市场较为困难，美国政府便努力迫使韩国开放汽车和电信等关键领域，并加强知识产权保护。美国对其他市场的战略：首先，对拉美、亚太市场，政府协助美国工商界抓住与拉美地区邻近的天时地利以及亚太地区经济增长较快的机遇扩大出口；其次，对日本、加拿大、西欧这些吸收美国出口50%以上的传统市场；美国政府的战略是继续开发日本市场，充分利用北美自由贸易协定提供的机会扩大对加拿大的出口，抓住西欧经济开始恢复增长的机会扩大出口；再就是对俄罗斯和其他新独立国家、东欧、中东等过渡经济国家主要着眼于未来，政府帮助企业加强与这些国家经贸往来，促其发展经济，实现政治稳定。

（四）境外投资管理机构

为了确保政策的落实和目标的实现，美国政府在已有进出口银行的基础上，又先后成立了美国海外私人投资公司（OPIC）、美国贸易发展署（TDA）和美国小企业管理局（SBA）等机构专门为美国企业开拓海外市场和促进出口提供从信息到资金方面的服务。美国联邦政府的许多部门，如商务部、财政部、运输部、能源部、农业部等也都先后成立了促进出口的机构。政府所设促进出口的机构主要是为企业拓展海外投资和促进出口提供各类信息、咨询、同行性研究、培训、举办研讨会、展览及其他相关服务。商务部是美国主要的综合经济部门之一。负责管理国际贸易和促进出口的主要执行机构是国际贸易管理局和出口管理局，其主要职能是实施美国贸易法律法规、拓展贸易、研究与监督多双边贸易协定的实施、进行出口管制等。美国国际贸易委员会是一个独立的、非党派性质的、准司法联邦机构，它的职责范围包括判定美国国内行业是否因外国产品的倾销或补贴而受到损害；判定进口对美国国内行业部门的影响；对某些不公平贸易措施，如对专利、商标或版权的侵权行为，采取应对措施等。同时，美国国际贸易委员会与商务部共同负责美对外反倾销和反补贴调查工作。

（五）美国《海外反腐败法》基本情况

美国《海外反腐败法》（Foreign Corrupt Practices Act，FCPA），直译为海外腐败行为法，是所有在海外市场寻求商业机会的美国企业必须烂熟于心的一部法律，1977 年颁布后经过 3 次修订，至今已有近 40 年的历史。一般而言，《海外反腐败法》禁止美国企业以获得某项业务或维持商业经营为目的向他国官员行贿。美国司法部是该法案的执法机构，美国证券交易委员会（SEC）协助监管，美国商务部法律办公室负责回答美国出口商们对《海外反腐败法》的基础问题并解释该法案的基本条件和制约条例。其中，司法部负责所有外国公司、本国公司和自然人的民事执法和刑事执法，SEC 负责发行人违法行为的民事执法。

第二节　德国对外直接投资的支持体系及管理、保障制度[○]

德国对外直接投资是从 20 世纪 50 年代中期开始的，它随着经济实力的壮大，逐渐加快了速度。据联合国跨国公司中心统计，德国的对外直接投资，

○ 中华人民共和国商务部，《德国对外投资情况和保护促进措施》

50 年代年均约 1 亿马克，60 年代初已上升到 4 亿多马克，1956~1970 年年均约 19 亿马克，1971~1990 年从 36.6 亿马克增加到 360.5 亿马克，年均为 113 亿马克，20 年间共对外直接投资 2263 亿马克。截至 1990 年底，德国已拥有 6984 家跨国公司，在世界各地拥有 19478 家子公司，对外直接投资累计已达 2317.7 亿马克。经济、科技的发展恢复了德国资本输出的实力，国内工业发展已进入相对饱和状态，必须向外扩大活动空间。强大的金融体系为对外直接投资提供了足够的资本来源，使德国形成了一套支持对外直接投资的管理及保障制度。

一、德国对外直接投资的支持体系

德国是世界上第四大经济强国。80 年代以来，随着经济实力的增长加上国际竞争的需要，德国不断加快对外直接投资的速度，成为当今世界对外直接投资的大国之一。以德国的经济实力及对外直接投资的增长势头来看，其未来直接投资的潜力巨大。

（一）金融支持

强大的金融体系为德国对外直接投资提供了足够的资本来源。德国金融银行体系十分庞大，目前共有 4500 多家银行，大体分为德意志联邦银行、商业银行、储蓄银行、信用合作银行和专业银行 5 大类，在世界各地建立了 4 万多家分行和办事机构，能集中大量游资进行各种经济活动，推动德国经济发展。1971~1990 年，德国公司从各大银行共贷款近 2 万亿美元，用于对外直接投资。1991 年，德国最大的 12 家银行在世界各地共聚集社会游资 14285 亿美元，发放贷款 12627 亿美元，其中很大部分由德意志银行、德累斯顿银行和商业银行贷给德国公司用于对外直接投资。德国促进国外投资的主要机构是德国复兴信贷银行、投资发展公司和德国技术合作公司。

1）德国复兴信贷银行是一家国有银行，总部设在法兰克福。该银行集团在全球范围内推动经济和社会发展及生态保护，开展出口和投资项目融资服务业务，采取不同的促进措施支持本国企业，特别是中小企业"走出去"，进行境外投资。根据法律规定,其作用是促进本国经济和发展中国家的经济发展,为德国中小企业到国外投资进行融资,也给德国在国外的大型项目,尤其是电力、通信、交通等基础设施提供贷款。此外,还受政府的委托向发展中国家投资建设公共设施、发展商业经济、环境资源保护以及健全金融体制。提供中小企业国外促进项目的目的是为企业境外投资提供长期优惠贷款、筹措项目启动资金、为设备的起用和扩大生产规模等提供相应支持,协助企业筹措所需资金。提供部分免除主管银行担保,额度通常在 500 万欧元以内的低息贷款。受联邦经合部委托,通过提供长期贷款、补贴和专项咨询服务促进本国企业在发展中国家和转型国家的投资,以及实施的总体经济或分领域的改革项目。到 2008 年年底联邦政府通过复兴信贷银行在全球 100 多个国家实施的此类经济促进项目约为 1800 个。

2)德国投资发展公司是直属德国政府的一家金融、咨询机构,总部设在科隆。其基本任务是,通过参与资本投资为德国私人企业在发展中国家和转型国家投资提供资金支持。包括农业、加工业、服务业以及基础设施建设等领域所有能产生效益、可持续发展的项目。主要为德国中小企业向发展中国家投资提供支持和服务,包括对投资企业合作的咨询,以长期贷款和资本金为主的两种基本形式的项目融资,以及其他形式的项目支持。其目的是建立和扩大发展中国家和转型国家私人经济结构,并以此为投资目的国经济持续增长和当地人民生活条件的改善奠定基础。该公司已为 1300 多家企业提供了70 多亿欧元的参股资金,拉动了 450 亿欧元的境外投资。此外,还为企业在规划和实施投资项目方面提供咨询服务。

3)德国技术合作公司是隶属于德国经济合作部的一家促进德国与发展中国家经济技术合作的公司。德国对发展中国家的无偿援助项目主要是通过该公司实施的。因此该公司能为德国的中小企业在发展中国家寻找有良好条件的投资机会,并能为这些企业在当地介绍适宜的合作伙伴,必要时还根据德国企业的实际需求,为其在当地培训所需要的专业技术人才。

4)国内外其他有关机构。除一些公共机构外,一些国际、国内组织(如联邦政府、欧洲发展基金会、世界银行、联合国、地区发展银行等)通过招标方式为在发展中国家的投资提供融资服务。根据国际招标法,德国企业可以参与竞标、中标。计划参与竞标的企业可以从各种渠道，如国内外机构和组织（如联邦对外经济信息局网站），获得关于招标的信息。项目咨询部门负责解答企业关于德国和招标的有关问题。

（二）财政和税收支持

德国对境外收入的税收规定，在股息、资本利得等方面的处理上与我国税法规定存在较大差异，较我国税法的规定而言，对企业更为优惠。

1）股息方面。对于企业所得税，居民企业来源于其"实质股权"（从公历年度年初开始直接持股大于10%）的分红，根据国内法一般予以免税，不考虑其来源地。从2013年3月1日起，居民企业来源于其"投资股权"（持股比例小于10%）的股息（即所谓的"组合投资股息"），要计入应税收入在德国纳税。这一规定对来自德国国内和国外的股息同样适用。银行、金融服务机构和金融企业为交易目的而持有的股票所获得的股息不能免税。

2）资本利得方面。出售外国资产的资本利得应作为德国企业的常规营业收入进行纳税，但是有些情况除外，如外国常设机构实现的资本利得一般在德国免税；出售不动产的资本利得在德国免税；非居民企业股权的资本利得全额免除所得税和营业税。与资本利得直接相关的实际费用可以扣除。

二、德国对外直接投资的管理及保障制度

为支持企业"走出去"开拓国际市场，德国政府建立了一整套对外直接投资担保体系，其主要目的在于保护本国企业对外直接投资在遭遇政治风险时，免受损失或最大程度降低损失。德国对外直接投资担保是德国联邦政府根据预算法的授权，对需要扶持的德国企业境外直接投资提供的政治风险担保。

（一）境外投资的政府担保

包括投资和收益担保总额不超过500万欧元的投资担保申请免收手续费，超过500万欧元的部分收取0.5%的手续费。联邦政府承担担保后，自担保之

日起，预收 0.5% 的担保酬金，赔偿时被保险人自保部分为 5%。联邦政府基于每年确定的预算法授权接受境外投资项目的担保申请。由联邦经济部牵头成立一个有各相关部门参与的跨部门的联合委员会负责审理企业提出的申请。由政府、受委托者和经济界等有关方面代表组成的跨部委员会征得联邦财政部、外交部、经合部同意后，决定是否接受投资担保申请。

联邦政府根据申请提供投资担保，而企业无权直接要求政府给予担保，企业申请政府担保，原则上必须具备下列先决条件。①企业所在地或企业主居住地为德国；②项目的实施必须符合德国利益；③项目必须具备投资特性（非金融投资）；④连同相应资本投入经济上可承受的项目；⑤新的投资（其中包括对已存在项目的追加投资）。除上述条件外，投资担保申请审批部门关注对投资目的国的总体作用，是否对该国环境产生影响，拟采取的环保措施和对德国能否产生正面影响。投资应有利于双边经贸关系的发展。投资目的国是否能提供足够的法律保护等。投资目的国现实的政治、经济形势和该国的发展前景，对于决定是否提供政府担保具有同样的重要意义，并对政府决策具有直接的影响，比如投资者需要遵守特殊的规定。为了了解和判断投资目的国的投资环境，主管机构与驻外使领馆保持定期联系，并听取和采纳其他投资人、工商会、海外商协会的意见和经验。受联邦政府委托，普华永道公司和赫尔梅斯公司组成联合工作委员会，负责处理境外投资担保的具体事务。普华永道公司作为联邦政府主要委托者负责从担保申请到担保管理全方位的咨询服务，并承担接受和审核申请服务。普华永道公司对投资项目从经济和法律角度进行分析，澄清空缺的内容，对风险点提出评估意见。在发生损害时，只要出现风险预兆，无论是会给投资者带来直接还是间接损害，企业均需要立即向普华永道公司通报。如项目为国际融资项目，有关国家出口信贷和投资保险机构按照达成的协议开展经常性的合作。在这种情况下，普华永道公司代表联邦政府对外签订合作协定。合作协定的目标是，有效进行损害预防和管理。出现问题后与协定签订方协调行动，对投资目的国的政府部门施加更大的影响，维护投资者和保险机构的利益。在境外投资项目的规划阶段，尤其是涉及项目整体结构，面对特殊的国家可在企业提出申请前向其提供有关境外投资项目是否符合政府担保的基本要求的原则性意见。

普华永道公司是伯尔尼联盟成员，该联盟的基本职责和任务是，将全球所有受国家委托从事出口信贷和投资担保的机构联合起来，制定出口信贷和投资保险业务内容和标准。该联盟还经常组织其会员就当前事件、某个国家的投资气候、舆论氛围、扩大担保的可能性、担保技术等问题进行信息和经验交流。不同国家有关机构之间的合作对于项目的实施和在危机情况下协同行动与国际合作是必要的和富有成果的。

（二）境外投资信息服务

经过多年的努力在促进本国企业境外投资方面，德国已经建立了一个由官方、民间有关部门和机构共同参与、各有侧重、国内外相配合，行之有效的完整信息服务网络。政策信息：联邦经济部和各州经济部所提供的促进对外投资政策方面的信息。目的国信息：由驻外使领馆、海外商会、工商会代表处利用网站形式提供投资目的国关于经济、税收、投资法律法规等政策方面的信息。外国投资市场信息：由联邦对外经济信息局提供外国市场包括投资需求在内的综合信息，并接受企业委托，就某一外国市场或境外投资项目进行主题调研。项目配对服务：德国促进境外投资有关机构主要通过携手共同打造的国外企业对接互联网平台，为企业提供项目配对信息服务。普华永道公司通过多种方式提供信息咨询服务，例如帮助企业在项目初期考虑项目结构时帮助了解可能存在的问题和可能产生的影响，提供关于环境要求和担保特点的信息材料，使企业投资更加安全可靠。普华永道公司还专门设立中小企业境外投资咨询服务处，通过信函、电话、面谈等多种方式向中小企业提供咨询。

当前，为了谋求生存和发展，越来越多的企业将目光投向国外市场。通过转移、延伸生产等多种方式，不断扩大和加大境外投资范围和力度。促进企业出国投资对于发展德国经济、增加经济竞争力，保证社会稳定等具有重要的现实意义。德国企业到境外直接投资是适应世界经济一体化发展趋势，为开拓市场谋求更大发展的必然。支持和促进德国企业出国投资，也是德国政府倡导自由市场经济，实施开放的对外经济政策的重要组成部分。

第三节 加拿大对外投资相关情况及政策

一、加拿大对外直接投资概况

根据加拿大统计局数据，2011 年前三季度，加拿大对外投资金额总计297.13 亿加元，其中对美国投资 157.99 亿加元，对英国投资 2.37 亿加元，对日本投资 2.32 亿加元，对除美国和英国外的其他 OECD 国家的投资为 20 亿加元，对除英国外的欧盟国家投资为 32.79 亿加元。

加拿大最具优势的产业同时也是其对外投资的主要领域，为金融保险业、矿产能源业和制造业。截至 2010 年，加拿大对外直接投资存量资产为6166.89 亿加元，其中对金融保险业投资 2422.72 亿加元，占 39.3%；对矿产能源业投资 1055.35 亿加元，占 17.1%；对制造业投资 866.6 亿加元，占14.1%。

近年来加拿大对外投资变动情况。近年来，加拿大对外投资数量呈"人"字形变动。2006~2010 年对外投资额分别为 524.23 亿、620.03 亿、851.43亿、476.27 亿和 397.49 亿加元。主要原因是：作为加拿大对外投资主要目的地国的美国和欧洲经济复苏步伐较慢，因此使加拿大在危机过后的 3 年里对其直接投资减少很多。以加拿大对美国的直接投资为例，2006~2010 年加拿大对美国的直接投资额分别为 233.04 亿、312.65 亿、502.81 亿、188.65 亿和131.63 亿加元。

二、加拿大对外直接投资促进与保障政策

加拿大政府提倡自由开放、透明宽松的对外投资政策。加拿大政府的外资重点在于如何吸引国外资本的流入，而不是鼓励本国资本的流出，但不限制资本的输出，所以对本国企业的海外投资一般不加以限制。由于近几年加拿大的对外投资给加拿大经济带来了可观的利益，加拿大政府也日益重视对

外投资活动。加拿大政府对海外投资的关注并不在于鼓励或刺激资本输出，而是要充分保护本国投资者在国际投资中的各项利益，这主要表现在以下两个方面：

1）在国际多边投资舞台上发挥着重要作用。加拿大政府始终寻求通过国际性活动来改善全球的贸易和投资环境。加拿大政府积极参与联合国贸易与发展会议（UNCTAD）、经济合作与发展组织（OECD）、亚太经合组织（APEC）、世界贸易组织（WTO）和美洲自由贸易区（FTAA）等国际组织的讨论和谈判，以确保本国企业在对外投资活动中的利益得到保护，尽可能提高对外投资的透明度和开放度。为了更好地了解加拿大公司在进入国际市场面临的主要问题和激励因素，以便加拿大政府在国际组织和协定的谈判中切实反映加拿大人的利益，达到既定目标，加拿大外交部和国际贸易部向公众提供了一份"贸易和投资障碍反馈表"，征求公众的意见。

2）积极促成双边投资保护协定。加拿大政府除了在多边体制下加强对其海外投资的保护，还从 1989 年起启动了一系列双边投资保护协定的谈判，以反映加拿大企业在不受有关投资问题的国际协定约束下的国家进行直接投资时寻求保护措施的要求。从 1990~1993 年，加拿大政府与波兰、独联体、阿根廷和匈牙利按照 OECD 的模式签订了外国投资保护协定。1994 年以后，加拿大政府在 NAFTA "投资"章节中关于投资保护标准的基础上发展了新模式下的外国投资保护协定。到 2012 年 3 月为止，与加拿大政府签订新模式下的投资保护协定，并已生效的国家有 25 个，他们是：乌克兰、南非、特利尼达和多巴哥、菲律宾、巴巴多斯、厄瓜多尔、埃及、委内瑞拉、巴拿马、泰国、亚美尼亚、萨尔瓦多、乌拉圭、黎巴嫩、哥斯达黎加、克罗地亚、秘鲁、马达加斯加、拉脱维亚、捷克、罗马尼亚、约旦、巴林、斯洛伐克、科威特。

中加投资协定谈判自 1994 年启动以来，历时 18 年，中加双方先后进行了 22 轮谈判和数次电话会议磋商，于 2012 年 2 月 8 日圆满结束。协定共包括 35 条和 6 个附加条款，囊括了国际投资协定通常包含的所有重要内容，包括投资定义、适用范围、最低待遇标准、最惠国待遇、国民待遇、征收、转移、代位、税收、争议解决、一般例外等条款。下一步，中加双方将对已达成一致的文本履行法律程序，加速推进各自内部审批，争取早日正式签署中加投资协定。

三、加拿大间接促进投资的相关机构

虽然加拿大政府没有专门鼓励对外投资的法律、法规和优惠政策，也没有直接的促进对外投资的专门机构，但通过加拿大出口发展公司和加拿大国际开发署的业务，分别从提供投资保险和对发展中国家进行援助等方面间接地带动资本的对外输出。

1）加拿大出口发展公司（Export Development Canada，EDC）。该公司成立于 1944 年，是一家提供贸易金融服务、支持加拿大出口和投资的专业金融性皇家公司。加拿大政府主要通过该公司的运作，将促进本国的产品出口和对外投资紧密联系在一起。EDC 虽然是加拿大的官方出口信贷机构，但按照商业规则进行运作。EDC 的任务和职责在《出口发展法》（Export Development Act）中列明，并受《金融管理法》（Financial Administration Act）的管辖。这意味着 EDC 必须在"良好的财政状况"下经营，实行自负盈亏。EDC 每年必须提交年度报告、公司计划和经营预算，接受审计总长的审计。公司的管理政策和具体做法由董事会决定，董事会由 15 名董事组成，主要来自私有部门。EDC 通过国际贸易部向议会负责。EDC 向活跃在 200 多个国际市场（130 多个发展中国家）的加拿大出口商和投资者提供服务，其中 90% 的客户都是中小企业，当前接受 EDC 服务的加拿大企业共有 8200 家。EDC 在全世界有 16 个办事处，为加拿大出口商或境外投资者提供服务；在本国境内，EDC 也开设了 17 个办公室，在本国境内为出口商和对外投资者提供服务。EDC 的业务分为两种账户项下的业务，一种是公司账户（Corporate Account），即在《出口发展法》中规定的职责和任务，也就是 EDC 一般的正常业务；还有一种是加拿大账户，不是在《出口发展法》中规定的业务，而是由国际贸易部长根据加拿大的国家利益做出的支持出口交易的特别业务。这通常是由于此类业务涉及的金额太大，并综合了各种风险，不是 EDC 本身的公司行为所能及的。加拿大账户下的交易必须得到国际贸易部长的授权，并获得财政部长的同意；具体交易的谈判、执行和管理也和公司账户下的交易同样操作，只是加拿大账户下的风险由政府来承担。加拿大账户的融资必须符合 OECD 的指导原则，EDC 向中国提供的优惠混合贷款即属于此账户下的业务。

EDC 的服务种类主要是融资、保险和担保三大类，故该公司的基本业务是提供固定或浮动利率贷款对出口和对外投资进行中长期融资；向出口商和投资者提供政治和商业风险的保险；向出口商提供投标、履约和预付款保函或担保等等。EDC 对海外投资的支持重点体现在对各种风险的保险，特别是政治风险保险（PRI）和对贷款的政治风险保险（Political Risk Insurance for Loans）。EDC 的 PRI 可以对三类政治风险所造成的损失中的 90% 提供赔偿：货币转移和无法汇兑的风险、资产征收的风险和政治暴力事件的风险。EDC 身兼两项职能：一方面像一般的商业机构一样，通过收取贷款利息和保险费承担着商业职能；另一方面，作为皇家公司，它还是政府支持公共（或社会）政策的工具之一，在出口商进军出口市场的需求和提供支持的商业银行之间起桥梁作用，如向提供出口信贷的银行出具担保等等。

2）加拿大国际开发署（Canadian International Development Agency，CIDA）成立于 1968 年，是加拿大的主要发展援助机构，隶属于加拿大外交和国际贸易部，负责加拿大 78% 的援助款，向世界上 100 多个最贫穷的国家提供援助。它是援助贷款的批准机构，同时也是此种贷款的直接提供者。它与 EDC 共同对开发与商业利益相一致的项目提供贷款，由于 EDC 的贷款条件大多是商业化的，那么补贴的责任自然就落到了 CIDA 的身上。加拿大"官方发展援助"的宗旨是支持发展中国家的可持续发展，减少贫困，建设一个更加安全、平等、繁荣的世界。CIDA 在实现其宗旨的同时，带动了资本的输出，并给加拿大经济的其他方面带来了好处：每援助 1 加元可以给加拿大带来 70 加分的利益；通过援助，创造了 36000 个就业机会；50 所大学和 60 所院校从相关合同中获益；2000 多个企业通过相关合同，与世界上增长最快的市场建立了联系。

一般说来，加拿大政府通过 CIDA 的协调，将其在对外投资方面的促进和支持手段限制在能给加拿大带来利益的跨国公司项目。CIDA 下属的工业合作局（CIDA INC）向计划在发展中国家开展可持续投资活动的企业提供资金支持和建议咨询。CIDA INC 可以帮助加拿大企业分摊在发展中国家经营的特别成本，提供咨询服务，降低经营风险，从而使企业在当地建立长期的合作关系。这些企业必须符合在加拿大经营至少三年以上，连续两年年销售额超过 70 万加元（以前规定超过 100 万加元），上缴公司所得税，在东道国已经有业务联系等等 10 多项条件，才能申请该项目的资助。CIDA INC 的资助金额从 10 万加元到 50 万加元不等，用于补偿企业在可行性和技术研究方面的 80% 的成本，大型项目还可申请到更高的费用。CIDA INC 通过三个不同的机制：投资机制、专业服务机制和基础设施的私人参与机制向在发展中国家的加拿大投资者提供资金支持。在每个机制中又分两个不同阶段提供帮助：一个是研究阶段，即决定项目的可行性研究阶段；另一个是执行阶段，即在培训和技术转让以及相关的环境和社会活动阶段。值得注意的是：CIDA INC 的资金支持不能用于项目的资本投入，也不是贷款，只是弥补企业的研究和培训成本。

由于美加之间的特殊地缘政治关系，加对美投资占对外投资总额的比重还将保持高位，尤其在美国经济不断复苏的情况下更是如此；此次经济危机，让加拿大政府意识到多元化开发亚太市场的重要性，预计加对亚太国家，尤其是中国和印度的投资金额会有所增加。在投资领域方面，加拿大最具优势的产业预计还将是其对外投资的主要领域，主要包括金融保险业、矿产能源业和制造业等。

第四节　日本对外直接投资促进与保障政策

日本鼓励对外直接投资税收政策的特色之一是，采取了体现资本输出中性为原则的税收抵免法[⊖]。与美国相比，美、日两国税收抵免法的共同之处为在国内法中均有对间接抵免适用性的规定，如持股比例和持股时间的要求。不同之处如下：

1）综合限额的计算。美国采用分类的综合限额抵免，日本则采用排除亏损国在外的综合限额抵免，做法是在计算综合抵免限额时允许将亏损国的亏损额除外，这样可增大抵免限额，减轻境外投资企业税负。

⊖　李敏.美国、法国、日本鼓励对外投资的税收政策比较［J］.涉外税务，2006，5：42-45

2）税收饶让抵免。在日本的国内税法中规定有税收饶让条款，以促进企业的国际竞争力。日本对发展中国家为吸引日本企业对其直接投资所给予的税收减免优惠，视为已纳税款，允许从国内法人税中抵扣，并根据税收条约和缔约对方国的国内法，通常把针对利息、股息和使用费等投资所得的减免额作为抵免对象。

特色之二是，设立海外投资亏损准备金，使企业和政府共同承担海外经营风险，这在一定程度上刺激了企业对外直接投资的兴趣和动力。日本的亏损准备金制度包括 1960 年实施的对外直接投资亏损准备金制度、1971 年的资源开发对外直接投资亏损准备金制度、1974 年的特定海外工程合同的对外直接投资亏损准备金制度以及 1980 至今的大规模经济合作合资事业的对外直接投资亏损准备金制度。核心内容为：满足一定条件的对外直接投资，将投资的一定比例（如特定海外工程经营管理费用的 7%，大规模经济合作和合资事业投资的 25%）计入准备金，享受免税待遇。若投资受损，则可从准备金得到补偿；若未损失，该部分金额积存 5 年后，从第 6 年起，将准备金分成 5 份，逐年合并到应税所得中进行纳税。海外投资亏损准备金制度一方面缓和了亏损对企业持续经营的冲击，帮助企业摆脱困境，走出亏损，走向持平或盈余；另一方面可从整体上减轻企业税负，隐性地提升了对外直接投资所得的水平。

日本也制定了延迟纳税与 CFC 法规。日本国内税法规定，日本的征税权不涉及外国子公司所得，对在境外已按当地法律注册的子公司采取不分红不纳税、分红纳税的原则，对本国股东取得的股息则征税。为防止国外子公司留存利润以逃避税，日本于 1978 年采用了 CFC 法规，规定对于一定条件的国外子公司，将其留存金按国内股东的持股比例计算，与该股东的所得合并征税。这部分股息适用外国税收抵免，从国内股东的法人税中抵扣。税收政策刺激了对外投资需求的增大，带动了对外投资数量的增长，可以说，间接促进了对外投资规模的扩大。

日本对外直接投资开始于 1951 年对印度电缆制造技术的合作，整个 20 世纪 60 年代，日本对外直接投资非常缓慢。20 世纪 70 年代以后，日本经济面临产品过剩和资本过剩、海外市场和资源供应问题，日本政府第一次提出要把对外直接投资提高到对外经济战略地位，开始实施一系列政策，其中实行的税收优惠政策主要是海外投资亏损准备金制度。

税收优惠政策的刺激与其他政策的配合无疑给对外投资企业注入一支强心剂，仅1972~1980年间，日本对外直接投资累计额高达320亿美元，是前20年总和的7.3倍，对外直接投资的32%集中于制造业，并且制造业对外直接投资的67.8%集中在发展中国家，这反映了日本出口替代效应在增加，带动了国内剩余产品和设备，转移国内过剩的资本，实现了国家的产业政策。截至2002年底，日本对外直接投资存量已达3315.96亿美元，居世界第六位。

日本成立于1950年的日本进出口银行在为本国企业海外投资提供直接资金支持方面最具有代表性，其职能包括：①为日本企业在国外企业中参股投资提供贷款；②为日本企业对外国政府或企业提供贷款而给予贷款支持，并为企业在日本境外进行风险经营提供长期资金；③为日本企业向欲参股日本持股企业的外国政府或企业提供贷款准备金，为日本企业参股设立在日本境内的对海外投资企业提供贷款；④为日本企业在海外经营项目所需资金提供贷款等。日本还有其他政策性银行对海外投资提供金融支持，如日本国际协力银行是日本政府支持海外投资的重要政策性融资渠道，日本的中小企业金融公库、国民生活金融公库、商工组合中央金库和海外贸易开发协会等机构主要为中小企业对外投资提供优惠贷款。

第五节　法国对外直接投资相关情况及政策

法国是世界上主要的境外投资国。根据联合国贸发会每年发布的世界投资报告数据显示，法国对外直接投资额一直保持很高的水平，在2005年一度超过美国成为世界上对外直接投资流出量最大的国家。长期以来，法国形成了完善的对外投资税收体系，尤其是境外所得免税、风险准备金制度等税收政策有效地促进了法国对外投资的发展。同时，法国政府的理念，比如税务服务与管理并重、重点扶持中小企业、培育并依托中介机构提供专业服务等，对我国实施"一带一路"战略具有积极的借鉴意义。

1）海外子公司的股息免税。使用免税法来消除国际双重征税是法国对外投资税收政策的特色。1965年，法国政府颁布的一项法律规定，任何一家法国公司在外国公司持有10%以上的资本，即视为母公司，其持股的公司为子公司，国外子公司分配给母公司的股息不计入母公司应纳税的所得范围。法国认为，对对外投资企业的境外积极所得实行免税法，不仅体现了对所得来源国税收主权的尊重，而且能使本国居民企业在其境外所得来源国与当地其他企业承担同等税负，从而有利于实现企业间的平等竞争和境外投资企业的生存与发展。免税法的采用有效地减轻了对外投资的跨国企业的税负，促使法国拥有具有国际竞争力的跨国企业，例如雷诺、雪铁龙等有名的跨国公司，另外，许多世界著名跨国公司将研发中心安置在法国，这都与法国在对外投资所得税制上采取以免税法为基础的资本输入中性模式有不可忽视的联系。

2）财务合并制。为了防止因避税而到境外投资，法国采取财务合并制，对境外子公司在国外的所得税低于法国所得税三分之一的情况，必须将其子公司的财务纳入法国母公司之中，除非母公司能证明其投资是以当地市场销售为主，而不是出于避税目的，而海外子公司则按综合利润纳税。

3）税收抵免。法国签订的许多税收协定对投资所得的预提税给予税收抵免，在法国和东道国存在"双重征税"的情况下，法国公司在得到政府允许后，可抵免国外投资所得已缴纳的预提税。

4）风险准备金制度。法国国内税收法典第39条规定，进行海外投资的企业每年（一般不超过5年）可在应税收入中免税提取准备金，金额原则上不超过企业在此期间对外投资的总额，期满后将准备金按比例计入每年的利润中纳税。

发达国家在长期的对外投资活动中形成了行之有效的政策支持及保障体制，主要体现在以下方面：

1）建立较为完备的消除国际双重征税的制度。跨国公司的对外投资活动引起投资国和东道国的税收管辖权相互冲突，导致国际重复征税，显然不利于境外投资。因此，建立外国税收抵免制度或免税制度，消除国际重复征税，实现跨国经济活动中的税负公平目标，是各国对外投资税收政策的首要内容。美国作为采用税收抵免制度的代表，通过其完善的所得税体系，详细规定了跨国所得的纳税对象、分类综合限额抵免、间接抵免、亏损结转等内容，既维护了本国税收管辖权，又保证了税收在对外投资活动中的中性原则，保护了本国企业的利益。但就所得来源与费用分摊而言，美国具有世界上最严密的所得来源与费用分摊规定，美国发生的费用抵消来自美国以外的所得，使得美国公司可使用的抵免额减少，降低了税收抵免制度的整体效力。而对于采用免税法的国家代表——法国而言，根据 1990 年欧共体部长理事会通过的"关于不同成员国母子公司适用共同税制的指令"，成员国对合格子公司分配给母公司的利润必须予以免税，但成员国可拒绝扣除母公司在子公司持股有关的费用，按母公司所收股息的一定百分比来确定，通常不得超过所收股息的 5%。因此，法国仅对来自合格子公司的 95% 的股息实行免税，而将其余的 5% 留给法国征税，这就取代了确定国外来源所得的费用分摊。这使得以资本输入中性为原则的免税法在增强资本输出国企业国际竞争力、涵养税源以及行政效率较高等方面具有优势。

采取目标明确、多种方式的税收鼓励措施。税收抵免法和免税法主要是为了实现税收公平，此外，各国根据不同目标，采取了多种方式的税收优惠措施。例如，为了鼓励国内企业在廉价劳动力的发展中国家建立生产基地，美国采取对本国产品国外加工的重新进口免征关税；为了帮助对外投资企业防范海外投资的风险，法国、日本等国建立了海外投资风险准备金制度；为了激励企业的海外再投资，美国、日本等国采取延迟纳税制度等。

2）防范国际避税，维护国家税收权益。鼓励对外投资并不是无原则的，各国在鼓励对外投资的同时，也对利用国家税收优惠政策进行国际避税的现象及时做出相应的防范措施，以维护国家税收权益，例如，美国、日本等国针对跨国公司利用延迟纳税制度避税而制定的 CFC 法规、美国为保护国家税收利益而建立的对境外机构亏损的追补机制等。

在发达国家，政策性金融机构起到了向对外直接投资企业提供直接融资支持和提供海外投资保险的重要作用，前者如美国进出口银行、德国的复兴信贷银行和日本进出口银行等，后者如美国海外私人投资公司、德国赫尔梅斯信贷保险公司和信托投资股份公司等。国内发达的金融市场和完善的跨国金融网络为企业海外经营提供了长期的金融保障。

下篇 实践篇

第六章
华北地区各省、市、自治区国际产能合作

第一节　北京市国际产能合作

一、北京市国际产能合作的产业基础

高端产业是北京市的优势产业。2016 年北京市科技工作会议，通过制定实施《北京技术创新行动计划（2014—2017 年）》，"高精尖"产业聚集效应明显，六大高端产业功能区以全市 7% 的平原面积创造了全市 45.2% 的地区生产总值。北京高端产业已经形成了发展新优势。北京市新一代信息技术产业实现了领先发展。近年来，北京市通过实施"新一代移动通信技术及产品突破工程"，率先布局支持 4G、5G 技术研发和标准研制。在北京市推进下，北斗卫星导航系统广泛应用。北京市积极加快互联网、大数据、云计算融合发展，催生了一批"互联网+"新业态。京东方公司 8.5 代线正式量产，打破液晶面板进口依赖。北京市通过支持建设 12 英寸集成电路生产线和中关村集成电路设计产业园，北京正在成为国内规模最大、技术最先进的集成电路创新基地。

在"十二五"时期，北京的高端装备制造产业也实现提升发展。北京通过实施"高端数控装备产业技术跨越发展工程"，出台《促进北京市增材制造（3D 打印）科技创新与产业培育的工作意见》《关于促进北京市智能机器人科技创新与成果转化工作的意见》等政策文件，将大型金属复杂构件、医疗健康、创意设计等领域作为 3D 打印重点应用领域，以特种机器人、医疗健康类和服务类智能机器人作为机器人技术重点领域。此外，北京还启动建设了亦庄智

能机器人创新园。

生物医药产业是北京的一大特色，"十二五"时期，北京的生物医药产业也实现了跨越发展。北京通过实施"生物医药产业跨越发展工程"（G20工程），5年内取得新药临床批件300余个，居全国首位；获得药品批准文号370余个；培育了年销售额10亿元品种8个，5亿~10亿元品种17个。通过北京市相关科技项目的引导带动，全球首个基因突变型埃博拉疫苗境外开展临床试验；自主研发的全球首创手足口病EV71疫苗获得新药证书和生产批件；灭活脊髓灰质炎疫苗研制成功并正式上市。北京生物医药产业从2009年的不到400亿元增长到2012年的1023亿元，成为北京新的千亿元级产业。南部医药高端制造基地和北部新药研发创新中心对全市医药产业贡献度达到80%。

为推进大气污染防治，近年来北京市新能源汽车产业加快发展。北京目前已建成新能源汽车"一园两基地"，整车设计产能达10万辆，2015年实现销售收入1973.1亿元，同比增长103%。北京还制定实施了《北京市电动汽车推广应用行动计划（2014—2017年）》，形成私人购买新能源汽车完整政策体系。目前北京累计推广纯电动汽车3.59万辆，规模居全国第一，电动汽车产业跨入成长期。

北京的先导与优势材料原创技术实现特色发展。据悉，北京通过实施"纳米科技产业跃升工程"，推动相对成熟的40余个技术项目入驻国家级怀柔纳米科技产业园。推动石墨烯等新材料研究跨入全球先进行列。北京还开展了第三代半导体领域技术创新，力争在光电子、电力电子、微波射频三大应用领域方面取得突破。北京的科技服务业健康发展。北京通过发布《关于加快首都科技服务业发展的实施意见》，形成研发服务、工程技术服务、设计产业和科技中介服务等优势领域，2015年科技服务业实现增加值1820.6亿元，增速达14.1%。以工程技术服务首个自主化三代核电技术"走出去"。联合国教科文组织"国际创意与可持续发展中心"落户北京，"设计之都"加快发展。国家文化产业创新实验区已聚集2万余家文化类机构，成为全国首个年收入超过千亿元的文化产业功能区。

二、北京市国际产能合作的初步成果

截至 2016 年 7 月底，北京市对外直接投资存量 413.89 亿美元。2016 年以来，企业累计对外直接投资额 117.96 亿美元，同比增长 1.6 倍。从协议投资额来看，截至 2016 年 7 月底，在北京市商务部门备案或核准的境外企业和机构共 3551 家，协议投资额达 820.35 亿美元。其中，民营企业"走出去"设立企业和机构 2577 家，占全市 72.6%，协议投资额 549.94 亿美元，占全市 67.04%。国有企业"走出去"设立企业和机构 498 家，占全市 14.0%，协议投资额 189.06 亿美元，占全市 23.0%。今年以来，北京市商务部门受理境外投资备案企业和机构 813 家，协议投资额 145.20 亿美元，备案数量同比增长 50.8%。

北京市对外投资目的地从 21 世纪初期主要在亚洲周边及非洲的 20 多个国家和地区，拓展到目前六大洲 110 多个国家和地区。2016 年上半年，北京市企业对美国直接投资 15.72 亿美元，同比增长 2.5 倍，主要领域涉及信息传输、软件和信息技术服务业、制造业、租赁和商务服务业，先进技术、低廉能源价格、优良的营商环境以及"再工业化"政策的影响是持续吸引北京市企业对美投资的关键因素。对非洲投资 8359.72 万美元，同比增长 1.5 倍。

从行业角度来讲，北京市对外投资行业从采矿业、加工制造业等第二产业拓展至交通运输、信息技术、租赁及商务服务业等第三产业的近 20 个行业。自 2016 年 4 月以来，制造业连续三个月位居北京市境外直接投资行业投资首位，科学研究和技术服务业由第三位上升为第二位。2016 年上半年，制造业境外直接投资额 37.08 亿美元，同比增长 12.2 倍，其中对计算机、通信和其他电子设备制造业投资占七成以上；科学研究和技术服务业境外直接投资额 8.55 亿美元，同比增长 3.6 倍。

三、北京市国际产能合作的推动措施

近年来，北京市大力实施"走出去"国家战略，对外投资合作的规模迅速扩大，领域不断拓宽，经济效益和社会效益显著提高。为贯彻落实《中共中央 国务院关于构建开放型经济新体制的若干意见》（中发〔2015〕13号）、《京津冀协同发展规划纲要》及国务院《关于进一步做好境外投资工作的若干意见》《国务院关于北京市服务业扩大开放综合试点总体方案的批复》（国函〔2015〕81号）等文件精神，适应国际经济发展新常态，抓住国际经济合作新机遇，鼓励北京市企业积极开拓国际市场，主动融入"一带一路"建设，更好地利用国际国内"两个市场、两种资源"，培育国际竞争新优势，增强国际化经营能力，为北京市构建开放型经济新格局奠定坚实基础，北京市采取了一系列的措施，力争有效推动国际产能合作。

1）主动融入"一带一路"国家战略，拓展北京市企业新的国际发展空间。国家实施"一带一路"重点战略构想对推进我国新一轮扩大对外开放、促进沿线国家共同发展意义重大。北京市作为新亚欧大陆桥和中蒙俄经济走廊的重要节点城市，以此为契机主动融入"一带一路"国家战略，充分发挥了北京市企业在基础设施建设、资源能源勘探开发、现代装备制造业和战略性新兴产业的优势：利用中阿论坛、东盟博览会、南亚博览会等国际性投资贸易平台加强项目对接，引导企业参与"一带一路"沿线国家交通、能源和通信干线网络等重大基础设施项目建设；推进与沿线国家在煤炭、油气、金属矿产等传统能源资源勘探开发及水电、核电、风电、太阳能等清洁能源和可再生能源的开发合作，促进就地就近加工转化，形成能源资源合作上下游一体化产业链；推进在中蒙俄经济走廊、中巴经济走廊和大湄公河次区域等沿线国家或地区投资设立工业园区或经贸园区，推进"丝路驿站"建设；拓展与"一带一路"沿线国家装备制造业和国际产能合作空间，进一步激发了区域内发展活力与合作潜力。

2）利用全球科技资源增强自主创新能力，加快建设具有全球影响力的科技创新中心。北京市发挥国家自主创新示范区优势，加强与国外高新技术园区、产业基地、高端技术研发及现代装备制造企业开展合作，通过并购、合资、合作等多种方式在境外设立联合研发中心、实验室及科技型企业孵化器，开展境外研发投资和技术合作，增强北京市自主创新能力，推进全国科技创新中心建设；充分利用国内外创新创业优势资源，加快北京国际科技贸易基地建设，完善研发创新平台和科技服务平台，推进科技创新要素全球化步伐，提升北京在全球网络中的科技创新影响力。中关村科技园区、经济技术开发区、临空经济区等高端产业功能区加强与全球科技、金融企业（机构）的跨地区合作，积极推进相关产业联盟的国际交流与合作，不断提升区域经济发展的国际辐射力和影响力，支持新一代信息技术、节能环保、生物工程、新能源、新材料、新能源汽车、航空航天、高端装备制造等战略性新兴产业开展对外合作。同时，北京市鼓励企业在境外开展联合研发和设立研发机构，积极探索在海外建设科技和产业园区，进一步加快具有全球影响力的战略性新兴产业科技创新中心建设。

3）加强文化对外交流合作，提升首都文化的国际影响力和竞争软实力。北京市充分发挥文化创新驱动的基础性优势，扩大对外文化交流，推动文化贸易发展和文化服务"走出去"，加快具有国际影响力的全国文化中心建设。创新文化服务海外推广模式，支持以传统手工艺、武术、戏曲、民族音乐和舞蹈等为代表的非物质文化遗产与旅游、会展相结合的海外推广商业开发模式，鼓励广播影视、新闻出版等企业以项目合作的方式进入国际市场；大力培育文化艺术、新闻出版、文化传媒、广告会展、艺术品交易、设计服务、旅游、休闲娱乐、其他辅助服务等类别的文化创意企业境外上市；加快境内外文化贸易基地建设，支持有条件的文化创意产业园区运营主体境外发行债券或股票融资，引导企业集聚发展；支持文化创意上市公司利用海外资本市场平台，实现并购重组，做优做强，增强核心竞争力和影响力；完善支持文化产品和服务"走出去"的政策措施，支持文化企业扩大境外投资合作，培育了一批有国际竞争力的文化企业和文化中介服务机构。

4）加快推进服务业"走出去"，促进首都经济发展转型升级。北京市充分发挥首都服务业发达，服务资源丰富，高端商务服务业市场竞争力强的优势，积极支持服务业开拓国际市场。支持科技服务、商务服务业"走出去"，鼓励知识产权服务机构开展境外服务，引导企业利用商标、技术、管理等自有知识产权扩大对外合作，支持科研院所、高校和企业在境外申请专利，参与制定国际标准；鼓励商务服务业企业建立海外商务园区，搭建商务服务业发展平台，在全球范围内提供对外投资、融资管理、工程建设等领域的各类高端商务服务；支持有条件的商务服务业企业搭建海外营销网络，整合国际资源，特别是品牌、技术、研发等战略性资源，实现企业经营模式和资源配置方式向全球化的转变；推动特色化医疗服务开拓国际市场，建立以国际市场为导向的中医药贸易促进体系，鼓励和扶持北京市优秀的中医药机构到境外设立中医药发展促进中心，开办中医医院、连锁诊所等，培育国际知名的中医药品牌和服务机构。

5）深化境外能源资源开发加工合作，增强保障国内市场需求的服务能力。北京市鼓励开展农林牧渔及农产品生产加工领域的合作，引导企业积极参与海外农业技术示范项目和农业科技合作示范园区建设，鼓励企业开展境外农业种植、畜禽养殖、奶业生产加工基地的投资建设和产业合作；支持有条件的企业通过绿地投资、联合投资、兼并收购等多种方式，积极参与境外石油、天然气、煤炭、电力、铁矿、铜矿、稀有金属等能源资源勘探、开发和加工，帮助发展中国家提高能源资源开发和加工利用能力；发挥北京市企业在核能、风能、太阳能等新能源领域的优势，支持企业加快海外新能源基地建设，积极参与国际新能源开发合作及技术创新，不断提升项目投资和合作水平，推动新能源产业国际化发展。

6）推进境外经贸合作区建设，推动企业集群式"走出去"。北京市加快推进境外经贸合作区建设，支持境外经贸合作区组织开展投资推介活动，吸引北京市及国内其他省市企业入区发展，打造国内企业深入欧盟、东盟、拉美等区域市场的桥头堡。另外，北京市大力支持本市汽车龙头企业在哈萨克斯坦、泰国、印度等地投资建设汽车工业园，带动北京市整车装配、汽车零部件及配套服务企业海外聚集发展，拓展在发展中国家的市场空间；鼓励其他有条件的企业在境外建立加工制造、资源利用、农业和商贸物流等类型的境外经贸合作区，发挥骨干企业作用，带动企业联合"走出去"。

7）支持海外投资平台建设，培育本土跨国公司和知名品牌。北京市大力支持有条件的企业设立境外投资运营中心或海外投资管理平台，整合海外投资业务，为企业拓展海外市场提供有力支撑；鼓励北京市企业在境外设立专业服务机构，建立公共服务平台或孵化基地，为北京市企业"走出去"提供专业服务。同时，积极推进具有国际竞争力的企业通过境外上市、发行企业债券、组建国际化服务联盟等方式，实现规模化、品牌化、国际化经营，推动本市优势产业龙头企业合理有序进行全球化布局，培育具有国际影响力的本土品牌企业和跨国集团。

8）推动对外承包工程转型升级，带动技术、产品、设备和服务"走出去"。鼓励企业适应国际工程承包新趋势，积极抓住中非"三网一化"合作机会推动境外项目合作，采取投资带动工程承包方式积极进入规划设计、设备采购、建筑施工、运营管理等整体实施项目；在扩大项目总承包（EPC）运营模式的基础上，尝试运用公私混合经营（PPP）、建设—运营—转让（BOT）、建设期补偿—运营—转让（SOT）等方式扩大境外项目合作，实现对外承包工程向国际产业链高端延伸；支持我国重大技术标准"走出去"，积极支持企业参与国际标准制定，推广中国工程技术标准和操作规范，大力培育北京市承包工程企业的竞争新优势；推动境外承包工程与外贸进出口联动发展，带动北京市企业技术、产品、设备和服务扩大出口。

9）促进对外劳务合作规范有序健康发展。北京市继续扩大市对外劳务合作规模，扩大运输、医护、餐饮、IT、教育等技术型劳务输出规模，进一步提高外派劳务人员素质和国际竞争力，打造"北京服务"品牌；加强对外劳务合作管理，完善政府、中介及企业分工管理机制，建立外派劳务监测、预警和安全保护机制，促进对外劳务合作规范发展。

第二节　天津市国际产能合作

一、天津市国际产能合作的产业基础

根据 2008~2012 年统计数据显示，天津市企业投资正在从以传统制造业、批发和零售业等为主，逐步向高新化、高端化、高质化产业拓展，已经形成了先进装备制造、生物医药、航空航天等八大优势产业。此外，金融、租赁和商务服务业及文化、体育和娱乐业等高端服务业所占比重也呈逐年上升趋势。5 年来，企业户数增长最快的行业是金融业，增长近 16 倍，此后依次为文化、体育和娱乐业增长 117%，租赁和商务服务业增长 94.64%，信息传输、计算机服务和软件业增长 92.54%；注册资本增长最快的行业依旧是金融业，增长 11.9 倍，其次是租赁和商务服务业增长 185.82%，卫生、社会保障和社会福利业增长 125.07%，交通运输、仓储和邮政业增长 117.73%。

制造业一直是天津市传统优势产业，涉及领域众多，工业体系完整。2012 年天津市新注册制造业企业 3330 户，注册资本 199.20 亿元。截至 2012 年末，天津市制造业企业 45573 户，注册资本 4598.77 亿元。目前，天津市已形成了以大飞机、大火箭为代表的航空产业板块，以长城汽车、一汽丰田为代表的汽车制造板块，以大乙烯为代表的化工行业板块等先进制造产业群。作为天津市企业户数最多的行业，批发和零售业 2012 年新注册企业 8315 户，注册资本 220.18 亿元。截至 2012 年末，天津市批发和零售企业 67094 户，注册资本 2662.63 亿元，企业户数和注册资本分别比上年同期增长 9.09% 和 17.32%。

在传统产业发展的同时，金融业已成为近几年天津市发展最快的行业。截至 2012 年末，天津市金融业机构实有 6651 户，注册资本 5656.28 亿元，与 2008 年相比，企业户数增长近 16 倍，注册资本增长 11.9 倍。目前，已基本形成以银行、保险、证券基金、融资租赁、保理等各类金融机构在内的多层次、多元化、开放型资本市场体系，金融服务品种配套齐全，金融服务功能日趋完善。此外，作为高端服务业的租赁和商务服务业近年来也发展较快。2012 年末，天津市租赁和商务租赁企业实有 25111 户，注册资本 8392.83 亿元；与 2008 年相比分别增长 94.64% 和 185.82%。2012 年新注册 3887 户，注册资本 474.49 亿元，成为天津市新注册企业投资最多的行业。

二、天津市国际产能合作的初步成果

近年来，天津市企业境外投资和产能合作规模不断壮大。2013 年，全市核准境外投资总额 26.1 亿美元。2014 天津年核准境外投资 31.4 亿美元，同比增长 20.21%。中方投资实际汇出 14.7 亿美元，全国排名第七，创历史最好成绩。在港口、基础设施合作和机械、化工、电子零部件等领域形成了一批新的投资项目，承揽了一批新的重大工程。民营企业境外设立企业机构和投资规模快速增长，成为天津市企业"走出去"的主力军。2015 年天津对外投资规模达到 74.6 亿美元，投资目标从原来的发展中国家的经济体转向了发达国家，从传统产业走向高科技，投资主体从国有企业为主到民营企业越来越多，特别是科技型的小巨人企业已经有需求也有能力向海外扩张。相关数据显示，"十二五"期间，天津的对外投资规模平均增长率达到 42%；对外投资机构的数量有 625 家，五年来平均每年增长了 27%。

近两年来，天津市民营经济发展迅猛，活力凸显，民营企业"走出去"步伐加快，进出口增速已连续 18 个月高于国有和外资企业，民营企业已成为天津企业境外投资的主力军。据统计，2014 年，全市民营企业实现进出口 278.9 亿美元，同比增长 15.4%，高于全市进出口增幅 11 个百分点。2014 年，天津市核准民营企业赴境外投资 90 家，占全市的 85.7%，投资额 27.1 亿美元，占全市 86.7%，仅入驻埃及苏伊士经贸合作区的天津市民营企业就达 22 家。

与此同时，天津市商务部门加大对民营企业支持力度，2014 年全年共支持 400 余家民营企业 700 余人参加了 20 场开拓国际市场活动，累计接触外商 2000 多家，意向成交 3.2 亿美元，为天津市民营企业产品走向世界创造了机会。2014 年，天津市不少民营企业还积极利用电子商务开拓市场。2014 年天津市商务委支持 140 家民营企业应用第三方平台开展在线营销、商品采购等经营管理活动，金额达 70 万元。组织了 15 家民营企业参加津洽会电子商务展区，邀请 400 多家民营企业参加了中国天津第三届电子商务发展论坛，11 家民营企业荣获"示范企业"称号，占获奖企业总数的七成。

2016 年，天津市在建和规划的产能合作规模分别为：在建产能合作项目 6 个，投资额 1996255 万元；计划新开工产能合作项目 8 个，投资额 1192165 万元；产能合作重大储备项目 11 个，投资额 676720 万元；产能合作重大谋划项目 10 个，投资额 580994 万元。企业海外投资规模快速扩张，项目质量不断提升。2014 年累计核准境外投资超千万美元以上大项目 38 个，同比增长 35.7%。2015 年，境外投资中方过亿美元项目达 16 个，同比增长 4.3 倍。民营企业海外投资活跃，成为产能合作的重要主体。2015 年，天津市民营企业在海外设立境外企业机构 156 家，同比增长 113.7%，实现中方投资额 33.1 亿美元，同比增长36.2%。截至2015年底，全市615家民营企业在110个国家和地区设立了922家境外企业机构。

天津市企业由于面临国内市场需求饱和的压力，国外资源、市场、技术优势的吸引，企业国际化意识增强，拓展海外市场，进行全球布局，成为多数天津企业对外投资的现实选择。天津对外投资与产能合作对象涵盖发达国家和发展中国家，遍及全球120多个国家和地区。"一带一路"沿线国家是天津国际产能合作的战略方向和合作主体。主要国家有中蒙俄经济走廊上的俄罗斯、蒙古国；南亚的印度、巴基斯坦、缅甸；中亚的吉尔吉斯斯坦、塔吉克斯坦、哈萨克斯坦；西亚的土耳其、沙特；东盟的印尼、越南、柬埔寨、泰国、新加坡、马来西亚；非洲的埃及、利比里亚、肯尼亚、贝宁；东欧的保加利亚。从境外投资项目的地区分布看，亚洲是吸引天津投资较为集中的地区。投资非洲的企业数量有一定的增长，非洲逐渐成为吸引天津投资的热点地区。调查结果显示，天津企业投资发达国家更多考虑引进先进技术，投资发展中国家或经济体时，更多侧重当地自然资源的开发。

天津市国际产能合作在以下方面推进尤其迅速：

1. 境外产业集聚区

埃及苏伊士经贸合作区二期项目揭牌，标志着苏伊士经贸合作区二期进入全面建设阶段，首个地块（2平方公里）有望在3~5年建成。全面建成后，可容纳200家企业入驻，将为"走出去"的中国企业搭建出更好的海外平台。俊安煤焦化公司泰国工业园已经建成，进入招商阶段。聚龙集团完成了中国·印度尼西亚聚龙农业产业合作区重点建设项目——楠榜省港口持续开发项目与西加里曼丹种植园并购项目的签约。天津市邦柱贸易有限责任公司印尼农业产业合作区已经通过专项审查。

2. 农业资源开发

天津已有11家企业在8个国家投资成立了14家境外农业合作企业，企业注册资本总额11.27亿美元，累计投资额6.91亿美元，投资耕地面积12.48万公顷，企业境外资产总额9.97亿美元，营业总收入1.54亿美元。涌现出聚龙集团、农垦集团等一批农业"走出去"领军企业。聚龙集团在印尼建立了全球最大的棕榈油种植和生产基地。天津农垦集团在保加利亚生产的农产品、果蔬产品不仅在当地销售，并成功销往欧洲市场，投资 4.3 亿元的玉米种植项目已经开工。

3. 能矿资源开发

利用"一带一路"沿线国家能矿资源丰富优势，天津市企业新建或并购了一批能源资源生产基地。天津市龙腾投资发展有限公司出资 2.5 亿美元在哈萨克斯坦设立了矿产能源公司，成为天津市海外投资矿产单体最大的项目。哈萨克斯坦喜瑞腾和中穆库尔两个金矿项目推进顺利，即将进入建设阶段。渤海钢铁集团投资 9500 万美元在蒙古国建设铁矿项目。天津华勘集团有限公司投资 6000 万美元在老挝建设金矿开发项目已开工建设。

4. 优势产业转移

天津市优势产能合作取得实质进展。鼎石国际投资有限责任公司在吉尔吉斯斯坦计划筹建年产 200 万吨的钢铁厂，用于当地的基础设施和工民建。天辰公司承担土耳其天然纯碱及配套联合循环电站建设项目实施，大型成套设备中国成分的供货比例将达 70% 以上，促进了天津装备制造企业输出产品和技术。天津市凯思进出口有限责任公司出资 600 万美元在缅甸建成集设计、制版、生产和销售为一体的服装加工厂。天津与巴基斯坦瓜达尔港达成钢铁、电力合作意向。

5. 工程承包

2014 年，天津市对外承包工程新签合同额实现 38 亿美元，同比增长 40.2%；完成营业额 40.3 亿美元，同比增长 28.9%，在全国均位居第九位。石油化工、电力工程、交通运输行业成为天津市对外承包工程项目的主要行业，全年完成营业额在同期天津市总额所占比例分别为 36.6%、17.4%、16.7%，占全部营业额的 70.7%。亚洲、非洲成为天津承包工程的主要市场，完成营业额在同期天津市总额所占比例达 84%。欧洲市场完成营业额增幅较大，同比增长 1.5 倍，拉美市场新签合同额增幅势头强劲，同比增加 93.3%。

天津市对外投资快速增长呈现出四大特点：一是自贸试验区领跑对外投

资。自贸试验区 2015 年备案境外投资企业机构 39 家，中方投资额 56.3 亿美元，占全市总数的 75.5%。二是对外投资平台作用凸显。2015 年，海航集团、华谊兄弟影业、万达集团、乐视集团和雷沃重工等多家国内实力企业选择天津分公司作为总部对外投资窗口，在外设立企业机构 13 家，中方投资总额 39.4 亿美元。三是股权投资项目比重提升。2015 年，新增海外股权投资项目 42 个，中方投资总额 53.2 亿美元，同比分别增长 1.6 倍和 1.1 倍。如天津渤海租赁有限公司投资 26.5 亿美元收购开曼群岛国际飞机租赁业份额排名第 11 名的阿瓦隆控股公司 100% 股权，成功跻身全球飞机租赁业第一集团；天津高新博华投资公司投资 3 亿美元并购国能电动企业瑞典公司 56.7% 股权，快速获取国际先进的新能源汽车研发制造技术。四是"一带一路"投资快速增长。2015 年，天津市在"一带一路"沿线国家备案设立企业机构 3 家，新增中方投资总额 8.5 亿美元，同比增长 1.6 倍，主要涉及能源矿产、农业合作和加工制造等领域。

三、天津市国际产能合作的推动措施

（一）强化金融支持政策

天津市以自贸区建设为契机，积极推动金融政策创新，为境外投资和国际产能合作注入了新的动力。2016 年上半年，天津自贸区金融改革创新政策核心内容的 21 条 54 项具体措施中，34 项得到落实，3 项部分落实，已落实和部分落实具体措施占比近 70%，有 16 项取得明显成效。相关部门制定"金改 30 条"宣传培训方案，举办政策解读培训会 10 余场，帮助相关部门和企业及时全面了解相关政策内容，释放政策最大效力。一系列投资便利化举措，为企业"走出去"带来了便利，如自贸区企业 3 亿美元以下对外直接投资，只需在自贸区管委会进行备案即可，在材料完备的情况下 2~3 天就可以办结，大大地提高了企业"走出去"的便利性和效率，为企业海外并购、收购资产，以及各类资产管理公司，提供了更多的业务机会和合作契机。

（二）搭建综合信息服务平台

天津发挥自贸区窗口优势，搭建了集投资目的地国家与地区投资项目推介服务、投资专业服务以及海外金融服务于一体的跨境投融资服务平台，为企业开展境外投资提供项目推介、离岸融资、法律、会计以及后期境外融资等"一站式"服务。目前，该平台已与各国政府投促机构、专业中介服务机构、境外金融机构3类共50余家机构建立了合作意向，促成了海航"出海"投资Uber等10余单业务。同时，天津市加强信息服务，开通了天津企业"走出去"指引公众服务平台和微信服务平台功能，及时发布相关政策、市场、项目和活动信息，并在全国范围率先编制地方对外投资国别指引。建立对外投资合作"一站式"服务平台，将境外投资项目备案纳入已建立的国内投资项目在线审批监管平台，实现国内国外投资项目全口径管理，实行"一口受理、网上办理、规范透明、限时办结"。另一方面，税务机关通过门户网站开通"走出去"企业专栏、网络在线访谈、微博微信互动等形式，帮助企业了解税收协定内容，全面掌握"走出去"过程中的税收权利义务。依托天津科技成果转化交易市场，聚集一批具有国际视野和丰富经验的知名投资咨询公司、律师事务所、资产评估机构、专利事务所、投资银行和会计师事务所等组成的专业服务团队，提供针对科技企业海外创新投资与合作的财务预算、法律审查、尽职调查、交易工具和专项融资等专业信息和咨询服务。最后，加强与我国驻外领使馆、外国驻华使馆、国外商会、国外投资银行、国外咨询公司、国外律师事务所、会计师事务所等机构的沟通与协作，深入搜集西方国家相关的法律、法规、产业趋势、投资机会、企业信息和高科技项目等，构建海外信息数据库，将实时情报向天津市科技企业予以发布，服务企业海外投资与合作。

（三）防控"走出去"风险

天津市注重加强对高风险国家和地区投资合作的指导和监管，配合国家做好风险预警、信息发布及人员转移、资产保全等工作。按照中国企业海外安全风险防范指南、境外中资企业机构和人员安全管理指南的要求，指导和帮助企业建立健全境外安全生产制度，建立预警监控和应急处置机制，构建境外安全风险防范管理体系。与中信保开展合作，搭建海外投资保险统保平台，加强对重大项目、重点行业保险保障，并借助其全球数据库，建设综合性风险数据库。多渠道搜集风险信息，重点开展社会安全类，兼顾自然灾害、事故灾难、公共卫生等多类型风险研究，分析风险类型、频率、危害程度、涉及人群、区域范围等关键风险要素，做好风险发布、风险预警等工作，为企业"走出去"提供风险鉴别。帮助企业开展风险评估，用好对外投资合作保险、涉外劳务保险等避险工具，化解投资合作风险。同时，天津市结合自身实际，制定了天津"走出去"政治风险统保制度，探索组建"走出去"企业法律服务联盟，帮助"走出去"企业和外派人员解决生产经营和涉外合同执行中遇到的法律问题和纠纷。建立"一带一路"建设境外安全保障工作协调机制，制定"一带一路"建设境外突发安全事件应急处置预案，针对"走出去"公民和企业机构，开展预防性领事保护宣传工作，进行安全提醒和风险防范提示，营造良好的涉外工作环境。建立健全境外国有资产监督管理、经营状况审计、经营业绩考核以及责任追究等相关制度，确保国有资产保值增值，防止国有资产流失。推动境内投资主体加强对其境外企业、机构的管理，在资金运作、投融资、权益转让、税务等方面加强约束和监督，防范境外经营风险。

（四）政府切实发挥引领服务功能

天津市深入落实国家战略，结合天津实际，制定了《天津市推进国际产能和装备制造合作实施方案》，明确了产能合作的主攻方向和重点领域。在此基础上，创造性地实施"走出去""五个一"工程：开展一次宣传，对天津市"走出去"整体情况及15家重点外经企业进行宣传；出台一个文件，下发《关于进一步扩大境外投资合作加快企业"走出去"工作的实施意见》；召开一次大会，利用全市对外开放大会向各区县、各部门做"走出去"工作部署；发布一本指引，编写天津对外投资合作指引东盟篇、中亚五国篇、中东欧十六国篇、南亚篇、西欧篇；收拢一批项目，明确专人一人一项全程跟踪服务大项目。积极开展12个点位的境外投资服务（即领事保护、权益保护、投资促进、风险预警、信息交流、融资服务、法律援助、教育培训、促进联合、政策引导、网络建设、构建平台），不断拓展服务领域，提高服务水准，有效地推动了对外投资和产能合作进程。

四、天津市国际产能合作的主要模式

境外产业集聚区是天津市境外投资和开展国际产能合作的代表模式，有效地促进了国内优势产能的转移和国外资源的开发。从建设和运作机制看，天津市境外产业集聚区形成了两种发展模式：政府搭台＋企业运作模式和企业开拓＋政府扶持模式。

（一）政府搭台＋企业运作：埃及苏伊士经贸合作区

埃及苏伊士经贸合作区是政府主导、市场运作模式的成功典范，有效地促进了国内产能向非洲的转移和当地经济发展。1998 年 10 月，中埃两国政府商定共同建设的苏伊士经贸合作区项目正式启动，由具有产业园区建设和运营丰富经验的国有企业天津泰达投资控股有限公司代表中方具体承办。2007 年底经商务部认定为国家级境外经贸合作区，是我国政府批准的第二批国家级境外经贸合作区。合作区坐落在埃及苏伊士湾西北经济区，地处沟通欧亚非三大洲的金三角区域，位于"一带一路"和"苏伊士运河走廊经济带"的交汇点，发展经贸合作的区位条件极为优越。

在两国政府的大力支持下，泰达控股公司经过 7 年运营，一期起步区 1.34 平方公里已全部开发建成，共投资 1 亿美元，有 68 家企业入驻，其中 90% 是中资企业，吸引投资近 10 亿美元，年销售额约 1.5 亿美元，年纳税约 2 亿埃及镑，为埃及当地创造了 2000 多个工作岗位。园区已形成五大产业，一是以巨石集团为代表的新型建材产业，主产品是玻璃纤维，原料产自埃及，产品出口到欧洲、北美；二是以江苏牧羊集团为代表的机械制造类产业；三是以西电公司为代表的高低压电器产业；四是以四川宏华和 IDM 为代表的石油装备产业；五是纺织服装产业，主要是来自国内的中小企业。一座产业功能完备、生态化、生活化的高标准现代工业新城区已见雏形。

在一期项目成功建设的基础上，中埃双方经过 2 年多的协商，决定启动二期扩展区项目建设。扩展区 6 平方公里将依据市场需求，在 15 年内分三期建成，预计投资总额约 5 亿美元。全面建成后，可容纳 200 家企业入驻，吸引投资 30 亿美元，销售额 100 亿美元，将创造更多的税收和就业机会。扩展区将引进交通运输装备生产类、纺织服装生产类、石油装备生产类、高低压电器生产类、精细化工类、新型建材、高科技产业、研发服务以及仓储物流商贸服务等产业类型，未来将发展成为埃及经济增长的重要增长极。

（二）企业开拓 + 政府扶持：印尼聚龙农业产业合作区

印尼聚龙农业产业合作区是企业开拓和政府扶持模式的代表。印尼聚龙农业产业合作区项目，是习近平主席访问印尼和佐科·维多多总统访问中国时的签约项目，也是国家农业部确定的全国对外农业投资合作首批试点支持项目。

聚龙集团是我国棕榈油贸易领域中市场份额最大的内资企业，全球首家绿色食品认证棕榈油加工企业。贸易量占国内市场份额的 22%，现有海内外员工 8000 余人，外籍员工近 7000 人，海外资产总额近 120 亿元人民币。聚龙集团已有 10 年"走出去"开展农业国际合作的经历。针对国内油脂油料源头资源短缺，聚龙集团 2006 年在印尼加里曼丹岛建成我国企业在海外的第一个棕榈种植园，开始进入棕榈油上游产业。2011 年建成我国企业在海外的第一个棕榈油压榨厂。2014 年底，聚龙集团拥有近 20 万公顷的棕榈种植园，已经完成种植 6 万公顷，配套建设完成 3 个压榨厂、2 处河港物流仓储基地、1 处海港深加工基地。

在前期农业综合开发的基础上，根据国家境外经贸合作区产业园区的建设要求，聚龙集团整合企业在境外的农业产业资源，大力推进中国·印尼聚龙农业产业合作区的建设。合作区定位于集油棕种植开发、棕榈油初加工、精炼与分提、品牌包装油生产、油脂化工及生物柴油提炼于一体，同时积极发展仓储、物流、公共服务等配套产业的综合产业园区。合作区项目按照"一区多园、合作开发、全产业链构建"模式开发建设，总体规划年限 8 年（2015~2022 年），规划面积 4.21 平方公里，包括中加里曼丹园区、南加里曼丹园区、西加里曼丹园区、北加里曼丹园区与楠榜港园区五大园区。项目建设投资约 12.45 亿美元，预计实现年销售额 36 亿美元。目前，合作区已完成各项基础配套设施建设，并有 10 多家产业链上下游企业入区发展。

2015 年，印尼聚龙农业产业合作区获批为天津市级境外农业型合作区，并成为农业部实施的境外农业投资保险费补贴的十三家企业试点之一，分别获得 200 万元发展资金支持和 900 万元保费补贴资金，目前正在积极申报国家级境外经贸合作区农业产业型园区。印尼聚龙农业产业合作区已成为中国企业融入"21 世纪海上丝绸之路"建设的早期收获项目与综合试验区。

五、天津市国际产能合作的经验总结

（一）利益共享是合作成功的根本前提

在市场机制的基础上构建利益共享机制，并将其有效嵌入当地经济发展过程是确保产能合作成功的基础。埃及苏伊士经贸合作区在创建之初就以中埃合资方式构建合作区投资主体，形成双方"利益捆绑"机制。负责合作区项目开发、建设、招商和管理的实施主体中非泰达投资控股有限公司，注册资本金为 8000 万美元，中方持股 80%，埃方持股 20%。这种投资方式既可以发挥中方资金优势，又可以使中埃双方共同承担经营风险，实现互利共赢，保障了合作区不断发展壮大。聚龙集团在印尼与当地农户合作种植棕榈树，合作种植总面积近 10000 公顷，合作种植范围已达到 40 多个村庄，使 5000 多个家庭 20000 多人受益，使企业发展与当地经济发展融为一体，促进了企业自身发展。

（二）把握比较优势和形成有效盈利模式是合作成功的关键

埃及苏伊士经贸合作区建设顺利进入二期扩大阶段，呈现良好发展态势，关键在于合作双方的比较优势充分对接，形成了有效的盈利模式，保障了合作的持续推进。我国拥有适应埃及经济发展的先进适用技术、完整的工业体系、开发区运营和管理的丰富经验。埃及生产要素成本低廉，能源、运输和劳动力等主要生产要素成本价格和税负负担约为我国国内的 1/2。合作区位于亚欧非市场的中心位置，而且拥有宽松优越的对外贸易环境和优厚的对外贸易条件。在园区的具体开发模式上，中非泰达投资控股有限公司主要借鉴了该公司在天津开发区较为成熟的建设、运营与管理经验，形成海外经济特区开发的盈利模式，即通过购买土地——实现七通一平——建设能用工业厂房孵化区——建设区域的生态景观——建设综合服务配套措施，形成有吸引力的经济开发区。在建成上述相对完备的配套设施后，通过租赁厂房、商务办公楼宇、出售工业用地的方式进行招商引资，使有意向在区内投资的企业可立即入驻并开展经营活动。在招商引资时，注重将合作区与高成长、高盈利性项目相捆绑，从而实现资金的良性循环，实现合作区建设的可持续发展。标准厂房和公寓出租率分别为91%和72%，仓库已经全部租罄，房租收缴率达到100%（2012年）。

（三）产业链建设是产能合作拓展深化的重要路径

在经济全球化的背景下，有实力的企业实施产业链发展战略，有助于企业向产业链的上游和下游延伸拓展，从而在比较优势的驱动和引导下在全球范围内展开产业布局，激发自身潜力，充分利用国内国外两种资源和两个市场，逐步推进产能合作拓展深化。聚龙集团从国内粮油贸易起步，逐步进入油脂进口与精加工领域，此后针对国内油脂油料源头资源短缺的问题，走向海外，在印尼营建棕榈油原料基地，进入上游种植领域，逐步向集油料作物种植、油脂加工、港口物流、粮油贸易、油脂产品研发、品牌包装油推广与粮油产业、金融服务为一体的完整的棕榈油产业链发展。2014年，聚龙开始进入非洲，在肯尼亚、加纳等8个国家建立了办事机构并开展相关业务。未来将继续深耕东南亚棕榈种植基地，开发非洲棕榈种植基地、粮食作物基地，布局南美大豆油脂油料基地，搭建亚太、非洲、美洲三大业务平台，期望发展成为棕榈油领域有控制力的跨国公司。

（四）功能完善的载体平台是提升产能合作成效的支撑条件

功能完备的境外产业集聚区符合产业发展的空间集聚规律，能够有效地契合发展中国家工业化城市推进的现实需求，有利于降低境外投资的制度、政策、运营成本以及各种风险，增强"走出去"的稳定性、持续性和安全性。埃及苏伊士经贸合作区功能配套比较完善，可为入区企业提供保洁、保安、绿化、维修等基本物业服务，园区内设有中餐厅、面包房、超市，建有体育馆、健身房、员工俱乐部和图书馆等设施，丰富了入驻企业员工的业余文化生活。园区运营商利用在埃及积累的经验和人脉，为合作区入区企业提供"一站式、一条龙"企业配套服务，包括投资服务、职业培训服务、法律咨询服务、涉外手续服务、经营代理服务和物流保税服务，极大地便利了入区企业的运营。合作区的"投资平台"作用日益凸显，"集群式"发展模式已具规模，有力地推动了中资企业抱团"走出去"发展。埃及苏伊士经贸合作区自开发建设以来，已成为我国在埃及投资的主渠道，合作区投资占埃及全部吸引中方投资的近72%（2011 年）。

（五）政府扶持是促进产能合作的必要保障

在对外投资和产能国际合作中，企业是主体，市场机制是基础，但政府有力有效的引领和服务不可或缺。埃及苏伊士经贸合作区的成功，政府扶持极为重要。埃及苏伊士经贸合作区创建伊始，中央政府对于这一新生事物给予了务实性扶持政策。2006 年，商务部发布了《境外中国经济贸易合作区的基本要求和申办程序》政策文件，指出"第一个确定下来的对外经济贸易合作区，国家将有 2 亿~3 亿人民币的财政支持，中长期人民币贷款最多可以达到 20 个亿"。2010 年 4 月，我国政府出台了包括资金、保险、货物通关以及与合作区所在国相关事物协调等方面的支持境外经贸合作区建设的 8 条政策举措。2011 年 1 月 1 日，天津市政府发布了《埃及苏伊士经贸合作区投资项目资助试行办法》，对天津市入区企业在投资补贴、海外投资保险费用、运营费、厂房租金、人身意外保险、区内中方人员伙食费等方面给予财政资助，鼓励更多的企业参与合作区的开发建设。中非发展基金 50 亿美元的股权融资，国家开发银行的非洲 10 亿美元中小企业专项贷款，支持和帮助合作区及入区企业健康发展。无论是中央政府层面还是地方政府层面的相关扶持政策，为合作区的建设、企业运营和发展奠定了良好的基础。

（六）制度创新是促进产能合作的有效动力

自贸区对外开放合作方面的制度创新优势、投资便利化条件和综合服务平台建设，为企业"走出去"创造了有利条件，成为天津及国内企业"走出去"的重要平台和推进器。2015年，天津自贸区企业新设境外企业机构61家，占全市的31%；中方投资额56.3亿美元，占全市的76%。特别是以金融制度开放创新为动力，自贸区内海外并购、境外融资租赁业务发展迅速。

六、天津市国际产能合作的未来趋势

与沿海其他发达地区对外投资规模和发达国家跨国公司全球资源配置能力相比，天津企业"走出去"和产能合作的规模和水平仍处于初级发展阶段，国际产能合作尚处于起步时期。展望未来，"一带一路"的深入实施、发展中国家工业化城市化的巨大需求、天津良好的工业基础和比较优势、企业发展全球视野的提升和走出去意愿的增强、京津资源共享协同发展的实质性推进，为今后天津企业"走出去"和产能合作创造了良好的条件和机遇，天津企业"走出去"和产能合作潜力巨大、空间广阔、前景良好。未来一段时期，天津国际产能合作或呈现以下趋势：

1）契合发展中国家工业化城市化的阶段性需求，钢铁、石化、建材、轻工纺织、电力、机械、工程承包等传统优势产业和领域是产能合作的重点。轨道交通、船舶和海工装备、航空航天、电子通信和服务业等新兴领域将不断拓展。

2）产能合作将主要向"一带一路"沿线国家深化，俄蒙、东盟、中亚、南亚、非洲将是天津产能国际合作的重点地区。

3）民营企业在天津产能国际合作中的地位将不断上升。

4）产能合作的方式将从单个项目的输出愈来愈向载体输出、产业链输出转变，带动成套生产装置输出。产业集聚区建设将有力带动企业抱团走向海外。

第三节　河北省国际产能合作

一、河北省国际产能合作的产业基础

玻璃产业是河北省的传统优势产业。河北省沙河市 20 世纪 80 年代初开始发展玻璃产业，是我国最大的玻璃集散基地之一。如今，该市的玻璃产业将开始向非洲转移，不久之后沙河玻璃就可以在非洲生产。一家玻璃企业即将在坦桑尼亚多多马市建设玻璃生产线，可年产玻璃 60 万重量箱，2015 年部分建成投产。

河北的省级以上开发区是承接北京非首都功能疏解和产业转移的主要载体。按照《京津冀协同发展规划纲要》对两地的功能定位，河北以产业链协同开放为主线，依托京冀两地资源禀赋及各自产业优势，找准结合点，推动两地产业链有序衔接，以产业链合作构筑开放合作新优势。2016 年 4 月，河北召开了全省开发区改革发展会议，要求按照京津冀协同发展规划，打造高标准、高质量对接平台，加强产业配套能力和公共服务体系建设，定向精准承接京津产业和创新资源转移，把开发区建设成为京津冀协同发展新的增长点。河北积极适应服务业和制造业相互依存、相向发展的趋势特点，促进服务业、制造业跨界融合发展。紧密结合非首都功能疏解，打破地域限制，助推产业转移升级。密切沟通配合、合力打造立足区域、服务全国、辐射全球的优势产业集聚区，全方位提升京冀两地产业对外开放水平。

二、河北省国际产能合作的初步成果

2015 年以来，按照李克强总理的希望河北在国际产能合作中打造新样板的指示精神，河北省将推动国际产能和装备制造合作作为当前提高对外开放水平、拓展国际发展空间、推动产业升级、促进创新发展的一项重大战略任务，多措并举，强力推动，工作取得较好成效。

2015 年，河北省共核准对外投资企业 131 家，比 2014 年增长 8.3%；对外投资总额达 30.6 亿美元，比 2014 年增长 80.8%，对外投资合作呈现强劲的增长势头。其中，河北省与巴基斯坦的经贸往来也日益密切。河北省与巴基斯坦进出口总额达 55571 万美元，同比增长 20.2%。截至 2015 年底，巴基斯坦客商累计在河北省投资 9 家企业，投资总额 280.3 万美元。巴基斯坦钢铁、水泥等原材料需求量较大，与河北省合作空间巨大、势头良好。来自河北省钢铁、石化、建筑建材、装备制造等行业的近百家企业参加了推介会，部分企业表达了投资意愿。河北省将组织有关企业赴巴基斯坦进行对接考察，推动产业合作项目尽快落地。

2016 年 1~8 月，河北省境外投资新增备案（核准）企业 86 家，总投资 30.4 亿美元，同比增长 14.4%，其中中方投资额 29.3 亿美元，同比增长 41.3%。截至 2016 年 8 月，河北省累计核准和备案的境外投资企业达 780 余家，投资总额逾 140 亿美元，中方投资额约 120 亿美元，已遍布 6 大洲近 80 个国家和地区，投资领域涉及钢铁、水泥、玻璃、装备制造、新能源、纺织服装等 20 多个行业，已投产和正在筹建的钢铁产能 1095 万吨、水泥产能 438 万吨、玻璃产能 85 万重量箱，开启国际产能合作开启新篇章。

河北企业开展国际产能合作成效显著。2016 年上半年，河北省企业实施海外跨国并购项目 4 个。新奥生态控股股份有限公司并购英属维尔京群岛的联信创投有限公司 100% 股权项目成为上半年河北省最大海外并购项目，涉及并购金额 4.7 亿美元。河北省农业生产资料有限公司对香港的全资子公司万豪香港集团有限公司增资 2.49 亿美元，总投资达到 2.99 亿美元。2016 年 4 月 18 日，河北钢铁集团与塞尔维亚政府签署协议，以 4600 万欧元收购斯梅代雷沃钢厂；6 月 19 日，在习近平主席对塞尔维亚进行国事访问期间，习近平主席在塞尔维亚总统、总理和张庆伟省长陪同下视察钢厂，提出希望将钢厂建设成为中塞务实合作，以及中国和中东欧国家国际产能合作的样板。6 月 30 日，河北钢铁集团与斯梅代雷沃钢厂签署交割确认文件，标志着河北钢铁集团正式成为斯梅代雷沃钢厂资产的所有者和运营方，集团在海外直接并购的第一个长流程钢铁生产基地项目正式投入运营。交割前，河北钢铁集团唐钢公司已经组建运营团队进驻钢厂，对其工艺、装备、产品、技术等进行深入调研，并形成了初步运营管理方案。长城汽车股份有限公司投资俄罗斯哈弗汽车制造项目取得新进展。河北省企业通过境外增资扩股，不断壮大经营规模，既实现了产业链延伸，也有效规避了国际贸易风险，为企业深度拓展国际市场注入了活力。

2016 年河北省境外投资呈现新特点：一是大项目拉动作用明显。2016 年 1~6 月，河北省省共备案（核准）5000 万美元以上大项目 10 家，中方投资额 19.7 亿美元，占全省中方投资额的 82.5%。华夏幸福基业股份有限公司、新奥生态控股股份有限公司、河北墨华投资有限公司、河北达中安生投资有限公司、河北省农业生产资料有限公司、东旭集团有限公司等企业对外投资额均突破 1 亿美元。受大项目拉动影响，石家庄、廊坊两市对外投资增势迅猛。1~6 月，石家庄市、廊坊市备案（核准）对外投资项目分别为 29 家和 7 家，中方投资额分别为 13.6 亿美元和 7.1 亿美元，同比分别增长 153.5% 和 196.2%，合计占全省对外投资额的 87%。二是对"一带一路"沿线国家投资取得新成效。2016 年上半年，河北省对"一带一路"沿线国家备案（核准）项目 15 个，对外投资总额 3.1 亿美元，同比增长 58.9%；中方投资额达 2.9 亿美元，同比增长 89.3%。其中，河北钢铁集团投资 4600 万欧元收购塞尔维亚斯梅代雷沃钢厂项目，成为河北省投资"一带一路"沿线国家的亮点。随着优势产能国际合作的不断深入发展，投资规模不断扩大，投资领域不断拓宽，其外延与内涵不断延伸，正在向建立营销网络、生产基地和工业园区发展，呈现出了较好的发展势头。

三、河北省国际产能合作的推动措施

在推动国际产能合作过程中，河北省遵循"企业主体、政府推动、市场导向、商业运作、国际惯例、合作共赢"原则，围绕"摸底数、重引导、建机制、搭平台、抓项目、强服务"打出"组合拳"，逐渐摸索出一套有效做法。

（一）摸底数，夯实基础

河北省对境内和境外投资涉及的产业、行业进行分类，共梳理出合作行业类别 20 余个；组织 400 多家企业进行座谈，了解行业发展现状、存在问题和相关建议，掌握了企业"走出去"的愿望和诉求。对外，积极拜访外国驻华使领馆和商贸机构，对其国家招商引资优惠政策、与河北互补性等进行广泛了解。经过一系列基础工作，对自身在国际产能和装备制造合作中的优势、定位、方向和重点合作国别等有了清晰认识和判断，为有针对性地开展工作奠定良好基础。

（二）重引导，多措并举

为了强化政策支持，河北省先后制定了《河北省人民政府关于进一步做好境外投资工作的实施意见》《河北省钢铁水泥玻璃等优势产业过剩产能境外转移工作推进方案》《河北省人民政府关于加强与中东欧国家全面合作的实施意见》和《河北省人民政府关于加强与中东欧国家投资合作的支持意见》等政策文件，并在全国率先出台了《推进国际产能和装备制造合作的实施意见》。同时，为了加强对外交流，自 2014 年以来，省政府多位领导同志先后出访中东欧、非洲、西亚和拉美等地区国家，促成河北钢铁集团、冀东发展集团、英利集团等一批企业的产能合作项目。2014 年 5 月及 2015 年 6 月，在廊坊和唐山举办"中国—中东欧国家省州长联合会第一次会议""中国—中东欧国家地方领导人会议"期间，河北先后与 8 个中东欧国家省州签署友好省州或战略合作框架协议，促成 34 个项目签约。2015 年 11 月，捷克总理访华，河北省积极组织企业对接洽谈，促成了 7 个项目达成合作意向。通过借助多方力量，河北省与外交部联合举办"蓝厅论坛"，重点推介河北优势产能。2015 年以来，省领导应邀参加"博鳌论坛"、率团参加波黑"萨拉热窝经贸论坛"，在"中国—中东欧国家地方领导人会议"期间，成功举办"'一带一路'建设与国际产能合作论坛"，借助不同国际论坛就河北省开展国际产能合作情况进行互动演讲，着重阐述河北省与中东欧国家经贸合作的互补性和契合点，引导河北省企业与中东欧国家开展国际产能合作。同时，充分利用中国银行、工商银行海外分支机构众多、信息渠道广的优势，主动开展跨境投资双向撮合。

（三）建机制，协调联动

河北是首个与国家发展改革委签署《推进国际产能和装备制造合作委省协同机制合作框架协议》的省份，并被确定为国际产能合作重点示范省。建立"政府、银行、保险加企业"的"3+1"工作机制，努力实现四方联动，形成工作合力；建立与央企合作机制，举办了"央企进河北"活动，与41家央企签署战略合作框架协议，推动河北企业充分依托央企海外业务平台"搭船出海"；组织165家企业与8家有海外业务的央企进行"多对一"对接，促成58个合作事项。

2015年7月8日国家发展改革委主任徐绍史与河北省省长
张庆伟在京签署部省协同机制

（四）搭平台，提供支持

搭建信息服务平台，建立境外投资专题网站，编纂境外投资国别指南，与外国驻华使馆、招商机构以及我国驻外使领馆建立多种沟通渠道，为企业"走出去"提供信息支持。河北省着力搭建项目洽谈平台，组织"中东欧合作项目专题对接会""捷克投资合作项目专场洽谈会""河北企业走进非洲合作项目对接会"等多场对接活动，取得较好效果。与此同时，搭建银企对接平台，组织企业对接中国银行、中国工商银行等，促成企业项目与银行及保险机构的境外投资金融和保险产品相互结合；组织企业对接丝路基金、中投公司、中非基金等投融资机构，寻找合作切入点，切实为"走出去"企业提供融资保障。

（五）抓项目，力求实效

按照"投产一批、建设一批、储备一批、谋划一批"建立国际产能合作重点项目库，实行动态管理，及时协调解决项目推进过程中遇到的困难，推动优势产能合作项目取得积极进展，着力推动 50 个产能合作项目加快进展。同时，积极争取国家政策机制支持，成功将河北钢铁集团南非钢铁项目及塞尔维亚斯梅代雷沃钢铁股权合作项目、英利集团泰国光伏组件基地项目等纳入国家《国际产能和装备制造合作重点国别规划》。将河北建投集团老挝 60 兆瓦水电站项目、长城汽车俄罗斯建设年产 8 万辆整车及配套设施等一批项目纳入国家产能合作机制中予以推动。

（六）强服务，保驾护航

加大财政支持。河北省财政安排专项资金支持企业"走出去"，安排 1 亿元建立"走出去"股权引导资金，撬动社会资金支持河北国际产能和装备制造合作。改进境外投资管理，在项目备案、企业设立、外汇管理、产品通关和出访服务等各环节开辟绿色通道，为"走出去"企业提供优质便利化服务。建立风险防控体系，积极争取中国出口信用保险公司等政策性保险机构支持；引导企业健全内部风险防控体系；协助企业依托我国海外领事保护机构，保护企业境外从业人员和资产安全。

四、河北省国际产能合作的经验总结

在产能合作项目实施过程中，很多企业努力探索创新机制和合作模式，走出了一条国际产能和装备制造合作的新路子，对全省国际产能和装备制造合作起到典型示范作用，主要做法有以下几方面：

（一）曼巴水泥项目实现"国际资本，中国制造"

冀东发展集团南非曼巴水泥项目位于南非境内林波波省，主要为建设年产 100 万吨水泥熟料生产线。此项目由冀东发展集团、中非发展基金、南非妇女投资基金、南非梅丽莎家族信托公司共同出资建设。冀东发展集团和中非发展基金合资组建中冀东建材投资有限责任公司投资总额 5437.5 万美元控股该项目 51% 的股权。冀东发展集团既是投资人，也是项目建设的总承包方及建成后的运营方。总承包带动了冀东发展集团所属装备公司成套出口自己制造的水泥生产线，出口总金额达到 3.28 亿元人民币。同时，工程建设期间，能够外派 900 名劳务人员；建成后，可输出中方管理人员及熟练工人 150 人左右。冀东发展集团在此项目中运用创新型融资模式，成功实现了用少量资金撬动国际资本，以投资成功带动产能、装备和劳动力输出。

（二）河钢集团南非钢铁项目带动"全产业链整体转移"

2014 年，河北钢铁集团以 2.34 亿美元持股 35% 的形式顺利完成对南非 PMC 公司控股权的收购，成为 PMC 公司第一大股东和实际控制方，从而成功掌控了南非一个成熟运营的境外矿山项目，拥有了丰富的铁矿资源，为钢铁项目进入南非市场奠定了基础。同期，出资收购了全球最大的独立钢贸商——瑞士德高公司 51% 的股权，从而拥有了全球最大的钢铁营销网络，为尽快开辟国际钢铁市场打开了通道。随后，河钢集团收购了塞尔维亚斯梅代雷沃 220 万吨钢厂，并谋划在钢厂项目的基础上，进一步扩展业务领域，筹建"中塞友好（河北）工业园区"，建设项目除钢铁厂外，还包括钢铁下游项目、钢铁配套及循环利用项目、物流园区项目等。河钢集团通过境外并购和投资，走出了一条"以掌握矿业资源和国际市场为切入点，带动钢铁生产和上下游配套行业全产业链整体转移"之路。

（三）文丰实业集团海外项目带动"跨产业协同发展"

2009 年，文丰实业集团在智利成立全资子公司——圣铁矿业有限公司，并由该子公司 100% 收购智利阿塔卡玛大区的黑熊、艾斯康迪达及星星 48 等三座铁矿开采权，达产后，年可生产铁矿石1000万吨。智利矿产资源开发项目不仅使文丰实业集团拥有了铁矿石供应基地，也带动了省内采矿设备和技术管理人员的输出。由于智利港口项目短缺，30万吨以上运营的港口不足5个，运输不畅成为制约当地矿产资源开发项目的瓶颈。文丰实业集团再次看到商机，决定跨产业投资智利港口建设项目，并将项目选址在临近矿区的弗拉门戈港。目前，该项目已经获得智利政府部门的批准，正在开展前期工作。该港口建设项目不但为文丰实业集团铁矿原材料运输提供便利，降低运营成本，也使集团业务由钢铁行业向基建等其他行业拓展，为企业今后的转型升级发展积累经验、奠定基础。

（四）英利光伏电站项目成功"搭船出海"

2013年12月，英利能源（中国）有限公司与中国水电建设集团国际工程有限公司和中国水电工程顾问集团有限公司组成的联合竞标体，成功中标阿尔及利亚233兆瓦地面电站项目。2014年2月，英利集团公司与中国技术进出口总公司组成的联营体再次签下阿尔及利亚总量达25兆瓦的光伏电站项目。英利集团的两次中标项目都是充分依托央企的品牌效应、海外业务拓展实力和经验，以局部优势与央企形成利益联合体，在助推央企海外业务的同时，实现了自身"搭船出海"的战略目标。

（五）泰瑞斯工业园区建设尝试"抱团出海"

秦皇岛经济技术开发区根据园区装备制造企业相对集中的特点，积极响应河北省政府装备制造产业"走出去"的号召，在加拿大泰瑞斯市筹建工业园区，为企业搭建海外发展基地和业务平台。园区投资总额9500万美元，占地面积4.8平方公里，将以加工制造型产业为主导，充分利用项目所在地的资源，发展有比较优势特色的轻、重工业项目，为企业提供从设立、各项手续申请直至企业投产后的一系列投资服务。秦皇岛经济技术开发区兴龙轮毂、中信戴卡、永顺泰麦芽、大惠生物、裕源木业、卡尔凯旋、八达集团等多家园区企业已经在泰瑞斯工业园投资设厂制定规划并开展前期准备工作，形成了装备制造业企业"抱团出海"的良好态势。

（六）经验总结

1. 国际产能与装备制造合作需要统筹规划和布局

随着国际产能和装备制造合作工作的不断深入，越来越多的企业将"走出去"开展境外投资活动，投资主体呈现多元化，民营企业所占的比重越来越大。然而企业在开展境外投资活动过程中往往主要从企业自身发展出发，较少考虑国家战略、地方经济发展和产业转型升级的需要。因此，政府在引导企业"走出去"发展壮大的同时，还需要从国家和地方发展战略的角度加强统筹规划和合理布局，规范企业境外竞争行为，防止一哄而上、恶性竞争。

2. 国际产能和装备制造合作要用好国家合作机制

近年来，我国与相关国家和地区建立的中非、中哈、中印尼、中印、中蒙俄等合作框架以及中巴经济走廊、孟中印缅经济走廊等政府间合作机制为国际产能和装备制造合作提供了功能强大的平台。地方的重大境外合作项目如果能够争取列入国家合作机制中，将取得事半功倍的效果。同时，国家配套设立的中非基金、中拉基金、丝路基金等也为重大项目的融资和顺利推进提供了强有力的支持。因此，用好国家合作机制和相关配套基金是开展国际产能和装备制造合作的重要手段。

3. 国际产能和装备制造合作要与人文交流相辅相成

人文交流是增进民众友好互信，促进文化相互融合的重要载体，也是促进国际产能和装备制造合作的重要推手。因此，加强与投资对象国的人文交流，借助孔子学院、海外文化中心等国家对外交流平台，利用地方友好省州的桥梁作用，积极拓展与投资对象国在教育、卫生、医药、文化和旅游等领域的交往与合作，将会进一步促进国际产能和装备制造合作工作的顺利开展。

五、河北省国际产能合作的现存问题

河北省国际产能和装备制造合作工作虽然取得了较好成绩，但仍然存在一些不足和问题，需要更加深入地谋划研究解决。

1）产能合作规模小。河北省的国际产能合作仍然处于初级阶段，已经建成运行的合作项目，投资规模较小，项目数量较少，产品层次较低。相对于山东、江苏、辽宁等国际产能合作发达的省份，尚有较大差距。

2）装备输出不明显。由产能合作带动的装备输出，特别是二手线输出不够。在钢铁、水泥、玻璃、光伏等优势产能领域，只有冀东发展集团境外投资项目带动了省内水泥成套装备输出，钢铁、玻璃等产业还没有形成相关装备输出能力。

3）信息资源不对称。企业对投资所在国的产业特点、市场需求、投资政策、法律法规、经营环境、社会风险等信息主动了解不够，对央企及省外大型企业"搭船出海"和"抱团出海"的商业契机把握不及时，获取信息资源的渠道较少，对外合作不知道"往哪走"和"怎么走"。

4）市场主体顾虑多。部分企业对"走出去"开展境外投资存在风险顾虑，如政治风险、安全风险、法律风险和市场风险等，尤其是民营企业表现出不主动、不积极，对外合作"不敢走"和"不想走"。在行业上主要表现在玻璃企业，开展的实质性境外项目数量不多，规模不大，后期储备项目不足，企业"走出去"意愿不强烈。

5）企业融资难度大。近年来由于市场低迷和压减产能的影响，企业经营困难，缺乏自有资金，开展境外产能合作大多需要金融机构的融资支持，而金融机构对钢铁、水泥、玻璃等行业尤其是民营企业贷款控制较严，企业"走出去"融资困难较大。

六、河北省国际产能合作的下一步安排

河北省计划重点围绕李克强总理提出的"打造国际产能合作新样板"的指示，在为企业服务上下功夫、做文章，简要归纳为：做好一个规划，完善三个平台，发挥展会作用，抓找项目落实。

（一）加快制定河北省《国际产能合作"十三五"规划》

组织相关专家、学者和研究机构对河北省进一步推动国际产能合作工作进行深入研究,特别是围绕国际产能合作在"十三五"期间如何深度融入国家"一带一路"建设、如何对接国家《国际产能和装备制造合作重点国别规划》和《推进国际产能合作三年行动计划(2016—2018)》、如何高效服务全省产业转型升级和供给侧结构调整等课题进行系统研究,并在此基础上形成系统和完整的规划方案,进一步细化河北省国际产能合作的近、远期发展目标,以及重点合作国别、具体措施等,以便更有针对性地指导河北省国际产能合作的深入推进。

从河北省自身的情况看,河北省迫切需要行业结构调整和转型升级。到2017年,河北预计压减6000万吨钢铁、6000万吨水泥、4000万吨煤、3000万重量箱平板玻璃。为充分利用产业结构与"一带一路"沿线国家和地区的产业互补性,河北省日前出台了《关于主动融入国家"一带一路"战略促进我省开放发展的意见》,鼓励光伏、钢铁、玻璃、水泥等具有比较优势的企业,到境外建设一批生产基地,带动装备、技术、资本及劳务输出。为加强与中东欧国家省州的产业对接和科技文化交流,河北省政府已决定调整充实了2016年廊坊"5·18"洽谈会,增设了中东欧交流合作专题,开展了"中东欧国家主题日"等系列活动。

力推过剩产能零污染地向境外转移,开拓国际发展空间,是变过剩产能为有效产能的重要途径之一。2014年11月10日,河北省下发《河北省钢铁水泥玻璃等优势产业过剩产能境外转移工作推进方案》(以下简称方案),这被看作是未来十年河北省优势产业过剩产能的"出海路线图"。在河北省公布的这份"出海路线图"中,涉及河北省钢铁、水泥、玻璃等优势产业对外投资项目近20项,分为在建、在谈与谋划项目三大类,尤显挂图作战的紧迫感。这也是河北省新一轮"走出去"的"集结号"。河北省过剩产能"走出去"已从原来大多靠企业自主进入到政策力推与企业主动相配合的新阶段。由此,未来十年内,河北省企业"走出去"的步伐或将呈"齐步"态势,核准备案的境外投资项目投资额年均增长将达15%以上。河北省钢铁、水泥、玻璃等三大产能过剩的优势产业"出海",在如今三大产业普遍面临压减的紧迫形势下,通过生产工艺、环保装备升级实现零污染的境外转移,无疑是一条产业结构调整的捷径。值得关注的是,方案明确提出未来十年,河北省钢铁、水泥、玻璃等产业过剩产能向境外转移的近期和远期两大指标,即到2017年,实现全省转移境外钢铁产能500万吨,水泥产能500万吨,玻璃产能300万重量箱;到2023年,力争实现全省转移境外钢铁产能2000万吨,水泥产能3000万吨,玻璃产能1000万重量箱。"6643"工程要求,到2017年河北省压减6000万吨钢、6000万吨水泥、4000万吨燃煤、3000万重量箱平板玻璃。由此测算,钢铁、水泥和玻璃到2017年转移境外的产能均约占压减目标的8%。

(二)提升信息服务平台

一是进一步提升商务厅"走出去"专题网站,打造河北省企业国际化信息服务平台。动态发布和更新产能合作重点国家的相关信息,以及国家和河北省境外投资的重要政策、办事程序和专题活动等。二是增加网站互动功能,鼓励企业在网站注册会员及发布投资意向,并结合网站内的境外投资项目信息为省内企业的境外投资意向进行匹配对接,组织匹配企业参加专题投资促进活动。三是增加与国家和省内国际产能合作政策、基金和扶持资金网站的链接,为企业提供便利化服务。四是编纂、制订《企业"走出去"案例选编》,宣传、推广成功经验和做法,为企业开展国际产能合作提供借鉴。

(三)完善融资支持平台

一是加快整合"走出去"产业引导股权投资基金步伐,建立河北省重点支持国际产能合作和境外并购项目的专项基金,培育一批具有核心竞争力的跨国企业。二是争取国家金融及基金支持。进一步与丝路基金项目对接,争取合作支持。加强与亚洲基础设施投资银行、东盟基金、中非基金、中拉合作基金等联系与合作,对省内符合扶持条件的重点产能合作项目给予支持,探讨参与河北省"国际产能合作股权引导基金"股权合作的方式和路径。三是争取政策性及商业性银行的广泛支持。落实好河北省与国家开发银行战略合作协议,进一步完善沟通协调机制;积极支持中国进出口银行在河北建立分支机构,与中国进出口银行签署战略合作协议,加大两个国家政策银行对省内重大国际产能项目的支持力度。加强河北省与中国银行等商业性银行的战略合作,充分发挥商业性银行海外业务信息渠道广、支持手段相对灵活的优势，积极促成企业项目与银行境外投资金融产品相互结合。

（四）建立海外投资保险统保平台

在河北省政府与中信保"深化合作协议"框架下，共同合作建立"海外投资保险统保平台"，在自愿的基础上吸收省内国有企业和民营企业进入平台，对平台内企业在承保政策、保费扶持、融资支持、海外投资咨询服务等方面给予一定的优惠政策。

（五）加大项目推动力度

动态跟进境外合作项目进展，重点对在建、前期及有意向的 50 个重点项目加大协调力度。争取长城汽车俄罗斯 SUV 整车生产、壮大玻璃坦桑尼亚玻璃生产线等项目加快建设进度，河北钢铁集团并购塞尔维亚钢厂项目顺利接手运营，中信戴卡公司并购捷克工厂等项目早日开工建设，英利集团在肯尼亚和墨西哥建设光伏组件设备生产基地取得实质性进展。

（六）以重要展会及经贸活动带动国际产能合作

一是以 2016 年 10 月在唐山举办的"第十届中国—拉美企业家高峰会"为契机，进一步促进河北省与拉美国家的友好省州交流，带动双方经贸务实合作。以省领导近期出访拉美国家为新的推动力，做好"第十届中国—拉美企业家高峰会"的筹备工作，积极拓展与拉美国家产能合作的契合点，推动河北省与拉美国家在谈产能合作项目加快进展，力争有一批项目在会议期间形成成果。二是充分利用河北省在"第三届中国—中东欧国家地方领导人会议"期间与中东欧国家地方省州建立的友好合作关系，进一步加强联系，拓展合作，为河北省"走出去"企业扩大与这些地方省州的交流与合作提供平台。三是加大"第三届中国—中东欧国家地方领导人会议"期间签约项目的督导工作，督促签约双方加快项目合作进展，并在取得实质性成果的基础上进一步拓展合作。

（七）鼓励企业"抱团出海"

鼓励省内企业开发、建设境外园区。挑选一批省内有实力、有行业代表性、有境外合作经验且能够带动上下游产业链共同"走出去"的企业在境外开发和建设产业园区。当前阶段，重点支持和抓好秦皇岛经济技术开发区在加拿大建设的泰瑞斯工业园项目和华夏幸福拟在印尼、马来西亚的园区建设，加快塞尔维亚工业园区规划前期工作，鼓励全省范围内符合产业定位的"走出去"企业向园区聚集。引导企业积极加入境外现有园区。鼓励企业根据自身产业特点和投资国别方向进行自主选择。特别是向省内企业重点推介央企在海外建设的产业园区，争取将央企在海外的业务优势和影响力为省内企业所用。

第四节　山西省国际产能合作

一、山西省国际产能合作的产业基础

工业是山西省实体经济的主体，是转变经济发展方式、调整优化产业结构的主战场。为深入贯彻落实省委省政府做好煤与非煤两篇文章、推动"六大发展"的战略部署，山西省经信委制定印发了《山西省传统优势产业 2015 年行动计划》和《山西省传统优势产业三年推进计划（2015—2017 年）》两大计划，在发展现状的基础上，分别提出了焦化、钢铁、有色、电力、煤化工等五个传统优势产业的工作思路、目标、重点和措施，为山西省煤焦铁等传统优势产业如何发掘新的经济增长点，带来了新的思路。

1）打造绿色焦化。焦化产业是山西省重要的支柱产业之一。作为全国最大、最重要的焦炭生产基地，近年来山西省焦炭年产量 9000 万吨左右，约占全国市场的 19%，特别是在山西省开展焦化行业兼并重组之后，大幅提升了产业集中度，转型发展初见成效。但是，山西省焦化产业发展仍然面临一系列问题，尤其是在产能过剩的背景下，焦化行业更需提升竞争力，打造绿色焦化。在刚刚印发的两个计划中，就为山西省焦化产业发展"对症下药"。按照"稳焦上化、以化补焦、焦化并举、上下联产"的总体思路，坚持产能置换、市场交易机制，严格禁止新增焦化产能，稳步推进节能环保高效大型机焦项目建设，促进装备水平升级。有序引导普通机焦炉由生产冶金焦转向化工焦、

清洁燃料，推进焦化行业转型。2015年底，山西省建成11个环保节能高效现代化大机焦项目，产能1640万吨，涉及投资150亿元，并完成相应置换产能的淘汰工作。在化产延伸方面，全年推进11个重点化产项目建设，涉及投资近300亿元。2017年底，在大焦炉建设方面，山西省将建成20个环保节能高效现代化大机焦项目，产能3200万吨，涉及投资400亿元，并完成相应置换产能的淘汰工作。在化产延伸方面，建成焦炉煤气综合利用加工项目15个、煤焦油深加工项目14个，粗苯精制及深加工项目9个，涉及投资400亿元。山西省形成焦炉煤气制甲醇产能500万吨，煤焦油加工产能350万吨，粗苯精制产能100万吨。

2）严控钢铁产能。"十二五"以来，依托铁矿石、煤炭等资源能源优势，山西省钢铁产业规模不断扩大，装备水平持续提升，兼并重组步伐加快，产品结构逐步优化。钢铁产业的发展有力地支撑和带动了相关产业的发展，为山西省经济建设做出了重要贡献。但山西省钢铁产业粗放发展特征依然明显，产业结构调整的任务依然较重。受产能过剩、金融环境及企业管理等内外部因素影响，全行业出现总体亏损，企业生产运行困难，部分企业甚至进入破产重组。2015年，山西省钢铁产业将坚持市场导向和创新驱动，严格控制钢铁产能，以延伸产业链条、优化品种结构、深化节能减排、推动兼并重组、推进两化融合等为重点，以重大项目建设为支撑，加快提高产业竞争力，实现钢铁产业转型升级。今后三年，山西省将以延伸产业链条、优化品种结构、深化节能减排、推动兼并重组、加强资源保障等为重点，平稳化解产能严重过剩矛盾，营造公平竞争市场环境，加快提高产业竞争力，实现钢铁产业转型升级。到2017年，山西省钢铁产能严格控制在现有水平，逐渐规范在建产能，继续淘汰落后产能。

3）推进煤电一体化深度融合。煤炭价格下行，使电力产业得以快速发展，但在发展的同时，也存在能源优势发挥不突出，电力需求严重不足，电网建设相对滞后等问题。为此，2016年山西省全年省调煤电联营发电企业直供电量已达100亿千瓦时以上；推进"煤电铝"循环发展，创新市场配置资源机制，降低电解铝用电成本；完成超低排放改造试点任务。电网建设完成投资54亿元，电源项目建设完成投资675亿元，力争新增装机容量达1000万千瓦。到

2017 年底，山西省省调主力发电企业全部实现煤电一体化或长协合同运营全覆盖。

4）有色金属也是山西省五大传统优势产业之一，但现阶段产业结构调整的任务依然较重。2015 年，山西省有色金属产业将"抱团发展"，依托资源能源优势，着力构建具有完整有色产业链条的优势产业集群，推进有色产业转型升级。2015 年，重点推进 28 个有色金属产业重点项目建设，力争有色产业固定资产投资同比增长 10%。在三年内，围绕铝镁铜三大主导品种，积极淘汰落后产能，推进企业联合重组，将有色产业打造成山西省新的千亿产业。

5）煤化工算是山西的一块"招牌"，山西省将继续在做精做深炼焦化产品深加工方面做文章，改造提升传统煤化工、培育壮大化工新材料和精细化工，以三大基地建设为支撑。2015 年实施"9312"工程，即重点推进 91 个重点项目建设、精准帮扶 37 户企业、攻关 12 项创新技术、加快 20 个园区（基地）建设，力争全行业完成投资 500 亿元，同比增长 15%；实现销售收入 1100 亿元，同比增长 18%。

二、山西省国际产能合作的初步成果

2015 年以来，山西与"丝绸之路经济带"沿线国家进行了经贸、文化交流与合作，贸易额达到 32.12 亿美元；2015 年起开展的"丝路品牌行"作为山西开放崭新名片已在俄罗斯、蒙古国、匈牙利、意大利等国家产生重大影响。2016 年第 13 届中国—东盟博览会开幕，山西省在国际产能合作和农业国际合作展区做了展示。其中，在国际产能合作展区，山西省有 3 家对外承包工程企业的 8 个重点项目进行展示，农业国际合作展区参展的有 27 家企业 150 多个项目。通过国家搭建平台，山西与拉美国家在钢铁、机械、轻工纺织、建材等行业加大合作力度，会落实一批产能合作的重点项目。2016 年中国中部国际产能合作论坛暨企业对接洽谈会上，山西省企业代表分别与印度尼西亚、马来西亚、哈萨克斯坦等国企业代表签署了 26 个合约项目，内容包括工程总承包合同、战略合作协议、战略合作备忘录等，其中 4 家山西公司签订了 5 个项目。

（一）山西省对外投资主要特征

1. 对外投资合作主体呈现多元化

截至 2014 年 8 月，山西对外直接投资主体约有 160 多家，既有国有大中型企业，也有中小型民营企业。尽管太原占比近七成，但在大同、运城等地区均有一定分布。

2. 对外投资合作方式多样化

我国企业对外直接投资既有绿地投资，也有并购投资。比如民营企业运城制版集团海外投资主要以绿地投资为主，在股权结构方面既有独资也有合资，其在土耳其、越南、泰国等国的海外投资主要以独资形式为主，2007 年在波兰罗兹市建立的运城制版（波兰）有限公司属于合资公司。2011 年 4 月，国有企业太重煤机以 1.3 亿澳元成功并购澳大利亚威利朗沃国际集团 100% 股权，随后 2012 年又以 1250 万美元收购了美国 REI 钻机公司 60% 的股份。此外，山西也尝试通过经济园区的方式"走出去"，比如建立毛里求斯晋非经济贸易合作区。

3. 对外投资合作的国家或地区比较广

山西省对外投资合作的国家或地区比较广，山西省目前已经在全世界 20 多个国家或地区进行了对外经济合作，遍及亚洲、非洲、欧洲、美洲和大洋洲。对外承包工程主要集中在亚洲和非洲经济欠发达的国家或地区。

4. 对外投资合作行业以劳动密集型产业为主

对外投资合作行业以劳动密集型产业为主，主要集中在矿产资源开发、机械制造、建筑工程、地质勘探、仓储物流、销售和售后服务等行业。对外劳务合作主要涉及管理和技术人员。其中技术人员主要涉及车工、焊工、建筑工、厨师等。

5. 对外投资合作的动机主要来自于国内政策支持

通过调研发现影响山西企业"走出去"的主要因素是我国"走出去"的优惠鼓励政策，也就是说企业是"被动走出去"。

（二）山西省对外投资的具体产业分布

1. 农业对外直接投资基本空白

截至 2015 年底，山西在"一带一路"沿线 65 个国家农业投资基本处于空白状态。目前在全世界范围内，山西农业对外直接投资也是屈指可数，主要分布在美国、韩国和瓦努阿图，其中美国最多，有 3 家企业。2005~2014 年的十年间，山西农业发展平均增速为 13.46%，由于地理气候等原因，农林牧渔业虽然都有所发展，但是农业尤其是特色农业优势明显，而林渔业相对较弱，农业对外直接投资的意愿不强。

2. 采掘业对外直接投资屈指可数

山西是资源大省，是我国第一产煤大省，但是采矿业对外直接投资并未显现优势。2009 年初，太原钢铁集团（以下简称"太钢"）开启了采矿业对外直接投资的新时代，主要开发土耳其铬矿，为其生产不锈钢提供原料。截至 2015 年年底，山西共在"一带一路"沿线国家矿业投资十余家，主要分布在周边资源丰富的国家，比如蒙古国有 6 家采矿企业，包括一家黄金矿投资；俄罗斯有 1 家木材采伐及深加工企业；土耳其有 3 家；新加坡有 1 家。

3. 加工工业对外直接投资比重较大

21 世纪以来，山西对外直接投资中加工制造业约占四成，涉及炼钢炼铁、焦炭和铁矿粉生产、煤机、石油和燃气锅炉设备、水泥、纸业、农产品加工等行业。其中，运城制版集团有 29 家境外投资企业，几乎占到加工工业对外直接投资企业数量的八成，在土耳其、印度尼西亚、罗马尼亚、越南、波兰、印度、乌克兰、巴基斯坦、缅甸、俄罗斯、尼泊尔、埃及、孟加拉国、泰国、马来西亚、捷克、菲律宾等"一带一路"沿线国家都有投资。但是，山西加工工业对外直接投资所涉及行业与山西优势产业并不具有相关性。

4. 建筑房地产企业对外直接投资逐年增加

建筑房地产业对外直接投资呈上升趋势。金融危机后，山西建筑房地产企业对外直接投资逐年增加，从 2009 年仅有一家上升到 2015 年的四家。其中建筑基础设施企业对外直接投资占多数，投资主体主要有山西建筑工程集团、山西六建集团、中色十二冶金建设有限公司等，主要在印尼、马来西亚、沙特、斯里兰卡等地，主要业务是国际工程承包房屋建筑、公路、承修电力设施等。房地产开发方面主要有两家，分别是 2010 年山西宏厦第一建设有限责任公司在蒙古国和 2012 年山西新民能源投资集团在格鲁吉亚设立分公司。建材方面，主要是水泥的生产，一家是 2009 年山西中盛新型建筑材料集团在吉尔吉斯斯坦设立的吉尔吉斯第一水泥厂，另一家是 2015 年山西光明恒基建材有限公司在塔吉克斯坦设立的中建投资公司。此外，还有企业涉足建筑装修装饰行业，如 2014 年阳泉市宏雅装修装饰有限公司在蒙古国设立蒙古合作 NLMKH 有限责任公司。

5. 服务业以零售贸易为主

山西服务业对外直接投资相对于农业和工业占有很大比重，涉及零售、咨询、设计研发等领域，其中零售业首屈一指，而旅游服务业较少，仅有一家。零售服务业涉及医药、汽车、机械交通零部件、煤炭、电子机电产品、煤机设备等。服务业海外企业规模有限，有些仅是海外办事处，进行进出口贸易、市场调查、项目联络或售后服务。

三、山西省国际产能合作的推动措施

山西省作为我国重要的能源工业基地，在煤炭、钢铁、水泥、焦化、机械制造、电力、化工等领域具有产能优势。发挥山西省资源、装备制造、基础设施建设的优势，在境外开展多种形式的产能合作潜力巨大。山西省应紧抓综改试验、转型发展的战略机遇期，鼓励传统优势产业积极开拓国际市场，以技术、产品、项目带动一批企业和人员有序地"走出去"。政府、企业、商协会应各尽其职、共同构建山西省对外开放的新格局。

改革开放 30 多年，目前我国已经将对外开放的重点逐步向中部地区转移。面对经济全球化的今天，山西作为中国中部地区大省，不具有沿海省市的国际化区域优势，需要充分研究世界各国和地区以及我国的有力支持政策，结合山西自身实际，抓住机遇，积极地有计划有步骤地进行对外投资合作，充分利用国内外两个市场和两种资源，使其成为拉动山西省未来经济发展的新动力、新经济增长点。

第五节　内蒙古自治区国际产能合作

一、内蒙古自治区国际产能合作的产业基础

（一）冶金建材行业

2012 年，冶金建材行业完成投资 1637.74 亿元，同比增长 34.52%，高于全区工业固定资产投资增速 7.21 个百分点，占全区工业固定资产投资的比重为 25.55%，同比提高 2.05 个百分点。其中冶金行业（包括冶金和有色）完成投资 1188.63 亿元，同比增长 39.86%，占全区工业固定资产投资的比重为 18.54%；有色行业完成投资 649.35 亿元，同比增长 40.85%；建材行业完成投资 449.11 亿元，同比增长 22.17%。机械装备制造业完成投资 829.62 亿元，同比增长 36.01%，高于全区工业固定资产投资增速 8.7 个百分点，占全区工业固定资产投资的比重为 12.94%，同比提高 0.09 个百分点。

（二）农畜产品加工业

2012 年，农畜产品加工业完成投资 483.87 亿元，同比增长 26.35%，低于全区工业固定资产投资增速 0.96 个百分点，占全区工业固定资产投资的比重为 7.6%，同比基本持平。

（三）高新技术行业

2012 年，高新技术行业完成投资 219.96 亿元，同比增长 24.59%，低于全区工业固定资产投资增速 2.7 个百分点，占全区工业固定资产投资的比重为 3.43%，低于去年 0.08 个百分点。其中计算机、通信和其他电子设备制造业

同比增长 190.89%，稀有稀土金属冶炼下降 70.89%。

（四）能源行业

2012 年，能源行业完成投资 1672.35 亿元，同比增长 4.45%，占全区工业固定资产投资的比重为 26.09%，比去年同期下降 5.74 个百分点。其中煤炭行业完成投资额 653.81 亿元，同比增长 5.16%，石油和天然气行业完成投资额 149.68 亿元，同比增长 40.96%，电力、热力行业完成投资额 868.86 亿元，同比下降 0.5%。

二、内蒙古自治区国际产能合作的初步成果

近年来，内蒙古大力实施和推进"走出去"战略，采取多种形式多方鼓励和支持优势企业走出内蒙古，扩大对外投资合作，引导企业有效利用"两种资源、两个市场"，对外投资与经济技术合作有了突破性进展，社会效益和经济效益初见成效，为内蒙古企业发挥优势、参与国际竞争提供了有益的探索。

内蒙古自治区优势特色产业投资始终保持稳步增长态势，投资结构调整取得新进展。2012 年全区优势产业中的化工、冶金、装备制造业固定资产投资分别同比增长 57.69%、34.52% 和 36.01%，均高于全区工业固定资产投资平均增速，占工业投资总量的 55.9%；能源行业占全区工业固定资产投资的比重由 2011 年同期 31.83% 下降到目前的 26.09%，化工、冶金建材和装备制造业占全区工业固定资产投资的比重同比上升。2012 年，优势特色产业投资累计完成投资额 5959.83 亿元，同比增长 26.91%，高于 2011 年同期 11.68 个百分点，低于全区工业固定资产投资增速 0.4 个百分点；占全区工业固定资产投资比重为 92.97%。化工行业完成投资 1116.30 亿元，同比增长 57.69%，高于全区工业固定资产投资增速 30.38 个百分点，占全区工业固定资产投资的比重为 17.41%，同比提高 4.32 个百分点。

2007 年以来，内蒙古企业陆续开始到境外投资兴业，2011 年以后投资项目逐渐增多，涉及行业不断拓展。境外投资合作领域从最初的矿产勘查、森林采伐、商贸服务、运输、工程承包、农畜产品加工、种植和养殖业，逐步

扩展到资本运营、生产加工、房地产、基础设施、建材生产经营、旅游餐饮、生产经营服务以及信息传媒等领域。

2016 年 1~8 月，内蒙古境外投资企业 86 家，企业数量同比增长 16 家；中方协议投资总额 12.08 亿美元，同比下降 11.44%。投资国别（地区）主要在俄罗斯（33 个项目）、蒙古国（18 个项目）、美国（8 个项目）、阿联酋（7 个项目）、澳大利亚（4 个项目）、中国香港（3 个项目）、开曼群岛（2 个项目）、韩国（2 个项目）、加纳（2 个项目）、柬埔寨、新西兰、泰国、哈萨克斯坦、加拿大、格鲁吉亚、吉尔吉斯斯坦。

内蒙古对外投资从市场分布看，境外投资国（地区）从最初的俄罗斯、蒙古国、中国香港扩大到日本、加拿大、新加坡、美国、孟加拉国、阿联酋、印尼等 20 个国家和地区，形成以亚洲为主的多层次、宽领域、全方位的市场多元化投资格局。从领域看，通过开展境外加工贸易、资源开发、商业贸易等多种形式的境外投资，业务领域已扩展到羊绒、家电、钢铁、矿产、餐饮、包装印刷等领域，形成了投资与合作领域多元化格局。从经营主体结构看，既有国内大型生产企业，也有高科技企业；既有国有企业，也有民营企业；既有股份制企业，也有以行业优势组建的企业集团；既有利用国外资源发展壮大的企业，也有实施海外投资战略并初步形成跨国公司雏形的优势企业，从而形成对外投资与合作的经营主体多元化格局。

内蒙古经营主体结构不断优化、实力不断增强。海外投资主体逐步从贸易公司为主向大中型生产企业为主转变，生产企业境外投资所占比重不断增大，境外贸易公司所占比重逐渐减少。特别是像鄂尔多斯集团、鹿王羊绒有限公司、小肥羊餐饮连锁有限公司和小尾羊餐饮连锁股份有限公司等知名大公司，大力开展跨国经营，到境外开办数家企业；包钢集团公司着眼于国外矿山开发及矿产品深加工业务，加大投资，扎实做好前期基础工作，取得较好成效。一些优势企业也已开始实施海外投资战略，初步形成跨国经营的模式。

2015 年，国务院正式印发了《国务院关于推进国际产能和装备制造合作的指导意见》（国发〔2015〕30 号）。为深入贯彻落实指导意见，结合内蒙古实际情况有序推进国际产能和装备制造合作重点项目，内蒙古自治区向国家发展改革委组织上报了一批重点合作项目，已列入国家国际产能合作重点项目库。一是蒙中水泥有限公司在蒙古国投资建设水泥生产线项目。蒙中水泥有限公司已在蒙古国设立蒙欣巴音嘎啦有限公司，在蒙古国中央省斯日古楞苏木建设年产100万吨水泥生产线项目，总投资8.6亿元，2015年项目投资完成1.8亿元，项目投资累计完成7.1亿元，完成总投资的82.4%。一期工程水泥粉磨系统于2015年6月14日投料生产，二期工程熟料生产线主体工程全部完成，2016年6月10日，年产100万吨水泥建设工程水泥熟料生产线成功点火。二是内蒙古鄂尔多斯鸿骏投资有限公司在柬埔寨合资建设电厂项目。鄂尔多斯鸿骏投资有限公司投资2亿元，在柬埔寨已建成一期2×135兆瓦、二期1×135兆瓦火力发电厂项目，一期两台机组建设完成，分别于2014年3月27日和6月1日发电。二期1×135兆瓦机组计划2017年2月发电。目前1、2号机组正常运营，3号机组土建工程和安装工程正在有序推进。三是内蒙古鹿王羊绒有限公司在马达加斯加建设羊绒制品加工厂项目。项目总投资3500万美元，年产羊绒制品250万件。四是伊利集团收购新西兰大洋洲乳业有限公司建设年产4.7万吨奶粉生产线项目。一期工程已于2014年8月投产运营，总投资12.2亿元，年产1.2万吨奶粉。二期工程计划投资20亿元，主要建设婴幼儿配方奶粉（听）包装（干混）项目、UHT液奶项目、牛乳深加工项目及全脂奶粉塔项目，计划2017年10月完成项目验收。

三、内蒙古自治区国际产能合作的支持政策

近年来，随着国家和内蒙古自治区不断加大对外开放工作力度，努力推动有实力的企业开拓海外市场、加强国际合作，"走出去"步伐明显加快、对外投资规模不断增大、投资领域和国别不断拓宽，为内蒙古增强经济社会发展动力、提升国际竞争力做出了积极的贡献。大力支持钢铁、水泥、有色、建材、电力、轻纺、农牧业、乳品加工等领域的企业"走出去"，开展国际产能合作，提升贸易合作的层次。同时，从内蒙古国际产能合作总体情况看，还存在着多数境外投资企业投资规模小、组织化程度不高、资金实力不强、融资能力差等问题，成为在境外投资能源、资源类项目和承揽大型国际工程项目的"瓶颈"。

蒙古国是北线"草原丝绸之路"的突破口，也是增长极，内蒙古依托联通俄蒙的区位优势，仅仅抓住"一带一路"战略赋予的建设我国向北开放的重要窗口的战略机遇，采取了一系列措施，着力提高国际产能合作。

（一）强化政策和规划的引导

为进一步提高内蒙古对外开放水平，切实加快国际产能合作步伐，打造国际产能和装备制造合作新样板，内蒙古自治区根据《国务院关于推进国际产能和装备制造合作的指导意见》（国发〔2015〕30号），研究制定了《内蒙古自治区推进国际产能和装备制造合作的实施方案》，进一步明确了发展要求、目标和重点。同时，按照国家建立推进国际产能和装备制造合作委省协同机制的要求，内蒙古与国家发展改革委共同签署了《关于推进国际产能和装备制造合作委省协同机制的合作框架协议》，明确了双方在推进国际产能合作方面的责任和义务，对内蒙古自治区企业"走出去"和企业境外投资将起到重要的推动作用。

同时，为对接蒙古国"草原之路"和俄罗斯欧亚经济联盟，内蒙古出台了《内蒙古自治区参与"丝绸之路经济带"建设实施方案》《创新同俄罗斯、蒙古国合作机制实施方案》《内蒙古与俄罗斯、蒙古国互联互通总体规划》《内蒙古自治区深化与蒙古国全面合作规划纲要》等一系列与俄、蒙合作的指导意见和规划。

（二）积极搭建合作平台

2015年10月，按照国家的部署和要求，内蒙古自治区举办了首届中蒙博览会，签署的投资贸易合作项目达到了166项。同时满洲里、二连浩特开发开放试验区和呼伦贝尔中俄蒙合作先导区加快建设。满洲里综合保税区也于2015年3月获国务院正式批复设立，现在正在加紧建设，预计2016年能封关运行。中蒙双方现在也签署了二连浩特—扎门乌德中蒙跨境经济合作区的总体方案，内蒙古方面也正在积极协调各方面推动落实相关的工作。

（三）高层引领推动

2014年7月，自治区党委王君书记率团出访了蒙古国，会见了蒙古国的大呼拉尔主席、政府总理。2015年6月，王君书记又率团对俄罗斯联邦外贝加尔边疆区、布里亚特共和国、伊尔库茨克州进行了访问。下一步，内蒙古将认真按照《若干意见》的要求，更好地发挥内蒙古对俄、对蒙开放合作中的优势和作用，积极建设我国向北开放的窗口，主要有几方面的工作。一是加强联通俄蒙的基础设施建设。优先推进连接俄蒙毗邻地区的跨境铁路、公路通道建设，畅通瓶颈路段。二是加强政策沟通。建立完善与蒙古国和俄罗斯政府间的合作机制，密切自治区主要领导和俄罗斯、蒙古国高级官员的互访，推动双边合作务实有效的开展，取得更大的成效。

（四）沟通交流得到加强

内蒙古建立完善与蒙古国和俄罗斯地方政府间的合作机制和定期会晤机制，密切主要领导和俄罗斯、蒙古国高级官员的互访，推动双边合作务实有效的开展，取得更大的成效。同时，充分利用内蒙古的教育、卫生等方面的资源，继续扩大接收俄罗斯、蒙古国留学生的规模，办好与俄蒙中学生夏令营，为俄、蒙来内蒙古自治区就医人员提供优质医疗和保健服务，开展赴蒙古国蒙医义诊，推动跨境旅游等产业发展。

（五）加强内蒙古口岸与环渤海地区港口的通道建设

内蒙古将不断地加强口岸与渤海地区港口的通道建设，比如二连浩特、珠恩嘎达布其、满洲里等口岸与锦州、营口、大连、天津等港口开展国际陆路口岸和海港的合作，推动"一带一路"战略更好地实施，取得更大成效。

四、内蒙古自治区国际产能合作的下一步安排

今后一个时期，内蒙古自治区将按照实施方案和框架协议的总体部署，重点做好以下5个方面的工作。

（一）进一步明确国际产能合作重点领域和地区

坚持对方有需求、本区有优势的原则，优先选择与内蒙古产业契合度高、

有合作条件和基础、合作愿望强烈的俄罗斯、蒙古国等东北亚国家作为重点合作国别，积极开拓东南亚、非洲、大洋洲以及北美洲等国家市场，以点带面，逐步扩展。重点推动钢铁、有色、建材、电力、化工、轻纺、农牧业开发等七大领域开展国际产能和装备制造合作，力争培育一批跨国企业集团，建设一批境外合作园区，实施一批产能合作项目，带动一批重点装备出口，打造国际产能和装备制造合作新样板。

（二）切实提高企业"走出去"能力和水平

发挥好企业市场主体作用，鼓励和引导企业采用 BOT、PPP 等方式，大力开拓国际市场，开展国际合作。提高境外经营能力和水平，加强投资重点国别市场和风险评估工作，妥善防范和化解项目执行中的各类风险。规范企业境外经营行为，指导企业遵守公平竞争的市场秩序，主动承担社会责任，实现与所在国的互利共赢、共同发展。

（三）大力推动国际产能合作重点项目

根据国家制定的《国际产能和装备制造合作重点国别规划》，按照国际产能合作省市、企业与重点国别对接组合工作安排，积极同内蒙古自治区的支持单位如海外协会、中国建材、青建集团进行对接，指导企业有重点、有目标、有组织地开展对外工作。结合《国家推进国际产能合作三年行动计划》，围绕国家"一轴两翼"合作布局，建立内蒙古自治区国际产能合作重点项目库。推动列入国家重点项目库的国际产能合作项目进展。

（四）发挥合作平台作用推动产能合作

充分利用中蒙矿能和互联互通合作委员会、中俄投资合作委员会等国家级合作平台，以及自治区人民政府与蒙古国经济发展部常设协商工作组、中俄边境和地方经贸合作协调委员会等地方级合作平台，推动与俄蒙国际产能和装备制造方面的务实合作。利用中国、蒙古国两国间国家级双边博览会——中蒙博览会这个崭新的平台，促进中蒙乃至东北亚区域国际产能和装备制造合作。举办中蒙俄经贸合作洽谈会、中俄蒙国际机械建材博览会等投资洽谈活动，做好签约企业跟踪服务，让意向性协议变成合同，努力实现更多的实际投资，推动签约合作项目落地实施。

（五）推动境外园区建设

推动蒙中水泥有限公司在蒙古国投资建设水泥生产线项目，以项目为基础打造水泥下游产品生产加工产业园区，构建内蒙古企业在蒙古国建材工业项目投资平台。推动内蒙古庆华集团与蒙古国阿吉奈公司，共同在蒙古国南戈壁省规划建设巴音戈壁清洁能源工业园区示范项目，构建内蒙古企业在蒙古国能源化工项目投资平台。推动在蒙古国扎门乌德自由区内建设内蒙古境外经贸合作园区，引导内蒙古自治区企业有组织、成规模地赴境外开展贸易投资合作。

第七章
东北地区各省国际产能合作概况

第一节　黑龙江省国际产能合作概况

一、黑龙江省国际产能合作的产业基础

黑龙江省经过 60 多年的开发建设，基本形成了以重工业为主，以中直大型国有企业为骨干，包括机械、石油、石化、电力、煤炭、食品、医药、森工、冶金、建材等主要行业门类的工业体系，成为国家重要的能源、原材料和重型装备生产制造基地。同时，也形成了大庆精神、铁人精神，为全国各地工业发展提供了精神动力，培养了 200 多万产业工人和大批工程技术人才。随着国家新一轮东北地区老工业基地振兴战略的实施，黑龙江省坚持走新型工业化道路，以重点产业链发展为切入点，不断改造提升传统优势产业和培育壮大战略性新兴产业，加快培育现代产业体系。

（一）小型燃气轮机产业

黑龙江省是国内唯一的产学研单位集聚、产业配套相对齐全的燃气轮机研发制造基地，具备了国内领先的燃气轮机自主研发、试验验证和制造能力，建立了从微小型燃机、中小型燃机到重型燃机的谱系最完整、产业最集中的研发和产业体系。通过政府的引导、支持和统筹规划，以企业为主体的多元投入建设将在相对较短时间内打造集产品设计、研发、试验、生产、服务为一体的相互支撑、密切合作的具有国际竞争力的产业链条。2016 年，已形成年产 200 台套 3~50 兆瓦中小型燃机、10 台套 300 兆瓦重型燃机、年产 660

台套微小型燃机集成产品制造基地。向上游延伸形成从原材料深加工、机械零部件加工生产、核心部件制造到整机制造产业链。向下游延伸拉动系统集成、售后备件供应、维修、技术服务等一体化服务产业体系建设。向横向延伸带动其他高附加值、市场战略性涡轮机械产品制造，如轴流压气机制造、烟气涡轮机制造、小型蒸汽轮机制造、热泵技术制造等。

（二）石油、石化装备产业

石油石化装备是为石油石化行业提供技术装备的基础性产业，是现代装备制造业的重要组成部分。黑龙江省石油装备产业伴随大庆油田的发展，历经了设备修保、零部件加工、系列化设计制造三个阶段，已经初步形成了钻井装备、采油装备、集输装备三大石油装备体系。建成了以大庆石油管理局装备制造集团、大丰公司、惠博普公司、万科公司、石油石化设备厂、天合石油公司、北方双佳公司、中原钻采公司、鑫北方公司、牡石油工具公司等为代表的一批骨干龙头企业。拥有石油钻具及配套产品、油田举升装备、油田三次采油系列装备、油气集输装备和高效节能单元设备等五大类装备。抽油机、潜油电泵、射孔器材和石油化工专用设备等产品的质量达到国内一流水平，部分产品达到了国际先进水平。截至 2012 年底，全省有规模以上石油石化装备制造企业 105 户，实现销售收入 180 亿元。大庆油田公司目前外延发展年收入 158 亿元，其中国际市场 7.5 亿美元。已进入胜利、南阳、辽河、吉林、新疆、冀东等国内 29 个省市油田，委内瑞拉、印度尼西亚、埃及、美国、哈萨克斯坦等国外 28 个市场，对装备需求的拉动很大。大庆市、牡丹江市的石油装备产业园区已经初具规模，形成了一批骨干企业和市场认可度较高的拳头产品。大庆市已成为国内重要的采油装备、集输装备生产基地，牡丹江市现已成为国内石油钻具配套产品的重要生产基地，产品在国内各大油田具有一定影响力和市场份额。

（三）集输装备产业

黑龙江省是国家重要商品粮生产基地，农机装备销售大省。随着国家确定的黑龙江省农业综合改革示范区各项措施的推进，农业生产集中度不断提高，将对农机装备产生持续稳定的需求。根据黑龙江省现有集输装备企业在产业链中的地位、作用、规模、发展潜力等，依托大庆装备制造集团、大庆惠博普、大庆摩恩达、大庆万科油田设备制造、牡丹江天合石油等骨干企业，扩大合作开放度，引进国际国内领军企业，培育品牌，扩大国内外市场份额，形成国内石油集输装备产业发展的高地。到 2015 年，全省规模以上农机装备企业实现主营业务收入超过 120 亿元，年均增长 20%。6 个农机装备制造专业园区功能进一步完善，集聚效应明显。主机企业年达产率提高到 80% 以上，省内配套率提高到 40%。建设起比较完善、布局合理的农机装备制造、销售、服务、培训体系。

（四）碳纤维及先进复合材料产业

近年来全球碳纤维应用范围在不断扩大，已从原有的军工和航天航空产品方面拓展到体育用品、医疗、建筑、桥梁、新能源等方面。全球碳纤维的主要消费地区是美国、西欧、日本。碳纤维在工业领域和航空航天上的应用比重，直接反映出一个国家的碳纤维产业级别，欧美日等发达国家碳纤维应用主要集中在工业领域，约占 55%，体育休闲领域约占 24%，航空航天领域约占 21%。与欧美日不同的是，我国碳纤维生产及应用尚处于初级阶段，碳纤维生产技术还比较落后，限制了其在工业和航空航天领域的应用，2012 年，全球碳纤维生产能力约 9.75 万吨，产量约 4.6 万吨，其中日本占全球产能的 50% 以上，美国占全球产能的 27.5%，全球碳纤维的需求量约 6.2 万吨。我国碳纤维产能约 1.1 万吨，产量约 0.2 万吨，需求量约 1 万吨，占世界需求量 16%，是全球第二大碳纤维消费国。由于产能利用率不到 20%，与国外的 70%~90% 的利用率差距较大，我国自给率不足 20%，绝大部分依赖进口。今后相当长时期内，大型商用运输机、风力发电、压缩天然气储罐阀、节能型汽车等方面的发展，将会带动全球碳纤维的需求高速增长。预计到 2018 年，全球碳纤维需求量将超过 10 万吨，年均增长 13% 左右。全球化的碳纤维及先进复合材料应用产业有向新兴经济体（如中国、印度等国）转移的趋势。黑龙江省具有自主知识产权的高性能碳纤维已经取得突破性进展，产品质量达到或超过 T300 水平。哈尔滨天顺化工碳纤维项目一期 240 吨高性能碳纤维项目即将投产；二期 5000 吨高性能碳纤维前期工作基本就绪，即将开工建设，为我省发展碳纤维复合材料产业发展提供了充足原料，必将带动下游产业快速发展。哈尔滨工业大学、哈尔滨工程大学、哈尔滨理工大学等均设有材料学院；哈尔滨玻璃钢研究院、黑龙江省石化研究院、黑龙江省化工研究院等科研机构和新材料骨干企业拥有一大批国内领先的创新型人才。特别是在新材料领域，有两院院士 6 位、百余位博导和博士等一批国际国内知名专家，可为碳纤维及先进复合材料产业的发展提供强大的技术支撑和人才保障。哈尔滨玻璃钢研究院已成功研制开发了复合材料压力容器、先进复合材料杆件、异型结构件类、碳纤维复合材料加强芯、纺织机械用碳纤维复合材料工作辊等十多项碳纤维复合材料新成果。2010 年成立了由哈工大、天顺化工等单位牵头的"黑龙江省高性能纤维及先进复合材料产业技术创新战略联盟"，助推碳纤维及先进复合材料产业快速发展。

黑龙江省新材料产业基地位于哈尔滨市哈南工业新城，与航空产业园、铝镁合金产业园构成新材料产业集群，产业基地总规划面积 38.2 平方公里，起步区 2 平方公里，已实现"七通一平"，10 平方公里核心区控详规划已基本完成。3 万平方米的创业孵化大厦和首批 2 万平方米的标准化厂房已投入使用；创业孵化大厦内具有功能完备的公共服务体系和各类功能性平台。2016 年 3 月建设标准化工业厂房面积达到 15 万平方米，可供 100~200 户中小企业入驻生产，基地现有 18 家企业已经入驻并开工建设。随着哈飞空客复合材料项目、哈尔滨玻璃钢研究院碳纤维复合材料综合应用、碳纤维预浸料、高铁刹车片、轻量化复合材料压力容器等项目陆续实施，黑龙江省新材料产业基地不断完善，产业聚集效应初显。

（五）玉米深加工产业

黑龙江省作为我国玉米主产区之一，玉米产量占全省粮食总产量的 48% 左右，经过多年的发展，形成了集玉米种植、加工、销售于一体的产业体系。黑龙江省玉米资源丰富，2012 年，玉米种植面积 9000 万亩，占全国的 17%；玉米产量 2888 万吨，占全国的 14%，位居全国第一；玉米加工能力 1400 万吨，实际加工量只有 650 万吨左右，有近 1500 万吨（60%）作为原粮供给饲料加工企业，还有约 650 万吨可供精深加工，有充足的原料资源。

（六）稻米深加工产业

黑龙江省具有良好的生态环境，是全国最大的商品粮基地，粳稻产量和商品量都居全国首位，稻米商品率占产量的 80%。经过多年的发展，已经形成了集种植、加工、销售于一体的水稻精深加工产业化体系。"十二五"期间，黑龙江省把发展稻谷产业深加工、完善产业链条、促进产业集群式发展作为加快龙江食品工业发展的重点，已打造几个水稻精深加工 1000 万吨、营业收入超千亿、利润超百亿、具有国际影响力和竞争力的企业集团。黑龙江省现有水稻种植面积 5700 多万亩，水稻产量 2000 多万吨，成为仅次于玉米的第二大粮食作物。全省现有稻米加工企业 2000 多户，年加工能力 4500 万吨，实际加工量仅为 1500 万吨，有充足的原料资源。

二、黑龙江省国际产能合作的初步成果

黑龙江省近几年来对外投资增量不断上升，但增速趋于平缓。在 2013 年之前，黑龙江各省对外直接投资流量增速明显，但 2013 年后增速下降。

在国家"走出去"战略的直接鼓励和地方政府的全面支持下，黑龙江省企业海外投资步伐不断加快，大项目投资不断增加。特别是在"十二五"期间，黑龙江省对外投资无论是投资总量还是投资增速都有显著的提升。黑龙江省在巩固俄罗斯、蒙古国、中国香港的投资基础上，不断开拓了非洲、拉丁美洲等新的投资地区和国别。近年来，黑龙江省企业与南方发达省份的企业合作，共同在日本和美国展开了对高科技产业领域的投资。民营企业成为对外投资的主体，从黑龙江省境外投资的重大项目来看，70% 属于民营企业的投资，其投资额占该省对外投资总额的 50%，民营企业已成为境外投资的主体，即国有企业和国有控股企业相对较少，其原因主要是国有企业、大型国有企业集团对风险较大的境外投资欲望不高。对俄、蒙投资主要集中在资源开发领域，黑龙江省对俄、蒙的投资主要分布在石油、天然气等资源类开发、森林采伐、农业土地承包等方面，其投资额占黑龙江省对外投资总额的 95%。其中资源开发、林业、农业等领域的对俄投资额超过 50%。

国际产能合作开展以来，黑龙江省围绕"中蒙俄经济走廊"经济带建设，引导全省工业企业突出比较优势、区位优势，壮大电站成套装备、轨道交通装备、航空航天装备、石油石化装备、新型农机装备等优势产业"走出去"规模，加快食品、消费品产品"走出去"步伐，加强矿产、钢铁、建材、农业、林业等产业国际产能合作，鼓励黑龙江省具有优势产能的建筑工程和路桥建设、矿业开发企业进行工程承包和投资合作，巩固既有市场，拓展新兴市场，提升企业整体素质和核心竞争力，促进工业结构调整和产业转型升级，打造工业经济增长新动力，形成对外开放合作新格局。

黑龙江省产能合作的重点领域主要是装备制造、能矿开发、农业开发、森林采伐和木材加工等行业。重点项目分为产能合作项目和工程总承包项目两大类。目前黑龙江省重点推进的产能合作项目主要目标国为俄罗斯、哈萨克斯坦、蒙古国、马来西亚、印度、吉尔吉斯斯坦、美国、德国等；黑龙江省重点推进的工程总承包项目主要目标国为白俄罗斯、塔吉克斯坦、哈萨克斯坦、吉尔吉斯斯坦、蒙古国、巴基斯坦、苏丹、土耳其、乌兹别克斯坦、印度、印尼、越南、厄瓜多尔、阿联酋、格鲁吉亚、喀麦隆、埃及、澳大利亚等。黑龙江省推进国际产能合作的初步成果体现为以下几个方面：

（一）强化电站、电力成套装备"走出去"能力

黑龙江省充分发挥了省内电站成套设备研发制造优势，以哈尔滨电气集团公司、黑龙江天狼星电站设备有限公司、黑龙江省火电第三工程公司等企业为依托，采取工程总承包、项目投资、技术合作、技术援助等方式，在保障现有项目顺利实施的同时，积极开拓亚洲、非洲、拉美等地区火电、水电市场，鼓励和支持电力装备生产企业开展境外输变电项目投资、建设和运营。以哈尔滨电气集团公司和中国第一重型机械集团公司为依托，协调推动与中核集团公司、中国广东核电集团有限公司、中国电力投资集团公司、俄罗斯NIAEP-ASE 公司等核电工程总承包公司的合作，联合开发第三方市场，带动黑龙江省核电成套装备"走出去"。

（二）扩大铁路货车国际市场份额

以中国中车齐齐哈尔车辆有限公司、中国中车哈尔滨车辆有限公司、牡丹江中车金缘铸业有限公司为依托，创新合作方式，加大拓展海外市场力度。提升重载快捷货车技术水平和全球铁路货车制造资源配置能力，由传统的以产品输出为主向以产品输出、技术输出、资本输出和售后服务输出并举扩展。巩固企业在澳大利亚、新西兰市场的既有优势，完成企业的美国铁路协会质量认证和俄罗斯GOST认证等目标国或地区的产品认证，积极开发欧美、独联体等国家市场。

（三）推动军贸装备"走出去"

加强与央企合作，协调有关央企下放军贸自主权，以中航工业哈尔滨飞机工业集团有限公司、中国工业哈尔滨飞机工业（集团）有限责任公司、哈尔滨第一机械集团有限公司、哈尔滨建成集团有限公司、黑龙江北方工具有限公司等企业为依托，扩大现有军贸产品出口规模，发展军民两用高技术产业。争取国家在黑龙江省布局大型军工项目，形成主机配套产业链，带动武装直升机、多用途飞机、常规军贸装备、军民两用装备、军工装备、海工装备"走出去"，积极进入东南亚、中亚、中东等国家和地区，稳步开发南美、南非等新兴市场及欧美等发达国家市场。

（四）推进石油石化产能合作和装备出口

大力引导黑龙江省大庆油田力神泵业有限公司、大庆石油管理局射孔弹厂、天合石油集团汇丰石油装备股份有限公司等既有石油装备产业实施集成化、一体化营销策略，为用户提供系统解决方案，提升国际市场竞争力，巩固和提高企业产品在全球石油富集区市场占有率。引导推动黑龙江中蒙石化有限公司、梦兰星河能源股份有限公司与中国第一重型机械集团公司等省内相关企业加强合作，利用"中蒙俄经济走廊"相关国家丰富的油气资源，开展境外油田区块承包等多方面合作，开展原油、天然气等资源的精深加工，延伸产业链条，带动石油石化装备"走出去"。

（五）积极开拓数控机床、燃气轮机、机器人等高端装备海外市场

以齐重数控装备股份有限公司、齐齐哈尔二机床（集团）有限责任公司、哈尔滨量具刃具集团有限责任公司、哈尔滨第一工具制造有限公司等企业为依托，扩大数控机床、工量具出口。以哈尔滨汽轮机厂有限责任公司、中国船舶重工集团第七〇三研究所为依托，加强与中国石油天然气集团公司、中国石油化工集团公司及国外公司的合作，争取中俄和中亚输气管线采用中国船舶重工集团第七〇三研究所制造的燃压机组，带动省内配套产业发展。支持哈工大机器人集团有限公司、中国船舶重工集团第七〇三研究所等企业通过在国外设立办事处、建立研发中心、对外技术合作等方式布局海外市场。

（六）推动钢铁、建材、食品、消费品行业对外产能合作

结合国内钢铁、建材行业结构调整，利用黑龙江省"中蒙俄经济走廊"黑龙江陆海丝绸之路经济带区位优势，依托西林钢铁集团有限公司、双鸭山建龙钢铁有限公司、北满特殊钢有限责任公司、中国建材北方水泥有限公司等企业，开展对外钢铁、建材等产能合作，带动成套设备出口和工程承包，扩大境外合作领域。抓住俄罗斯经济调整、远东地区开发和符拉迪沃斯托克自由港建设的有利机遇，加强在食品、消费品和高新技术产业等领域的合作。

（七）扩大海外农业、林业和矿业合作规模

利用俄罗斯等独联体国家和巴西、澳大利亚、印度尼西亚、马来西亚的丰富农林资源及蒙古国、俄罗斯、圭亚那和尼日利亚等国家丰富的矿产资源，在农业、林业、矿业等方面深化合作。引导企业创新发展方式,通过海外种植业、养殖业、林木产品深加工业和矿业开发等项目合作，带动农机、林业和矿业装备"走出去"。通过支持企业在印度尼西亚、土耳其等国家开展煤矿开发合作，输出黑龙江省优势和富余产能，为黑龙江省资源型城市成功转型创造条件。

（八）推进在俄合作园区建设

鼓励企业参与在俄合作园区建设，扩大园区规模，提升园区功能，以俄

罗斯乌苏里斯克经济贸易合作区、中俄（滨海边疆区）现代农业经济合作区和俄罗斯龙跃林业经贸合作区等国家级境外经贸合作区为重点，推动黑龙江省农业、林业、矿业、食品、消费品等优势产能或装备制造企业抱团出海、集群式"走出去"，培育打造跨境产业集群。

三、黑龙江省国际产能合作的推动措施

（一）加强财政金融支持

首先，发挥省工业投资基金引导作用。吸引社会资本进入，放大基金规模，按市场化原则运作。支持省内企业围绕《中国制造 2025》、"互联网＋工业"、国际产能和装备制造合作实施的一批重点项目，提升黑龙江省工业整体"走出去"水平和能力。

其次，支持金融创新及服务水平提升。鼓励金融机构探索支持国际产能和装备制造合作的有效模式，支持符合条件的企业发行企业债券，货币市场、资本市场、保险市场多措并举，增强企业的融资能力，实现融资途径多元化。加强信用保险体系和服务体系建设，支持信用保险机构发展，提高信用保险覆盖面，争取实现大型成套设备出口应保尽保。符合条件的重点装备制造企业设立金融租赁公司开展金融租赁业务。争取国家出口信贷及"两优贷款"（优惠出口买方信贷和援外优惠贷款）资金支持。

最后，争取国家外经贸发展专项资金支持。跟踪国家外经贸发展专项资金的使用方式和资金投向，争取国家给予黑龙江省产能合作和装备制造"走出去"项目更多的支持。对现有政策不能覆盖的战略性项目，及时向国家有关部委汇报，争取按"一事一议"原则得到相应专项支持政策。

（二）强化人才、信息服务

第一，支持企业引进高端人才和并购海外高技术企业。对企业为解决关键技术难题引进海外高层次人才和智力的，按引进境外技术、管理人才项目和因公出国（境）培训项目给予资助立项支持。对并购海外高技术企业或在

海外设立研发机构有资金需求的,提供政策性境外投资贷款支持,额度较大时,请示国家有关部委,协调中国进出口银行等金融部门逐级解决。

第二,加强"走出去"综合信息服务平台建设。为企业提供境外市场信息、对接渠道、支持政策、工作动态等,与省直部门、企业间随时互动,解决政策和市场信息不对称问题。鼓励企业提供自身获得的境外目标国政策信息、市场信息,帮助相关企业规避防范各种风险。

第三,支持大宗海外订单产品认证。鼓励企业开展有关国家产品认证,进入国际市场,对在认证过程中遇到的问题和困难,及时向国家有关部门汇报。

第四,加强海外税收风险防控。引导企业增强风险防范意识,掌握目标国税收法规动向,如遇涉税重大事项或税收纠纷,积极引导企业申请启动税收协定相互协商程序,解决涉税纠纷。

(三)完善国际产能合作机制

为贯彻落实《国务院关于推进国际产能和装备制造合作的指导意见》(国发〔2015〕30号),推进全省国际产能和装备制造合作,黑龙江省发布了《黑龙江省推进国际产能和装备制造合作工作实施方案》,明确了黑龙江省开展国际产能合作的指导思想、基本原则、主要目标、主要任务和支持政策。强化组织领导,建立黑龙江省国际产能和装备制造合作工作联席会议制度,统筹协调相关工作,联席会议办公室设在省工信委,建立部门间"走出去"工作开展情况和企业、项目名单等信息共享机制,协调对上沟通、部门联系事宜,遇有重大事项及时向省政府请示报告。建立综合信息服务平台。发挥协会和中介组织机构作用,鼓励协会和中介组织为企业"走出去"提供法律、会计、税务、投资、咨询、知识产权、培训、风险评估和认证等服务。协会和中介组织要按市场规则和国际惯例,提高服务企业的能力、水平和责任意识,并建立与服务水平一致的行业自律规范。加强宣传,发挥省内各级媒体的正面引导作用,及时准确报道"走出去"信息,主动宣传黑龙江省装备制造业"走出去"的优势、国际产能合作的重要领域,形成良好的舆论氛围。

四、黑龙江省国际产能合作的现存问题

尽管黑龙江省国际产能合作取得了不俗的成绩，但同时也存在诸多方面的问题。

（一）体制机制不活，国际化水平低

黑龙江省装备工业"走出去"的主力是国企，受计划经济体制影响，企业在"走出去"战略上缺乏勇气，独立开发市场的意识不强。除哈电集团等少数企业外，多数装备企业还不具备开拓全球市场的视野和布局，参与国际化分工的观念和意识严重滞后，国际化市场经营能力低，多数企业对国际市场信息、国家"走出去"方针政策掌握不足，对国外法律、法规、文化、宗教等背景知识了解不够，企业抗风险能力弱，熟悉国际化经营的人才队伍缺乏等诸多因素是制约黑龙江省装备工业"走出去"的瓶颈。

（二）装备产业外向度低

黑龙江省虽然有老工业基地之称，但企业总体技术装备水平低，产品竞争力差，出口规模小，外贸依存度低于全国平均水平。对外直接投资和工程承包在全国排名居于中下游水平。产业外向度低，出口支撑弱，对外投资实力不足，特别是装备工业总体缺乏高技术含量、高端装备和核心技术，这些都是制约黑龙江省装备工业"走出去"的现实因素。

（三）投资区域和行业结构单一，投资主体实力较弱

从区域看，国际产能合作投资项目大部分集中在俄罗斯，从行业看，传统农业和能源、森林资源采伐等劳动密集型产业多，科技含量较低，很难在国际市场中占据优势。境外投资民营企业居多，大型企业少，企业资金紧张，国际市场开拓能力和竞争力较弱，法律、税务、财会、技师等专业人才匮乏，有些投资者片面追求经济利益，没有长远规划，甚至盲目投资，缺乏社会责任感，不能很好地融入当地社会，违反当地政策和法律事件时有发生。

（四）"走出去"企业融资能力弱

作为国家老工业基地省份，长期受体制机制和结构调整的矛盾困扰，企业的利税贡献和盈利能力近年来处于下降趋势，企业自身生存和发展面临巨大压力，国际化扩张能力受限，对外投资开展国际化经营实力不足，企业的融资渠道、融资能力和融资成本因素普遍存在，对"走出去"形成制约。

五、黑龙江省国际产能合作的下一步安排

力争到 2020 年，黑龙江全省装备制造业企业出口规模翻一番，达到 30 亿美元；钢铁、农机、建材、食品、消费品等国际产能合作项目有明显进展；海外园区建设初具规模，形成"洼地效应"。电站成套装备、轨道交通装备、航空航天装备、石油石化装备等一批重点领域重大装备"走出去"项目形成有力支撑；钢铁、建材等行业与"中蒙俄经济走廊"沿线国家产能合作项目实现"零"的突破；通过海外农业、林业等资源的开发，实现农机、食品、消费品等产业海外布局"起步"，带动相关产能对外输出；培育 1~2 家省内建筑工程和路桥建设企业成长为有影响力的跨国企业，培育 3~5 家境外矿产开发企业成长为国家和黑龙江省战略型资源产品的大型进口企业；促进省内企业积极入驻乌苏里斯克（中国）经济贸易合作区、中俄（滨海边疆区）现代农业经济合作区和俄罗斯龙跃林业经贸合作区等国家级境外经贸合作区，产业集聚效应明显；力争提高企业"走出去"的意识，使全省经济发展外向度稳步提升，形成 20 家左右有市场开拓能力和竞争能力、年出口额在 3000 万美元以上的骨干企业，有出口业务的装备制造企业达 200 家以上。具体而言将主要从以下方面着手。

（一）促进国际产能合作和龙江装备"走出去"

围绕龙江陆海丝绸之路经济带建设，集中力量扶持一批高端新产品出口加工企业，提高高端产品出口比重，加快优势产能"走出去"。建立"走出去"重点项目清单，着力推进列入国家产能和装备制造合作重点国别规划和

三年行动计划方案项目建设。加快推进哈电集团在巴基斯坦滨佳胜 560 兆瓦电厂项目和古杜 747 兆瓦电厂项目，在印度都利电厂项目、满汉电厂项目和喜莱雅电厂项目，在厄瓜多尔米纳斯 270 兆瓦水电站项目建设，促进电站成套设备出口，带动技术标准输出，培育国际品牌。大力推进哈飞集团国际合作和产品出口。哈飞集团已获得美国颁发的 Y12F 适航证并签订出口美国 20 架 Y12，签订出口俄罗斯 15 架 Y12。在此条件下，加快落实与中航工业签署战略合作框架协议，组建并运营生产销售 Y12 系列飞机为主的有限公司。加快 AC312E 直升机商业化生产进程。加强与中航工业和中国商飞在重型直升机、大飞机等方面的合作，研发培育新机型。加快推进中俄航空航天产业园建设。拓展哈飞空客复合材料制造中心整流罩和升降舵产品种类，挖掘生产潜能，扩大产品出口能力。

（二）加快制造业改造升级，夯实"走出去"基础

围绕电站、重型机械、石化、交通等装备制造业，对接德国工业 4.0，加快推进改造升级，为开展国际产能合作和"走出去"奠定基础。一是启动实施"互联网＋工业"行动计划。发挥"互联网＋"对工业的重塑作用，不断加快互联网、物联网、云计算、大数据等信息技术在生产过程中的应用，注重发展基于互联网的新技术、新模式、新业态、新路径。目前，哈电、一重等一大批企业成为全国两化融合管理体系贯标试点，哈飞集团等 10 家企业成为两化融合管理体系贯标国家试点。工业云服务平台用户已覆盖装备制造、石化加工、林木产品加工等多个行业和领域，注册用户近 500 户。哈尔滨中国云谷发展较快，汇聚企业突破 300 家。二是组织实施技术改造升级专项行动。起草《全省技术改造提升工程实施方案》和《全省技术改造投资指导目录》，围绕 100 个对接《中国制造 2025》重点领域投资亿元以上的工业项目和 100 个投资亿元以上的资源深加工工业项目，重点支持先进产能扩产增效、智能化改造等领域技改项目，推动制造业转型升级。目前，哈轴集团与德国西门子合作，进行生产线技术改造，完成投资近 1 亿元；齐齐哈尔轨道交通装备有限责任公司通过技术改造建设铁路货车疲劳振动试验台项目填补了国家空白，为开拓独联体等国际市场打下基础；中船重工 703 所中小燃气轮机项目

取得重大突破，国产燃压机组将与国外机组同台竞技并逐步替代进口。三是组织实施"三品"提升专项行动。支持企业增品种、提品质、创品牌，加快产品供给创新，对首台套产品奖励认定进行调查摸底，确定省级工业品牌培育15家试点示范企业。大力支持已组建的哈工大机器人集团、焊接集团和哈工大卫星激光通信、哈工程船舶动力等高新技术企业参与龙江陆海丝绸之路经济带建设，寻求更大的市场。目前，哈工大机器人集团已在美国、德国、韩国等多个国家设立了办事处，与世界机器人龙头企业的德国库卡公司在工业、医疗、教育机器人领域展开全面合作签署了战略性合作协议；与瑞士ABB公司签署战略性合作协议，围绕建立运营中心达成共识，后续工作正在有序展开。

（三）推进绿色食品精深加工产业对外合作

围绕龙江陆海丝绸之路经济带建设，结合黑龙江省资源禀赋、区位优势和历史文化传统，选取既有未来总需求增长空间，又有黑龙江鲜明供给优势的高品质乳制品、畜产品加工等产业与沿线国家开展合作。

1）明确农畜产品精深加工对接合作的产业链条。认真贯彻落实习近平总书记视察黑龙江时关于"五头五尾"的重要指示，围绕"粮头""农头"，明确了以健康、营养、安全、方便和时尚制造类食品为主的8个"食尾"产业链以及在延伸粮食加工产业链条和提高农副产品综合利用率上发展的6个"工尾"产业链，与"中蒙俄经济走廊"沿线国家以及日韩等相关国家进行合作对接。

2）加强农畜产品精深加工重点项目的合作。集中持续开展对农畜产品精深加工领域重点国家的经贸推介活动，认真梳理德国、荷兰、瑞士、新西兰、澳大利亚等一系列经贸招商推介活动生成的项目线索并组织开展对接。总投资9000万元的大庄园肉业与德国企业BANSS的屠宰、养殖设备进口合作项目，设备已先期运抵工厂并安装。飞鹤乳业正与法国企业洽谈奶酪加工的合作项目，计划落在齐齐哈尔。

3）推动农畜产品精深加工载体建设。围绕"一核四带一环一外"的产业发展空间布局，在沿线节点积极打造农畜产品精深加工专业园区，吸引社会资本、企业、技术、人才等优质要素向加工聚集区和园区流动，承接国内外农畜产品精深加工项目向黑龙江省转移。目前，全省已形成2个省级园区+10

个重点县（区）域园区为支撑的农畜产品精深加工产业集群，全省近60%的食品工业规模以上企业和近90%的先进加工产能都集中在"龙江丝路带"沿线的产业园区内。

（四）不断拓展对俄合作深度和广度

充分发挥黑龙江省与俄罗斯远东地区毗邻的地缘优势，利用国内国际两种资源、两个市场，以哈尔滨为中心，以大（连）哈（尔滨）佳（木斯）同（江）、绥满、哈黑、沿边铁路四条干线和俄罗斯西伯利亚、贝阿铁路形成的"黑龙江通道"为依托，建设连接亚欧的国际货物运输大通道，吸引生产要素向通道沿线聚集，发展境内外对俄产业园区，打造跨境产业链，构建发达的外向型产业体系，构筑区域经济新的增长极。推动基础设施互联互通和跨境运输体系建设，推进"三桥一道一港"合作。完成同江跨境铁路大桥我方一侧建设任务，推动俄方尽快开工；协调俄方落实两国签署的黑河跨境公路大桥补充协定，争取尽快开工；推动中俄两国中央政府尽快签署东宁跨境公路大桥建设协议。研究制定黑龙江省参与俄罗斯"滨海1号"国际通道和滨海边区港口建设合作的总体方案。协调俄方落实两国签署的黑河—布拉戈维申斯克跨黑龙江索道相关协定，争取尽快开工建设。积极配合中石油，开工建设中俄原油管道二线工程和争取中俄东线天然气管道工程省内段开工。研究扩容完善抚远—哈巴罗夫斯克、黑河—布拉戈维申斯克跨境光缆线路；加快中俄信息枢纽工程建设。适时加密哈欧班列班次，支持哈俄班列和哈绥俄亚陆海联运持续常态化运行。新增和加密通往俄罗斯的国际航线、航班。继续推动中俄两国统一运输管理、车辆标准、货物监管、检验检疫、作业流程，给予跨境、过境运输国民待遇。加快推进绥芬河—东宁重点开发开放试验区建设。鼓励企业开发利用俄罗斯远东地区能源、矿产资源，通过多种方式进入资源勘探开发和深加工领域，建立资源转化体系，形成利益共享机制。加大石油、天然气、电力、煤炭、铁矿石、有色金属等能源、矿产资源进口力度。扩大中俄电力合作，鼓励企业开发俄远东地区水力和煤炭资源建设电站。加快实施阿穆尔—黑河边境油品储运与炼化综合体等项目。拓宽对俄农业合作领域，加快从传统劳务输出、从事种植业向从事养殖业、农产品加工业和农产品批发零售等方面扩展。积极推进农业经济技术合作，深入开展土地资源、作物栽培技术、农林牧品种等领域区域性合作。在黑河、抚远、密山、东宁等市、县，建设面向俄罗斯市场的绿色有机果蔬生产出口基地。积极扩大对俄木材资源进口，开展境外采伐，建设境外木材加工基地。支持绥芬河国林木业城、俄罗斯阿马扎尔林浆一体化项目建设，积极参与下列宁斯阔耶、巴什科沃、比罗比詹等地木材加工，加快推进中俄合作犹太自治州木材加工园区建设，推进绥芬河木材加工交易示范基地建设工作，谋划抚远木材加工交易示范基地等项目，在滨海边疆区和外贝加尔边疆区开展森工领域合作。加强跨境产业园区建设，以投资带动贸易发展。延伸跨境产业链，加强跨境机电、电力、能源、矿产、林业、农业、物流等领域投资合作。积极建设中俄双向贸易和加工基地，形成跨境产业良性循环。积极开展航空航天产业合作，打造中俄航空航天合作研制造基地。建设黑龙江对俄矿产资源加工基地，支持企业开发境外矿产资源，在当地进行初、深加工后出口，支持企业对进口矿产资源进行落地加工。

第二节　吉林省国际产能合作概况

一、吉林省国际产能合作的产业基础

吉林省立足国家"一带一路"建设和新一轮东北老工业基地振兴战略，主动适应经济发展新常态，突出发挥"五个优势"（老工业基地振兴优势，国家重要商品粮基地优势，沿边近海优势，生态资源优势，科教、人才、人文优势），推进"五项举措"（推进体制机制转型和产业结构优化升级；推进农业现代化和新型城镇化；推进长吉图战略，融入"一带一路"建设；推进生态文明建设，加强生态环境保护和资源利用转化；推进高教强省、人才兴省、文化大省和法治吉林建设，加强社会治理创新，排除各类风险隐患），加快"五大发展"（加快创新发展、统筹发展、绿色发展、开放发展、安全发展），实施汽车、石化、农产品加工三大产业振兴工程，再造传统产业领先新优势；

实施医药健康、装备制造、建筑、旅游四个优势产业发展工程，打造竞争新优势；实施新兴产业培育工程，增强接续发展能力；实施服务业提升工程，促进量增质优。

1）汽车产业是吉林省第一大支柱产业，以一汽集团整车生产为主体，形成了集整车制造、零部件配套、专用车生产为一体的较为完善的汽车产业体系。首先，吉林省以市场需求为导向，以一汽为核心，构建了整车研发制造、零部件配套和现代汽车服务体系，全面提升研发、制造和服务水平，提升整车制造能力。第二，吉林省加快建设长春、吉林汽车产业园区，以解放、红旗、奔腾及佳宝系列自主品牌和节能型小排量汽车为重点，进一步完善自主品牌产品系列，提升市场竞争力，到2015年，全省省属口径汽车产销量达到260万辆，汽车工业增加值达到1700亿元。第三，吉林省大力发展新能源汽车，重点支持插电式混合动力自主品牌汽车产业化，加快纯电动汽车研发制造，突破电池、电机、电控等关键生产技术，建设相关配套设施，新能源汽车产量2015年达到5万辆。第四，积极发展高端特种专用车，突出"专、精、特、新"，支持专用车企业重点研发生产道路维护、工程作业、高压输送、保温冷藏、消防安全等高端专用车，加快长春、四平专用车基地建设，专用车产能达到10万辆。着力发展汽车零部件。最后，吉林省积极打造大型零部件企业集团，高起点培育百强零部件配套企业，提高汽车零部件同步开发和系统配套能力。加快形成车身、传动、悬架、转向、制动、环境、发动机附件和电子电气等系统模块配套体系，打造长春汽车零部件出口基地，力争省内零部件配套率达到50%以上。加快汽车物流、金融、售后服务、二手车交易等汽车服务体系建设。

2）石化产业是吉林省支柱产业之一，已形成了石油、天然气、基本有机化工原料、合成树脂、合成橡胶等多门类较为完整的生产体系。ABS、丙烯腈、聚乙烯、甲基丙烯酸甲酯、丁苯橡胶、乙苯橡胶、氯碱等26种产品在国内占有一定优势，丙烯腈、丁辛醇、醇醚、高密度聚乙烯、ABS等25套装置生产能力居国内前三位，其中赖氨酸、丙烯腈、甲基丙烯酸甲酯、燃料乙醇国内第一。吉林省着力打造国内重要的大型石化产业基地，发挥面向东北亚的区位优势，利用境内外油气资源，依托吉化、吉林油田等龙头企业，进一步提高油气、炼油、乙烯产能，加快推进炼化一体化，延伸产业链，拓展应用领域，到2015年，全省石化工业增加值达到900亿元。同时，深度开发乙烯及下游产品。积极推动吉化公司小乙烯扩能改造，应用催化热裂解技术实现乙烯原料多元化，乙烯产能140万吨，丙烯产能110万吨；集中碳4、碳5资源，发展异戊橡胶、石油树脂等产品；做强聚乙烯、ABS树脂、丙烯腈等优势产品，做精特种碳纤维、高活性聚异丁烯、橡塑专用料等特色产品，建设全国合成树脂、合成橡胶、合成纤维、有机化工原料生产基地。另外，突出发展精细化工。以吉林化学工业循环经济示范园区为载体，加大招商引资力度，发展企业集群，延伸产业链，推动产品升级换代，积极发展高端产品。鼓励发展高效、低毒、低残留的环保生态农药，提高高效品种比例。积极发展催化剂、添加剂和助滤剂，扩大规模，增加品种，提高产品附加值。全面提升染料、涂料、颜料品质，培育品牌。吉林省还着力提高日用化学品产品档次，积极开拓市场，大力发展功能高分子材料等高端产品，发展生物化工。充分发挥本省生物技术资源优势，加快生物技术开发与产业化，形成战略性新兴产业发展高地。与此同时，适度发展新型煤化工。发掘利用域外煤炭资源，开发柴油、汽油、航空煤油、乙烯原料、替代燃料（甲醇、二甲醚）等生产技术，生产洁净能源和可替代石化产品，建设大型煤化工产业基地。推动石化与汽车产业融合发展。加快建设汽车橡塑零部件工业园、汽车用化学品工业园，引导企业集聚发展，开发汽车化学专用料、轮胎、电线电缆护套、汽车密封件、防冻液、车用底漆等系列化工产品。

3）农产品加工业是吉林省支柱产业之一。吉林省的玉米商品量、出口量和人均占有量居全国之首，人参、林蛙、梅花鹿、矿泉水、果仁等长白山特产资源具有地域优势，形成了中部粮食和畜禽深加工区、西部畜乳产品和绿色食品加工区、东部长白山生态食品加工区的发展格局。吉林省着力打造具有核心竞争力的农产品加工产业基地，依托丰富的农畜资源和长白山生态资源，发挥产业基础和区位优势，进一步培育大型企业集团，加大研发力度，提升装备水平，不断提高产品附加值、资源综合利用水平和辐射带动能力，强化粮食精深加工；合理控制玉米加工总量，着力提高加工深度，保障粮食安全，积极推动非粮替代原料，以系列酶为重点加快技术研发和成果转化，非粮原料比重力争达到30%以上。在此基础上，吉林省大力发展非粮产业，提高饲料比重，保障食品安全。依托大成、中粮、嘉吉生化、新天龙酒业等大型企业集团，扩大化工醇、环氧乙烷产能，增加品种，加快乙酸乙酯、聚乳酸、生物聚酯等工艺技术研发和产业化进程，精深加工比重达到80%左右；大力发展水稻、大豆、杂粮杂豆加工产业。积极开发终端产品，培育创立"吉林品牌"。另外，吉林省大力推进畜禽产品综合加工。依托皓月、德大、华正、广泽等龙头企业，重点发展各类熟食品和乳制品。利用生物技术推进副产品综合利用，大力发展系列生化制品，提高产品附加值。加快形成亚洲最大的清真牛肉制品基地和肉食鸡产品出口基地。积极推进中新食品区建设，开发生产绿色有机食品。

4）医药产业是吉林省优势产业之一，主要包括化学原料药及制剂、中药饮片、中成药、生物生化制品、医疗器械、制药机械、卫生材料和药用包装材料、中药种养殖业、医药商业等九大门类。中国北药基地、长春国家生物产业基地、国家新型工业化产业示范基地——通化医药城坐落在吉林省。吉林省依托生物药科研及人才优势，促进现有疫苗生产技术升级和扩大产能，努力扩大重组人胰岛素、重组人生长素等生物技术药物国内市场占有率和出口份额，加快艾滋病疫苗等一批新品种研制及产业化进程，抢占生物医药未来发展制高点。围绕长白山道地药材种植、加工和基源药物开发，加快实施中药产业推进工程，积极推进中药大品种二次开发和新品种产业化，保持在国内的领先地位。加快发展化学药物及诊断试剂和现代医疗器械，形成医药产业新的增长点。

5）装备制造业是吉林省传统优势产业，现已形成以轨道客车、高端智能装备制造为先导，以农业机械、换热设备、电力设备、矿山机械、石油机械、起重机械等传统产业为重点，以基础部件为支撑的装备制造业产业体系。目前，能够批量生产轨道客车、农机装备、电力设备、换热设备、石油机械设备、专用机床、矿山冶炼设备、建筑起重设备等各门类产品2000多种，其中高速动车组、新型城轨车辆、大中马力拖拉机、玉米收获机、新型板式换热器等重点产品在国内具有比较优势，特别是长春轨道交通装备产业园已成为国内最大的轨道客车研发、生产、出口基地。长客股份在高速动车组方面，具备年产 1200 辆动车组的能力。搭建了 350km/h、250km/h 两个动车组技术平台，先后开发生产了 CRH380 系列高速动车组、CRH5 型动车组、智能高速综合检测车等产品。目前，正在开发中国标准动车组、CJ-1 型城际动车组、市域列车等新产品。长客股份是唯一能够生产高寒高速动车组的制造商。在城市轨道交通车辆方面，具备年产 1200 辆城铁车的能力，国内城铁市场占有率 40% 以上，并成功打入美国、澳大利亚等国际市场，先后开发单轨、双轨不同轨道运行方式，旋转电机、直线电机不同牵引方式，碳钢、不锈钢、铝合金不同材质，A、B、C 不同车型，以及低地板车、高速磁悬浮、低速磁悬浮等不同系列产品。吉林省立足本省装备制造业产业优势，紧紧围绕"打造高端，提升传统，培育特色，强化基础"这一主线，以加快培育和发展高端装备制造业为重点，突出特色化和差异化，进一步加大技术改造投资力度，提高产业规模，用信息化技术提升装备制造水平。着力发展轨道客车、卫星及应用、航空设备、医疗仪器设备、环保设备、试验及检测设备、换热设备、农业机械、电气设备、矿山机械、石油机械、汽车制造设备、食品加工设备、制药设备等，努力培育一批集工程设计、产品开发、设备制造、工程成套设备和技术服务为一体的具有较强竞争力的大型骨干企业和企业集团。依托区域优势，培育建设一批创新能力强、市场占有率高、竞争优势强的产业集群，形成特色产品优势突出、专业化协作分工合理、配套较为完备的产业格局，努力把装备制造业打造成为我省新的支柱产业。

6）吉林省全力构建科学发展格局，推动产业转型升级，推进企业优化重组，引进外埠企业入吉，实施"走出去"战略，加快建筑支柱产业发展。到 2020 年，力争发展 3~5 个集开发、生产、施工、运营服务等于一体的综合性、全产业链企业集团；建设 3~5 个国家住宅产业化（建筑产业现代化）基地；培育长春市、吉林市成为国家住宅产业化试点城市，引领建筑产业转型升级；形成 30 家以上资金雄厚、人才密集、技术先进、竞争力强的大型综合性建筑业企业集团，形成一个建筑强市（长春市），建筑业产值达到 3000 亿元，发展三个建筑大市（吉林市、通化市、松原市），建筑业产值分别超过 500 亿元，发展七个建筑优市（延边州、四平市、辽源市、白城市、白山市、梅河口市、公主岭市），建筑业产值分别超过 100 亿元，打造四个建筑大县（九台市、延吉市、东丰县、前郭县），产值分别超过 50 亿元，培育两个建筑劳务大市（松原市、白城市）。

7）吉林省把旅游业作为新的支柱产业加快培育和建设。近 5 年来，吉林省旅游业呈现出持续、快速发展的良好势头，全省接待游客、旅游收入年均分别增长 19%、27% 以上，旅游收入 2012 年首次突破千亿元。2014 年全省接待游客超过 12141.24 万人次，实现旅游总收入 1846.79 亿元，同比增长 25.03%，社会综合效益不断提升，正在迈向吉林省支柱产业的行列。为打造成东北亚区域旅游中心、冰雪旅游强省、生态旅游名省、文化旅游大省和边境旅游示范省，努力建设成为国际著名生态文化旅游目的地，近年来，吉林省不断加大投资力度，以项目建设为支撑，在建旅游项目增长迅速，高标准、高品质的综合性旅游项目比比皆是，百亿级别的旅游项目持续增加。成功引进中国投资额最大的旅游度假项目之一——长白山国际度假区一期项目投入正式运营，大大提升了吉林旅游接待能力，填补了吉林省乃至中国东北地区中高端休闲度假旅游产品、国际领先水平旅游产品的空白，有力提升了吉林旅游的品牌知名度和影响力；定位为中国最具吸引力、以冰雪运动为主题、适宜四季旅游的休闲度假胜地，总投资 400 亿元的万科松花湖国际旅游度假区项目已投入运营。吉林省旅游业正在以"文明、有序、安全、便利、富民强省"为目标，以项目投资为支撑，全面优化投资环境，集中打造旅游业升级版，全力推进全省旅游业又好又快发展。

8）吉林省是中国重要农业省份。中部松辽平原地处世界著名三大"黑土带"之一，是"全球黄金玉米带"，土地肥沃，气候适宜，盛产优质玉米、大豆、水稻以及肉牛、生猪、肉禽，是国家粮食、肉类主要产区和精深加工区。西部草原地域辽阔，水草丰美，具有发展优质畜牧业、杂粮杂豆和开发水产业的良好生态条件，也是油料、糖料和细毛羊商品生产基地。吉林人参、鹿茸和松茸等长白山特产驰名中外。人参产量约占全国 85%、世界 70%，鹿茸产量约占全国 60%。吉林省是我国重要商品粮基地，2014 年粮食总产量达到 706.6 亿斤，继续位居全国第 4 位。粮食单产高出全国平均水平 224 斤，保持全国首位。吉林省气候和土壤等条件非常适宜优质玉米生长。玉米播种面积占全省农作物播种面积 60%，玉米产量占全省粮食总产量 70%，吉林玉米出口占全国 50% 以上，玉米总产量、人均占有量、商品量、出口量、调出量多年居全国第一位。粮食和肉类人均占有量连续多年居全国第一位。

9）电子信息产业作为吉林省的优势产业之一，经过多年的发展，已经形成了以光电子、汽车电子、电力电子、新型元器件和软件为特色的产业格局。在光显示、光谱技术、大功率半导体激光技术、光通信、微电子专用设备、基础材料及器件等领域拥有大批优秀的科研成果，其中大部分成果的技术水平达到或超过国内领先水平。在汽车电子、功率半导体分立器件、光电编码器、电力电子设备等领域的龙头企业全国知名。吉林省的汽车、信息安全、教育、政府、农业等行业应用软件在市场占有率、技术水平和知名度等方面都处于全国领先水平。未来几年，吉林省将以光电子、汽车电子、电力电子、新型元器件、新一代信息技术、软件及信息服务为发展重点。打造集材料、器件、整机、配套设备及应用为一体的光电子产业集群，重点推进激光、光电分析检测仪器设备和半导体显示与照明等产品。打造汽车电子产业集群，鼓励和支持车载电子、主动安全车控电子、车身电子和新能源汽车产品的研发和生产；推进吉林电力电子产业集群建设，鼓励和支持智能电网操控监测、电机节能装置、输配电装置等产品，鼓励和支持高档片式元器件、新型机电元件、IGBT、MOSFET 等产品。在新一代信息技术领域，加快信息技术产业在宽带、泛在、融合、安全的信息网络基础设施的应用，推动新一代移动通信、下一代互联网核心设备和智能终端的研发及产业化。鼓励和支持适用于下一代高速宽带信息网和三网融合应用的网络产品、高性能传感器、集成电路等产品。积极发挥工业软件、嵌入式软件、行业应用软件、数字内容产业、互联网和电信增值服务等方面积累的优势，积极寻求在云计算、电子商务、软件服务外包、物联网、信息安全等新领域创新突破。通过推进工业控制软件和嵌入式软件在工业化和信息化深层融合应用，深化行业应用软件和系统集成技术在传统产业应用，推动云计算、物联网、移动互联网、大数据、智慧城市等新技术应用，加快软件和信息服务业发展，壮大产业规模，提升产业竞争力，推动软件和信息服务业实现跨越发展。

10）冶金建材产业的发展在吉林省具有得天独厚的条件，延边、白山、桦甸一带含有丰富的金属矿产资源，现有亿吨以上储量的铁矿山 3 座；含镁白云石储量全国第一、镍储量国内第二、钼储量亚洲第二。吉林省按照"调整、改造、升级、换代"的总体要求，加速淘汰落后产能，加快产业、技术、管理创新，建设千万吨级精品钢、特种冶金炉料和有色金属深加工基地。①钢铁工业。以节能降耗、低碳环保为核心，大力推行非高炉炼铁、烧结脱硫、钢渣综合利用等技术改造，积极推广富氧喷煤、炉外精炼、连铸连轧、控轧控冷等先进工艺技术和装备，大力开发汽车、轨道客车、农机等制造业用钢，提高地方配套率。加快推进通钢集团大型化改造，构建东北区域特钢生产基地。整合铁矿资源，加大勘探开发力度，提高铁矿石自给率。②冶金炉料工业。大力发展高纯度、高复合特种铁合金产品和大规格高功率、超高功率石墨电极产品，提高国内市场占有率。积极支持吉林哈达湾工业区整体搬迁，加快实施吉林铁合金、吉林碳素异地搬迁改造工程，铁合金产能达 100 万吨，高端超高功率石墨电极达 6 万吨。③有色金属工业。加大对铜、钨、钼、镍、镁、钴、金等有色金属矿产资源的开发力度，形成产业规模，向精深加工方向延伸。支持昊融集团发展镍盐系列及羰基铁、羰基镍产品，扩大规模，打造全国领先的镍金属深加工产业基地。推动辽源中国高精铝生产加工基地建设，大力开发宽幅中厚板材、城市轻轨及高速列车型材、硬质飞机骨架大梁等高端产品，规划建设 40 万吨电解铝，形成原料、加工、制造一体化。发展钼金属冶炼和深加工，加快稀土镁合金开发及应用，鼓励铜、铝等有色金属回收再利用。④水泥行业。依托亚泰、冀东、金刚等大型企业集团，进一步实施兼并重组，提升产业集中度，新型干法水泥比重达到 97% 以上，打造东北最大的水泥生产基地。⑤玻璃行业。积极开发特种超薄、超白玻璃等产品，提升汽车玻璃和安全玻璃生产能力。加快建设双辽玻璃工业园、白山玻璃工业园。⑥墙体和装饰材料。以煤矸石、粉煤灰为原料，大力开发和推广使用新型节能墙体材料。推进蛟河天岗花岗岩深加工，加快建设中国天岗石材城。积极承接国内陶瓷产业转移，加快建设桦甸陶瓷产业园。

二、吉林省国际产能合作的初步成果

近年来，吉林省省高度重视实施"走出去"战略，支持和引导企业充分利用国内国际两个市场、两种资源，在更大范围、更宽领域、更高层次上参与国际竞争与合作。"十二五"期间，吉林省对外直接投资总额达到73.3亿美元，投资规模是"十一五"时期的6倍；对外承包工程累计完成营业额22.1亿美元，总量是"十一五"时期的2.3倍。吉林省对外直接投资呈上升趋势，但最近几年增速下降明显。

截至2014年末，吉林省的对外直接投资企业分布在全球的32个国家和地区，主要有加拿大，投资存量为119789万美元；俄罗斯，投资存量为61497.54万美元；德国，投资存量为27875万美元；日本，投资存量为16000万美元；中国香港，投资存量为13553.04万美元；朝鲜，投资存量为11589.74万美元；美国，投资存量为9666.4万美元；南非，投资存量为8300.33万美元。如果按照投资企业数量排序，俄罗斯38家，位列第一，其次为：朝鲜（26家）、韩国（21家）、美国（13家）、中国香港（10家）。亚洲是吉林省投资的重点地区，设立的境外企业共85家，占总数的52.5%，但投资存量较小，共计58503.8万美元，仅占总投资存量的20.1%。欧洲是吉林省境外投资额最大的地区，共计148504.94万美元，占总投资存量的50.9%。其他依此为北美洲（129455.4万美元）、非洲（10427.83万美元）、南美洲（1648万美元）、大洋洲（1566.53万美元）。

吉林省对外直接投资的行业主要集中在：有色金属采矿业、木材加工业、医药制造业、批发业、交通运输设备制造业、金属制造业等，其中，有色金属采矿业投资额136068.33万美元，占投资总额的46.7%，共核准企业21家。资源开发类项目是吉林省对外直接投资的重点领域，投资的国家和地区主要有加拿大、俄罗斯、蒙古国、朝鲜、澳大利亚、赞比亚、阿根廷等。吉林吉恩镍业股份有限公司投资9.88亿美元，在加拿大进行有色金属开采；胜利镍业有限公司投资9000万美元，在加拿大进行镍矿开采；吉林金海木业有限公司投资1.78亿美元，在俄罗斯进行木材加工。批发、零售业是吉林省对外直接投资企业数量最多的行业，共核准27家企业，主要分布在韩国、俄罗斯、朝鲜，多数为边贸企业，还有一汽集团在境外设立的汽车销售企业。

吉林省在包括汽车及零部件产业、轨道客车等装备制造业、有色金属和矿产资源加工业、建材和冶金行业、农业生产和深加工业、木材及深加工业等领域，在俄罗斯、加拿大、德国、美国和朝鲜等 28 个国家和地区进行或拟进行国际产能合作。截至 2016 年 8 月，吉林省国际产能合作或拟合作的境外投资和收购项目共有 93 个，总投资约 310.5 亿美元。

（一）装备制造业

汽车产业。吉林省现拥有整车制造企业 7 家，省内产能 220 万辆，发动机总成生产能力达到 308 万台，变速箱产能达到 197 万台。拥有长春双龙、一汽四平、四平雄风、四平奋进等专用车制造企业 28 家，生产能力 10 万辆。2014 年全省出口整车 2.8 万辆，其中中重型卡车 7781 辆，整车及零部件出口总金额达到 4.5 亿美元。一汽集团 2014 年已累计出口整车超过 20 万辆，其中中重型卡车出口 5 万辆。在加大整车出口力度的同时，大力推进海外整车装配基地建设，在南非库哈投资 5000 万美元建成年产 5000 辆卡车工厂，该项目已于 2014 年 7 月竣工投产，截至 2016 年已经生产中重型卡车 1000 辆。在伊朗分别以技术入股与两家本地汽车企业合作，实施年产 5000 辆中重卡车和年产 10000 辆乘用车本地化项目，2014 年分别生产 2500 辆和 3000 辆，全部在当地销售，目前正在研究继续合作问题。以授权生产的方式在巴基斯坦、墨西哥分别实施 10000 辆和 2000 辆生产能力的组装微型车项目，2015 年，已经分别生产 2500 辆和 1000 辆微型车，下一步还要研究轿车的合作问题。以授权生产的方式在坦桑尼亚实施 1600 辆生产能力的组装中重型卡车项目，2015 年已经完成 800 辆。在哈萨克斯坦和尼日利亚各合作建设一个卡车组装厂，2016 年约生产 300 辆，可带动装备出口分别为 300 万美元和 1050 万美元，预计到 2017 年将带动装备出口达到 2000 万美元和 3000 万美元。拟在肯尼亚代理卡车组装车间，现在已经开始订购散件，可带动重卡整车及散件出口，金额可达 3000 万美元。吉林通用机械截至 2016 年第三季度分别出资 320 万美元并购了德国凯撒铝制品公司 60% 股权和法国 C2FT 公司 49% 股权。下一步拟投资 1000 万美元在德国建立与欧洲主机厂同步开发的研发中心，投资 1 亿美元在德国建设吉通工业园，目前已有 6 家汽车零部件公司入驻吉通工业园。长春合心机械 2016 年投资 1344 万美元收购德国 GRG 集团公司 54.98% 股权，该项目已完成合同签署工作，近期资金到位并完成项目的收购工作。通化石油化工机械在出口石油钻修井机、采油车、洗井液处理车等产品到美国、俄罗斯、古巴、哈萨克斯坦、委内瑞拉等 20 多个国家和地区的基础上，拟在哈萨克斯坦建设市场营销和技术服务中心，扩大特种车国际销售，并开展售后技术支持。轨道交通产业。长客股份主要以整车贸易方式出口车辆，主要品种为地铁和城轨车厢。截至 2016 年已累计出口 5700 个车厢，创汇 60 亿美元，主要出口马来西亚、泰国、中国香港、美国、伊朗、巴西和阿根廷。2015 年出口规模为 9.8 亿美元。2014 年初长客股份在美国波士顿投资 1.6 亿美元启动了 280 辆地铁项目，截至 2016 年已经完成厂房建设，下一步将开拓纽约地铁和香港地铁市场。拟各投资 1.5 亿美元在俄罗斯、土耳其分别建设车辆组装调试厂房和运维系统，已经与俄罗斯签订了备忘录，与俄罗斯公司组成合资公司。

（二）有色金属和矿产资源加工业

吉林省有色金属矿产资源主要有镍、钼、铜、铅、锌、钨、锑、镁、汞等 10 种，其中，钼矿资源储量占全国的 11%、居全国第二位，镍居全国第七位，镁矿资源储量居全国第一位。吉林省有色金属企业和一些民营资本相继赴国外投资开展探矿、采矿等项目，并积累了一定的国际项目管理经验。吉恩镍业（昊融集团）2014 年集团实现合并资产总额 481.2 亿元，营业收入 78.83 亿元，累计生产镍铁 90531 吨、高冰镍含镍 11984 吨等。先后在加拿大、印尼等国家实施了 5 个项目、投资约 22 亿美元开展镍矿开发和冶炼。下一步拟投资 4.8 亿美元在菲律宾建设年产 600 万吨的水泥加工厂、年产 60 万吨焦化厂和一个配套电厂，该项目已开始与菲方进行谈判等前期工作，同时在境内寻求战略合作伙伴。拟投资 1.6 亿美元在菲律宾建设年产 3 万吨镍铁合金项目，现处于初步设计阶段。拟投资 2.5 亿美元在澳大利亚进行股权并购及资源开发项目。拟在印度尼西亚开展建设 8 万吨镍冶炼工程项目。华峰能源拟投资 2.7 亿美元在俄罗斯开发无烟煤露天矿山，目前已投入 340 万美元开展前期工作并完成部分施工设备采购。

（三）建材和冶金行业

在全国范围内钢铁、水泥、平板玻璃、电解铝等属产能严重过剩行业，但从吉林省来看这几个行业的过剩矛盾并不突出。吉林省钢铁产能占全国的1.6%，实际年产能1680万吨，吉林省目前各类钢材年消费总量在2000万吨以上，属于钢材消费量净流入省；水泥产能占全国的1.3%，实际年产能5719万吨，虽属净流出省，但每年熟料和水泥仅输出500万吨和400万吨；平板玻璃产能占全国的1.6%，实际产能1572万重量箱；电解铝产能仅有10万吨，目前不具备生产条件。虽然吉林省产能过剩矛盾相对不突出，但因国内全行业产能严重过剩，导致吉林省上述行业生产经营形势不容乐观，推进产业结构调整、转型升级工作压力依然很大。

2016年来，吉林省着眼周边国家市场需求，推动水泥等优势产能向境外特别是朝鲜、俄罗斯西伯利亚和远东地区转移。主要包括北方水泥下属德权汪清水泥有限公司投资1.8亿美元在朝鲜平壤建设了日产2500吨熟料生产线及年产120万吨水泥粉磨站，目前已建成并投入运行。在朝鲜罗先建设了年产120万吨水泥粉磨站项目，2015年底建成并投入运行。下一步该企业还要在俄罗斯建设阿穆尔州60万吨水泥粉磨站和海参崴60万吨水泥粉磨站项目（项目中方注册地点在黑龙江）。通钢先后与印度尼西亚、印度等国的企业进行接触，就闲置装备在国外利用进行了广泛深入洽谈，目前已有初步意向，拟在印度尼西亚与当地企业合作建设一座200万吨的钢铁厂，已开始洽谈等前期工作。

（四）农业生产和深加工业

吉林省农牧业生产、技术、人才等资源具有很大的优势，境外农业开发主要集中在俄罗斯、朝鲜、非洲和蒙古国。海外农牧业投资1438万美元在俄罗斯种植水稻2500公顷、玉米550公顷，2014年运回国内3000吨玉米。吉林省投资集团和吉林省交通投资集团拟在蒙古国建设8670万美元建设中蒙现代农牧业国际合作区。延边卫峰拟投资3000万美元在俄罗斯建设农产品生产加工基地。泰源农牧拟投资8800万美元在俄罗斯建设农业与牧业产业园区，2014年4月通过俄罗斯公开招标方式，购得旧军营一处，包括购买商业用土地157.4公顷，房产面积1.95万平方米，目前项目正在准备备案所需材料。

（五）木材及深加工业

近几年吉林省木材及深加工业呈现出快速发展的态势，产业规模不断壮大，加工业产值实现了年均增长 30% 以上，全省木材及深加工企业达到 800 多家，产值占到林产工业总产值的 70% 以上。吉林森工集团是吉林省林木加工业的龙头企业，已经拥有人造板、刨花板、中密度板、木门、贴面等 11 家工厂，产品在国内外中高端地板市场上具有较强竞争优势，出口欧美 43 个国家和地区。"露水河"牌刨花板系列产品是国内具有影响力的"中国名牌"和"中国驰名商标"，是中国刨花板行业国家免检产品。

木材及深加工业是吉林省开始境外投资核准和备案后第一个"走出去"的产业，第一个项目是敦化金海木业，投资 1237 万美元，在俄罗斯建设了年加工锯材 2 万立方米、胶合板 3 万立方米的加工厂。吉林省经核准或备案的企业共有敦化金海木业、新元木业、延边林业、盛铭实业和森工金桥 5 家企业，在俄罗斯建设了 8 个项目，总投资 3.5 亿美元。但因资金紧张、经营不善或俄方政策变化等原因，有 5 个项目已经停止，目前仅有敦化金海和盛铭实业 2 家企业的 3 个项目还在运行。其中，敦化金海木业年采伐原木 105 万立方米、生产锯材 27 万立方米、加工板材 14 万立方米、生产复合地板 200 万平方米，盛铭实业年加工原木 150 万立方米、生产实木地板 60 万平方米。下一步森工集团拟分别投资 3500 万美元和 5000 万美元在俄罗斯合作建设年加工 15 万立方米的家具建材部件厂和年产 20 万立方米的刨花板厂，目前正在谋求合作伙伴或者收购有意出让的俄罗斯木材加工厂。珲春元宝山拟投资 900 万美元在俄罗斯建设木材加工园区，截至 2016 年已有 3 家企业入驻。

三、吉林省国际产能合作的推动措施

（一）与国家发展改革委签署委省国际产能合作框架协议

为深入贯彻落实《国务院关于推进国际产能和装备制造合作的指导意见》，吉林省人民政府与国家发展改革委建立推进国际产能和装备制造合作委省协同机制，共同签署合作框架协议。通过建立委省协同机制，明确各自工作职责，促进中央地方联动，加强国家对吉林省的宏观指导和统筹协调，充分发挥地方政府作用，积极支持吉林省开展国际产能和装备制造合作，进一步提高吉林省开放水平，推进吉林省经济结构调整和产业转型升级，打造国际产能和装备制造合作新样板。国家发展改革委支持吉林省企业积极参与国家重大国际产能合作项目以及铁路、电力等重大装备"走出去"建设项目。

2016年3月2日，国家发展改革委主任徐绍史与吉林省省长蒋超良签署合作协议，建立推进国际产能和装备制造合作委省协同机制

（二）建立省级协调机制，加强项目对接

吉林省政府成立省级层面的协调机制，将推进国际产能和装备制造合作作为本省对外经济工作的重中之重，确定汽车、轨道交通、钢铁、有色、电力、化工、水泥、农林牧等重点领域和亚洲周边国家、非洲及中东欧国家等重点区域，引导市场主体积极参与产能国际合作，带动省内装备制造产品和设备"走出去"。2015年8月31日，在吉林省召开的第四届世界产业领袖大会暨国际产能合作论坛，加强了与南非、蒙古国、秘鲁、孟加拉国等国家的合作交流。

（三）举办国际产能合作对接会

吉林省对合作区建设十分重视，支持企业筹建柬埔寨工业园区、苏丹和埃及工业园区等，推动建设一批海外生产加工基地、资源回运基地、商贸物流基地，并将柬埔寨作为"走出去"的重点国别。吉林省积极推进境外经贸合作园区建设，主要集中在当地的优势产业，包括石化、装备制造业、农产品加工、林业加工、有色金属加工、煤炭加工等。合作区实施企业将加快建设，筑巢引凤。在硬件方面，在建合作区制定阶段性发展目标，按规划加快基础设施建设；在软件方面，合作区在政策、法律、翻译等信息咨询及企业注册、财税、海关申报、金融服务等运营管理方面为入园企业做好服务，承担主体义务。

（四）开展国际产能合作"十三五"规划的编制工作

根据国家"十三五"境外投资规划纲要要求，在总结吉林省"十二五"规划的基础上，按照国家要求，结合吉林省实际情况，制定吉林省《国际产能合作"十三五"规划》。

四、吉林省国际产能合作的现存问题

尽管吉林省企业开展国际产能合作取得了一定成效，但起步较晚、规模不大、国际市场经验不足，仍存在着诸多困难和问题。

（一）融资难、融资贵、汇率风险高

大型企业融资成本高。大型企业资信好，国内银行一般都有较高的授信，但国内融资成本很高，在国内贷款期限多在 3~5 年，融资成本为基本利率上浮 10% 以上（目前 6.6% 以上），即使进出口银行的优惠贷款也要年息 3.65%，而外国企业在花旗等银行的 15 年期贷款融资成本仅为 2%~4%，这种差距使得企业在国际市场投标中缺乏竞争力。

中小企业贷款难。由于金融机构认为企业海外投资难以监管、银行风险评估大，商业银行不愿放贷、担保公司也不愿担保。尽管国家文件要求国内金融机构加大力度支持企业"走出去"，但在实际执行中包括政策性银行在内均严格控制风险，强调够规模的有效抵押物，对于吉林省如合心机械等科技

型企业来说，由于固定资产规模过小而难以获得银行贷款。再比如，吉林省华峰能源公司在申请境外项目贷款时，需要担保公司担保，但由于银行对该项目风险评估过高，担保公司不愿担保，贷款很难到位。

汇率波动风险加大。比如长客股份近年来随着美元、欧元等国际结算货币相对人民币持续贬值，导致公司出口产品在国际市场竞争中的价格优势不断减弱，同时作为轨道交通产品出口项目执行周期较长，一般需要3~5年，较大的外汇汇率波动和贬值必然会导致项目利润的减少甚至造成企业亏损。

（二）部分国家投资政策和环境不确定

主要是到周边（如俄罗斯远东、朝鲜罗先合作区）投资的企业，由于政策透明度不高且变化大、过境通道不够顺畅等因素，企业投资缺乏稳定利润预期和安全感。另外，一汽集团近年来海外投资遇到了相关国家法规升级加快、贸易壁垒越来越高的问题。如巴西政府出台IPI新政，规定乘用车国产化必须68%以上、中重卡国产化70%以上，伊朗规定本地化第一阶段必须完成14%、第二阶段要达到40%以上等等，致使项目投资回收周期普遍在8~10年以上，增加项目执行的难度和风险。

（三）海外投资未能形成合力

日韩等国海外投资往往是装备制造等国际产能与本国相关配套设施及服务"一条龙"对外投资，在装备等主要产能"走出去"的同时也带动国内相关产业发展，形成整体竞争优势。而我国企业海外投资多是企业个体行为，难以带动上下游企业形成整体配套，甚至有些同行业间在国外开展无序竞争，打价格战。

（四）缺少了解和沟通的信息平台

企业缺乏全面及时了解各国法律、投资政策、项目信息等渠道，缺少相互了解和沟通的信息平台，导致一些企业行动不够迅速，在市场竞争中很难占有先机。如一汽集团向一些欠发达国家投资时，由于部分国家政府职能不完善、信息公开度差，企业直接沟通的难度大，而国内相关信息平台建设滞后，有时不能满足企业需要，在一定程度上影响了企业海外业务的拓展。

（五）境外粮食生产没能享受到国家惠农政策

近年来，国内企业享受粮食直补、综合直补、农资补贴、农机具购置补贴等一系列强农惠农政策，而在海外投资的农业企业，如金达海外公司、海外农业牧业公司等企业在俄罗斯投资进行大规模粮食种植，按照现行政策没能享受到这些优惠政策。

五、吉林省国际产能合作的下一步安排

（一）做好境外投资相关工作

加强对《吉林省境外投资项目备案管理办法》落实情况的服务和指导。深入地区和企业调研，重点检查各市县对国家和省里下放的审批权限承接情况，积极为基层单位提供政策咨询和业务指导。做好境外投资企业的跟踪服务。收集境外投资信息和相关国家投资政策法规，为吉林省有"走出去"意愿的企业提供信息服务；对吉林省有实力开展境外投资的企业进行跟踪指导，加快"走出去"的进程和步伐；对已在境外投资的企业做好后续服务，提升吉林省境外投资企业的投资水平和规模。建立全省境外投资重点项目库，加强项目的事中事后服务。为切实推动吉林省境外投资工作，加快企业"走出去"步伐，建立全省境外投资企业重点项目库，搞好项目的跟踪调度，不断提高境外投资项目的事中事后服务水平。

（二）谋划一批重点项目

"十三五"期间，吉林省还将有计划地在中亚、中东欧和非洲等地建设境外经贸合作园区，带动省内中小企业"抱团出海"，开辟新的商业渠道。推进长客股份的美国波士顿地铁、俄罗斯莫斯科至喀山高铁项目，谋划其在巴西、澳大利亚等国家建设轨道客车组装和检修基地等；支持一汽集团在俄罗斯、哈萨克斯坦等七国建设海外生产基地和项目扩建；协助一汽集团在南非

谋划建设汽车产业园区等。依托一汽集团、长客股份、中石化等一批重点企业在境外建设基地、开发资源、承包工程，将带动吉林省设备、技术等产品出口，以对外投资拓展经济发展空间，从而有效解决产能过剩，带动贸易发展。提升炼油能力和油品质量。积极争取中石油、中石化等央企支持，实施吉化1500万吨炼油系统扩能改造，力争全省新增炼油能力500万~1000万吨；依托桦甸、梅河口、汪清和松辽盆地等油页岩资源优势，引进先进的采炼技术和设备，大力发展页岩油，形成100万吨以上产能；积极推动对俄油气合作，谋划构建珲春500万吨级石油战略储备基地和千万吨级国际石油炼化基地。

第三节　辽宁省国际产能合作概况

一、辽宁省国际产能合作的产业基础

辽宁作为国家传统老工业基地之一，经过百年发展，借助资源、区位、政策优势，抓住建国初期的发展机遇，曾创造过辉煌业绩。进入21世纪，省政府紧紧抓住国家东北等老工业基地振兴战略的历史机遇，欲重振老工业基地雄风，对产业发展模式进行了大量探索，产业集群发展模式得到高度重视。在地区经济和社会长期发展规划中明确提出，要把产业集群作为促进工业经济增长的有效产业组织形式，围绕建设两大基地和发展优势产业，营造良好环境，培育和发展多种形式的产业集群，增强产业的集聚功能，提高产业组织化程度和产业规模竞争力。辽宁省的优势产业主要集中在以下三方面：一是以石油天然气为代表的原材料开采加工业；二是以黑色金属矿采选业以及炼钢、钢压延加工业为代表的钢铁业；三是以通用设备制造业及交通运输设备制造业为代表的装备制造业。

近几年，辽宁北方重工集团在守住价格优势的同时，不断提升装备制造的质量技术水平，"走出去"的步子不断加大。从最初的海外收入不到1000万美元，到2011~2014年平均自营出口交货值达到2亿美元，海外市场的支撑作用已经日渐明显。预计未来可能达到销售总额的50%。辽宁省将大力培育以沈阳远大、特变电工、北方重工、中铁九局等为代表的 10 家具有总集成总承包能力的境外工程承包旗舰企业，通过"以大带小"的方式促进企业参与境外工程承包，带动辽宁省设备产品出口。同时还将培育以大连国合、营口三和集团、鞍山西洋集团为代表的 10 家在境外投资旗舰企业；以沈阳特变电工在印度设立输变电工业园、远大集团在哈萨克斯坦建立建材工业园、曙光汽车集团在塞尔维亚设立汽车工业园、营口玉原实业有限公司在罗马尼亚设立建材轻纺工业园区为代表的 8 家境外工业园区开发建设企业。利用辽宁省装备制造业、电力、建筑建材、冶金等优势产业，通过互利合作，带动企业"走出去"。通过一系列扶优扶强政策，辽宁省的大型出口企业（出口额 5000 万美元以上）将由 170 家增至 200 家；成长型出口企业（出口额 300 万~5000 万美元）将由 1800 家增到 2000 家。抓大不放小，辽宁省将通过加强服务使小微企业群体（年出口 300 万美元以下）数量不断增加，到 2015 年 4 月该类企业仅有 7200 家，到 2015 年年底这一数字增加到 9000 家。最终实现辽宁省有出口实绩的出口企业总数超过 1.2 万家。

辽宁石化占据上游资源优势的央企集中度较高，在辽宁百个重点结构调整项目中，石化项目有 19 个，总投资 1064 亿元，央企投资占大多数。这些项目建成后将进一步巩固央企的地位，带动该省石化经济的发展。总投资 234.83 亿元的抚顺石化千万吨级炼油、百万吨规模乙烯工程项目已累计完成投资 178.17 亿元，总体进度完成 90%，乙烯总体进度完成 98%，2012 年 7 月竣工投产后带动了下游 10 多个产品链的发展。辽阳石化针对俄油的资源特性，完成年产 140 万吨连续重整——歧化联合装置及配套系统工程，迈向芳烃产业发展后续延伸加工，为建设年产 90 万吨芳烃联合项目，重整规模达到 330 万吨/年，对二甲苯规模达到 160 万吨/年，优化烯烃产业格局打下坚实的基础。辽宁北方华锦总投资 45 亿元的 46 万吨乙烯改扩建工程目前已全面投产，他们以海外原油资源为原料，采用重油轻质化、油化一体的工艺路线，今年以来乙烯及下游产品深加工装置的生产规模大幅度提升。2011 年前三季度，企业实现主营业务收入 312 亿元，同比增长 61.3%，其中石化产品对集团贡献率 96.3%，拉动集团总体增长达到 59 个百分点。沈阳化工集团不断延伸氯碱化工、石油化工和新材料化工产业链，推动产品结构向高级化、系列化和精细化发展，实现有限资源效益最大化。截至 2011 年 10 月，集团实现主营业务收入 111 亿元，同比增长 32%；实现利润 2.2 亿元，同比增长 90%。其中 CPP 项目成为该集团重要的增长点。天合化工自主研发的调聚法制氟碳醇项目成为世界第 4 个生产制造公司；逸盛大化以新材料和精细化工系列产品使大连石化产业链首次延长到轻纺领域的化工基础原料上，改变大连石化产业以上游炼油为主发展快，而下游延伸后产业逐渐萎缩，化工产业"头重、腰细"的状况；锦州钛业拥有完全自主知识产权的氯化法钛白生产技术，引领中国钛业生产发展。

二、辽宁省国际产能合作的初步成果

辽宁省作为我国重要的老工业基地，工业门类齐全，科技力量雄厚，尤其是优势产业装备制造业占整个工业产值的 31%。经过多年发展和振兴，包括矿山机械、海空设备、数控机床等在内的装备制造业，很多都位于世界前列。辽宁省开展对外直接投资以来，对外直接投资发展呈现波浪式的增长趋势。直至 2003 年，在国家实行振兴东北老工业基地战略措施的推动下，辽宁省确定了"引进来"和"走出去"同时推进的发展战略，对外直接投资活动发展迅速，呈现稳定增长趋势。

截至 2014 年底，辽宁省已在 114 个国家和地区，设立投资企业 1727 家，对外实际投资额累计 133 亿美元。其中，装备制造项目 413 个，投资总额 36 亿美元。2014 年，装备制造业对外投资项目 41 个，投资额增长 7.1%；装备制造产品出口额 118 亿美元，占全省外贸出口的 20%；对外工程承包新签合同额 28 亿美元，完成营业额 26 亿美元，增长 11.2%。

从投资区域上看，亚洲及周边国家和地区已成为辽宁省对外投资的重点区域。从投资国别看，分布范围比较广泛，涉及 20 多个国家和地区。对德国、美国等欧美国家的投资不断增长，有接近一半的项目是在亚洲及周边国家。从投资产业来看，资源开发项目已成为辽宁省境外投资的重要方向。从企业的经营范围看，项目主要分布在资源开发、服装加工、软件开发、建筑安装、家具生产、机床加工等多个领域。

辽宁省对外直接投资增长较快，但总量不大。辽宁省对外直接投资虽然时有高峰低谷，但是总体上呈现出一种平缓的趋势。辽宁省对外投资的发展滞后于经济的发展。2006 年辽宁省人均 GDP 已突破 2000 美元，应处于 IDP 理论中的第三阶段，但是辽宁省对外直接投资净额处于绝对值不断扩大的负值，却属于第二阶段中的特征。辽宁省对外直接投资来源地主要集中在沈阳和大连。沈阳和大连是辽宁省最发达的地区，沈阳和大连的对外直接投资数额占了辽宁省总额的半数以上。尤其是大连，累计几百家企业到境外发展，分布于六大洲 35 个国家和地区。辽宁省投资产业低端化。辽宁省对外投资项目范围广泛，但还是主要集中在对资源开发、加工、制造等初级产品的产业投资，对高新技术产业的投资严重偏少。辽宁省的对外投资方式呈现多样化，正在逐步地由传统的绿地投资向跨国并购、股权置换等转变。

国务院印发的《国务院关于推进国际产能和装备制造合作的指导意见》，为辽宁省加快推进国际产能和装备制造合作提供了战略契机，也为辽宁省主动适应经济发展新常态、恢复经济增长实现中高速、产业迈向中高端注入了内生动力、发展活力和整合加快发展资源的正能量。近年来，辽宁始终注重发挥产业优势、区位优势和外贸出口优势，在大力推进装备制造业发展，不断提升产业规模、技术水平和国际竞争力的同时，装备制造正在由产品输出向产业输出转变。

截至 2015 年底，辽宁省已在 114 个国家和地区，设立投资企业 1905 家，对外实际投资额累计 174 亿美元。一些境外投资项目取得积极进展。例如，特变电工沈变集团在印度投资 1.6 亿美元设立的特高压变压器生产制造基地项目；沈阳机床集团并购了德国希斯公司，销售收入连续三年保持全球同行业第一；大连机床集团在美国投资 2.1 亿美元，设立机床生产加工基地；沈阳远大集团在海外设立了 32 个分公司，产品外销比例达到 40% 以上；沈阳北方重工集团在印度、哈萨克斯坦、越南、巴西等国家承揽了一批 10 亿元以上的电力成套设备工程；沈阳华晨汽车集团在埃及设立了整车生产基地；沈阳禾丰牧业股份有限在朝鲜、尼泊尔设立了 3 座生产工厂。这些企业在推进装备制造和国际产能合作方面探索了新路子，积累了新经验，提供了典型示范。在推进企业"走出去"的同时，还鼓励实施并购海外科技型企业、引进海外先进技术这一重点工程，目前，已经累计并购海外高端装备制造项目 84 项，并购总额 12 亿美元；引进海外先进技术 37 项，合同总额 3.4 亿美元，明显提升了企业创新能力和国际竞争力。

辽宁省开展国际产能合作的主要模式有：

（一）工程承包

通过开展境外工程承包，搞"交钥匙"工程，成为辽宁省装备制造开拓发展中国家市场的重要形式。沈阳北方重工集团通过在境外开展新型干法水泥生产线、燃煤电站输煤系统、镁精炼成套工程、大型金属成套工程总承包，"十二五"期间出口额年均增长 20% 以上。

（二）境外产业园区

辽宁省"走出去"正在由单个企业在海外投资建厂向以工业园区形式在海外集体发展的战略升级。相继规划建设了 6 个境外产业园区，即印尼辽宁镍铁综合产业园、印度特变电绿色能源产业园、辽宁哈萨克斯坦远大建材工业园、辽宁霍特工业园、俄罗斯巴什科尔托斯坦石化产业园、罗马尼亚辽宁工业园。

（三）开展股权并购

随着对外开放程度的加深和企业自身实力的不断增强，越来越多的企业开始开展海外并购，加快国际化步伐，实现跨国经营。沈阳机床集团并购德国希斯公司，积极整合境内外资源，销售收入连续三年保持全球同行业第一。

三、辽宁省国际产能合作的推动措施

（一）建立委省协调机制

辽宁省政府与国家发展改革委建立了推进国际产能合作委省协同机制。辽宁省确定了国际产能合作重点领域和重点项目，聚焦亚洲周边国家、非洲及中东欧国家等重点区域，引导市场主体积极参与国际产能合作，带动省内装备制造和设备"走出去"；国家发展改革委支持辽宁省企业积极参与国家重大国际产能合作项目以及电力、机床、工程机械、船舶、海洋工程及石油装备、轨道交通装备等重大装备"走出去"项目，支持辽宁省在"一带一路"沿线地区着力建设产业合作园区，并在建设多双边合作机制、制定重点国别规划、设立股权投资基金等工作中对辽宁省予以支持。

2016年3月1日，辽宁省省长陈求发在北京与国家发展改革委主任徐绍史签署了《关于建立推进国际产能和装备制造合作委省协同机制的合作框架协议》

（二）加强科学规划

辽宁省政府成立省级层面的协调机制，将推进国际产能合作作为本省对外经济工作的重中之重。立足全省优势产业，科学谋划，积极有序推进，编制印发了《辽宁省推进国际产能和装备制造合作实施方案》（辽政〔2015〕26号），明确了在"十三五"期间，全省装备制造对外投资年均增长15%以上，重点领域装备出口规模翻一番，实现由装备产品输出为主向技术输出、资本输出、产品输出和服务输出并举转变。一批重点产能合作项目取得实质进展，建设一批境外产业园区，形成一批境外资源能源矿产基地，发展一批境外制造业产业基地，培育一批具有国际竞争力的工程承包企业，壮大一批具有国际影响力的本土跨国经营企业。确定了"电力，机床，工程机械，石化机械，船舶、海洋工程和石油装备，钢铁、有色、能矿、轻纺、农产品等十二大类"重点产业。

（三）提供境外投资的金融支持

研究设立辽宁省国际产能和装备制造合作产业投资基金，为从长远角度解决企业在"走出去"过程中面临的融资难、融资贵问题。推进通过政府引导基金出资，吸引社会资本进入的方式，设立辽宁国际产能和装备制造合作产业投资基金。投资基金将以股权投资方式支持企业开展境外投资设厂、境外资源综合开发利用、境外并购、境外研发中心和销售服务网络建设、境外工程承包等领域的国际产能和装备制造合作项目。另外，完善辽宁省企业"走出去"银政企协调机制。为在短期内突破"走出去"企业和境外项目面临的融资瓶颈，协调构建了辽宁"走出去"银政企协调机制和融资平台，协助产融双方进行沟通，最终达成融资目标，协调银行帮助企业解决当下融资问题，并推动企业与各类国家级基金（如丝路基金、中非基金、东盟基金等）等各类金融平台进行全面对接。

（四）积极搭建综合信息服务平台

为使企业在开展"走出去"工作中实现要素集合、资源共享、优势互补、利益互惠、"抱团出海"，辽宁省以"政府推动、企业主体、商业化运作、信用依托、利益纽带"为原则，筹组辽宁省"走出去"企业联盟，基于市场化运作方式，按照产业分联盟、龙头企业、重大项目三种支撑模式组织上下游相关企业逐步成立投标联合体、合资项目公司、国际工程总承包公司。依托大连西姆集团正在建设中的中国方舟产业互联网平台，积极贯彻落实国家"一带一路"战略，建设辽宁省"走出去"综合公共服务平台，为"走出去"企业服务。积极组织企业开展务实多样的对外投资洽谈活动，创造更多投资良机。组织省内企业参加海外协会在北京举行的第七届中国对外投资合作洽谈会，参加21世纪海上丝绸之路与推进国际产能和装备制造合作论坛以及海上丝绸之路论坛等活动。积极帮助企业与国家发展改革委宏观经济研究院对外经济合作办公室、中国海外产业发展协会对接，推进重点项目建设。

（五）强化"走出去"风险评估和防控

为指导企业高效开展境外投资活动，降低投资风险，辽宁省组织编制了《"一带一路"重点国别投资指南》，内容涵盖了俄罗斯、哈萨克斯坦、印尼、印度、越南、巴基斯坦、南非、埃及、巴西等 16 个国家的经济政治情况、投资相关政策、投资重点领域及风险评估。按照国家的总体部署，制定了"一带一路"境外投资安保体系实施方案。

四、辽宁省国际产能合作的经验总结

辽宁省在开展国际产能和装备制造合作过程中，优先支持技术实力强、竞争优势明显、国际化经营水平高的行业骨干企业率先"走出去"，积累经验，提供示范，引领和带动相关配套企业协同"走出去"，构建全产业链战略联盟，提升产业整体输出能力。

（一）以实现产业输出为主要目标

推进装备制造和国际产能合作的核心在于由原来的产品输出转变为产业输出，不仅仅是拓展解决产能过剩的途径，更为重要的是通过全球资源利用、业务流程再造、产业链整合、资本市场运作等方式，着力强化核心竞争力。推进装备制造和国际产能合作要坚持互利共赢、共同发展的理念，践行正确义利观，充分考虑东道国的经济状况、现实需求，以及技术标准的实际情况，注重与当地政府和企业互利合作，创造良好的社会和经济效益，有条件的企业要在境外开展并购和股权投资、创业投资、工程建设、技术合作，建立研发中心、实验基地和全球营销服务体系，提高国际化经营能力和服务水平，推动装备、技术、标准和服务"走出去"，促进装备制造业转型升级。

（二）以集群式"走出去"为主要模式

装备制造业产业链条长、配套要求高，推进产业链"走出去"，不仅能有效避免恶性竞争，更是提升企业国际竞争力的重要途径。例如辉瑞、戴尔等美国企业进入中国后，美国相关的金融、咨询、公关、人力等服务机构随之为其提供本土化服务保障。日本为抢占越南、泰国等东南亚国家高铁建设市场，负责金融和协调的综合商社、拥有运行技术经验的铁路各公司、制造车辆的川崎重工和日立制作所、在信号和通信设备领域具有优势的三菱重工、擅长运行系统的东芝，以及承接土木工程的大型承包商组成"日本联盟"，共同开展竞标活动。"抱团出海"、避免同行恶性竞争已经成为"走出去"企业的强烈意愿。政府相关部门在推动装备制造和国际产能合作上，要积极探索创新"走出去"的模式，注重加大"联合出海"力度，同行业企业要在市场化运作、利益共享基础上形成优势互补、分工协作的新型业务模式。

五、辽宁省国际产能合作的未来趋势

面对世界经济技术合作的新形势，辽宁产能合作呈现以下趋势：一是工程承包依然是装备制造"走出去"的主要形式，二是获取技术是开展境外投资的重要因素，三是发展中国家逐渐成为对外投资的新热点，四是民营企业逐渐成为境外投资的主导力量，五是建立能源资源基地是境外投资的重要动力，六是境外产业园区成为企业"走出去"的新方式，七是开展股权并购实现跨国经营日益兴起。辽宁省作为全国重要的工业基地，装备制造业基础雄厚，一批重大装备产品位居国际国内先进水平，一批骨干龙头企业处于国内行业领军地位。推进装备制造和国际产能合作有利于拓展经济发展新空间。辽宁省装备制造、钢铁、水泥、平板玻璃、电解铝、船舶等行业产能相对过剩，推进国际产能和装备制造合作，能够有效弥补国内市场需求不足，拓展产业发展新空间，培育和壮大全省经济新的增长点。推进装备制造和国际产能合作有利于促进产业结构优化升级。辽宁省制造业产业链条短、产品附加值低，推进国际产能和装备制造合作，积极利用国际先进技术人才，完善销售和售后服务体系，有利于提升产业整体素质和竞争力，推动制造业向价值链中高端迈进。推进装备制造和国际产能合作有利于强化资源能源保障能力。随着辽宁省工业化、城镇化进程深入推进，能源资源供需缺口大，对外依存度高的问题将更加凸显，积极稳妥在境外开展能源资源开发和产业投资，既能够带动辽宁省装备制造"走出去"，也将缓解能源资源供给相对不足的问题。推进装备制造和国际产能合作有利于提升开放型经济发展水平。推进国际产能和装备制造合作，能够充分利用国内外优质资源，带动技术、服务、资本输出，优化外贸出口结构，培育外贸竞争新优势，在更大范围、更宽领域、更深层次上融入全球经济体系。

第八章
华东地区各省市国际产能合作

第一节　上海市国际产能合作

一、上海市国际产能合作的产业基础

2015 年,上海市加快全球产业布局步伐,各类企业积极实施跨国经营战略,通过投资并购海外品牌、渠道等,大力发展上下游产业链,构筑起辐射全球的供应链体系。如光明食品集团通过一系列境外收购活动,已逐步建成遍布多个国家和地区的产销网络,跨国经营指数接近 15%。上海市的对外投资合作更注重获取创新要素。5 年来,上海市企业在境外研发类投资 259 项,投资额近 75 亿美元。企业通过收购拥有国际先进核心技术的企业、设立海外研发中心、与国外企业合作开展协同创新等多渠道、多方式融入全球创新网络。

对外投资已成为上海市主动布局全球价值链的关键举措。上海企业"走出去"网络遍布全球,已涉及 178 个国家和地区,国际产能和装备制造合作取得积极进展,"一带一路"建设成为全球价值链合作热点。2015 年上海市对"一带一路"沿线国家直接投资 95 亿美元、贸易额 870 亿美元、新签对外承包工程合同额 54 亿美元,分别占上海全市的 23.7%、19.3% 和 48.2%,并从传统的商品和劳务输出为主发展到商品、服务、资本输出"多头并进"。上海市将持续聚焦产业链、价值链和创新链融合,鼓励企业加大对境外研发中心、营销网络、资源能源项目的投资与并购,支持电力、纺织、汽车、化工等领域全产业链企业抱团"走出去"。聚焦"一带一路"、装备制造和国际产能合作,梳理推进一批重大投资合作项目,推动国际投资 + 工程、PPP、BOT、BT 等

创新投资模式，鼓励建设一批境外经贸合作区和产业园区。完善全流程境外投资服务体系，打造"资本出海"的门户。聚焦对外投资合作公共服务体系建设，加强境外经营安全风险防范。此外，上海市将"装备走出去提速"列入了 2016 年重点推进的"引领、创新、提速、提质"专项之一，进一步发挥企业主体作用，推动上海市优势产能的海外布局和延伸。

上汽集团总产量到 2007 年 12 月初突破 150 万辆，年度销售目标有望跃上 160 万辆的历史高位；上海电子信息产品制造业下半年月产值增幅均超过 30%，全年总产值超过 5600 亿元，同比增长 25%；在沪设立的首批外资法人银行数目已经超过 10 家，越来越多的市民可以享受国际一流的银行服务。上海电子信息产品制造业产值增幅高出全市平均水平 9.5 个百分点，对全市工业增长贡献率达到 38.8%。效益的领先折射出，上海各类电子信息产品"快速升级"已现端倪，带动整个产业迈上新的高度：上海剑腾一期工程竣工投产，我国在 TFT-LCD 上游产品——彩色滤光片上有了零的突破；国内首款本土设计、具有自主知识产权的 7 英寸液晶显示屏，从上海天马微电子全新的 4.5 代液晶面板生产线下线；2007 年 12 月，中芯国际投资 12 亿美元的芯片生产线正式启动，为上海带来第一条 12 英寸芯片生产线。产业升级过程中，国际一流外脑纷纷加盟，让上海电子信息产业与世界保持同步。AMD 进入了张江、甲骨文选择了五角场——这些"睿智的头脑"，让上海"头脑中心"更加名副其实。升级既带来集聚效应，也产生了更广泛的带动作用，世博信息化工程、口岸大通关、交通智能化、长三角互联互通等无处不在的信息化项目，开始撬动区域联动的巨大经济效益。同样，生命科学技术、航空航天技术、光电技术、新材料技术等高新技术产业今年也有不俗表现，产业引领作用不断增强。位于闵行的航天产业园区一期，开始批量生产航天保温材料、太阳能电池等"天上法宝"；在张江、外高桥等地，270 多家药企拥有 540 多项专利，包括像睿智化学、药明康德等已成为新药研发外包的"领头羊"，生物医药研发外包服务业产值超过 5 亿元。构建以现代服务业为主的经济结构，加快发展服务经济，是上海"四个中心"建设的努力方向。金融业发展无疑是核心。黄金期货落户上海期交所，宣告上海即将角逐国际黄金定价中心；全球最大的货币经纪公司——英国毅联汇业登陆上海，与中国外汇交易中心共同组建合资公司；

渣打银行宣布在沪启动私人银行业务。一系列与海外市场步调一致的金融创新举措，使上海始终保持着在国内金融市场的先发优势。

二、上海市国际产能合作的初步成果

上海市对外直接投资近年来呈现了逐年上升的趋势。根据《2015 年度中国对外直接投资统计公报》的数据，2014 年上海市对外直接投资流量接近 50 亿美元，而对外直接投资存量也达到了 250 亿美元，但无论是流量和存量，增长率都有较大的波动。

2016 年 1~5 月，上海市对外直接投资备案 643 项，备案对外投资总额 300.98 亿美元，同比增长 58.6%；备案中方对外投资额 178.9 亿美元，同比增长 26.6%；实际对外投资额 131.57 亿美元，同比增长 228%，占全国比重达 17.9%，位居全国第一。此外，2016 年 1~5 月，上海市对外承包工程新签合同额 57.34 亿美元，同比增长 52.3%。对外劳务合作派出 7850 人次，期末在外人数 32754 人。

近年来，上海市对外工程承包取得了巨大的发展。2016 年上半年，上海市对外承包工程继续保持两位数高速增长，大型项目显著增加，有效地促进了上海市经济转型升级和对外合作互利共赢。从市场分布看，2016 年上半年，上海对外承包工程主要集中在亚洲和非洲，主要以埃及、印度尼西亚、新加坡等国为主。非洲地区合同额为 29.5 亿美元，占比 46.8%；亚洲地区合同额为 28.23 亿美元，占总额的 44.8%。从行业分布看，2016 年上半年，上海市对外承包工程主要集中在电力工程建设和制造加工设施建设。新签合同额按行业分布，电力工程建设 32.8 亿美元，占比 52.1%；制造加工设施建设 6.88 亿美元，占比 10.9%。从项目规模看，大中型项目在上海市对外承包工程中的占比超过八成。新签合同额超 5000 万美元的大中型项目 15 个，合同总额为 54.22 亿美元，占全市合同总额的 86.06%。上海电气集团的埃及燃煤电站成为 2016 年全国最大的对外承包工程项目，有力带动我国大型装备走出去。

另外，中国（上海）自由贸易试验区设立以来，政府逐步加强对外投资管理体制的改革力度，加快完成从核准制向备案制的转变，大大推动了我国企业"走出去"步伐。数据显示，上海自贸区在全市利用外资和对外投资方面占有相当大的比重，已成为"走出去"的"桥头堡"。

三、上海市国际产能合作的推动措施

2016 年，以"中国经济发展与'一带一路'战略实施"为主题的首届民盟经济论坛在沪举行。上海积极推进"一带一路"战略实施方案已初步形成，上海将结合自身优势，与"四个中心"建设、具有全球影响力的科创中心建设、自贸试验区建设等国家战略联动，重点聚焦经贸投资、金融合作、人文交流、基础设施等四大领域。

在经贸投资领域，上海将拓展投资贸易网络，巩固传统市场优势，大力拓展新兴市场。借助上海在"一带一路"沿线国家举办经贸展会的平台，与展会举办城市建立经贸合作伙伴关系。加快实施"走出去"战略，鼓励上海优势领域企业把握商机，培育和壮大市场主体。加强与兄弟省市的对口合作，深化人才、信息、项目、市场等方面的合作。

在金融合作领域，上海将推动国际金融中心建设和"一带一路"战略有机结合，加快推进金融市场开放，加快推动人民币国际化，吸引带动沿线国家金融机构集聚。支持境外机构在上海金融市场发行人民币债券，推动建立亚洲债券发行、交易和流通平台。还将研究探索与"一带一路"沿线国家主要金融中心推进金融合作协议，研究结算清算、信用担保、风险分担等方面的合作。

在人文交流领域，上海将着眼于体制机制创新，积极开展文化旅游合作，培育一批精品项目，促进文化融合。提高对外交往水平，制定与沿线国家的中长期交往规划，积极打造多边交流网络。进一步加强教育培育合作，根据沿线国家的教育需求，支持各类院校在境外办学。基础设施方面，将结合上海建设国际枢纽港的目标，进一步加快海港、空港建设，完善上海与长三角铁路通道的互联互通，积极融入欧亚铁路网。

2016 年 5 月 12 日，国家发展改革委与上海市建立推进国际产能和装备制造合作委市协同机制，将充分发挥上海加快建设"四个中心"和中国（上海）自由贸易试验区的开放优势，加快提升上海开放型经济水平及优势产业的全球资源配置能力。国家发展改革委将在建设多双边合作机制、争取金融机构融资支持、设立国际产能合作股权投资基金等工作中对上海市予以支持。上海市将重点围绕能源开发和电力设备、汽车制造、钢铁、港口和港口设备、船舶和海洋工程、通信设备、建筑建材、轻工纺织等领域，建立动态更新的重点项目库，同时引导企业发挥自身优势，大力拓展海外市场，积极开展跨国并购与产业投资合作，全方位提升国际竞争力。

第二节　浙江省国际产能合作

一、浙江省国际产能合作的产业基础

改革开放 30 多年，浙江崛起了一大批传统产业集群，如繁星满天。这些传统产业过去是，今后仍将是浙江的重要产业基础、浙江经济的重要优势。近年来，浙江坚定不移地推进国民经济和社会信息化建设，优先发展软件产业、大力发展电子信息产品制造业与信息服务业，全力打造"数字浙江"，信息产业已经成为浙江经济的先导产业、基础产业和支柱产业之一。

近年来，浙江信息领域企业成长迅速，规模企业阵营不断扩大，大企业的经济实力明显增强，市场份额进一步向大企业倾斜，行业集中度进一步提高，对全行业发展的贡献也越来越大，起到了很好的示范和带动作用。信息产业50 强优势企业营业收入从 2000 年的 286.1 亿元增加到 2010 年的 1525.7 亿元，净增 1239.6 亿元，2010 年是 2000 年的 5.33 倍，年均增长 18.2%；利税从2000 年的 35.4 亿元增加到 2010 年的 164.1 亿元，净增 128.7 亿元，2010 年是 2000 年的 4.64 倍，年均增长 16.6%。软件 10 强的软件业务收入从 2000 年的 7.2 亿元增加到 2010 年的 214.8 亿元，净增 207.6 亿元，2010 年是 2000 年的 14.5 倍，年均增长 40.3%。龙头企业开始跻身于国内国际舞台。在国家工业和信息化部、国家统计局联合发布的 2010 年"中国软件业务收入前百家企业"排行榜中，浙江有 11 家软件企业入围，数量居全国第三位，有 198 家企业通过系统集成资质认证，总认证数量列全国第四位。优势企业科技创新能力持续提升。据初步统计，截至2010年软件十强企业获得软件产品登记证书577项，软件著作权561项。其中华三通信以3000项专利数位居制造业30强第一，占全省信息技术专利申请总量的12%以上；恒生电子以235项软件著作权位居软件10强第一。2010年度国家科学技术奖中，浙江省共有18项科技成果获奖，其中浙江电子信息行业共获国家科技进步二等奖5项，占比达27.8%，主要是由全省信息产业"50强"优势企业中的浙大中控、恒生电子、信雅达、华三通信等单位承担。

浙江省是全国五金机电产品的生产、销售大省，并拥有中国五金之城、锁具之都等称号，涌现出一大批五金企业。浙江永康是中国最大的五金出口供货基地、最大的电动工具生产基地、最大的滑板车生产基地、最大的保温杯生产基地。已连续成功举办多届中国五金博览会的永康市，依托"中国五金名城"的独特产业优势，致力于打造现代化五金制造业基地。据不完全统计，永康有五金机械企业1万余家，从业人员20多万，产品涵盖机械五金、装潢五金、日用五金、建筑五金、五金工具、小家电等1万多个品种，并形成了电动工具、有色金属冶炼、衡器、小家电、汽摩配、不锈钢制品、防盗门、滑板车等几大支柱产业，其中10多项五金产品的产量居全国之最，百余种产品打入国际市场。浙江省宁波市地处中国东南沿海，是华东经济重要的对外贸易口岸、浙江省经济中心。宁波的五金产业很发达，既是全国五金行业大的生产及销售基地，又是我国五金行业最重要的出口基地，每年通过宁波外贸出口的五金产品约占全国的1/3以上，是我国五金产品进入欧美市场的主要渠道。

二、浙江省国际产能合作的初步成果

浙江省对外直接投资规模和增长速度在2010年达到较高的水平，近几年来，不论是投资规模还是投资增长速度都趋于平缓。目前最新的数据显示，2016年前三季度，浙江省对外直接投资持续保持快速增长，全省经备案、核准的境外企业和机构共计660家，对外直接投资额132.05亿美元，同比增长 30.85%。截至 2016 年 9 月底，全省经审批核准或备案的境外企业和机构已有 8500 家，累计对外直接投资额达 605.55 亿美元，覆盖 142 个国家和地区。

在众多行业中，制造业对外投资表现抢眼，这与浙江省制造业转型升级的需求密不可分。数据显示，2016 年前三季度，浙江省对外直接投资主要涉及制造业、房地产业等 15 大类 59 个细分行业，对外投资额排在前列的领域为制造业、租赁和商务服务业以及批发和零售业，分别达到 79.84 亿美元、14.30 亿美元和 11.42 亿美元，其中制造业同比增长达 3.02 倍。2016 年前三季度，浙江省以并购形式实现的境外投资项目 145 个，同比增长 62.92%，并购额 96.25 亿美元，同比增长达 5.92 倍。平均单个项目并购额同比上升 3.25 倍，并购规模进一步提升，可谓大动作频频。除跨国并购外，设立境外营销网络、以增资形式进行境外投资等也是浙江省对外投资的主要形式。数据显示，2016 年前三季度，全省经备案、核准设立的境外营销网络项目共 605 个，对外直接投资额 109.33 亿美元。自 2008 年以来，全省共审批、核准或备案设立境外营销网络 4955 家，遍布浙江省主要出口市场的 90 多个国家和地区，直接助力浙江制造走向全球。

2013~2015 年，浙江省经国家和省发展改革委核准和备案境外投资项目 123 个，其中产能合作项目 49 个，中方投资 142.5 亿美元。石化、钢铁、建材、水泥、有色等行业是浙江企业开展国际产能合作的重点领域。

1. 石化行业

石化行业的国际产能合作主要是浙江恒逸集团投资 43.2 亿美元在文莱建设 800 万吨炼油炼化项目，该项目是我国民营企业迄今为止最大的海外投资项目。浙江恒逸石化有限公司是国内化纤行业的龙头企业，长期以来一直面临原料瓶颈，而民营企业在国内开展炼油炼化制芳烃项目在 3 年前难以获得审批，而且原油进口受到极大限制。近年，投资项目的审批门槛大幅放宽，但是在境内投资炼油炼化制芳烃项目门槛还是很高，且国内民众对炼化 PX 项目也非常反感，恒逸集团在文莱投资避开了国内的反对，也符合产油国文莱想把原油产业链向下延伸的意向。

2. 钢铁行业

2013~2015 年，浙江省共核准和备案该行业境外投资项目 6 个，中方投资 19.92 亿美元。其中较大的是青山钢铁"走出去"在印度尼西亚建设青山工业园，2013 年该项目在习近平主席和印尼总统的见证下签署。青山钢铁是我国产量较大的不锈钢企业，印尼青山工业园规划用地 1200 公顷，可扩展空间为 5000 公顷，现已拥有 800 公顷，主要配套建设 1000MW 发电厂，1 个 6 万吨码头，1 个简易机场，总建筑面积 20 万平方米的生活区。园区总投资约 40 亿美元，初步规划在园区建成后，镍铁年产量 120 万吨，不锈钢钢坯年产量 200 万吨，实现年销售收入 60 亿美元。印尼一期年产 30 万吨镍铁及 2×65MW 自备电厂项目于 2013 年开工建设。印尼二期年产 60 万吨镍铁及 2×150MW 的燃煤发电厂项目于 2014 年开工建设，2016 年竣工投产。由青山控股集团有限公司牵头投资建设印尼三期年产镍铁 30 万吨，100 万吨不锈钢连铸坯及配套 2×150MW 火力发电项目，总投资 8.2 亿美元，已于 2015 年开工建设，2016 年竣工投产。

3. 建材行业

2013~2015 年，浙江省共核准和备案建材企业境外投资项目 4 个，中方投资 9.25 亿美元。主要是由巨石集团"走出去"投资玻纤生产项目。巨石集团 2012 年投资 2.23 亿美元在埃及建设年产 8 万吨玻璃纤维生产线，采用世界最先进的超大型玻璃纤维池窑拉丝生产技术，是迄今我国在埃及投资金额最大的项目，也是我国在海外自主建设的首条大型玻纤生产线，项目于 2014 年 5 月顺利投产，项目二期向巨石埃及玻璃纤维工业股份公司增资 1.8 亿美元建设年产 8 万吨无碱玻璃纤维池拉丝生产线项目也已启动。同时，巨石集团于 2013 年投资 3.3 亿美元在美国建设年产 10 万吨玻璃纤维池窑拉丝生产线项目，2015 年中国玻纤股份有限公司在美国投资 2.97 亿美元建设年产 8 万吨无碱玻璃纤维池窑拉丝生产线项目，巨石集团向巨石埃及玻璃纤维工业股份公司增资 1.09 亿美元建设年产 4 万吨高性能玻璃纤维池窑拉丝生产线。

4. 水泥行业

2013~2015 年，浙江省共核准和备案水泥行业企业境外投资项目 5 个，中方投资 9.43 亿美元。主要是杭州锦江集团有限公司投资 0.94 亿美元在印度尼西亚合资建设年产 200 万吨水泥粉磨站项目，红狮控股集团有限公司向香港红狮水泥控股有限公司增资 2.2 亿美元建设缅甸曼德勒红狮水泥公司 6000 吨/天熟料新型干法水泥生产线项目，红狮控股投资 2.45 亿美元在尼泊尔新建 6000 吨/天水泥生产线，以及浙江上峰建材投资 1 亿美元在吉尔吉斯斯坦合资建设 2800 吨/天熟料水泥生产线项目等。

5. 有色行业

2013~2015 年，浙江省共核准和备案有色行业企业境外投资项目 6 个，中方投资 2.57 亿美元。主要包括新湖集团投资 1 亿美元收购澳大利亚矿产股权项目，浙江海亮股份有限公司投资 0.4 亿美元在刚果（金）投资开展铜钴矿勘探项目等。

三、浙江省国际产能合作的推动措施

"十二五"以来，浙江省坚持"跳出浙江，发展浙江"，加快实施"走出去"战略，积极参与国际产能合作，在拓市场、稳增长、促转型上积极作为，到 2015 年上半年已提前完成了对外投资 100 亿美元、国外经济合作营业额 200 亿美元的"十二五"规划目标任务。主要采取的推动措施有：

1）积极推进浙江省与国家发展改革委建立国际产能和装备制造合作委省协同机制。2016 年 3 月，李强省长与国家发展改革委徐绍史主任在北京签署合作协议，建立推进国际产能和装备制造合作委省协同机制。国家发展改革委支持浙江企业积极参与国家重大国际产能合作项目以及铁路、电力等重大装备"走出去"建设项目，将在建设多双边合作机制、制定重点国别规划、设立股权投资基金等工作中对浙江省予以支持。

2016 年 3 月 3 日，国家发展改革委主任徐绍史与浙江省省长李强签署合作协议，建立推进国际产能和装备制造合作委省协同机制

2）努力培育浙江本土跨国公司。省政府出台加快培育浙江本土跨国公司的实施意见，明确浙江省现有阶段培育本土跨国公司的总体要求、主要任务、政策促进和服务保障工作，作为浙江省开放型经济体制的新平台和新抓手。2010~2014 年，浙江省约有 24 家境内上市公司实施了 37 宗跨国并购，并购数量占全国的 11.3%，位居北京、广东之后，排名第三，并购交易总价 62.7 亿元，位居第 6。2014 年，有 20 家上市公司实施 25 家跨国并购，并购数量占全国的 9.2%。浙江企业通过海外并购实现产业升级，在对制造业强国德国的 130 多个跨国并购中，浙江占据 35% 左右。均胜电子 2012 年实现对德国普瑞 100% 控股，成为首家海外资产为主的 A 股公司。吉利集团 2010 年收购沃尔沃轿车公司 100% 的股权以及相关资产（包括知识产权），2012~2014 年，吉利连续第三年进入世界 500 强，资产总值超千亿元。

3）组织推进国际产能和装备制造合作重点项目。会同省经信委、省商务厅，2015 年印发实施《2015 年浙江省重大外资、境外投资项目推进计划》，安排项目 64 个，项目总投资 219.98 亿美元。安排境外投资项目 26 个，项目总投资 132.12 亿美元，2015 年计划投资 26.23 亿美元。其中产能合作和装备制造合作项目 19 个，包括恒逸集团在文莱投资 43.2 亿美元建设年加工 800 万吨原油石化项目，万向集团收购美国 A123 公司投资 9.68 亿美元建设锂电池生产线项目，中国玻纤股份有限公司投资 2.97 亿美元在美国投资建设年产 8 万吨无碱玻璃纤维池窑拉丝生产线项目等。浙江省将重点做好重大境外投资项目服务和跟踪工作，协调项目进程中的困难和问题。

4）不断推进新型境外经贸合作区的建设发展。结合浙江商业发达、产业链齐全的出口大省实际，加强对企业"走出去"的指导与服务，引导企业抱团行动。目前浙江省已在境外建立 6 个经贸合作园区（国家级 3 个：俄罗斯乌苏里斯克经贸合作区、泰中罗勇工业园和越南龙江工业园；省级 3 个：越美尼日利亚纺织工业园、乌兹别克斯坦鹏盛工业园、博茨瓦纳经贸合作区），同时建设一批境外资源开发基地、生产基地和研发中心，承揽对外承包工程，探索企业到境外开展国际产能合作的各类产业园区。

截至 2015 年上半年，浙江省外贸出口已占据了全球 1.6% 的市场份额，200 多万浙商在全球各地经商办企业，对外投资存量达到 600 多亿美元，5.7 万多家外资企业在浙江投资 1700 多亿美元。2013 年以来，浙江省正式启动了浙江中外合作产业园的创建工作。2015 年以来，浙江省从"五个一"入手，推动合作园建设。

推动一批合作产业园。从 2013 年以来，全省各地创建中外合作产业园的积极性很高。萧山、嘉兴、金华、舟山、杭州湾上虞等开发区，都在当地政府的支持下，启动了"中外合作产业园"的创建工作。中外合作产业园的落脚点在"合作"，因此寻求合作对象、明确合作方式、落实合作举措是中外合作产业园建设的关键。牵头带领萧山等开发区对接了瑞士大使馆和各类贸易促进准备工作。

认定一批园区。在调研的基础上，形成了浙江省创建中外合作产业园的指导意见，并在充分征求各市意见后，与财政厅联合下发了《关于创建国际产业合作园的通知》（浙商务联发〔2015〕68 号）。8 月底，认定了 10 家省级"国际产业合作园"。这 10 家省级"国际产业合作园"，和现有的国家级中意（宁波）生态园一起，构成了浙江开发区"1+10"的中外合作产业园格局。将以它们为重点，进行 2~3 年的培育，力求打造一批开放程度高、产业结构层次高、研发创新功能强、国际交流渠道畅、综合服务效率好，在国内国际有一定知名度的中外合作产业园。

启动一轮推介。从 2015 年开始，浙江省密集对中外合作产业园进行一轮推介，为园区的国际项目合作创造平台和渠道。先后联合举办了"2015 中韩产业合作（温州）峰会"、温州在上海的推介等；在浙洽会上对一批园区进行集中展示、在上海进行集体路演；带领相关政府人员等赴目标国别进行对接等。同时，充分发挥媒体的宣传作用，在浙江卫视、《国际商报》、新浪浙江、浙江在线等各类媒体陆续推出专题报道。

打通一条渠道。即为创建国家级国际生态园打好基础，争取打通"省级"到"国家级"的渠道。做好向商务部的沟通汇报工作，为商务部继续推出国家级国际合作生态园提供贮备梯队，同时积极承办国家级国际合作生态园座谈会、国家级经济技术开发区绿色智慧发展产业对接及培训活动，争取更多国家级经济技术开发区国际合作生态园落户浙江。

出台一个意见。在江苏、山东两省考察和调研的基础上，结合浙江本省开发区实际，拟出台《国际合作园产业园指导意见》，总结全国开发区、全省开发区在中外合作产业园建设上的工作经验，并为下一步有效开展工作明确方向。

从目前情况看，浙江省共有 22 家开发区开展了中外合作产业园创建工作。22 家园区有三个典型特点：一是国家分布偏向欧美。22 家开发区中，5 家合作伙伴为亚洲国家、4 家为美国，其余 13 家为欧洲。其中，欧洲又以德国为重点，有 3 家开发区开展了与德国的合作。二是园区大多在近年启动。22 家开发区中，除杭州的新加坡科技园、镇海的北欧工业园、平湖的日本产业园外，其余 19 家均为 2014 年左右启动的园区。其中，萧山、慈溪滨海、嘉兴、嘉善、金义、衢州、舟山 7 家为 2014 年全省开发区会议后启动创建工作的园区。三是地区分布和外资分布基本一致。杭、甬、嘉三个地区的园区占了 12 家，其中嘉兴地区为 5 家。但是地区的不均衡并不代表质量的不均衡，从申报材料看，温州、衢州的中韩产业园，不论在引进项目质量，还是合作深度上，都有很好的表现。

推进国际产能和装备制造合作，有利于统筹国内国际两个大局，提升开放型经济发展水平，有利于实施"一带一路"、中非"三网一化"合作等重大战略，是保持我国经济中高速增长和迈向中高端水平的重大举措，是推动新一轮高水平对外开放、增强国际竞争优势的重要内容，也是和相关国家开展互利合作的重要抓手。

四、浙江省国际产能合作的经验总结

1. 打造海外产业集聚区的"精品工程"

以海外工业园区、产业集聚区的方式引导产能合作，有利于刚刚走出国门的中资企业特别是中小企业规避风险和降低成本，最大限度地争取优惠政策和当地支援，让园内企业集中享受人才、技术、金融、法务、配套设施等全方位的服务。浙江企业在东南亚、中东欧等地区建有多个工业园区，不少浙江企业也选择有一定影响力的产业园区落户，如巨石集团投资的埃及玻纤生产项目位于苏伊士经贸合作区内，吉利控股集团在白俄罗斯建设的第一个海外整车生产基地位于中白工业园区。其中，华立集团在泰国建设的罗勇工业园区是泰国国家级工业园区，位于曼谷两小时交通圈内，目前已吸引中集集团、力帆汽车等 66 家企业入驻，协议投资额 14 亿美元，上交税费 7000 万美元，招聘泰籍员工 1 万人，在泰国具有较强的影响力。

2. 构建多种所有制优势互补的"走出去"格局

民营企业经营机制灵活、市场反应迅速，有利于降低对外合作的敏感度，作为民营经济大省，浙江省积极探索以混合所有制助推企业"走出去"。巨石集团是一家由央企中建材集团和民企浙江振石集团共同组建的企业，在全球玻璃纤维行业具有领军地位。该公司于 2014 年在埃及建成年产 20 万吨玻纤材料的生产基地，成为非洲唯一的玻纤生产企业和我国在埃及最大的制造业投资项目。巨石集团的混合所有制优势在海外经营中得到放大：依托中国建材集团的雄厚实力，在高风险地区大手笔投入一次性建成大型项目，同时发挥民营企业在市场布局和营销方面灵活务实的优势，巩固了在全球行业内的领先地位。

3. 谨慎做好境外投资国别甄选

境外投资标的国发展水平参差不齐、政治生态迥异、利益诉求多元、国家间关系复杂，经济、货币、安全、信用等多重风险交织。做好国别选择工作，在追求经济效益的同时主动合理规避风险，是"走出去"企业的"必修课"。从浙江省企业的经验看，需要考虑以下几方面因素：一是具备较完善的法制体系，能够较好保护外国投资者，在税收等方面提供吸引外资的优惠政策，外汇管制不严，政府干预企业较少。二是国内局势较为稳定，不会发生全局性的动荡。三是对华友好，在文化等方面不存在较大隔阂，特别是能容忍中国人在当地"抱团经营"。四是劳动力、土地成本较低，交通物流等基础设施较为完善，工会等力量可控，不会发生频繁的劳资纠纷和罢工现象。

4. 注重本地化经营和积极履行社会责任

实现生产经营的本地化，强化本地属性，是浙江省企业"走出去"、站住脚、发展好的必然选择，也是推动"一带一路"务实合作不断深入的重要因素。浙江省华友钴业秉承"挣1块钱、7毛留当地"的原则，在刚果（金）的投资项目有85%的员工为当地员工，产值达刚果（金）年度GDP的4%。针对当地农产品匮乏的现象，华友钴业会同科研机构建设示范农场，向当地农户提供良种及种养技术，树立了积极正面的企业形象。

5. 高度重视发挥海外浙商作用

海外浙商和华人华侨具有雄厚的经济实力、广泛的政商人脉关系和融通中外的文化优势，是助力企业"走出去"的重要力量。浙江省高度重视海外浙商和侨务资源在境外投资中的作用，在海内外举办各类展会活动，发挥海外浙籍人士从事专业经营的优势，探索在"一带一路"沿线国家建立产品营销网络和跨境电子商务流通渠道。

五、浙江省国际产能合作的现存问题

从浙江省发展实际来看，许多企业已经进行了许多成功的跨国并购，在进行了全面的法律评估、资产评估、财务审计，并通过充分谈判和严谨的合同签订，较好地规避了风险。但由于浙江省企业"走出去"和对外投资发展历程较短，影响和制约企业提升"走出去"质量，打造高水平跨国公司仍需努力，主要存在的问题有以下几点：

第一，融资难依旧是企业特别是中小民营企业境外投资面临的最大瓶颈。从国内银行服务能力来看，除中国进出口银行、国家开发银行两大政策性银行外，国内商业银行大多没有设立专门的境外投资贷款业务，海外服务网点偏少，特别是在浙江企业境外投资集中的发展中国家分支机构很少，对境外投资的服务能力偏弱。从政策性担保体系来看，国内缺少类似美国海外私人投资公司（OPIC）、日本国际协办银行等为企业海外投资提供融资担保的政策性金融机构，虽有中国出口信用保险公司提供类似业务，但是额度较小，无法完全满足企业应对境外投资项目风险需求。从"外保内贷"和"外保外贷"支持来看，企业在境外投资设立的实体经营年限短，缺少自己的信用记录，很难在国外得到信贷支持。境外投资形成的土地、房产、股权、设备等资产评估和处置难，国内银行出于风险评估的考虑，一般不接受国外资产作为贷款的抵押。如，浙江恒逸集团投资 43.2 亿美元在文莱建设 800 万吨炼油炼化项目因资金投入巨大，项目融资遇到困难，投资和工程进度受制于资金。

第二，境外投资项目推进受当地政策变化影响。大型境外投资项目在投资之前，都会就当地的法律、财务、人文等开展深入细致的调查，但还是不可避免出现环境政策变化，影响企业投资进展的情况。如上峰建材投资 1 亿美元在吉尔吉斯斯坦合资建设 2800 吨 / 天熟料水泥生产线项目，由于东道国办事效率较低，建设、设计所需基础资料较难收集，且图纸、施工等都必须符合当地要求，项目进展缓慢。浙江正泰太阳能科技有限公司在日本投资建设 30 兆瓦光伏电站项目，由于 2014 年九州电力对并网申请关闭了一段时间，该项目设备的变更申请及并网初步设计延后至 2015 年 1 月递交，项目进展因此后延。浙江航民科尔纺织有限公司在美国投资建设年产 3 万吨气流纺纱项目，由于美国对劳动环境的安全标准非常高，厂房验收时间长，影响了正式投产的时间。

六、浙江省国际产能合作的下一步安排

浙江省将按照国家发展改革委的统一部署，积极推进国际产能和装备制

造合作，强化境外投资的战略谋划和重大项目统筹，建立"走出去"公共服务平台，强化税收支持和安全预警。

1）进一步提高开展国际产能合作工作的认识。高度重视国际产能合作工作，将推进国际产能合作作为本地区对外经济工作的重中之重。推进国际产能合作，有利于推进各地区优势富余产能较大规模向外转移，有利于推进各地区经济结构调整和产业转型升级，有利于各地区统筹国际国内两个大局，更好地在全球范围内配置资源和要素，带动本地区经济在更高水平上持续健康发展。

2）制定"走出去"战略总体规划，简化项目管理流程。制定并落实好《浙江省利用外资和境外投资"十三五"规划》，进一步推进审批管理体制改革，简化项目审批手续、大幅下放管理权限，建立以备案制为主的境外投资管理制度，为企业境外投资创造更加宽松便利的环境。

3）落实推动国际产能和装备制造合作委省协同机制。根据"委省协同机制"，确定钢铁、水泥、汽车、石化、船舶和海洋工程、远洋渔业（海外基地）、风电和光伏发电等重点领域和"一带一路"沿线国家、亚洲周边国家、非洲及中东欧国家等重点区域，积极推动国际产能和装备制造合作的重点项目，建立动态更新的重点项目库，引导市场主体积极参与国际产能合作。重点推进目前浙江省的国际产能合作和装备制造合作项目，做好重大境外投资项目服务和跟踪工作，协调项目进程中的困难和问题。

4）积极参与"一带一路"建设。落实中央"一带一路"建设战略规划和浙江省实施方案，发挥深水港口、电子商务、民营经济和浙商等优势，强化宁波—舟山港国际物流枢纽、义乌国际小商品贸易中心和国际陆港等战略功能，着力打造国际商贸物流枢纽区、国际产能合作示范区和跨境电子商务引领区。谋划实施一批参与"一带一路"建设的重大项目，发挥财政资金和省产业基金引导作用，为重大项目建设和企业"走出去"提供金融支持。建立"一带一路"沿线国家风险防控机制，健全参与"一带一路"建设的工作机制。

第三节 江苏省国际产能合作

一、江苏省国际产能合作的初步成果

随着我国经济步入新常态，江苏对外贸易和利用外资的增速明显放缓，而对外直接投资却出现了飞速增长。2008 年江苏对外直接投资流量仅为 4.93 亿美元，2013 年已经增长到 30.2 亿美元，年均增长率高达 43.6%，2014 年则超过了 40 亿美元，对外直接投资存量超过了 156 亿美元。近年来江苏省对外直接投资规模不断上升，且增长率趋于平缓，说明江苏省对外直接投资正在逐步走向成熟和稳定。

经过近几年的飞速发展，江苏对外直接投资具有以下几个特点：

1）江苏对外直接投资具备了一定的规模。2008 年江苏对外直接投资新批项目数 232 个，中方协议投资额为 6.3 亿美元；2013 年新批项目数达到 605 个，中方协议投资额为 61.4 亿美元。与 2008 年相比，中方协议投资额增长了近 10 倍。

2）江苏对外直接投资的产业体系比较齐全。2013 年江苏第一产业新批项目数 15 个，中方协议投资额为 2.6 亿美元；第二产业新批项目数 190 个，中方协议投资额为 22.9 亿美元；第三产业新批项目数 400 个，中方协议投资额为 35.9 亿美元。投资产业中既包括专有设备、电气机械、通信设备等高新技术制造业，也包括批发零售、商务服务等一般服务业。

3）江苏对外直接投资地区覆盖面比较广。目前江苏对外直接投资已经覆盖 149 个国家和地区，主要集中于亚洲和欧美地区。2013 年江苏在亚洲新批项目目数 335 个，中方协议投资额为 30.8 亿美元；在北美洲新批项目数 106 个，中方协议投资额为 57.6 亿美元；在欧洲新批项目数 73 个，中方协议投资额为 11.8 亿美元。

目前，江苏已经建有 3 家国家级境外经贸合作区和 1 家省级境外产业集聚区，以无锡红豆集团为主投资建设的柬埔寨西哈努克港特区已有 79 家企业入园生产，以江苏其元集团为主投资建设的埃塞俄比亚东方工业园及周边也汇集了 23 家中国企业。这些境外园区的生产涉及家电、纺织、机械、冶金、建材、农林等多个行业，已经成为江苏边际产业海外转移的平台和对外投资聚集性发展的载体。

（一）境外投资的初步成果

2015 年，江苏省认真落实国家"一带一路"战略，加快推进国际产能合作，持续深化境外投资管理体制改革，提高企业境外投资便利化程度。全省境外投资快速增长，呈现大项目不断涌现，二、三产业亮点纷呈，民营企业为主，"一带一路"沿线占比提高等特点。全年，共核准（备案）境外投资项目 879 个，同比增长 19.4%；实现中方协议投资额 103 亿美元，同比增长 42.8%。

1）境外投资层次和水平不断提升。2015 年，江苏省境外投资项目平均投资规模达 1212 万美元，较 2014 年增加 179 万美元。境外并购活跃度明显提升，全年新增参股并购类项目 170 个，中方协议投资额 20 亿美元，分别增长54.6%、81.2%，分别占全省总量的 19.3% 和 19.4%。非贸易型境外投资项目增长较快，其中，境外加工贸易项目中方协议投资额增长 94.1%，境外资源开发项目中方协议投资额增长 225.4%，分别占全省的 10.9% 和 7.2%。一批重大项目成功落实。苏宁云商出资 22 亿美元认购阿里巴巴集团增发股份项目，成为江苏省 2015 年投资规模最大的境外并购项目；德龙镍业在印尼投资 9.29亿美元的 60 万吨镍铁合金冶炼项目、长电科技 7.8 亿美元收购新加坡上市公司 STATS ChipPAC Ltd. 等一批重大项目顺利获得国家发展改革委备案登记。

2）第二产业对外投资快速增长。2015 年，江苏省第二产业对外中方协议投资额同比增长 51.9%，增速较上年提高 44.5 个百分点，占全省比重为37.7%，较上年提高 3.6 个百分点。其中，采矿业同比增长 180.5%，建筑业同比增长 155.3%。从制造业内部看，有色金属冶炼业、通用设备制造业、电气机械及器材制造业、通信设备计算机设备制造业同比分别增长 818.6%、275.4%、312.8% 和 92.1%，全省优势产业"走出去"步伐正在加快。第三产业仍为江苏省境外投资的首要产业，占全省比重达 61.1%，且投资领域主要集中在批发和零售、租赁和商务服务业、房地产业，三大行业合计境外投资中方协议投资额达到全省总额的 52%。

3）"一带一路"沿线投资合作发展势头良好。亚洲仍是江苏省企业"走出去"的主要目的地。2015 年，江苏省对亚洲投资项目数 468 个，中方协议投资额 59.5 亿美元，分别较 2014 年增长 21.9% 和 43.4%，占全省的 53.2% 和57.7%。对拉丁美洲、大洋洲和北美洲投资增长较快，中方协议投资额分别增长 133.3%、63.4% 和 54.5%，占全省比重分别为 11.4%、6.9% 和 12.4%。在"一带一路"沿线国家投资增速、占比明显提高，且大项目不断涌现。2015 年，江苏在沿线国家投资项目 187 个，同比增长 23.0%；中方协议投资额 27.3 亿美元，同比增长 98.8%，快于全省平均增速 56 个百分点；在沿线国家投资额占全省同期对外投资总额的 26.5%，较上年提高 7.5 个百分点。印度尼西亚、巴基斯坦、泰国、马来西亚和新加坡成为江苏省赴"一带一路"沿线投资额最多的前五个国家，中方协议投资额共计 17.2 亿美元，占全省同期对外投资总额的 16.7%，占在沿线国家投资额的 63.0%。全年新增赴"一带一路"沿线国家投资 5000 万美元以上项目 17 个。德龙镍业和南通长江在印度尼西亚、东方恒信在巴基斯坦、天合光能在泰国以及南通长城实业在哈萨克斯坦的投资均超过 1 亿美元，其中东方恒信 3 个项目协议纳入习近平总书记访问巴基斯坦的高访签约清单。

4）苏北地区对外投资增速领跑全省。2015 年，苏北地区实现中方协议投资额 17.9 亿美元，同比增长 162.3%，高于全省 119.5 个百分点；占全省比重为 17.4%，较上年提升 6.5 个百分点。盐城、徐州、淮安、连云港境外投资中方协议投资额增幅分别达到 212.4%、196.3%、116.9% 和 111.5%。苏南地区作为全省主要资本流出地，境外投资项目数达 647 个，增长 23.2%，占全省的 73.6%；中方协议投资额 68.3 亿美元，同比增长 29.5%，占全省比重为66.3%。苏中地区实现中方协议投资额 16.8 亿美元，同比增长 33.6%，占全省比重为 16.3%。

5）民营企业发挥境外投资主力军作用。2015 年，民营企业境外投资项目 693 个，中方协议投资额 79.5 亿美元，分别占全省的 78.8%、77.2%。南通富士通微电子股份有限公司收购美国超微半导体公司下属工厂项目顺利推进。

（二）2015年江苏省在"一带一路"沿线国家投资的初步成果

2015年江苏省在"一带一路"沿线国家投资项目187个，中方协议投资额27.3亿美元，同比分别增长23.0%和98.8%，分别占全省同期总量的21.3%和26.5%，较2014年同期提高7.5个百分点。印度尼西亚、巴基斯坦、泰国、马来西亚和新加坡是江苏省赴"一带一路"沿线投资额最多的前五个国家，合计共占全省赴"一带一路"沿线投资总额的逾六成。蒙古国、哈萨克斯坦、马来西亚、乌兹别克斯坦和俄罗斯是江苏省赴"一带一路"沿线投资额增长最快的前五个国家，同比成十倍、甚至百倍增长。

江苏省在"一带一路"沿线国家前5大投资项目

序号	境外企业（机构）名称	东道国	所在城市	行业	中方投资主体名称	核准（登记）日期	中方协议出资额/万美元
1	德龙镍业有限公司	印度尼西亚	科拿威	有色金属冶炼及压延加工业	江苏德龙镍业有限公司	2015-02-05	32900
2	印尼国际矿业公司	印度尼西亚	肯达里市	有色金属矿采选业	南通长江镍矿精选有限公司	2015-04-01	27000
3	天合光能科技（泰国）有限公司	泰国	曼谷	电气机械及器材制造业	天合光能（常州）科技有限公司	2015-06-15	22539
4	阿斯塔纳（华东）经济开发区管理集团	哈萨克斯坦	阿斯塔纳	房地产业	南通长城实业总公司	2015-12-01	10800
5	华信资源有限责任公司	巴基斯坦	卡拉奇	煤炭开采和洗选业	东方恒信资本控股集团有限公司	2015-06-01	10000

二、江苏省国际产能合作的推动措施

在国家发展改革委的牵头协调推进下，江苏省全面落实国家部署要求，扎实推进国际产能合作各项工作。总的工作考虑是，按照"企业主导、市场运作，政府推动、优化服务，互利共赢、防范风险"的原则，遵循市场机制、国际惯例和商业原则，通过直接投资、工程承包、技术合作、装备出口等多种方式高效务实推进。工作的重点是，推动和服务更多有实力、有意愿的江苏企业加快"走出去"，既是转移优势产能、扩大投资合作，更是为了促进江苏省企业进一步提升国际化水平，拓展新的更大发展空间，在新起点上增创江苏省开放型经济发展新优势，更好地服务于国家开放发展大局和外交工作大局。国务院《国务院关于推进国际产能和装备制造合作的指导意见》出台以来，江苏省狠抓贯彻落实，着重突出十个方面工作举措抓落实、求突破。

1. 建立完善"委省协同机制"

2016 年 1 月，经充分酝酿对接，江苏省石泰峰省长与国家发展改革委徐绍史主任在北京签署《关于建立推进国际产能和装备制造合作委省协同机制的合作框架协议》，双方商定将江苏省企业在印尼、柬埔寨、埃塞俄比亚等国的 29 个项目和园区作为首批国际产能合作重点项目由国家发展改革委予以协调推动；同时，国家发展改革委将在建立多双边合作机制、制定重点国别规划、金融机构融资服务等方面对江苏省予以重点倾斜支持。

2016 年 1 月 17 日，国家发展改革委主任徐绍史与江苏省代省长石泰峰在北京签署协议，建立推进国际产能和装备制造合作委省协同机制

2. 制定出台江苏省《行动方案》

国家推进国际产能合作《国务院关于推进国际产能和装备制造合作的指导意见》出台后，江苏省经过充分调研，制定出台了《江苏省推进国际产能

和装备制造合作行动方案》。重点围绕工程机械、轨道交通、新型电力、船舶海工 4 个重大装备制造领域，轻纺、石化、冶金、建材 4 个传统优势行业，着力实施本土跨国公司培育、境外承载平台建设、重大合作项目推进和信息综合服务提升"四大工程"，推动江苏省国际产能合作深入扎实开展。同时，配合《行动方案》的出台，江苏省还编印了《"一带一路"有关国家投资环境和风险情况汇编》手册，筹拍了 8 集纪录片《"一带一路"江苏风》，得到了社会各界广泛好评。

3. 编制江苏省《三年行动计划》

2015 年底，国家发展改革委召开专题工作会议，就加快推进国际产能合作进一步做出部署安排，提出了国家层面的三年行动计划。落实国家要求，结合江苏实际，江苏省由省发展改革委牵头会同有关部门，精心编制了《江苏省推进国际产能和装备制造合作三年行动计划（2016—2018 年）》（苏政办发〔2016〕47 号），省政府办公厅 5 月正式印发。《行动计划》提出，到 2018 年江苏省对外投资从 2015 年的 103 亿美元增加到 160 亿美元，年均增长 15%以上。建立了省级滚动项目库，现已排出 266 个重点合作项目，中方协议投资额 256 亿美元，其中 5000 万美元以上的境外投资项目 111 个；10 个重点境外产业园区，中方协议投资额 23.3 亿美元。明确提出了一系列重大支持政策，包括改进管理制度、加大财税支持、强化金融服务、加强规划引导、完善综合服务、强化安全保障六个方面 18 条具体政策措施。力争经过三年左右的努力，全省实施一批国际产能合作重点项目并取得明显成效，形成一批境外产能和装备制造合作集聚区，培育一批具有较强国际竞争力的本土装备制造跨国公司，使全省优势产能和装备制造"走出去"的规模化发展水平走在全国前列。

4. 完善省级部门协同推进工作机制

推进国际产能合作涉及部门多，为进一步形成工作合力，江苏省建立了由省发展改革委和省商务厅双牵头、22 个省级部门单位和主要金融机构参加的"江苏省推进国际产能合作部门联席会议"制度。主要职责是落实国家和省重大决策部署，研究制定相关政策措施，协调解决重大问题，完善涉外工作机制，加强信息咨询和资源共享，更好地为企业"走出去"提供保障服务。2016年3月召开了部门联席会议第一次会议，审议通过了联席会议主要职责任务，研究讨论了江苏省推进国际产能合作的三年行动计划。

5. 探索建立政银企合作模式

积极探索国际产能合作政银企协同推进新模式，政府发挥协调服务职能，银行保险等机构发挥金融支持作用，以企业为主体形成联合优势，助推和服务企业"走出去"，不断加快江苏省国际产能合作步伐。2016年，江苏省发展改革委与国家开发银行江苏省分行正式签订了《推进江苏国际产能和装备制造合作全面对接合作协议》，力求为江苏企业"走出去"开展国际产能合作提供精准化、定制化金融服务，助力企业面向全球进行产业布局和资源配置。4月，江苏省举办了推进江苏国际产能合作企业政策对接会，由省发展改革委、国开行江苏分行、省国税局、省地税局会同中信保江苏公司和法律服务机构等单位共同举办，深入解读国家战略和重大政策，帮助江苏企业在境外投资发展中获得更多金融税务支持、法律服务保障和风险防范提示。全省160余家已经"走出去"和有意愿开展国际产能合作的企业参加，取得良好效果。

6. 加大财政金融支持力度

一是加大省级专项资金扶持力度，目前江苏省商务发展和对外经贸发展专项资金已支持江苏省境外投资项目376个，扶持资金3.1亿元。二是设立江苏省"一带一路"投资基金，首期规模30亿元，预期2017年总规模达到100亿元、2020年达到300亿元，基金现已启动运营，重点支持江苏省符合条件的企业开展境外并购、投资与经济技术合作。三是启动企业国际化基金融资增信业务，目前江苏省已有19个项目有效申报。四是打造海外投资合作风险统一保障平台，目前该平台已承保17个项目，承保金额5亿美元，财政补贴保费651万元。

7. 推进境外投资便利化改革

一是下放备案权限。为进一步简政放权提高效率，促进江苏省境外投资快速增长，江苏省坚决下放境外投资项目备案管理权限，目前1亿美元以下的境外投资企业和项目备案权限均下放到省辖市，企业直接在省辖市进行备案登记。二是开展"单一窗口"试点。2015 年省委联合省商务厅在苏州、南通两市试点境外投资企业和项目备案"单一窗口"工作模式，方便企业办理境外投资相关手续，下一步将逐步在全省总结推广。三是建立境外投资项目库。目前已建立了省级国际产能和装备制造合作项目库、"一带一路"产业投资项目库及境外产业园区库等，将江苏省境外投资的重点项目纳入相应项目库，实行动态滚动管理，给予重点倾斜支持。

8. 加快综合服务体系平台建设

按照省政府部署要求，江苏省由省商务厅会同省发展改革委、经信委等20 多个部门，正在加快建设"全省企业'走出去'综合服务平台"，为企业开展境外投资提供政策、财税、金融、法律、人文等全方位服务。同时，充分利用江苏省境外友城、驻外代表处、商会协会以及在苏国际跨国公司等各种资源，在"一带一路"和国际产能合作重点国家开展境外投资促进活动，帮助企业防范各类风险。

9. 扎实推进境外产业集聚区建设

鼓励支持有条件的企业在境外牵头建设产业集聚区，包括专业类园区和综合类园区等多种形式，吸引上下游产业集聚集约发展。目前，柬埔寨西哈努克港经济特区和埃塞俄比亚东方工业园已获批为国家级境外产业集聚区。西港特区 2016 年建成面积 5.28 平方公里，已建成 100 多栋厂房，吸引了纺织服装、五金机械、轻工家电等领域 100 家企业进驻，从业员工 1.3 万人。东方工业园已完成 2.33 平方公里的四通一平基础设施建设，建成标准型钢结构厂房近 20 万平方米，2016 年已有水泥生产、制鞋、汽车组装、钢材轧制、纺织服装等行业 30 多家企业入驻园区。

10. 加强重点国别双边协作

江苏省企业"走出去"到境外投资的意愿日益强烈、步伐明显加快，涌现出一批重点境外产业集聚区和重大产能合作项目，国际产能合作的广度和深度不断提升。为进一步推进江苏省与重点国别双方的产能合作工作，省委主要领导与埃塞俄比亚投资局局长共同签署《江苏省与埃塞俄比亚关于推进国际产能和装备制造合作备忘录》，双方将建立定期会商机制，在投资合作、园区管理、贸易促进等方面展开深入合作。

江苏省发展改革委发布了《江苏省政府核准的投资项目目录（2015年本）》，新目录取消了17项核准事项。钢铁、有色金属、水泥、化肥、造船设施项目取消核准改为备案管理，餐厨废弃物资源化利用和无害化处理、医疗及危险废弃物处置、房地产等部分其他城建项目由各市政府自行确定实行核准或者备案。同时明确要求对钢铁、水泥、电解铝、造船等产能严重过剩行业继续严格执行国务院、省政府有关化解过剩产能严重矛盾各项要求，各地方、各部门不得以任何其他名义、任何方式备案新增产能项目。新目录还下放了24个核准事项，将进一步强化地方决策权。一部分原来由国家层面核准的事项下放到省政府投资主管部门核准，相应的原来由省政府投资主管部门核准的事项下放到市、县（市、区）政府投资主管部门核准。省级管理层面下放的事项主要为基础设施和外商投资项目，包括企业投资10兆瓦以下风电站、跨市110千伏以下电网、新建迁建城市供排水等项目，其中10亿美元以下有中方控股（含相对控股）要求的鼓励类外商投资项目全部下放市、县（市、区）政府投资主管部门核准。

江苏恰好处于"一带一路"的交汇点。江苏省出台《关于抢抓"一带一路"建设机遇，进一步做好境外投资工作的意见》，为江苏企业下一阶段"走出去"，描绘出一幅"出征路线图"，同时提供一系列政策保障。2016年4月14日，江苏省召开推进国际产能合作走出去企业政策对接会。全省将高度重视推动企业抱团"走出去"，将境外产业集聚园区建设作为推进国际产能合作的重中之重，提高企业对外投资成功率，帮助防范投资风险。政府印发了《江苏省推进国际产能和装备制造合作行动方案》，明确提出围绕工程机械、轨道交通、新型电力、船舶海工4个重大装备制造领域，轻纺、石化、冶金、建材4个传统优势行业，推动江苏省国际产能合作深入扎实开展。2016年1月，江苏省企业在印尼、柬埔寨、埃塞俄比亚等国的29个项目作为首批国际产能合作重点项目由国家发展改革委予以协调推动。2015年一季度，全省新批境外投资项目267个，增长14.1%；中方协议投资额36.3亿美元，增长49.2%，增幅比去年同期提高了 25 个百分点。目前，全省已有 18 家海外园区正在建设或运营，一些可以复制的产能合作模式正在形成。

江苏省国际产能合作项目列表

序号	企业名称	投资项目名称	中方投资额 / 万美元	总投资额 / 万美元
1	无锡市建设发展投资有限公司	无锡市建设发展投资有限公司新设香港子公司项目	232	232
2	上海金丝猴集团无锡可可制品有限公司	江苏无锡太湖可可食品有限公司在尼日利亚投资设立国际贸易平台	5000	5000
3	AEM 科技（苏州）股份有限公司	AEM 科技（香港）有限公司	300	300
4	无锡金鑫集团股份有限公司	罗兰科技实业有限公司	1200	1600
5	无锡日昌服饰有限公司	无锡日昌服饰有限公司在缅甸建设服装加工厂项目	150	150
6	无锡市全星鞋业有限公司	无锡市全星鞋业有限公司在柬埔寨投资建设拖鞋及家居用品的生产项目	800	800
7	江苏麟龙新材料股份有限公司	江苏麟龙新材料股份有限公司在越南建设年产 20 万吨铝锌合金材料项目	110	200
8	江苏省苏豪控股集团有限公司	江苏弘业永润国际贸易有限公司收购法国 RIVE 公司 5% 的股权	12.4	12.4
9	江苏省苏豪控股集团有限公司	新设江苏弘业缅甸实业有限公司	300	300
10	江苏贝德时装有限公司	江苏贝德时装有限公司在缅甸设立服装生产基地项目	500	500
11	长风药业股份有限公司	长风药业股份有限公司在美国设立长风药业（美国）有限公司	1500	1500
12	协鑫智慧能源（苏州）有限公司	常隆有限公司	5554.77	5554.77
13	华皇电影（苏州）有限公司	在美国投资 3D 电影《Asteroid Impact》《撞击地球》	575	1150
14	协鑫智慧能源（苏州）有限公司	对常隆有限公司增资	8426.28	8426.28
15	江苏特创科技有限公司	收购新加坡特胜系统有限公司全部股份	45.31	45.31
16	常州天晟新材料股份有限公司	常州天晟新材料股份有限公司增资天晟新材料（香港）有限公司项目	515.31	515.31
17	江苏维尔利环保科技股份有限公司	江苏维尔利环保科技股份有限公司通过卢森堡子公司收购德国 EuRec 公司 70% 股权及其办公用地项目	470	470

序号	企业名称	投资项目名称	中方投资额/万美元	总投资额/万美元
18	江苏玄通供应链有限公司	香港玄通跨境供应链实业有限公司	1.29	1.29
19	徐工集团工程机械股份有限公司	印度工程机械生产制造基地投资项目	20200	20200
20	江苏飞翔化工股份有限公司	江苏飞翔化工股份有限公司拟收购金宝贝全球早教业务	26120	26120
21	蓝豹股份有限公司	蓝豹股份有限公司通过香港全资子公司增资收购纪元国际有限公司所持境内企业股权项目	800	800
22	苏州茂景教育投资发展有限公司	苏州茂景教育投资发展有限公司在美国设立教育投资平台项目	3000	3000
23	江苏国泰国际集团国贸股份有限公司	国泰中非纺织服装产业基地	15382.84	15382.84
24	河海科技工程集团有限公司	印尼海砂矿开采及经营	5296	5296
25	江苏省徐州锻压机床厂集团有限公司	全资收购德国 ebu 成型技术有限责任公司项目	1121.08	1121.08
26	泰兴市中千纳米新能源技术有限公司	下一代硅离子公司研发中心	30	30
27	江苏国泰国际集团国贸股份有限公司	国泰东南亚纺织服装产业基地	16210	16210
28	苏交科集团股份有限公司	苏交科集团股份有限公司全资收购 Test America	16660	16660
29	江苏苏宁体育产业有限公司	江苏苏宁体育产业有限公司收购 F.C. Internazionale Milano S.p.A. 68.55% 股权	29300	29300
30	维格娜丝时装股份有限公司	云锦时装欧洲研发设计中心及云锦欧洲旗舰店项目	5876.92	5876.92
31	昆山华创毅达股权投资企业（有限合伙企业）	昆山华创毅达股权投资企业（有限合伙企业）拟投资澳盛科技有限公司（香港）	1544.31	1544.31
32	南通赛晖国际贸易股份有限公司	赛晖国际（缅甸）子公司年生产 800 万件服装项目	280	280
33	怡球金属资源再生（中国）股份有限公司	怡球资源收购 TML 持有的 Metalico 100% 股权	10689.05	10689.05
34	苏州微宝投资有限公司	收购伦敦上市公司 world trade system plc 66% 股权	283.67	283.67
35	苏州国际发展集团有限公司	苏州国际发展集团有限公司投资汉德工业 4.0 促进基金的 10% 份额的申请	10000	100000

序号	企业名称	投资项目名称	中方投资额/万美元	总投资额/万美元
36	南京中生联合股份有限公司	南京中生联合股份有限公司收购新西兰 Living Nature Natural Products Limited（新西兰纯天然护肤品有限公司）100% 股权项目	335	335
37	阿特斯（中国）投资有限公司	阿特斯（中国）投资有限公司投资阿特斯阳光电力（泰国）有限公司建设年产700MW 太阳能电池、500MW 太阳能电池组件项目	19018	19018
38	江苏省苏豪控股集团有限公司	弘业期货股份有限公司增资弘苏期货（香港）有限公司	967.5	967.5
39	江苏省苏豪控股集团有限公司	爱涛文化（英国）中心有限公司	1000	1000
40	南京三超新材料股份有限公司	南京三超新材料股份有限公司日本超硬材料工具研发中心建设项目	45.97	45.97
41	上海金丝猴集团无锡可可制品有限公司	在尼日利亚投资可可生产项目申请变更主体名称	6000.12	11905
42	江苏刘潭集团有限公司	江苏刘潭集团有限公司柬埔寨服装生产增资项目	300	300
43	无锡市建设发展投资有限公司	无锡市建设发展投资有限公司对香港投资平台增资项目	2500	2500
44	江苏南大电子信息技术股份有限公司	江苏南大电子信息技术股份有限公司在美国新设营销中心项目	50	50
45	南京新街口百货商店股份有限公司	Sanpower International Healthcare Group Limited（BVI）股权收购项目	29488	29488
46	江苏聚汇投资管理有限公司	江苏聚汇投资管理有限公司在美国投资建设保险杠注塑、油漆喷涂、装配生产线项目	5000	5000
47	太仓港协鑫发电有限公司	印尼 Kalbar-12x100MW 煤电项目	25740	39600
48	天合光能（常州）科技有限公司	天合光能（印度）私人有限公司年产700MW 高效太阳能电池及 500MW 组件生产项目	14859	14859
49	无锡市金茂对外贸易有限公司	无锡市金茂对外贸易有限公司在埃塞俄比亚投资年产 2000 万码色织布生产项目	3600	3600
50	美新半导体（无锡）有限公司	美新半导体（无锡）有限公司成立美国子公司	100	100
51	常州东奥服装有限公司	常州东奥服装有限公司在缅甸投资建设服装生产线项目	900	900
52	南京新街口百货商店股份有限公司	安康通控股有限公司 84% 股权收购项目	8208	8208

序号	企业名称	投资项目名称	中方投资额/万美元	总投资额/万美元
53	昆山华创毅达股权投资企业（有限合伙企业）	昆山华创毅达股权投资企业（有限合伙企业）拟投资澳盛科技有限公司（萨摩亚）	1540.95	1540.95
54	江苏省苏豪控股集团有限公司	江苏弘业永润国际贸易收购法国 RIVE 公司 10% 的股权	12.4	12.4
55	江苏苏博特新材料股份有限公司	收购江苏苏博特（香港）新材料股份有限公司 1% 股权项目	0.26	0.26
56	江苏璟亦诚科技有限公司	江苏璟亦诚科技有限公司设立香港视障产品营销平台项目	0.13	0.13
57	常州常京化学有限公司	常州常京化学有限公司并购SKY CHEMICAL HOLDING GROUP LIMITED（天空化学控股集团有限公司）	—	—
58	华奇（中国）化工有限公司	华奇控股集团有限公司	5000	5000
59	南京乐韵瑞信息技术有限公司	南京乐韵瑞信息技术有限公司并购联韵科技股份公司项目	5	5
60	无锡涆华进出口贸易有限公司	无锡涆华进出口贸易有限公司增资金宸源（柬埔寨）有限公司扩建针织品制造项目	200	200
61	江苏辛巴地板有限公司	江苏辛巴地板有限公司阿联酋年产 20 万平方米竹木复合地板生产线项目	500	500
62	无锡宁朗投资有限公司	无锡宁朗投资有限公司在泰国增资建设柠檬酸工厂二期玉米液化项目	1000	1000
63	苏州世纪福智能装备股份有限公司	香港世纪福科技有限公司	100.1	100.1
64	苏宁云商集团股份有限公司	关于苏宁云商集团股份有限公司增资香港苏宁电器有限公司申请	28951.27	28951.27
65	江苏力星通用钢球股份有限公司	JGBR 美洲子公司年产 8000 吨轴承钢球项目	2500	2500
66	长江润发张家港保税区医药投资有限公司	长江润发张家港保税区医药投资有限公司赴香港收购贝斯特医药（亚洲）有限公司 100% 股权	18750	18750
67	苏宁云商集团股份有限公司	关于苏宁云商集团股份有限公司认购阿里巴巴集团增发股份	220000	220000
68	苏州东山精密制造股份有限公司	苏州东山精密制造股份有限公司拟收购美国 Multi-Fineline Electronix，Inc.100% 股权项目	61000	61000
69	南京新街口百货商店股份有限公司	中国脐带血库企业集团（China Cord Blood Coporation）股权收购项目	115850.82	115850.82
70	江苏阳光股份有限公司	阳光埃塞俄比亚毛纺织染有限公司	35000	35000

序号	企业名称	投资项目名称	中方投资额/万美元	总投资额/万美元
71	江苏德展投资有限公司	江苏德展投资有限公司通过境外公司收购西班牙 Urbaser，S.A. 股权项目	123093	156570

第四节　福建省国际产能合作

一、福建省国际产能合作的产业基础

"十二五"期间，福建省战略性新兴产业发展成效显著，2015年实现增加值2618.82亿元，占地区生产总值比重为10.08%，比2010年高出2.08个百分点，成为推动福建省经济持续快速发展的重要力量。

福建省战略性新兴产业整体保持快速增长态势，年均增速约17.7%。尤其是新能源、海洋高新和新材料三大产业年均增速位居前列。2015年，七大战略性新兴产业占全省规模以上工业增加值的比重达到17%。

2015年，福建省新一代信息技术和新材料产业分别实现增加值952.56亿元和598.27亿元，合计占全省战略性新兴产业增加值的比重达59.21%，在新兴产业中突显主导地位。从2011~2015年，全省高端装备制造、节能环保和海洋高新产业增加值从77.06亿元、71.55亿元、18.06亿元分别提高到311.50亿元、340.97亿元、67.65亿元，成为福建省产业发展的新增长点，新兴产业结构不断优化。

到2015年，全省已有7个国家级高新区、8个国家高新技术产业基地、2个国家高技术产业基地、3个国家创新型产业集群和1个国家战略性新兴产业区域集聚发展试点，初步形成以福州、厦门为核心，高新技术产业开发区、创新型产业化基地为节点的战略性新兴产业带，涌现出新型显示、集成电路、新医药等一批特色鲜明、具有竞争优势的新兴产业集群。

到2015年，福建省共有11个国家级技术转移示范机构、213个省级以上重点（工程）实验室、423个省级以上企业技术中心、471个省级以上工程（技术）研究中心、167 个省级科技企业孵化器（其中备案 136 家）、101 个生产力促进中心，搭建了一批产业技术创新战略联盟，突破了一批关键核心技术，企业自主创新能力不断提高。截至 2015 年底，全省万人发明专利拥有量达 4.70件，居全国第 10 位，超额完成"十二五"规划目标。

福建省"十二五"战略性新兴产业分行业发展情况

产业领域增加值 / 亿元	2011 年	2012 年	2013 年	2014 年	2015 年
战略性新兴产业	1169.38	1467.57	1902.93	2350.47	2618.82
新一代信息技术	676.41	808.25	864.56	957.98	952.56
高端装备制造	77.06	87.99	133.93	257.15	311.50
生物与新医药	58.64	74.00	86.62	97.74	149.06
节能环保	71.55	115.14	227.4	304.53	340.97
新能源	96.48	115.28	113.41	127.03	198.80
新材料	171.18	243.09	427.72	536.42	598.27
海洋高新	18.06	23.82	49.30	69.63	67.65

注：2011 年数据为综合相关产业情况测算所得，其他年度为统计数据。数据源自福建省"十三五"战略性新兴产业发展专项规划。

二、福建省国际产能合作的初步成果

自 2008 年之后，福建省对外直接投资稳定，增长速度趋于平缓。近年来，福建在国家实施"走出去"战略的激励和企业的努力下，对外直接投资活跃，境外企业资产总额已突破 60 亿美元。2006~2014 年，福建省新批对外投资企业的数量、协议投资额和中方投资额不断上升。据福建省商务厅统计，2014年前 7 个月福建省共核准对外直接投资项目 127 个，对外投资额为 16.3 亿美元，同比增长 3.3 倍，并创下历史同期新高。福建省新设境外企业和分支机构 89 家，对外投资额达 10.4 亿美元，同比分别增长 61.8 个百分点和 3.7 倍；境外企业增资项目 20 个，对外增资额 4.6 亿美元，分别增长 53.8 个百分点和5.5 倍。

福建省对外直接投资推动了境外加工贸易大发展。近年来，福建省积极扶持引导易受贸易壁垒影响的纺织、服装、鞋帽、家电、建材等行业的企业对外直接投资，在海外建立加工贸易生产基地。福建境外加工贸易企业主要涉及石材、塑料、手表、电机电器、服装、鞋类、炉具等产品的生产加工，其中在国外建设工业小区是全国首创。福建省在俄罗斯、匈牙利、阿联酋、古巴设立的境外工业小区和投资贸易中心，有的已初具规模，产生了良好的辐射和带动作用。这种"政府搭台，企业参与，市场运作，政策扶持"的方法，积极引导了企业赴海外投资，积聚有限的生产要素，推动中小型企业在跨国经营中整合资源、规避风险、降低成本，形成具有福建特色的"走出去"发展道路。

三、福建省国际产能合作的推动措施

福建地处中国东南沿海，是海上丝绸之路的重要起点，是连接台湾海峡东西岸的重要通道，是太平洋西岸航线南北通衢的必经之地，也是海外侨胞和台港澳同胞的主要祖籍地，历史辉煌，区位独特，且具有民营经济发达、海洋经济基础良好等明显优势，在建设 21 世纪海上丝绸之路中具有十分重要的地位和作用。

2015 年 3 月 12 日，国家发展改革委与福建省建立推进国际产能和装备制造合作委省协同机制。双方商定，首批将重点推动福耀玻璃集团、福建鼎瑞公司、福建吴钢集团、武夷实业股份公司、紫金矿业集团等福建省重点企业在印度尼西亚、肯尼亚、巴布亚新几内亚等国的 21 个产能合作项目。国家发展改革委将在建设多双边合作机制、制定国际产能合作重点国别规划、争取金融机构融资支持、设立国际产能合作股权投资基金等工作中对福建省予以支持。福建省将以采矿、有色、汽车、渔业、建材、船舶、轻纺、信息通信、工程机械、环保装备等为重点领域，以 21 世纪海上丝绸之路沿线国家和地区为重点方向，引导市场主体积极参与产能国际合作，带动省内装备制造和设备"走出去"。

2016年3月12日，国家发展改革委主任徐绍史与福建省省长于伟国在北京签署协议，建立推进国际产能和装备制造合作委省协同机制

福建省2015年编制了《福建省建设21世纪海上丝绸之路核心区实施方案》，支持泉州建设先行区及福州、厦门、平潭打造战略支点。与此同时，中央也在大力支持把厦门打造成为海上丝绸之路中心枢纽城市，围绕把厦门建成海上丝绸之路重要枢纽城市的目标，适时出台和完善各项配套扶持政策。

福建将发挥福州、厦门、泉州、漳州、莆田、宁德等沿海城市的港口优势，完善集疏运体系和口岸通关功能，积极打造海上合作战略支点。支持泉州市建设21世纪海上丝绸之路先行区，支持福州市设立福州新区，加快平潭综合实验区等开放合作重点功能区建设。

福建对接"一带一路"的实施方案中涉及项目可以分为扩大沿线国家双向投资的项目，拓展"海上丝绸之路"市场的项目，争取国家政策支持项目（主要与福建自贸区相关的项目），以及海洋合作四大块。厦门市在基础设施、招商引资、对外投资、海洋合作、旅游会展、人文交流六大领域，已确定了39项"一带一路"重点项目。厦门的目标是，预计到2020年，厦门港与海上丝绸之路沿线国海上航线将达到40条以上，空中航线力争达到20条；厦门与海上丝绸之路沿线9国进出口额将力争达340亿美元。

2015年4月，承载中国各类商品的"伊尔丝·伍尔夫"货轮从福州江阴港开启首航之旅，这条新航线将途经马来西亚、新加坡、斯里兰卡、阿联酋等海上丝绸之路沿线国家，最终抵达沙特，这意味着福建步入中东地区又增添了一条快捷直达的通道。与此同时，福建大力加强自身的港口空港建设，如把之前分散的小码头、小港口进行整合，建设六大港口群。福建同内陆地区的合作也在进一步加强，与内陆省份相连的铁路大通道正在建设当中，正在争取尽快开工建设吉永泉铁路、福厦高铁等一批重大项目。这些铁路建成后，将形成对接内陆省份的"三纵六横"的便捷交通网，为内陆省份打通便捷的出海口。

另外，在投资贸易合作上，福建也在大力推进投资、贸易、金融、政府监管等领域的改革创新，促进与海上丝绸之路沿线国家投资贸易便利化；深入推进福建海峡蓝色经济试验区建设，加快设立"中国—东盟海洋合作中心"，筹划建立"中国－东盟海产品交易所"印尼、泰国分中心。"一带一路"规划与远景正在持续深入人心，对相关区域和产业的影响也在不断发酵。

参考资料

福建省 21 世纪海上丝绸之路核心区建设方案

2015 年 3 月，经国务院授权，国家发展改革委、外交部、商务部发布《推动共建丝绸之路经济带和 21 世纪海上丝绸之路的愿景与行动》（以下简称《愿景与行动》），明确提出支持福建建设 21 世纪海上丝绸之路核心区。为贯彻落实国家"一带一路"重大倡议，加快福建省 21 世纪海上丝绸之路核心区建设，特制定并发布本方案。

（一）总体思路

1. 重大意义

福建地处中国东南沿海，是海上丝绸之路的重要起点，是连接台湾海峡东西岸的重要通道，是太平洋西岸航线南北通衢的必经之地，也是海外侨胞和台港澳同胞的主要祖籍地，历史辉煌，区位独特，且具有民营经济发达、海洋经济基础良好等明显优势，在建设 21 世纪海上丝绸之路中具有十分重要的地位和作用。深入贯彻落实《愿景与行动》提出的相关倡议和行动，加快建设 21 世纪海上丝绸之路核心区，有利于进一步发挥福建比较优势，提升开放型经济发展水平，加快科学发展跨越发展；有利于扩大闽台交流合作，增进两岸同胞情谊与共同利益，促进两岸关系和平发展；有利于深化我国与东盟等海上丝绸之路沿线国家和地区的区域合作，打造带动腹地发展的海上合作战略支点，为实现共同繁荣发展做出贡献。

2. 基本原则

服务全局，促进发展。落实国家"一带一路"建设部署和《愿景与行动》提出的相关倡议，从建设核心区和福建实际出发，坚持"走出去"和"引进来"相结合，推动经济社会加快发展。

发挥优势，主动作为。发挥海上丝绸之路文化积淀深厚和侨力资源、闽台渊源、港口口岸、民营经济、生态文明等综合优势，主动拓展国际交流合作，大胆探索、先行先试，增创开放合作新优势。

平等互利，合作共赢。秉承和弘扬和平合作、开放包容、互学互鉴、互利共赢的丝路精神，大力推进与海上丝绸之路沿线国家和地区的务实合作，不断拓展合作的广度和深度，实现共同繁荣发展。

突出重点，稳步实施。以政策沟通、设施联通、贸易畅通、资金融通、民心相通为主要内容，深化与东南亚等海上丝绸之路沿线国家和地区的合作，看准选好优先领域和关键项目，重视风险防控，集中力量突破，稳步推进形成早期收获。

内外统筹，多方联动。坚持市场运作、政府引导，充分发挥企业主体作用，发挥海外华侨华人、台港澳同胞作用，加强与周边省份的分工协作，调动各方面积极性，形成建设核心区的强大合力。

3. 功能定位

充分发挥福建比较优势，实行更加主动的开放战略，在互联互通、经贸合作、体制创新、人文交流等领域不断深化核心区的引领、示范、聚集、辐射作用。

——21世纪海上丝绸之路互联互通建设的重要枢纽。强化港口和机场门户功能，完善铁路和干线公路网络，加强与海上丝绸之路沿线国家和地区在港口建设、口岸通关、物流信息化等方面的合作，构建以福建港口城市为海上合作战略支点、与沿线国家和地区互联互通、安全高效便捷的海陆空运输通道网络。

——21世纪海上丝绸之路经贸合作的前沿平台。发挥产业互补优势，以中国（福建）自由贸易试验区（以下简称福建自贸试验区）等园区为主要载体，争取在拓展与海上丝绸之路沿线国家和地区的产业、贸易、投资合作领域方面率先突破，形成早期收获成果。

——21世纪海上丝绸之路体制机制创新的先行区域。以加快福建自贸试验区建设为突破口，在促进投资贸易便利化、推进金融创新、改进监管服务、规范法制环境等方面先行先试，建立和完善政府间常态化交流机制、投资贸易促进与保护机制、融资保障机制及人文交流机制。

——21世纪海上丝绸之路人文交流的重要纽带。以海外华侨华人和台港澳同胞为桥梁，以妈祖文化、闽南文化、客家文化等共同文化为基础，以民间交流为主体、政府间交流为支撑，加强与海上丝绸之路沿线国家和地区的文化交流和人员往来。

4.合作方向

根据历史基础、经贸合作以及人文交流现状等情况，福建省21世纪海上丝绸之路核心区建设重点合作方向是打造从福建沿海港口南下，过南海，经马六甲海峡向西至印度洋，延伸至欧洲的西线合作走廊；从福建沿海港口南下，过南海，经印度尼西亚抵达南太平洋的南线合作走廊；同时，结合福建与东北亚传统合作伙伴的合作基础，积极打造从福建沿海港口北上，经韩国、日本，延伸至俄罗斯远东和北美地区的北线合作走廊。

5.省内布局

充分发挥福建各地的地缘、人缘、历史文化及对外开放、产业发展等优势，强化沿海港口城市的支撑引领作用和山区城市的承接拓展作用，合理确定重点合作领域和区域，形成整体参与和引领国际合作的新优势。

支持泉州市建设21世纪海上丝绸之路先行区。发挥海外华侨华人、民营经济和伊斯兰文化积淀等优势，在推动华侨华人参与核心区建设、民营企业"走出去"、海上丝绸之路文化国际交流、国际金融合作创新、制造业绿色转型等方面发挥先行先试作用，全面提升与东南亚、南亚、西亚、北非等国家和地区的开放合作水平。

支持福州、厦门、平潭等港口城市建设海上合作战略支点。发挥福州、厦门的产业基础、港口资源和开放政策综合优势，以加快福州新区、厦门东南国际航运中心建设为主要抓手，深化与东盟海洋合作，打造一批有国际影响力的海上丝绸之路国际交流平台，建设21世纪海上丝绸之路核心区互联互通的重要枢纽、经贸合作的中心基地和人文交流的重点地区。发挥平潭综合实验区、厦门市深化两岸交流合作综合配套改革试验等对台先行先试政策优势和漳州两岸产业对接集中区优势，通过深化两岸合作拓展与沿线国家和地区的合作渠道、合作领域，构建两岸携手建设21世纪海上丝绸之路的开放新格局。发挥莆田、宁德深水港口优势和妈祖文化、陈靖姑文化等纽带作用，拓展与海上丝绸之路沿线国家和地区的经贸合作和民间信俗交流，促进经贸人文融合发展。

支持三明、南平、龙岩等市建设海上丝绸之路腹地拓展重要支撑。发挥生态、旅游资源优势和朱子文化、客家文化等纽带作用，积极参与21世纪海上丝绸之路核心区建设，拓展与海上丝绸之路沿线国家和地区的交流合作，同时弘扬"万里茶道"等特色文化，对接丝绸之路经济带，打造国际知名的生态文化旅游目的地、绿色发展示范区和客家文化、茶文化交流基地，提高对外开放合作水平。

（二）加快设施互联互通

1. 加强以港口为重点的海上通道建设

加快集约化、专业化、规模化港口群建设，集中力量打造"两集两散两液"核心港区，整合港口航线资源，拓展港口综合服务功能。重点加快厦门东南国际航运中心建设，提高其在国际航运网络中的枢纽地位。加强与海上丝绸之路沿线国家和地区的港航合作，推动沿海港口与沿线重要港口缔结友好港口，鼓励港口、航运企业互设分支机构，推进港口合作建设，增开海上航线航班。鼓励省内企业参与沿线国家的航运基地、港口物流园区建设和运营，吸引境外港航企业来闽合作建设港口物流园区和专业物流基地，支持内陆省市来闽合作建设飞地港。加快厦门国际邮轮母港建设，争取开通福建—台湾—香港—东盟邮轮航线。积极发展平潭邮轮旅游服务，重点开拓闽台旅游市场。

2. 强化航空枢纽和空中通道建设

重点推进厦门新机场建设，强化厦门国际机场区域枢纽功能，将厦门建设成我国至东盟的国际航班中转地；加快福州机场第二轮扩能及二期扩建工程建设，强化门户枢纽机场功能；推进泉州新机场、武夷山机场迁建等规划建设。积极拓展境外航线，鼓励国内外航空公司新开和增开福建至东南亚、南亚、西亚、非洲、欧洲等主要城市的国际航线，重点开通和加密至东盟国家的航线。改善航空与旅游、商务会展的合作机制，支持航空企业开展包机服务、高端商务服务等。

3. 完善陆海联运通道建设

加强以港口集疏运体系为重点的陆路通道建设，推进港口与铁路、高速公路、机场等交通方式的紧密衔接。积极拓展港口腹地，鼓励发展"陆地港"、多式联运，建设服务中西部地区对外开放的重要出海通道。建立由铁路、港口管理部门和企业共同参与的协商机制，大力发展海铁联运。重点加快建设衢（州）宁（德）铁路、吉（安）永（安）泉（州）铁路、福（州）厦（门）铁路客运专线等铁路通道，以及宁波至东莞、莆田至炎陵等高速公路，完善疏港铁路、公路网络，进一步畅通福建连接长三角、珠三角和中西部地区的陆上运输大通道。

4. 深化口岸通关体系建设

进一步扩大口岸开放，加强口岸基础设施建设，完善口岸通关机制，促进港口通关有效整合，推动实现地方电子口岸的互联互通和信息共享，提升口岸通关便利化程度。加强与国内港口物流信息服务、电子口岸服务、跨境电商服务、大型物流企业信息服务等资源的互联互通，打造21世纪海上丝绸之路物流信息中心。推进与东盟国家跨境运输便利化，加强海上物流信息化合作，依托福建省国际贸易"单一窗口"平台，探索推进与东盟国家、台港澳地区口岸通关部门信息互换、监管互认、执法互助等，打造便捷的通关体系。

5. 加强现代化信息通道建设

积极推动福建与东盟国家的信息走廊建设，完善信息网络合作与信息传输机制，促进与海上丝绸之路沿线国家和地区信息互联互通，打造便捷的信息传输体系。

（三）推进产业对接合作

1. 支持企业扩大境外投资

在加快产业转型升级的同时，鼓励各类企业赴境外投资，将优势产能稳步有序地转移到海上丝绸之路沿线国家和地区，加快境外汽车、工程机械、食品机械、电力设备、船舶等组装与服务基地建设。重点支持企业在沿线国家和地区建设冶金、机械、纺织、服装、制鞋等产业合作园区和制造基地。支持先进装备、技术标准、管理理念"走出去"，打造一批跨国公司和国际知名品牌。

2. 拓展现代农业合作

深化粮食、茶叶、食用菌、水果蔬菜等领域合作，支持企业设立境外农业生产基地，并积极介入农产品流通领域，参与海外农产品物流体系合作建设。巩固、深化粮食育种、种植和深加工等合作，进一步推进菌草等产业合作示范园建设。鼓励企业在沿线国家和地区建立茶叶种植基地，支持武夷山、安溪等地茶叶龙头企业共同开拓国际市场，打造国际知名的福建茶叶品牌，适度提高当地加工程度。积极开展对东南亚和南亚国家的农业技术援助，帮助相关国家提高农业生产水平。

3. 深化主导产业合作

积极推动石油化工、机械装备、电子信息等重大产业项目对接合作。重点推进与东南亚、西亚等地区企业在江阴港区、湄洲湾等地合作建设精细化工项目。依托泉港、泉惠石化园区，拓展与西亚等地区企业的石化产业合作。依托古雷石化产业园区，支持、引导沿线国家和地区的企业参与石化中下游产业项目建设。深化与沿线国家和地区在集成电路、平板显示和数控机床等领域的合作。

4. 加强能源矿产合作

依托福建主要港口，布局建设来自沿线国家和地区的进口油气、矿石等物流中转及加工基地。积极拓展与西亚等地区的矿业、能源合作，加强与东南亚等地区在矿产资源开发及深加工领域的合作。支持企业开展与沿线国家和地区在新能源领域的合作。

5. 加强旅游业合作

重点加强与东南亚、南亚和西亚等海上丝绸之路沿线国家和地区的旅游合作，推出一批精品旅游线路，支持举办海上丝绸之路国际旅游节等文化旅游交流活动，共同打造海上丝绸之路旅游品牌，把福建建设成为海上丝绸之路旅游合作先行试验区和重要集散中心。规划建设平潭国际旅游岛，打造福州、厦门、泉州、湄洲岛等海上丝绸之路重要旅游目的地，整合提升武夷山、福建土楼、泰宁丹霞和宁德世界地质公园等一批重点旅游景区，大力开发特色明显、主题鲜明的海上丝绸之路文化旅游产品。支持企业参与沿线国家和地区的旅游基础设施建设，争取与沿线国家和地区互设旅游办事处，探索打造海上丝绸之路旅游经济走廊和环南海旅游经济圈。

（四）加强海洋合作

1. 积极发展远洋渔业

积极开发太平洋和印度洋公海渔业资源，建立与东南亚、南亚、西亚及非洲有关国家长期稳定的渔业捕捞合作关系。引导、支持企业在沿线国家和地区加快境外远洋渔业生产基地、水产养殖基地、冷藏加工基地和服务保障平台建设，探索在沿线国家和地区提供远洋渔船检测服务，开展远洋渔船境外年审、检测、职务船员考试发证，以及远洋渔民教育、培训等工作。

2. 加强海洋科技和生态环境保护合作

依托优势资源，加强与东盟等国家在海洋生态环境保护与修复、海洋濒危动物保护、海洋生物多样性、海洋生态系统服务等领域的交流合作。积极携手海上丝绸之路沿线国家和地区，争取在海洋监测、海洋环境保护、生物多样性和海洋资源利用等领域制定共同行动计划。支持在闽科研机构、高等院校与沿线国家科研机构开展海洋生态联合观测及风险预警、海岸带变化与修复、海洋碳汇等领域研究和海洋科学考察合作。依托厦门国际海洋周，举办好"中国－东盟海洋经济合作论坛"，共同探讨和开展在海洋综合管理、减灾防灾、科技交流、资源环境保护、海洋文化等方面的交流与合作。

3. 强化海上安全合作

推动与东盟等国家在海洋观测和预报领域的合作，推进海洋搜救、海上减灾防灾、海洋灾害预警等领域的合作，建设联合海啸预警和减灾合作与服务平台。参与国家统一部署的海上联合执法、联合防恐合作，加强与东盟国家海上安全执法机构的交流与合作，增进了解与互信，共同维护地区和平稳定与航行安全。

（五）拓展经贸合作

1. 积极推进福建自贸试验区建设

充分发挥改革先行优势，营造国际化、市场化、法制化的营商环境，积极开展对海上丝绸之路沿线国家和地区的开放合作先行先试，实行投资贸易便利化政策，建设改革创新试验田，为加强与沿线国家和地区的交流合作拓展新途径。发挥福建自贸试验区的辐射作用，带动省内其他地区与周边地区共同推进21世纪海上丝绸之路核心区建设。

2. 努力提高对外贸易水平

巩固传统贸易市场，积极开拓南亚、西亚及非洲等新兴市场，培育新的贸易增长点。推动重点行业出口转型升级，提升高附加值产品出口比重。努力培育知名品牌，举办"福建品牌海丝行"，推动福建产品在海上丝绸之路沿线国家和地区的销售。鼓励企业到港澳地区设立营销中心、营运中心，扩大转口贸易规模。支持企业扩大先进装备技术、重要资源、关键零部件以及满足不同层次需求的消费品进口。

3. 强化贸易支撑体系建设

积极发展跨境电子商务，协调海关、检验检疫、交通等部门，创新监管机制，建设跨境电子商务和国际物流服务平台，促进企业开展与海上丝绸之路沿线国家和地区的电商贸易。支持企业在境外设立仓储基地、自建或利用第三方跨境电子商务平台扩大对外贸易，鼓励企业加快海外商贸物流基地建设。推进保税区、出口加工区、保税物流园区、保税港区（综合保税区）等海关特殊监管区域的整合优化，深化与海上丝绸之路沿线国家和地区的经贸合作。

4. 加强投资促进工作

完善投资促进机制，促进双向投资合作。引导外资重点投向主导产业、高新技术产业、现代服务业和节能环保等领域。办好亚洲合作对话（ACD）-共建"一带一路"合作论坛暨亚洲工商大会、中国（泉州）海上丝绸之路国际品牌博览会，并依托中国国际投资贸易洽谈会、海峡两岸经贸交易会、中国·海峡项目成果交易会等会展平台，举办海上丝绸之路主题活动，吸引更多沿线国家和地区客商参会，拓展经贸投资合作。鼓励各类园区开展专业化招商，引导符合产业政策导向的外资项目向园区集中。支持企业在沿线国家和地区上市融资。鼓励企业在境外投资建设轻工、纺织、服装、家电、机械、船舶、电子信息等优势产品生产基地，引导和支持有条件的企业在境外建设经贸合作区。

（六）密切人文交流合作

1. 丰富文化交流

深度挖掘海上丝绸之路丰富的历史文化内涵，组织福建文化精品赴沿线国家和地区展览展示，举办各类文化体育交流活动。加强对海上丝绸之路相关史料研究、文物搜集与保护，支持泉州牵头会同相关国家和地区的城市联合申报"海上丝绸之路"世界文化遗产，推进"海上丝绸之路数字文化长廊"建设。整合各类节庆活动，支持泉州举办海上丝绸之路国际艺术节等活动，支持厦门举办"南洋文化节"，支持福州、泉州等城市举办"21世纪海上丝绸之路国际研讨会（或学术研讨会）"，组织大型舞剧"丝海梦寻""丝路帆远－海上丝绸之路文物精品图片展""海丝国家图书和图片展"等赴东盟等国家和地区演出、展出，推动"闽侨文化中心""闽侨书屋"在沿线国家和地区拓展。

深化青年、非政府组织、社会团体等友好交流。积极拓展民间信仰、民俗文化等民间交流往来，积极承办世界客属恳亲大会，争取在莆田建立世界妈祖文化中心，定期举办各种祭祀、民俗活动，增进民间互信。启航"海丝友好之船"，赴东南亚开展考察、交流等活动。加强与沿线国家和地区的媒体交流合作，增进相互了解。

2. 深化教育合作

支持华侨大学等高等院校在海外联合办学或设立分校，支持厦门大学依托马来西亚分校建设中国－东盟海洋学院，合作开展海洋事务、科技培训。依托华侨大学，整合省内外优势资源，合作共建"海上丝绸之路研究院"，打造21世纪海上丝绸之路研究的高端智库和学术交流平台。支持福建师范大学等高等院校在东南亚创建孔子学院或汉语培训班。扩大互派留学生规模，实施东盟十国来闽留学奖学金项目，增加来闽留学生数量，扩大派出留学生规模。

3. 开拓医疗卫生交流与合作

继续开展援外医疗工作；支持有资质的企业和个人赴东南亚建设经营医院，开办特色医疗诊所，改善当地医疗条件；深化实施福建－泰国精神卫生合作项目，开展交流学习互访；挖掘与发达国家卫生合作，支持沿线国家和地区的高水平医疗资源来闽合作建立医疗机构。

4. 拓展友好城市

重点支持与东盟十国的相关城市缔结友好城市，增加友好城市数量；着力拓展与南亚、西亚、东非、北非、澳新等地区的友好城市交往，构筑人文交流和密切往来的合作平台。

5. 扩大劳务合作

依托境外投资项目的建设和管理，加大劳务培训，扩大工程承包、海洋运输、现代渔业等领域的劳务合作。针对部分劳动力紧缺地区和行业，争取试点开放境外劳工输入，开辟劳务双向合作新领域。

（七）发挥华侨华人优势

1. 激发侨商参与建设热情

发挥海上丝绸之路沿线国家和地区华侨华人作用，吸引华商参与、促进沿线重要基础设施、产业园区等合作项目建设。进一步拓展侨务引资引智，积极发挥闽籍重点侨团的作用，主动对接重点侨商，邀请侨商来闽考察投资。做好侨资企业的投资促进与服务工作，鼓励华侨华人积极参与福建自贸试验区建设。

2. 加强华侨华人情感联系

推进在福州、厦门分别设立"海丝侨缘馆"，支持泉州建设南洋华裔族群寻根谒祖综合服务平台。推进提升沿线国家和地区华文教育以及华裔青少年夏（冬）令营工作。通过采访华侨华人以及展示族谱、文献资料等形式，凸显华侨华人作为21世纪海上丝绸之路参与者、建设者和见证者的重要作用。引导沿线国家和地区华侨华人和华侨社团加强与国内"走出去"企业的交流、服务，共同关注社会责任，实现与当地的和谐相处。

（八）推动闽台携手拓展国际合作

1. 深化闽台经贸合作

通过深化闽台交流合作促进核心区建设，通过核心区建设提升闽台交流合作水平。推动福建自贸试验区与台湾自由经济示范区加强合作。支持台资企业参与福建港口建设，密切与台湾地区的海上运输合作，共同打造环台湾海峡港口群和航运中心。支持福建企业与沿线国家和地区的台资企业加强合作，携手共同拓展东盟等国际市场。完善海上安全执法合作机制，共同打造稳定、畅通的海上丝绸之路。

2. 扩大闽台人文交流交往

加强祖地文化、民间文化交流，加快闽南文化生态保护实验区和客家文化、妈祖文化等载体建设，弘扬中华文化。扩大"海峡论坛"品牌效应，深化两岸民间基层交流合作。构建两岸直接往来主通道，拓展"小三通"功能，强化福州、厦门、泉州在两岸空中直航中的中转功能，进一步方便人员往来。拓展与台湾地区以及东盟等沿线国家和地区的体育交流合作。支持平潭携手台湾共同开展南岛语族渊源关系研究。

（九）创新开放合作机制

1. 强化政府间交流机制

建立福建与东盟国家之间的常态交流机制，加强高层互访，推动务实合作，力争在重大议题、重点领域等方面率先达成共识、取得突破。完善与沿线主要城市特别是友好城市的政府间交流机制，积极推动与东盟国家有关省（邦、州）的结好事宜。邀请相关国家驻华使节、政府官员来闽交流和商谈合作事宜。加强福建省直有关部门、设区市与相关国家政府部门之间的双向交流往来。

2. 建立国内合作共建机制

加强与广东、浙江、江西、上海、江苏、广西、海南等省区市的区域协作与统筹，构建国内海上丝绸之路建设协作网络，协同推进海上丝绸之路建设。发挥泛珠三角区域合作平台作用，联合区域内相关省区扩大与海上丝绸之路沿线国家和地区的交流合作。积极参与丝绸之路经济带建设，扩大与丝绸之路沿线国家和地区的经贸合作和人文交流，支持武夷山市会同丝绸之路沿线主要城市共同举办"万里茶道"一系列经贸文化旅游活动。

3. 打造重大合作平台

1）打造重大综合性交流合作平台。按照《愿景与行动》关于建立"一带一路"国际高峰论坛的倡议，积极配合国家层面办好"一带一路"国际高峰论坛，加强与沿线国家和地区的交流交往；推动建立"21世纪海上丝绸之路城市联盟"并在泉州设立秘书处，邀请海上丝绸之路沿线国内外主要城市参加，举办年会、峰会、论坛等系列活动，促进交流合作。

2）打造重大经贸合作平台。重点支持在福州举办的海峡两岸经贸交易会加挂"21世纪海上丝绸之路博览会"，邀请海上丝绸之路沿线国家和地区的有关机构和企业参加，开展商品展示、招商推介、投资洽谈等对接活动；支持中国贸易促进委员会牵头成立海上丝绸之路多边商务理事会并在泉州设立联络办公室，打造与海上丝绸之路沿线国家和地区的多边商务合作机制。

3）打造重大海洋合作平台。重点支持在厦门建设"中国－东盟海洋合作中心"，加强与东盟国家的全方位海洋合作，打造"创新、合作、共赢"的中国－东盟海洋合作平台；支持福州加快建设完善中国－东盟海产品交易所，积极推动在海上丝绸之路沿线主要国家和地区设立交易分中心，形成面向沿线国家和地区的海产品电子交易平台。

4）打造重大人文交流平台。重点支持福州承办丝绸之路国际电影节，促进与"一带一路"沿线各国的人文交流与合作；支持泉州整合海外交通史博物馆、华侨历史博物馆等资源，建设海上丝绸之路国际文化交流展示中心。

（十）强化政策措施保障

1. 加强组织领导

发挥福建省21世纪海上丝绸之路核心区建设工作领导小组及其办公室作用，加强对核心区建设的总体指导和统筹协调，制定出台支持核心区建设的相关政策，统筹推进对外交流合作重大项目实施，协调解决核心区建设中的相关重大问题。各设区市、平潭综合实验区也要建立相应的组织协调机制，确保各项目标任务、政策措施的落实。

2. 强化统筹协调

省各有关部门和各设区市、平潭综合实验区要分别研究制定具体行动方案或工作措施，积极落实本方案。加强各部门之间的合作，有序推进各项建设工作。加强政府与民间的良性互动，调动各方积极性，形成分工协作、步调一致、共同推进的工作局面。

3.加大政策扶持

争取国家加大中央预算内投资、中央财政专项资金和国外优惠贷款等资金投入，支持核心区重大合作项目建设。整合现有地方财政资金渠道，加大对核心区建设重点项目的支持力度。争取开发性金融机构、国家政策性银行、商业银行等金融机构以更大力度加强对福建的资金支持。积极争取丝路基金、中国－东盟海上合作基金支持。推动福建省现代蓝色产业创投基金扩大基金规模和投向范围，对接国家开发性、政策性融资，为"走出去"企业在海上丝绸之路沿线国家和地区的投资项目提供融资支持。完善人员出入境审批和外汇管理手续，在政策法规允许范围内最大限度提供方便。

4.突出项目带动

高度重视重大合作项目对核心区建设的支撑带动作用，围绕与海上丝绸之路沿线国家的设施互联互通、产业合作、海洋安全、经贸合作、人文交流等领域，集中力量推动实施一批重大项目，形成示范带动效应。建立重大项目储备库，加强项目跟踪服务，按规定程序加快推进项目前期工作，建立开工建设一批、投产达标一批、储备报批一批的滚动推进工作机制。加强项目建设的协调、配合和风险防范意识，提高合作成效。

5.强化人才支撑

完善人才优惠政策，大力培养和引进一批具有国际视野、通晓国际政治和经济运行规则、熟悉海上丝绸之路沿线国家和地区政治法律制度和国际法规的外向型、复合型人才。加大国内外人才双向交流力度，面向海内外招聘急需的高层次人才。鼓励规划设计、高等院校和科研机构等单位的专业人才到沿线国家和地区参与重大项目建设。

6.加强境外投资风险防范

加强境外投资信息服务，为企业提供海上丝绸之路沿线国家和地区政治经济、社会文化、法律规范、投资项目等信息，及时发布风险提示；加强境外投资监测与预警体系建设，积极跟踪分析企业境外投资及项目建设进展，为企业"走出去"提供分析借鉴，引导企业增强风险意识，加强风险防范。

第五节 安徽省国际产能合作

一、安徽省国际产能合作的产业基础

经过多年建设，安徽省已建立起门类比较齐全、项目配套能力较强的工业体系，福布斯"世界500强"分布的49个行业，大多数在安徽有着良好的产业配套基础，都能找到理想的对口企业和合作伙伴。具有优势的行业门类有：

1. 汽车及工程机械

汽车及工程机械是安徽省最大的工业行业，目前工程机械行业在全国排名前3位，汽车产销量在全国排名第6位。叉车、挖掘机、豪华大客车、客车底盘、快速液压机、大型潜水电泵、农用运输车、汽车及摩托车仪表、立式加工中心、活塞环、滤清器等一批产品达到国内先进水平，产量位居全国前列。

安徽省的汽车行业近两年发展迅速，已成为全国汽车工业增长最快的省份之一。在产量快速增长的同时，产品体系也由单一的载重汽车发展到客车及底盘、轿车、轻微型载重汽车、商务车、专用汽车等系列产品，涌现出江淮汽车、奇瑞汽车、安凯客车、合肥昌河、星马专用车等国内知名生产企业和企业集团，形成了一定的竞争优势。江淮汽车客车底盘是中国质量好、市场占有率高的产品，安凯集团的安凯客车位于世界顶级客车之列，合肥现代客车在中国中档客车中有着较好的性能价格比，奇瑞轿车、瑞风商务车都畅销全国各地。

2. 家电

安徽家用电器行业在全国占有重要地位。拥有美菱、荣事达、海尔、美的、科龙、西门子、日立、三洋等一批知名企业。

3. 电子信息

电子信息产品制造业是安徽重要的新兴产业。主要产品有军民用雷达设备、微型计算机、电视机、电子仪器、聚丙烯电工膜、半导体分立器件、电子元件、录音机、电机、磁性材料等。出现了一批有一定规模和特色的重点企业，如合肥海尔、安徽康佳、芜湖实达电脑、安徽铜峰电子、铜陵三佳电子、科大讯飞等。形成了一些独具优势和特色的电子基础材料基地，如铜陵的电工薄膜和电子铜材、马鞍山的磁性材料、安庆的电子陶瓷、淮北的电子铝箔等。特别是铜峰电子（集团）公司已成为全国较大的电容器薄膜和薄膜电容器生产基地，是国家重点高新技术企业，中国电子元器件百强企业。

4. 软件业

安徽省建立了国家"火炬计划"软件产品开发基地——合肥软件园、芜湖软件园，已开发出一批具有国际国内领先水平的软件产品。科大讯飞股份有限公司已被国家科技部认定为"国家 863 计划成果产业化基地"，汉语语音合成技术世界领先。

5. 新型建材

安徽新型建材工业主要产品为新型墙体材料，以塑代木、以塑代钢的PVC、PE、PP-R 等型材和管材，及各类室内装饰装修材料等。化学建材年产量达 31 万吨，在全国处于首位。形成了一批在全国有较大影响的新型建材骨干企业，如海螺型材、国风塑业、安徽百通、芜湖华亚等，其产品在国内市场上享有很高知名度，市场占有率名列前茅。

6. 能源及原材料

安徽省矿产资源的开发利用在国民经济中占有重要地位，已形成能源、建材、冶金、有色、化工五大基础产业，是国家级的原材料工业基地和能源供应基地。两淮煤矿（淮南、淮北）是中国南方最大的煤炭生产基地，马钢是我国重要的钢铁生产基地，铜陵是我国重要的铜冶炼和加工基地。

二、安徽省国际产能合作的初步成果

2015 年，安徽省新批境外企业（机构）133 家，增长 33%；实际对外投资 9.7 亿美元，增长 1.1 倍；对外承包工程完成营业额 26.9 亿美元，下降 16.6%。2016 年上半年，安徽省新批境外企业（机构）67 家，增长 22%；实际对外投资 8.6 亿美元，增长 42%；对外承包工程完成营业额 13.2 亿美元，增长 25.8%。

2016 年 1~8 月，安徽省新批境外企业（机构）97 家，同比增长 15%，实际对外投资 9.5 亿美元，同比增长 29%；对外承包工程新签合同额 16.7 亿美元，同比增长 7.9%，完成营业额 18 亿美元，同比增长 25.1%。主要特点：一是新签合同额创月度新高。8 月，对外承包工程新签合同额 6.3 亿美元，同比增长 1.5 倍，环比增长 76.2%。其中在安哥拉新签合同额 1000 万美元以上项目 8 个，合同总额 3.2 亿美元，这是安徽企业在安哥拉市场受国际油价低迷导致承包工程市场资金紧缺的情况下取得的不易成绩。二是承包工程市场开拓获新突破。2016 年 8 月，安徽蚌埠国际公司与中非共和国交通开发部签订了中非共和国班吉姆国际机场航站楼及配套设施建设 EPC 合同，合同额 2.5 亿美元，这是安徽省承包工程企业首次成功进入中非共和国市场。三是对外投资行业分布进一步优化。2016 年以来，安徽省对外投资一直保持两位数的增长。2016 年前 8 个月，安徽省 75 家企业对全球 33 个国家和地区的 91 家境外企业直接投资近 10 亿美元。对外投资主要流向商务服务业、制造业和采矿业，投资额分别为 4.9 亿美元、1.5 亿美元和 8915 万美元，分别占全省总量的 51.5%、15.8% 和 9.3%。

1）国际产能合作扎实推进。安徽省汽车、农业、矿产资源开发等领域企业加快推进国际产能合作，其中：海螺集团在东南亚投资合作超过 4 亿美元，在印尼南加里曼丹岛、孔雀港、西巴布亚以及缅甸皎施均有项目建设；中铁建铜冠在厄瓜多尔投资 17 亿美元铜矿项目开工；奇瑞汽车在巴西投资 3 亿美元轿车项目建成运行。2016 年安徽省企业与"一带一路"沿线国家签订 1000 万美元以上项目 46 个，合同额 29.7 亿美元，分别增长 15%、26.1%。

2）跨国并购快速发展。安徽埃夫特智能装备有限公司拟收购意大利 CMA 公司 70% 股权，该公司是全球第一家提出机器人自学习功能的喷涂机器人供应商；安徽中鼎密封件股份有限公司拟收购德国 WEGU 公司 100% 股权，WEGU 公司抗震降噪技术处于世界领先水平；科大国创软件股份有限公司拟在日本东京设立全资子公司进行系统设计、软件开发及销售等。

3）深化与重点国家合作。借助长江中上游地区与俄罗斯伏尔加河沿岸联邦区合作机制，推动与俄罗斯多领域合作，与伏尔加河沿岸12个联邦主体建立直接交往关系，与下诺夫哥罗德州结为友好省州。双方互访团组181批次，签订海螺集团在乌里扬诺夫斯克州投资项目等合作协议41个。中德两国总理来皖考察期间达成了8项重要合作成果，双方积极推动经贸、金融、科教、城镇化、农业、旅游、人文等领域合作，安徽已有汽车、装备制造、化工、科教人文等领域55个重点项目。

安徽省国际产能合作重点行业包括：

1）矿产资源。安徽省经济结构对矿产资源的依赖程度比较高，省委、省政府鼓励企业参与境外铁矿、铜矿等重要矿产资源开发。中铁建铜冠投资建设的厄瓜多尔铜矿开发项目，总投资17亿美元，目前已开工建设，该公司是由安徽省铜陵有色集团和中铁建按70%∶30%股比成立的合资公司，是安徽省企业与央企"联合出海"的典型案例。

2）汽车及零部件。一是在境外设立贸易公司，扩大产品出口，如合力叉车在法国设立合力欧洲中心等。二是凭借管理、技术优势在海外投资建厂或收购企业，带动装备"走出去"。如奇瑞汽车投资4亿美元在巴西建设汽车项目，一期产能为年产5万台汽车，目前工厂已运行，这是我国企业在巴西投资建设的第一个乘用车项目；江淮汽车投资2.5亿美元在巴西建设的汽车项目，目前已完成厂地平整、图纸设计等前期工作。

3）建材（水泥）制造。安徽省建材生产企业走出去的潜力和动力较为充足，具有直接对接国外投资建设项目、输出先进的生产技术和成套设备的运营管理经验，满足东道国对建材产品的需求。如合肥水泥设计研究院承建越南、俄罗斯多条水泥生产线等。安徽省海螺集团在印尼、缅甸、柬埔寨、老挝等东南亚国家已完成产业规划布局，在印尼南加里曼丹、孔雀港、西巴布亚、巴鲁、北苏拉威西以及缅甸皎施、柬埔寨马德望均有项目在建，"十三五"期间海螺集团拟在海外形成4500万吨熟料、5000万吨水泥的产能。

4）农业开发。安徽省农业产业化龙头企业通过与当地企业合资合作，开展种子出口、生产、加工、贸易一条龙服务，实现技术、设备、劳务全方位输出。

如安徽农垦集团在津巴布韦农业开发项目，分期开发50万公顷土地，种植小麦、玉米、大豆及烟草等，取得了显著的经济和社会效益，同时带动省内多家农业企业赴津巴布韦发展。

5）生物化工。整合境外资源优势和自身工程技术优势，向海外输出技术和装备，将优势产能逐步转移到海外资源丰富、生产成本低的地区，以延长成熟技术和工艺的生命周期。如安徽省丰原集团的生物发酵技术和柠檬酸、燃料乙醇等产品在国内外市场上具有极强的竞争力，受国内粮食加工政策的影响，丰原集团及时调整发展战略，将农产品深加工技术及装备输出至南美、东欧及东南亚等农业资源丰富的地区，目前巴西、匈牙利项目已开工建设，泰国项目已建成投产，形成年产8万吨柠檬酸的生产能力。

6）跨国并购。通过参股或并购当地高技术企业、研发机构，开发具有自主知识产权的新技术、新产品。如马钢集团竞标收购法国瓦顿公司，使马钢集团较快获得高铁车轮技术；中鼎集团通过收购美国库伯公司、高仕利公司及德国KACO公司等，发展了高端装备用密封产品；安徽埃夫特智能装备有限公司拟收购意大利CMA公司70%股权，该公司是全球第一家提出机器人自学习功能的喷涂机器人供应商。

三、安徽省国际产能合作的推动措施

1. 出台安徽省贯彻实施意见

根据《国务院关于推进国际产能和装备制造合作的指导意见》（国发〔2015〕30号），结合安徽省发展实际，国家发展改革委会同有关单位起草了《安徽省推进国际产能合作实施意见》，经省政府常务会议审议通过后，于2015年12月以省政府名义印发。意见提出根据不同国家和行业的特点，有针对性地采用贸易、承包工程、投资等多种方式有序推进安徽省建材、汽车及零部件、钢铁、化工、煤炭等行业企业开展国际产能合作，推动装备、技术、标准和服务"走出去"，同时践行正确义利观，充分考虑所在国国情和实际需求，注重与当地政府和企业互利合作，创造良好的经济和社会效益，实现互利共赢、共同发展。实施意见明确了各项任务的牵头单位和参加单位，强化责任落实，完善工作制度，为推进国际产能合作工作提供制度保障。

2016 年 1 月，省政府召开全省推进国际产能合作专题会议，研究部署了国际产能合作重点工作。2 月，省政府办公厅印发了安徽省推进国际产能合作2016 年工作要点。

2. 建立委省协同机制

2015 年 12 月 17 日，安徽省省长李锦斌和国家发展改革委主任徐绍史在京签署《国家发展改革委安徽省人民政府关于建立推进国际产能和装备制造合作委省协同机制的合作框架协议》。双方商定，国家发展改革委将在建设多双边合作机制、制定国际产能合作重点国别规划、争取金融机构融资支持、设立国际产能合作股权投资基金等工作中对安徽省予以支持。安徽省将围绕建材、汽车及零部件、钢铁、有色、光伏、工程机械、农业、生物化工等重点领域和亚洲周边国家、欧洲、非洲及南美洲等重点区域，制定扶持激励政策，建立动态更新的重点项目库，积极推动本省企业开展国际产能合作。

2015 年 12 月 17 日，国家发展改革委主任徐绍史与安徽省
省长李锦斌在北京签署协议，建立推进国际产能和装备制造合作
委省协同机制

3. 推动合作项目实施

目前，安徽省在加大财政支持力度、简化审批程序、提高外事服务水平、加强安全风险防控等方面加强对企业"走出去"支持力度。收集整理国际产

能合作重点项目 25 个，建立了安徽省国际产能合作重点项目库，其中海螺集团、铜陵有色金属集团、江淮汽车、合肥水泥设计研究院、奇瑞汽车、丰原集团、合肥海润光伏等 7 家企业在印尼、巴西、厄瓜多尔、罗马尼亚、匈牙利投资的 13 个项目列入国家发展改革委重点国别对接组合工作安排。积极跟踪项目进展，主动为海螺集团、省农垦集团、中鼎公司等企业提供服务，推动项目落地，现安徽省重点项目库中已有一半以上项目开工建设。

此外，安徽省发展改革委会同省外办组织安徽代表团参加国家发展改革委、外交部和湖北省人民政府主办的中国中部国际产能合作论坛暨企业对接洽谈会，组织 8 家企业参会，其中，建工集团安哥拉基础设施、水电开发等项目，奇瑞公司在加蓬、刚果（金）汽车销售等项目达成合作意向。

4. 项目谋划方面

围绕安徽省产能合作重点领域，对重大项目和重点联系企业进行全面调查摸底，按照开工一批、储备一批、谋划一批的滚动机制，对安徽省国际产能合作项目库进行动态更新，争取新项目列入国家国际产能合作项目库。推动建立"走出去"联盟，鼓励支持海螺集团、奇瑞汽车、丰原集团等企业牵头组建"走出去"产业联盟，带动更多企业"走出去"，"抱团出海"开展国际产能合作。

5. 政策支持方面

积极建立地方政策支持体系，研究设立安徽省国际产能合作专项基金、股权投资基金。争取各类银行和金融机构为安徽省产能合作项目提供融资支持，鼓励省内金融机构提高对境外资产或权益的处置能力。扩大保险覆盖面，降低基础费率，延长承保期限，力争安徽省国际产能合作重点项目应保尽保。

6. 服务保障方面

完善省级层面的综合服务体系，建立重点国家资源禀赋、营商环境、潜在项目、重大风险等全方位综合信息服务平台。制订专项人才引进计划，鼓励企业、高校、行业协会、科研院所等合作培养复合型跨国经营管理人才。指导企业因地制宜，认真遵守所在国法律法规，尊重当地文化、宗教和习俗，承担企业社会责任，督促企业遵守公平竞争的市场秩序，坚决防止无序和恶性竞争。提高境外安全保障能力，与国家有关部门和驻外使馆等协调配合，有效管控风险，及时应对重大问题。

7. 国际交流方面

加强与国外政府、经济组织和行业团体的交流合作，探索建立多层次合作机制，通过展会、论坛等形式多样的活动，为企业"走出去"牵线搭桥。组织工作组赴安徽省牵头对接的印尼、巴西、厄瓜多尔、罗马尼亚、匈牙利等5国开展对接工作，调研当地投资环境和产能需求，完善双方投资合作项目信息交流渠道，探讨建立产能合作机制，巩固和扩大安徽省在当地的合作成果。

四、安徽省国际产能合作的经验总结

（一）建立国际产能和装备制造合作重点项目库

安徽省大力推进国际产能和装备制造合作，建立安徽省国际产能和装备制造合作重点项目库，收集整理重点项目36个，其中15个项目已进入国家重点项目库。2015年安徽省积极争取与国家发展改革委建立推进国际产能和装备制造合作省协同机制，为安徽省"走出去"企业和项目争取支持。国家发展改革委将在建设多双边合作机制、制定国际产能和装备制造合作重点国别规划、争取金融机构融资支持、设立国际产能和装备制造合作股权投资基金等工作中对安徽予以支持。安徽省将围绕建材、汽车及零部件、钢铁、有色、光伏、工程机械、农业、生物化工等重点领域和亚洲周边国家、欧洲、非洲及南美洲等重点区域制定扶持激励政策，建立动态更新的重点项目库，积极推动本省企业开展国际产能和装备制造合作。

一是围绕国家战略突出"一带一路"战略布局。引导企业参与"一带一路"建设，推动对外承包工程龙头企业参与重点建设项目，力争一批重点承包工程项目尽快签约实施。争取对俄罗斯伏尔加河沿岸联邦地区的投资与合作取得突破。引导安徽省企业抢抓中非合作论坛约翰内斯堡峰会新机遇，扩大对非投资合作规模。

二是围绕境外经贸合作园区建设突出国际产能合作。加快推进奇瑞巴西汽车工业园建设，带动安徽省汽车及汽车零配件产业产能转移。推动海螺水泥印尼、老挝水泥加工项目建设，扩大安徽省建材产业境外产能合作规模。推进马钢哈萨克斯坦钢厂项目和铜陵有色厄瓜多尔铜矿项目，加快冶金行业国际产能合作步伐。推动丰原集团的巴西和匈牙利农产品深加工项目，带动安徽省生化领域国际产能合作。推动海润光伏、日芯光伏等企业的中东欧、美国光伏合作项目，推动新能源领域的国际产能合作。

三是围绕联盟建设突出主体培育。组建海螺水泥建材产业联盟、奇瑞和江汽的汽车产业联盟、丰原集团生化产业联盟、农垦集团农业及农产品加工产业联盟，带动更多相关产业中小企业赴境外发展。鼓励有实力的承包工程企业创新模式（如 PPP 模式、EPC+F 模式等）承揽项目。

四是围绕中非合作十大计划新举措突出重大项目建设。以省外经建设集团莫桑比克贝拉经贸合作区为平台参与中非工业化伙伴合作计划。以省农垦津巴布韦农业合作项目为载体参与中非农业现代化计划。以承包工程企业为主体参与中非基础设施合作计划。以易商数码喀麦隆贸易便利化项目为开端融入中非贸易和投资便利化合作计划。积极争取国家对非优惠贷款、中非发展基金、中非产能合作基金、援外资金对安徽省企业项目的支持。主动承担援非培训项目，积累对非合作人脉资源。同时，积极构建金融信保、第三方专业服务平台，推进对外劳务合作平台创新发展，继续开展安徽企业在海外宣传活动。

（二）专项资金支持企业"走出去"发展

2014 年安徽省拿出专项资金支持企业"走出去"发展。其中，对境外经贸合作区的领办企业，最高可获 700 万元资金扶持。同时，进入园区的非领办企业，对其厂房、展厅、办公场所等租赁费用给予 50% 的补助，一个年度最高补助不超过 300 万元，补助期限不超过 3 年。对在境外投资设立生产加工、运输仓储及开展境外农、林、渔和矿业等合作开发的，在海外并购获取营销渠道、知名品牌、先进技术的，如果当年累计投资 100 万美元以上，则按投资额给予不超过 6% 的补助，但单个项目最高补助不超过 300 万元。如果企业在境外设立技术研发机构，在境外获得专利技术的注册费，最高可按不超过实际发生费用的 50% 给予资助。如果企业将境外资源开发所获得的矿业、农业等合作产品运回国内，对从境外起运地至国内口岸间的运保费，安徽省将给予不超过 10% 的补助。

在对外承包工程方面，安徽省对企业当年新签对外承包工程项目合同额 1000 万美元以上的，给予合同额 2‰的前期费用补助，单个项目最高补助可达 150 万元。而企业从境内银行取得于境外项目建设及运营一年以上的单笔贷款发生的利息，将按基准利率给予最高 50% 的贴息。其中，合同额 1 亿美元以上的项目按基准利率给予贴息，实际利率低于基准利率的按实际利率贴息。而在对外劳务合作方面，安徽省对企业开展外派劳务人员综合培训并实际派出的，给予每人 400 元的补助，派出具有大专以上学历的劳务人员给予每人 700 元的补助。

（三）外贸促进政策

安徽省在外贸促进中提出了以下政策：

1. 进口补贴政策

对企业进口列入《安徽省重点鼓励进口先进技术、设备和产品目录》内未享受国家补贴的先进技术、设备及产品，且进口额超过 100 万美元的按 0.02 元 / 美元给予支持。进口规模 5 亿美元以下的单个企业不超过 200 万元，5 亿美元以上（含 5 亿美元）的单个企业不超过 300 万元。

2. 出口信用险保费补贴政策

对上年度出口额 300 万美元以上的企业，向出口信用保险承办机构实际缴纳的短期出口信用险保费给予不超过 50% 的保费补贴。上年度出口额 300 万美元以下的小微企业承保短期出口信用险，保费补贴部分直拨有关承保公司。

3. 国际市场开拓政策

对重点进出口企业参加境外展会、申请国际产品认证和专利、开展境外商标注册、境外推销续单、拜访老客户等团组给予一定资助。一是对参加新兴市场、"一带一路"以及与我国缔结自贸协定国家和地区所举办的展会，原则上按1个展位（20平方米以内）展位费及1位参展人员展会期间费用，给予不超过70%补贴；对企业参加传统市场展会，原则上按1个展位（20平方米以内）展位费及1位参展人员展会期间费用，给予不超过60%补贴。展品运输费给予不超过50%补贴。二是对重点企业出口产品国际认证、境外专利申请、境外商标注册给予补贴。其中，对其国际产品认证费用补贴50%，单个项目不超过60万元；对其境外商标注册费用补贴70%，单个项目不超过30万元；对其境外专利申请费用补贴70%，单个项目不超过30万元。以上三项同一企业补贴不超过100万元。三是对境外推销续单、拜访老客户等团组，每个团组资助费不超过2万元；加工贸易促进政策，对加工贸易（包括进料、来料加工）企业转型升级，引进先进技术设备，支持产品创新、研发设计、品牌培育和标准制定所进行的固定资产投入给予不超过10%的补贴，单个企业不超过50万元。

4. 推进公共服务平台建设政策

对国家级、省级外贸转型升级基地和出口农产品质量安全示范区，围绕技术、品牌、质量、服务加快培育竞争新优势而进行的公共服务平台建设，经考核合格的按国家级基地给予不超过100万元的支持，省级基地和出口农产品质量安全示范区给予不超过50万元的支持。对进口商品展示交易中心实现自营进口突破的，按照平台建设投入给予一次性10%的补贴，最高不超过300万元。对经认定的国家级跨境电商综合试验区和省级跨境电子商务产业园给予一定支持。其中，对省级跨境电子商务产业园给予一次性不超过300万元的支持；国家级跨境电商综合试验区再给予一次性不超过200万元的支持。

5. 支持境外营销网络建设

对重点进出口企业投资建设并投入运营的境外营销网络（专卖店、公共海外仓、营销网点、展销中心），其投资额达到30万美元以上的，一次性给予不超过投资额20%的资金支持，最高不超过200万元。

6. 服务贸易和服务外包政策

对当年服务进出口额 500 万美元或服务外包额 1000 万美元规模以上，给予单个企业不超过 50 万元的奖励；对安徽省获得国家文化出口重点企业给予奖励。对企业参加高德纳 IT 展、德国科隆和美国 E3 游戏展、英国伦敦和德国法兰克福书展等国际知名展会活动的相关费用给予不超过 50% 的补贴。对新认定的省级服务外包示范区给予一次性不超过 50 万元的奖励，用于公共服务平台建设、信息安全及知识产权体系保护、市场品牌推广和产业研究等；对服务外包企业和培训机构开展新录用大专以上毕业生人才培训给予每人不超过 1000 元和 200 元的补贴。

7. 外贸综合服务企业培育等综合政策

对经认定以外贸综合服务为目的，且为中小企业提供外贸政策宣传、业务培训、通关、报检、退税、担保、融资等服务的外贸综合服务企业给予奖励，具体标准另行制定。支持企业应诉贸易摩擦案件或采取技术性贸易壁垒应对措施，对涉案应诉企业法律相关服务给予支持，对企业开展申报经营者集中反垄断审查相关法律服务给予支持。其中，对涉案企业申诉应诉、申报经营者集中审查法律服务费根据实际发生额给予 70% 的支持，以单个案件计算，最高不超过 50 万元。对"两反一保"、涉外知识产权诉讼、技术性贸易壁垒应对等重大贸易摩擦案件法律服务适当提高支持比例和金额，单个案件发生的服务支持最高不超过 100 万元。对获批建设、验收启用并实现进口实绩的安徽省进境指定进口口岸建设企业给予一次性 100 万元的奖励补贴。

五、安徽省国际产能合作的现存问题

1. 境外投资环境不佳

安徽省境外投资重点地区（如部分非洲、南美、东南亚国家和地区）政局不稳，经济政策的可持续性难以保证，宏观政策环境变化莫测。部分目标市场的公司法、税法、劳动法、土地法、环境保护法等法律规定与国内的存在较大差异，这对安徽省企业在外合法经营构成不小挑战，影响一些项目的落地和实施。

2. 建设运营困难较多

企业"走出去"之后，无论是并购还是绿地投资，都会产生资本、技术、人员、产业链等要素的重新整合。一些企业境外投资失败，一方面在于缺乏国际化人才储备，对国外法律法规理解不够，另一方面当前安徽大部分企业是第一次"走出去"，缺乏境外建设运营经验，难以融入当地社会，造成一些企业不能实现预期境外投资目标。安徽农垦集团在津巴布韦逐步开发50万公顷土地，建设初期即遇到三大问题：一是当地基础设施薄弱，供电不足、水利灌溉设施落后；二是没有仓储、加工等配套项目支撑，产业链条不完整；三是境外运营对人员的经营能力和管理水平提出更高要求，区域环境制约人才引进。目前，安徽农垦集团采用联盟国内企业"抱团出海"等方式逐步解决境外问题，目前已开发10个农场，种植小麦、玉米、大豆、烟叶等作物6000公顷。

3. 金融支持力度不足

企业对外投资融资难已成为困扰企业"走出去"的一大障碍。目前中资银行还未完全"走出去"，外资银行给予中资企业融资额有限；中资银行国外分行更多地支持信用有国家担保的央企和大型地方国企，对于民营企业支持力度不大。丰原集团多次反映企业可以通过境内信用和资产，对境外项目进行融资，但国内银行很难对企业境外形成的资产和权益进行评估和贷款，影响企业境外运营和扩大产能。

4. 投资主体实力较弱

安徽省国际产能合作总体仍处于起步阶段，还存在企业"走出去"数量不多、合作规模不够大、技术水平有限、抗风险能力较弱等突出问题，境外投资和装备出口依赖少数大企业、大项目的现状短期内难以改变，造成了当前安徽省境外投资和装备出口波动较大的现状。

六、安徽省国际产能合作的下一步安排

1. 切实抓好重点项目建设

按照"开工一批、储备一批、谋划一批"的原则，在基础设施、经贸合作、产业投资、人文交流等领域储备一批优质项目，完善安徽省"一带一路"重点项目库。建立健全规范化、制度化、常态化的项目协调调度和通报机制，按时通报项目进展情况、存在问题和下一步推进计划。对纳入"一带一路"的重点项目实行台账管理，并将相关信息录入"一带一路"重点项目信息管理系统，确保重点项目顺利实施。

2. 深入开展国际产能合作

把握国际经济合作新机遇，瞄准重点国别，推动国际产能合作与安徽省"调转促"相结合，培育经济增长新动力。加快落实《安徽省推进国际产能和装备制造合作的实施意见》的各项任务分工，推动安徽省建材、汽车及零部件、钢铁、化工、能源、工程机械、轻工纺织、农业等领域与"一带一路"沿线国家国际产能合作。做好江淮汽车与德国大众合作后继事项跟踪落实，加快创建中德产业园区，推动海螺集团在东南亚国家和俄罗斯水泥项目建设。落实安徽省政府与国家发展改革委国际产能合作委省协同机制，积极争取政策、资金和信息等支持，做好牵头对接印度尼西亚、巴西、厄瓜多尔、罗马尼亚、匈牙利等国家产能合作。

3. 推动人文领域合作

以教育、文化、旅游、卫生、科技、环境保护等领域为重点，开展多层次、全方位对外合作交流。加强双方留学生交流，引进沿线国家优质教育教学资源，共同实施合作办学项目。积极参与"丝绸之路影视桥工程"和"丝路书香工程"，与沿线国家互办文化节、艺术节等。加强与沿线国家旅游合作，鼓励旅游企业开拓沿线国家旅游市场。建立医疗卫生长期合作交流机制，加强与沿线国家在医疗卫生人才培养、传染病疫情沟通、防治技术交流等方面合作。积极参与国家"科技伙伴计划"，联合开展重大科技攻关，促进科技人员交流。

推动与沿线国家在环境保护方面合作。

4. 加快对外开放平台建设

推动奇瑞汽车巴西工业园、省农垦集团津巴布韦经贸合作区、省外经建设集团莫桑比克贝拉经贸合作区等国际产业合作园区建设，积极申建国家级合作园区。加快合肥、芜湖综保区和蚌埠（皖北）、安庆（皖西南）等 B 型保税物流中心建设，打造合肥跨境电子商务综合试验区、芜湖国家电子商务示范城市等开放平台。依托长江经济带建设和长三角合作机制，推动建立跨部门、跨地区的通关通检协作机制，融入长江经济带通关和检验检疫一体化。推广上海自贸区可复制改革试点经验，争取设立皖江自贸区。

5. 提升金融服务能力

引导商业银行创新金融服务，通过国际商业贷款、出口信用贷款、境外投资贷款、内保外贷等业务手段，提供境外项目融资支持。支持安徽省金融机构在"一带一路"沿线重点合作国家设立分支机构，提高对境外资产或权益的处置能力。研究设立安徽省"一带一路"发展基金。积极帮助企业争取国家丝路基金、中非基金、东盟基金、中投海外基金等。鼓励保险机构依法开展出口信用保险和海外投资保险，支持对风险可控的项目实施应保尽保。

6. 强化海外风险防控

贯彻落实《安徽省公民和机构海外安全保护工作实施方案》，建立"一带一路"沿线国家风险防控机制，制定应对重大国别政治、经济、社会等突发事件的应急预案。加强对"走出去"企业的安全教育和管理，增强企业维护国家安全和国家利益的意识，树立正确义利观。引导企业深化项目可行性研究，规避项目投资和运营风险。加强与驻外使领馆联系，综合运用外交、经济、法律等手段，妥善解决和处置项目运营中出现的各类问题，切实保障企业合法权益。

7. 完善服务支持体系

加快培育面向企业的境外投资和跨国经营中介服务机构，构建市场化、社会化、国际化的对外合作中介服务体系。鼓励我省高校、行业协会、商会与国际投资促进机构合作，开展"一带一路"沿线国家政治、法律、市场、劳工等专题研究，为"走出去"企业提供法律、会计、税务、投资、咨询、知识产权、风险评估和认证服务。大力引进、培育和发展翻译公司，推动语言服务市场化。

8.加强与长江经济带战略互动

促进区域联动发展，共同推动"一带一路"建设。深化长三角区域分工协作，充分利用长江经济带城市群等区域合作平台，建立健全政府间合作交流机制。共同研究和推动跨区域重大基础设施项目建设，加快形成区域间铁路、公路、水路、航空等综合交通运输大通道。加强通关一体化、跨区域贸易平台、产业配套与协作等领域务实合作，共同推动企业、产品、技术装备和劳务"走出去"，协同参与周边基础设施互通互联、国际经济合作走廊建设。加快推进产业转移、环境保护、信息共享、社会保障等对接工作。

第六节　山东省国际产能合作

一、山东省国际产能合作的初步成果

山东省是我国产能和装备制造大省。近年来，山东省按照国家扩大开放的总体部署，抓机遇、求合作、转产能、拓市场，大力推进国际产能和装备制造合作，积极参与国际经济合作与竞争，加快构建开放型经济发展新体制，努力塑造开放型经济发展新优势，有力地推动了山东省的改革创新、开放发展继续走在全国前列。2015 年全省备案核准境外投资企业（机构）589 家，中方投资 156 亿美元，分别增长 12.4% 和 148%；累计有实际出资的境外投资企业 441 家，中方投资 57.8 亿美元。全省"走出去"企业分布到全球 140 多个国家和地区。

2016 年 1~9 月，山东省累计有实际出资的境外投资企业为 440 家，实际对外直接投资 109.2 亿美元（折合人民币 718.3 亿元），同比增长 147.8%，年度境外投资首次突破百亿美元。分析取得成绩的主要因素：一是制造业加快境外投资布局。前三季度实现对外直接投资 44.5 亿美元，同比增长 4 倍，占全省的 40.8%。二是服务业境外投资成为亮点。前三季度实现对外直接投资 34.6 亿美元，同比增长 2.3 倍，主要涵盖文化影视、医疗卫生、航空运输、酒店经营等领域。三是发达国家和地区成为走出去的主要目的地。山东省企业对中国香港、美国、澳大利亚、新加坡分别实现投资 66.9 亿、17 亿、10.4 亿、1.8 亿美元，合计占全省的 88.1%。四是民营企业成为"走出去"的主力军。从企业数量看，512 家对外实际投资企业有 467 家为民营企业，占全省的 91.2%。五是跨国并购成为企业境外投资的重要方式。2016 年新增跨国并购境外投资企业 69 家，中方投资 143 亿美元，同比增长 7.8 倍，占全省的 60.6%。

山东省参与"一带一路"沿线国家基础设施建设成效明显。在"一带一路"沿线地区新签合同额 31.4 亿美元，完成营业额 14.5 亿美元，同比分别增长 6.2 倍和 38.8%。山东电建三公司签订孟加拉国艾萨拉姆 2×660MW 超临界燃煤电站项目，合同额 18.7 亿美元，成为孟中印缅经济走廊重点建设项目。国际产能合作和境外并购也表现得更加活跃。一季度国际产能合作中方投资 4.8 亿美元，增长 29.6%，涵盖纺织、机械制造、橡胶轮胎、电厂建设等领域。通过海外并购方式设立境外投资企业 16 家，实现对外直接投资 5.1 亿美元，同比增长 85.4%。新签承包工程大项目较多。其中新签过千万美元承包工程大项目 31 个，合同额 43.9 亿美元，同比增长 78.4%，拉动增长 65.6 个百分点。另外，外派劳务增势良好。工程项下派出人员 6782 人，同比增长 45%；劳务项下派出人员 11024 人，同比增长 2.7%，其中高端劳务人员 5213 人，同比增长 13.9%。

（一）开展国际产能合作的规模

山东省根据全球形势深刻变化，统筹国内国际两个市场、两种资源，推动企业"走出去"向境外转移优势和富余产能，为全省转方式调结构腾出发展空间。

2009 年以来，山东重工通过收购"百年老店"法国博杜安发动机公司，弥补了企业在 16 升以上高速发动机的空白；通过战略重组全球知名豪华游艇制造商意大利法拉帝公司，奠定了山东省游艇产业的发展基础；通过收购德国凯傲集团及其下属林德液压公司，打破了世界高端液压核心技术长期被国外垄断的局面，推动山东省工程机械制造向价值链高端拓展。2012 年，烟台台海集团收购法国玛努尔公司，获得了 10 项国际资质、7 项欧洲专利技术，借助其在新能源和核电装备行业的产业优势，企业加速向高端装备制造迈进，目前正在烟台建设核电装备产业园。

突破国外贸易壁垒和多个国家对我国轮胎反倾销反补贴制裁取得重大成效。赛轮股份充分利用国外资源，支持轮胎企业率先开展国际产能合作，成为我国第一个在国外投资的轮胎企业。玲珑集团、奥戈瑞集团、森麒麟轮胎等企业纷纷在越南、泰国、印尼等国家投资建厂，转移轮胎年产能达 4000 余万条。山东泉林纸业应用企业自主知识产权技术，在美国弗吉尼亚州建设秸秆制浆造纸综合利用项目，利用美国当地农作物秸秆，生产环保本色生活用纸和优质黄腐酸肥料，计划到 2020 年完成总投资 20 亿美元，达到年产 60 万吨秸秆本色浆、60 万本色生活用纸、60 万吨黄腐酸肥料、30 万吨堆积肥的生产能力。山东省开展境外优势和富余产能转移的企业已涵盖了纺织服装、橡胶轮胎、电子电器、机械设备、精细化工和皮革加工等领域。

（二）开展国际产能合作的主要国家、行业与企业

支持企业发挥产业聚集效应，加大境外经贸合作区建设。山东帝豪匈牙利中欧商贸物流合作园区、中俄托木斯克木材工贸合作区及海尔—巴基斯坦鲁巴经贸合作区已被确认为国家级境外经贸合作区，在全国 13 家国家级境外经贸合作区中占据 3 席。李克强总理在 2014 年 12 月出席第三次中国—中东欧国家领导人会晤时，对山东帝豪匈牙利中欧商贸物流合作园区、万华工业园区给予了充分肯定。

鼓励企业多方式多渠道贴近目标市场设立境外研发中心和营销网络，建设自主销售渠道、仓储中心、分拨中心、售后服务中心。2010 年以来，山东如意集团大力推进国际产能合作，相继收购了澳大利亚的罗伦杜牧场、全球羊毛经营领军企业伦普利公司以及南半球最大的棉花种植基地卡比棉田，联

合兼并了日本瑞纳株式会社、印度 GWA 毛纺公司、英国哈里斯花呢公司、英国泰勒毛纺公司等企业。目前，山东如意集团在全球 36 个国家和地区设立了营销网络，拥有 3000 多家品牌专营店，在全球 8 个国家拥有 20 多个全资和控股子公司、11 个海外生产基地，正抓住"一带一路"战略发展机遇，在巴基斯坦投资建设纺织服装产业园和超临界燃煤发电项目。超临界燃煤发电项目被列入中巴经济走廊优先实施项目，习近平主席和巴基斯坦总理谢里夫见证签约。中通客车利用企业技术和品牌，在伊朗、马来西亚、中国台湾、泰国、津巴布韦等国家和地区积极发展组装业务，建设销售网络，大力拓展整车和零部件出口业务，推进全球化布局，正在与印度洽谈合作建厂，2014 年企业实现境外销售收入 1.3 亿美元。

二、山东省国际产能合作的推动措施

山东省政府制定了《关于进一步做好境外投资合作工作的指导意见》，在金融支持、服务保障、体制机制建设等方面明确了 18 条支持政策。在省政府制定出台的山东省关于化解过剩产能的实施意见中，把钢铁、水泥、电解铝、平板玻璃、船舶、炼油、轮胎等七大行业作为积极拓展对外投资合作的重点领域，形成开放发展新优势。

（一）加大财政金融扶持力度

山东省省财政厅统筹中央和省级资金 2 亿元，对匈牙利中欧商贸物流合作园区等 3 个境外经贸合作园区进行支持；积极落实出口退税政策，为全省 18299 家企业退免税 558.7 亿元。强化金融支持，设立了山东省人民币国际投贷基金暨山东省投资有限公司。中国人民银行济南分行积极做好首批 12 家跨国公司外汇资金集中运营管理试点，为企业节约 9000 多万元；推动 29 家跨国企业集团开展跨境双向人民币资金池业务，实现跨境人民币资金收付 348 亿元；争取青岛成为全国首个允许境内企业从韩国银行机构借入人民币资金的试点地区，青岛市 25 家企业从 7 家韩国银行机构办理了人民币借款 23.3 亿元，企业降低融资成本约 5000 万元；支持齐鲁银行发放外汇储备委托贷款 1.2

亿美元,用于购买挪威 7 座海上石油钻井设备。中国进出口银行山东省分行"一带一路"业务贷款余额 118.7 亿元,增长 72.8%,支持省内 49 家企业与 14 个"一带一路"沿线国家开展经贸合作,扶持 12 家企业在 9 个沿线国家的 16 个投资项目。国家开发银行山东省分行给予阳信欧亚集团俄罗斯森林采伐和综合利用等 4 个项目共 5.2 亿元资金支持。中信保山东分公司支持山东省一般贸易出口 249 亿美元,"一带一路"沿线国家 57.7 亿美元,占总额的 23%;为山东省企业出具兴趣函和意向书 83 份,合同金额 279.3 亿美元,"一带一路"项目占 53%;争取如意集团等 6 家企业 7 个项目列入中巴经济走廊和中哈产能与投资合作项目清单。青岛市加快设立青岛"海丝"系列基金,计划设立基金 10 只,总规模近 900 亿元,到 2016 年 8 月已设立 5 只。

（二）加强科技人才合作

推进中俄、中白、中乌等国际科技合作基地建设。山东省建设有国家级国际科技合作基地 36 家。有重点地组织实施与"一带一路"相关国家科技合作项目,2015 年山东省有 30 多个合作项目列入国家国际科技合作计划。青岛海洋科学与技术国家实验室与俄罗斯等国的世界知名海洋研究机构签署了合作协议。加大"一带一路"沿线国家高层次领军人才引进力度,2015 年新引进国家百千万工程人选、国务院特殊津贴专家、省有突出贡献中青年专家共 75 人。执行国外培训项目 7 项,选派高层专业技术人员 90 人。设立了"一带一路"外国专家专项计划,新建 2 个省级国际人才海外联络处。

（三）推进国际产能和装备制造合作委省协同机制

为贯彻落实《国务院关于推进国际产能和装备制造合作的指导意见》,2015 年 12 月 19 日,国家发展改革委主任徐绍史与山东省省长郭树清在北京签署协议,建立推进国际产能和装备制造合作委省协同机制。双方商定,首批将重点推动如意集团、南山铝业、魏桥创业集团、烟台万华等山东省重点企业在巴基斯坦、印度尼西亚、匈牙利等国的 23 个产能合作项目。国家发展改革委将在建设多双边合作机制、制定国际产能合作重点国别规划、争取金融机构融资支持、设立国际产能合作股权投资基金等工作中对山东省予以支持。山东省将围绕钢铁、有色、工程机械、轮胎、炼化、建材、装备、化工、轻纺、造纸、汽车、船舶等重点领域，制定扶持激励政策，建立动态更新的重点项目库，积极推动本省企业开展国际产能和装备制造合作。

2015年12月19日，国家发展改革委主任徐绍史与山东省省长郭树清在北京签署协议，建立推进国际产能和装备制造合作委省协同机制

山东在省级层面已建立了首批"一带一路"建设重大项目库，共210个项目，其中境外项目190个，总投资4500亿元。这其中，基础设施和产能合作两类项目共计156个，占82%；总投资4000多亿元，占90%。山东省已加快渤海海峡跨海通道、烟台中韩跨国海上火车轮渡项目研究论证，与东南亚、南亚等沿线国家建设港口战略联盟，打造中亚、西亚的重要出海口，并努力把济南、青岛、烟台国际机场打造成为区域性国际航空枢纽，构建辐射丝绸之路经济带的国际物流大通道。山东省正推动建设具有较强国际竞争力的现代海洋产业集聚区和具有世界先进水平的海洋科技教育核心区，与沿线国家海洋科技研发机构开展合作，推动青岛、烟台、威海建设国家海洋高技术产业基地，推动山东半岛国家自主创新示范区建设，推动建设中俄阿斯图联盟中方基地等国际海洋科技合作项目。

开展国际产能合作，是山东省参与建设"一带一路"的重中之重。山东省正积极引导轻工、家电、服装、有色金属等产业的龙头企业到南亚、东南亚地区建设产业聚集区或工业园；引导大型商贸物流企业在中亚、西亚和中东欧等地建设境外商贸物流园；支持农业科技龙头企业在俄罗斯、蒙古国及中亚、西亚等国家和地区创建特色农业科技园。

2011年，山东备案核准境外投资企业只有372家，投资额不足30亿美元，而2015年前三季度这一数字就达到了421家，投资额超过105亿美元。2015年10月，山东有3000多家企业通过"走出去"开展国际产能和资源合作，仅山东省在境外掌控的森林面积和棉田面积就超过全省面积的五分之一。山东发展研究中心主任郑贵斌说："有实力的企业发挥资金雄厚的优势，通过'走出去'实行资本并购和经营合作，可以有效地优化配置资源，壮大企业规模，扩大市场空间。"

（四）提高外资贸易便利化水平

2016年青岛港先后与巴基斯坦瓜达尔港、柬埔寨西哈努克港、马来西亚关丹港等港口建立了友好港关系。同时强化与船公司密切合作，积极引进新航线，新开直达"海上丝绸之路"沿线国家和地区的航线11条。青岛前湾集装箱码头公司计划经理李靖逯表示："海运的通道打通之后，沿线的这些国家的贸易更加便利，运输的时间更短，成本和费用更加降低了。"

在海上往来加强的同时，青岛港通过建设内陆港、发展海铁联运等举措，进一步提升了在陆路物流通道上的影响力。2015年7月，青岛至中亚的过境大列"青岛号"正式开通，青岛港和丝绸之路经济带的联系进一步得到了密切。青岛港海铁联运中心副经理王斌谈到，青岛号中亚班列，有一个宣传推动的作用。8、9月明显比上半年呈现一个上升的势头，单纯黄岛，应该是增长到30%~40%。

（五）建立"走出去"风险防范体系

为更好适应国内外经济发展新常态，有效防范和应对境外投资合作各类风险，确保企业安全高效、健康有序"走出去"，山东省按照政府引导、企业主体、预防为主的原则，充分发挥各级、各部门职能作用，进一步健全"走出去"风险预防和预警工作机制，强化"走出去"企业事中事后监督和管理服务，形成"横向联合、纵向联动、内外一体"的"走出去"风险防范体系，有效提升"走出去"企业的质量和效益，加快培育山东省参与国际经济合作竞争新优势。

1）健全完善境外风险防范工作预案。省市有关部门加快建立分部门、分层级、操作性强的境外安全风险防范工作机制和应急处置预案，制定并细化操作规程，层层落实，严格执行。"走出去"企业切实构建企业总部—责任部门—境外分支机构三级境外安全风险防范工作体系，各驻外机构和项目驻地设立24小时值班电话，做到前后方无缝对接、国内外分级管控。定期组织境外风险排查和应对模拟演练，确保各类预案切实可行，覆盖境外风险识别、规避、处置、善后全过程。

2）及时发布境外风险预警信息。建立对外投资合作境外安全风险预警和信息通报制度，拓宽信息渠道，明确风险类别，实施分类指导。建立国别风险评估和预警机制，重点加强对山东省"走出去"企业集中、风险高发国家和地区的指导，及时警示和通报政治、经济和社会重大风险。加快建设"走出去"综合信息服务平台，通过平台发布各国最新投资环境、政策法规、行业动态、项目合作等信息。加强对外投资国别地区引导，编印《对外投资国别（地区）指南》。

3）切实做好投资前期可行性研究和风险评估。指导"走出去"企业积极审慎做好境外投资合作环境研究、项目可行性研究和风险评估，制订完善的计划和方案。充分了解境外相关合作方的股权结构、组织形式、资产权属、重要合同、重大纠纷、经营情况和资信状况等信息，对项目风险进行全面识别、评价。建立与中介机构联系工作机制，引导企业主动与国内外知名专业机构合作，充分开展投资前期尽职调查、风险评估，借助专业机构防控境外风险。

4）健全企业管理机制。加强对"走出去"企业风险防范知识培训和外派人员安保技能培训，指导境内投资主体加强对境外企业或机构的监管，健全内部风险防控机制，在资金调拨、融资、股权和其他权益转让、再投资、担保和知识产权等方面加强约束和监督，有效防范境外经营风险。加快建立法律风险防范制度，督促企业对境外投资合作经营合同、规章制度和重要决策进行法律审核，将税收管理、环境保护、安全生产、职业健康等纳入境外企业管理体系。健全境外安全生产责任制，企业负责人是第一责任人，承担境外安全生产主体责任。

5）规范企业境外经营行为。鼓励企业按照商业原则和国际通行规则，严格遵守所在国或地区法律法规，尊重当地的宗教和风俗，积极履行必要的社会责任。注重加强本土化建设，处理好与当地政府、社区和居民、境外中资企业的关系，规范境外项目招投标、大宗商品采购及销售等经营活动，杜绝商业贿赂等违法行为，避免境外同业违规恶性竞争，努力塑造山东企业在海外良好的形象。

6）加强对企业"走出去"的监督。指导企业自觉到主管部门依法办理境外投资备案、核准，及时向驻外使（领）馆（经商处室）报到登记。加强对外直接投资外汇管理和监督，督促企业定期报告境外业务情况、统计资料以及相关的困难和问题，确保报送情况和数据真实准确。建立健全境外国有资产监督管理制度、境外国有企业定期审计制度以及经营投资责任追究制度，规范国有企业对外投资决策程序，制定省管企业境外投资风险管理指引。组织开展境外安全巡查，指导企业严格遵守境外安全生产各项管理规定和定期排查安全隐患，并注意保持与我国驻外使（领）馆的密切联系。

7）积极妥善应对境外突发事件。自觉服从国家经济外交战略大局，加强境外领事保护和领保信息平台建设，开展海外公共安全培训和预防性领事保护宣传，指导企业在驻外使（领）馆和国内有关主管部门的统一指挥下，综合运用外交、经济、法律等手段，有效维护企业境外合法权益。切实做好重大境外投资项目风险的应对协调，不断健全境外安全风险突发事件应急响应机制，实时报告异常情况、事态进展、人员财产损失等情况。支持企业加大安保投入，储备应急物资，必要时开展自保自救、互保互救。做好家属安抚和媒体应对工作，正面引导舆论，避免媒体炒作。

8）加大境外风险保障政策支持。积极创新财政支持方式，充分运用现代商务发展引导基金，借助专业管理机构搭载的信息优势、经验优势、智力优势，帮助"走出去"企业提升跨国经营水平。完善省级财政支持对外投资和承包工程保费补助方式，对境外投资企业海外投资险、承包工程企业特定合同险给予重点支持，保障因所在国战争及政治暴乱、征收、汇兑限制、政府违约等风险发生造成的损失。深化政府、银行、信保和企业"3+1"工作机制，积极为"走出去"企业搭建融资和风险保障平台。

9）切实发挥"走出去"企业主体作用。进一步确立企业在对外投资、承包工程和劳务合作中的主体地位，指导企业根据国内外经济环境和自身发展战略，自主决策、自负盈亏、自担风险开展境外投资合作。鼓励企业牢固树立规则意识和依法合规的经营理念，善于运用世界贸易组织规则、相关国际条约、双边贸易投资保护协定以及所在国家和地区行政、司法救济途径等，维护自身合法权益。切实增强"走出去"企业风险意识，做好项目实施各环节的风险控制，并按照"谁派出、谁负责"的原则对派出人员开展境外安全教育和培训。

10）提升境外风险防范综合服务水平。积极培育面向企业境外投资和跨国经营的中介服务机构，构建市场化、社会化、国际化的"走出去"中介服务体系。发挥海外华人侨商组织、我国境外贸促机构和商（协）会等作用，依法维护山东省"走出去"企业境外合法权益。加快人才队伍建设，着力培养一批懂业务、懂外语、熟悉国际商业规则的企业管理人才。加大"走出去"对外宣传工作，为企业创造更加有利的境外投资合作外部环境。

三、山东省国际产能合作的经验总结

（一）山东省开展国际产能合作的主要模式

1. 以承揽国家援外项目带动品牌产品出口

潍坊福田雷沃通过承揽国家援外项目积极开拓新市场，近两年分别承担了援蒙古国、苏丹拖拉机项目，援巴基斯坦、泰国挖掘机项目，援格鲁吉亚农业机械项目等，直接带动出口 5000 万美元。

2. 以境外加工装配带动设备和零部件出口

潍柴集团通过建设境外加工组装厂，以化整为零的方式带动国内设备及零部件出口，目前正在实施印度、巴基斯坦、埃塞俄比亚三国的柴油发动机组装项目。

3. 以对外承包工程带动成套设备出口

抓住全球基础设施建设需求旺盛和"一带一路"国家战略实施的机遇，加大国际市场开拓力度。山东电建总公司承建的沙特吉赞煤气化联合循环电站 EPC 总承包项目，合同额 18.3 亿美元。

4. 依托境外资源合作开发，把初（粗）加工能力转出去

山东省资源型初（粗）加工能力占比较大，资源能源制约矛盾突出。鼓励支持企业到境外寻求资源合作，开展初（粗）加工，把省内能力转出去。太阳纸业在老挝投资获取林权资源 20 万公顷，配套建设了林浆一体化项目，将形成纸浆年产能 60 万吨；在美国阿肯色州利用当地南方松资源建设绒毛浆生产线项目，将形成绒毛浆产能 70 万吨。魏桥集团在印尼投资建设境外原材料基地和初级产品生产基地，将形成氧化铝年产能 200 万吨。

（二）开展国际产能合作的主要经验做法

山东省是我国制造业大省，轻工、化工、冶金、建材、机械、纺织等行业居全国重要地位，家电、轮胎、农机、电力、建筑、路桥等产业竞争优势明显。但是近年来，随着山东省经济总量的不断扩大，产能过剩问题日益突出，能源资源瓶颈制约严重，面临的贸易壁垒和贸易摩擦越来越多，市场需求约束日趋明显。这就要求我们转变发展思路，合理配置要素资源，把过剩产能转出去，把先进技术拿进来，在全球布局产业链条，推动山东省经济转型发展。主要经验做法是：

1. 加强顶层设计，制定完善相关政策

一是成立外事工作领导小组，加强对全省开放工作的组织领导。省委主要领导任组长，定期决策部署支持企业"走出去"的重大政策，协调解决企业"走出去"遇到的重大问题，推动企业安全高效"走出去"。二是根据全省经济社会发展长远规划和"走出去"战略需要，研究编制全省境外投资"十一五""十二五"专项规划，统筹制定山东省境外投资的总体战略、发展

重点和政策措施。

2. 借助多双边机制，有效推动国际产能合作

一是支持企业积极融入中俄、中非、中瑞（典）、中南（非）、中委、中蒙、中国巴西、中墨、中澳、中美等国家间多双边合作机制。借助中委高委会，山东科瑞石油装备公司成功进入南美市场，并以此为起点在全球 57 个国家设立了销售网络、组装维修和售后服务中心，实现了生产销售的全球布局。二是积极参与国家"一带一路"战略实施。紧紧围绕新形势下国家经济外交战略布局，立足山东实际，联合商务部、中国驻东盟使团和烟台市政府举办"一带一路"沿线国家投资合作说明会，与部分国家签订投资合作战略协议，建立常态化经贸合作促进工作机制。2014 年，山东省在"一带一路"沿线地区新签工程承包合同额 68.7 亿美元，完成营业额 49 亿美元，分别占全省总额的 64.8% 和 52.9%。三是积极推进地方政府间的交流与互动。省政府通过开展地方政府间高层互访、建立友好省州关系、承办国际合作会议等方式，为山东省优势产能和装备制造"走出去"创造条件、营造环境。借助建立新加坡－山东经贸理事会合作交流平台，山东省已从最初的吸引新加坡投资，转变成推进双方"全方位、多领域、深层次"的合作，双方已连续举办了 18 届投资贸易洽谈会议。借助这一机制，新加坡已成为山东省推进与东南亚投资合作的平台和跳板。

3. 积极推动产融结合，支持企业"走出去"

一是设立省级外经贸发展资金，每年对境外园区项目予以专项资金补贴支持，发挥政府资金的放大效应。二是指导帮助企业利用中委基金、中非基金、东盟基金、中投海外直接投资公司等融资服务平台，以股权投资、债务融资等方式，产融结合"走出去"。三是搭建银企对接平台，定期组织政府相关部门、国家开发银行、中国进出口银行、中国信用保险公司等金融保险机构与有产能合作意向的企业开展合作交流，发布和对接产能合作项目，为企业开展国际产能合作提供融资支持。四是推动建立境外投资"4+1"综合服务机制，创新"政、保、银、法、企"企业信用风险管控合作模式，搭建由政府相关部门、中信保、银行、法律服务等四方机构参与的企业境外投资服务平台，帮助企

业"走出去"。

4.建设境外经贸合作区，促进企业"走出去"聚集发展

为促进境外经贸合作区建设，山东省制定了省级境外经贸合作区考核确认管理办法，加强对合作区建设宏观指导，对企业抱团出海、入园发展给予资金扶持，境外园区在推动国际产能合作方面发挥了示范带动作用。目前，山东省共有 12 家企业在 8 个国家建设各类园区。山东桑莎柬埔寨（柴桢）经济特区、青岛瑞昌棉业赞比亚农产品加工合作等园区，在精细化工、纺织服装、家用电器、林木加工、商贸物流、农业开发等领域初步形成了集群化投资发展，被确认为首批省级境外经贸合作园区。

5.加强跟踪协调，打造服务新模式

一是建立境外投资重点项目库。对"走出去"项目和企业定期进行摸底调查，并在此基础上对全省钢铁、水泥、纺织、轮胎等优势产能企业境外投资项目进行梳理，建立重点项目推进机制。二是加强项目跟踪协调。与企业保持经常沟通，了解掌握项目最新进展情况，协调解决项目建设遇到的困难和问题，为企业提供协助和支持。三是推广总结成功案例。打造样板模式、样板项目，形成示范效应。如意集团在全球具有成本优势的东南亚国家和具有品牌网络优势的欧美国家，沿产业链两端加快产能布局，完善全球采购和销售网络，迅速实现了跨越式发展。积极总结推广如意等企业投资模式，在全省范围内加大宣传，为众多优势产能企业开展国际产能合作提供经验。

6.强化风险防范，建立完善预警机制

一是出台了山东省"走出去"企业境外风险防范工作机制的指导意见。建立山东省领事保护和风险防控信息服务平台，及时为山东"走出去"企业人员提供风险提醒，引导企业增强安全风险防范意识。二是完善领事保护工作机制，强化多位一体联动协调应急处置能力，维护山东省公民在外合法权益。推动预防性领事保护宣传向基层延伸，扩大对企业覆盖面，向企业发放《中国领事保护和协助指南》《山东省企业"走出去"国别安全风险指南》等，提高企业海外风险防范能力。三是及时发布预警信息，指导企业积极应对越南

严重暴力冲击、乌克兰危机、非洲埃博拉疫情等突发事件，确保安全高效"走出去"。

四、山东省国际产能合作的下一步安排

国际产能合作建立了开放型经济发展新体制，为企业"走出去"提供了重大机遇。山东省将认真按照中央的战略部署，紧紧抓住国家"一带一路"、国际产能和装备制造合作等重大开放战略机遇期，实施更加积极主动的开放政策，积极推进企业"走出去"全球布局产业链，加快形成以国际产能和装备制造合作突破为引领、以开放型产业体系为支撑、以国际化企业为主体的对外开放新格局，努力塑造山东省开放型经济发展新优势。

1）加强规划引导，科学谋划产业布局。充分发挥政府规划政策引导作用，把推动国际产能和装备制造合作作为转方式调结构、提质增效的重要内容，充分利用两种资源、两个市场，编制好山东省"十三五"开放发展规划。积极对接"一带一路"建设、周边基础设施互联互通、中非"三网一化"等重大合作战略和计划，研究制定我省参与"一带一路"建设的实施方案。研究制定《山东省参与国际产能和装备制造合作实施意见》，全力抓好国发〔2015〕30号《国务院关于推进国际产能和装备制造合作的指导意见》和《山东省人民政府关于推进国际产能和装备制造合作实施意见》的落实工作。围绕"走出去"重点合作国别、重点合作领域、重点合作项目，做好与国家的对接工作，加强重点国家投资市场研究，编制好重点国家合作国别规划，引导企业"走出去"合理布局。

2）创新机制体制，统筹协调推进。加强国际产能和装备制造合作的组织领导和协调指导。一是推进建立委省合作协同推进工作机制。把山东省的国际产能合作需求，纳入到我国对外合作的产能合作框架协议；把山东省的重点项目，纳入到我国对外合作的重点国别规划；把山东省开展国际合作遇到的重大问题，纳入到国家双边多边合作机制，帮助企业统筹解决。二是建立高层合作推进机制。继续加强与重点国家和地区在省级政府层面的互联互通，建立长效对话磋商机制，推动企业间的交流合作。对"走出去"重大项目实行"一

事一议"制度，推动项目顺利实施。三是强化部门联动。由发改、经信、商务、财政、外办等部门牵头、其他部门配合，定期召开专题会议，调度了解《山东省人民政府关于推进国际产能和装备制造合作实施意见》的分工落实情况，及时解决国际产能和装备合作工作中遇到的重大问题。四是建立激励机制。建立"走出去"评估、考核体系，对推进企业"走出去"、特别是国际产能和装备制造领域"走出去"的先进单位和先进个人进行表彰奖励。

3）加大政策支持，解决融资担保难题。融资难、风险大是制约企业"走出去"的主要问题。抓紧开展财政税收、金融保险、投资便利化等政策研究。同时，争取在以下几个方面实现突破：一是研究设立山东省国际产能和装备制造合作专项资金。对山东省国际产能和装备制造合作有重大促进作用的公共服务保障体系建设项目给予适当补助，对国际产能和装备制造合作项目重大项目以贴息、贴保方式给予支持。建议国家尽快出台推进国际产能和装备制造合作的财政资金扶持政策。二是研究设立山东省国际产能和装备制造合作引导基金。采取股权投资等方式，利用基金杠杆作用，拓展企业海外重大项目筹资渠道。三是用足用好国家政策基金。积极争取丝路基金、中非基金、东盟基金等对山东省"走出去"重点领域、重点项目的支持。四是与国家开发银行、中国进出口银行、中国银行等金融机构签订战略合作框架协议。支持采取国际商业贷款、境外发债、境外上市等多种方式，为企业"走出去"提供融资支持。

4）完善服务体系，强化支持保障。一是加快推进境外投资便利化。进一步提高行政办事效率，在项目备案、企业设立、外汇管理、产品通关、出入境管理等方面为企业开辟绿色通道，提供优质便利化服务。二是建设"走出去"信息服务平台。加强与外国驻华使馆、招商机构、我驻外使领馆、华人社团、国外商会的联系，及时收集重点合作国家和地区的投资政策，掌握其政治经济发展状况及金融政策、法规制度等信息，为企业开展境外投资提供合作指南。三是探索建立山东省海外投资行业协会。采取"政府牵头、企业参与"的方式，衔接我国产业海外发展协会等组织，组建山东省海外投资行业协会。加强海外协会在信息交流、咨询服务、风险提示、应对纠纷、抵御海外风险等方面的作用，为企业"走出去"保驾护航。建议国家出台相关政策，支持"走出去"

中介服务机构建设。

5）建立风险预警机制，确保安全高效"走出去"。一是做好风险提示工作。加强对高风险国家和地区投资合作的指导和监管，健全风险预警和信息通报制度，及时发布非经营性风险预警提示，配合国家做好风险预警、信息发布及人员转移、资产保全等工作。二是用好"走出去"保险工具。积极争取政策性保险机构对境外投资的支持力度，推广和发展出口信用保险业务，创新保险品种。三是提高应急处理能力。联合我驻外使领馆，加快建立有效的安全防护措施和突发事件应急处理机制，对"走出去"企业和人员进行专项培训，提高应急处理能力。

第九章
华中地区各省国际产能合作

第一节 湖北省国际产能合作

一、湖北省国际产能合作的初步成果

湖北省开展了多种形式的对外交流与合作，全省形成了多层次、全方位、宽领域的对外开放格局，钢铁、汽车、建材、医药、光纤光缆、新型农业等优势产业开始全球布局，在亚洲、非洲、欧洲等数十个国家和地区开展产能合作，尤其在"一带一路"沿线国家成为亮点。2011年以来，湖北省对外直接投资规模迅速增加。截至2015年底，湖北已有620多家企业"走出去"，涉外投资超过60亿美元。2015年湖北省实际对外投资12.5亿美元（含在鄂央企），同比增长12.6%，其中湖北省在"一带一路"沿线国家实际对外投资2.6亿美元，同比增长30%。2015年湖北省对外工程承包企业在"一带一路"沿线国家新签合同额46.4亿美元，占新签合同额的40.5%，完成营业额32.7亿美元，占完成营业总额的62.5%。主要呈现以下特点：

1）合作规模不断提升。湖北省企业"走出去"数量从21世纪初每年不足10家，发展到现在每年新设及增资境外投资项目近100余家，实际投资额从每年不足千万美元，发展到超过10亿美元，不断实现新跨越。

2）合作主体发展壮大。目前，大型在鄂央企、省属国有企业、民营企业、"三资"企业等多种企业构成了湖北省开展国际产能合作的主体格局。

3）合作方式纵深发展。跨国并购逐渐增多，有色、钢铁、汽车及零部件、建材、食品、化工、船舶等领域企业"走出去"的亮点较多。（比如：华新水

泥塔吉克斯坦 100 万吨水泥生产线项目、三环集团通过并购波兰克拉希尼克轴承公司项目成功进入奔驰生产线等）。开展产能合作的方式，由原来的绿地投资逐步向跨国并购、集团出海、与第三方合作等方式转变。

2016 年前三季度，湖北省实际利用外资 77.9 亿美元，同比增长 13.7%；对外直接投资达 10.4 亿美元，同比增长 67.2%。湖北省"引进来""走出去"态势喜人。前三季度，湖北省境外投资新备案企业 88 家，实际完成投资 10.4 亿美元，主要投向了美国、加拿大、俄罗斯等近 30 个国家和地区，其中"一带一路"沿线投资额占比超过 30%。截至 9 月底，湖北省企业累计设立境外企业和机构 700 多家，遍布全球 80 多个国家和地区。湖北企业"走出去"量质齐升，国际化经营水平提高。从投资区域看，湖北企业加速在欧美布局，投资领域主要集中在生物医药、房地产、新能源等高技术含量、高附加值产业。如，人福医药出资 5.5 亿美元收购美国医药企业 Pharma 公司，使其在美研发药品超过百个；武汉护生医疗 3000 多万美元在加拿大设立公司。此外，湖北省正在推进建设 4 个海外工业园，分别是省联发投比利时研发园、科力生实业哈萨克斯坦湖北工业园、光谷北斗公司泰国园区、湖北天润马来西亚园区。目前，比利时研发园已动工，其他 3 个园区均完成境外企业注册，即将启动规划建设。

（一）开展国际产能合作的主要国家、行业与企业

1）开展产能合作的主要国家和地区：当前湖北省国际产能合作逐步实现了全球布局，发达国家与发展中国家分布比较均衡，"一带一路"沿线国家正在成为热点。2015 年，湖北省在"一带一路"沿线国家开展国际产能合作项目 18 个，实际投资 2.6 亿美元。湖北省企业开展国际产能合作的区域主要分布在亚洲、非洲、拉美及欧洲的 70 多个国家和地区。比如，位于非洲的主要有南非、埃塞俄比亚、莫桑比克、马里、安哥拉等，位于欧美的主要有美国、加拿大、爱尔兰、葡萄牙等，位于"一带一路"沿线的主要有马来西亚、印度尼西亚、缅甸、泰国、老挝、越南、埃及、哈萨克斯坦、塔吉克斯坦、俄罗斯、波兰等国家和地区。

2）开展产能合作的主要行业：湖北省开展国际产能合作的行业主要包括

钢铁、有色、汽车及零部件、建材、电力、化工、纺织、通信、医疗、农业、地产开发及社区养老等诸多产业领域；国家鼓励"走出去"的12个行业中，有9个是湖北的优势产业；水利水电和桥梁工程产业保持世界一流水平，光纤光缆生产规模全球第一。湖北优势产能和优质装备"走出去"蕴含巨大潜力。

3）开展产能合作的主要企业：目前，湖北企业参与国际产能合作，已初步形成了大型在鄂央企、省属国有企业、民营企业、"三资"企业等为主体的产能合作格局。民营企业已逐步成为"走出去"的主力军。截至2015年底，湖北已有620多家企业"走出去"。

（二）开展国际产能合作的主要成果

近年来，湖北省企业"走出去"呈现强劲的发展势头，有一大批优势企业在海外建立了生产基地、产业园区、研发中心及销售服务网络，如三环集团、人福医药、华新水泥、安琪酵母、长飞光纤、阳光凯迪等优势龙头企业在开展国际产能合作方面已迈出坚实步伐，发挥了较好的引领和带动作用。

1）通过并购获得关键技术，增强了企业核心竞争力。三环集团并购波兰最大的轴承制造企业——克拉希尼克轴承公司股权项目，通过强强联合，成功进入奔驰产业链，在企业实现双赢的同时，三环集团波兰项目也得到了波兰政府的支持和认可。随着"中国中部国际产能合作论坛暨企业对接洽谈会"在湖北武汉的成功召开，带动了湖北省企业以波兰现有市场和产能合作项目为依托，进军中东欧国际市场，推动波兰和其他中东欧国家参与"一带一路"建设。

2）坚持义利并举发展理念，拓展了企业生存发展空间。坚持义利并举、互利共赢既是企业的生存和发展之道，也是企业应尽的责任和社会担当。企业"走出去"应遵循市场原则，坚持企业自主决策、自负盈亏。同时，湖北省注重加强对境外投资企业的服务引导，指导企业在自愿、平等、互利的基础上，充分考虑投资所在国的基本国情和现实需求，坚持义利并举、合作共赢，广泛吸纳各方共同参与，共同促进投资所在国经济社会发展和当地民众就业，为企业进一步拓展海外市场、实现在国际市场中的长远发展和安全发展扎实根基、奠定基础。湖北省华新水泥秉承"建设一座工厂、造福一方百姓"

的社会责任担当，2011 年投资塔吉克斯坦项目至今，先后安置当地贫困居民 600 多人就业，无偿出资 200 万索莫尼对周边社区道路、电网及水网等进行技术改造，出资 300 万美元援建当地学校，发起成立"我爱塔吉克"华新基金，且每年注资 100 万索莫尼，取得了良好的经济和社会效益。

二、湖北省国际产能合作的推动措施

2015 年以来，湖北省委省政府高度重视国际产能合作工作，相继出台了一系列政策措施，推进了湖北优势产能和优质装备有计划、有步骤、有重点地"走出去"。

1）健全工作机制。2015 年 12 月，湖北省人民政府出台了《省人民政府关于推进国际产能和装备制造合作的实施意见》（鄂政发〔2015〕74 号），从指导思想、基本原则、发展目标、重点任务、支持政策和保障体系等方面，对湖北省企业"走出去"开展国际产能合作作了总体部署和规划安排。2016 年 3 月，按照省政府要求，省发展改革委牵头建立了全省推进国际产能和装备制造合作省直部门联席会议制度，统筹协调推动和服务全省企业"走出去"工作，为湖北省企业参与国际产能合作提供了组织和机制保障。同时，湖北省按照国家发展改革委《推进国际产能合作省市、企业与重点国别对接组合工作安排》（发改外资〔2016〕428 号）精神，主动与湖北省在越南、莫桑比克投资的武汉凯迪电力工程有限公司和万宝粮油有限公司对接，省发展改革委与上述两家企业及其所在的武汉市、襄阳市发展改革委建立了每季度情况信息反馈制度。

2）搭建合作平台。2015 年 11 月，省人民政府与国家发展改革委签订了《国家发展和改革委员会 湖北省人民政府关于建立推进国际产能和装备制造合作委省协同机制的合作框架协议》，明确了湖北省首批 12 个项目列为国家重点推动项目。近年来，利用省领导重大出访、国家和省级层面组织的经贸论坛等时机，实施安排有意愿的境外投资企业参与中外双方组织的项目推介、对接、洽谈等活动，为湖北省企业"走出去"牵线搭桥。2015 年，省内筹划安排了与俄罗斯、印度、印尼、马来西亚等国企业和机构的 5 场境外投资促进活动，组团出访了东南亚、南亚、中亚、西亚、北非、东欧等30多个国家对接考察，共组织省内300家企业参与，不少中外企业达成了合作意向。2016年6月5日至6日，在省政府的大力推动下，经国务院批准，国家发展改革委、外交部和湖北省人民政府在武汉联合主办了"中国中部国际产能合作论坛暨企业对接洽谈会"，国家发展改革委主任徐绍史出席会议并作重要讲话。与会中外各界代表共2000余人，其中包括来自72个国家的400余名外国代表，1140名中外企业代表，45位来自"一带一路"沿线和国际产能合作重点国家的经济、工程、住建、交通、农业部门负责人以及省州负责人，55名经济组织代表、37名外国机构代表、10余名驻华使节。大会为湖北省企业"走出去"开展国际产能合作搭建了平台，会议期间，湖北省企业与外方签署了17份产能合作协议，协议总投资额为68.35亿美元，取得了良好的推动效果。

2015年12月11日，国家发展改革委主任徐绍史与湖北省省长王国生在武汉签署协议，建立推进国际产能和装备制造合作委省协同机制

3）加强服务管理。近年来，在省委省政府的大力推动下，湖北省发展改革委认真贯彻落实国家发展改革委对境外投资项目的管理要求，除敏感国家和地区、敏感行业外，全省地方企业境外投资项目统一实行备案管理、网上审批、限时办结。建立了境外投资企业情况信息反馈制度，及时在国别信

息、融资安排、扶持政策、行业自律、项目推介等方面为"走出去"企业提供政策咨询和服务引导，帮助企业协调解决项目推进过程中遇到的困难和问题。

4）创新支持政策。一方面，强化金融支持。省政府正在积极研究筹划，在总规模1万亿元的长江经济带产业基金中，设立国际产能和装备制造合作子基金，重点支持企业到国外绿地投资、兼并收购及建立研发、销售中心。另一方面，加强重点项目扶持。建立完善湖北省国际产能合作重点项目库，进一步加大对重点项目的服务指导，落实支持资金。

三、湖北省国际产能合作的现存问题

1）"走出去"企业数量少，国际化程度不高。截至2015年，湖北累计备案境外投资企业不足620家，正常经营存量企业300家左右，远低于沿海发达省份过千家的水平，也低于中部的湖南、安徽，尚无一家真正拥有全球一体化生产体系的跨国公司。有些企业认为境外投资风险较大，缺乏参与国际竞争的自觉性和长远发展的战略思考。以钢铁行业为例，根据海外销售收入比重、海外资产比重、海外子公司比重这三个国际通行指标衡量研究的全球主流钢铁企业国际化指数，塔塔钢铁超过80%，日韩钢铁企业普遍在30%以上，而武钢远远低于这些主流钢企。

2）产业转移带动力不强，规模较小。湖北省国际产能合作虽崭露头角，涌现了一些较大项目，但同沿海省份比较，尚未明显形成以富余产能聚集及产业链拉动的"集群式走出去"规模，竞争力不强，抗风险能力弱，难以形成规模经济。比如，在鄂央企武钢、东风，虽近年来国际大动作频频，但没有出现带动省内上下游"抱团出海"的现象，且当前越来越多的国家重视环保，湖北省富余产能多是高耗能、高污染行业，产能转移受到一定限制，如不形成规模，提高环保水平，很难受到当地政府青睐。

3）境外经营管理人才匮乏，制约发展。由于起步迟、起点低，富余产能多是盘子大、利润低，普遍缺乏国际化经营的人才储备，缺乏从事境外投资所必备的既有专门的生产技术和管理技能，又通晓国际商务惯例、国际营销知识和外语水平的跨国经营的高级管理人才。大部分企业尤其是国有企业缺乏一套适应国际市场竞争需要的人力资源管理培训机制，导致工作人员专业能力和积极性都不高，远不能适应跨国经营对人才需求的竞争需要。

4）政策环境需要改善，融资困难。由于国内金融机构及其境外分支机构在风险和责任方面受到更多约束，资金配置不尽合理，富余产能境外转移受困政策限制、自有资金不足、资产抵押不够等原因，无力进行更大规模拓展。如武汉国裕物流产业集团公司，因为船舶制造属于过剩富余产能，国际航运又比较低迷，金融机构目前大幅收缩对其贷款，这家集船舶制造、航运为一体的"走出去"民企流动资金存在较大压力。

四、湖北省国际产能合作的未来趋势

湖北省推进国际产能和装备制造合作总的指导思想是：全面贯彻落实党的十八大和十八届二中、三中、四中、五中全会精神，按照国家推进国际产能和装备制造合作的决策部署，抢抓国家实施"一带一路"战略机遇，以全球产业发展的宽广视野，引领、推动湖北省优势产能和装备制造的比较优势与国际市场需求有效对接，有序推进国际产能和装备制造合作发展；坚持以市场为导向，以企业为主体，立足企业实际需求，建立健全促进国际产能和装备制造合作的政府服务保障体系；着眼于国际国内两个市场、两种资源，大力开展国际产能和装备制造合作，拓展产业发展空间，带动产业转型升级，打造经济增长新动力，为促进全省经济提质增效和跨越式发展提供新的支撑。具体发展目标是：力争到 2020 年，全省境外投资项目协议投资总额年均增长 10% 以上；与"一带一路"沿线国家、金砖国家以及欧美发达国家等重点国家开展国际产能和装备制造合作的机制基本建立；一批重点产能和装备制造合作项目在海外落地生根，力争建成一批竞争优势强、配套水平高、集群化发展的国际产能合作示范基地；政府对境外投资合作的支持政策和服务体系进一步健全和完善；国际产能和装备制造合作的经济和社会效益显著提升，重点行业技术、装备及产品出口规模和市场份额显著提高，对全省产业转型升级和国际化经营的促进作用显著增强。

开放引领发展，合作成就未来。湖北历来是开放包容、经贸活跃之地，湖北国际产能合作的蓬勃发展，正是开放合作文化基因的延续和传承。作为中华文明的重要主体，开放融合、革故鼎新是楚文化的精神内核，代代相传、绵延至今。从19世纪中叶起，汉口作为"中俄万里茶道"的起点，坐拥"东方茶港"百年辉煌，一度占全国茶叶出口总量六成以上。历史翻开新的一页，中国经济发展进入新常态，"一带一路"建设方兴未艾，展示出国际产能合作更为广阔的前景。

从产业基础看，湖北开展国际产能合作具有强有力的支撑。2015年全省GDP2.955万亿元，在全国排第8位。全省产值过千亿元的产业17个；国家鼓励"走出去"的12个行业中，有9个是湖北的优势产业。水利水电和桥梁工程产业保持世界一流水平，光纤光缆生产规模全球第一。湖北主导产业和优势企业开展国际产能合作的意愿普遍比较强烈。

从开放条件看，湖北开展国际产能合作的通达优势十分突出。全省拥有39条国际及地区飞机航线，其中洲际直航4条；"汉新欧"国际货运班列可直达莫斯科、汉堡、里昂等城市，年发送量居全国第2；江海直达集装箱快线对接全球航运。已有国家批准的开放口岸4个、海关特殊监管区域2个、保税物流中心4个。武汉是中部唯一设立领事馆和领事馆区的城市，也是中部唯一实行外国人72小时过境免签的城市。

从创新发展看，湖北具有提供更多先进产能合作的巨大潜力。该省是中国创新资源最富集的地区之一，国家级科技创新平台数量居全国第4；是全国第三大教育中心，现有高校123所，武汉在校大学生过百万，居全球之首。武汉大学等高校，培养了以哈萨克斯坦总理马西莫夫等为代表的大批海外杰出校友，成为湖北与世界合作的重要纽带。湖北省也是中国创新能力最领先的区域之一，美国有硅谷，中国有武汉光谷，作为全国最大的光电器件研发生产基地，光谷是代表国家参与全球光电子产业竞争的主力军；一大批先进技术站在新一轮科技革命和产业变革前沿，光通信三超领域、植物提取人血白蛋白等技术国际领先。推进先进产业技术输出，占领国际产能合作高地，湖北有着巨大空间。

第二节　湖南省国际产能合作

一、湖南省国际产能合作的产业基础

湖南省以工程机械、轨道交通、高新技术、钢铁产业、矿产有色、建筑行业、电力设备、农业领域等省内八大优势产业为基础，在"走出去"战略下逐步形成规模效益。在东盟、非洲等国家和地区，通过开展对外经济合作，湘企的影响力正不断增强；湖南省工程机械、轨道交通、建筑建材和农业等优势产业在国际上的知名度不断上升，获得了较好的口碑。

（一）烟草行业

烟草是湖南最具发展潜质的产业。其中，"长烟""常烟"已成为我国卷烟行业耀眼的"双子星座"。前些年湘钢、涟钢、衡钢在全国同行还是很不起眼的"丑小鸭"，产品大多是低附加值"大路货"。

（二）机电制造业

在机电制造业中湖南省每年创造产值达 1000 亿元，约占全省国民生产总值的 30%。2003 年，全省机电产品出口额 4.3 亿美元，其中高科技产品占50%，出口额过千万美元的企业有 10 家。

（三）高新技术产业

高新技术产业发展中以湘计算机、LG 曙光、中芯数字、湘邮科技、创智软件为主的一批"科技新秀"，支起湖南高新技术产业的脊梁。2016 年上半年，湖南省已完成高新技术产品产值 524.45 亿元，同比增长 32.66%。预计全年有望突破产值 1200 亿元。

（四）生物医药行业

在生物医药行业中，千金药业、九芝堂、正清制药、紫光古汉等无疑是湖南在该产业的佼佼者。其中，中成药 14 大类制剂生产能力、工业总产值分别居全国第 15 位和第 13 位，化学药品销售额居全国第 8 位。

二、湖南省国际产能合作的初步成果

随着对外开放的不断深入，湖南省对外投资合作的步伐不断加快，"走出去"服务促进体系不断完善，对外投资合作经历了由平稳向高速、由低级向高级、由单一向多元的转化阶段，全省形成了良好的开放氛围和发展环境，取得了显著成绩。2008 年湖南省对外直接投资实现了跨越式增长，直接表现为 2008~2009 年对外直接投资流量增长速度十分快。在 2010 年湖南省对外直接投资规模减小幅度较大，但在 2010 年之后又恢复到了较高的水平。

国际产能合作成为对外投资重点。一批重大国际产能合作项目成为对外投资高速增长的重要支撑，带动了湖南省优势富余产能"走出去"。三一重工投资 1.7 亿美元在巴西建设生产基地并开展了境外工业园区建设；株洲旗滨投资 1.9 亿美元在马来西亚建立了浮法玻璃生产线；泰富重工投资 2.2 亿美元和巴西合作方成立合资企业，建造了 8 条重型船舶，从事海工和航运服务；湘乡建成水泥厂投资 9000 万美元在哈萨克斯坦建设了水泥生产线。转移产能的同时也带动了湖南省企业在当地的工程承包业务。湖南鹏辉水电公司投资 7000 万美元在尼泊尔开展水电站建设，充分发挥了湖南省在小水电开发方面的优势。

2015 年，湖南省对外工程承包和劳务合作共新签合同额 59.14 亿美元，同比增长 13.9%；完成营业额 51.76 亿美元，同比增长 27.1%，其中对外工程承包完成营业额 31.15 亿美元，同比增长 20.8%。共派出劳务人员 8.19 万人，年末在外 11.65 万人。

（一）对外投资

2015 年，湖南省共计核准境外企业 180 家，合同投资总额 30.96 亿美元，中方合同投资额 27.80 亿美元，分别同比上升 43.8% 和 53.1%，对外直接投资实际额 14.79 亿美元，同比上升 55.9%。截至 2015 年 12 月底，湖南省累计共核准境外企业 1177 家，合同投资额 171.53 亿美元，中方合同投资额 116.22 亿美元，实际对外投资额 75.53 亿美元。

从投资地区看，亚太地区仍是湖南省企业对外投资的首选，对美投资有较大幅度的增长。

地区	新设境外企业家数	占比	中方合同投资额 / 亿美元	占比
亚　洲	128	71.11%	18.86	67.82%
非　洲	7	3.89%	1.29	4.64%
欧　洲	8	4.44%	0.56	2.01%
南美洲	5	2.78%	4.17	14.99%
北美洲	29	16.11%	2.11	7.59%
大洋洲	3	1.67%	0.82	2.95%
合　计	180	100.00%	27.81	100.00%

从投资主体来看，民营企业已经成为湖南省对外投资的中坚力量。

主体	新设境外企业家数	占比	中方合同投资额 / 亿美元	占比
国有企业	11	6.11%	1.85	6.65%
民营企业	169	93.89%	25.96	93.35%
合　　计	180	100.00%	27.81	100.00%

从投资行业来看，投资较多的主要是制造业、矿业开发、农业以及对外贸易等行业，门类较齐全，但相对集中度不高。

行业	新设境外企业家数	占比	中方合同投资额 / 亿美元	占比
制造业	60	33.33%	10.83	38.94%
矿　业	11	6.11%	4.45	16.00%
农　业	40	22.22%	4.61	16.58%
贸　易	31	17.22%	1.56	5.61%
其　他	38	21.12%	6.36	22.87%
合　计	180	100.00%	27.81	100.00%

（二）对外承包工程

2015 年，湖南省对外工程承包业务新签合同额 38.53 亿美元，同比上升 4.5%，完成营业额 31.15 亿美元，同比增长 20.8%；工程项下派出劳务人员 5248 人，同比下降 6.4%，月末在外劳务人员 7505 人，同比下降 12.3%。从承接的工程合同来看，2015 年湖南省对外承包工程新签合同额中一手单 19.38 亿美元，占比达 50.3%，占比首次超过二手单。

从完成营业额的地区分布来看，主要集中在亚非拉地区。

地　区	对外承包工程营业额 / 亿美元	占比
亚　洲	13.73	44.08%
非　洲	14.43	46.32%
南　美	2.66	8.54%
其　他	0.33	1.06%
合　计	31.15	100.00%

湖南省对外承包工程的主体企业仍以中央在湘企业以及省属大型国有企业为主，其中完成营业额排名前三的分别是：水电八局、中建五局、湖南建工。

地　区	对外承包工程营业额 / 亿美元	占比
水电八局	11.24	36.08%
中建五局	5.31	17.05%
湖南建工	3.37	10.82%
中　南　院	2.48	7.96%
其他企业	8.75	28.09%
合　计	31.15	100.00%

（三）对外劳务合作

2015 年 12 月当月，全省新签对外劳务合作人员合同工资总额 2.04 亿美元，对外劳务人员实际收入 2.53 亿美元，外派劳务人员 1.06 万人。

2015 年，全省新签对外劳务人员合同工资总额 20.61 亿美元，同比增长 37.0%；对外劳务人员实际收入 20.61 亿美元，同比增长 37.8%；外派劳务人员 8.19 万人，同比上升 18.3%；月末在外 11.66 万人，同比增长 16.9%。

三、湖南省国际产能合作的推动措施

湖南省按照党中央、国务院决策部署，全面贯彻落实党的十八大和十八届三中、四中、五中全会精神，深入贯彻习近平总书记系列重要讲话精神，着眼全球经济发展新格局，准确把握国际经贸合作新形势。依托"一带一路"、长江经济带等重大发展战略，将"一带一路"与"一带一部"相结合，以"一带一路"沿线国家为重点，以重点产能合作项目为抓手，结合省内产业结构调整，将湖南省产能优势、区位优势与国外生产要素、市场需求相结合，积极拓展境外市场，服务省内供给侧结构性改革，充分发挥企业主体作用，推动优质企业和优势产能"走出去"，促进湖南省经济提质增效与转型升级，打造中部地区国际产能和装备制造合作的示范区。为此，湖南省出台了一系列推进国际产能合作的政策措施。

1）境外投资财税支持政策。设立国际产能合作专项引导资金，拨款 5000万元用于省内国际产能合作重点项目引导资金，加快推动省内新领域及优势领域产能转型升级。

2）境外投资的金融支持政策。已与国家发展改革委签订推进国际产能和装备制造合作委省协同机制的合作框架协议，正在研究设立湖南省国际产能合作股权投资基金，用于国际产能和装备制造合作项目。

2016 年 3 月 4 日，国家发展改革委主任徐绍史与湖南省省长杜家毫签署合作协议，建立推进国际产能和装备制造合作委省协同机制

3）综合信息服务平台搭建情况。为形成合力，共同做好湖南省"一带一路"暨国际产能合作的政策研究、形势研判、项目跟踪、风险把控等各项工作，更好地为企业"走出去"服务，湖南省召开了整合"一带一路"暨国际产能合作信息服务平台工作部署会。会后，整合了"一带一路"和国际产能合作

综合信息服务网，在省政府门户网站专门设立"一带一路"暨国际产能合作页面，相关部门可及时上传共享信息资源。

4）"走出去"风险评估和防控问题。完成了湖南对东盟10+1国的对外投资产业和国别指导意见，为企业"走出去"提供参考指导，防范海外投资风险。陆续将完成湖南省开展对外投资的86个国家和地区的产业和国别指导意见。

四、湖南省国际产能合作的经验总结

一是加强了顶层设计。2015年9月，《湖南省人民政府关于推进国际产能和装备制造合作的实施意见》以湘政办发〔2015〕40号文印发；2015年12月，《湖南省参与建设丝绸之路经济带和21世纪海上丝绸之路的实施方案》，以湘发〔2015〕24号文印发。这是指导湖南省推进"一带一路"建设和国际产能合作的纲领性文件。

二是形成了工作合力。省内层面，成立了湖南推进"一带一路"建设暨国际产能合作工作领导小组，召开了领导小组第一次会议，并制定了《领导小组工作规则》和《领导小组办公室工作规则》，各成员单位分工明确、各司其职，建立起高效的工作协调体系。国家层面，省政府与国家发展改革委共同签署了推进国际产能和装备制造合作框架协议，建立了委省协同机制，并明确由湖南省牵头对接与巴西、尼日利亚等国的产能合作。

三是谋划了重大项目。梳理完成了湖南对接"一带一路"建设优先项目清单，共计86个项目，总投资2430亿元。在委省合作框架协议中列入21个湖南省国际产能合作重点项目，总投资386亿元，国家发展改革委将按照一事一议原则研究制定专项支持政策。已有5个项目进入国家发展改革委《推进国际产能合作省市、企业与重点国别对接组合工作安排》；1个项目进入中俄投资委员会项目清单。先后在广西中国—东盟博览会、广州中非产能合作论坛、中国中部国际产能合作论坛暨企业对接洽谈会等平台推介了一批湖南省产能合作重点项目。

四是注重了风险防控。完成了湖南对东盟10+1国的对外投资产业和国别指导意见，为企业"走出去"提供参考指导，防范海外投资风险。陆续将完成湖南省开展对外投资的 86 个国家和地区的产业和国别指导意见。

五是整合了信息平台。开发了"一带一路"和国际产能合作综合信息服务网，在省政府门户网站专门设立"一带一路"暨国际产能合作页面，相关部门及时上传共享信息资源。制作了"湘汇世界、合作共赢"湖南对接"一带一路"建设专题宣传片，以英文解说中文字幕和中文解说英文字母两个版本，分别用于境外宣传和境内宣传。

六是开展了政策研究。印发了《编制〈湖南省推进国际产能和装备制造合作三年行动计划（2016—2018 年）〉工作方案》，此外，为做好对外宣传推介，形成必要的社会舆论氛围，更好地指导企业"走出去"，对《湖南省参与建设丝绸之路经济带和 21 世纪海上丝绸之路的实施方案》《湖南省人民政府关于推进国际产能和装备制造合作的实施意见》进行了解密处理，出台公开版，专用于媒体宣传。

七是争取了专项资金。争取省内安排国际产能合作专项资金 5000 万元，专门用于支持湖南省企业开展国际产能合作，目前已召开企业座谈会，准备起草资金使用方案。

湖南主动适应国家"高水平引进来和大规模走出去"的对外新常态，积极参与"一带一路""国际产能合作"、周边互联互通、自贸区等重大经济外交战略，以"破零倍增""架桥拓市""千亿海外"等项目工程为抓手，切实推进湖南省国际产能合作和装备"走出去"。境外投资在全国排在前列、在中部处于领先，形成了一批优势产业，在工程机械、轨道交通、现代农业、新能源、矿产资源开发、路桥房建、水利水电、生物医药等多个领域形成了湘军品牌；形成了一批龙头企业，中联重科、三一集团、新华联、时代电气等企业逐步成长为行业巨头；形成了一批重点国家和市场，通过绿地投资走进东盟，通过跨国并购进入欧美市场，通过对外承包工程开拓非洲、拉美、东南亚和南亚等国家和地区。投资合作方式由单打独斗向借船出海、联合出海转变，投资合作领域由单一"走出去"向产业链"走出去"转变，投资合作地区由游击战向阵地战转变。

五、湖南省国际产能合作的现存问题

在推进工作中，企业普遍反映存在观念转变滞后、体制改革滞后，以及资金、信息、人才方面的支持政策尚有较大差距等问题。

一是缺少资金支持。目前湖南省大多数"走出去"企业尚处于"投石问路"的起步阶段，对外投资规模多数低于 2000 万元人民币。由于投资规模不大，在境外银行中缺乏信用基础，很多不具备担保条件，难以从境外银行获得贷款支持。国内银行对民营企业"走出去"融资贷款门槛较高，资产在境外评估难度大，申请贷款难度更大，部分境外投资项目由于后续资金不足而不得不暂缓进行或被迫终止。普遍要求政府设立补贴产能输出项目的专项资金，以及国际产能合作股权投资基金。

二是规避风险能力不强。有意愿"走出去"的企业尤其是中小企业，普遍缺乏国际市场调研和境外投资方面专业人才，"走出去"过程中不能迅速准确地了解国际市场，不能根据市场变化做出相应决策，缺乏对国外经营风险的识别和规避，缺乏运用东道国法律和国际通行规则维护自身权益的经验，抵抗国际风险能力不强。

三是服务平台不够完善。目前"走出去"公共服务平台不多，缺乏对企业国际化经营风险的信息引导，缺少对国别的经济研究和形势分析，难以为企业提供法律、政策、国情、商机和预警等资讯服务，企业存在盲目的"走出去"现象。

四是国际经营人才缺乏。湖南作为内陆省份，经济水平发展落后，对高端人才缺乏吸引力，省内高端人才的引进、技术人才的培养留用比较困难，高速发展的先进装备产业对智力型、技能型人才的需求缺口加大。企业普遍反映，难以招聘到通晓国际贸易规则、熟悉国际法律法规的国际化经营管理人才，企业海外经营业务难以顺利开展。

五是审批考核制度不利于"走出去"。在出国审批上，对企业、相关部门出国的批次、人数、国别限定很严，增加了因工作需要"走出去"人员的时间、精力成本；在国企领导考核中，对"走出去"人员的风险、能力要求、辛劳程度考虑不足,待遇与国内人员同等对待,不利于建立可持续发展的长效机制。

第三节　河南省国际产能合作

一、河南省国际产能合作的产业基础

河南是全国重要的经济大省、农业大省和新兴工业大省,河南经济发展程度与"一带一路"国家相仿,经济共振点较多,具有较强的产业互补性,深化产业合作空间广阔。河南省的优势产业有煤化工产业、铝工业、汽车及零部件产业、食品产业、装备制造业以及高新技术产业等。

1. 煤化工产业

河南煤化工企业通过引进和消化先进适用技术、设备,主要经济技术指标处于全国先进水平。中原大化节能型尿素生产、高压法三聚氰胺、大型复合肥装置等各项技术指标达到国际先进水平。氮肥企业采用连续富氧气化、全低温变换、节能型氨合成、气提法尿素生产等先进技术,大幅度提高生产能力,综合能耗、产品质量等各项指标位居国内同行业前列,吨氨综合能耗由 2000 年的 1745 公斤标准煤降低到目前的 1627 公斤标准煤,大中型企业尿素优等品率达到 50%。

2. 铝工业

河南已有 10 家氧化铝、电解铝企业在郑洛工业走廊集聚。郑州、洛阳、三门峡、焦作地区集中了全省 90% 以上的氧化铝产能和 70% 的电解铝产能,形成了国内最大的铝工业集中区。中铝公司、伊川电力、新安电力等企业铝加工产能整合重组已经起步,完成后将形成 30 万 ~50 万吨深加工能力。巩义市、长葛市、荥阳市、温县等以铝加工为主的产业集群发展迅速。巩义市铝加工园区已形成 40 万吨铝加工能力,成为全国最大的板带箔生产基地。长葛市已具有 20 万吨铝型材生产能力,初步形成了熔铸、挤压、表面处理及模具加工相互配套的产业群。

3. 汽车及零部件产业

河南在国内具有优势的整车产品主要是大中轻型客车、高档皮卡及多功能运动车（SUV）、各类改装汽车和摩托车等，涌现出宇通客车、郑州日产、少林汽车、华骏车辆、北方易初等一批名优企业。2004 年，河南省公路客车、高档皮卡和中高档越野型多功能运动车的国内市场占有率分别达到 25%、59% 和 41%，均位居同行业首位，半挂车、专用车、摩托车国内市场占有率分别为 12%、7.1% 和 4.4%，分别位居国内第一位、第六位和第五位。

2004 年，汽车零部件行业销售收入 185 亿元，2005 年上半年，销售收入同比增长 51.2%，高出全国平均水平 35 个百分点。转向器总成、减振器总成、汽缸套等 10 多种产品产量位居全国首位，载重子午胎、汽车空调、汽车轴承、减振器等成为国内骨干整车企业的配套产品，缸套、铝合金轮毂等进入世界汽车零部件采购体系。

4. 装备制造业

截至 2005 年，河南装备制造企业已有国家和省级技术中心 42 个，研发投入占营业收入的比重达到 2.3%，新产品产值率为 13%，分别比 2000 年提高了 0.4 和 1.9 个百分点。2005 年，全省大型装备制造企业专利申请量达到 281 件，专利授予量达到 89 件，分别比 2004 年增长了 1.3 倍和 53%。近年来，依托国家重点工程，河南省重大装备研制开发取得了新的成果，超高压直流输电保护控制设备、正负电子对撞机谱仪机械系统、强力大采高液压支架、大型增安型无刷励磁同步机、大型空分设备等一批具有自主知识产权的产品，率先实现了国产化。

5. 高新技术产业

河南已为全国重要的彩电玻壳、新型电池、血液制品、抗生素原料药和超硬材料生产基地。2005 年，彩电玻壳、单晶硅片、多晶硅、锂离子电池产量分别达到 3000 万套、3500 万平方英寸（1 英寸 =0.0254m）、18 吨和 2700 万安时，分别占国内产量的 45%、40%、20% 和 10%，居全国前列。抗生素发酵吨位 3.5 万吨、血浆处理量 1300 吨，产品产量分别占全国的 30% 和

35%。超硬材料产量 24 亿克拉，占国内总量的 60%。

6. 应急产业

河南省应急产业的发展重点是优先发展信息安全、军民融合、应急装备、交通安全、医疗应急等五大优势领域，加快发展空间信息、航空应急、智能机器人、农业安全、食品药品安全、家庭应急、应急服务等七大潜力领域。河南省将着力完善产业标准体系，研究编制河南省应急产业发展规划，编制河南省应急产业重点产品和服务指导目录；加大财税政策支持力度，认真落实适用于加快应急产业发展的各项税收优惠政策；完善产业投融资政策，鼓励金融资本、民间资本及创业与私募股权投资投向应急产业，支持符合条件的应急产业企业采取发行股票、债券等多种方式在海内外资本市场直接融资；强化人才队伍建设，扩大应急产业原有相关专业招生规模，逐步探索在大型应急产业企业设立博士后科研工作站；优化产业发展环境，对应急产业发展重大项目建设用地，在符合国家产业政策和土地利用总体规划的前提下予以优先支持。

7. 食品产业

在食品产业方面，坚持绿色安全、品牌提升，做大做强冷链食品、休闲食品和饮料制造三大优势产业链，完善原料基地、冷链物流、质量安全等关键环节，打造万亿级中高端食品制造基地，重点建设漯河、周口、郑州、驻马店、信阳等食品产业集群。依托漯河经济技术开发区、临颍县产业集聚区，重点发展双汇集团肉类精深加工及配套产业，加快雅客（临颍）休闲食品工业园、南街村食品工业园等项目建设，做强全国最大的肉制品生产基地，到2017 年，形成漯河 2000 亿级食品产业集群。

8. 服装服饰

在服装服饰产业方面坚持品牌引领、高端带动、补链延链，着力提升产品设计、协作配套、营销配送能力，打造全国新兴的终端纺织品产业基地，重点建设郑州、周口、商丘、南阳服装服饰产业集群。依托中原纺织产业园、新密曲梁服装产业园，建设郑州服装产品展示与时尚创意推广中心，建设中部最大的郑州女裤生产基地,到2017年,形成郑州千亿级中高端服装产业集群。

二、河南省国际产能合作的初步成果

近年来,河南省对外直接投资稳步增长,截至2015年年底,河南省在"一带一路"沿线国家共设立境外企业(机构)176家,中方投资额为13.62亿美元,占全省境外投资总额的15.9%。就产业转移而言,河南省对外直接投资主要集中在农业和能源等领域,在很多国家都建立了农业园区,比如中亚、非洲等。除了农业,矿产资源和能源也是产能转移的重点。比如,河南省企业在柬埔寨开发了黄金矿,在非洲开发煤矿或在境外多国参与建立电厂等。

2016年第一季度,河南省对外投资业务继续保持高速增长,重点项目亮点突出。全省境外投资新备案项目56个,中方协议投资额达到12.95亿美元,同比增长50.6%,已完成全年目标25.57亿美元的50.7%;实际对外投资完成6.2亿美元,位居中部六省第二位(仅低于湖南省的7.88亿美元),全国排名第12位。2016年第一季度,河南省对外直接投资有两个主要特征。一是对外投资地域相对集中。一季度,河南省流向中国香港地区的直接投资为1.48亿美元,对美投资1.71亿美元,对"一带一路"沿线国家投资1.7亿美元,对非洲投资6.29亿美元,上述国家和地区的对外投资额占比超过86%。二是大项目增多。一季度,河南省企业对外投资大项目明显增多,新乡市币港皮业有限公司在埃塞俄比亚协议投资4.4亿美元设立中非现代畜牧业循环经济工业区股份有限公司,从事屠宰及肉类加工、制革及皮革制品加工等;河南中非达实业有限责任公司在乍得协议投资1.6亿美元设立中乍冶金有限责任公司,从事轧钢、炼钢及废旧钢材回收冶炼,钢材生产、销售,矿产品开采。

三、河南省国际产能合作的推动措施

(一)推进三大国家战略与"一带一路"紧密结合

把粮食核心区、中原经济区、郑州航空港经济综合实验区三大国家战略的实施与国家"一带一路"战略密切结合起来，"东联西进、贯通全球、构建枢纽"，建设亚欧大宗商品商贸物流中心、丝绸之路文化交流中心、能源储运交易中心，以增强河南省在丝绸之路经济带建设中的战略支撑作用，打造"一带一路"战略核心腹地。

（二）推动交通、物流跨越式发展

习近平总书记在河南考察时，殷切希望河南建成连通境内外、辐射东中西的物流通道枢纽，为丝绸之路经济带建设多做贡献。时任省委书记郭庚茂指出，丝绸之路经济带的关键是物流，要通过交通来带动物流，用物流带动城市，用城市带动整个经济，最后形成一个经济带。从交通、区位、物流集散的速度、成本及辐射范围来看，郑州都具有成为最佳枢纽的条件。要加快"米字形"高铁网建设，通过建设无水港、发展铁海联运，推动陆海相通，实现向东与海上丝绸之路连接；通过提升郑欧班列运营水平，形成向西与丝绸之路经济带融合。

（三）推动"买全球"与"卖全球"、"引进来"与"走出去"迈上新台阶

习近平总书记在河南调研指导工作时指出，河南要"买全球、卖全球"。要积极利用郑欧班列等载体平台，将欧盟顶尖的技术、中亚丰富的能源等周边物资集聚到中原。加快产业转型升级，鼓励钢铁、水泥、化肥、电解铝等传统产业向境外转移过剩产能，拓展发展空间。稳步推进农业国际项目合作，加快推进境外资源合作开发，扩大对外工程承包和劳务合作，推动优势企业"走出去"，积极建立海外生产研发基地、全球营销网络和战略资源渠道。以航空港区国际航空物流中心与全球智能终端生产基地建设为重点，积极参与全球产业分工格局重构。

四、河南省国际产能合作的下一步安排

1）提升载体平台。深入推进郑州航空港经济综合实验区建设，完善航空货运网络，推动物流、投资、贸易、监管便利化，建设陆空高效衔接的国际

物流中心，加快高端制造业和现代服务业集聚，加快建设智能终端研发制造基地，探索以航空驱动型区域经济发展新模式。大力提升创新载体平台创新凝聚力，推进国家技术转移郑州中心建设，建设中国中部电子商务港，积极创建中原城市群国家自主创新示范区，推进国家创新型城市建设，加快中原城市群智慧型城市群建设，集聚高端创新资源，打造全国性创新高地，推动产业转型升级。

2）完善基础设施。以米字形快速铁路网建设为重点，实现快速铁路通达全部省辖市，推进省际快速通达，提升高铁、地铁、普铁、城铁"四铁"联运水平。加快打通省际高速公路断头路，继续推进客运场站建设和干线公路升级改造，大力改善农村道路状况。完善多式联运，实现无缝连接、内捷外畅。大力加强信息网络系统建设。加快实施"宽带中原"工程，优化4G网络，加快推进郑州国家级互联网骨干直联点建设，及时跟进国家"互联网+"行动计划，统筹信息资源开发利用，构建信息网络安全保障体系，建设网络强省。

3）促进内外联动。加快东西双向开放，充分发挥郑州航空港、郑欧班列、国际陆港等开放平台作用，提升郑州、洛阳主要节点城市辐射带动能力，谋划建设亚欧大宗商品商贸物流中心、丝绸之路文化交流中心、能源储运交易中心，推动与"一带一路"沿线区域五个互通，努力形成与亚欧全面合作新格局。积极主动优化开放环境。加快推进国家技术转移郑州中心和黄河金三角承接产业转移示范区建设，根据产业价值链合理有序承接产业转移，申建国家进口贸易创新示范区，提升保税区、口岸、跨境贸易电子商务等平台功能，加快建设"一站式"大通关体系，积极申报河南自贸区，主动复制上海自贸区经验。

4）推动企业"走出去"。政府层面加大统筹和协调服务的力度，合理界定和发挥我国政府、企业及智库等非官方组织的作用，在"一带一路"建设中形成合力。在与"一带一路"沿线发展中国家的合作中要创新合作模式，以推动其经济现代化为要义，树立良好的企业形象，实现与东道国的互利共赢。在企业境外投资过程中，要积极发挥各类智库在内的社会组织的作用，为企业提供投资评估咨询，帮助企业权衡经济利益与社会公益。

5）加强人文交流。"一带一路"既是经济带，也是文化带。没有人文合作的发展，很难实现经济合作的进步，应当通过人文桥梁，促进丝绸之路国家间合作的复兴。旅游合作能让双方百姓更多了解对方国家，消除偏见和误解。河南是华夏文明的重要发祥地，历史悠久，文化灿烂，人文、自然旅游资源丰富，与沿线国家开展文化旅游交流具有坚实的基础。通过整合河南旅游资源，与沿线省市和国家联合打造具有丝绸之路特色的国际精品旅游线路和旅游产品，提高沿线各国游客签证便利化水平。

第四节　江西省国际产能合作

一、江西省国际产能合作的产业基础

1. 汽车及零部件产业

江西汽车及零部件生产企业 170 余家，已形成年产汽车 38 万辆、专用车 1 万辆的能力。2005 年，汽车产销量占全国市场的 3.61%，排第 13 位。主要产品有江铃轻型载货车、江铃全顺轻型客车、江铃陆风 SUV、昌河利亚纳轿车、富奇 SUV、上饶客车等。

2. 电子信息产业

集中分布在南昌、吉安、新余、九江、赣州等市，南昌高新区为首批国家科技兴贸出口创新基地和国家半导体照明产业化基地，金庐软件园是"国家火炬计划软件产业基地"。产品以新型电子元器件、数字通信、数字视听、电子材料和应用软件为主。半导体发光材料及器件（LED）、液晶覆硅数字投影电视（LCOS）和电子材料的研发和生产规模处于全国同行业前列。重点企业和主要产品构成了企业集群和产业链条。整机产品数字化、网络化、智能化，新型元器件片式和微型化、多功能，软件产品以数字内容服务网络与平台软件、嵌入式软件、中间件、开发工具、构建库和应用软件共同发展。

3. 医药产业

生产企业 400 余家，约占全国 1/10。近年工业增加值、销售率、利润增幅均居全国前列。产品涉及化学原料药及制剂、系列化学药品、中成药、中药饮片、医疗器械、药用包装材料等门类，其中盐酸林可霉素、盐酸土霉素通过了美国 FDA 验收，进入美国和欧洲市场。形成了江西医药港、袁州医药工业园和樟树福城医药园三大医药产业基地，构筑了门类基本齐全，产、学、研良性互动的产业格局。

4. 纺织服装产业

规模以上企业 447 家，2005 年，其销售收入超 200 亿元，产销增速居全国同行业第四位和第二位。南昌、九江、抚州是传统纺织工业生产基地，其中九江是棉纺纱线主要生产基地之一。九江共青城以羽绒服装为主导，赣州南康以西服、西裤为主导，南昌青山湖以针织服装为主导。产业门类齐全：化纤行业最具特色，棉纺织最有基础，针织行业最具比较优势，服装行业发展迅速。

5. 盐化工产业

江西岩盐含量 115.5 亿吨，居全国第 6 位。矿石质量好，氯化钠品位一般为 60%~80%，水溶有容组分低微，开采技术简单，矿石可选性好。2015 年，制盐设计生产能力约 205 万吨 / 年，硫酸钠生产能力约 10 万吨 / 年，烧碱生产能力约 30.5 万吨 / 年。另外，江西萤石资源储量 958.9 万吨，居全国第 4 位，电石用灰岩储量 8800 万吨，制碱用灰岩储量 3680 万吨，可用于发展盐化工下游深加工产品。

6. 陶瓷产业

江西陶瓷制造起始于汉代，至唐朝，景德镇制瓷长足发展，宋时凭"白如玉、明如镜、薄如纸、声如磬"的青白瓷而成为举世闻名的"瓷都"。景德镇制瓷业的整体技术水平居全国前列。艺术瓷在全国同行业处于领导和领先地位，单位出口售价居全国最高，日用瓷出现了一些新亮点。景德镇拥有 5000 余专业技术人员，有 12 个"中国工艺美术大师"，占全国 1/3，有大批研究人员和民间艺人。

7. 铜产业

江西探明的铜资源保有储量1345万吨，居全国首位。目前已形成从采矿、选矿、冶炼到铜材加工的产业链。江西省已建成亚洲最大的铜矿和我国最大的铜冶炼基地。江西贵溪冶炼厂是我国最大的铜冶炼基地，冶炼能力达45万吨，居世界铜工业前10强。江西矿山铜精矿生产能力接近全国1/3，铜冶炼能力40万吨，阴极铜产量约占全国18%，铜材加工能力70万吨。大型露天矿采矿技术和铜冶炼技术处于世界先进水平，采用了世界最先进的连铸连轧工艺，产品有较高知名度。

根据规划，江西将光伏及风能与核能、生物及医药、汽车和航空及精密仪器制造业、电子信息及家电、有色金属、石化、钢铁、食品、建材和陶瓷、纺织等十大产业作为工业重点产业，予以重点发展。

二、江西省国际产能合作的初步成果

近年来，江西省坚定不移推进大开放战略，带动和促进全省商务经济持续健康发展，并取得初步成效。"十二五"时期，江西商务经济各项指标年均增长率均保持在两位数以上，主要指标实现了翻番。2016年江西省对外承包工程快速增长，上半年对外承包工程累计完成营业额19.01亿美元，同比增长14.3%。对外投资高速增长，上半年完成对外直接投资额5.65亿美元，同比增长49.8%。

2015年江西省经备案、核准的境外企业和机构760家，对外直接投资额达到了908.32亿元人民币（折合约139.88亿美元），同比增长1.5倍；实际投资预计336亿元人民币（折合约55亿美元），同比增长约55%。主要涉及制造业、采矿业、批发和零售业等行业。截至2015年12月底，江西省经审批核准或备案的境外企业和机构共计7816家，累计对外直接投资额417.19亿美元，覆盖141个国家和地区，主要集中在中国香港、美国、瑞典、开曼群岛和新加坡等国家和地区。

2015年1~12月，江西省国外经济合作完成营业额405.63亿元人民币（折合 63.33 亿美元），同比增长 23.85%，呈现稳定增长的态势。其中，对外承包工程完成营业额 401.24 亿元人民币（折合 61.79 亿美元），同比增长 19%；新签合同额 376.50 亿元人民币（折合 57.98 亿美元），同比增长 49%。其中，全省外派劳务人员实际收入总额 1.46 亿美元。1~12 月，全省共派出各类劳务人员 19929 人次，较上年同期增加 457 人次，月末在外各类劳务人员 32234 人，较上年同期增加 955 人；雇用项目所在国劳务人员 57128 人次，较上年同期增加 4767 人次。

随着"走出去"战略的实施，国际产能合作发展迅速，现已确定 50 个重点合作项目，投资总额共计 159.2 亿美元，项目涉及农业、矿业、能源、基础设施、制造加工、商贸服务业等领域，在提升全省开放水平、打造国际产能合作新样板中发挥了重要作用。

1）总量不断壮大。江西省对外开展国际产能合作直接投资总量由 2002 年的 92 万美元提高到 2014 年的 6.6 亿美元。2015 年对外直接投资额 10.5 亿美元，同比增长 59.87%，总量跃居全国第 16 位，实现两年翻一番。截至 2015 年 12 月全省共有 471 家对外投资企业在境外设立 486 家企业，累计完成对外直接投资额 28.7 亿美元。在 24 个国家取得采矿和探矿权 202 个，探明的煤炭、铜矿、镍矿、铁矿等 11 种矿产资源储量约 8.76 亿吨，在 15 个国家购买和租赁优质农业用地 36.2 万亩。

2）区域不断拓展。随着赣新欧、赣欧（亚）等国际铁路货运班列的开通，江西省对外投资区域得到进一步拓展，合作空间由非洲、东南亚扩展到欧美。2015 年，江西省共对全球 54 个国家和地区实现非金融类直接投资，其中对"一带一路"沿线的 30 个国家和地区直接投资额合计 6.4 亿美元，同比增长 2.5 倍，占总额的 33.58%，投资主要流向马来西亚、柬埔寨、老挝、泰国、孟加拉国和哈萨克斯坦等。

3）主体更加多元。随着外贸体制改革的不断深化，企业外贸经营权逐步放开，江西省民营企业快速发展，已超越外商投资企业、国有企业，成为国际产能合作的主体力量。2015 年，江西省对外直接投资中，投资主体以民营企业占多，占总量的 53.9%，国有企业占 42.6%。民营企业出口引领作用突出，对外贸易经营主体由以国有企业、外商投资企业、民营企业三足鼎立、齐头并进的格局转变成以民营企业为龙头的新格局。另外，在行业主体方面，2015 年江西省农业、制造业、服务业、建筑业和矿业等五大优势行业主体实现大幅增长，其中：农业和制造业对外投资 11527 万美元和 5876 万美元，增幅高达 92 倍和 1.2 倍，占总额比重由上年的 0.2% 和 2.7% 提高到 11% 和 5.6%；建筑业和矿业对外投资额 39429 万美元和 23285 万美元，分别增长 28.1% 和 24.6%；新签投资总额 500 万美元以上的基础设施建设和产能合作项目 128 个，其中 1 亿美元以上项目 15 个。

4）平台日趋完善。截至 2015 年年底，江西省已形成 33 个国家级对外开放平台，推进了一批境外经贸合作园区建设，华坚鞋业埃塞俄比亚国际轻工业城、江西华美马来西亚现代农业科技产业园、中格集团俄罗斯中俄国际商贸城、江西国际赞比亚中国投资合作贸易促进中心等 4 个境外经贸合作区列入商务部的统计调度范围，华坚鞋业埃塞俄比亚国际轻工业城开始园区招商工作。此外，江西中煤在乌干达、青龙集团在澳大利亚、晶科能源在马来西亚、江铜集团在阿尔及利亚和赣粮实业在赤道几内亚等 5 个境外经贸合作区正在规划推进中。合作联盟等平台初见成效，目前已组建"走出去"企业战略合作联盟、海外能源资源开发联盟，正在推进组建海外工业投资联盟、海外农业投资联盟、民营企业"走出去"合作联盟，引导江西企业"抱团出海"。

5）领导高位推动。近年来特别是 2015 年，省委、省政府高位推动"走出去"工作，开创了全省"走出去"工作新局面。时任省委书记强卫率团出访东盟、大洋洲国家，推动签约海上丝绸之路对外投资合作项目 17 个，总金额 22.55 亿美元；9 月 6 日主持召开"走出去"企业座谈会，部署推动江西省企业全方位"走出去"。时任省长鹿心社见证省政府与工行总行签订"走出去"战略合作协议，为江西省企业争取"走出去"项目融资额度 100 亿美元；率团沿陆上丝绸之路国家开展国际经贸文化合作活动，推进签订合同及意向投资项目 18 个，投资总额 10.68 亿美元。

三、江西省国际产能合作的推动措施

为贯彻落实《国务院关于推进国际产能和装备制造合作的指导意见》，

2015年10月27日，国家发展改革委主任徐绍史与江西省省长鹿心社在北京签署协议，建立推进国际产能和装备制造合作委省协同机制；共同推进矿产资源、有色金属等方面的国际产能合作。双方商定，江西省企业在土耳其、埃塞俄比亚、印尼、马来西亚等国的20个产能合作项目作为首批项目由国家发展改革委予以协调推动。同时，国家发展改革委将在建设多双边合作机制、制定国际产能合作重点国别规划、争取金融机构融资支持、设立国际产能合作股权投资基金等工作中对江西省予以支持。江西省将围绕矿产资源、轻工纺织、有色金属、光伏新能源等重点领域和亚洲周边国家和非洲国家等重点区域，制定扶持激励政策，设立财政引导资金，建立动态更新的重点项目库，积极推动本省企业国际产能和装备制造合作。

2015年10月27日，国家发展改革委主任徐绍史与江西省省长鹿心社在北京签署协议，建立推进国际产能和装备制造合作委省协同机制

（一）加强顶层设计，高位推进"走出去"

1）率先编制江西省参与"一带一路"建设实施方案和2015年工作要点。印发实施了《江西省参与丝绸之路经济带和21世纪海上丝绸之路建设实施方案》和《2015年江西省参与丝绸之路经济带和21世纪海上丝绸之路建设工作要点》，并积极报送中央推进"一带一路"领导小组办公室，完成备案工作。实施方案编制及备案工作在全国处于前列。

2）制定了鼓励江西省企业参与国际合作的实施方案。印发实施了《关于加快融入"一带一路"战略鼓励江西省企业参与国际合作的实施方案》，提出了"突出一批重点国家、明确一批重点产业、推出一批重点项目、制定一批支持政策"的总体思路，明确了江西省企业参与国际合作的五大重点合作区域、六大重点合作领域以及六个方面保障措施。方案精心筛选出江西省一批国际合作重点项目，形成江西省参与国际合作项目清单。涉及全省71家企业正在重点实施的项目82项、跟踪培育重点项目51项，项目总投资额达150亿美元，进一步夯实项目支撑。

3）开展了高层访问。省委、省政府主要领导高位谋篇布局，积极开展与"一带一路"重点沿线国家合作访问，深化江西省与"一带"及"一路"区域的合作。一是2015年6月，江西省委书记强卫应邀率江西经贸代表团访问澳大利亚、新西兰、新加坡。出访期间，强卫书记会见了新加坡副总理张志贤、新西兰总理约翰·基等政府官员，大力宣传我国"一带一路"战略，宣传推介江西。此次出访组织了江西省100家企业开展经贸投资推介和商品展示活动，举办了9场投资及项目对接活动，推动签署经贸合作和友好交流项目18个，合同金额34.02亿美元，积极推进了江西省与海上丝绸之路重点国家的合作。二是2015年11月，省长鹿心社应邀出访俄罗斯、土耳其、以色列三国。出访期间，鹿心社省长会见了俄罗斯巴什科尔托斯坦共和国总统哈米托夫、第一副总理马尔达诺夫、土耳其伊兹密尔省省长托普拉克、土耳其能源与自然资源部负责人、以色列外交部常务副部长胡图威利等政府官员。此次出访，推动与俄罗斯巴什科尔托斯坦共和国建立友好省州关系，在俄罗斯举办了江西省经贸文化周活动，组织了100多家江西企业170多名企业家代表在俄罗斯开展投资推介和经贸洽谈；在三国举办了4场投资及项目对接活动，签署经贸合作项目21个，合同金额36.68亿美元。推动达成乌法长江国际商务中心建设、江西直方数控投资乌法市农机建设、江钨控股集团与土耳其米塔公司矿产包销合作等项目，强化江西省在丝绸之路经济带的合作成果。

（二）突出重点任务，务实推进"走出去"

1）完善对外开放大通道建设。一是加快铁路基础设施项目建设。加快推进了安庆至九江铁路、赣深客专、兴国至泉州铁路、渝长厦客专等江西省通达沿海城市铁路建设进展。二是推进江西中欧、中亚班列国际铁路货运通道建设。省有关部门成立江西省中欧、中亚班列推进工作小组，实施了中欧、中亚货运货源调查工作，并取得班列全程或境外代理权，2016年11月首趟（南昌—鹿特丹）国际货运班列在南昌横岗站驶出。三是完善通达出海港口铁海联运建设。巩固扩大了江西省至宁波港铁水联运班列开行，拓展和稳定了江西省至厦门港铁海联运开行，不断拓展新增货源。四是推进开通江西省至东南亚国家航班。2015年4月开通并加密南昌至香港航班，并通过南昌至香港中转东南亚国家航班；7月开通了南昌至泰国甲米航班，8月开通南昌至柬埔寨吴哥航班。

2）推动产业双向大投资。一是农业投资合作。围绕打造江西省农产品海外种养加工基地和现代农业示范园区，推进实施了江西省华美食品工业有限公司马来西亚农业产业园建设项目，青龙集团澳大利亚奶牛基地、橄榄油开发项目，江中集团与澳大利亚布拉食品公司澳大利亚奶粉原料生产项目，九江欧文斯建材有限公司俄罗斯乌法市农业蔬菜大棚，赣粮实业赤道几内亚农业技术示范中心及农业综合开发项目等一批农业重点项目建设。二是矿产资源合作。围绕建设江西省境外矿产资源基地和初、深加工基地，帮助江铜上报了收购加拿大内富森（Nevsun）资源公司100%股权项目信息报告，实施了江西铜业集团与土耳其Nesko公司合作开发土耳其Beralb铜矿项目，江钨控股集团与土耳其Meta（米塔）公司镍钴矿合作开发项目、喀麦隆钴镍锰矿开发项目、印度尼西亚青山镍矿开发项目，江西省能源集团印度尼西亚朋古鲁二井及电厂建设项目、与澳大利亚CMR煤炭公司煤炭合作开发项目。三是能源合作项目。围绕参与境外电力项目投资、建设和运营，带动国内发电装备和技术、输变电设备出口，打造海外光伏生产基地。推进了晶科能源有限公司马来西亚槟城太阳能电池组件及太阳能电池生产线建设项目，江西国际经济技术合作公司肯尼亚加里萨太阳能电站项目，江联国际工程有限公司巴基斯坦拉哈尔桑德工业园2×55MW燃煤电站项目、费萨拉巴德米三工业市2×55MW燃煤电站项目，江西久盛国际电力工程有限公司印尼东加里曼丹三期燃煤电厂扩建项目，泰豪科技股份有限公司印度尼西亚龙目岛30MW重油电站项目，江联重工股份有限公司澳大利亚太阳能光热综合利用项目等项目进展。四是先进制造业合作项目。围绕产业创新升级、提升产业国际竞争力，推进了江西昌兴航空装备股份有限公司与意大利 K4A 公司 KA-2HT 轻小型民用直升机合作生产项目，晶能光电对飞利浦 Lumileds（亮锐）股权收购项目，华意压缩机股份有限公司与意大利丹尼斯工程责任有限公司合作开发超高效定、变频一体化技术项目等项目合作。

3）开拓对外经贸大市场。一是实施一批工程承包项目。依托江西国际经济技术合作公司、中鼎国际和江西中煤建设三大龙头承包商和全省 70 余家对外承包工程企业，推动在 80 多个国家和地区承包工程。重点推进了江西国际经济技术合作公司赞比亚卢萨卡肯尼思·卡翁达国际机场升级扩建，肯尼亚医院建设项目，巴布亚新几内亚莫尔兹比港国际机场改扩建，赤道几内亚海岸省系列民生工程项目，新西兰机场建设项目；江西江联国际工程有限公司埃塞俄比亚糖厂 EPC 总承包建设项目；江西中煤建设集团有限公司肯尼亚、埃塞俄比亚、乌干达等国家公路建设；中鼎国际工程有限责任公司柬埔寨商贸城；江西有色建设集团有限公司斯里兰卡、加纳等国家公路建设等重大项目建设。2015 年 1~7 月，江西省对外承包工程营业额 120.5 亿元，排全国第 9 位。二是积极实施对外经贸推介。2015 年共安排了 38 个 "一带一路" 沿线国家展会，组织江西省企业参加西洽会、渝洽会、青洽会等以面向 "丝绸之路经济带" 沿线国家为主的经贸合作活动，全年将组织 300 家以上企业赴沿线国家开拓市场，使江西产品能够覆盖沿线国家主要市场。

4）促进人文大交流。一是开展科技合作。积极争取国家支持，推动江西省一批科技项目申报 "援外计划" 和 "亚洲区域合作专项资金计划"。在江西省对外科技合作计划中设立江西省 "一带一路" 建设科技合作专项，重点支持江西省科研机构和科技型企业与 "一带一路" 国家合作。二是实施教育合作。先后在江西省政府外国留学生奖学金项目中设立了 "一带一路" 专项奖学金、"加纳北部省" 专项奖学金、"中国－东盟丝绸之路" 专项奖学金等，扩大 "俄罗斯伏尔加河" "柬埔寨" "南非" 等专项奖学金名额，2015 年共向来自 "一带一路" 国家和地区的留学生提供奖学金名额 41 个，总金额 56.2 万元，积极支持 "一带一路" 沿线国家和地区留学生来江西学习深造。江西省南昌大学、华东交通大学实施了第二批对俄留学生派遣项目，派遣了 31 名大学生赴俄学习交流，俄方派出 24 名大学生来江西省留学。积极组织青年学生代表参加了在四川成都举行的 2015 年中俄"两河流域"青年论坛交流活动。三是实施文化交流。精心实施了一批"一带一路"主要沿线国家文化交流项目，参加了2015 年米兰世博会江西主题活动日绿色食品主题文化及农业非遗文化展演等活动，组织实施了《千年瓷都——中国景德镇精品陶瓷展》赴俄罗斯莫斯科、彼尔姆边疆区、巴什科尔托斯坦共和国巡展，《千年瓷都——景德镇陶瓷文化展览》赴马德里中国文化中心展出等文化交流活动。2015 年共引进境外演艺项目 70 批次，境外演艺人员达 1135 人次，演出 1152 场，大大丰富活跃了江西省文化市场和百姓生活。四是实施医疗卫生交流。江西中医药大学岐黄国医外国政要体验中心启动并正式运行，成为全国首个建成并投入使用的国医外国政要体验中心，十一届全国政协副主席、太湖世界文化论坛名誉主席张梅颖，省长鹿心社，太湖世界文化论坛主席严昭柱，柬埔寨驻华大使凯·西索达等为体验中心揭牌并致辞。目前体验中心已接待哈萨克斯坦、吉尔吉斯斯坦、乌兹别克斯坦等中亚三国的 9 家主流媒体记者团，柬埔寨国王诺罗敦·西哈莫尼等国外政要及友人。2015 年共组织 19 批 59 人次赴西班牙、菲律宾等国家和地区进行医疗卫生学术交流和项目洽谈。

5）搭建合作大平台。一是强化江西省口岸通关平台建设。海关环节实现外贸对外通道全国一体化，有效提升了通关效率。继续支持江西省航空口岸（昌北国际机场）加密、增开航线，推进开通东南亚国家航班取得实质进展，南昌至曼谷航班已加密至每周 16 班。支持南昌综合保税区、赣州综合保税区建设工作，赣州综合保税区开征省内预验收通过，南昌综合保税区设立申请目前已完成了向相关部委征求意见工作。批复同意了新建九江瑞昌口岸监管区（木材）、华洋万载公路转关海关监管场所（烟花）的建设申请。二是推进合作产业园建设进展。埃塞俄比亚国际轻工业城项目目前已办理相关手续，已开工建设。依托江西国际公司赤道几内亚海岸省综合开发、中鼎国际公司阿尔及利亚综合开发、南昌振乾坤投资有限公司南太平洋岛国汤加王国综合开发等项目，谋划当地整体开发合作示范区。依托江西省南昌高新区生物医药产业，建设江西以色列生物医药产业示范园。三是推进经贸投资平台建设。指导赣商联合总会开展与"一带一路"沿线国家江西商会的联络交流，成功推动柬埔寨、澳大利亚、中国台湾地区江西商会成为赣商联合总会的团体会员。四是创新金融保险支持平台。推动设立江西省"走出去"发展引导基金，对企业"走出去"合作项目开展股权投入；推动设立"一带一路"信用保险统保平台，鼓励企业积极利用中长期出口信用保险、海外投资保险以及出口特险，撬动银行机构加大信贷支持；推动设立"一带一路"国际产能合作资金，对国际合作重点项目给予资金补助、贷款贴息扶持。支持相关企业发起成立海外基础设施开发基金、海外资源能源开发基金，保障重大项目资金需求，规避国际合作风险。

（三）完善工作机制，增强"走出去"保障

1）推进成立江西省参与"一带一路"建设领导小组。报请省政府成立江西省推进"一带一路"建设领导小组，拟请省政府主要领导担任组长，在省发展改革委设立推进"一带一路"建设领导小组办公室，截至 2016 年请示报告正行文报送省政府领导批复。

2）建立国际产能和装备制造合作委省合作机制。经省发展改革委积极与国家发展改革委衔接，省政府与国家发展改革委签署国际产能及装备制造合作委省合作框架协议，建立了国际产能和装备制造合作委省协作机制，并梳理了第一批重点合作项目纳入国家层面统筹推进。

3）起草了江西省"走出去"协调机制联席会议制度。根据省委、省政府关于"走出去"的指导意见，为了加强对全省"走出去"工作的宏观指导和部门间、设区市协调配合，推动江西省企业"走出去"参与国际合作，更好地利用国内国际两个市场、两种资源，拓展国际发展空间，提升开放型经济发展水平，促进全省经济提质增效升级，省发展改革委起草了江西省"走出去"协调机制联席会议制度，目前正在征求意见，待修改完善后报省政府。

4）完善"一带一路"建设政银企对接机制。积极推动与中国进出口银行、国家开发银行、大型商业银行、中信保（"三行一保"）建立政银企金融协作机制，引导金融保险机构加大对重点合作项目的金融扶持，目前已与中国进出口银行江西省分行、工商银行等签署了战略合作框架协议。组织召开了推进"一带一路"建设第一次政银企对接会，为企业对外合作争取金融支持搭建了渠道。

5）完善综合服务平台建设。正在抓紧建立江西省统一的企业"走出去"综合信息服务及宣传平台、国际合作重大项目库和企业海外联络平台，发挥好平台功能，收集、发布有关政策及国外投资环境、市场需求、项目合作、风险预警等重要信息，从信息引导、项目管理、风险防控、语言人才等方面加强服务。

6）搭建参与"一带一路"建设的企业联盟。积极筹划由行业龙头企业牵头，组建海外基础设施建设联盟、海外能源资源开发联盟、海外工业投资联盟、海外农业投资联盟、民营企业"走出去"合作联盟等5大产业联盟，形成以行业龙头企业牵头，上下游产业链企业参与的企业"抱团出海"。

四、江西省国际产能合作存在的问题

1）在国家层面上。具体包括：①享受境外经贸合作区财政支持政策门槛高。按照现行政策，只有园区面积达到4平方公里、投资4000万美元和入驻企业10家以上的境外经贸合作区，才能享受国家财政支持政策。目前，"走出去"的装备制造企业很难达到这一标准。并且国家在给予补贴时采取事后支付，弱化了财政扶持政策的撬动作用。②信保费率较高、信保额度较低。目前，开展国际产能合作的装备制造企业，大多集中在中亚、中东、非洲等信用风险等级较高的地区，信保费率平均在8‰~9‰，而且要一次性收齐保费，增加了企业负担。③退税和海关申报手续繁琐。现行装备产品出口实行先征后退的税收政策，不但手续繁琐，还增加了企业出口成本；企业参加国际展会运出装备需办理出口手续，参展后回运国内需办理进口手续，加之装备产品体积大、价值高、运输难，一定程度上影响了企业参展积极性。④"行业标准"国际化滞后。目前，绝大多数装备制造行业的生产标准和规范，尚未发布权威完整的外文版本，缺乏与国际标准的对标。一些采用先进技术的行业标准，得不到及时修订，与国际标准的差距较大，既制约着装备企业"走出去"，也影响企业技术、标准输出。⑤融资难、融资贵比较突出。装备制造企业所获得的出口信贷期限较短、贷款额度低；"两优"贷款（对外优惠贷款和优惠出口买方信贷）审批手续多、时间长，企业申请"两优"贷款审批需要 3~5 年。融资渠道不畅，企业境外资产不能作为国内融资抵押物。特别是融资成本过高，利率一般高于外资银行 2~4 个百分点。

2）在地方政府层面上。具体包括：①氛围不浓。国家和省级政府层面上对推进国际产能合作工作非常重视,并亲力亲为地开展相关活动。然而设区市、县市区地方政府这一级对开展这项工作的氛围不如招商引资那样浓厚，存在没思路、没举措、没力量等问题。②支持不够。江西省虽然根据《国务院关于推进国际产能和装备制造合作的指导意见》，制定并印发了《关于加快融入"一带一路"战略鼓励企业参与国际合作的实施方案》，但支持企业"走出去"开展国际产能合作的干货不多，无论是政策导向、资金扶持或人力匹配等诸多方面远远不及发达省份或国际产能合作开展好的地区。③协同不好。部门与部门之间、部门与企业之间以及企业与企业之间，协同配合不顺畅、不密切。

3）在企业层面上。具体包括:①动力不足。在江西省"走出去"投资企业中，民企多、国企少。国有企业缺乏"走出去"的内生动力；民营企业因规模小，国际化经营水平不高，缺乏"走出去"投资的实力和途径。②协作意识不强。目前，江西省企业"走出去"还处于单打独斗的局面，抱团"走出去"的意识不强，一定程度上还存在竞相压价、恶性竞争的问题。③要素缺乏。信息获取渠道单一。江西省企业境外投资的有效信息主要来源于自行搜寻或者通过合作伙伴获得，渠道比较单一，同时对投资国的法律法规、市场情况、汇率风险、风土习俗、合作伙伴缺乏深入了解，给企业投资带来一定的困难和风险。再加上企业自身既懂技术、懂生产、懂外语，同时又懂国际法、国际金融、国际贸易等知识，以及有国外实际工作经验的人才比较缺乏，制约了企业境外投资的发展。

五、江西省国际产能合作的下一步安排

第一，高度重视，充分认识推进国际产能合作的重大意义。积极推进企业参与国际合作，是深入贯彻落实国家推进"一带一路"、国际产能和装备制造合作的重大战略部署，是适应经济发展新常态、抢抓新一轮对外开放发展

机遇的必然要求，是增强江西省企业综合竞争力、加快产业转型升级的重要途径，对于全面提升江西省开放型经济水平，促进发展升级、小康提速、绿色崛起、实干兴赣具有重大意义。

第二，强化服务，进一步优化国际产能合作发展环境。一是加强统筹指导。抓紧建立全省"走出去"协调机制，及时制定和发布全省"走出去"发展导向政策，科学制定全省"走出去"战略规划，并推动纳入全省经济社会发展规划统筹实施。二是加大政策支持。探索建立江西省"走出去"开展国际产能合作项目"资金池"，对正在开展或已形成产能的项目给予一定的资金补助，同时吸引社会资本进入"走出去"领域，放大投资效应。支持中信保尽快建立江西省"走出去"项目融资统保平台。建议省商务厅抓紧建立"走出去"人才服务平台，支持企业加快培养和引进国际化人才。三是改进公共服务。简政放权，便利企业"走出去"。完善全省"走出去"综合信息平台，编制全口径江西"走出去"国别投资合作指南。推动组建"走出去"产业联盟，促进企业抱团发展。

第三，搭建平台，助力企业开展国际产能合作。一是政银保法平台。搭建由政府相关部门（包括发改、商务、外事、财政）、银行、保险、法律服务等四方机构共同参与的境外投资服务平台。二是央赣企合作平台。加强与中国对外承包工程商会的战略合作，召开央企赣企"走出去"对接会，推动江西省企业与 23 家央企合作，帮助企业靠大联大、"借船出海"。三是会务会展平台。组织 300 多家企业参加东盟博览会、南亚博览会和欧亚博览会等国家级展会开展投资促进活动。四是援外培训对接平台。举办国际研修官员与"走出去"企业对接会，为 130 多家企业"走出去"铺路搭桥。五是劳务服务平台。建立省级对外劳务合作服务平台，在全省设立 31 个外派劳务报名点，储备劳务人员 2493 名，推动与省人才市场联网共享，促进外派劳务健康有序发展。

第四，发挥优势，大力推进江西省优势产业和富余产能走出去。主要立足产业特色和优势，着眼优势互补、互利合作，积极推进优势产业和富余产能与重点国家在以下六大领域深化合作。一是在基础设施建设合作方面。主要是鼓励和引导对外承包工程企业参与国际基础设施项目建设，打造"江西建设"国际品牌。重点推进江西国际公司、中鼎国际、中煤建设、江联国际、江西建工、江西有色建设等企业在海外的机场、公路以及市政设施等项目。二是在对外农业合作方面。主要是鼓励和引导农业企业赴非洲、东南亚、南太平洋等国家开展农业种植、畜牧养殖、林业开发等合作，实施境外农产品种养加工基地及现代农业示范园区建设。重点推进青龙集团、煌上煌集团、江中集团、正邦集团、赣粮实业等公司在澳大利亚、新西兰、马来西亚以及非洲国家的一批农业项目。三是在能源资源勘探开发合作方面。主要是推进矿产资源和电力能源的合作。重点支持江西铜业集团、江钨控股集团、省能源集团等实施一批资源开发合作项目，建设境外矿产资源基地，以及初、深加工基地；推进晶科能源、赛维 LDK、泰豪科技、江西国际、江联国际等企业实施一批海外电力能源开发和电力工程建设项目，带动发电装备和技术、输变电设备出口。四是在传统优势产业合作方面。主要是推进钢铁、水泥、造船等国内产能过剩行业以及轻纺、通用机械等传统制造业"走出去"，在海外建设生产基地，开展大型订单生产合作。重点推进江州造船厂、华坚鞋业、华意压缩、泰豪科技等企业实施一批产能合作项目，积极推动省建材集团、新钢集团等大型产能企业加快海外布局。五是在先进制造业合作方面。主要是推进汽车及零部件、航空制造及研发、半导体照明等优势行业国际合作，推动有实力的企业在海外建立生产加工基地、参与国际并购。重点是推进昌河、江铃、洪都、昌飞、晶能光电等企业实施一批汽车、大飞机部件、直升机、节能照明等合作项目。六是在服务业国际合作方面。主要是推进旅游、文化创意、商贸物流等的国际合作，重点是推动省旅游集团、九江联盛集团、江西出版集团、泰豪动漫等企业的合作项目，大力开拓国际市场。

第五，创新方式，提升"走出去"发展水平。一要集群式"走出去"。鼓励全省企业加快建设境外产业集聚区，大力引进国内外龙头企业来江西省设立研发中心、采购中心、营销中心，积极探索与央企联合、"互联网＋走出去"等合作模式，带动江西省企业集群式参与国际合作。二要跨国并购"走出去"。鼓励和支持江西省企业与股权投资基金合作，开展跨国投资并购，获取境外品牌、技术、市场和营销网络。三要产业链"走出去"。支持江西省企业实施境外建营一体化工程，开展投资、建设和运营相结合建营一体化项目，延伸产业链条，促进对外承包工程转型升级。四要第三方合作"走出去"。鼓励和支持江西省企业同中央企业和欧美发达国家企业开展第三方合作，共同开拓发展中国家市场。

第十章
华南地区各省、自治区国际产能合作

第一节　广东省国际产能合作

一、广东省国际产能合作的初步成果

"十二五"以来，广东省对外投资合作明显提速，规模快速扩大。期间广东省企业累计实现对外直接投资 351.1 亿美元，占改革开放以来广东省对外投资存量的 58.4%，年均增长 46.1%。截至 2015 年年底，广东省共设立境外企业 6492 家，遍及全球 129 个国家（地区）。

"十二五"以来，境外投资为广东省拓宽国际市场、优化产能配置、获取境外要素资源、提升研发技术水平和直接参与国际竞争与合作发挥了积极作用。广东省商务厅调研发现，广东已经涌现了一批能够参与国际竞争的本土跨国集团，通过整合国外先进技术，推动广东省产业转型升级。

近年来，一批敢于"走出去"的广东企业通过对上下游产业链的投资，从最初在境外设立贸易公司开展接单业务向直接投资、股权置换、跨国并购等多种投资方式发展。目前，这些企业已经在全球范围内进行产业整合，逐步从产业链的参与者向主导者转变。华为、美的、格力、中兴、TCL、农垦、广晟、粤电等一批有实力的跨国企业已经在国外站稳脚跟。以华为、中兴、海能达为首的通信企业带动广东省计算机通信装备加快走向非洲、东南亚、东欧、拉美等市场；美的、TCL、格力等家电企业在东盟、南美等地的多个国家投资建厂；中航通飞、中集集团、比亚迪、广汽集团分别在美国、泰国、俄罗斯投资并购设立了境外生产研发基地。比亚迪、巨轮、东方锆业、湛江

华大、宜华木业等一批民营企业通过"走出去"，开展跨国经营布局，逐渐发展成为广东省当前国际化经营的佼佼者。中航通用飞机并购美国西锐公司、佛山东方精工参股意大利自动包装 Fosber 和欧洲 EDF 等等掌握自动包装业先进技术的企业、珠海银通公司并购美国具有钛酸锂储能电池生产与研发技术的奥钛纳米科技公司，提高了广东省相关产业的国际竞争力。

广东的纺织、家电、建材等传统优势行业通过境外投资，在资源富集地区掌握了原材料货源，在欧美发达国家学习了技术管理等生产要素，在市场辐射广、劳动成本低的地区转移富余的产能，很好地实现了与国内产业在资源和产业链上的协同互补。例如广东省纺织服装企业到埃塞俄比亚等棉花资源丰富的地区投资纺织纤维原料生产，到越南、柬埔寨等劳动力资源丰富的地区开展服装加工，到意大利等人才资源丰富的地区建立设计室等等。这些企业有效地整合了境外先进技术、人才、渠道、品牌等资源，提升广东省相关产业的国际竞争地位。这些传统优势行业面对国内成本上涨和产能过剩的问题，将部分国内优势产能转移到境外，实现了产业链价值的最大化。

美的集团分别采取直接投资、合资合作、兼并收购等方式，在越南、白俄罗斯、埃及、巴西、阿根廷、印度等国先后建立起 7 个生产基地，在全球设立 60 多个海外分支机构，形成辐射亚、欧、非、南美四大区域，网络遍布全球，产品远销 200 多个国家和地区的格局。目前美的出口额已占总销售额的 36%，海外自主品牌销售比提升到 27%，既对国内富余产能进行转移，又在当地取得了较好的经济成效。

二、广东省国际产能合作的推动措施

为贯彻落实《国务院关于推进国际产能和装备制造合作的指导意见》，2016 年 3 月 12 日，国家发展改革委徐绍史主任与广东省省长朱小丹在北京签署协议，建立推进国际产能和装备制造合作委省协同机制。

2016 年 3 月 12 日，国家发展改革委徐绍史主任与广东省省长朱小丹在北京签署协议，建立推进国际产能和装备制造合作委省协同机制

双方商定，首批将重点推动珠海华发集团、广东省交通集团、广州港集团、珠海港控股集团、广东省粤电集团等广东省重点企业在马来西亚、巴基斯坦、越南和泰国等国的 25 个产能合作项目。国家发展改革委将在建设多双边合作机制、制定国际产能合作重点国别规划、争取金融机构融资支持、设立国际产能合作股权投资基金等工作中对广东省予以支持。广东省将加强对企业开展国际产能和装备制造合作的统筹协调，制定扶持激励政策，设立广东丝路基金，加大支持力度，确定产业园区、电力、有色、石化、农业等重点领域和"一带一路"沿线国家尤其是东南亚、南亚国家等重点区域，引导市场主体积极参与产能国际合作，带动省内装备制造和设备"走出去"。

第二节　广西壮族自治区国际产能合作

一、广西壮族自治区国际产能合作的初步成果

由广西壮族自治区对外直接投资的流量图和存量图，我们可以看出广西壮族自治区对外直接投资规模稳步上升，广西"走出去"从自发、随机、盲

目逐步向自觉、主动、战略指引转变，农业、矿业、建筑业、制造业、现代服务业"五位一体""走出去"的格局初步显现。

中国·印尼经贸合作区是广西农垦"走出去"的重点项目之一，也是广西设在境外的首个对外经济贸易合作窗口园区。截至 2014 年年底，合作区一期建成运营，吸引了包括中国西电集团、世界 500 强法国斯伦贝谢公司等 29 家中外企业投资建厂，截至 2015 年 2 月累计实现开发收益 860 万美元。业内人士指出，随着中国·印尼经贸合作区加快建设，将为广西企业打开东南亚市场提供跳板和平台。

2015 年，广西共核准企业境外投资 72 个（含增资和境外机构），协议总投资额 16.1 亿美元。其中，中方协议投资额 13.7 亿美元，实际投资额 5.9 亿美元，同比增长 105.5%。投资目的地涉及中国香港、美国、加拿大、巴西、波兰、巴基斯坦、以色列、日本、柬埔寨、缅甸、印尼等国家和地区。行业主要涉及农林渔牧、建筑、采矿、制造、服务、批发零售等行业。2015 年，广西对外承包工程合同额 6.6 亿美元，完成营业额 9.4 亿美元，同比增长 7.1%，对外承包工程项目涉及房建、道路建设、电力安装、工业制造、通讯等行业。

1）配套政策制度日益完善。一是制定出台《自治区推进国际产能和装备制造合作的实施方案》。根据《国务院关于推进国际产能和装备制造合作的指导意见》，结合广西产业发展、结构调整和产能情况，制定出台广西推进国际产能和装备制造合作的实施方案，明确了广西推进国际产能合作的总体要求、主要任务和保障措施。二是建立国际产能合作委省协同机制。2016 年 3 月 2 日，与国家发展改革委签署了《国家发展和改革委员会 广西壮族自治区人民政府关于建立推进国际产能和装备制造合作委省协同机制的合作框架协议》，有效促进了地方与部委联动。

2016 年 3 月 2 日，广西壮族自治区陈武主席与国家发展改革委主任徐绍史签署《国家发展和改革委员会 广西壮族自治区人民政府关于建立国际产能和装备制造合作委省协同机制的合作框架协议》

2）合作平台机制初步建立。充分利用中国 – 东盟博览会、泛北部湾经济合作等多边平台机制，搭建国际产能交流合作平台。2016 年 6 月 2 日，成功举办 2016 中国 – 东盟产能合作高层论坛。此次论坛以"产能合作、互利共赢"为主题，重点就中国 – 东盟产业园区、跨境电商平台等重要议题进行了深入研讨，中央书记处书记、全国政协副主席杜青林出席论坛并作主旨讲话。此外，国家发展改革委、商务部、外交部、广西壮族自治区人民政府于第 13 届中国 – 东盟博览会期间共同主办"2016 中国—东盟国际产能和装备制造合作系列活动"，包括举办第二届 21 世纪海上丝绸之路与推进国际产能和装备制造合作论坛及重点项目签约仪式、系列双边会谈、澜湄国家圆桌会议、中柬投资合作高峰论坛、国际产能合作展等，将"展""会""谈"相结合，打造全方位、多层次的国际产能合作平台，推动中国与东盟及海上丝绸之路沿线国家的产能合作。

3）重大项目建设顺利推进。认真贯彻落实国家推进境外投资管理体制改革工作部署，进一步简化审批程序，提高审批效率，提升服务质量，一批国际产能合作重点项目加快推进。2016 年以来，广西普吉农业科技有限公司收购正邦国际（柬埔寨）投资建设集团有限公司股权、柳州双英股份有限公司印尼零部件、柳州五菱汽车工业有限公司印度尼西亚汽车零部件生产基地等项目完成备案，广西北部湾东盟投资有限公司马中关丹产业园、上汽通用五菱汽车股份有限公司印尼汽车生产、广西升平资产管理有限责任公司越南北方升龙汽车组装与制造工程、广西大锰锰业南非锰矿开采等一批重大项目加快推进。目前，柳工集团已构建了5个海外大区，在全球130各国家拥有260多家海外经销商、超过2650个销售服务网点；上汽通用五菱在印尼投资建设的年产15万辆整车制造项目已开工建设，成为我国对印尼投资最大的制造业项目；桂林国际电线电缆集团成为我国首批50家境外带料加工装备企业之一，在国内同行中连续多年出口第一；广西建工集团以EPS总承包模式承建泰国日榨甘蔗12000吨现代化糖厂，获得我国首个境外建设工程鲁班奖。

二、广西壮族自治区国际产能合作的推动措施

1. 拓展重点国家重点行业国际产能合作

"一带一路"沿线各国经济发展水平很不平衡，工业化、城镇化发展差距较大，区位、资源、产业、政策等都有差异，与广西的互补优势和合作基础也不同，因此必须瞄准重点国家、重点行业，有针对性地开展国际产能合作，确保合作务实、高效、精准。将越南、柬埔寨、老挝、缅甸等中南半岛国家作为国际产能合作首选国，其中越南又是广西最大的目标市场，推动建材、钢铁、有色、纺织等优势产业向这些欠发达东盟国家转移，积极参与境外资源开发，大力发展对外工程承包。以机械、汽车、化工、电子信息等优势产业作为重点行业，积极拓展与泰国、马来西亚、印尼、菲律宾等其他东盟国家国际产能合作。适时将国际产能合作区域扩展至东盟国家以外的西亚、南亚、中亚等"一带一路"沿线地区。

2. 加快推进跨境产能合作示范基地建设

加快产业集聚，打造产业集群，构建完善的跨境产业链，必须加强基地建设。推进境外经贸合作园区建设，鼓励广西有意愿、有实力的强优企业到园区投资办厂，争取一批示范效应大、带动性强、效益好的产能合作项目落

户园区。以中马钦州产业园区、中越跨境经济合作区、粤桂合作特别试验区以及东兴、凭祥重点开发开放试验区等自治区重点园区、试验区为依托，积极承接我国东部地区和发达国家产业转移，打造我国优势产能和装备制造向东盟输出的基地、枢纽和服务平台，构建我国面向东盟的国际产能合作示范区。推广中马"两国双园"国际合作模式，加快与印尼、新加坡、泰国、柬埔寨、文莱等国家合作建设园区，形成跨境园区合作网络，实现优势互补、互利共赢。

3. 培育具有国际竞争力的跨国经营企业

国际产能合作关键在于发挥企业市场主体作用，培育一大批规模大、实力雄厚、擅长跨国经营、具有较强国际竞争力的企业。研究制定支持企业开展跨国经营、加快培育本土跨国公司的政策措施，培育壮大跨国经营市场主体，提高企业参与国际产能合作的能力和水平。重点扶持本土大型企业和成长型中小企业跨国经营，引导企业实施品牌、资本、市场、人才、技术国际化战略。支持企业开展多形式多领域的跨国经营，赴"一带一路"沿线国家建立生产基地、销售中心、研发中心，或设立分支机构，参与国际产业链的整合与构建。引导企业规范境外投资行为，完善投资和管理风险防控机制，切实保障企业资产和人员安全。加快培养引进跨国经营管理人才和专业技术人才。

4. 努力提升国际产能合作的便利化水平

国际产能合作离不开体制机制保障，需要打造一个高效有序的便利化服务平台，需要完善与"一带一路"沿线国家在投资、金融、税收、海关、人员往来、风险防控等方面的合作机制，为国际产能合作提供全方位支持和综合保障。制定国际产能合作规划，深化境外投资管理制度改革，加强政府引导和推动，为企业参与国际产能合作提供良好的政务服务。推进通关一体化、区域通关合作，推动"单一窗口"建设，加快实现查验部门间信息互换、监管互认、执法互助。加快中国—东盟信息港建设，全面整合政府、商协会、企业、金融机构、中介服务机构等信息资源，满足国际产能合作的信息服务需求。打造中国—东盟博览会升级版，增设国际产能合作展区，提升服务国际产能合作的能力。

5. 积极搭建国际产能合作金融服务平台

融资渠道不畅一直是国际产能合作的瓶颈问题，因此必须加大金融支持力度，搭建金融服务平台。继续推进沿边金融综合改革试验区建设，整合优化金融资源，加强金融对外交流合作，加快跨境金融创新，与"一带一路"沿线国家建立更紧密的金融合作关系，形成与国际产能合作相适应的较为完善的多元化现代金融体系。争取政策性银行和开发性金融机构的优惠贷款，争取商业性金融机构为国际产能和装备制造合作项目提供融资支持。鼓励设立业务覆盖"一带一路"的股权投资公司，以股权投资和债务融资等方式拓展融资平台。积极向亚投行推荐或申请国际产能合作项目，争取丝路基金、中国-东盟投资合作基金等国际投资基金的支持。支持企业在境内外发行股票或者以股权为抵押进行融资，扩大国际产能合作融资资金来源。

6. 建立推进国际产能和装备制造合作委省协同机制

为贯彻落实《国务院关于推进国际产能和装备制造合作的指导意见》，2016年3月2日，国家发展改革委主任徐绍史与广西壮族自治区主席陈武签署合作协议，建立推进国际产能和装备制造合作委省协同机制。双方商定，广西壮族自治区政府将确定钢铁、有色、汽车、工程机械、建材等重点领域和东南亚、非洲及中东欧国家等重点区域，引导市场主体积极参与国际产能合作，带动区内装备制造和设备"走出去"。广西将积极配合推进与东盟及"一带一路"沿线国家建立国际产能合作机制，充分发挥中国-东盟博览会、中国-东盟商务与投资峰会等现有多边高层合作机制的作用，搭建政府和企业对外合作平台。国家发展改革委支持广西企业积极参与国家重大国际产能合作项目以及铁路、电力等重大装备"走出去"建设项目，将在建设多双边合作机制、制定重点国别规划、设立股权投资基金等工作中对广西壮族自治区予以支持。

7. 建立风险保障平台

为贯彻落实国家"一带一路"战略，推进国际产能和装备制造合作，加强海外项目风险防控，降低广西对外投资合作企业境外项目风险，广西积极推进"走出去"风险保障平台建设，通过建立一整套工作机制和保障措施，为"走出去"企业开展对外投资、对外工程承包提供风险管理、融资增信、信息咨询、人员培训等服务。目前,《广西"走出去"风险保障平台建设方案》已正式出台,明确给予对外投资项目、对外工程承包项目和出口信贷项目投保保费支持。其中,广西财政对境外园区项目补助投保保费的 70%,对其他投资项目补助投保保费的 50%;对外承包工程海外特险项目补助投保保费的 50%;对于使用中长期出口信贷并向中信保南宁部投保中长期出口信用保险的对外承包工程项目(含大型成套设备出口项目)补助投保保费的 20%,但单个项目补助金额不超过 50 万美元。

8. 加大财政资金支持

广西财政设立对外投资合作专项资金,加上中央财政转移专项资金,每年投入 1500 万~2000 万元支持企业"走出去"参与国际产能合作。截至 2016 年 9 月,广西共支持了 200 多个国际产能合作项目。

9. 提升信息服务水平

加强国别政策研究,编制《广西对外投资合作指南》。通过分国别、分地区、分行业的深度剖析与综合,为企业提供全方位、多维度的信息,推动广西企业在更大范围、更广领域开展国际产能合作。

三、广西壮族自治区国际产能合作的现存问题

1. 企业境外投资融资困难

企业海外投资生产经营的每个环节往往均需要先期垫付资金,因此承担较大的资金压力。虽然目前国家层面已出台了一系列举措支持企业境外融资,但由于跨境抵押难度较大、贷款回收周期长、投资项目前景不确定性较大等因素,对外投资企业从境内银行贷款难度较大,且在境外的融资渠道又非常匮乏,融资难已成为企业境外投资面临的重要难题。

2. 赴外工作签证办理周期长

企业海外投资常常需要派国内管理和技术人员随同前往投资目的国,但

目前企业普遍面临工作人员赴外工作签证办理环节多、耗时长的问题，严重制约了企业对外投资进度。例如，广西北部湾港务集团在马来西亚投资年产350万吨钢铁项目，前期筹备人员在马来西亚移民局、贸工部等部门多次补充材料、反复走程序，第一批33人的工作签证花了近1年时间才获批。

3. 口岸通关效率有待提高

企业普遍反映，现行通关手续较繁琐，如在进口货物海关申报时，海关对货物进行查验、对进口价格进行审核后，企业根据海关核定价款按比例缴纳关税，海关查收后才予以放行，要经过10多个环节，时长需15~20天，无形中增加了物流和仓储等成本。

4. 国际法律诉讼和贸易争端缺乏有效解决渠道

诉讼和纠纷耗时久、争端解决难度大、执行难，导致有些法律和合同纠纷难以及时较快解决。有的工程项目交付使用多年，但少量工程尾款、质保金等难以收回，如建工集团越南岘港银岸大酒店工程；有的项目施工工程中因为业主的原因不能履约，造成工程款不能按节点支付等。

5. 对外投资风险较大

受经济发展水平、企业自身实力等限制，当前广西企业境外投资目的地主要集中在发展中国家。这些国家往往存在政治环境不稳定、法律体系不健全、市场环境不完善、国家主权信用等级较低等问题，企业在这些国家投资必然面临较大的政治风险、经济风险、社会风险和法律风险。此外，企业境外投资要面对与国内迥异的制度环境，例如法律制度、技术标准、商业规则等，由于缺乏国际项目经验，需要面临比国内市场更大的挑战。

6. 配套政策不完善

长期以来，我国对企业境外投资采取比较谨慎的态度，行政审批体制过于复杂，在投资审批、外汇管制等方面存在诸多制约。近年来国家持续推进境外投资管理体制改革，目前除涉及少数敏感国家和地区、敏感行业的投资需经过审批，其他境外投资一律实行备案制。但是，除了简化前置审批之外，事中事后监管体制却尚未及时建立起来。

四、广西壮族自治区国际产能合作的经验总结

（一）境外产业集聚区

中国·印尼经贸合作区是商务部批准设立的首批 19 个境外经贸合作区之一，是中国在印尼设立的第一个经贸合作区，也是广西承建的第一个国家级境外经贸合作区。合作区位于印尼首都雅加达市东部贝卡西县境内的绿壤国际工业中心园区内，距雅加达市区 37 公里、国际空港 60 公里、国际码头 50 公里。项目总体规划用地总面积 455 公顷，一期规划建设面积 205 公顷，二期规划建设面积 250 公顷。2009 年 5 月、7 月，国家发展和改革委员会、商务部分别批复了合作区建设方案。

自 2009 年 1 月重新选定新的建设地址并启动建设以来，合作区建设进展顺利，尤其是 2011 年以来，取得了"基础设施建设"和"招商引资工作"两个突破。截至 2013 年 7 月，项目公司已购置合作区一期建设用地 205.5156 公顷，已获得所购土地的土地证。累计投入建设资金约 1.25 亿美元，基本完成一期用地基础设施工程建设，合作区行政办公楼已建成投入使用，入园企业的厂房建设和生产运行正常。现有中国西电集团、南通市康桥油脂公司、印尼天泰投资公司、法国斯伦贝谢公司（世界 500 强）、新西兰恒天然公司等 30 家中外企业与项目公司签约入园投资建设，其中中资（中资控股）企业 9 家、台资企业 4 家、印尼企业 11 家、日资企业 3 家、法资企业 1 家、新西兰企业 1 家、芬兰企业 1 家。入园企业项目投资总额约 4.85 亿美元，投资建设领域涉及变压器、汽车装配、印刷制版、仓储物流、农机组装、棕榈油加工等产业。合作区现有 14 家企业建成投产，10 家企业投资项目正在施工建设，其余已签约企业正在抓紧开展项目前期工作。预计 2013 年、2014 年两年内，已签约入园的项目将陆续全部开工建设，部分项目将建成投产。

（二）边境经济合作区与跨境经济合作区

广西拥有凭祥边境经济合作区和东兴边境经济合作区，以及中国凭祥–

越南同登、中国东兴－越南芒街、中国龙邦－越南茶岭三大跨境经济合作区。目前，广西配合国家商务部研究提出了《中越跨境经济合作区共同总体方案》，中越跨境经济合作区中方园区建设方案已编制完成，基础设施建设扎实推进。

（三）"两国双园"模式

2012 年 3 月，国务院批准设立中马钦州产业园区，这是中马两国政府合作的第一个产业园区。同年，马来西亚政府批准设立马中关丹产业园，成为中马钦州产业园区的"姊妹园"。习近平总书记、李克强总理访问马来西亚、东盟期间提出"将钦州、关丹产业园区打造成两国投资合作旗舰项目，带动两国产业集群式发展""建设好钦州、关丹产业园区"。

广西充分发挥我国和马来西亚互补优势，积极争取国家政策支持，将中马钦州产业园、马中关丹产业园打造成为国际产能合作示范园区。目前，中马"两国双园"已初具规模，从"打基础"迈入"质提升"的跨越发展阶段。在体制机制方面，已成立了"两国双园"联合合作理事会，成功召开三次联合合作理事会会议。在基础设施方面，马来西亚政府承诺投资 20 亿林吉特的园区外部道路港口等项目正在加快推进。在项目建设和招商引资方面，广西北部湾港务集团已于 2015 年 4 月完成对关丹港 40% 股权的收购，实现我国企业以建设和运行的方式整体入股东南亚港口的"零的突破"；北部湾港务集团与民营企业联合投资的总投资额 80 亿元、年产量 350 万吨 H 型钢材项目正在积极推进，弥补了东南亚市场空白；广西仲礼瓷业、湖南中科恒源、三一重工、北京加隆工程机械、杭州杭氧集团等多个项目已签约入园。2016 年 5 月 30 日，中马两国在马来西亚吉隆坡举办中马"两国双园"联合推介会，自治区张晓钦副主席亲自带队参会，共同宣传推介国际产能合作，推动国内外企业进驻园区。

五、广西壮族自治区国际产能合作的下一步安排

为鼓励企业"走出去"，广西壮族自治区政府进一步深化对外投资体制改革，缩短办证时间；对外投资管理积极落实以"备案为主、核准为辅"的管

理体制，并将对外劳务核准权限下放到各地市商务主管部门，充分激发企业对外投资合作活力。此外，将加大力度推动马中关丹产业园、中国·印尼经贸合作区、中東农业促进中心等一批项目取得新进展，促进有关配套项目尽快落地，带动相关产业企业赴有关国家开展投资合作。

1）改革对外合作管理体制。逐步取消境外投资审批，除敏感类投资外，境外投资项目和设立企业实行告知性备案。完善对国有企业的境外投资管理方式，从注重事前管理向加强事中事后监管转变。

2）完善对外合作机制。充分发挥中国－东盟博览会、泛北部湾经济合作等多双边合作机制作用，推动与以东盟为主的"一带一路"沿线国家建立产能合作机制。

3）加大金融支持力度。强化银企对接，通过项目融资、银团贷款、公司授信、贸易融资等模式，积极服务广西企业开展国际产能和装备制造合作。

4）搭建对外合作平台。积极推进马中关丹产业园区、中国·印尼经贸合作区等境外园区建设，推进中越凭祥－同登、东兴－芒街等跨境经济合作区建设。

5）健全服务保障体系。完善信息共享机制，建立综合信息服务平台，为企业提供全方位的综合信息支持和服务。鼓励行业协会、商会、中介机构为企业"走出去"提供市场化、社会化、国际化的法律、会计、税务、投资、咨询、知识产权、风险评估和认证等服务。

第三节　海南省国际产能合作

一、海南省国际产能合作的初步成果

海南省对外直接投资在 2010 年迅猛增长，达到了较高的水平，并且始终保持了较高的对外直接投资规模。"十二五"期间，海南省在利用外资与对外投资工作上齐发力。其中，"十二五"期间全省实际利用外资累计 89 亿美元。截至 2015 年年底，海南境外投资企业 151 个，分布在 45 个国家和地区，涉及服务业、农业、制造业、能源矿产等多个领域。"十二五"期间海南省对外直接投资额累计达到 45.3 亿美元，是"十一五"期间的 8.2 倍，年均增长 32.8%。

属于欠发达地区的海南，近年来积极招商引资，充分发挥生态环境、经济特区、国际旅游岛"三大优势"，做大做强产业基础，实现了长足发展。目前海南省在航空运输、热带农业、旅游业、医药产业、物流、建材、农业机械、食品加工等行业形成了产业优势。为促进经济转型升级，积极参与"一带一路"国家战略，海南省将优势产业与国外需求相结合，大力推进国际产能和装备制造合作，已取得初步成果。如通过洲际油气、海域矿业等能源矿产项目，带动矿山设备国际合作；通过海南农垦集团、海胶集团等农业种植和加工、食品加工等项目，带动相关设备"走出去"；海马集团汽车板块已在'一带一路'沿线国家伊朗和俄罗斯建立了 KD 工厂，在东盟国家越南、菲律宾等以及中东地区实现整车出口销售。通过海南英利的境外投资项目光伏制造生产线等国际合作；通过蓝岛水泥和中行特玻等项目带动建材产业的国际合作等。

二、海南省国际产能合作的推动措施

根据《国务院关于推进国际产能和装备制造合作的指导意见》（国发〔2015〕30 号）要求，海南省商务厅牵头制定了《关于海南省推进国际产能和装备制造合作的实施意见》，已经由省政府批准实施。

1）关于财税支持政策，海南省将与国家一起加快与有关国家或地区商签避免双重征税协定，实现重点国家全覆盖。

2）关于金融支持政策，海南省积极发挥政策性银行和开发性金融机构的积极作用，通过银团贷款、出口信贷、项目融资等多种方式，加大对国际产能和装备制造合作的融资支持力度。鼓励商业性金融机构按照商业可持续和风险可控原则，为国际产能和装备制造合作项目提供融资支持，创新金融产品，完善金融服务。鼓励金融机构开展 PPP 项目贷款业务，提升海南省航空运输、农业机械等重大装备和产能"走出去"的综合竞争力。鼓励省内金融机构提高对境外资产或权益的处置能力，支持"走出去"企业以境外资产和股权、矿权等权益为抵押获得贷款，提高企业融资能力。加强与相关国家的沟通与协调，降低和消除准入壁垒，支持中资金融机构加快境外分支机构和服务网点布局，提高融资服务能力。加强与国际金融机构的对接与协调，共同开展境外重大项目合作。

3）关于综合服务平台建设，海南省致力于完善信息共享制度，指导相关机构向企业链接商务部建立的"走出去"公共服务平台，积极整合政府、商协会、企业、金融机构、中介服务机构等信息资源，及时发布国家关于国际产能合作有关政策，全面、准确、及时地分析国外投资环境、产业发展和政策、市场需求、项目合作等信息，为企业"走出去"提供全方位的综合信息支持和服务。

4）关于境外资产监督管理制度建设，海南省着手建立企业境外经营活动考核机制，推动信用制度建设。加强企业间的协调与合作，遵守公平竞争的市场秩序，坚决防止无序和恶性竞争。

5）关于"走出去"风险评估和防控问题，海南省国税局、海南省发展改革委、海南省工商联及相关政府部门进行"一带一路"税收政策解读和实务答疑，并鼓励行业协会、商会、中介机构发挥积极作用，为企业"走出去"提供市场化、社会化、国际化的法律、会计、税务、投资、咨询、知识产权、风险评估和认证等服务。建立行业自律与政府监管相结合的管理体系，完善中介服务执业规则与管理制度，提高中介机构服务质量，强化中介服务机构的责任。并且着手建立健全支持"走出去"的风险评估和防控机制，定期发布重大国别风险评估报告，及时警示和通报有关国家政治、经济和社会重大风险，提出应对预案和防范措施，妥善应对国际产能和装备制造合作重大风险。

为贯彻落实《国务院关于推进国际产能和装备制造合作的指导意见》，并推进云南和海南两省"走出去"企业的紧密合作，海南省商务厅于2016年4月19日召开"国际产能和装备制造合作政策及老挝投资环境介绍会"，中国进出口银行海南省分行的代表介绍了为国际产能和装备制造合作服务的金融产品。云南省商务厅的代表对云南省推动企业"走出去"的经验、老挝投资环境及老挝赛色塔经贸合作区投资优惠政策做了详尽的介绍。

三、海南省国际产能合作的现存问题

1）如何走出第一步。海南企业规模还比较小，对国际投资环境的研究欠缺，对国外相关法律规章不熟悉（如避免双重征税问题），对国际化过程中可能产生的风险，尤其是政治风险与法律风险虽有意识，但不知道如何防范等。

2）如何获得持续发展的动力。由于国家在国际产能和装备制造合作的扶持资金集中使用，扶持门槛比较高，海南企业的项目很难达到申报条件，无法享受到扶持。企业在境外立足发展壮大，需要资金的支撑，中小企业对外直接投资融资渠道狭窄，融资成本较高，导致在对外投资过程中缺乏竞争力。

3）"走出去"高层次人才缺乏。由于海南薪酬待遇普遍较低，岛内缺乏知名大学和研究载体，高层次人才总量不足，较为缺乏既精通两国语言又熟悉两国经济政治文化商务的综合性人才，因此沟通和商务拓展存在困难。

4）企业经营管理与创新能力不足。海南"走出去"的企业规模小、时间短，普遍缺乏国际化运作经验，缺乏对当地政府、工会、社会组织、文化、风土人情的了解，当地员工不守时、低效率且经常罢工，实现员工本土化具有一定难度。此外，中方管理人员和普通工作人员流动性强也影响企业的正常运营。再者，国内企业对海外企业采取年度考核模式，这必然会导致企业的短期行为。

第十一章
西南地区各省、市、自治区国际产能合作

第一节　重庆市国际产能合作

一、重庆市国际产能合作的产业基础

1）汽车行业。重庆市是我国最重要的汽车产业基地之一，汽车产量和出口量连续多年在全国排名第二位。2015年整车产量304万辆，自主创新体系基本形成，具备每年推出10款以上新车型的能力。全市汽车零部件企业超过1000家，形成发动机、变速器、制动系统、转向系统、车桥、内饰系统、空调等各大总成生产能力。同时，由于行业竞争激烈、"两头在外"，重庆市汽车产业存在着运营成本较高、单车利润低于全国平均水平的问题，短期面临结构性产能过剩的挑战。

2）装备行业。重庆市已经逐步形成了门类齐全、具有相当规模和水平的装备制造体系，建立了竞争能力较强、具有明显比较优势的重点装备制造产业。拥有完全自主知识产权国内技术领先的2MW陆上、5MW海洋风力发电机组生产能力。已批量生产国内独特的单轨跨座式车辆制造及集成。通信系统集成及终端装备已成功开拓国际市场，具备较高的国际知名度。尽管重庆市重大装备研制取得了一定成绩，单机的设计制造能力和水平得到了提高，但要建立具有国际竞争力的装备企业集团，必须进一步参与国际市场竞争，提高系统集成和总承包能力。

3）钢铁行业。近年来，针对行业体量小、技术工艺水平低、产品结构不合理等问题，通过组织重钢环保搬迁，着力推进产业结构调整等使钢铁行业

重获新生。重钢环保搬迁后，创新运用"铁钢界面一罐制"、RH 干式真空精炼等技术，跻身全国先进钢厂行列。重庆市努力拓宽现有板带材市场，做强汽车板、高强钢筋、管材和特殊钢等短板产品，行业整体的水平、质量、规模、效益得到显著提升。2015 年钢铁行业产能控制在 1500 万吨，产能利用率在 45% 左右。

4）新材料行业。

①水泥行业：重庆市着力推进企业兼并重组，提升行业集中度；调整产品结构，提高产品质量和资源综合利用水平；推进余热发电综合利用工程，提高行业可持续发展能力，2015 年水泥行业产能控制在 8600 万吨，产能利用率达到 79%。

②电解铝行业：立足产业链"两头大"（氧化铝、铝加工产量大）、"中间小"（电解铝产量小）的结构特点，着力推进企业技术改造，淘汰 125kA 以下落后产能；实施"走出去"战略，在国内外提高资源保障度；开发航天、电子、家电、交通用高附加值铝材料，提升企业利润空间。2015 年电解铝行业产能控制在 80 万吨，产能利用率达到 76%，行业落后产能项目已全部淘汰。

③平板玻璃行业：着力推动行业集群发展，鼓励原片生产深加工一体化的抱团发展，大力发展 Low-e 玻璃、汽车玻璃、家电玻璃等高端品种，支持为本地建筑、汽车、电子信息等产业配套。2015 年玻璃行业产能控制在 1750 万重量箱，产能利用率达到 77%。

二、重庆市国际产能合作的初步成果

（一）推进国际产能合作总体成果

在全球淘金的版图上，重庆企业的身影越来越多。2016 年 1~6 月，全市对外投资新增合同额 12.17 亿美元，同比增长 73.6%；对外实际投资 7.69 亿美元，同比增长 28.7%。

在这股"走出去"寻找商业机会的浪潮中，重庆企业参与到国际产能合作的意愿愈发强烈。仅 2016 年 1~6 月，全市新增国际产能合作投资项目 23 个，投资合同额 5.2 亿美元，占同期全市对外投资合同总额的 42.7%，增长 7.7 倍；国际产能合作领域的实际投资额 2.7 亿美元，占同期全市总额的 35.1%，增长 4.3 倍。

2016 年 1~6 月重庆企业在"一带一路"沿线国家对外投资快速增长。企业在"一带一路"沿线 11 个国家投资设立企业共 18 家，在"一带一路"沿线国家新增投资合同额共 3.7 亿美元，新增投资目的地国家 8 个，投资合同额较 2015 年增长 24.9 倍，新设立企业较 2015 年同期增加 15 家。国企是"一带一路"沿线直接投资主力军，国有企业非金融类直接投资占比超过 52%，较 2015 年同期增加了 19.1 个百分点。

（二）优势产业推进国际产能合作情况

2015 年以来，为贯彻落实《国务院关于推进国际产能和装备制造合作的指导意见》要求，重庆市结合国家"一带一路"战略，立足重庆市产业基础开展调研，将汽车整车及零部件行业、高端装备行业和钢铁及其他材料行业作为产能合作重点领域，同时，按开工一批、储备一批、谋划一批的滚动机制，将力帆集团俄罗斯汽车生产项目、重钢集团澳大利亚磁铁矿项目、信威通信海外投资项目、单轨技术泰国项目、化医集团埃塞俄比亚天然气化工项目等列为重点项目，总投资逾 50 亿美元。

近几年，重庆市针对美洲、亚洲、欧洲等热点地区和重点行业，积极策划实施了装备技术、矿产资源、粮食安全、资源加工等一系列项目，对外投资实现快速发展，实际投资增幅位居中西部前列。截至 2015 年底，全市境外投资总额超 80 亿美元。成果集中体现于以下行业：

1）汽车整车及零部件：经过多年努力，重庆市汽车产业已成为深化国际产能合作的基础：利用重庆市摩托车企业建立起来的全球销售网络，升级改造建立了覆盖发展中国家的汽车销售体系；发挥成本优势，自主品牌车企从以汽车代工组装销售发展到在当地建厂，建立生产营销一体化基地；"走出去"建立整车制造厂，突破当地产业发展壁垒，带动本地汽车零部件出口成效显著。重庆力帆集团、长安汽车股份公司均已在俄罗斯建立销售网络，销售自主品牌汽车，正在推进整车生产项目前期工作，力帆汽车连续三年成为在俄罗斯中国车销量冠军;宗申产业集团、小康工业等在东南亚投资设厂、建立工业园，逐步占领当地市场。力帆集团在埃塞俄比亚、巴西、乌拉圭均已建成汽车整车工厂，俄罗斯汽车生产基地即将进入建设阶段。小康工业也已将汽车研发和生产拓展至美国和印尼等地。

2）跨座式单轨：重庆市是世界上单轨交通运营里程最长的城市，已安全运营十余年。跨座式单轨交通系统通过"引进—消化—吸收—再创新"，掌握了全部关键技术，拥有完善的技术标准体系和自主知识产权，形成完备的轨道交通装备产业链。轨道集团在泰国、斯里兰卡、土耳其、印度尼西亚、秘鲁等国家正积极对接，开展国际合作洽谈。

3）通信设备及物联网：是重庆市重点打造的千亿级产业集群之一，培育了一批具有国际竞争力的骨干企业，特别是民营企业重庆信威通信技术有限责任公司在发展过程中另辟蹊径，通过"走出去"发展壮大，在俄罗斯、非洲、欧洲都具有了较高的市场美誉度和占有率。

4）钢铁：重钢为打破国际矿业巨头对铁矿石资源的垄断，对外投资取得澳大利亚伊斯坦鑫山磁铁矿项目的建设开发权，该项目建成后将大大提高重庆市铁矿石资源保障度。

5）能源矿产：重庆市博赛矿业投资 12 亿美元在加纳、北欧、圭亚那的多个项目正加紧建设；在巴西、圭亚那、加纳等地的铝矾土基地已正式投产运营；振发能源巴基斯坦 100MW 光伏电站项目也已完成前期工作；对世界矿业巨头力拓旗下加纳铝矿 80% 股权的收购，使其从此拥有该行业在全球市场的发言权和影响力。重钢集团在全球矿业价格低迷之际，抓住机遇，打破矿产品价格垄断，积极参与全球资源配置，提升企业竞争力和影响力。

6）其他：一批企业瞄准美国和东南亚房地产、环保、电力市场和农业、旅游资源，积极开展境外投资。根据国内消费升级的趋势，房地产企业瞄准海外市场，积极布局，加快境外旅游地产和商业地产投资。同景集团、业界实业等纷纷进军美国房地产市场，重庆方德地产开发有限公司投资 3 亿美元在老挝开发东南亚最大的城市综合体——万象市拉萨翁广场，成为当地标志性重点开发项目，已被老挝政府作为下届东盟首脑会议主会场。康德集团收购西班牙巴利阿里群岛三座豪华酒店，已经成为世界酒店联盟的超五星级品牌。重庆机电控股集团与英国 PTG 公司签订 2000 万美元并购协议，收购其下属 6 家公司股权，获得 3 个百年品牌、5 项世界顶尖技术，构建起全球研发格局。重庆轻纺控股集团 1.7 亿美元完成对德国萨固密的收购，成为重庆市首个业务横跨欧亚美的跨国企业，在全球 9 个国家拥有 12 家汽车密封件生产工厂，获取 6 项世界先进技术。重庆国际复合出资 6000 万美元成功收购国际玻璃纤维巨头——美国 OC 公司的巴西卡皮瓦里玻璃纤维有限公司。环保产业以三峰环境产业集团为代表，通过其垃圾焚烧处理等核心知识产权技术对外投资建设营运。中旅、旅商联手开拓美国旅游业务；益鸿农业柬埔寨现代农业综合开发示范区项目等一批重点农业项目也在稳步推进中。

三、重庆市国际产能合作的推动措施

（一）委市协同机制

2016 年 8 月 18 日，重庆市政府与国家发展改革委在北京签署协议，建立推进国际产能和装备制造合作委市协同机制，共同推进国际产能和装备制造合作。双方商定，将强化国家发展改革委对重庆市推进国际产能合作的宏观指导和工作服务，充分发挥重庆市政府融入国家战略的积极性，将重庆市打造成国际产能合作示范城市。国家发展改革委将在建设多双边合作机制、制定国际产能合作重点国别规划、争取金融机构融资支持、设立国际产能合作股权投资基金等工作中对重庆市予以支持。重庆市将重点围绕汽车摩托车、有色冶金、装备、建材、化工等领域，以非洲、中东和中东欧为重点区域，推动重庆化医集团、重庆力帆、重庆对外经贸集团、重庆能源集团等重点企业实施的产能合作项目；同时，按照开工一批、储备一批、谋划一批的滚动机制，建立动态更新的重点项目库，作为国家国际产能合作项目库的重要内容。

2016 年 8 月 18 日，国家发展改革委徐绍史主任与重庆市市长黄奇帆在北京签署协议，建立推进国际产能和装备制造合作委市协同机制

（二）渝洽会

2016 年 5 月 19 日，作为第十九届"渝洽会"主要活动之一的"走进埃塞俄比亚"国际产能合作暨投资推介会在重庆市举行。埃塞俄比亚工业园发展总公司、中交集团与重庆市重点企业签署投资埃塞战略合作协议，助推国际产能和装备制造合作，创新重庆与境外国家物流商贸、产业互导和文化技术合作互动新模式。

近年来，重庆与埃塞俄比亚的双边投资贸易日益密切，两地合作领域不断扩张。2015 年重庆市对埃塞俄比亚进出口总额 3985.57 万美元，同比增长 16.79%；截至 2016 年 4 月，有 2 家重庆企业在埃塞俄比亚累计投资 2500 万美元，从事地质勘探和汽车制造。埃塞俄比亚作为非洲发展最迅速的国家，GDP 常年保持 2 位数增长，电力、公路等基础设施基本完备，劳动力成本低廉，产品进入欧盟和美国市场便利，正在成为我国制造业投资的最佳目的地之一，也是重庆市企业投资非洲的首选。

中交集团以强大的经济技术实力、丰富的境外投资合作经验及众多海外网点等优势，与埃塞俄比亚工业园区发展总公司合作建设埃塞俄比亚工业园，专程来渝走访企业，宣传并举办现场交流推介会。重庆化医集团、外经贸集团、南方阻燃电线电缆、大龙网等部分企业表现出浓厚投资兴趣，表示将着重发展埃塞俄比亚具有竞争力和比较优势的制造业。

重庆企业与中交集团、埃塞俄比亚工业园区发展总公司合作，参与埃塞俄比亚工业园区建设和运营，将促进国际产能和装备制造合作，为重庆产业境外转移与拓展创造机会，创新重庆与境外国家物流商贸、产业互导和文化技术合作互动新模式，践行"一带一路"发展战略。

四、重庆市国际产能合作的经验总结

（一）行业抱团，从出口贸易转向投资建厂

20世纪八九十年代，重庆三线以上摩托车整车品牌企业有40多家，零部件企业1000多家，有150万从业人员，拉动钢铁、塑料、化工、橡胶等近10个相关产业，重庆成为我国最大的摩托车生产基地。1999年开始，重庆摩帮抱团进军越南市场，并以此挺进东南亚。半年内，以重庆摩帮为首的中国摩托车在越南的占有量从10%升至90%，而早先进入越南市场的日系摩托从90%缩至10%。以力帆为例，其出口摩托车在越南市场收益一度占集团整体收益的70%，占据越南摩托车市场35%的份额。

21世纪初，以力帆、宗申等为首的重庆摩帮再次抱团，从单纯出口贸易转向合作建厂。目前，力帆已在亚洲、非洲、美洲等地自建或合作建设20余个工厂；宗申全资收购巴西第三大摩托车品牌工厂并正式投入运营。随着龙头企业"走出去"，一批企业也迈出了境外投资步伐，先后在东南亚、非洲、美洲、欧洲投资汽摩、医疗、房地产、化工等20余个行业，形成龙头带动、信息共享、抱团发展的势头。

（二）政府搭台，建立国际合作互动机制

2015年，重庆市举办投资英国、丹麦、澳大利亚、俄罗斯和加拿大等国近30场境外投资专题活动，为300余家企业搭建境外投资平台。组织市化医集团、外经贸集团、渝新欧物流公司等12家企业，赴俄与巴什科尔托斯坦共

和国、奥伦堡州、萨马拉等州进行了项目考察对接。创立重庆市首个海外并购基金和面向全国的海外矿权交易中心，促进并购境外股权资源。促进产业合作的同时，加强人文交流，并逐步向多领域合作发展。

（三）协会牵头，形成海外投资互助联盟

由重庆市对外投资协会牵头，组织勘查、设计、咨询、监理、施工等企业建立"对外承包工程联盟"，在亚非重点国家交通设施建设、房屋建筑、工业建设等领域，带动上下游企业抱团"走出去"，保持相当规模和优势。2015年，重庆外建、中冶建工等对外工程承包合同金额近 14 亿美元。

（四）市场导向，抢占全球范围优势资源

近年来，重庆市企业着眼全球市场，充分发挥自身优势，在汽车、机电、装备、矿产、医疗、房地产等领域，通过跨国并购、投资新建等方式，抢占优势资源，增强核心竞争力。

五、重庆市国际产能合作的现存问题

近几年，重庆市围绕"一带一路"重点国家，积极策划实施装备技术、矿产资源等系列项目，对外投资和产能合作实现快速发展。但由于起步晚、经验少，整体水平和影响力较小，在参与国际产能和装备制造合作中面临挑战。

1）国际政治经济环境日趋复杂。美国经济复苏不明朗，欧洲、日本、俄罗斯等经济体出现不同程度萎缩，全球经济处于深度调整期，企业面临的限制措施增多。同时，亚洲、非洲、拉美等重点合作区域部分国家政局动荡、基础条件恶劣、安全风险较高，也给企业在外投资经营带来困扰。

2）相关政策和配套体系不够健全。财税、金融、保险等支持体系还需进一步完善，国内财务、法律、咨询等中介机构还不成熟，无法满足日益增长的需要。

3）重庆市企业对外投资相对规模小，跨国经营经验不足。缺乏国际化管理团队，对国际市场的了解不够，缺乏参与国际产能合作的长远规划，在特

定的政治、历史文化背景下，缺乏对风险的认知和管控能力，受东道国政策、技术、法律、人事等变动影响，出现不少财务损失引发连锁反应的投资案例。

六、重庆市国际产能合作的下一步安排

1）根据《境外投资项目核准和备案管理办法》（国家发展改革委 2014 年第 9 号令），重庆市印发了《重庆市境外投资项目核准和备案管理办法》（渝府发〔2014〕64 号文），增强了重庆市企业境外投资的便利性。

2）重庆市已建立起境外投资市级联席会议机制，研究全市境外投资的重点任务，制定支持政策，抓好"走出去"的统筹谋划和工作任务推进落实。拟出台《重庆市促进企业"走出去"境外投资的实施意见》及相关财税、金融支持政策。

3）由重庆市外经贸委、外经贸集团、中国进出口银行重庆分行和中信保重庆营业部共同搭建"3+N"战略合作机制，围绕"一带一路"战略，以财政政策资金和优惠贷款，支持和服务于进出口贸易和境外投资。

4）重庆市发展改革委、中国人民银行外汇管理部分别对部分境外投资项目建立约谈机制，进一步推动重庆市境外投资健康稳步发展。

第二节　四川省国际产能合作

一、四川省国际产能合作的产业基础

四川省拥有电子信息、装备制造、汽车制造、油气化工、钒钛钢铁、饮料食品、现代中药等七大优势产业，培育了长虹、东方电气、二重、五粮液、新希望等知名企业，是全国工业大省之一。四川重点发展七大优势产业，推动电子信息、装备制造、饮料食品等发展成为万亿元产业集群，推动油气化工、钒钛钢铁及稀土、能源电力发展成为五千亿元产业集群，同时做大做强汽车制造业。把做强优势产业和化解产能过剩矛盾、调整优化产业结构结合起来，

抑制过剩产能扩张，淘汰落后产能，腾出环境容量和发展空间。此外，围绕建设西部重要的金融中心、商贸中心、物流中心、科技中心和文化中心，大力发展现代服务业。

二、四川省国际产能合作的初步成果

2016 年第一季度，四川省对外投资合作实现较快增长，全省对外直接投资金额 5.9 亿美元，同比增长 2.47 倍；对外承包工程新签合同额 6.76 亿美元，同比增长 18.9%。对外投资企业数量持续增长，全省新增境外投资企业 49 家，同比增长 28.9%，其中成都市 31 家，占总数的 63%。同时，有 11 家企业因拓展境外业务或启动二期项目建设申请增资。

值得注意的是，对外投资相对集中于第三产业。其中，软件和信息技术服务业、商务服务业、制造业企业数量各 6 家，各占 12.2%；批发零售业企业 12 家，占 24.5%；住宿餐饮、文化娱乐业企业 5 家，占 10%。此外，大企业大项目支撑作用显著。新增对外投资中，金额超过 1000 万美元的项目有 12 个，占总数的 24.5%；对外承包工程中，完成营业额 5000 万美元以上的 4 家企业营业额占总数的 33%，2 个新签项目的合同额占合同总额的 76%。并且，更加向"一带一路"沿线国家集中。新增"一带一路"国家境外投资企业 14 家，占总数的 28.5%；6 个新签工程项目中有 5 个项目分布在"一带一路"沿线国家，合同额占总数的 67%，涉及水电、铁路、建材行业。

从四川省对外直接投资流量和存量图看出，2010 年以来四川省对外直接投资流量保持较为平稳的状态，对外投资存量稳步增长。

自"一带一路"战略构想提出以来，四川省抢抓机遇，积极谋划，主动作为，立定位，建机制，明思路，抓重点，促项目，务实推进"一带一路"建设，取得了积极成效。

1）抓统筹建机制。四川省政府成立了推进"一带一路"建设工作领导小组，建立健全了领导小组及其办公室工作机制，统筹推进各项重点任务顺利完成。四川省级各部门和市州也结合工作实际，制定了相应的工作机制，形成了全省上下协调联动、齐抓共推"一带一路"建设的良好工作局面。同时，按照开工一批、储备一批、谋划一批的滚动机制建立了省级重大项目储备库，以项目为支撑，推动各项工作。近期，向国家推进"一带一路"办报送了120余个项目，总投资超过1万亿元。

2）抓重点强措施。按照国家总体部署和统筹要求，四川省结合实际及时进行贯彻落实，研究制定了四川省参与建设"一带一路"实施方案，从道路联通、经贸合作、产业发展、金融合作、人文交流、开放型体制机制、工作机制等7个方面提出了24条措施，并配套制定了"一带一路"战略"251三年行动计划"、制造业参与"一带一路"建设重点工作方案、涉外工作实施方案等政策措施。为突出工作的阶段性和针对性，细化制定了2015—2016年重点工作方案。2016年明确了46项工作要务，目前正在有序推进。

3）抓项目促合作。四川省围绕国家总体布局，以项目为抓手，着力打造空中丝绸之路，构建进出川国际大通道，大力促进投资贸易、人文交流等活动，与"一带一路"沿线国家和地区的交流合作不断拓展，主要成果有：

①成都天府国际机场全面开工建设，重点铁路大通道和高速公路大通道加快推进，中德、中法、中韩、中新等一批境内外园区建设务实推进。成都始发中欧班列、中亚班列实现稳定开行，中欧班列（成都）境外站点已从波兰罗兹延伸到德国纽伦堡和荷兰蒂尔堡，截至2016年6月底，四川省中欧班列已运行往返班列334列，成为开行中欧班列数最多的省份之一，为四川省"走出去"参与国际分工、开拓国际市场起到了积极的推动作用。驻川领事机构达到15个，其中"一带一路"沿线国家8个；国际友城和友好合作关系达207对，国际（地区）航线达89条。2015年四川省与沿线国家贸易额达到138.3亿美元，来源于沿线国家的合同外资增长2倍；在沿线国家的对外工程承包营业额增长30%，占全省总额的61.8%；对外投资8.8亿美元，增长近3倍。

②四川省汇元达钾肥有限责任公司投资老挝甘蒙300万吨/年氯化钾工程项目。四川省汇元达钾肥有限公司全资子公司老挝开元矿业有限公司在老挝拥有面积达141平方公里的钾盐矿区，其中首采区龙湖矿区41.69平方公里已于2011年4月获得采矿权，根据全球知名矿业评估机构澳大利亚贝里多贝尔评估，首采区拥有钾盐资源量2.2亿吨，2012年排名亚洲第一，世界第八位。根据勘探结果，该区域拥有钾盐资源量1.85亿吨，为特大型钾盐矿。

该项目一期年产钾肥 50 万吨氯化钾项目于 2011 年开工建设，并于 2013 年底建成投产，一期总投资 2.5 亿美元。截至 2015 年底，老挝开元累计生产钾肥产品近 70 万吨，并已回运国内 40 余万吨。2015 年底，根据老挝开元未经审计财务报表，老挝开元资产总额 19.43 亿元人民币，净资产 5.99 亿元人民币，累计实现销售收入 10 亿多元人民币，已带动国内出口近 2 亿元，带动国内进口 4.5 亿多元。

今年以来，四川省汇元达钾肥有限公司拟启动二期年产 150 万吨氯化钾工程。项目总投资为 497715 万元人民币，资金来源 40% 为企业自筹，其余 60% 申请国家开发银行贷款。项目建设内容按生产功能分为：矿山工程、充填工程、选矿装置、干燥包装储运装置、工业氯化钾装置、镁液蒸发装置、辅助设施、办公及生活设施、外部供水工程、外部供电工程、外部道路等。项目于 2016 年开始施工，2018 年 6 月底建成投产。建设周期 30 个月。目前已经完成土地征用、场地平整、道路建设、可研报告（即老挝开元矿业有限公司甘蒙 150 万吨 / 年氯化钾项目可行性研究报告）及部分设备招标等前期工作，两条斜井已经开始掘进建设。截至 2016 年第三季度，二期项目已经投入3000 多万美元。

③四川贝尔化工集团有限公司、泸天化（集团）有限责任公司联合投资俄罗斯草甘膦合作项目。泸天化（集团）有限责任公司是一家泸州市政府管理的国有企业，目前正面临转型升级的压力，且有一套 30 万吨 / 年的合成氨装置需出售。四川贝尔化工集团有限公司是一家专业从事农用化学品及生物制剂研发、生产和销售的国家高新技术企业，中国农药百强企业。两家企业拟与俄罗斯 Orgsyntes Group JSC 公司合作，利用俄罗斯丰富的天然气、磷、钾资源，在俄罗斯楚瓦什共和国建设合成氨及下游草甘膦、化肥、新材料一体化项目。该项目为中国长江中上游地区和俄罗斯伏尔加河沿岸联邦区地方领导人第四次座谈会上的签约项目，四川贝尔化工集团有限公司、泸天化（集团）有限责任公司和俄罗斯 Orgsyntes Group JSC 公司（该公司属于俄罗斯 ReNova（列诺瓦）集团旗下企业）共同合作，拟在俄罗斯楚瓦什共和国切伯克萨雷市建设年产 15 万吨亚氨基二乙腈、20 万吨双甘膦、5 万吨草甘膦、18 万吨三氯化磷、30 万吨合成氨、20 万吨甲醇、40 万吨甲醛、26 万吨硝酸、

47 万吨硝酸磷肥等生产装置。项目预计总投资 10 亿美元，其中中方投资 7 亿美元。

中方企业已于 2015 年 12 月到俄罗斯与合作方进行了进一步洽谈，并赴项目所在地——俄罗斯楚瓦什共和国切博克萨雷市的 Khimprom 工厂（该工厂属于 Orgsyntes Group JSC 公司下属企业）进行了实地考察。双方就草甘膦在俄市场前景、各方投资股权的比例、项目建设用地、废弃物处理和公用工程供应、天然气原料供应等问题进行了沟通交流。

截至 2016 年 9 月，中方已完成了预可研的编制。四川贝尔化工集团有限公司和泸天化（集团）有限责任公司已就成立合资公司的相关事宜初步达成一致。初步考虑由国内一家企业作为该项目的总承包方，购买泸天化（集团）有限责任公司 30 万吨 / 年的合成氨的闲置设备，四川贝尔化工集团有限公司和泸天化（集团）有限责任公司将按股权比例直接投资该项目。

④华西能源工业股份有限公司投资巴基斯坦 1×150MW 高效节能火电项目。巴基斯坦 150MW 进口燃煤电站项目位于拉合尔市 Arifwala 镇。为实施该项目，于 2008 年 3 月在巴基斯坦成立了项目公司 Grange Power Limited，目前公司业主已获得巴基斯坦政府的支持函，土地征用等必要文件已签署，地勘、环评等资料已齐全。华西能源工业股份有限公司（以下简称华西能源）立足于电力设备制造业务，积极开拓国际电力总承包和投资业务。在对 1×150MW 火电项目跟踪数年后，于 2015 年 5 月同项目开发商签订了总额为 1.83 亿美元的电厂总承包合同，占整个项目投资金额的 78.2%，其中设备供货占 EPC 总承包合同金额的 85%，现场安装和技术服务占 15%。2015 年 10 月 8 日，华西能源与项目公司原业主正式签订了股东协议，成为该项目 51% 的控股股东。该项目总投资 2.34 亿美元，其中资本金投入 5850 万美元，占比 25%，债务融资 1.755 亿美元，占比 75%。华西能源资本金投入 2983.5 万美元，债务融资 1.464 亿美元。2015 年 12 月底，四川省发展改革委受理了华西能源提交的巴基斯坦 1×150MW 高效节能火电项目备案申请，同意华西能源通过其在香港设立的全资子公司——华西能源（香港）国际投资股份有限公司与 Grange Holdings Limited、山东东岳国际经贸合作股份有限公司、澳大利亚 Interlink Power Systems 公司以及 Albario Engineering 公司共同持有巴

基斯坦 Grange Power Limited，并以其作为投资平台在巴基斯坦旁遮普省拉合尔市 Arifwala 镇建设巴基斯坦 1×150MW 高效节能火电项目。

2015 年 1~12 月四川省新备案境外投资项目表

（单位：万美元）

序号	项目名称	中方业主	投资所在地	投资方式	建设内容	投资	
						总额	中方投资
	合计					156797	144917
1	四川宏华石油设备有限公司参股卢森堡中墨能源基金	四川宏华石油设备有限公司	卢森堡	注资	四川宏华石油设备有限公司拟通过其全资子公司——四川宏华石油设备（香港）有限公司作为有限合伙人参股卢森堡中墨能源基金，参股金额为 1.5 亿美元。中墨能源基金拟投资于能源基础设施、石油及天然气的勘探和开采和基金投委会批准的其他项目	15000	15000
2	四川六合锻造股份有限公司并购德国凯·曼德公司股权	四川六合锻造股份有限公司	德国北威州索林根镇	并购	四川六合锻造股份有限公司拟 100% 收购德国凯·曼德公司现有资产（包括土地、厂房、模具、库存、设备及运营设施等），再注入部分流动资金继续经营生产，并对德国凯·曼德公司生产能力和经营范围进行扩张	618.9	618.9
3	成都天齐锂业有限公司投资收购银河国际锂业有限公司（香港）股权	成都天齐锂业有限公司	中国香港	并购	成都天齐锂业有限公司拟通过其在香港设立的全资子公司——天齐锂业有限公司收购银河国际锂业有限公司（香港）100% 股权	8000	8000
4	四川科伦药业股份有限公司投资美国研发中心	四川科伦药业股份有限公司	美国新泽西州爱迪生市	新建	四川科伦药业股份有限公司拟通过在香港设立的全资子公司——科伦国际发展有限公司在美国新泽西州爱迪生市筹建医药研发中心	4800	4800

序号	项目名称	中方业主	投资所在地	投资方式	建设内容	投资	
						总额	中方投资
5	四川省乐山市福华通达农药科技有限公司收购新加坡福华农化国际贸易公司股权	四川省乐山市福华通达农药科技有限公司	新加坡	并购	四川省乐山市福华通达农药科技有限公司收购新加坡福华农化国际贸易公司100%股权	390	390
6	四川绵阳岷山实业集团有限公司投资南非数字机顶盒生产销售	四川绵阳岷山实业集团有限公司	南非东开普省伊丽莎白港埃滕哈赫市	新建	四川绵阳岷山实业集团有限公司拟通过在南非设立的全资子公司——岷山非洲控股（私人）有限公司在南非从事数字电视机顶盒及配套产品的生产和销售，生产厂房占地面积约3000平方米，实现年产机顶盒120万~150万台	800	800
7	成都尼毕鲁科技股份有限公司投资法国游戏研发	成都尼毕鲁科技股份有限公司	法国巴黎	新建	成都尼毕鲁科技股份有限公司通过其香港全资子公司——台风香港（Tap4Fun HongKong Limited）与法国人菲利普·劳伦斯（Philippe Laurens）合资设立移动游戏研发公司台风法国有限公司（Tap4Fun France），其中成都尼毕鲁科技股份有限公司占股85%，开发的游戏主要面向欧洲市场	39	36
8	成都尼毕鲁科技股份有限公司投资美国游戏研发	成都尼毕鲁科技股份有限公司	美国特拉华州威尔明顿市	新建	成都尼毕鲁科技股份有限公司通过其在香港设立的全资子公司——台风香港参股诺克思移动（NOX MOBILE），共同在美国设立移动游戏研发公司诺克思移动美国（NOX MOBILE，INC），最终持有6%的股权，并面向北美市场研发3D策略型星际战争题材游戏	350	50

序号	项目名称	中方业主	投资所在地	投资方式	建设内容	投资	
						总额	中方投资
9	四川发展（控股）有限责任公司增资四川发展国际控股有限公司	四川发展（控股）有限责任公司	中国香港	增资	四川发展（控股）有限责任公司拟对其香港设立的全资子公司——四川发展国际控股有限公司进行增资，进而增强其作为境外投资、融资平台的作用	4897.56	4897.56
10	成都圣骑士环保科技有限公司收购美国圣骑士房地产公司股权	成都圣骑士环保科技有限公司	美国威斯康星州	并购	成都圣骑士环保科技有限公司通过其在美国设立的全资子公司——圣骑士资产公司收购美国圣骑士房地产公司共计100%的股权	850	850
11	成都圣骑士环保科技有限公司收购美国圣骑士公司股权	成都圣骑士环保科技有限公司	美国伊利诺伊州	并购	成都圣骑士环保科技有限公司通过其在美国设立的全资子公司——圣骑士资产公司收购美国圣骑士公司共计80%的股权	6240	6240
12	四川省汇元达钾肥有限责任公司收购香港开元矿业有限公司股权	四川省汇元达钾肥有限责任公司	中国香港	并购	四川省汇元达钾肥有限责任公司拟收购香港开元矿业有限公司100%股权	27377.05	27377.05
13	新希望乳业控股有限公司收购澳大利亚莫克西牧业控股公司股权	新希望乳业控股有限公司	澳大利亚新南威尔士州福布斯镇	并购	新希望乳业控股有限公司拟通过其香港设立的全资子公司——新希望（香港）贸易有限公司在澳大利亚设立新澳控股公司，与澳大利亚莱平顿牧业公司、P.A.莫克西公司、自由食品集团、昆廷莫克西公司组建合资公司——澳大利亚鲜奶控股有限公司，对澳大利亚莫克西牧业控股公司实施并购	6434	1381

序号	项目名称	中方业主	投资所在地	投资方式	建设内容	投资	
						总额	中方投资
14	四川省好耕农业集团有限公司投资缅甸粮食产业化基地建设	四川省好耕农业集团有限公司	缅甸	新建	四川省好耕农业集团有限公司拟与缅甸金源国际国际公司共同在缅甸建设水稻种植基地，种植面积1万亩	161.29	112.9
15	四川和邦生物科技股份有限公司投资以色列S.T.K斯托克顿集团股权	四川和邦生物科技股份有限公司	以色列	并购	四川和邦生物科技股份有限公司拟收购由Ziv Tirosh先生所持有的S.T.K.集团51%股权，并进行产品技术的研发、生产线建设和市场开拓	9000	9000
16	成都三地引擎企业管理中心（有限合伙）收购英国3D引擎有限公司股权	成都三地引擎企业管理中心（有限合伙）	英国	并购	成都三地引擎企业管理中心（有限合伙）拟收购英国伯明翰3D引擎有限公司15.5%的股权，并共同开展三维扫描仪、抄数机、照相式光学三维扫描仪、三维激光扫描仪等三维扫描系统的开发、制造和服务技术研发	48.3	48.3
17	四川宏凌实业有限公司投资加纳泛非国际商务区	四川宏凌实业有限公司	加纳	新建	四川宏凌实业有限公司拟与加纳自然人克里共同出资5428万美元收购加纳阿勒拉国际有限公司股权，最终四川宏凌实业有限公司与克里分别持有89%和11%的股权，并获得加纳大阿克拉ADENTA区57.28公顷土地的使用权。收购完成后，再投资11613万美元在该地块上建设加纳泛非国际商务区项目一期，该期建设占地面积42990平方米，建筑面积88380平方米，包括：风情商业街62780平方米，集中商业用房24000平方米，独栋商业楼1600平方米	17041	17038

序号	项目名称	中方业主	投资所在地	投资方式	建设内容	投资	
						总额	中方投资
18	四川吉安泰能源开发有限公司并购尼泊尔突迪电力有限公司股权	四川吉安泰能源开发有限公司	尼泊尔	并购	四川吉安泰能源开发有限公司收购由喜马拉雅基础设施基金有限公司持有的突迪电力有限公司80%的股份	450	450
19	麦可思数据(成都)股份有限公司投资美国麦可思公司技术咨询和服务	麦可思数据(成都)股份有限公司	美国	新建	麦可思数据（成都）股份有限公司拟通过在美国设立的全资子公司——麦可思公司，在美国主要开展商务信息咨询、教育咨询、网络技术和数据相关技术、技术转让等并提供相关的技术咨询和服务	100	100
20	成都众创互乐科技有限公司投资韩国Cyfun有限公司股权	成都众创互乐科技有限公司	韩国	并购	成都众创互乐科技有限公司拟对韩国Cyfun有限公司投资46.95万美元，其中5.6万美元收购韩国Cyfun有限公司70%股权，41.35万美元用于韩国Cyfun有限公司经营使用	46.95	46.95
21	四川科伦药业股份有限公司收购石四药集团有限公司部分股权	四川科伦药业股份有限公司	中国香港	并购	四川科伦药业股份有限公司拟通过其在香港设立的全资子公司——科伦国际发展有限公司通过公开市场和其他合法方式购买石四药集团有限公司部分股份，本次增持石四药集团有限公司股份不超过10%，增持后合计持股占比不超过15%且不少于10%，预计在两年内完成	9463	9463
22	成都龙渊网络科技有限公司收购雷亚控股有限公司部分股权	成都龙渊网络科技有限公司	英国	并购	成都龙渊网络科技有限公司拟通过其香港全资子公司——香港龙渊公司（LONG ENTERTAINMENT Company Limited）收购Rayark Holding Ltd.（以下简称：雷亚游戏）部分已发行股份并认购雷亚游戏新增股份，最终持有雷亚游戏全部已发行股份的5%	400	400

序号	项目名称	中方业主	投资所在地	投资方式	建设内容	投资	
						总额	中方投资
23	四川华青水电开发公司投资印度尼西亚棉兰思迪嘎朗1号水电站	四川华青水电开发公司	印度尼西亚	新建	四川华青水电开发公司拟通过与印度尼西亚巴谷司卡亚公司（PT. BAGUS KARYA）共同设立华青印尼能源有限责任公司作为开发项目的投资平台，收购印尼普拉达清洁能源有限责任公司55%的股权，并以股东借款的方式与该公司的另一股东阿思里跑尔公司（PT. Asripower）在印尼苏门答腊岛棉兰市共同建设装机容量为15MW的印尼棉兰思迪嘎朗1号水电站项目	4045.96	3902.96
24	成都华神集团股份有限公司三七通舒胶囊国际化(欧盟)药品注册合作研究	成都华神集团股份有限公司	德国	新建	成都华神集团股份有限公司通过与德国德亚凡有限两个公司的深入合作研究，旨在通过新药完整注册途径获得欧盟临床研究许可和欧盟生产许可，使得三七通舒胶囊获准进入欧洲市场。具体包括按欧盟注册技术要求完成三七通舒胶囊药学补充研究、非临床补充研究、临床研究和按欧盟cGMP的要求完成三七通舒胶囊生产线改造及认证工作、最终获得三七通舒胶囊的欧盟生产许可	3282.3	3282.3
25	新希望六和股份有限公司收购美国蓝星贸易集团有限公司部分股权	新希望六和股份有限公司	美国	收购	新希望六和股份有限公司拟通过在美国设立的全资子公司——新希望六和投资（美国）股份有限公司以增资扩股的方式收购美国蓝星贸易集团有限公司20%的股权	12750	12750

序号	项目名称	中方业主	投资所在地	投资方式	建设内容	投资	
						总额	中方投资
26	华西能源工业股份有限公司投资巴基斯坦1×150MW高效节能火电	华西能源工业股份有限公司	巴基斯坦	新建	华西能源工业股份有限公司拟通过其在香港设立的全资子公司——华西能源（香港）国际投资股份有限公司与Grange Holdings Limited、山东东岳国际经贸合作股份有限公司、澳大利亚Interlink Power Systems公司以及Albario Engineering公司共同持有巴基斯坦Grange Power Limited，并以其作为投资平台在巴基斯坦旁遮普省拉合尔市Arifwala镇建设巴基斯坦1×150MW高效节能火电项目	23400	17623.5
27	成都泛茂科技发展有限公司收购泛茂国际（香港）有限公司股权	成都泛茂科技发展有限公司	中国香港	并购	成都泛茂科技发展有限公司收购泛茂国际（香港）有限公司100%股权	1.93	1.93
28	成都聚美优品科技有限公司收购聚美香港有限公司股权	成都聚美优品科技有限公司	中国香港	并购	成都聚美优品科技有限公司收购聚美香港有限公司100%股权	0.0001	0.0001
29	四川星光源影视文化传播有限公司投资拍摄电影《马歇尔》	四川星光源影视文化传播有限公司	美国	新建	四川星光源影视文化传播有限公司拟与美国超级英雄电影公司在美国共同设立马歇尔控股公司（MARSHALL HOLDING，LLC），投资拍摄电影《马歇尔》，此片将在北美市场和国际院线发行	810.01	257.11

三、四川省国际产能合作的推动措施

（一）委省协同机制

为贯彻落实《国务院关于推进国际产能和装备制造合作的指导意见》，强化国家发展改革委和地方政府在推进国际产能和装备制造合作上的合力，四川省省长尹力与时任国家发展改革委主任徐绍史在北京签署协议，双方正式建立了推进国际产能和装备制造合作委省协同机制。2016年3月1日四川省政府与国家发展改革委在北京签署合作框架协议。合作协议确定，国家发展改革委和四川省将建立委省协同机制，促进中央地方联动，加强国家对四川省在国际产能和装备制造合作方面的宏观指导和统筹协调，支持四川省开展国际产能和装备制造合作，强化四川省在装备制造方面的优势，推动国际产能和装备制造合作成为四川省融入国家"一带一路"战略的重要切入点，进一步提升四川省开放水平，促进经济结构调整优化和产业转型升级。合作协议确定，国家发展改革委将积极支持四川省创建中西部地区国际产能和装备制造合作示范省，并在参与国家间多双边合作机制、建设境外产业集聚区、参与国家重大国际产能和装备制造合作项目、争取金融支持等方面进一步加大支持力度。四川省将把推进国际产能和装备制造合作作为对外经济工作的重中之重，在能源电力、轨道交通、电子信息、信息通信、冶金建材、食品饮料、轻工纺织、精细化工、航空航天装备、油气装备、农机装备、节能环保装备等领域，积极推动国际产能和装备制造合作。

2016 年 3 月 1 日，四川省政府与国家发展改革委在北京签署合作框架协议，建立推进国际产能和装备制造合作委省协同机制。省委副书记、省长尹力与国家发展改革委主任徐绍史，分别代表双方签署合作协议

（二）强力推进优势产业走出去

根据《国务院关于推进国际产能和装备制造合作的指导意见》要求，省发展改革委会同省经济和信息化委、省商务厅共同起草了《四川省推进国际产能和装备制造合作的实施方案》，2016 年 3 月 25 日，四川省政府第 114 次常务会议审议通过了该《实施方案》，以省政府名义正式印发。该《实施方案》由主要目标、重点合作领域、提升企业"走出去"能力、加强政府引导和服务、加大政策支持和保障力度五个部分组成，共计 26 条。提出要把推进国际产能和装备制造合作作为四川省对外经济工作的重中之重，力争到 2020 年，四川省参与国际产能和装备制造合作在全国的影响力进一步增强，形成一批有国际竞争力和市场开拓能力的骨干企业，一批产能和装备制造"走出去"项目取得实质性成效，形成若干境外产能合作示范基地。

在此基础上，四川省充分利用多边、双边区域合作形成的制度安排，鼓励和引导本省机械加工、电子信息、服装纺织、建材装饰、农机农资、现代农业等有比较优势的行业企业开展对外投资合作，重点利用现有设备和成熟技术建立境外生产基地，带动和扩大相关产品、技术、服务输出规模。组织省内重点外经企业积极承揽实施境外工程、对外投资项目，推进"制造、服务一体化走出去"。着力促进本省水泥、纺织、电力、钢铁、建材等行业过剩产能转移和缓解能源资源紧张矛盾，提升项目所在地的工业化水平。鼓励企业在境外开展高新技术合作，设立研发中心，获取先进技术和品牌。

（三）加强外经重点项目建设

四川省紧跟我国经济外交战略布局，确定 30 个对外承包工程和 20 个对外投资项目集中突破，支持企业参与前期规划和建设运营。重点跟踪已经在谈和在建的基础设施、矿产资源、房建、农业、电站开发、装备制造、能源综合利用等领域重大项目。推动本省外经企业参与"一带一路"沿线中新、孟中印缅、中巴等经济走廊建设，支持投资贸易和工程项目联动拓展市场、获取项目。指导开元、西林、海山集团等有条件的企业在俄罗斯、缅甸、老挝和安哥拉牵头筹建境外经贸合作园区。整合资本、项目、人脉资源，推进四川省对外投资合作企业联合会、老挝四川商会、四川驻非企业商会等对外投资合作商协会建设。

（四）四川优势产能国际合作推介会

2016 年 5 月 19 日，四川优势产能国际合作推介会在成都召开。该推介会旨在深入贯彻实施四川省委省政府关于四川融入"一带一路"建设的各项重大部署，推进四川产业开放发展，推动国际产能合作，促进四川企业积极参与"一带一路"建设，加强与沿线国家和地区的经贸交流合作。总体定位：一是以专业高端的智库建设为各级政府和企业决策服务，二是以国际经贸合作综合服务平台建设为企业参与"一带一路"提供全方位服务。办会理念和宗旨：以"开放包容、共建共享"为基本原则，广泛聚合各界力量和资源，建立地方性的民间国际经贸合作促进平台和智囊平台，积极实施国家"走出去"战略和"一带一路"规划，促进四川企业抱团开展国际投资、贸易和经济技术合作，推动四川融入"一带一路"。

（五）国际产能合作"111"工程

四川省将以"一带一路"为重点，启动实施国际产能合作"111"工程，即优选 10 个有发展优势和较好市场前景产业、瞄准 10 个重点境外合作区域，带动 100 亿美元的投资贸易合作。2016 年首批推动了 30 个重点国际产能合作示范项目、3 个境外经贸合作示范基地建设。

"十二五"期间，四川省外贸进出口规模突破 3000 亿美元，服务贸易占外贸比重提至 20%；到位外资累计突破 700 亿美元，审批外资企业超万家；对外投资企业突破 600 家，对外承包工程营业额保持全国前五。消费品市场规模每年迈上一个千亿元台阶，服务业比重首超 4 成。四川省确立了"十三五"两大目标：加快建设内陆开放战略高地，力争货物进出口年均增长 6%，服务进出口年均增长 8%，累计利用外资 400 亿美元，对外投资 100 亿美元。加快建设西部现代服务业强省，力争服务业增加值年均增长 8%；社会消费品零售总额年均增长 10%，到 2020 年达到 2.2 万亿元。为实现目标，四川省将实施"一带一路""251"行动、"加快发展现代服务业"行动、"流通转型升级"三大行动。

四、四川省国际产能合作的经验总结

四川省充分发挥区位优势，积极抢抓历史机遇，以国际大通道为依托，以重点开发开放试验区为先导，以重大战略项目为抓手，以创新体制机制为保障，大力实施开放合作，打造"一带一路"和长江经济带联动发展的战略纽带和核心腹地，加快建成内陆经济开放战略高地。重点抓好五个方面工作：

1）坚持"互联互通"优先，构建进出川大通道。着眼于四川参与全球竞争，坚持"畅通西向、突出南向、加强东向、联动北向"，着力打造空中丝绸之路，加快建设"十大铁路通道"和高速公路通道，提升中欧班列（成都）运营水平，促进多式联运，构建互联互通的亚欧铁路、公路、航空、水运物流网络，努力将内陆盆地由对外开放末梢转变为开放门户和枢纽。

2）加快发展开发开放试验区，打造全方位开放合作平台。大胆探索、先行先试，系统推进四川全面创新改革试验。着力推进天府新区、绵阳科技城、攀西试验区、成都国家自主创新示范区等优质平台建设，务实推进中韩、中德、中法、中新、中俄等境内外合作园区建设。完善对外交流平台，充分发挥中国西部国际博览会等重点平台作用，争创中国（成都）内陆自由贸易试验区，打造升级对外开放型口岸和海关特殊监管区域，促进大通关建设。

3）充分发挥产业优势，加强国际产能合作。以推进产业结构优化升级和转型为目标，着眼"一带一路"产业融合，推动境内外产业链对接整合，进一步提升四川的产业优势。一方面，积极发展外向型企业、产业、产品，有序承接高端产业转移，大力引进优质企业、优势产业，着力打造一批具有良好示范效应的产业合作园区。另一方面，鼓励支持四川省企业拓展海外市场，积极谋划一批重大国际产能合作项目，促进优势产业走出去、优势产能转出去、技术标准带出去，力争取得实质收获。

4）充分实施"走出去"战略，务实开展经贸人文交流。以更加开放的视野和胸怀，以改革的手段和法治的思维，提升"引进来"质量，加快"走出去"步伐。坚持贸易投资与产业互动、传统领域与新兴领域并重、货物贸易与服务贸易结合、劳动密集型与技术密集型出口兼顾，不断扩大开放领域，不断优化贸易结构，不断创新贸易发展方式，实现对外贸易投资提档升级。积极开展特色鲜明的文化、教育、旅游等方面的交流合作，促进对外经贸合作、推动经济发展。

5）创新合作协调机制，促进区域联动发展。良性合作需要完善的机制和平台作支撑，我们将加强国际双边多边合作，建立完善四川省参与"一带一路"建设的贸易合作机制，推动建立跨国别以及国家层面的区域合作机制、决策协商和议事机制、利益共享和争端协调机制，推动建立统一开放、竞争有序的市场体系，大力发展市场共同体，形成互联互通、优势互补、整体联动、利益共享的区域发展格局。

五、四川省国际产能合作的现存问题

1. 金融支持难以落实

国家提出金融机构要加大对国际产能和装备制造合作的融资支持力度，

但在实际操作中，企业普遍反映实施国际产能和装备制造合作的"走出去"项目在金融支持上未享受与普通境外投资项目更为优惠的政策。商业银行、政策性银行和开发性金融机构更偏向于对国有大中型企业实施的境外重大项目提供融资和保险支持，而对于作为参与国际产能合作的生力军——民营企业的金融支持略显不足，且对于民营企业提出了更为严格的贷款担保条件，影响了民营企业国际产能合作项目的实施。在华西能源工业股份有限公司投资巴基斯坦1×150MW高效节能火电项目中，中信保承保给该项目的二选一方案：方案一：95%的政治险及95%的违约险（购电合同及执行合同的违约），称为双95%方案；方案二：95%的政治险+50%的商业险。但以上两种方案，只能二选一，不可叠加。华西能源与国家开发银行四川省分行、工商银行四川省分行等金融机构协调项目贷款的进展，金融机构均同意中信保提出的二选一方案，但要求华西能源出具如下额外担保：一是自贡商业银行（华西能源是该行的大股东）出具全额、全时段（约11亿人民币、13年信贷），见索即付的人民币保函；二是华西能源作为上市企业须与银行签署担保协议，作全额、全时段连带责任担保；三是华西能源的大股东要作为自然人提供全额、全时段连带责任担保。华西能源认为担保条件过于苛刻，且会对公司的正常经营造成不利影响，目前华西能源正在与相关金融部门就融资担保事宜进一步沟通衔接。

2. 财税支持政策力度有待加强

从国家层面看，国家设立了支持国际产能合作的专项资金，但资金主要用于对我国具有重大战略意义、有利于巩固和发展多双边政治关系、基础设施互联互通、能够控制重要能源资源、可获取核心技术等方面的重点项目。而地方企业开展的多为一般商业性项目，导致绝大多数企业难以获取国家层面的资金支持。从地方层面看，大多数省级财政未能设立支持企业开展国际产能合作的专项资金。许多国际产能合作项目前期工作时间长、投入大、不确定因素多，且部分企业在国内还面临自身转型升级的压力。特别是存在过剩产能的行业，企业往往经营困难，虽有强烈的"走出去"意愿，但在面临较大资金压力和没有财税政策支持的情况下，导致许多可行性较高的项目无法实施。

3.地方企业参与国家实施的重大项目难度较大

国家推动实施的重大项目在金融支持、资金支持、协调机制、风险保障等诸多方面都有着普通项目无法比拟的优势。但这类项目往往由央企、国企主导实施，地方企业参与的难度较大。主要原因包括以下几个方面：一是地方企业自身在资金、技术等方面的实力不足，导致了难以承担和参与重大项目；二是缺乏有效的信息渠道，导致地方企业难以及时获取国家推动实施重大项目的相关信息；三是在同等条件下，地方企业特别是民营企业难以享受与央企和国企同等金融财政支持，加大了企业实施项目的投资成本。

六、四川省国际产能合作的下一步安排

1.切实发挥委省协同机制的作用

根据《国家发展和改革委员会 四川省人民政府关于建立推进国际产能和装备制造合作委省协同机制的合作框架协议》的相关内容，优先支持四川省开展国际产能和装备制造合作，促进四川省经济结构调整优化和产业转型升级，打造中西部地区国际产能和装备制造合作示范省。协调推动四川省企业在沙特、塞内加尔、苏丹、老挝、俄罗斯等国的首批产能合作项目。支持四川企业积极参与国家重大国际产能合作项目以及铁路、电力等重大装备"走出去"建设项目，并将在建设多双边合作机制、制定重点国别规划、设立股权投资基金、建设境外产业集聚区等工作中对四川省予以支持。

2.努力落实金融支持政策

与相关金融机构加大沟通衔接力度，协调相关金融机构优先为国际产能和装备制造合作项目提供融资支持。特别是针对部分实力较强、信誉较好的民营企业，协调相关金融机构通过优化贷款审批流程、降低贷款门槛、减少附加条件等方式为切实可行且经济效益前景较好的国际产能和装备制造合作项目提供金融支持，帮助民营企业在国际产能和装备制造合作中发挥更大的作用。

3. 完善重点项目库管理

对纳入国际产能合作重点项目库的项目予以重点支持，及时帮助项目实施单位协调解决重大问题，特别是加大与金融机构的协调力度，在商业风险可控的前提下优先为列入项目库的项目提供贷款担保支持，促成项目尽快落地。此外，对重点项目库实行动态更新，及时汇总地方政府、企业、金融机构、行业协会等各个渠道的项目信息，充实和完善国际产能合作项目库。

第三节　贵州省国际产能合作

一、贵州省国际产能合作的产业基础

（一）能源及资源深加工产业

贵州省河网密度高，自然落差大，水能资源理论蕴藏量达 1874 万千瓦，居全国第 6 位，可开发量为 1683 万千瓦。贵州省素以"西南煤海"著称，全省潜在资源量 2400 余亿吨，保有资源储量逾 500 亿吨，列全国第 5 位，是南方 12 个省（区、市）煤炭资源储量的总和。贵州矿产资源种类多、储量大，有 41 种矿产资源储量排名全国前 10 位。其中，稀土矿资源储量 149.79 万吨，占全国总量的 47.93%，居全国第 2 位；磷矿资源储量 27.73 亿吨，占全国总量的 15.85%，居全国第 3 位；锰矿保有资源储量 9882.49 万吨，锑矿保有资源储量 26.72 万吨，铝土矿资源储量 5.13 亿吨，分别占全国总量的 10.07%、8.07% 和 16.30%，锰矿储量居全国第 3 位，锑和铝土矿居全国第 4 位；重晶石保有资源储量 1.26 亿吨，占全国总量的 30.65%，居全国第 1 位。丰富的矿产资源为贵州发展以铝、金为主的冶金工业，以磷、重晶石为重点的化学工业和以水泥为代表的建材工业等，提供了充足的资源保障。

（二）装备制造业

贵州省发挥国防科技工业优势，鼓励地方科研单位和军工科研院所合作，促进军工、民用技术双向转化和科研机构资源共享，发展壮大军民结合产业，推动军工经济与地方经济融合发展。大力发展航空航天装备、汽车及零部件、能矿产业装备和工程机械。巩固壮大精密数控装备和关键基础件、新型电子元器件和电力装备、铁路车辆及备件等产业。

（三）特色轻工业

贵州省利用赤水河流域资源和技术优势，适度发展名优白酒，确保产品质量，维护品牌声誉，推动建设全国重要的白酒生产基地。努力提高茶叶加工能力和水平，提升黔茶知名度和市场竞争力。积极推进中药现代化，大力发展中成药和民族药。做强做优特色食品工业，培育一批龙头企业，打造一批知名品牌。

二、贵州省国际产能合作的初步成果

2015 年，贵州省对外经济技术合作累计完成额为 80904.8 万美元，同比增长 34.5%。其中对外承包工程累计完成营业额为 67756 万美元，同比增长 35.2%；贵州省对外直接投资额为 13148.82 万美元，同比增长 30.3%；累计派出各类劳务人员 6733 人。

对外投资方面，2016 年 15 家企业通过备案在 12 个国家设立境外公司（机构），投资涉及农业、跨境电子商务、房地产开发、建筑、机电、矿业、国际贸易、餐饮等领域，贵州方累计备案协议投资额为 18493.9 万美元（约合 12 亿人民币），同比下降 63.5%；当年全省对外直接投资净额为 13148.8 万美元（约合 8.53 亿人民币），同比增长 30.3%。对外承包工程方面，去年累计新签约合同额为 57608 万美元，同比下降 6.8%；累计完成营业额为 67756 万美元，同比增长 35.2%，项目遍及 49 个国家和地区。

2016 年 1 月，贵州省对外经济技术合作累计完成额为 15292.05 万美元，同比增长 6.82%。其中对外承包工程累计完成营业额为 14733.85 万美元，同比增长 2.92%；对外直接投资净额为 558.20 万美元。

根据商务部最新公布的《2016 年 1 月非金融类对外直接投资、对外承包工程、对外劳务合作业务全国省市区统计数据排名》，2016 年 1 月贵州省非金融类对外直接投资额从 2015 年当期的 32 名上升到全国的第 29 名；对外承包工程累计完成营业额由 2015 年当期的第 17 名跃居进入全国的第 12 名；累计派出各类劳务人员数量从 2015 年当期的第 22 名上升到全国的第 17 名。

2016 年前 6 个月全省对外经济技术合作累计完成额为 55800.90 万美元，同比增长 41.8%。其中对外承包工程累计完成营业额为 45447.59 万美元，同比增长 20.8%；贵州省对外直接投资净额为 10353.31 万美元，同比增长 503.3%。上半年完成全年目标任务的 58.1%。

在境外投资方面。通过备案，水城县鑫新炭素有限责任公司、贵州易鲸捷信息技术有限公司等 9 家公司分别在中国香港、美国、德国等 6 个国家和地区设立 10 家境外投资公司，中方备案协议投资额为 5863.16 万美元，同比下降 57.68%。对外承包工程方面，前 6 个月累计新签约合同额为 9160.81 万美元，同比增长 81.9%；累计完成营业额为 45447.59 万美元，同比增长 20.8%，项目遍及 34 个国家和地区。对外劳务合作方面，累计派出各类劳务人员 2039 人，其中，工程项下累计派出劳务人员 2024 人。

2008 年以来贵州省对外直接投资存量稳步上升，在 2013 年出现了流量较大的增长。

第四节　云南省国际产能合作

一、云南省国际产能合作的产业基础

（一）生物产业

多样性的气候和环境，造就了云南多样性的生物资源，高等动物、植物和花卉的种类均占我国的一半左右，是中国最重要的生物资源宝库，号称"植物王国""动物王国""花卉之乡""药材之乡"和"生物资源基因库"。经过多年的培育发展，已经形成一批规模化的资源基地和加工产业，生物产业培育成为云南重要支柱产业有较好的基础条件。

（二）能源产业

云南水能资源经济可开发装机容量 0.98 亿千瓦，占全国可开发量的 25%。煤炭保有储量居西部第三位，具有储量多、煤种全的特点，极具深加工价值。太阳能日照时间长、辐射强度高、四季分布均匀，年接受到的辐射能量约相当于 730 亿吨标准煤，优势明显。风能资源储量可观。目前，全国五大电力公司云集云南，民间资本纷纷进入，能源开发已全面铺开。

（三）新兴清洁载能产业

云南具有丰富的水能和矿产资源，与东南亚接壤，可充分利用周边国家能源和矿产资源的区位优势，多年培育发展的一批龙头企业，成功开发应用了节能降耗的先进技术，使云南具备了发展清洁载能产业的基础条件。

二、云南省国际产能合作的初步成果

2016 年上半年，云南省对外投资地区集中度较高，1~6 月，全省对外直接投资九成以上流向亚洲地区。其中，对中国香港投资 3.62 亿美元，是 2015 年同期投资额的 4 倍，占到全省对外投资额一半以上。

2016 年上半年，云南省新批境外投资企业 50 家，对外实际投资 7.66 亿美元，同比增长 34.68%。2005 年至 2016 年 6 月底，云南省境外投资企业（机构）已达 621 家，对外实际投资累计达 65.5 亿美元；对外直接投资覆盖国民经济 20 个行业大类中的 15 个，投资行业渐显多元化。其中，新设对外投资企业分布在 13 个行业大类中，从传统的农业、矿业向各类服务业、房地产业、文化产业等领域转移。从行业布局看，对外实际投资在租赁和商务服务业、科学研究和技术服务业等服务业领域实现较高速度的增长，行业布局日趋合理。与此同时，国有企业表现突出，上半年国有企业新设对外投资企业 8 家，去年同期仅 2 家；国有企业对外直接投资额为 3.86 亿美元，比去年同期增长 57.74%。

2006 年以来云南省对外直接投资存量稳步上升，投资流量在 2012 年开始出现了较大的增长。

三、云南省国际产能合作的推动措施

云南把推进国际产能和装备制造合作作为增强国际经济竞争力的重要内容和参与"一带一路"建设的重要支撑，通过与国家部委建设协同机制、与周边国家建立对话协调机制、开展与有关国家的产能合作示范等方式，予以积极推进。

（一）委省协调

为贯彻落实《国务院关于推进国际产能和装备制造合作的指导意见》，2015 年 12 月 17 日，云南省政府与国家发展改革委在北京签署协议，建立推进国际产能和装备制造合作委省协同机制。双方商定，国家发展改革委将在建设多双边合作机制、制定国际产能合作重点国别规划、争取金融机构融资支持、设立国际产能合作股权投资基金等工作中对云南省予以支持。云南省将围绕电力行业、装备制造、冶金、化工建材、轻工、物流等重点领域和南亚、东南亚、北美、非洲及中东欧国家等重点区域，制定扶持激励政策，建立动态更新的重点项目库，积极推动本省企业开展国际产能和装备制造合作。

2015 年 12 月 17 日，国家发展改革委主任徐绍史与云南省省长陈豪在北京签署协议，建立推进国际产能和装备制造合作委省协同机制

（二）重点领域深度对接

近年来，云南省主动开展与老挝、缅甸、越南、孟加拉国、泰国等国家的产能合作，取得了积极成效。特别是与老挝在钢铁、水泥、农业林、旅游地产、矿产开发、经济合作区等产业领域进行深度对接，对本省优势产能开拓国际市场形成了良好示范效应。2015 年，云南省投向老挝项目 10 个，中方投资额 18.62 亿美元，位列投资国别第一位。

（三）发展对外开放平台

2015 年，国务院批准设立云南滇中新区、云南勐腊（磨憨）重点开发开放试验区及昆明综合保税区；中老两国已正式签署《中老磨憨—磨丁经济合作区建设共同总体方案》，2016 年 3 月国务院正式批准设立中老磨憨 - 磨丁经济合作区。云南正在加强组织领导，明确责任主体，完善工作机制，加大支持力度，努力把经济合作区打造成为中老两国政府共同推进"一带一路"建设的重要载体和平台，我国面向南亚东南亚辐射中心的重要支点和睦邻安邻富邻示范引领区；中越河口—老街跨境经济合作区《共同总体方案》编制工作重新启动，跨合区中方园区项目启动建设；瑞丽国家重点开发开放试验区、临沧边境经济合作区积极承接国际国内产业转移，形成开放合作的亮点平台和示范；云南沿边金融综合改革试验区不断深化，金融开放水平不断增强。

（四）多边合作机制日益完善

近年来，云南省在中央的指导和支持下，倡导建立了孟中印缅地区经济合作论坛，积极参与了大湄公河次区域经济合作，并先后与泰国、老挝、越南、缅甸、印度、马尔代夫等建立了双边合作机制，并积极推动各项多双边机制不断取得实效。

当前，云南正在积极服务澜沧江—湄公河合作机制。作为中国推动南南合作的新实践，让澜湄各方好上加好、亲上加亲，既是各国人民的共同心愿，更是云南义不容辞的责任与担当。云南与澜湄合作各方地缘相近、人缘相亲，"胞波"情谊深厚，经贸合作人文交往条件得天独厚。我们将齐心协力共谋合作、共促发展，建立澜湄边境地区经济区和产业园区、投资区和交通网，加强在基础设施、工程机械、电力、建材、通信等领域的合作，为打造团结互助、平等协商、互利互惠、合作共赢的澜湄国家命运共同体贡献出云南力量。

（五）南博会

在众多的区域交流合作平台中，云南最具亮点和吸引力、最有成效和影响力的，当属由商务部和云南省人民政府共同主办的中国—南亚博览会暨中国昆明进出口商品交易会。作为云南努力建设面向南亚东南亚辐射中心的重要举措，南博会自 2013 年起已连续成功举办了四届。

前三届南博会共有包括 18 位外国政要和 174 位外国省部级高级官员在内的约 1250 位外国贵宾出席；有包括美国通用、以色列化工、印度塔塔集团和印孚瑟斯集团等在内的共约 100 家世界 500 强和国内外知名企业参展，累计有接近 150 万人次进场参观。南博会在促进我国与南亚、东南亚乃至泛印度洋地区国家间的多边外交、经贸合作和人文交流方面发挥着越来越重要的作用，并被我国政府列为"一带一路"建设重点培育的大型国际展会。2016 年 6 月 12 日，第 4 届中国—南亚博览会暨第 24 届中国昆明进出口商品交易会在昆明滇池国际会展中心隆重开幕。本届博览会以"亲诚惠容、合作共赢"为主题，以"促进中国—南亚全面合作与发展"为宗旨，会期 6 天，共 89 个国家和地区、国内 29 个省（区、市）和 5000 余家企业参展参会。

第五节　西藏自治区国际产能合作

一、西藏自治区国际产能合作的产业基础

西藏是中国五大牧区之一，拥有丰富的牦牛资源。西藏高原之宝牦牛乳业有限公司瞄准高端市场，运用现代生物技术，打造纯净无污染牛奶，已在北京、成都等大城市抢占了一席之地。

2012 年，西藏外贸进出口总值突破 30 亿美元大关，增幅居全国第一。拉

萨海关分析认为，对外贸易的迅猛增长，主要得益于西藏特色优势产业和民族手工业等快速发展。培育特色优势产业是西藏转变经济发展方式的重要途径。近年来，西藏建立了一系列有利于特色经济发展壮大的政策和机制，并相继组建了藏药、旅游、矿业等九大特色优势产业集团，使西藏特色产业步入发展的快车道，越来越多的西藏品牌正被国内外广大消费者所熟知和认可。

二、西藏自治区国际产能合作的初步成果

2003 年前，西藏地区企业对外投资规模总量相对稳定，总体水平相对较低；2003 年之后，西藏地区企业开始纷纷寻求海外发展机会，对外投资步入高速增长轨道。2003~2006 年期间，西藏地区企业对外直接投资保持每年翻一番的速度增长势头，进入到 2007 年后，对外投资增速出现明显放缓态势，但是总体上依然是正增长。2012 年，欧债危机影响不断蔓延和扩大，国际市场风险系数陡然升高，在这种复杂经济发展形势下，2014 年，西藏地区企业对外直接投资依然攀升到了历史高位 142.3 亿美元，同比上年增长 18.3%。过去十年来西藏地区企业对外直接投资保持了连年高速增长势头，2002~2014 年期间平均增速超过 30%。其次，对外直接投资范围不断延伸扩大。从目前西藏地区企业海外投资分布来看，投资领域覆盖了多个行业和领域，几乎三种产业都有涉及，只是不同产业投资比重有所不同。

2014 年，除了矿产资源、水利工程、环境保护和公用事业之外，其他领域对外直接投资都有大幅增长。2014 年，西藏地区企业对外直接投资产业新增加科学研究、技术服务和地质勘探，总投资额 1.8 亿美元；其中建筑工程领域 10.5 亿美元，比上年增长 97%；农、林、牧、渔业 5.6 亿美元，比上年增长 83.1%；金融业 51.4 亿美元，比上年增长 65.8%；IT 和信息业 6.2 亿美元，比上年增长 59.8%；零售业 31.1 亿美元，比上年增长 26.5%。

另外，西藏对外直接投资区域聚集度不断提高。以 2014 年为例，西藏企业对外直接投资区域呈现日益聚集态势，其中亚洲、北美洲是西藏地区企业对外直接投资增速最快的区域，其他地区投资总量增速明显下降。2014 年西藏地区企业在亚洲地区投资规模为 87.8 亿美元，比上年增长 42.4%，主要分

布在越南、泰国、缅甸、新加坡、马来西亚和中国香港等国家和地区，这是因为西藏地区企业与这些国家和地区有十分接近的文化背景和风俗习惯，投资企业与地方企业之间交流障碍更少，有效提高了投资效率。西藏地区企业在北美洲地区对外直接投资总量为 12.4 亿美元，比上年增长 96.8%，主要投资分布在美国、加拿大、墨西哥等国家。虽然在北美洲地区投资增速最高，但是从总量来看其依然处于较低水平，这是因为西藏地区企业对北美市场环境和地方法律、技术和风俗习惯不了解，海外投资受到诸多客观因素限制，导致该地区投资总量有限，因此，今后西藏地区企业要加深对北美洲等陌生市场环境的熟悉和了解，做到"知己知彼，百战不殆"，只有这样才能够顺利实现海外发展战略目标。最后，对外直接投资主体日益多元化。这几年来，随着西藏地区经济高速平稳发展，对外直接投资主体数量不断增加、种类日益多样化，投资主体逐渐从原来的以国有大型企业为主向多种经济成分发展。一方面，西藏地区企业对外直接投资性质也发生了明显变化，逐渐从原来的出口贸易业务向多种经营领域发展，投资品种和领域数量明显增加。在对外直接投资主体当中，西藏地区涌现了一批优秀民营企业，通过大胆创新和努力突破，在海外投资中获得了巨大成功。另一方面，对外直接投资主体性质也逐渐向多元化方向发展。

第十二章
西北地区各省、自治区国际产能合作

第一节　陕西省国际产能合作

一、陕西省国际产能合作的产业基础

"十二五"期间，陕西省加速打造的重点支柱产业是：化工产业、汽车产业、电子信息产业、航空航天产业、新材料产业。这些支柱产业都是依靠高科技发展的高成长性产业，潜力巨大。

汽车产业是陕西省重点打造的一大支柱产业。陕西省紧紧抓住新能源汽车的发展机遇，龙头企业陕汽集团和比亚迪加大新能源汽车的研发力度，节能与新能源汽车研发生产保持国内领先。陕汽天然气重卡产销全年可达 1.5 万辆，国内市场占有率达 45% 以上。比亚迪"秦"新能源汽车全年产销 1.4 万辆，占全国新能源汽车市场份额 30% 以上，占插电式混合动力汽车 90% 以上。陕西省制定出台节能与新能源汽车重点产品推广销售奖励补贴办法，紧紧抓住西安列入国家新能源汽车试点城市机遇，落实各项优惠政策，加大推广力度。另外，扩大甲醇汽车试点，西安市 20 辆甲醇出租车开始运行，宝鸡市扩大试点范围达到 100 辆规模，汉中和咸阳两市启动运行。这一切为新能源汽车在陕西省的发展奠定了坚实的基础。

新材料的开发应用关系到整体工业水平的提升。陕西省新材料产业不断加快科技成果产业化，使新材料行业新产品不断涌现。西北有色金属研究院贵金属催化剂、诺博尔核反应堆用控制棒等扩能技改项目先期投产；华银科技钒氮合金项目初步建成。新型建材和无机非金属新材料研发生产进度加快，

碳化硅、锑锌镉等新型晶体材料生产实现突破。

为了加快煤炭深度转化，谋求化工产业发展的重大突破，陕西省狠抓一批新项目建设，截至 2015 年年初，延长靖边 33 万吨油煤共炼、安源 45 万吨全馏分加氢、榆横 15 万吨合成气制油等 6 个煤制油项目建成投产，油品产能翻两番，达到 188 万吨。煤制烯烃产业链加快延伸，延长靖边基地、陕煤蒲城基地、中煤榆横等 3 个大型煤制烯烃项目建成投产，产能从无到有达到 250 万吨。西橡子午线轮胎、延长氟化工等多个精细化工项目竣工，精细化工产品年产值可突破 30 亿元。

为了使汽车支柱产业加速形成，陕西省突出抓好一系列重大项目建设。千亿陕汽整体提升及 20 万辆重卡能力建设项目进展顺利；比亚迪二工厂 30 万辆轿车及新能源汽车基地项目建成投产；宝鸡吉利汽车发动机项目在宝鸡高新区科技新城开工，陕西泰华物流产业园项目同时启动。宝鸡吉利汽车发动机项目总投资 70 亿元，规划年产 1.5TD 发动机 72 万台，其中项目一期建设年产 36 万台发动机，项目预计 2018 年建成投产；中国兵器工业集团公司6000 辆房车项目已报国家核准；华晨金杯西北汽车产业园项目建设加紧进行。陕西省制定出台"千亿陕汽"配套产业实施方案，抓好内饰件、动力总成、汽车电子电器等 47 个重点配套项目建设，打造信息、创新、融资和人才培养四大平台，为配套企业提供综合服务。

同时，发挥国家项目带动作用，陕西省航空航天产业内的新产品研发和制造成果喜人。到 2015 年年初，陕西省形成了西安阎良国家航空高技术产业基地、西安国家民用航天产业基地、西安兵器工业科技产业基地、西安船舶科技产业园、汉中航空产业园、渭南蒲城通用航空产业园六大军民结合产业基地。同时，航空航天领域重点产品研发和生产进展顺利，新舟 60 客机累计交付 100 架，实现海外首销；新舟 700 飞机各项研制工作进展顺利，截至2015 年年初，项目公司已完成挂牌各项准备工作；西飞公司交付 C919 大型客机首架中机身、外翼盒；大型运输机各项研制工作进展顺利，2014 年 11 月在珠海航展惊艳亮相。国家级北斗卫星导航应用示范项目启动建设，北斗导航产业迎来重大发展机遇。

二、陕西省国际产能合作的初步成果

2015 年，面对复杂多变的国内外形势，陕西省"走出去"业务主要指标再创新高，有力支撑了"一带一路"建设和国际产能合作。2015 年陕西省对外承包工程完成营业额、新签合同额两项指标均创历史新高。其中完成营业额达到 22.04 亿美元，同比增长 23.3%；新签合同额达到 32.89 亿美元，同比增长 181.4%。全省对外承包工程完成营业额从 2010 年的 8.1 亿美元，增长到 2015 年的 22.04 亿美元，年均增长 22.16%。

三、陕西省国际产能合作的推动措施

（一）委省协调

为贯彻落实《国务院关于推进国际产能和装备制造合作的指导意见》，2016 年 3 月 3 日，陕西省政府和国家发展改革委签署合作协议，建立推进国际产能和装备制造合作委省协同机制。双方商定，通过建立委省协同机制，明确各自工作职责，促进中央部门与地方联动，积极支持陕西省开展国际产能和装备制造合作，进一步提高陕西省开放水平，推进陕西省经济结构调整和产业转型升级。陕西省政府确定能源化工、建材、有色、轻纺、电力、通信、航天航空、工程机械、汽车、农畜产品深加工等重点领域，中亚、西亚、东南亚等"一带一路"沿线国家和拉美、非洲及中东欧国家等重点区域，引导市场主体积极参与产能国际合作，带动省内装备制造和设备"走出去"。国家发展改革委支持陕西企业积极参与国家重大国际产能合作项目以及铁路、电力等重大装备"走出去"建设项目，将在建设多双边合作机制、制定重点国别规划、设立股权投资基金等工作中对陕西省予以支持。

2016 年 3 月 3 日，国家发展改革委主任徐绍史与陕西省省长娄勤俭签署合作协议，建立推进国际产能和装备制造合作委省协同机制

（二）依托核心技术推动优势产能"走出去"

"一带一路"战略实施三年来，陕西依托核心技术，不少知名企业和优势产能"走出去"步伐加快，产业链不断延伸至丝路沿线国家和地区。据陕西省商务厅数据显示，截至 2015 年年底，陕西省共有 239 个境内主体设立了 355 家境外企业和境外机构，累计对外投资总额 31 亿美元。2016 年一季度，陕西与"一带一路"沿线国家进出口总值达到 63.6 亿元人民币，增长 9.54%。其中出口 51.3 亿元，增长 35%。

先谋后事者昌，先事后谋者亡。早在 2014 年，陕汽就紧抓"一带一路"国家战略提供的发展机遇，聚焦千亿目标，力推转型升级，在行业下滑的不利背景下，创新求变，锐意进取，销售收入突破 400 亿元，同比增长 17.6%，利润增幅达到 46.77%，市场占有率同比提升 1.1 个百分点，企业发展质量和经营效益迈上了新台阶。作为重卡行业乃至汽车行业第一个分享"一带一路"战略红利的企业，陕汽重卡在地缘优势之外得益于产品线的完善，在自卸车、牵引车、天然气重卡、载货车等领域，陕汽都取得了令人瞩目的成绩。

作为同行业的佼佼者，法士特在推动优势产能"走出去"方面底气十足。以东盟市场为着力点的泰国公司于 2014 年 10 月开工投产，泰国公司的建成投产，意味着法士特的海外战略已经从产品出口，升级到技术和品牌出口。如今该企业泰国公司已经实现出口 5000 台变速器的目标，走出了企业高端化、多元化、国际化发展的重要一步。随着陕西对外开放度的不断加大，结合"一带一路"战略，法士特进一步推进供给侧结构改革，加快企业国际化发展进程，努力把产业链延伸到"一带一路"沿线国家。法士特把泰国公司定位在东盟四国，起到一个辐射作用。依托核心技术和创新优势，法士特不断加大新技术和新产品开发力度。截至 2016 年 9 月，已拥有核心技术专利 496 项，成为陕西省新型研发、国际化发展的典型企业。

以往拓展海外市场的陕企主要以装备制造和能源化工为主，如今，像西安爱菊粮油工业集团有限公司这样的粮油企业也踏上了走向海外的征程。2016 年 3 月底，首个"长安号"回程班列载着 86 个集装箱归来，里面正是运载着爱菊集团从哈萨克斯坦采购的 2000 吨初榨油，这也是中亚国家首次通过陆运向中国内地城市出口大宗商品。实际上，爱菊集团之前已确定在哈萨克斯坦投建粮油生产基地。依照陕西省政府的规划意向，爱菊集团上述基地将扩展成工业园区，园区可带领更多陕西企业布局丝路沿线。

"海外陕西"建设步伐加快表明陕企"走出去"意识愈加强烈，并初见成效，这给陕西、给西安带来了新的经济增长点和投资机遇。随着"一带一路"战略深入推进，陕西也将更加积极融入发展战略，大力发展对外贸易，鼓励本省企业"走出去"，扩大对外投资规模和领域。

（三）加强与沿线国家交流共享合作成果

在 2015 年，陕西省政府出台了《关于促进省级以上经济技术开发区转型升级创新发展的指导意见》，提出抢抓"一带一路"建设新机遇，支持陕西省有实力的经济开发区与丝绸之路沿线国家和企业联合创办能源化工、电子信息等领域的产业园区。该《意见》提出陕西省将支持有实力的经济技术开发区与丝绸之路沿线国家和企业联合创办能源化工、电子信息、装备制造、有色冶金、食品、纺织等领域的产业园区；支持符合条件的经开区申报设立海关特殊监管区域；依托国家级经开区和海关特殊监管区域，积极开展自贸区实践，争取国家金融外汇改革政策试点；推动经开区与发达国家开展中外合作生态园、创新园建设，提高发展质量和水平。

（四）发挥优势向更深更广领域推进

陕西能源资源丰富，科技实力雄厚，铁路、公路、航空四通八达，这些都与"一带一路"沿线国家发展经济有着很强的共通性，特别是在矿产资源勘探方面与中亚国家的需求很吻合。

2016年4月21日，国家发展改革委、外交部、商务部联合发布《推动共建丝绸之路经济带和21世纪海上丝绸之路的愿景与行动》，能源基础设施的互联互通合作被列入重点合作领域。针对沿线各国的相互投资，《愿景与行动》提出要积极拓展投资领域，加大煤炭、油气、金属矿产等传统能源资源勘探开发合作，积极推动水电、核电、风电、太阳能等清洁、可再生能源合作，推进能源资源就地就近加工转化合作，形成能源资源合作上下游一体化产业链。加强能源资源深加工技术、装备与工程服务合作。此外，在新兴产业合作上，新能源、新材料等被列入深入合作的重点领域并希望推动建立创业投资合作机制。

陕煤化集团作为传统的煤炭企业，积极探索转型实现海外发展，大胆"走出去"。六年的国际化布局，让这家企业将践行"一带一路"战略与自身转型紧密结合在一起。据了解，目前陕煤化集团已经在吉尔吉斯斯坦、阿根廷、澳大利亚3个国家投资三个大型项目，累计投资6.5亿美元。其中，2014年12月建成投产的吉尔吉斯斯坦中大石油炼油项目，是该国规模最大的炼油项目，也是陕西对外投资额最大的首个建成投产项目。

从2007年开始，陕西延长石油集团也大踏步走出国门，将视野投向全球，加快海外区块合作风险勘探与中小型在产油田并购，将拓展的触角延伸到了非洲马达加斯加、中非，东南亚泰国，中亚吉尔吉斯斯坦，北美、澳大利亚等海外区域。2012年，延长石油在吉尔吉斯斯坦获得工业油流，收获了海外"第一桶油"。2014年1月，成功收购加拿大Novus能源公司年产25万吨的油气田，当年实现收入10亿元、利润1.2亿元；与全球知名基金公司美国KKR合作设立了延长KKR基金全球能源基金，开辟了与国际大财团共同进行油气资源股权投资和并购的新路子。延长石油还与哈萨克斯坦就几个油气和煤炭资源区块开发进行了商谈，与乌兹别克斯坦、土库曼斯坦等其他中亚国家的接洽合作事宜也正在进行中。

国际产能合作是产业的输出，也是能力的输出。随着本土企业"走出去"战略的不断实施，陕西目前已经拥有了延长石油和陕西煤化工集团两家世界五百强"陕西制造"品牌企业。近年来，汽车、电子信息、航空航天、文化、新材料、新医药等产业发展迅猛，成为新的支柱产业，形成多点支撑、多元带动的产业新格局，也将为陕西与丝路沿线国家产业合作提供新方向。

第二节　甘肃省国际产能合作

一、甘肃省国际产能合作的产业基础

甘肃省委、省政府出台的《关于加快优势产业链培育发展的指导意见》中明确提出，甘肃省将实施"371"优势产业链培育发展行动，即到 2020 年，形成 3 条百亿元产业链、7 条千亿元产业链，10 大产业链总产值达到 1 万亿元。其中，7 条产业链具体包括：

1）甘肃省将依托石化产业优势，发展合成材料及精细化工产业链。发挥石油化工产业基础优势，以兰州石化、庆阳石化为依托，在异构化等关键技术和产品方面实现突破，提高油品质量，做大做强石化产业基础。通过技术创新和新产品开发，发展新型高分子材料等精细化工，延伸拓展产业发展领域，打造千亿元石化合成材料及精细化产业链。

2）以兰州、白银地区骨干企业为重点，提升发展氯碱化工、氟化工等产业，依靠技术创新和引进，延伸发展水性树脂等新型化工材料及水性涂料等环保材料，打造千亿元新型化工材料产业链。

3）依托金川集团、酒钢集团、白银有色集团等骨干企业，发挥资源和铜铝冶炼加工优势，进一步提高冶炼加工技术水平，引进承接一批高端铜铝及合金加工项目，向高端合金和深加工产品延伸发展，形成千亿元铜铝合金及深加工产业链。

4）围绕金昌新材料国家高技术产业基地和兰州金川科技园建设，加大产品结构调整，重点发展锂离子电池正极材料及下游动力电池产业，及镍钴高纯金属、高性能合金等新材料，打造千亿元镍钴新材料及二次电池材料产业链。

5）依托兰石集团等装备制造企业，发挥石油钻采、炼化装备方面的产业技术优势，重点发展深部钻采和海洋钻采设备，利用风光电资源优势和产业基础，推进风光电等新能源装备集成化、成套化、规模化发展，积极发展核电配套装备，打造千亿元能源装备产业链。

6）以高档机床、智能电工电器、自控仪器装备等制造业为重点，依靠技术创新和智能化改造，提高关键零部件制造和装备整机的数控化、智能化水平，形成一批自动化、智能化高端装备产品，打造千亿元智能装备产业链。

7）按照产业融合发展的要求，打造具有全国影响、地域特色鲜明的绿色生态农产品加工生产基地，强化品牌建设，提升特色农产品整体竞争力，打造千亿元绿色农产品生产加工产业链。

二、甘肃省国际产能合作的初步成果

"十二五"期间，甘肃全力扩大向西开放，对外直接投资实现27.23亿美元，是"十一五"的3.9倍；对外承包工程实现营业额13.57亿美元，是"十一五"的1.4倍；境外派出各类劳务人员12608人，比"十一五"增加了181.60%；累计执行国际多边、双边无偿援助项目43项计2421万美元。总体上呈现出快速推进、定向加力、精准创新、向西开放、重点突破等五个关键词链接下的五大发展亮点。

同时，甘肃省通过构建开放型经济新体制、转变外贸发展方式、培育外贸竞争新优势、提高对外贸易便利化水平、加大金融支持力度、发挥省级联系机制等系列政策措施，累计实现进出口总额461.81亿美元，与"十一五"265.45亿美元比，增加了196.36亿美元。2013年进出口总额突破100亿美元大关及2014年实现贸易顺差，均表明甘肃省对外贸易进入新阶段。2015年甘肃省全年电子商务交易额将达到1500亿元，比"十一五"末增长了3倍多。酒泉、陇南、兰州新区相继成为国家电子商务示范基地表明甘肃电子商务迎来发展新高潮。在未来电子商务的发展过程中，一要深化市场体系建设，加快突破流通领域关键环节改革。二要深化对外开放平台建设，加快放大开放型经济新亮点。三要聚焦市场需求变化，加快培植消费市场新热点。四要聚焦陇原文化及产业特色，加快催生新的商贸增长点。

三、甘肃省国际产能合作的推动措施

（一）委省协调

为贯彻落实《国务院关于推进国际产能和装备制造合作的指导意见》，2015 年 12 月 18 日，甘肃省政府和国家发展改革委签署协议，建立推进国际产能和装备制造合作委省协同机制。双方商定，首批将重点推动金川集团、白银有色集团、酒钢集团、八冶建设集团等甘肃省重点企业在塔吉克斯坦、吉尔吉斯斯坦、印度尼西亚等国的 20 个产能合作项目。国家发展改革委将在建设多双边合作机制、制定国际产能合作重点国别规划、争取金融机构融资支持、设立国际产能合作股权投资基金等工作中对甘肃省予以支持。甘肃省将围绕石油化工、冶金、有色、装备制造等重点领域，制定扶持激励政策，建立动态更新的重点项目库，积极推动本省企业开展国际产能和装备制造合作。

2015 年 12 月 18 日，甘肃省政府与国家发展改革委签署国际产能和装备制造合作委省协同机制协议仪式在北京举行

（二）国际合作协议

甘肃省正在鼓励省属国有企业"走出去"，以对接"一带一路"战略规划。根据相互产业契合度和互补性，中亚国家是甘肃企业"走出去"的优先选择方向，并已经达成多个国际合作协议。甘肃推进国际产能合作的重点包括能源资源、装备制造业、对外工程项目、农产品、中药材等种植加工、对外服务贸易转型升级等五大领域。按照计划，未来一至两年，甘肃省国资委将选择在投资环境好、投资强度大的部分国家建设甘肃工业园区，以吸引更多上下游企业协同布局，依靠整体优势增强国际市场开拓能力。

为提高参与国际产能合作的抗风险能力，许多企业选择了"抱团出海"和"合作出海"等新方式，包括同行业企业优势互补联合投资、跨领域跨行业"打捆"投资、"生产基地＋工业园区"等新模式。推动国际产能合作的金融服务正在加强。中国银行和甘肃国投集团与甘肃"走出去"企业签署了金融服务协议。

（三）中国西部国际产能合作论坛

2016 年 7 月 7 日，由国家发展改革委、外交部和甘肃省人民政府共同举办的 2016 中国西部国际产能合作论坛暨企业对接洽谈会主旨论坛在兰州召开，同时举行甘肃国际产能合作重大项目签约仪式。

甘肃国际产能合作重大项目签约仪式上签约的项目和协议有：金川集团与印度尼西亚 WP&RKA 公司签订红土镍矿合作项目；津巴布韦政策协调与社会经济发展促进部与甘肃省建投集团签订津巴布韦 Sunway 经济特区配套基础设施建设项目；甘肃敬业农业科技有限公司与哈萨克斯坦 BASTAU 投资公司签订农业合作项目；甘肃省国投集团与中国银行、金川集团签订联合"走出去"框架协议；中国银行甘肃分行与甘肃省建投集团签订金融服务框架协议；中国银行甘肃分行与甘肃敬业农业公司签订金融服务框架协议。

第三节　青海省国际产能合作

一、青海省国际产能合作的产业基础

近年来，青海把"四大支柱产业""四大优势产业"作为联合协作、吸引省外资金的重点，按照壮大支柱产业、扶持优势产业的要求，优势资源开发和特色经济构建得到稳步发展。青海优势资源的开发和特色经济的发展已在吸引着外省资金稳步驻入，引领着西部经济发展的新趋势、新特点。"十三五"时期，青海省工业在"十二五"十大特色优势产业发展的基础上，加快改造提升盐湖化工、能源化工、有色冶金、建材、特色轻工5个传统产业，发展壮大新能源、新材料、装备制造、节能环保、信息产业5个新兴产业，形成新的十大特色优势产业，打造青海工业升级版。

针对长期以来青海省工业发展受宏观经济放缓影响，市场信心不足，金融机构信贷投放更趋谨慎，传统要素驱动、投资驱动面临瓶颈制约的实情，"十三五"青海省着力依靠人才要素，通过技术创新、产业创新，培育壮大产业新动能，在新一轮产业竞争中抢占战略优势，实现要素驱动向创新驱动转变。

5个传统产业规划为：延伸盐湖化工产业链条，有效提高盐湖资源综合利用水平，高效开发钾、钠、镁、锂、硼和氯资源，并围绕市场提升产品质量档次，配套开发下游精深加工产业；全面建成千万吨当量高原油气田，并提升原油加工能力和汽、柴油产品质量，加强原油加工副产物、废弃物的综合利用水平；继续推进铅、锌、镍、钛、铁矿等资源的绿色开采，实现资源利用最大化；全面实施建材产业余热利用、脱硝改造、富氧燃烧、风控信息化等技术推广应用，支持水泥企业实施工业固废、城市建筑垃圾、危险废物等协同无害化处置，提升建材行业绿色、循环发展水平；发展虫草、沙棘等特色生物资源高端保健品等制品，推进农畜产品加工业品牌化、规模化发展；壮大新能源光伏行业与上游晶硅原料产能相匹配的铸锭、切片电池等产品规模，提高下游光伏发电产业对上游光伏制造产业的带动发展能力。

5 个新兴产业发展规划为：以有色金属、盐湖化工等传统产业延伸发展为重点，将关键战略材料、先进基础材料、前沿新材料作为主要发展方向；发展铝基、镁基、钛基、锂基合金等新型轻金属合金材料；以推进装备制造业提质增效升级，重塑产业发展优势为目标，推动自主创造、智能制造和绿色制造；加大培育扶持节能环保力度，大力发展具有青海特色的节能环保产业体系；以"互联网+"等新一代信息技术应用为契机，重点打造以基础设施、云应用平台等为主要内容的云计算和大数据产业链，培育立足本省、面向全国的云计算数据中心和国家级灾备中心。

二、青海省国际产能合作的初步成果

青海省 2012 年以来对外直接投资出现了较为高速的增长。在"一带一路"战略的推进下，青海与中亚和西亚方面，将有十个方面的深化合作：包括水电基础设施、留学生教育、经贸联络等等。截至 2015 年青海省与丝绸之路沿线国家确定的合作交流项目有 41 个。

三、青海省国际产能合作的推动措施

青海是在"一带一路"中有着重要地理和区位优势的省份，也在加紧利用自身丰富的矿产资源、完善的交通网络、多元包容的文化胸怀、重要的生态屏障作用，在丝绸之路经济带上选择重点地区、重点市场进行对接，与我国一些省区协同配合，推进深度融合。

从 2014 年开始，中国·青海绿色发展投资贸易洽谈会、中国（青海）国际清真食品及用品展览会以及中国青海藏毯国际展览会等重要展会都将"一带一路"战略发展的概念高调嵌入，丝绸之路经济带沿线国家和地区经贸合作圆桌会议、合作发展论坛等一系列交流活动正在产生一连串的"化学反应"。

2016 年 6 月 22 日，第十七届青洽会"一带一路"金融发展论坛在西宁举行。此次论坛汇聚国内经济、金融领域的专家，共同探讨"一带一路"大背景下区域金融"开放、合作、绿色、共享"的发展之路，对于推动青海省"一带一路"建设和实现区域优势互补将产生积极的作用和深远的影响。

现在全国各个省都在为实施"一带一路"战略寻找商机和合作的机会，同样，青海在"一带一路"战略发展过程当中也有着自身独特的优势和战略地位。青海省要明确内外发展定位，一是全方位开放，二是可持续发展，实现双突破。

第四节　宁夏回族自治区国际产能合作

一、宁夏回族自治区国际产能合作的产业基础

近年来，宁夏大力实施"培育发展战略性新兴产业、改造提升传统产业、壮大做强优势特色产业"等"三大千亿计划"，把各类优势产业发展建立在惠及民生、内生增长的基础上，同推进沿黄经济区发展、35万生态移民工程和"黄河善谷"建设等自治区重点项目和工程相结合，促进产业之间联动发展和协调发展，增强经济社会发展的综合实力。

（一）战略性新兴产业

1. 新材料产业

宁夏新材料依托资源能源优势和技术优势，初步形成了钽铌铍稀有金属材料、镁及镁合金材料、电解铝合金及型材、煤机碳材产品、多晶硅单晶硅等光伏材料、金属丝绳及其制品等系列产业，形成六条产品链。新材料产业不仅为宁夏工业贡献了15%左右的工业产值，而且许多产品技术上均处于国内、国际领先水平。

2. 先进装备制造业

宁夏装备制造业近年来取得了长足的发展，成为全区的特色优势产业之一，装备制造企业已有280多家，其中规模以上企业117家，形成了煤矿机械、新能源装备、机床工具、电工电器、仪器仪表、起重机械、汽车和工业机器

人 8 个行业，化工装备、工程机械、环保装备、农业机械和通用飞机等行业正在兴起。

3. 信息产业

"十二五"期间，宁夏先后与中国移动通信集团、中国联合网络通信集团、中国电信集团签订了信息化战略合作框架协议，三家公司将分别投资 10 亿元、12 亿元、50 亿元用于宁夏新一代宽带网络基础设施，沿黄经济区无线智慧城市、智慧企业、智慧宁夏平台建设，将极大地加快全区信息化进程。

（二）传统产业

1. 化工产业

宁夏坚持通过技术改造做好传统产业转型升级。神华宁煤集团 50 万吨 / 年煤基烯烃项目是国家"十一五"重点建设工程和宁夏目前投资最大的工业项目，同时在全球首次实现了单台日耗煤 2000 吨 GSP 煤气化技术、50 万吨 / 年 VTP 技术的大规模工业化应用；自主研发了高性能 MTP 工业催化剂，打破进口催化剂垄断局面，填补了国内空白。

2. 冶金产业

电解铝是宁夏支柱产业之一，已形成电解铝年生产能力 155 万吨。2012 年实现原铝产量 150 万吨，实现销售收入 250 亿元，首次突破 200 亿元。2012 年 10 月，青铝形成铝板（扁）锭、棒材、盘圆、合金等下游产品深加工生产能力 20 万吨，冷轧板 5 万吨，铝加工产能 25 万吨。广银铝业有限公司 42 万吨高精度铝加工材用铸锭项目已建成投产，锦宁巨科新材料有限公司一期 40 万吨高精度铝板带箔项目已建成投产，将进一步优化宁夏铝产品结构。

（三）特色优势产业

1. 煤炭行业

宁夏的煤炭储量较为丰富，全区含煤地层分布面积达 1.7 万平方公里，煤炭预测储量 2027 亿吨，居全国第 5 位，已探明储量 334.73 亿吨，居全国第 6 位。

2. 电力行业

宁夏立足能源资源优势，积极推进产业结构调整，形成煤化工和煤—电—高载能产业为后盾的能源产业发展产业链。2015 年全区电力装机达到 2100 万千瓦，形成 1160 万千瓦外送电能力，风电装机达到 500 万千瓦，太阳能光伏并网发电装机达到 100 万千瓦。

3. 地方特色产业

宁夏的特色产业有四个。一是羊绒产业。宁夏现有羊绒企业 90 家，全年分梳山羊绒产量 10000 吨，占我国羊绒产量的 60% 以上，占世界羊绒产量的 50% 以上。近年来，宁夏羊绒产业不断提升生产装备水平，加大科技研发投入，积极打造自主品牌，形成了由羊绒分梳、制条、纺纱、制衫、织造等生产环节构成的完整产业链。宁夏已成为国内乃至国际重要的羊绒原料集散地和羊绒制品加工基地。二是发酵行业。宁夏是全国重要的抗生素原料药和生物发酵生产基地。到 2014 年 1 月，启元药业的盐酸四环素占国际市场份额 70% 以上，硫氰酸红霉素占国内市场份额 60% 左右。泰瑞制药的泰乐菌素产能达 2800 吨，居全球首位。伊品生物新投一条 12 万吨味精生产线，总产能达 20 万吨，在全国味精行业排名由前 5 位跃居前 3 位。三是特色农副产品加工业快速发展。宁夏依托丰富的农副产品资源，发展一批具有宁夏比较优势、具备较强国内外市场竞争力的特色农产品深加工产业集群，重点培育和发展枸杞、清真牛羊肉、奶牛、马铃薯、瓜菜五大战略性主导产业和优质粮食、淡水鱼、葡萄、红枣、农作物制种、优质牧草等六大区域性特色优势产业以及中药材、苹果等地方性特色农产品。特色优势产业的产值占到农业总产值的 82%。四是清真食品、穆斯林用品产业。清真食品产业：这是宁夏特色优势产业，"十一五"期间取得了年均 20% 以上增速的快速发展，形成以清真肉制品、清真乳品、清真粮油、清真调味品、清真烘烤食品、清真休闲食品、清真方便食品、清真保健食品为主，加工层次多样化和具有一定市场竞争能力的产业体系。2012 年，清真食品工业企业约 655 家，从业人员约 2 万人。其中规模以上清真食品工业企业 102 家，占规模以上食品工业企业的 77%。实现工业总产值 174.3 亿元，同比增长 54.12%，占食品工业的 83.23%。产值过亿元企业 28 家，实现工业总产值 150.2 亿元，同比增长 79.6%。形成以伊品生物、夏进乳业、塞外香、兴唐、泰丰、茂源等清真食品骨干企业群。穆斯林用品产业：宁夏作为全国唯一的省级回族自治区，穆斯林用品产业发展有良好的人文环境，形成以回族服饰、少数民族文字印刷品、少数民族建筑装饰用品为主的产业体系。2011 年，全区少数民族特需商品定点生产企业 85 家，其中，穆斯林用品生产企业 46 家，规模以上企业 22 家，实现工业总产值 76.9 亿元，同比增长 13.2%，占轻工业的 33.2%。产值过亿元企业 15 家，形成以中银绒业、沙湖纸业、金海皮业、华泰家具等穆斯林用品骨干企业群。目前，全区食品工业国家级技术中心 2 个，区级技术中心 7 个；中国名牌 3 个，中国驰名商标 6 个；穆斯林用品生产企业有中国驰名商标 2 个，宁夏名牌产品 4 个。

二、宁夏回族自治区国际产能合作的初步成果

在全面推进与"一带一路"沿线国家在能源化工、矿产资源开发、农牧业种植养殖、特色农产品加工、商贸物流和工程承包等领域的深层次合作中，宁夏回族自治区对外经济合作业务取得历史性突破。

截至 2014 年年底，宁夏投资者累计对全球 66 家境外企业进行了直接投资，对外直接投资实际完成额达 3.447 亿美元，同比增长 392%，是 2010 年至 2013 年 4 年累计额的 2 倍，在全国 32 个省、区、市中名列第 23 位。宁夏共有 8 家对外承包工程资质企业，对外承包工程完成营业额达 5243 万美元，同比增长 122%，涉及哈萨克斯坦、安哥拉、赞比亚、朝鲜、日本、乌干达等国家。

与以往相比，2014 年宁夏境外投资行业分布广泛，涉及文化信息、农业、采矿业、轻纺制造业和服务业等行业，投资地域多元化，分布于 27 个国家和地区。其中，中绒投资控股（香港）有限公司斥资 2.8 亿美元收购盛大游戏有限公司 15% 股权，是宁夏企业首次境外投资超亿美元的项目。此外，民营企业成为境外投资的主力军，全年新设立的 14 家企业中 13 家为民营企业；香港成为宁夏企业主要投资地，全年在香港的投资额为 3 亿美元，占总额的 87%；全年货币投资额 3.23 亿美元，占总额的 94%，实物投资只占 6%。

2015 年 1 月，宁夏对外经济合作工作依旧呈现井喷式增长态势。对外直

接投资单月实际完成额达 4.3436 亿美元，实际完成额相当于宁夏前 3 年直接投资总和，同比增长 216 倍；对外承包工程完成营业额 168.4 万美元，同比增长 20%。在对外经济合作项目中，收购并购金额占全部境外直接投资的99.6%，投资额前 3 名的企业均为 2014 年年底和 2015 年年初新设企业。

2015 年，宁夏积极开展国际产能合作，鼓励优势产业"走出去"开展境外投资。2015 年，宁夏境外投资首次超过吸收外资规模，境外投资活动十分活跃，涌现出了中银绒业、电通等一批境外投资企业。全区境外投资完成额达 14.5 亿美元，同比增长 310%，呈现出超大幅增长的局面。其中，宁夏中绒投资控股（香港）有限公司、宁夏亿利达股权投资合伙企业收购盛大游戏公司等 3 个重大项目的境外投资额较大。境外投资地不断扩展，投资国（地区）包括柬埔寨、美国、英国和阿曼等国家和地区。投资领域包括羊绒纺织、农作物种植、建筑建材、冶金等，呈现出多元化的投资态势。

在国家发展改革委的大力支持下，中国－阿曼（杜古姆）产业园和中国－沙特（吉赞）产业园同时被纳入 2016 年国家发展改革委重点推动建设的 20个国际产能合作示范区中，成为我国对阿拉伯国家开展国际产能合作的重点内容，标志着宁夏境外产业园区建设上升到了国家高度。

2015 年 9 月第二届中阿博览会期间，宁夏与阿曼确定在杜古姆经济特区建设中国－阿曼产业园。经过各方共同努力，宁夏主持建设的中国－阿曼（杜古姆）产业园园区总体规划已编制完成，一期规划面积为 600 公顷，其中 300公顷为重要工业区，还有 300 公顷为配套区，拟建设物流、科技、研发、金融以及生活区等。产业园区由宁夏 6 家企业共同组建的投资公司建设。中国－沙特吉赞产业园是宁夏、广东与沙特阿美石油公司 3 家共同成立合资公司建设的工业园，2016 年上半年将完成园区规划编制。

宁夏与阿拉伯国家共同建设产业园区，丰富了国家推行的"一省一国"发展模式，得到了国家发展改革委的充分肯定。国家发展改革委表示，将密切关注这两个园区的建设进展，积极配合做好相关工作，给予园区建设全面支持和帮助。自治区发展改革委下一步将积极配合宁夏中小企业协会、银川市经济技术开发区等部门，与国家发展改革委积极衔接，加快推进两个境外产业园区建设，争取年内取得实质性进展。

2016 年 1 月，宁夏中阿万方投资管理有限公司与阿曼杜古姆经济特区确定了"中国产业园"整体开发协议。产业园占地 1200 公顷，其中重工业区 840 公顷，规划以石油化工、天然气加工、建材、海洋、太阳能光伏等产业为主。

三、宁夏回族自治区国际产能合作的推动措施

2015 年 7 月，宁夏出台《关于融入"一带一路"加快开放宁夏建设的意见》，明确了培育开放经济、建设开放通道、构筑开放平台等六大任务，提出努力把宁夏打造成辐射西部、面向全国、融入全球的中阿合作先行区。宁夏大力推进境外产业园区建设，中国－阿拉伯（阿曼）产业园、中国－沙特产业园、中国－毛里塔尼亚产业园相继诞生。

为促进企业"走出去"开展国际产能合作，自 2014 年底以来，宁夏相关部门多次组织企业前往阿联酋、沙特、阿曼等阿拉伯国家考察，并最终选择将产业园落户位于阿曼中部沿海地区的杜古姆经济特区。这除了与阿曼政局稳定、交通便利、政策优惠等因素有关外，主要是因为杜古姆经济特区的定位符合当前宁夏经济结构调整的需要。据了解，该特区计划建成一个以制造业为基础，包括商务、旅游、教育、医疗、培训、物流等行业的现代化新兴城市。

1. 制定境外投资的金融支持政策

（1）《自治区人民政府办公厅关于支持企业"走出去"的若干意见》（宁政办发〔2015〕138 号）明确要求："拓宽金融合作渠道。重点支持宁夏银行、黄河农村商业银行等金融机构引进'一带一路'沿线国家和地区战略投资者。加大自治区产业投资基金对阿拉伯石油美元的募集力度。引进海湾国家金融机构在宁设立代表处和分支机构，创新金融产品，拓展对'一带一路'沿线国家和地区的贸易与投资。鼓励有实力的企业设立境外资本运作平台，支持符合条件的企业到境外上市，实现资产证券化，拓宽融资渠道。""加大金融支持力度。鼓励金融机构为企业'走出去'创新金融产品，探索境外资产、境外应收账款、出口退税单等融资抵押方式，进一步简化境外直贷审批手续。

积极对接亚洲基础设施投资银行、丝路基金、国家开发银行、中国进出口银行、中国出口信用保险公司等政策性金融机构，帮助'走出去'企业拓宽融资渠道。加强与中非基金、欧亚基金等合作，推动各类股权投资基金和风险投资基金参与宁夏回族自治区企业境外投资。自治区出资设立外经贸融资担保公司，为境外投资项目提供融资担保或再担保服务。支持保险机构开展出口信用保险和海外投资保险，为企业'走出去'提供投资、运营、用工等方面的保险服务。"

（2）《自治区人民政府办公厅关于转发人行银川中心支行等五部门金融支持宁夏融入"一带一路"加快开放宁夏建设意见的通知》（宁政办发〔2016〕30号）明确要求："加强配套政策支持。建立自治区商务厅、发展改革委、经济和信息化委等相关部门与金融机构、企业三方联动机制，设立宁夏外向型企业库和项目库，定期向金融机构提供有关企业和项目信息。推动建立自治区与各全国性银行总行高层定期会晤机制、自治区相关部门与分行的业务对接机制，邀请各类金融机构参与对外招商引资活动，针对境外投资者的金融服务需求设计融资服务方案，进一步提高宁夏招商引资的竞争力。充分发挥财政资金的撬动和补偿作用，设立区内企业境外融资担保基金，为企业'走出去'提供融资担保和增信服务；鼓励大众创业、万众创新，设立小微企业贷款风险补偿基金，用于对金融机构发放小微企业贷款形成的损失进行一定比例的补偿。自治区每年安排资金，对金融机构支持开放型经济发展的各类金融产品和服务方式创新进行奖励。"

2.初步搭建起综合信息服务平台

建立了"走出去"工作协调机制，积极与我驻外使领馆、经商参处、境外经贸联络处等联系沟通，归集各类项目合作信息，跟踪、推进重大项目，处理和协调"走出去"相关事宜。成立宁夏企业"走出去"研究中心，为企业"走出去"提供境外投资战略研究等咨询服务，提高宁夏企业"走出去"组织化水平和成功率。制定了宁夏加强"一带一路"建设境外安全保障实施方案和应急预案，为企业赴"丝绸之路"沿线国家开展合作提供国别信息、风险预警、应急处置、领事保护等全方位服务。

3. 建立"走出去"风险评估和防控机制

指导企业加强境外项目前期风险评估，科学制定项目实施监控和风险分担转移预案。指导企业强化境外投资前期风险分析和认证，提高决策的科学性。健全境外突发事件应急处理机制，完善境外人员和机构安全保护工作，加强对境外人员的人身安全与领事保护宣传教育，增强企业境外风险防范处置能力，保障驻外人员的人身安全和合法权益。支持保险机构开展出口信用保险和海外投资保险，为企业"走出去"提供投资、运营、用工等方面的保险服务。

四、宁夏回族自治区国际产能合作的现存问题

1. 开展国际投资合作的产业基础比较薄弱

受自身产业体系的限制，宁夏的优势产业不多，主要集中在农业、畜牧业、羊绒纺织、建筑建材、冶金、钢铁、电解铝、水泥等领域，与国内发达地区相比，境外投资项目规模小、数量少，高中低端区域市场的分布不平衡，在低端市场业务占有量过高。

2. 境外投资企业的整体实力较弱

宁夏的境外投资主体以中小型民营企业居多，国有大型企业少，企业实力不强；绝大多数境外发展企业缺乏国际化战略和跨国经营发展计划，缺乏国际化人才和国际化运营团队的支撑，国际化经营管理能力不足；对开拓新业务、新市场的风险估计不足，有的盲目进入陌生或短板业务领域，有的没有设定长远目标，缺乏包括金融、法律等手段在内的一整套风险应对措施。

3. 缺乏开展国际投资合作的渠道

与国内沿海及发达省区相比，宁夏对外合作的渠道有限，多数企业与我国以及本区在境外的商会、协会、联络处等联系松散，缺乏更为深入紧密的合作；企业建立境外营销网络建设还处于起步阶段，海外员工多为中国人，造成海外管理团队本土化程度低，面临公司经营在所在国的认可度、沟通成本、项目履约等一系列问题。

4.缺乏开展国际投资合作的统一平台

长期以来，宁夏"走出去"企业多数以"单打独斗"为主，"走出去"企业缺乏统一的境外合作平台做支撑，境外项目产业关联度不高、分布零散，没有形成产业链条和产业聚集；钢铁、电解铝、水泥等优势产能企业"走出去"的愿望十分迫切，但"走出去"的渠道比较有限，同时也面临着与国内同行业企业的竞争，与境外投资国（地区）的合作基础有待进一步加强。

五、宁夏回族自治区国际产能合作的下一步安排

2016年，宁夏将继续推进国际产能合作工作，重点围绕中国－阿曼（杜古姆）产业园区和中国－沙特（吉赞）产业聚集区的建设，把中阿、中沙产业园作为建设开放宁夏、实施"走出去"战略的示范工程重点培育，推动宁夏在境外产业园区的发展。

1.加快推进中国－阿曼（杜古姆）产业园区建设

1）加快推进园区规划编制工作。此前，宁夏中小企业协会已委托中国国际工程咨询公司启动了项目可研报告编制工作，并于2015年12月编制了初步的产业园规划方案。规划方案拟定园区土地面积共1200公顷（12平方公里），其中重工业区840公顷，轻工业区200公顷，生活区140公顷，酒店10公顷，渔业10公顷，共五个板块。该规划编制于2016年已完成。

2）积极推动入园项目建设。开展第一批进入中阿产业园的11个项目可行性报告的编制工作，并推动企业与基金、银行对接。加快中阿万方投资管理有限公司、宁夏建工集团等企业在阿曼杜古姆产业园注册公司工作，于2016年已开工。

3）积极筹备产业园区揭牌仪式。2016年年初，宁夏中小企业协会与中阿万方投资有限公司启动园区基础设施建设筹备工作，并于2016年1月赴阿曼杜古姆产业园对接洽谈相关事宜。2016年5月，在阿曼杜古姆举行"中国产业园"揭牌仪式，产业园基础设施建设也将同期开始。

2. 积极推进中沙产业园的筹备建设

1）积极推动2016年年初中方合作签约事宜。宁夏、广东、沙特阿美三方积极沟通、密切协作，《关于通过成立沙特-中国产业服务合资公司进一步推动沙特本土产业投资进程的战略合作谅解备忘录》在习近平主席出访时实现见证签约。

2）积极建立中沙合作协调工作机制。由自治区主要领导担任组长，银川市主要负责同志任副组长，相关部门（单位）为领导小组成员单位，指导中沙工业园建设。银川市加快推进相关协调小组的组建。

3）银川经开区积极协调广州经开区、沙特阿美石油公司在阿美石油北京总部召开了中沙工业园建设工作推进会，组建工作组，创建路线图，确定各项工作执行时间表。推动成立由银川经开区、广州经开区、阿美石油组成的中沙工业园"战略规划工作组"和"任务推进工作组"，加快开展各项具体工作。

4）完成中沙工业园规划编制。尽快与广州开发区、阿美公司商讨中沙工业园建设规划、产业规划、招商引资等相关事宜，积极探讨与阿美公司深度合作，实现其全球采购中国产品替代事宜。

5）积极开展园区建设的前期工作。组团赴沙特考察中沙工业园投资环境，将针对沙特各经济城特别是吉赞经济城的产业基础、市场需求、优惠政策、投资准入、经营环境、基础设施、交通条件、生产要素、政府服务等"走出去"企业关注的具体问题，与沙特政府和阿美公司商议优化投资环境事宜，并向阿美提出中方企业投资的优惠政策诉求。

6）积极组织招商引资。分期分批组织区内外有意向的企业组团实地考察洽谈。积极争取河北省钢材、水泥、玻璃、成套设备等建材企业和食品加工企业，广东省海水淡化、石油炼化、食品加工、机械制造、陶瓷、包装、印刷企业，以及有关央企和投资机构参与园区项目建设。

第五节　新疆维吾尔自治区国际产能合作

一、新疆维吾尔自治区国际产能合作的产业基础

在我国能源资源大区新疆，以石油为主的工业和棉花为主的农业曾是支撑经济发展几十年的产业。如今，这种非黑（石油）即白（棉花）、抗风险差的单一产业体系已悄然退出历史舞台。

新疆凭借丰富的能源矿产、农业林果等优势资源和向西开放的地缘优势，在丝绸之路经济带建设和援疆省市的助力下，积极发展纺织服装、装备制造、农产品深加工、煤化工、新能源、旅游等多种优势产业体系，不仅改变了石油工业"一家独大"的格局，经济结构更健康，还提供了更多的工作岗位，促进了社会稳定。

作为我国棉花主产区，新疆不再甘当原料基地，"十二五"以来，以优质棉花资源、优惠政策和区位优势等吸引了国内众多纺织服装企业发展重心"西移"。2015年，新疆纺织服装产业固定资产投资317.9亿元，同比增长231%，新增纺织服装企业380余家，新增就业9.7万人，2016年预计培育规模以上企业300家，新增就业11万人。

2015年，新疆以服务业、旅游业等为主的第三产业"异军突起"，实现增加值4200.72亿元，增长12.7%，对经济增长的贡献率达51.1%，取代第二产业首次成为新疆经济增长的主动力。其中，旅游产业累计接待国内外游客6097万人次，同比增长23.1%，68个旅游精品景区基础设施建设和旅游新业态项目新增就业1.3万多人。

新疆还将围绕去产能、降成本、补短板，着力改造提升传统产业、发展战略性新兴产业、化解过剩产业，陆续制定实施石油石化、轻工、纺织、钢铁等传统产业分业施策专项工作方案，出台石油石化、铝加工、葡萄酒等产业政策，着力构建更加健康的优势产业新体系，拟增就业人数超过20万。

二、新疆维吾尔自治区国际产能合作的初步成果

2014 年，新疆面对不断增大的经济下行压力，保持定力，以稳增长保就业为重点，集中精力调结构转方式，促进了经济平稳快速发展。完成重点项目投资 3759.6 亿元，190 个在建重点项目和 51 个开工重点项目进展顺利。大通道建设迈出实质性步伐；在对外发展方面，新疆出台丝绸之路经济带核心区建设行动计划，推动了交通枢纽、商贸物流、金融、文化科教和医疗服务五大中心，十大进出口产业聚集区建设进程。喀什、霍尔果斯经济开发区、中哈霍尔果斯边境经济合作中心和口岸基础设施建设全面加快。丝绸之路经济带国际研讨会成功举办。进出口总额 276.7 亿美元，增长 0.4%。合同利用外资 5.26 亿美元，增长 46%；完成对外承包工程营业额 21.73 亿美元，增长 9.2%；非金融类实际对外直接投资 5.89 亿美元，增长 47.3%。旅游精品建设加快，出台了 20 余项振兴旅游业发展举措。

近几年的发展中，新疆对外开放欣欣向荣，在长达 5600 公里的边境线上，29 个口岸（国家一类口岸 17 个、自治区二类口岸 12 个）像一粒粒珍珠镶嵌其间，使新疆成为全国拥有开放口岸最多的省区。经过多年发展，新疆口岸初步形成了铁路与公路并举、陆地与航空并举、货运与客运并举、外贸与边贸并举、一线和腹地互为补充的全方位、多层次对外开放的新格局。

利用沿边优势，将口岸从单一的货物通道发展成为口岸经济区成为共识。为此，吉木乃口岸规划了生产加工基地、仓储物流园，建立了边民互市。巴克图口岸则定位为打造农副产品出口集散地与绿色产品出口基地，并逐渐向发展口岸经济加工、旅游产业延伸。

随着丝绸之路经济带核心区建设的深入，新疆口岸经济的优势会更加凸显，经济结构会更加合理，一批以整车进口、跨境旅游的新业态正在崛起，口岸经济正成为打造"一带一路"互联互通的新引擎。新疆有着发展跨境电商无与伦比的优势。新疆和周边 8 个国家接壤，有着源远流长的外贸传统。新疆一头是十三亿人口的国内市场，另一头则连接着中西南亚和欧洲十几亿人口的国际市场，历史文化传统、国家"一带一路"战略和新疆丝绸之路经

济带核心区的打造为跨境电商成长提供了养分充足的"肥沃"土壤。

由于十分契合国家"丝绸之路经济带"和"互联网"两大行动战略，国家也在大力引导互联网企业拓展国际市场，新疆跨境电商发展得到的政策支持力度是空前的。

三、新疆维吾尔自治区国际产能合作的推动措施

在"2016 年新疆经济和信息化工作会议"上，能源大区新疆对新形势下加强国际产能合作进行了研究和谋划。新疆维吾尔自治区经济和信息化委员会党组书记、主任胡开江说，今年，新疆将积极推动钢铁、水泥等产业开展国际产能合作，支持企业通过链条式转移、集群式发展、园区化经营等方式"走出去"，对"向西出口"实施财政补贴。

近年来，与新疆接壤的哈萨克斯坦、吉尔吉斯斯坦、巴基斯坦等国基础设施建设及工业化进程加快，对钢铁、水泥及大型机械等需求明显增加。天山北坡的新疆昌吉回族自治州有不少企业率先走进中亚，探索国际产能合作的具体路径。"眼下，两家大型水泥企业正分别在吉尔吉斯斯坦、乌兹别克斯坦洽谈合作具体事宜，未来企业'走出去'潜力很大。"昌吉回族自治州党委常委王炳炬说。此次会议还讨论了对"走出去"开拓境外市场的企业释放政策"红利"，包括对企业对外承包工程前期费及贷款利息进行补助补贴、对构建境外营销网络的企业给予资金支持、对"向西出口"部分产品实施补贴等。

基础设施互联互通是我国与中南亚国家国际产能合作的前提和基础。对于如今正活跃在亚欧大陆上的中欧国际货运班列，新疆今年将积极推动西行国际货运班列由目前每周 1~2 列升至 3~4 列，争取新疆—俄罗斯货运班列实现每周 2 列的常态化运行，同时开行新疆—伊朗、土耳其的国际货运班列。此外，新疆还将着手成立中欧国际货运班列平台运营公司联盟，将乌鲁木齐建成全国中亚班列集结中心。此外，新疆还将出台政策加快推进亚欧信息高速公路基础设施、跨境电子商务平台建设等，推动企业国际产能合作"线上线下"融合发展。

第十三章
计划单列市国际产能合作

第一节　深圳市国际产能合作

一、深圳市国际产能合作的初步成果

近年来，深圳对外投资规模质量快速提升，全球化布局初步形成。通过境内外资源的深度整合和有效利用，深圳市企业在信息通信、生物医药、消费电子、能源电力、海工装备等领域初步形成了若干分布全球、优势明显的产业链条。

截至 2015 年年底，经深圳市核准备案深圳企业共对外投资制造业项目 272 个，占对外投资总项目数的 5.51%；投资总额 32.58 亿美元，占对外投资总额的 4.42%，中方投资额 23.64 亿美元，占中方对外投资总额的 4.42%。2015 年，经深圳市核准备案深圳企业共对外投资制造业项目 110 个，占深圳市同期对外投资项目总数量的 9.32%，投资总额 19.92 亿美元，占全市同期对外投资总额的 3.52%，中方投资额 13.95 亿美元，占全市同期中方对外投资总额的 6.84%。

二、深圳市国际产能合作的推动措施

为提升深圳企业核心竞争力，鼓励企业做大做强做优，强化创新驱动，减轻企业负担，提高政府效能，增强经济发展后劲，推动开展国际产能合作，深圳市出台了《关于支持企业提升竞争力的若干措施》（深发〔2016〕8 号），其中支持国际产能合作的相关措施如下：

（一）支持企业提升质量品牌保护知识产权

支持企事业单位主导或参与国际国内标准研制。主导国际标准制定的，按项目给予不超过 100 万元资助，主导国际标准修订的，按项目给予不超过 40 万元资助。主导国家标准制定的，按项目给予不超过 60 万元资助，主导国家标准修订的，按项目给予不超过 20 万元资助。主导行业标准制定的，按项目给予不超过 30 万元资助，主导行业标准修订的，按项目给予不超过 10 万元资助。参与以上各类标准制定或修订的，按主导制定或主导修订资助额度的 50% 给予资助。对深圳市企业通过深圳标准自愿性认证的产品和服务，按项目给予最高 5 万元资助。对标准服务机构培育项目，经评审后按工作进度给予资助，资助总额不超过 100 万元。对引进的符合条件的国外知识产权服务机构，每家资助 100 万元；对引进的符合条件的国内知识产权服务机构，每家资助 50 万元；对符合条件的知识产权运营机构，每家资助 50 万元。相关条件由深圳市市场和质量监管部门另行明确。对国内发明专利维持时间达 7 年以上的深圳市企业和个人，每件奖励 2000 元；对境外发明专利授权量达 10 件以上的深圳市企业和个人，每件奖励 4000 元。对企业通过《企业知识产权管理规范》国家标准贯标认证的，每家资助 20 万元。

支持企业开展涉外知识产权维权，对具有重大行业影响的知识产权维权事项，参考维权成本给予最高 50 万元的资助，单个企业每年最高资助 100 万元。具有重大行业影响的维权事项认定标准，由深圳市市场和质量监管部门另行制定。对开展知识产权大数据监测的企业，按监测项目实际支出费用给予资助，单个企业每年最高资助 50 万元。

（二）支持企业开拓海外市场

加大对本市企业组团参加境外展览资助力度，对本市组展承办单位承担的实际展位费、公共布展费、报关清关、公共宣传以及承办费等费用给予资助。鼓励引导深圳市企业对外投资，对国家对外投资合作专项支持深圳部分，市财政给予 1:1 配套。支持企业参与境外经贸合作区建设，对通过考核的国家和深圳市境外经贸合作区给予支持，按照"一事一议"原则提出支持方案，报市政府批准实施。鼓励企业承接对外承包工程业务。对首次开展对外承包工程业务且营业额在 200 万美元以上的企业，给予 20 万元资助；营业额每超过 100 万美元增加 10 万元资助，最高资助 200 万元。

对上一年度境外承包工程项目营业额实现增长并达到一定规模的，给予资助。其中，营业额在 500 万美元至 1000 万美元的给予 50 万元资助，在 1000 万美元至 5000 万美元的给予 100 万元资助，在 5000 万美元至 1 亿美元的给予 150 万元资助，超过 1 亿美元的给予 200 万元资助。

降低企业进出口成本，对中国电子口岸数据中心深圳分中心向深圳市进出口企业收取的报关单预录入系统安装维护费及数据传输处理费，由市财政向收费单位全额支付。每年安排 200 万元支持"走出去"联盟等中介机构发展，对中介机构协助建立"走出去"企业对外投资合作指南的给予资助，单个项目资助最高不超过 20 万元。

对经深圳市核准备案且有统计数据的对外投资合作企业购买海外投资政策性保险的，对企业实际投保保费给予 30% 的资助，连续资助三年，单个企业每年最高资助 100 万元。本款所涉资金从支持外经贸发展专项资金中新增部分列支。

三、深圳市国际产能合作的现存问题

当前背景下，国际产能合作仍然面临国际政治、宏观经济、金融、战略决策、企业运营等风险。从当前情况看，国际产能合作主要存在以下问题：一是企业开展国际产能合作的综合实力有待提升。部分企业公司治理结构不完善、决策机制不健全、国际化专业人才匮乏、国际化经营管理水平不高，投资方对投资的地域、行业和标的是否真正符合企业的整体战略，投资方向是上下游整合、地域扩张、技术更新还是品牌渠道延伸缺乏专业判断，对海外投资市场财务、法律、税务和当地环境等规则不熟悉，导致盲目投资、恶性竞争等问题仍时有发生。二是国际产能合作中存在的政治风险逐步凸显。在全球经济增长放缓的大背景下，部分国家以国家安全为由，通过政治手段阻挠深圳市企业正当的海外投资活动。海外的审批流程和东道国对中国企业不友好，常见的有欧美反垄断审批、当地政府的不支持等，导致深圳市企业在境外遭受不公平待遇，部分投资项目因此受阻。比如，深圳－海防经贸合作区项目，越南对合作区项目"口惠而实不至"。当地政府征地和交地进程迟缓，对合作区土地租金的核定就高不就低，未给予合作区税收优惠政策方面的倾斜，并调整了外商投资政策，提高了项目招商的门槛和难度。中兴巴基斯坦太阳能电站项目，巴基斯坦政府相关部门未能按照发布的政策执行，态度摇摆观望，吃拿卡要现象严重，项目投资审批流程效率低下，直接导致项目进展缓慢，出现电价无法正常申请、光伏项目规划用地申请不予批准等问题。

四、深圳市国际产能合作的下一步安排

（一）完善"走出去"服务体系

1）加强"走出去"战略的规划指导。根据国家实施"一带一路"战略的总体部署、境外投资产业指导政策、国别产业导向目录和深圳市经济发展规划，制定深圳市"走出去"的产业规划、指导政策和专项行动计划，明确重点领域和地区，搞好国别投资环境评估，指导企业规避风险，成功有效地"走出去"。

2）加大对"走出去"的政策扶持。进一步制定和完善外经贸"走出去"的相关政策，对"一带一路"沿线国家资源合作开发项目、加工贸易项目、加工贸易园区和对外承包工程项目给予政策扶持，对参加国际竞标和对外援助竞标项目投（议）标给予支持，对外派劳务基地建设和"走出去"队伍培训给予支持。

3）加强对企业"走出去"信息服务。延伸政府信息服务网络，探索在重点资源开发和市场开拓目的地建立深圳常设代表机构，负责研究当地市场和资源情况并将信息反馈国内。增强对企业"走出去"的信息服务能力，及时搜集发布国家和深圳市"走出去"政策措施，以及提供权威、即时的境外市场需求、国别投资环境、地区法律法规和重点企业资信等信息。

4）搭建企业"走出去"的对接平台。结合政府高层出访，办好以"走出

去"为主题的经贸活动，与有关国家（城市）招商机构共同举办投资推介会。寻求与有合作意向且与深圳产业对接性强的地区建立定期交流机制。有选择、有步骤地推进境外经贸合作区建设，带动本市企业开展境外投资。

（二）改善贸易救济及援助制度

1）强化救助支持体系建设。扩大贸易救济的支持工作，协调行业商（协）会等中介组织，支持企业依法参与反倾销、反补贴和保障措施的申诉、应诉工作，维护企业合法权益。支持政府进出口公平贸易工作机构在案件应对工作中提供法律程序研究、应诉协调和应诉方案选择等专业服务。

2）完善贸易摩擦预警机制。创新预警方式，推进趋势预警、重点产品预警和专项预警，及时向企业通报信息，主动规避和预防贸易摩擦。加快建设产业安全数据库，在重点的产业领域，如电子信息、纺织服装等，建立完善的进口预警机制，维护全市重点产业安全。

3）推进建立公平有序的外经贸市场竞争环境。加强市区联动工作机制，妥善处理应对国际贸易纠纷，积极应对WTO争端案件和各类贸易摩擦案件，做好与贸易相关的知识产权保护和应对工作。加大反垄断工作力度，建立健全反垄断地方工作机构和人员配备。积极配合商务部做好各项反垄断工作，加强对出口企业的反垄断培训和指导，及时为相关企业海外反垄断案件提供政策指导和法律支持，建立健全国外反垄断防范和应对机制。

（三）营造良好的外经贸配套环境

1）加快国际贸易单一窗口平台建设。建设面向海运、陆运、空运和特殊监管区等多个领域的深圳市国际贸易单一窗口平台，提供统一的单一窗口解决方案。充分利用现代化电子商务手段，实现信息和资源的共享，为出口企业提供无障碍、成规模、成体系的电子商务服务，提高出口企业电子商务的应用水平，加快企业经营方式与国际接轨步伐，提高出口企业开拓国际市场的能力。采取"政府支持、资源共享、专业服务、企业受益"的模式，对国际电子商务平台的初期建设投入及运行维护给予扶持。

2）积极营造贸易口岸便利化环境。加强边境口岸建设，不断改善边境口岸基础设施环境，对企业实施分类管理，拓宽企业集中申报、提前申报范围，支持企业扩大出口、增加进口。完善查验办法，增强查验针对性和有效性。提高非侵入、非干扰式检查检验比例。完善免税店政策，优化口岸免税店空间布局，促进免税业务健康发展。

3）推进外经贸诚信体系建设。强化外经贸相关部门的自身诚信意识建设，以诚信服务"零距离"、公正执法"零障碍"、严格治理"零差错"为目标，着力培养"诚信守法、讲求信用"的工作作风，改善政府的服务态度。建立外经贸企业诚信档案，对守法经营、诚信良好的外经贸企业加大扶持力度，给予出口货物快速通道、无纸报关和提前报关等优惠措施。推动行业协会、商会建立健全行业经营自律规范、自律公约和职业道德准则，规范会员行为，推进行业诚信建设，自觉维护市场秩序。

（四）加快本土公司"走出去"国际化运营

1）支持深圳企业进行全球资源布局。鼓励有实力的企业利用多年积累的跨国经营经验和资本实力，通过新建、购并、联盟等多种投资方式，获取境外资源、能源、技术、人才等稀缺要素。推动技术密集型企业利用国外先进的科技、智力资源，设立境外测试中心、研发基地，提高企业集成创新能力。支持本地企业根据市场需求有选择地在东南亚、非洲、澳大利亚等重点地区建立长期稳定的资源供应基地。

2）支持深圳企业介入国际标准制定。鼓励国内企业积极参与国际标准组织（国际标准化组织、国际电工委员会、国际电信联盟等）和国际行业标准制定（电子电工、半导体、新能源、新材料等），对成为国际标准组织成员的机构和个人给予重点支持，并鼓励其在国际标准和价格制定方面发挥积极作用。

3）大力发展高质量境外工程承包。鼓励深圳企业利用自身产业、技术、人才、融资等优势，参与通信、环保等高技术含量国际工程招投标和境外工程分包，发挥其对深圳市大型成套设备、关键零部件的出口促进作用。大力发展国际设计、咨询业务，支持深圳企业承揽技术密集型、资本密集型等高质量境外工程承包项目。规范对外承包工程和大型成套设备出口项目竞争秩序，完善信用等级评价制度。积极推进国际基础设施合作，推动深圳市企业积极参与境外电信、电力、港口、基建等工程承包和劳务合作。

4）加快投资合作园区载体建设和深圳模式输出。以中越（深圳—海防）经贸合作区为参照，加快在东盟、南亚等"一带一路"沿线国家或者非洲、拉美等新兴市场地区建设境外经济合作区，并支持深圳有优势的电子电器、服装、日用品等劳动密集型企业进行聚集式投资，充分利用当地劳动力、资源能源等各类生产要素。

5）大力推动国际科技研发合作。推动生物医药、新能源、新型空间载体、海洋产品等新技术领域合作开发，实现"创新链＋产业链"融合发展。鼓励有条件的企业到科技实力较强的国家和地区设立境外研发中心及并购科技型企业，充分利用境外的科技资源和人才。推进深圳企业在"一带一路"沿线国家和发展中国家应用我国技术规范和标准开展项目，扩大业务规模。

6）积极促进深圳服务"走出去"。加快互联网服务、电子商务、网络游戏等领域对外发展，积极针对深圳市信息通信、半导体照明、医疗器械、软件等优势产业链，支持企业以承接系统集成项目或提供综合解决方案等方式参与境外相关政府、企业和民用设施建设和服务，提高对外合作附加值，带动深圳市产品、技术、服务等全面输出。推动专业服务合作，促进与沿线国家在会展、物流、创意设计、检验检测、旅游和文化等高端服务业合作。支持企业在有关国家建立业务总部、营销总部、研发总部、资金结算总部等，开展全球布局。

7）构建全方位的"走出去"服务支持体系。实行以备案制为主的对外投资管理方式，建立对外投资台账制度。优化现有海外办事处布局，支持在东盟、中东、俄罗斯等地建立贸易投资推广机构。研究建立"走出去战略联盟"，完善"走出去"企业服务体系。完善对外投资贷款管理机制，创新金融支持模式。加快推进贸易摩擦预警系统建设，完善贸易摩擦应诉工作机制。研究编写沿线国家投资合作指引，探索设立政府引导的"走出去"股权投资基金，联合中国出口信用保险公司等政策性金融服务机构，建立"走出去"企业风险保障机制，加强运行监测、国别风险评估和预警及突发性事件处置方面的服务。

（五）探索构建高标准国际贸易投资规则体系

充分发挥"中国（广东）自由贸易试验区深圳前海蛇口片区"和"前海深港现代服务业合作区"的平台作用，跟踪研究新一轮国际投资贸易规则发展趋势，提出国际投资贸易规则创新的试点方案，逐步探索新型规则、推广通行规则、运行适用规则的投资贸易规则体系。研究借鉴发达国家制定负面清单的设计方向，逐步形成与国际接轨的短清单模式。积极落实中韩、中澳自由贸易区谈判成果，研究探索地方合作平台的新内容、新规则、新机制。积极推进与高标准自由贸易园区的国际合作与交流，主动提出新主张、新倡议、新行动方案，构建多双边全方位合作新格局。

（六）强化与周边地区合作

推动深莞惠合作，借助地区间产业分工合作突破外向型企业发展空间限制。以与汕尾等合作共建转移园为载体，全面推进与省内东西两翼和北部山区的产业合作，争取建设产业转移示范园，鼓励深圳企业将生产分支转移至合作工业园，充分利用当地劳动力、资源等比较优势。以深圳对口支援喀什为依托，鼓励外向型企业到喀什投资设厂，并将喀什作为落实丝绸之路经济带战略，开辟中亚、南亚市场，获取中亚、南亚资源的跳板。

五、深圳市国际产能合作的部分案例

深圳市国际产能合作以企业为主体，充分利用中国和境外资本两个市场，在制造业、科技、金融方面大力开展深度引资引智引技国际产能合作，持续扩大深圳市科技、金融和传统商贸、物流产业优势，不断丰富国际产能合作内涵。部分项目案例如下：

第一类：国际制造业产能合作典范企业

1. 招商局重工深圳有限公司：中国制造 2025 践行者

招商局重工深圳有限公司成立于 1993 年，是香港招商局集团在深圳成立的独资企业，从事海洋工程装备及特种工程船舶的建造、大型机电设备设计制造和安装，是我国华南地区发展最快、最具潜力的海洋工程装备及特种工程船舶建造企业。随着世界修造船业加速向亚洲转移，招商局重工深圳有限公司在深圳建设了世界水平的孖洲岛修造船基地，占地近70万平方米，集船舶与海洋工程装备修造为一体，已经成为中国制造2025在21世纪海上丝绸之路背景下，在海洋工程领域迅速发展的重要平台。

2. 中集集团：制造业产能输出企业

中国国际海运集装箱（集团）股份有限公司（以下简称"中集集团"）于1980年正式成立，主要从事现代化交通运输装备、能源化工等装备的制造及服务业务，包括国际标准集装箱、道路运输车辆和能源化工、空港设备的设计、制造及服务。经过三十多年的发展，中集集团已经成为根植于中国本土、在全球多个行业具有领先地位的企业，2011年中集集团在德国投资建设物流半挂车工厂，并于2013年以5000万美元收购有着123年历史的老牌德国制造企业齐格勒集团，从加大技术投资、稳定员工队伍、强化市场营销等方面改造企业，在收购第一年即实现扭亏为盈，这是深圳装备制造业企业品质与市场强强联合的典型案例。

第二类：国际产能科技合作的科技型企业

1. 华为：信息硬件产品和信息服务双轮驱动的跨国企业

华为技术有限公司（以下简称"华为"）在过去20年，抓住改革开放和ICT行业高速发展的历史机遇，通过生产销售电信网络设备、IT设备以及智能终端，成长为世界500强公司。华为在国际市场上覆盖100多个国家和地区，全球排名前50名的电信运营商中，已有45家使用华为的产品和服务。近年来，华为坚持将销售收入的10%以上投入研发，在近17万华为人中，超过45%的员工从事创新、研究与开发，已累计获得专利授权38825件。华为正在从一家科技制造型企业向综合创新服务型企业转变，在研发制造和资本技术密集型服务贸易领域形成双轮驱动，成为整个产业链的巨头。在全球建立了100多个分支机构，有超过17万名员工。华为在全球累计共签订承包工程项目6221份，累计合同额达907.46亿美元，是深圳市、广东省乃至全国的对外承包工程重点企业。

2. 腾讯：充分利用中国和境外资本两个市场的产业巨头

通过在深圳设立的腾讯数码、腾讯应用技术、腾讯科技、腾讯电商、腾讯塑胶等外商投资企业，香港上市的腾讯控股有限公司（以下简称"腾讯控股"）已发展成为中国最大的互联网综合服务提供商，也是中国服务用户最多的互联网企业。腾讯在社交和通信服务、社交网络平台服务、在线游戏、门户网站、新闻客户端和网络视频服务等领域均具有重要市场地位。腾讯控股 2014 年总营收近 1000 亿人民币，市值超过 1 万亿人民币，腾讯控股是互联网 + 战略的建议倡导者，也是构建高速宽带信息网络，促进"一带一路"在信息化、网络化、智能化条件下高水平合作的重点企业。

3. 大疆科技：引资引智引技的创新典范

深圳市大疆创新科技有限公司，是成立于 2006 年的外资企业，由香港科技大学和深圳本土师生共同投资。从最早的商用飞行控制系统起步，逐步研发推出了直升机飞控系统、多旋翼飞控系统、多旋翼一体机、三轴手持云台系统等产品，填补了国内外多项技术空白，2015 年销售额近 30 亿人民币，占全球民用无人机份额近 70%，成为全球领先的无人飞行器控制系统及无人机解决方案的研发和生产商，创造并实现了体感飞行的商业模式。深圳市大疆创新科技有限公司是立足深圳，通过高水平的引资、引智、引技，大胆创业，成长为全球领先的创新性企业的典范。

4. 华大基因：生命科学领域世界前沿企业

华大基因成立于 1999 年，以"产学研"一体化的创新发展模式引领基因组学的发展，经过近二十年的发展，已成为全球最大的基因组学研发机构，在全球设立分支机构并建立广泛的合作，将前沿的多组学科研成果应用于医学健康、农业育种、资源保存等领域，推动基因科技成果转化。华大基因目前设立了香港健康、日本健康、新加坡健康、美洲健康、欧洲华大五家境外子公司，设有海外中心和核心实验室，已初步形成"覆盖全国、辐射全球"的网络布局。2013 年华大基因投资 2.1 亿美元并购了美国纳斯达克上市公司 Complete Genomics Inc.（以下简称"CGI 公司"），CGI 公司在华大的注资下得到快速发展，其基因测序仪产品已进行了 2 代技术更新，具备了与另一美国基因巨头 Illumina 并驾齐驱的技术能力。此次并购使华大基因产业链向上游基因测序仪器和试剂供应商延伸，拥有了全产业链的国际竞争力，成为我国企业反向并购发达国家科技企业的典型。

第三类：赋予传统贸易和物流产业全新内涵的供应链、物流管理企业

1. 一达通：保持传统出口产品优势典型企业

深圳市一达通企业服务有限公司（以下简称"一达通公司"）成立于 2001 年，是中国第一家专业以中小微企业为服务对象，以电子商务为工具，以进出口流程服务为核心，全面解决中小微外贸企业交易流程和贸易融资需求的电子商务服务平台。通过对中小微企业全方位的链式服务，搭建中小企业与贸易服务、金融机构等现代服务业之间的桥梁，推动国内传统外贸经营模式的创新，集聚外贸服务资源，促进中小微企业外贸交易方式和市场竞争能力的全面提升。一达通公司外包服务运作采用的模式是向客户提供进出口订单操作、环节处理反馈、贸易融资以及基于贸易需求产生的个性化增值服务。通过贸易流程介入，建立与客户自身管理和经营相对接的电子数据交换系统，着眼以一流的定制化服务和先进的电子商务为手段，构筑适合中小微企业需求的供应链一体化商务运作模式。

2. 怡亚通供应链和创捷供应链：新型贸易供应链管理企业

深圳市怡亚通供应链股份有限公司（以下简称"怡亚通"）成立于 1997 年，是我国第一家上市的供应链企业，旗下现有 150 余家分支机构，员工 3000 余人。怡亚通以需求为导向，整合优势资源，构建了以物流、商流、资金流、信息流四流合一为载体，以生产型供应链服务、流通消费型供应链服务、全球采购中心及产品整合供应链服务、供应链金融服务为核心的全球整合型供应链服务平台，服务网络遍布我国主要城市及东南亚、欧美等国家。怡亚通成功进入了 IT、通信、医疗、化工、快消、家电、服装、安防等行业，提供专业供应链服务和融资。

深圳市创捷供应链有限公司（以下简称"创捷供应链"）成立于 2007 年，是一家以信息化技术为核心，以电子商务和供应链服务为依托的国家级高新技术企业。创捷供应链采用"产业互联网＋供应链金融"的新模式，搭建了

以创捷供应链为基础的大型跨国商贸综合服务平台，提供供应链管理、进出口贸易、电子设备器材购销、供应链系统研发于一体的综合性供应链服务，产品类型包括 IT 产品、通信产品、电子元器件、快速消费品、医疗器械、新材料新能源、消费类电子产品等。

3. 递四方：跨境电商典型企业

深圳市递四方信息科技有限公司主要从事为国内外电子商务卖家提供集合建站、货源分销、ERP 管理软件开发应用、跨国运输、国内外仓储订单履约等一站式服务。递四方科技集团旗下包括几个平台，提供软件及信息技术服务的递四方信息科技、提供多种购物车系统外贸网站建设的美赞拓、提供海量货源和代发货服务的平台借卖网、专注于渠道管理软件研发的美胜商、为海淘提供高效全球转运服务的转运四方、提供全球物流及国内外仓储服务的递四方速递等，实施差异化协同发展。

第四类：创新产融结合的融资租赁企业

中集融资租赁有限公司成立于 2007 年，是中国国际海运集装箱（集团）股份有限公司（中集集团）全资子公司。中集集团从事集装箱制造，发展到综合运营阶段，为突破瓶颈，设立中集融资租赁有限公司，对中集集团产品销售进行融资，并拓展到对其他实体经济进行金融支持。中集融资租赁有限公司依托中集集团全球化运营网络和多元化产业格局，发展融资租赁、经营性租赁和其他相关业务，在美国、澳大利亚、中国香港设立多家子公司，业务已经遍布美洲、欧洲、大洋洲等全球主流市场。

第五类：文化价值观输出的领航者

深圳华强文化科技集团是国内唯一具有成套设计、制造、出口大型文化科技主题公园的全产业链运营企业，坚持实施文化与科技融合战略，打造"创、研、产、销"一体化的文化科技产业链，已在国内投入运营了 10 多个方特主题公园，并将文化科技主题公园输出到伊朗、乌克兰等国家。自主研发的环幕 4D 电影系统输出到 40 多个国家和地区，配套 4D 影片每年出口 20 余部。原创动漫作品出口 20 万分钟，覆盖美国、意大利、俄罗斯等 100 多个国家和地区，进入 Nickelodeon、Disney 等全球知名主流媒体。

第六类：海外园区项目和展会项目

1. 海外园区项目

中国·越南（深圳—海防）经济贸易合作区（以下简称"合作区"）是深圳市大力实施"走出去"战略、推动企业"抱团出海"而搭建的重要海外发展平台，是国家重点扶持建设的 19 个境外经贸合作区之一，也是落实"一带一路"战略、加强中越两国经贸关系的标志性项目。合作区自 2007 年开始规划建设，位于越南海防市安阳县内，总规划占地面积 800 公顷，首期开发面积 197 公顷，总建筑面积 230 万平方米，其中厂房 180 万平方米，仓储设施 40 万平方米，公共服务平台 10 万平方米。根据最初 1 : 500 的园区规划，区内将规划建设工业生产区、商贸展销区、仓储物流区等三大功能核心区，以及研发、行政、生活等综合服务及配套功能区。合作区完成了项目土地测绘、配套生活区规划、再安置区方案设计审批、桥梁招标等前期工作以及临时水电铺设、高压线迁移塔基建设、15 公顷土地回填、合作区主干道 240 米主干道路路基、3000 平方米综合服务中心等建设工作。下一步，深圳市将加快推动合作区建设，引入具有资金实力和海外园区建设运营管理经验的大型国有企业，把合作区打造成为深圳市实施"一带一路"战略的"明星工程"，更好地服务企业"走出去"。

2. 境外展会项目

企业借助境外展会平台，持续发展国际贸易，也有越来越多的企业国际化业务从一般的贸易往来向更高层次的投资合作发展，促进"走出去"质量和水平显著提高，推动深圳市产业国际合作不断加强。美国拉斯维加斯国际冬季消费类电子产品展（CES）是全球规模最大的电子产品展览会，被誉为全球消费类电子技术创新的风向标，深圳市已连续十多年组织企业参展。2015 年该展会 3600 多家参展商中超过 25% 来自中国，而深圳参展企业超过 470 家，占中国参展商的 50% 左右，为历年之最，其中华为、中兴、创维、TCL、康佳等多家大型企业在大会主馆设有独立展台，展位总面积超过 2200 平方米。此外，境外展会平台带动中小企业逐步发展壮大，深圳的中小企业在 CES 展会上成为亮点，例如，Intel 总裁发表的大会主题演讲中利用深圳生产的无人机展示其计算机视觉识别技术，深圳的智能硬件、智能家居、可穿戴产品在展会上也吸引了众多关注的目光。

第二节　厦门市国际产能合作

一、厦门市国际产能合作的初步成果

2015 年，厦门市新增备案对外投资项目 132 个，增长 30.7%，协议投资总额 21.9 亿美元，增长 109%。其中，中方投资额 21.4 亿美元，增长 112.5%，占历史累计数的 40.7%，实际从境内向境外汇出金额为 5.8 亿美元，增长 3.7%。全市历史累计境外投资项目 778 个，分布近 60 个国家和地区，协议投资总额 61.9 亿美元，其中中方投资额 52.6 亿美元。

2015 年，厦门市对"21 世纪海上丝绸之路"沿线国家和地区投资项目 25 个，投资额 4.6 亿美元，增长 8.5 倍，主要为农林渔业、制造业投资；对中国香港投资项目 59 个，投资额 10 亿美元，增长 23.7%，主要为批发零售业、商务服务业投资；对欧美国家投资项目 38 个，投资额 6.5 亿美元，增长 2.4 倍，主要为制造业、商务服务业投资；对非洲投资项目 5 个，投资额 2.1 亿美元，增长 25 倍，主要为制造业、农林渔业投资。

厦门市国际产能合作主要涉及制造业、采矿业、农林渔业、信息软件服务、租赁和商务服务等领域。近两年较大的项目有厦门银润投资股份有限公司投资 3.7 亿美元并购美国学大教育，创厦门市海外并购单次备案规模之最；厦门建发集团投资 3 亿美元设立建发集团（香港）有限公司，创厦门市海外新设立企业投资金额之最。

这些年厦门市对外投资合作稳步推进：

一是投资总量再创新高，双向投资差距缩小。继 2014 年全市境外投资额首次突破 10 亿美元之后，2015 年再呈"井喷"发展态势，全年新增中方投资总额首次突破 20 亿美元，达到 21.4 亿美元，占全市历史累计投资额的 40.7%。相比同期全市合同利用外资 41.6 亿美元，双向投资比例达到 51.4%，

比 2014 年同期大幅提升 16 个百分点。

二是新设和并购投资剧增,增资有所放缓。2015 年,通过新设和并购海外企业实现境外投资热情高涨,全市累计新设立境外投资企业 80 个,中方投资额 12.3 亿美元,增长 138%,占总投资比例 57.5%。其中独资设立企业 62 个,投资额 10.5 亿美元,占新设立投资比例 85%;新增海外并购项目 17 个,中方投资额 6.2 亿美元,增长 272.7%,占比 28.8%。存量项目增资 32 个,投资额 2.9 亿美元,相比去年同期减少 31.6%。

三是投资实力显著增强,多项规模创历史之最。2015 年,全市新增中方投资额 1000 万美元以上的投资项目达到 47 个,增长 67.9%,占新增项目数比例 35.6%,比去年同期占比增长 7.9 个百分点,投资额达 18.8 亿美元;全年新增投资额 5000 万美元以上项目 10 个,中方投资额 11.7 亿美元,其中投资额 1 亿美元以上项目 5 个。

四是新兴领域合作增强,投资结构不断优化。2015 年,全市境外投资行业结构由过去以贸易为主,逐步向多领域齐头并进发展。首次出现厦门市教育产业海外并购项目。投资较为集中的五大领域为批发和零售业、商务服务业、教育业、制造业、农林渔业,五个集中领域投资占总投资的 92.7%。

二、厦门市国际产能合作的推动措施

在对外投资合作方面:

(一)直接补助

1. 投资额补助

1)对台投资补助。按实际汇出投资额给予 0.2 元人民币 / 美元的补助,其中对金门地区投资给予 0.25 元人民币 / 美元补助。

2)"一带一路"地区(伊朗、斯里兰卡、印度、越南、泰国、新加坡、菲律宾、印尼、马来西亚)投资补助。按实际汇出投资额给予 0.2 元人民币 / 美元补助。

3）对农、林、渔、矿业合作项目按实际汇出投资额给予 0.2 元人民币 / 美元补助。

4）对除 1）~3）项以外的境外投资项目，按实际汇出投资额给予 0.05 元人民币 / 美元补助。

2. 前期费用补助

对企业为从事境外投资（不包括国内企业之间转让既有境外投资权益）、境外农、林、牧、渔、矿业合作，在项目所在国注册（登记）、购买资源权证之前，或对外承包工程签订合同（协议）之前，为获得项目委托具有相应资格的专业机构而发生的法律、技术及商务咨询费，勘测、调查费，项目可行性研究报告、安全评估报告编制费，购买规范性文件和标书等资料费，规范性文件和标书等资料翻译费等费用，按实际发生费用的 50% 给予支持。一个项目只能享受一次支持。增资项目不予申请前期费用。

3. 资源回运运费及保费补助

厦门市企业开展境外资源开发和农业、林业、渔业、牧业合作，将其所获权益产量以内的合作产品运回国内，以及企业实施对外承包工程项目换回的、不超过与外方签署的开发投资合作协议合同总金额的资源产品运回国内，对从境外起运地至国内口岸间的运费及运输保险费，给予企业不超过其实际支付费用 50% 的补助。每家企业每年不超过 100 万元人民币，计算资源产品进口数量以海关统计数据为准，列入厦门市重点项目的可提高至 200 万元。

4. "走出去" 人员人身意外伤害、工伤保险补助

对在境外开展对外投资合作业务的企业为其在外工作的中方人员，向保险机构投保的人身意外伤害和工伤保险费给予实际支出保费 50% 的补助，每人最高保险金额累计不超过 100 万元人民币。

5. 企业投保海外投资保险的保费补助

对企业开展对外投资合作业务投保海外投资保险的保费给予不高于实际缴纳保费 50% 的补助。

6. 境外投资服务平台和劳务服务平台补助

对经市商务主管部门批准或确认的境外投资服务平台和劳务服务平台的建设（包括设备、网站建设等）给予不超过实际支出经费 50% 的补助；对经市商务主管部门批准和确认的，并委托平台举办的旨在促进厦门市外经工作的重大活动给予全额补助。

7. 对外劳务人员培训补助

对开展对外劳务人员适应性培训的企业，根据实际培训并取得商务主管部门颁发的合格证书和实际派出人数，普通劳务（保姆、清洁工、装卸工、普通建筑工、普通服务员等）每人补助不高于 400 元，高端劳务（即大专以上学历，或通过外派从事海员、厨师、技师、文员、空乘、管理人员、IT 等行业劳务人员）每人补助不高于 600 元。

8. 境外突发事件处置费用补助

境外突发事件指从事对外投资合作业务的企业派出的人员因恐怖、战争等不可抗力因素造成的人身安全受到威胁、发生伤亡等紧急事件。相关处置费用包括企业赴境外处理突发事件工作人员的护照、签证、国际旅费和临时出国费用，补助标准参照因公临时出国人员费用开支标准执行。

9. 对外承包工程保函手续费补助

对企业承揽境外工程承包业务过程中发生的项目投标保函、履约保函和预付款等所发生的手续费给予 50% 的补助。

10. 对外承包工程奖励

对外承包工程当年完成营业额超 5000 万美元的，给予一次性不超过 50 万元人民币的奖励；营业额超 2500 万美元至 5000 万美元的，给予一次性不超过 30 万元人民币的奖励；营业额超 1000 万美元至 2500 万美元的，给予一次性不超过 20 万元人民币的奖励。

（二）贷款贴息

对企业从事境外投资和对外承包工程，用于项目经营的一年以上（含一年）的贷款给予贴息。贷款可从境内银行取得，也可由企业在境外设立的控股企业从我国银行在境外的分支机构取得；特许经营类对外承包工程项目的贷款可由境外项目公司从境内银行取得，也可从我国银行在境外的分支机构取得。

人民币和外币贷款贴息额不超过项目实际利息的 50%，外币贴息额按贷款当年 12 月 31 日中国人民银行公布的人民币外汇中间价折算成人民币计算。贷款贴息支持累计不超过五年。

（三）补助限额

根据企业当年累计实际对外投资规模设定扶持资金限额，一家企业补贴金额不到一万元人民币的不予扶持。

1. 规模补助上限

企业当年累计实际对外投资总额 5000 万美元以下，每家企业每年获得专项资金补助总额不超过 200 万元；企业当年累计对外投资总额在 5000 万美元以上 1 亿美元（含）以下的，每家企业每年获得专项资金补助总额不超过 350 万元；企业当年累计对外投资总额 1 亿美元以上，每家企业每年获得专项资金补助总额不超过 500 万元。

2. 重点项目补助

列入厦门市实施"一带一路"战略重点项目的，安排专项资金补助时可不受规模补助上限约束，但每家企业每年得到专项资金补助总额不超过 500 万元。

在电子商务方面：

根据《厦门市人民政府关于印发促进电子商务发展若干措施的通知》（厦府〔2015〕67 号）：对被确定为重点电商企业的，其上年度新建或新租赁（合同 3 年以上）的快件集散中心、电商配送中心、境外仓、进口保税仓等单个设施在 1000 平方米以上的，经评审认定后按其仓储面积给予一次性补助 100 元 /m²，单个设施补助上限 100 万元，单家企业补助上限 300 万元。在"21 世纪海上丝绸之路"沿线重点国家设仓的，追加 50% 补助。

在跨境投融资方面：

根据中国人民银行 2015 年 12 月 11 日发布的《关于金融支持中国（福建）自由贸易试验区建设的指导意见》，福建自贸试验区实行限额内资本项目可兑换，在自贸试验区内注册的、负面清单外的境内机构，按照每个机构每年跨境收入和跨境支出均不超过等值 1000 万美元，自主开展跨境投融资活动，限额内实行自由结售汇。

三、厦门市国际投资合作的现存问题

（一）厦门市"走出去"正处于三段交汇发展时期

从增长速度看，"走出去"仍处于高速增长阶段，预计未来几年还会保持增长势头；从发展水平上看，"走出去"处于初始发展阶段，与发达国家和地区相距甚远；从发展方式看，"走出去"到了转型升级阶段，不仅数量要增长，同时质量更要优化。

（二）境外投资管理服务水平尚需提升

一是政府部门协作不足，服务效率不高；二是企业对"走出去"认识还比较薄弱；三是专业服务力量聚集度较低；四是金融支持力度较为薄弱。

四、厦门市开展国际产能合作的支持政策措施

（一）以提升境外投资服务水平为核心，着力打造"一个基金、一个平台、一个链条"

1. 探索设立厦门市境外股权投资基金——"海丝基金"

针对厦门市"走出去"高速发展的态势和企业融资难的问题，为推动自贸试验区对接"一带一路"，发挥财政资金杠杆作用，推动厦门市企业"走出去"，目前厦门市商务局正在推动发起设立一支政策性股权投资基金（总规模约 30

亿元），专门用于服务厦门市跨国企业开展海外投资和并购。基金将引导社会资本、专业投资机构与厦门市产业龙头强强联合，拓宽厦门市企业"走出去"的融资渠道和投资渠道，培育壮大厦门本土跨国公司。

2.构筑境外投资"一站式"服务平台

境外投资服务平台，包括网站、公众号、微信群，搭建一个境外投资信息枢纽。

3.构筑"走出去"服务链条

立足于通过培养和引进,引导更多的"走出去"人才和服务机构聚集厦门。成立"厦门'走出去'服务联盟"，针对不同行业、不同国家开展专题研讨和培训活动。

（二）构建"走出去"风险防范体系

开展投资导引，引导企业增强公共外交意识，学习和尊重当地的法律、政策、文化、习俗，提高属地化经营水平。加强人员财产安全保障措施，鼓励企业按规定为出国外派职工缴纳工伤保险，支持有条件企业为出国外派职工购买人身意外伤害保险。引导企业建立投资风险防范制度流程，做好对外投资项目前期风险评估，建立风险预警机制，确保投资安全。

（三）用好用活政策导向

一是加大扶持力度，做大厦门市境外投资体量。对"走出去"投资前、投资中、投资后的专业服务费用、贷款贴息、投资保险费、资源回运费等科目给予补贴，并根据发展需要，不断优化扶持科目、加大扶持力度，吸引更多企业通过厦门实现便捷"走出去"。

二是用活政策导向，优化境外投资质量。以投资带动效益为导向，鼓励企业赴"一带一路"沿线国家等重点区域实施对外投资合作；鼓励企业赴境外开设营销网点和海外仓，开展资源开发合作、技术研发合作、品牌并购等重点领域投资；鼓励企业"抱团走出去"。围绕"走出去"投资前、投资中、投资后的前期费用、贷款贴息、投资保险费、资源回运费等科目给予补贴。

新增加"支持对外承包工程做大做强"奖励。

五、厦门市国际产能合作的部分案例

1. 蒙发利集团

近年来，厦门一些企业通过布局海外，扩张产业链，使品牌走向国际化，实现利润增加和加快发展。蒙发利集团是厦门一家上市公司，主业为按摩器具产品设计、研发、生产和销售。2013年，蒙发利收购马来西亚上市公司OGAWA，OGAWA集团是蒙发利集团近十年来的重要大客户，并且在马来西亚市场份额第一，在新加坡、澳大利亚等国际市场也颇具竞争力。蒙发利集团通过收购，完成了由一家传统的按摩器具研发制造型企业，成功转型到品牌、渠道、研发、制造、售后服务皆具备的健康产业全产业链公司。

2. 姚明织带饰品有限公司

由于近年来，厦门土地、劳动力等资源成本上升，企业经营压力日渐加大。为降低生产成本，许多企业尤其是劳动密集型企业纷纷在劳动力充足、成本更低的南亚国家投资设厂。2014年，姚明织带饰品有限公司在印度投资设厂，印度的人力成本只是我国的10%~20%，加上印度卢比处于贬值过程中，人力成本更加具有比较优势。姚明织带饰品有限公司在印度的公司主要开展加工环节，还可以享受厦门海关政策"出境加工"业务相关税费减免。

3. 厦门峰合投资有限公司

我国是世界上最大的棕榈油消费国，也是最大的棕榈油进口国。2015年，厦门峰合投资有限公司投资近1.2亿美元收购印尼甬京投资有限公司95%股权，从事种植棕榈树、加工棕榈果、生产销售棕榈油。印尼甬京投资有限公司拥有棕榈种植面积共31554.01公顷，共种植棕榈树453万株，2015年产值75038.20万元。峰合公司计划在项目收购完成后规划对棕榈园进行扩建翻种，并建设精炼厂和散货码头等。

4. 恒兴集团

厦门恒兴集团有限公司经过 20 年的稳健经营，已形成了以矿产、地产、投资、贸易、资产、新兴产业等为主导产业，多层次、多元化经营的大型民营企业集团，在中国内地以及中国香港、越南等国家和地区设有十多家全资、控股子公司。为积极响应"走出去"的号召，公司于 2004 年与越南宣光省工业发展公司合资组建"恒源矿业联营公司"，共同开发越南宣光省铁矿、铅锌矿项目；2016 年 7 月，公司追加投资 11000 万美元，成为宣光钢铁有限责任公司全资股东，项目规模形成年产 55 万吨钢材，集矿山采选、高炉炼铁、转炉炼钢和轧钢为一体的钢铁联合企业。

六、厦门市开展国际产能合作的趋势和展望

厦门市将结合构建"5+3+10"现代产业体系及打造千亿产业链（群）发展目标，继续扩大利用外资规模，推动生成一批"21 世纪海上丝绸之路"外资重点招商项目，跟踪促进项目升级、落地，重点引进"21 世纪海上丝绸之路"沿线国家和地区 500 强企业和行业龙头企业、华商行业龙头企业等。推动企业开展国际产能合作。鼓励厦门本地企业到"一带一路"沿线国家投资，重点推进厦门电子信息、食品加工、服装制造企业前往"一带一路"沿线国家和地区投资，进一步对厦门市企业前往"一带一路"国家投资的基础设施建设、工程承包、矿产资源开采、产业投资项目进行梳理，建立重点项目库，争取这些项目能够获得国家支持。充分发挥厦门自贸区功能，打造区域经贸合作平台，推动自贸区与"21 世纪海上丝绸之路"战略支点城市建设有机结合。

第三节　宁波市国际产能合作

一、宁波市国际产能合作的初步成果

改革开放以来，宁波装备制造业不断发展壮大，形成一系列优势产业和

特色产品，产业规模、技术水平和国际竞争力均大幅提升。近年来，为加快转变经济增长方式，不断优化产业结构，宁波市抓住全球产业结构加速调整、基础设施建设方兴未艾的有利时机，积极对接国家战略，推进国际产能和装备制造合作，企业"走出去"步伐更加稳健、经验不断丰富、能力持续增强，国际产能合作取得成效显著。

（一）开展国际产能合作的规模

直接投资。2015 年，全市累计备案（核准）境外企业和机构 226 家，同比增长 13.0%。其中制造业核准（备案）中方投资额 6.3 亿美元，实际中方投资额 3.4 亿美元，分别同比增长 53.7% 和 62.1%，分别占宁波市境外投资的 25% 和 26.8%。

跨国并购。2015 年，全市企业开展跨国并购共计 25 起，同比增加 5 起，累计并购金额达 2.5 亿美元，同比增长 27.3%。其中，宁波双林汽车投资 1 亿美元收购澳大利亚传动系统国际控股有限公司，成为宁波市 2015 年最大的并购项目。

承包工程。2015 年，全市境外承包工程劳务合作营业额达 19.07 亿美元，新签合同额 14.1 亿美元，其中千万美元以上项目 12 个，合同总额 7.0 亿美元，占全市新签合同额的 49.8%。

装备贸易。2015 年，宁波市装备制造业规模以上企业出口交货值达 1734.2 亿元，同比下降 8.6%，显露整体低迷态势。机电产品出口相对平稳，实现出口额 388 万美元，同比下降 0.7%。其中，通断保护电路装置及零件、船舶、二极管及类似半导体器件出口同比分别增长 9.2%、3.5% 和 70.1%，但液晶显示板、紧固件出口同比分别下降 12% 和 11.5%。

（二）开展国际产能合作的主要国家、行业与企业

主要国家。2015 年，亚洲仍然是宁波市企业"走出去"的传统热点地区，全年对亚洲地区核准中方投资额 15.3 亿美元，完成境外承包工程营业额 8.5 亿美元，占全市总额的 61.0% 和 44.5%，同比分别增长 10.9% 和 25%。宁波市境外投资国家（地区）新增 4 个，分别为芬兰、肯尼亚、马达加斯加、安圭拉。

中东市场成为宁波市对外承包工程的新增长点，全年共在中东完成境外承包工程营业额 3.7 亿美元，同比增长 52.5%。对"一带一路"沿线地区"走出去"成为热点，全年共在沿线 18 个国家设立境外企业和机构 49 家，核准中方投资额 3.6 亿美元，同比分别增长 81.5% 和 12.5%。其中，对中东欧地区核准中方投资额达 1044 万美元，同比增长 28.5 倍；在沿线 21 个国家完成对外承包工程营业额 9.1 亿美元，同比增长 29.9%。对外贸易方面，受美国经济复苏拉动，对美出口逆势增长，同比增幅为 3.4%，拉动全市整体出口增幅 0.7 个百分点。而由于欧元贬值等因素作用，对欧盟出口同比下降 3.9%。对日本出口同比下降 8.8%，呈现持续下滑态势。新兴市场中，对中东、俄罗斯、巴西等地出口同比分别下降 4.7%、25.7% 和 20.3%，同期对"一带一路"沿线国家出口同比下降 5.9%。对墨西哥、越南的出口脱颖而出，同比分别增长 16.9% 和 13.3%。

主要行业。2015 年，以批发零售业、建筑业和文化产业等为主要代表的第三产业对外投资增速较快，合计对外投资达 17.3 亿美元，占全市总额的68.9%，同比增长 57.3%。其中，建筑业对外投资 1.6 亿美元，是去年同期的10 倍，大幅带动对外承包工程的多元化发展。对外承包工程行业中，房屋建筑、电力工业、制造加工设施建设项目增幅较大，分别完成营业额 5.1 亿美元、4.3亿美元和 3.1 亿美元，同比分别增长 26.9%、22.6% 和 16.3%。在装备贸易方面，主要出口商品中，出口额超过 5000 万美元的商品包括汽车零件、电线和电缆、通断保护电路装置及零件、轴承、钢铁或铜制标准紧固件以及二极管及类似半导体器件。

主要企业。宁波市近年来开展国际产能合作的重点企业如下表。

近年来宁波参与国际产能合作重点企业名单

序　号	企业名称
1	浙江泰来环保科技有限公司
2	宁波市建设集团股份有限公司
3	龙元建设集团有限公司
4	宁波锦胜海达进出口有限公司
5	宁波中策动力机电集团有限公司

序　号	企业名称
6	宁波金辉摄影器材有限公司
7	宏润建设集团股份有限公司
8	浙江吉润汽车有限公司
9	宁波均胜电子股份有限公司
10	宁波市慈溪进出口股份有限公司
11	雅戈尔集团股份有限公司
12	贝发集团股份有限公司
13	东方日升新能源股份有限公司
14	中交三航局有限公司宁波分公司
15	宁波乐惠食品设备制造有限公司
16	中交上航局航道建设有限公司
17	宁波金帅进出口有限公司
18	宁波舜宇光电信息有限公司
19	宁波申洲针织有限公司
20	盛威国际控股（中国）有限公司
21	宁波天邦股份有限公司
22	浙江天时国际经济技术合作有限公司
23	宁波华翔集团公司
24	宁波圣龙（集团）有限公司
25	宁波恒厚集团
26	浙江省二建建设集团有限公司
27	宁波一舟投资集团有限公司
28	中石化宁波工程有限公司
29	宁波宁电进出口有限公司
30	宁波矿业投资控股有限公司

（三）开展国际产能合作的主要成果

目前，宁波市与"一带一路"沿线国家国际产能合作主要成果如下：

合作框架搭建成型。截至 2015 年，宁波市已在"一带一路"沿线的 40 个国家设立境外企业和机构 526 家，国际产能合作框架基本搭建成型。与中东欧的合作日趋紧密，先后与中东欧 16 国的 19 个城市建立友城关系，累计批准在中东欧 16 国投资企业和机构共 38 家，率先在国内城市中出台全面加强与中东欧国家合作的政策文件，明确财政每年安排 8500 万资金用于宁波与中东欧国家开展经贸合作交流，成功举办了首届和第二届中国–中东欧投资贸易博览会，是东欧国家之间建立了长期合作交流的纽带。

投资规模不断壮大。截至 2015 年年底，宁波市已在"一带一路"沿线国家累计中方投资总额 19.7 亿美元，占全市境外投资总量的 23.2%。宁波与中东欧国家产能合作规模均位居全国前列，截至 2015 年年底全市在中东欧投资额超过百万美元的企业共 5 家，合同额超过 3000 万美元的项目 3 个，承接对外承包工程合同额超过 2 亿美元。东南亚地区成为宁波市传统优势产业"走出去"的新基地。截至 2015 年年底，宁波在东南亚地区设立境外企业和机构 251 家，累计中方投资额 12.9 亿美元。特别是宁波市劳动密集型的纺织、服装企业，如雅戈尔、申洲、百隆东方、狮丹努等，利用越南、柬埔寨等国家相对低廉的人工、土地成本，在东南亚建立了自己的生产基地。部分龙头企业还积极抱团"走出去"，在东南亚地区建设境外产业园区，集聚产业链上下游企业。

投资带动效益明显。2015 年，宁波市新增美联加拿大贸易直销中心、乐歌美国贸易直销中心和巴红加蓬林业园区等境外基地 3 个。现有的 15 个境外投资创业基地已累计完成中方投资额 4.2 亿美元，入驻企业 65 家，实现销售收入 2.4 亿美元。2015 年，宁波市通过境外企业实现货物出口 26.6 亿美元，同比增长 6.8%；通过境外工程项目带动材料、设备等出口 7.3 亿美元，同比增长 15.9%，分别高于全市出口增幅 9.1 和 18.2 个百分点。全年境外资源回运带动资源产品进口 2.78 亿美元，同比增长 11.3%，高于全市进口增幅 19.3 个百分点。其中，林业资源和农业资源进口额分别达到 1 亿美元和 1564 万美元，同比分别增长 45.1% 和 31.2%。

对外承包稳步拓展。2015 年，宁波企业在"一带一路"沿线 21 个国家承包工程营业额达 9.1 亿美元，同比增长 29.9%。境外工程大项目明显增多，目前有 10 个项目累计意向合同额 15.3 亿美元，主要集中在东南亚、中东等"一带一路"国家，包括电力工程、房屋建筑、石油化工和水利建设。

（四）国际产能合作重点项目清单

近两年，宁波参与重点国际产能合作项目清单如下表。

近年来宁波参与国际产能合作重点项目清单

年份	公司名称	投资国家或地区	投资项目	投资金额
2014	宁波乐歌视讯科技股份有限公司	美国	投资建设销售基地项目	100 万美元
2014	宁波市甬陵轻工实业有限公司	美国	投资设立销售平台项目	1000 万美元
2014	宁波巴红木业有限公司	加蓬	建设森林采伐和木材加工项目	2300 万美元
2014	博威集团有限公司	中国香港	收购香港冠峰亚太有限公司全部股权项目	8370 万美元
2014	宁波江丰电子材料股份有限公司	中国香港	投资建设溅射用靶材产品销售平台项目	100 万美元
2014	宁波华翔电子股份有限公司	德国	收购德国 Alterprodia 公司部分股权项目	400 万美元
2014	宁波培源电器制造有限公司	墨西哥	建设减震器活塞杆生产线项目	2511 万美元
2014	宁波斯蒂科国际贸易有限公司	柬埔寨	投资建设服装生产基地项目	500 万美元
2014	宁波慈星股份有限公司	孟加拉国	海外投资项目	100 万美元
2014	宁波先锋新材料股份有限公司	澳大利亚	收购澳大利亚 Kresta Holdings Limited 股权项目	3236 万美元
2015	宁波三星智能电气有限公司	巴西	并购巴西南森精密仪器有限公司部分股权并增资项目	765 万美元
2015	宁波港股份有限公司	中国香港	收购香港佳善公司和百聪公司部分股权项目	17072 万美元
2015	慈溪市维雅贸易有限公司	中国香港	投资建设慢回弹床垫销售平台项目	462 万美元
2015	宁波梅山保税港区融畅股权投资合伙企业	中国香港	收购 Geoswift Asset Management Limited 25% 股权项目	6975 万美元
2015	宁波市锦艺汽车零部件有限公司	美国	投资建设锦艺 U.S.A 代理服务项目	500 万美元
2015	宁波引爆点创业投资合伙企业	美国	向 F50 投资 10 万美元取得种子轮优先股项目	10 万美元
2015	宁波博禄德电子有限公司	越南	投资建设数据线生产项目	1000 万美元

年份	公司名称	投资国家或地区	投资项目	投资金额
2015	百隆东方股份有限公司	越南	增资扩建色纺纱生产线及染色配套项目	5200 万美元
2015	宁波永峰包装用品有限公司	越南	投资建设塑料包装产品生产项目	866 万美元
2015	宁波海天华远机械有限公司	越南	投资建设注塑机生产项目	398 万美元
2015	浙江聚鑫联合集团有限公司	蒙古国	建设有限公司及投资建设"阳光三期"项目	990 万美元
2015	中国宁波国际合作有限责任公司	泰国	投资建设日用纸制品生产项目	48 万美元
2015	宁波均胜电子股份有限公司	德国	收购 Quin GmbH100% 股权项目	14700 万美元
2015	东方日升新能源股份有限公司	德国	投资建设 5.1MW 光伏电站项目	888.87 万欧元
2015	博威集团有限公司	德国	收购博威新能源有限公司（德国）全部股权项目	39 万美元
2015	东方日升新能源股份有限公司	墨西哥	建设太阳能光伏组件生产线及电池片生产线项目	2430 万美元
2015	宁波培源电器制造有限公司	墨西哥	建设减震器活塞杆生产线项目	2000 万美元
2015	宁波长隆进出口有限公司	柬埔寨	建设针织服装项目	100 万美元
2015	宁波时代全芯科技有限公司	萨摩亚	收购时代全芯科技公司（Advanced Memory Technology Corporation）100% 股权项目	3200 万美元
2015	宁波江丰电子材料股份有限公司	新加坡	投资建设溅射用靶材产品销售平台项目	100 万美元
2015	余姚市乡下妹菜业有限公司	科特迪瓦	投资建设石材开采与销售项目	300 万美元
2015	宁波均胜智能车联有限公司	开曼群岛	英属开曼群岛 CAR JOY GLOBAL LIMITED 8% 股权项目	800 万美元
2015	东方日升新能源股份有限公司	澳大利亚	投资建设高端光伏建筑一体化智能单元项目	10419 万美元
2015	宁波双林汽车部件投资有限公司	澳大利亚	收购 DSI HoldingsPty Limited 90% 股权项目	7216.69 万美元
2015	东方日升新能源股份有限公司	罗马尼亚	投资建设 20MW 太阳能电站项目	3498 万美元

年份	公司名称	投资国家或地区	投资项目	投资金额
2015	宁波乐惠食品设备制造有限公司	埃塞俄比亚	投资建设啤酒设备生产项目	800万美元
2015	宁波时代全芯科技有限公司	英属维尔京群岛	收购广大控股有限公司（Big Grand Holdings Limited）100% 股权项目	2420万美元

二、宁波市国际产能合作的推动措施

（一）金融支持政策

2015年，宁波市政府出台《宁波市人民政府关于加强与中东欧国家全面合作的若干意见》，就与中东欧国家产能合作提出相关金融支持政策如下：

支持宁波企业通过境外放款为其在中东欧国家的子公司和关联公司提供资金。宁波企业赴中东欧国家投资，300万美元以内的前期费用可由银行直接办理，超过300万美元可经外汇局登记后到银行办理。开展境外并购外汇管理改革试点，宁波企业赴中东欧国家并购可先行办理外汇登记，凭外汇登记凭证直接汇出并购资金，在规定期限内再补办相关手续。发挥宁波作为全国唯一跨境贷款试点优势，鼓励宁波各银行直接为中东欧国家机构或个人发放贷款。支持与中东欧国家金融机构合作，发展跨境人民币直接投资业务，开立人民币保函和境外项目人民币贷款。支持跨境人民币资金池业务增量扩面。

此外，中信保宁波分公司就支持宁波企业"走出去"重点有以下举措：

一是海外投资简易模式。宁波"走出去"企业都可以通过配套海外投资险，一方面可以弥补海外政治风险等所带来的可能损失，另一方面可以获得中信保专业团队与渠道提供的风险评估、风险预警、项目辅导、国别咨询等服务，从而全方位弱化了投资环境风险给企业海外经营带来的不确定性。在该模式下，合同金额（或保险金额）低于千万级美元的项目，只要不涉及国家有关文件规定的敏感行业，均可适用简化流程进行项目审批及承保。

二是中长期小额承保模式。中长期小额承保模式是中信保专门为推动宁波"走出去"企业积极参与海外中长期项目承接，以批限额形式对买方进行授信的方式，实现中长期项目批量承保。中信保小额试点模式的核心为通过买方财务实力、经验状况、所在国别等因素的全面调查与分析，将项目风险审核的关键锁定在买方身上，在简化项目所需材料，减轻企业投保负担的同时，不但没有弱化承保本身的风险控制作用，而且更有针对性地向企业提供了风险分析及咨询评估等服务。中长期小额承保模式取消了传统中长期模式所必经的意向书流程，并通过授信这一批量承保的手段，将传统模式长达 2~3 个月的承保流程耗时大幅度缩短，控制到一个月以内，为企业在短时间内并有信保保驾护航的前提下，进行中长期项目的承接及操作。

（二）综合信息服务平台搭建情况

目前，宁波针对企业境外投资，以宁波市商务委为核心的综合服务体系已基本搭建成型。一是建设开通境外投资合作网，为企业提供"走出去"指南，及时发布国家国别（地区）环境、风险预警和项目信息，并开设"一带一路"投资合作专栏。二是加强政银信之间的紧密合作，成立宁波国际经济技术合作联合会，向企业传播国际工程建设和劳务合作等有关对外承包劳务合作的信息和经验，提供多方面咨询服务；开办有关国际工程和劳务合作的业务培训班、讲习班、研讨会等，以提高对外承包劳务从业人员业务水平；协助政府部门加强对宁波工程承包、劳务合作项目的行业管理。开展同国内外有关经济团体和学术团体友好交往，组织参加各类国内外举办的招商、承包劳务项目和国际市场考察活动；根据政府部门的委托，协助会员企业进行国际仲裁、国际索赔和国际反倾销等涉及国际法律事务方面的事宜；加强会员企业的联系与协作，避免不良的同业竞争和同地区竞争。三是与金融机构定期开展支持企业"走出去"的活动，举办中东欧博览会、欧美–宁波周、亚欧博览会等展会活动，促进境外投资合作交流。

（三）境外资产监督管理制度建设

目前宁波市在境外资产监督管理方面主要依据国家的相关法律法规规定，尚未单独出台相关规章制度和政府性文件。未来宁波市将进一步落实监管部门和责任，细化监管措施，建立完善的境外资产监督管理制度，确保境外资产全部纳入监管体系。

（四）"走出去"风险评估和防控

针对宁波市企业"走出去"的风险评估和防控，主要政策措施如下：一是大力推进境外宁波商会建设，2016年组建了贝宁宁波商会和柬埔寨宁波商会，计划将在东南亚、中东欧地区筹建新的商会。二是加强企业境外安全责任意识。出台《宁波市对外投资合作企业年度安全报告制度》，增强企业风险防范意识和能力。三是提升境外风险预警水平。出台《宁波市对外投资合作重点区域风险信息预警机制》，通过境外渠道及时发布风险预警。

三、宁波市国际产能合作的现存问题

从企业角度，一是企业"走出去"发展战略不清晰。宁波市企业"走出去"仍然处于初级阶段，特别是民营企业作为"走出去"的主力军，普遍缺乏清晰的战略性规划和现代化管理制度。部分企业"走出去"，仅仅为规避国内激烈的竞争，境外投资成功的概率普遍不高。部分企业希望通过海外并购掌握行业的核心技术，但由于内外联动不足和经验欠缺，并购后整合重组及管理能力不足，对先进要素的消化吸收不畅。同时，企业普遍存在跨行业境外投资的情况，存在很大的投资风险。二是缺乏领军企业带动。宁波企业"走出去"以民营企业为主，自身经济实力不强，没有投资大项目的资金、技术和管理团队，缺乏"走出去"的领军企业和领军大项目。加之宁波民营企业习惯于国内的"单打独斗"式经营模式，企业在境外投资缺乏有效的协作，不能"抱团走出去"，阻碍企业在境外做大做强。三是企业缺乏风险意识。"走出去"的企业普遍对境外保险缺乏风险意识，投保额度明显不足。在境外项目的实施过程中，企业缺乏与所在国的中国使领馆联系，影响领事对企业进行保护和安全指导。同时，少数企业"走出去"的过程中一定程度上存在不规范的运作方式，增加了投资的风险。四是国际型专业人才缺乏。"走出去"企业严重缺乏境外投资及后续项目管理所需的众多涉外专业人才。目前，既具备相关专业知识和业务能力，又懂外语、能交流，了解东道国的政治、经济、文化情况的复合型人才十分匮乏，高层次人才的缺乏，已影响到宁波市"走出去"的水平提升和境外企业的经营效益。

从政府角度，政府作为企业海外投资宏观环境营造者和综合信息提供者，有必要进一步提高服务能力。一是面对不断变换的世界局势，以及一系列特定风险，缺乏针对国家宏观投资环境的及时跟踪和整体评估。尤其针对亚非拉等发展中国家的投资风险预警机制始终未能建立。同时缺乏统一的机构或部门为境外投资企业提供全面、系统、有效的信息服务，难以满足企业实际需求。二是宁波民营企业规模较小，实力和抗风险能力较弱，境外地区的使领馆、商会等能力有限，导致企业在当地投资发生纠纷后很难获得必要的投资安全援助。

从金融支持角度，宁波境外投资以民营企业为主，境外投资所需资金主要依靠自有资金，融资问题是企业反映最普遍最突出的问题，也是制约企业"走出去"的最大障碍。一是政策性金融支持不完善，适用范围有限。中国进出口银行对企业"走出去"服务发展迅速，但提供的境外投融资项目规模仍然较小，其服务对象集中在国有大型企业以及能源、资源等战略性领域，门槛较高，民营企业获得信贷支持的难度较大。二是银行境外分支机构能力不足，全球授信体系不完善。我国银行在境外分支机构网点少、规模小，且增长缓慢，目前不具备承担支撑我国境外企业融资的能力；我国银行主要在发达国家和地区设立分行，与宁波企业在新兴市场国家投资增长迅速存在错位。三是企业海外融资难度高。境外投资企业在境外往往属于新设立公司，资信状况有限，准入条件高，难以获得贷款或所得贷款规模有限。四是支持企业境外投资的股权投资机构较少，支持对象少、门槛要求高，难以满足中小型民营企业需求面广、额度较小的融资特征。五是信用保险有待完善。目前宁波市只有中信保宁波分公司开展境外投资项目的有关保险业务，重点针对的是符合国家政策导向的项目，承保的风险主要是政治风险，难以满足宁波民营企业境外投资实际需要，制约了其对境外投资提供的金融支持力度。

从中介力量角度，宁波投资银行，财务、法律以及管理咨询等专业中介服务力量薄弱，缺乏境外调查、法律审查、资产评估、风险评估等方面的经验和能力，难以为政府和企业提供所需的专业咨询服务。

四、宁波市国际产能合作的主要模式

（一）境外投资案例——东方日升

东方日升在新能源领域开拓多年以来，不断提升自身产品质量，通过熟悉欧美市场的壹串通品牌营销专家尚孟坤为企业发展所规划的品牌沟通策略，一举打破了国内品牌营销的僵化思路，主张从新能源与欧美市场这两个关键点入手。

据统计，截至 2013 年年底，公司累计在境外投资建设太阳能光伏电站装机容量超过 100MW。项目兴建国别主要位于欧洲的德国、意大利、英国等光伏传统大国，随着欧盟整体的经济形势好转，上述电站在 2014 年上半年出售完毕。2010 年 10 月 26 日，东方日升在香港投资设立了东方日升新能源（香港）有限公司，作为公司在境外太阳能电站项目的重要投资开发平台。东方日升境外太阳能电站项目主要分布于德国、意大利、英国等欧洲传统光伏强国，并已将非洲、澳大利亚、墨西哥等光伏新兴市场纳入项目开拓计划。

东方日升境外投资的经验：一是企业在"走出去"进程中，必须紧紧依靠我驻外使（领）馆的支持，更多地了解项目所在国基本情况及有关法律、规定，为自身的项目保驾护航。所在国的基本情况及有关法律、规定了解得越透彻，项目的成功率就越高。二是办理投资保险与担保。对于可能出现的经营环境风险，在投资前可与投资所在国（地区）政府签订有关投资的特许规定加以防范。项目投资主体主要是借助于中国出口信用保险公司在全球各地的分支机构，委托其帮助搜集项目投资所需的有关信息，是促成项目的非常可行又可靠的一大途径。三是面对突如其来的政府违约，可以积极联合在保加利亚持有电站的境内外投资商，走法律途径，抱团申诉，成功地维护了投资商自身的合法权益。

（二）国际收购案例——均胜电子

2008 年前后，均胜电子的竞争对手非常多，周边的民营企业紧跟均胜的产品，而真正的核心技术则一直都控制在诸如天合、博世、大陆集团、西门子、伟世通、株式会社电装等全球500强企业手中。因此我国汽车电子配件2000多亿人民币的市场，实际上都为国外汽车电子零配件公司所掌控。

受到国内外竞争环境的影响，均胜电子面临转型的抉择。当德国普瑞这家优质的汽车零部件企业出售的消息放出来时，许多整车厂商和零部件企业都为之跃跃欲试，希望能够抓住这次难得的机遇。与国内外诸多的竞购对手相比，均胜电子在企业规模上显得非常的小型，但是，均胜电子最终凭借自身的诚信和专业化水平，赢得了这次难能可贵的发展机会。2008年，普瑞高管团队首次来访宁波时，均胜电子在一处窄小的厂房内运行。均胜电子把所有工业园的图纸给普瑞的高管团队翻阅，详细向来宾们介绍了企业将实施建设全新工业区的战略计划。当普瑞集团的高管于次年再访宁波时，均胜电子的新厂区已经建成，事实证明，均胜电子对自身立下的计划说到做到。自此，双方高管逐步建立起了非常良好的关系，这是后来对方高管层一致倾向于均胜电子的最主要原因。

均胜电子通过境外成功并购，一是均胜电子突破了海外汽车高端电子技术的壁垒，实现了产品系的延伸、技术含量的延伸，冲破了汽车零部件企业的技术天花板，进入到全新的产品研发阶段。二是大幅度提升了均胜电子企业自身的管理水平，均胜电子许多技术和管理均来自于德国的普瑞公司，尤其是自动化生产线管理到工厂生产管理环境，至少都提前了3~5年。三是功能件事业部抓住了新发展机遇，未来将借助普瑞的渠道、布点和工厂，到欧洲、北美设立自身的生产销售网络。四是均胜电子功能件也在往汽车电子方向发展，运用普瑞的技术，诸如在传统的倒车镜安装电动芯片、门锁无线感应等，对原有的功能件进行改进升级。

均胜电子制订了企业五年发展的短期目标，即到2018年年底，销售收入突破200亿元，进入全球汽车零部件企业百强榜。短期内，均胜电子计划先利用德国公司技术优势，加快实施中国汽车电子市场发展的战略目标。第一，建立德国、中国两大技术中心，产品实现全球化同步设计；第二，部分新汽车电子产品向奥迪、宝马、大众供货；第三，按德国标准建立的模具车间投入使用；第四，筹建自动化生产线制造车间，为均胜电子和市场提供生产装备。

（三）境外承包工程案例——中策集团

从单一设备贸易向承包工程转变。中策集团在海外市场拓展中，始终把服务放在首位，以服务促销售做大海外市场，以服务为纽带加大感情联络，服务好用户、融入用户，与用户成为利益共同体。非洲工程项目市场有其特殊性，中策集团有针对性地加强工程项目的人员配置。2008年前，中策集团主要通过尼日利亚当地财团合作开发西部非洲的电站市场。在尼日利亚的卡诺市、拉各斯市和奥贡州苏丹的喀土穆市乍得的恩贾梅纳市等设置长期的维修服务中心，为进一步扩大工程项目提供了坚实的保障。此外，向非洲各国派驻100余人的工程维修保养队伍，保证了当地用户的服务需要。

从立足西非向拓展非洲转变。随着对市场了解的进一步深入以及市场知名度的提升，中策集团非洲电站事业经历了两个较大的转变。2008年以后，通过与央企以及与非洲各国政府的合作，中策集团在非洲的电站业务迅速扩大，分别在苏丹、利比里亚、乍得等非洲国家建造了多座电站。为适应市场开拓的需要，2008年12月，中策集团在尼日利亚成立中策（西非）公司，并由该公司负责运作非洲市场的电站建设，对当地项目建设实施本土化经营。通过中策（西非）公司与当地公司的合作，不断拓宽了工程承包的业务范围，同时，营销队伍的本土化策略让中策集团的海外经营更加贴近市场，削减了运行成本。中策（西非）公司成立后，与尼日利亚奥贡州政府签订了24座小型电站合同，进一步稳定了中策集团在非洲的小型电站承包市场。

从建设工业园向扎根非洲转变。非洲小型电站承包市场拓展成功后，中策集团开始向新的征途进军，谋划走多元化市场和产业发展之路。基于今后国内资源性制约将更加严峻的局面，中策集团利用企业在非洲电站工程承包中的影响力，同非洲当地政府、财团开展更为广泛的经济合作——建设工业园区。针对非洲资源丰富但工业基础薄弱的现状，中策集团设想扎根非洲、反哺宁波的长期发展战略，即下步直接导入国内资源类或产能过剩而受当地市场欢迎的产业，利用当地资源、开发非洲市场；并以工业园区作为新型的甬非合作交流平台。

中策集团与尼日利亚李氏机构合作，计划通过5~8年的建设，在尼日利亚奥贡州建设中国工业园区，使这一区域形成较为完整的规模化的工业产业带。一方面中策集团将在园区建立自己的生产基地，设立柴油机、发电机组、机械制造、船舶修造、电气等工厂，实现非洲本土化生产、销售、再出口，增强竞争优势；另一方面，与国内企业合作，转移国内产能过剩产业，如：家电、摩托车、水泥、建材等。通过产业链的转移和延伸，最终建成集机械制造、机电、电子电气、贸易、物流等功能于一体的产业园区，把宁波产品推出去，同时又以此为纽带，把国外大财团、大企业"引进来"，从而唱好"走出去＋引进来"的大剧。

五、宁波开展国际产能合作的下一步安排

宁波市开展国际产能合作，要以大型企业、行业领头企业、上市公司、国有企业为骨干，众多民营企业为基本力量，着眼于全球，科学布局，真正达到宽覆盖、众领域、多层次、高水平的国际产能合作。

宽覆盖是指宁波对外投资合作项目要遍及五大洲，力争在全球的大多数国别或地区建有宁波企业，目的是扩大宁波企业在国际市场中的占有率，真正提高宁波经济的国际竞争力。

众领域是指投资合作领域广泛，一、二、三产业同步"走出去"，八仙过海，各显神通，目的是全球性地寻找投资合作商机，不断加快宁波经济融入全球化的进程。

多层次是指投资合作方式多样化，既有资本输出，又有技术合作，既有绿地投资，又有跨国并购、参股、海外上市等高层次投资，目的是宁波企业能够更加自如地利用两个市场、两种资源。

高水平是指宁波市对外投资合作走出初级发展阶段，投资目的、经营能力、经济效益、风险防范和政府服务能力达到较高水准。目的是宁波"走出去"企业的跨国经营管理、先进技术研发、国际投融资能力大大提高，吸纳并形成国际化人才高地，培育一批本土化跨国公司，投资合作对宁波经济社会发展带动效应更加显著，宁波现代化国际港口城市建设再上一个新台阶。

根据宁波市产业特点和当前国际政治经济发展的态势，今后十年宁波企业"走出去"导向和节点是：

（一）有序转移优势产能，实现经济转型升级

劳动密集型企业以东南亚、中东欧、非洲、南美洲等欠发达国家（地区）为主，先进制造业企业投资以欧美日韩发达国家为主。支持宁波市劳动密集型企业（如纺织服装业、基础制造业）到欠发达国家（地区）进行投资，充分利用当地劳动力资源丰富、生产所需自然资源富足、发达国家给予东道国的优惠政策、进入产品主要市场便捷等有利条件，避开与国内同行业的竞争，延长产业的生命周期，促进本土企业转型升级。支持宁波市先进制造业和高科技企业到发达国家投资生产或并购参股，充分利用东道国产品研发能力强、高层次人才多、国际营销渠道广、与国际先进科技发展贴近等优势，壮大本土企业国际竞争力。

（二）发展对外工程承包，增强工程企业实力

亚洲、中东欧、非洲和拉丁美洲为主，欧美发达国家为辅。支持宁波对外承包工程企业在欠发达国家或地区承接房屋建设和房地产开发、交通运输和基础设施建设、电力工业和制造加工业等领域承接工程项目，积极承接中东欧和"一带一路"国家基础设施和公用事业领域项目，要在 BOT、EPC 等方式上实现新的突破。支持宁波企业与央企、国内外大集团合作，以工程分包方式承接发达国家的新能源、废水（物）处理项目。

（三）开发利用境外资源，反哺宁波经济建设

支持宁波企业开展远洋捕捞、森林采伐、矿产资源开采。支持宁波企业在境外办好种植业、养殖业、食品加工业，鼓励企业把境外资源运回国内，反哺宁波经济建设。

第四节　青岛市国际产能合作

2015 年，青岛市对外投资和经济合作各项统计指标均创历史新高，呈现

良好发展态势。全年备案对外投资项目 185 个，中方协议投资额 33 亿美元，同比增长 124.2%；中方实际投资额 13.1 亿美元，同比增长 21.2%。对外承包工程业务新签合同额 36.6 亿美元，同比增长 60.6%；完成营业额 36.4 亿美元，同比增长 1.3%。对外劳务合作业务派出各类劳务人员 17047 人，同比增长 30.1%。主要特点：

1）对"一带一路"沿线国家投资实现高速增长。2015 年，青岛市对"一带一路"沿线国家备案投资项目 87 个，中方协议投资额 18.2 亿美元，同比增长 141.4%，占比 55.2%，投资项目分布在 23 个国家。恒顺新加坡国际控股有限责任公司增资 9500 万美元，中方投资额累计达到 2.75 亿美元，这是青岛市对"一带一路"沿线国家第一大投资项目。

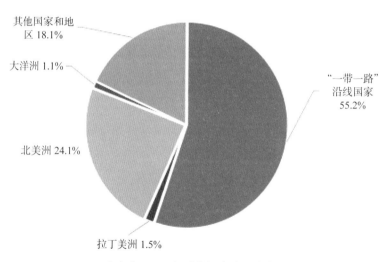

2015 年对外投资中方投资额地区分布情况

青岛市 2015 年对外投资地区分布图

2）制造业对外投资保持强势增长。青岛市新备案制造业投资项目 54 个，同比增加 10 个，中方协议投资额 12.1 亿美元，同比增长 252.2%，占比 36.7%，涉及橡胶和塑料制品、电子家电、纺织服装、机械设备等多个领域，国际产能合作步伐加快。赛轮（越南）有限公司增资 1.65 亿美元，中方投资额累计达到 2.6 亿美元，从事轮胎生产及橡胶产品的研发，这是青岛市 2015 年最大的制造业对外投资项目。

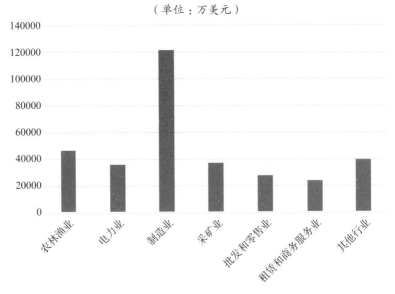

2015 年对外投资中方投资额分行业情况
（单位：万美元）

青岛市 2015 年对外投资行业分布

3）境外资源合作开发取得新突破。青岛瑞昌棉业有限公司投资 3000 万美元设立中非棉业津巴布韦有限公司，一举成为津巴布韦第二大棉花企业。中启控股集团股份有限公司投资 9000 万美元设立中启海外（柬埔寨）实业有限公司，从事森林资源开发。青岛巨容远洋渔业有限公司、青岛远洋渔业有限公司、青岛鲁海丰投资有限公司等 6 家企业设立境外公司，获取海外渔业资源。

4）对外并购投资快速增长。青岛海尔相继并购印尼、越南、日本企业，青岛海信并购墨西哥、德国企业，全年新备案并购投资项目 35 个，中方投资额 5.92 亿美元，同比分别增长 118.8%、500.9%。

5）对外承包工程行业领域不断扩大。青岛市在建对外承包工程项目 199 个，同比增加 27 个，涉及房屋建筑、电力工程、石油化工、交通运输、水利工程、通信工程、工业建设、制造加工设施建设等多个领域。青岛电力建设三公司以 EPC 模式新签电力承包工程项目 2 个，合同额 20.6 亿美元，对外承包工程不断向勘探设计服务和投资运营领域拓展。

6）对外劳务合作市场开拓取得新进展。对外劳务合作国别新增挪威、芬兰、波兰，对欧洲劳务合作增加到 9 个国家，外派劳务人员主要从事厨师工作。青岛市外派海员企业派出劳务人员 10578 人，占青岛市派出总人数的 62.1%，创历史同期新高，中高端外派劳务市场开拓初见成效。

2016 年，是实施"十三五"规划的开局之年，也是推进结构性改革的攻坚之年。青岛市将认真贯彻落实十八大，十八届三中、四中、五中全会精神，认真落实市委、市政府工作部署，牢固树立创新、协调、绿色、开放、共享的发展理念，以实施国际城市战略为主线，对接国家扩大开放和区域发展战略，加快构建开放型经济新体制，推进"引进来"和"走出去"双向开放，努力实现"十三五"良好开局。

第五节　大连市国际产能合作

一、大连市国际产能合作的初步成果

2015 年大连市核准境外投资项目 108 个，中方协议投资 33.56 亿美元，同比增长 17.5%。

组织实施各类推进活动。一是承接和组织企业参加俄罗斯、美国、捷克、波兰、英国、罗马尼亚、坦桑尼亚、乌干达等国家在辽宁省、大连市召开投资政策说明会和项目对接会。二是举办政企银座谈会，宣传国家相关政策，引导企业开拓国际市场，帮助企业获得银行、信用保险公司的支持。三是赴哈萨克斯坦、白俄罗斯、土耳其、马来西亚、斯里兰卡等"一带一路"沿线国家举办项目推介和经贸活动。促进了大连国合集团参与马来西亚、斯里兰卡的公路、港口、经济保障房建设和固体废弃物处理等基础设施项目合作，大连广盛元实业有限公司在哈萨克斯坦投资建设轨道交通产业园和大连机床集团拟在白俄罗斯的工业园投资建厂，以及大连西姆五矿与哈萨克斯坦以及 CACM 项目投资公司签约。

支持企业开展境外工程承包。支持和推动对外承包工程企业正式组建企业联盟，开启了信息共享、优势合作、"抱团出海"、承揽国际重大承包工程的新模式。中冶焦耐与印度塔塔集团所属钢铁公司签订的两个焦化工程项目、大连国合集团开工建设的约旦石油终端和液化气储罐等一批超亿美元的对外承包项目开工建设；大连国合集团承揽的缅甸公路建设，与中电投合作承包的科威特电站建设，大连华锐重工承揽的俄罗斯哈巴罗夫斯克码头建设等另一批超亿美元的项目正在积极推进。

二、大连市国际产能合作的下一步安排

1）拓展对外开放新空间。继续加大力度复制和推广上海、天津、福建、广东自贸试验区的经验，继续加大大连自贸区申办和建设，边复制，边申办。加快以负面清单为核心的外商投资管理制度、以贸易便利化为重点的贸易监管制度、以资本项目可兑换和金融服务为开放目标的金融创新制度等方面的探索和突破。围绕"一带一路"和新一轮东北振兴战略，拓展对外开放平台。科学制定《大连市对接"一带一路"战略构建开放新格局发展规划》，加快形成与"一带一路"沿线国家的对外开放与经贸合作对接目录，充分构建和拓展大连市的对外开放新的空间格局。按照《关于推进新一轮对外开放的若干意见》，加快培育参与和引领国际经济合作竞争新优势，在更大范围、更广领域和更高层次开放发展。

2）搭建国际合作新舞台。积极引领大连市装备制造企业参与国际产能合作，逐步建立政府推动、企业主导、商业运作的"企业走出去"有效机制，推动企业开拓国际市场。指导企业参与"丝路基金""亚投行"战略，帮助企业获得国开行和中信保的金融支持。协调行业协会等服务机构，建立服务体系，同我国驻外经商机构和各国驻华使馆建立经常性联系，为企业参与国际产能合作提供全方位服务。充分发挥对外工程承包企业联盟的聚集优势，从单一工程承包向总集成、总承包转变，从低层次、低利润、价值链低端领域向高技术、高利润、高附加值领域拓展，带动专有技术、机电产品、成套设备出口。

编 后 语

为了加强对"引进来"和"走出去"双向投资工作的宏观指导和服务，更好地为中国企业"走出去"、跨国公司"进入中国"提供政策和资讯等方面的信息，在国家发展和改革委员会领导的关怀和指导下，国际合作中心组织编辑了"一带一路双向投资丛书"（以下简称"丛书"）。

"丛书"以促进"一带一路"建设和中国的双向投资为宗旨，由《2016 中国双向投资发展报告》《中国双向投资政策指南 2016》《"一带一路"与国际产能合作——行业布局研究》《"一带一路"与国际产能合作——地方发展破局》《"一带一路"与国际产能合作——企业生存之道》和《"一带一路"与国际产能合作——国别合作指南》等 6 本书组成，以达到务实指导和服务社会各界开展交流合作的目的。

"丛书"编辑团队，经过走访、调研、征稿、网上搜集、分析等多种方式，历时 8 个月完成了"丛书"编辑工作。在"丛书"编辑过程中，编辑组得到了国家发展和改革委员会办公厅、利用外资和境外投资司、西部开发司、国际合作司等有关司局的支持，有关省区市发展改革委为"丛书"提供了大量丰富的信息资料；得到了商务部办公厅、外国投资管理司、对外投资和经济合作司的支持与帮助；同时，"丛书"也得到了有关外国驻华大使馆的大力协助与支持。最后，机械工业出版社对"丛书"的出版也给予了大力协助，在此一并致以最诚挚的谢意。

曹文炼

国家发展和改革委员会国际合作中心主任

"一带一路双向投资丛书"执行主编